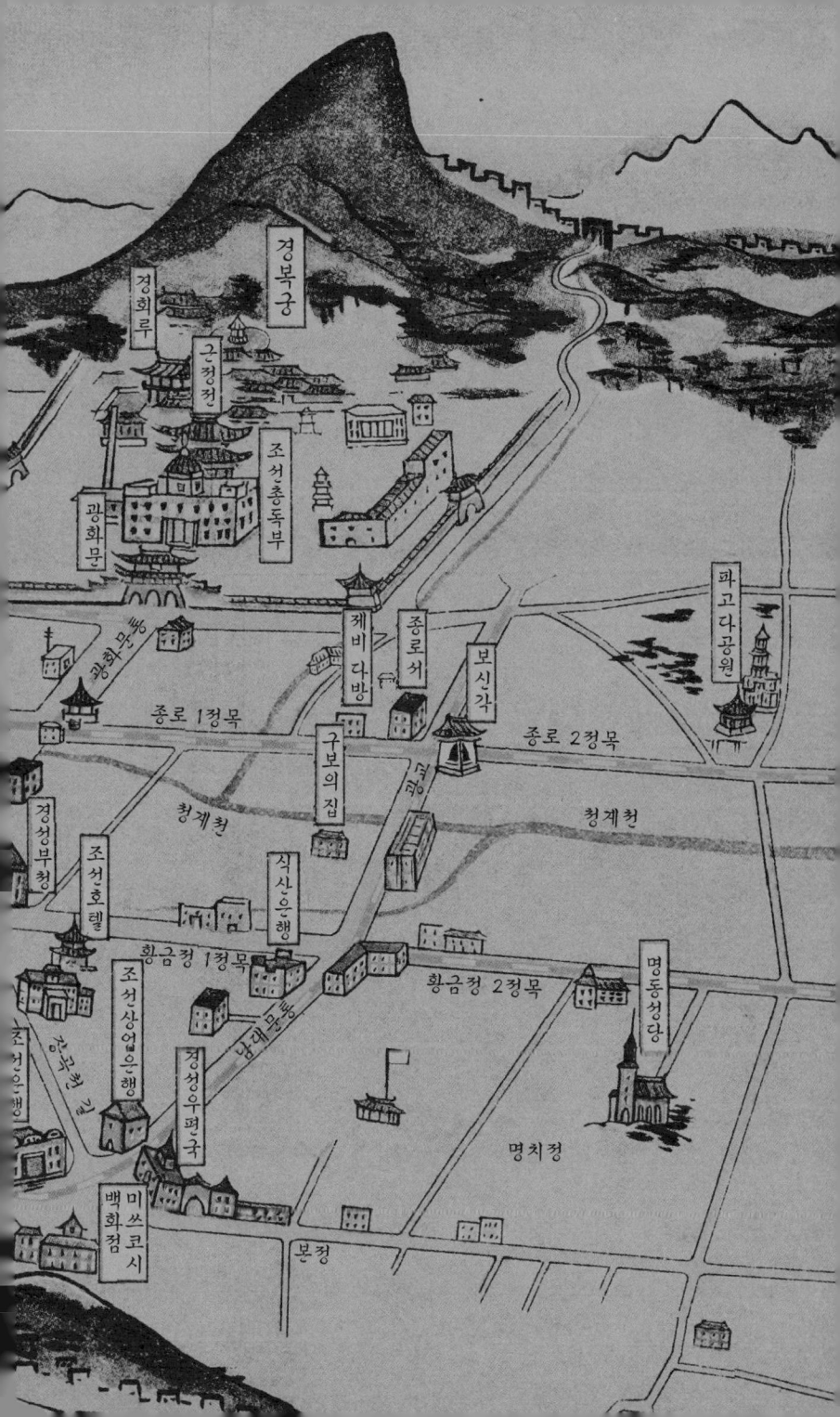

경성탐정 이상
京城 探偵 LEESANG

차례

일화 사슬에서 풀려난 프로메테우스   7

이화 류다마치 자작과 심령사진   109

삼화 간송 전형필의 의뢰   203

사화 여가수의 비밀   267

오화 그녀는 살아 있다   355

육화 나비박사   427

칠화 이상의 데스마스크   461

이 작품은 픽션으로, 실존인물의 성격과 행동, 일화는 작가에 의해 재구성된 허구임을 밝힙니다.
소설에 인용된 시는 《이상 전집 2》(이상 지음, 2010년, 가람기획)를 참조하였습니다.

일화
사슬에서 풀려난 프로메테우스

京城 探偵
LEESANG

경성은 뿌연 안개에 잠겨 있다. 간밤에 내린 비로 거리에는 차가운 습기가 가득하다. 경성은 항상 이방인의 거리처럼 보인다. 아침이면 활기찬 상인들이 가게 문을 열어 손님을 부르고 화려한 백화점과 고급 상점들이 늘어선 가운데 소달구지를 끌고 가는 농부와 고급 포드 승용차가 뒤섞이는 이곳은 과거와 현재가 공존하는 거리이다. 낮의 북적거리는 인파는 총독부로, 경성역으로, 전문학교로, 운동장으로 어디론가 바삐 걸어가고, 저녁이면 은은한 와사등이 집집마다 걸리면서 유곽의 여인들과 카페의 여급들이, 기생집의 가인들이 남성들을 향해 손짓을 한다. 그리고 다시 새벽이면 언제 그랬느냐는 듯이 아주 조용한 거리로 돌아온다.

새롭게 태어나는 거리 뒤편에는 화려한 경성과는 거리가 먼 하루가 또 시작된다. 청계천변에 나와 빨래를 두들기는 여인의 손은 빨갛다 못해 얼어 터져서 둥글게 부풀어 올랐다. 오줌을 누는 아들 하나가 그 주변을 서성이다 굶어 죽은 똥개 한 마리를 보고는 나뭇가지로 슬쩍 건드려 본다. 천변에 위치한 판잣집에서는 아침부터 고성이 오가고, 흠씬 두들겨 맞은 남자 하나가 옷도 추스르지 못한 채 도망친다. 그 뒤를 쫓는 여편네의 우람한 몸체며 기세는 보는 이도 놀라 오줌을 지릴 정도니, 필시 간밤에 계집질이라도 했거나 아내가 벌어온 돈을 어디 화투판에라도 가서 날리고 온 게 분명하리라.

오늘도 어김없이 구보의 상상력은 날개를 달고 경성의 하늘로 솟아오른다. 청계천변에 위치한 구보의 집에서 종로 보신각 인근 태평통(현재의 태평로)에 위치한 조선중앙일보 사옥까지는 걸어도 30분이면 도착할 수 있다. 상섭과 약속한 10시가 되려면 한참을 더 기다려야 한다. 구보는 둥그런 안경테를 곧추 세우고 가슴을 쫙 편 후 천천히 발걸음을 떼었다.

홑적삼 위로 와이셔츠를 갖춰 입고, 그 위에 조끼와 서양식 코트를 입었지만 어딘지 어색하였다. 낡은 모직 단벌 바지 위로는 자그마한 구멍이 보일 듯 말 듯했다. 낡은 구두는 염색물이 든 가죽 사이로 질척한 물기가 스며들고 있었다. 구보의 집에서 종로 일정목(현재의 종로 1가)을 지나쳐 에돌아 가게 되면 덕수궁 방향에 조선중앙일보가 있을 터였다. 구보는 눈을 감고 신문사 전경을 떠올렸다. 붉은색 벽돌 건물의 신문사, 그 안에 들어가면 편집실, 기자실, 회의실, 사장실 등 여러 방이 있지만 구보에게 약속된 공간은 회의실뿐이었다.

백양당 약방, 한성 양복상조합, 서울 양복점, 중앙 식당, 김해

직물회사, 도야마 모자점을 지나 덕영 상점과 중학당 안경점 사이의 좁은 골목으로 들어가 재봉기계 회사 앞에 서니 붉은색 건물이 보였다. 구보는 허리춤에서 시계를 꺼냈다. 약속 시간까지는 30여 분이 남아 있었다. 구보는 좁은 골목을 몇 번 더 돌아야 정확한 시간에 도착할지 가늠해보았다. 정확하게 백양당 약방으로 돌아가면 10분 20초가 걸리고, 다시 한성 양복상조합, 서울 양복점, 중앙 식당 그리고 토야마 모자점을 거쳐 돌아오면 9분 3초가 보태질 터였다. 구보는 잠시 생각에 빠졌다가 고개를 젓고는 건물 안으로 들어섰다. 그는 일층 로비의 타일을 조심조심 밟으며 타일 사이마다 나 있는 금을 밟지 않으려고 애를 썼다.

사무실은 한가해 보였다. 이른 아침부터 취재하러 나간 기자들이 많아서인지 책상을 지키는 사람은 몇 안 되었고 그들마저 기사를 쓰는 데 정신이 팔려 구보의 등장에 관심 갖지 않았다. 구보는 꿔다놓은 보릿자루처럼 문간을 지키고 있다가 마침내 심부름꾼으로 보이는 소년을 붙잡고 물었다.

"회의실이 어디입니까? 염상섭 선생님을 뵈러 왔습니다."

연재소설 건으로 두 차례 신문사를 방문했던 구보는 회의실이 어디에 있는지 알고 있었다. 하지만 매사 조심스러운 성격 탓에 그냥 올라가는 건 내키지 않았다. 손님으로 온 이상 자신의 방문을 알리고 누군가에게 안내를 받아 올라가는 쪽이 속편했다. 소년은 고갯짓으로 이층 계단을 가리켰고, 구보는 답례로 가볍게 목례를 하였다.

편집부 전용 회의실이라고 해봤자 네 평이나 됨직한 좁은 공간에 둥그런 나무 탁자와 못이 삐죽삐죽 튀어나온 의자 다섯 개가 전부다. 어제 이발소에서 눈썹 선에 맞춰 자른 앞머리가 자못 어색한 구보는 바다거북의 배 껍질로 만든 대모갑 테 안경 위로 비죽 흘러내린 머리를 연신 쓸어 올렸다. 문단의 대선배들이 자신을 점찍어 구인회 회원이 되라고 권유한 사실에 속으로 흐뭇했지만 아무렇지 않은 척 점잔을 빼고 앉아 있느라 힘이 들었다.

 물론 구인회 문학회 회원이 된다고 해도 당장에 풍족하게 살 만한 돈이 나오는 것은 아니었다. 그래도 그런 명예가 어디인가. 더불어 선배들과 친하게 지내어 신문소설 연재라도 고정적으로 따낼 수 있다면, 품일을 하여 돈을 벌어오는 어머니나 아내에게 생활에 대한 걱정을 덜어줄 수 있을 터였다.

 아직도 시간이 안 되었구나, 빈 회의실을 혼자 지키기가 겸연쩍은 구보는 탁자 가운데 뻥 뚫린 구멍에 들어앉은 양철 난로에 손을 갖다 대었다. 석탄이 부실한지 온기가 느껴지지 않았다. 그 위에 있는 주전자도 미지근하기는 마찬가지였다.

 선배들에게 잘 보여야 된다는 일념으로 너무 급히 이발을 했나보다. 자른 지 얼마 되지 않은 앞머리가 계속 신경이 쓰였다. 구보의 손이 다시 앞머리로 올라갔을 때 회의실 문이 벌컥 열리면서 구불거리는 머리카락이 물결치듯 안으로 쑥 들어왔다 나갔다. 그러고는 나무 지팡이가 먼저 들어왔다. 손잡이 부분이 코끼리 머리 모양으로 조각된, 꽤나 값이 나가 보이는 지팡이었다. 그 다음으로 눈에 들어오는 것은 베토벤의 그것처럼 구불구불하게 사방으로 뻗은 한 사내의 머리카락이었다. 백구두를 신은 오른발이, 그리고 줄무늬가 선명하게 들어간 모직 바지자락이 보였다. 마지막으로 창백한 안색의 얼굴이 들어왔다. 움푹 들어간 눈 속에는 빛이 번득이는 눈동자가 있었고, 얇고 높으면서도 약간 굽은 코 밑으로는 선명한 인중과 자못 두툼한 입술이 보였다. 기묘한 느낌의 이 사내는 지팡이를 문가에 세워두고 책상 곁에 다가와 섰다.

일본인인가, 하는 의문도 잠시 구보가 주춤거리며 일어나는 사이에 그는 짤막한 나비넥타이를 고쳐 매며 자리를 잡아 앉고는 입을 열었다.

"여기가 구인회가 모이는 곳이오?"

구보는 고개를 숙이며 안경 위로 비죽 나온 앞머리를 슬쩍 넘겼다.

"저, 저는 박태원이라고 합니다. 구보라고 편하게 부르십시오. 선생님은 누구십니까?"

구보가 먼저 고개를 숙이고 인사했다. 처음 보는 사람이나 일본인 순사 앞, 혹은 여러 사람 앞에 나설 때에는 유난히 긴장하여 말을 더듬는 버릇이 있었다.

"나는 김해경이라 하오. 남들은 이상이라고 합니다만."

"아! 〈오감도〉를 쓰신 분 아니신지요?"

이상은 눈을 약간 찡그렸다가 어깨를 한번 움츠리고는 입가에 미소를 띠었다.

"그 시 때문에 곤혹 좀 치렀지."

"아, 아닙니다. 대중적으로 인정받지는 못하였으나, 제가 생각하기에는 포스트모던을 표방하는 상징적인 시로 앞으로 인간의 정신이 해체되고 자아가 와해되는 불분명한 상상 세계를 보여준 것으로……."

"됐소! 거기까지. 난 생각 없이 쓴 것이오. 어서 좀 앉지. 앉은 사람 불편하게 만들지 말고."

구보는 상의 말에 기가 꽉 죽었다. 생각 없이 쓴 것이라니……. 펜을 들기 전에 생각에 생각을 거듭하는 구보로서는 머릿속에 상상한 것을 그대로 구현해내는 이상의 패기와 능력이 부러웠다.

"그나저나 구인회라고 불러놓고는 왜 우리 둘밖에 없는 것이오? 벌써 10시가 한참이나 지났는데."

상이 회중시계를 꺼내서 시간을 확인한 뒤 물었다.

"그, 그러게요. 저도 염상섭 선생님이 연통을 주셔서 오기는 했습니다만, 구인회 입회를 위해서는 선배님들의 시험을 거쳐야 한다고 해서 굉장히 긴장하고 있습니다."

구보는 목깃이 누렇게 쩌든 흰색 와이셔츠를 곧추 세우며 상을 쳐다보았다.

"혹부리 선배가 그런 말을 했어? 난 또 구인회 회원이 되면 신문소설 연재라도 대타시키려는 줄 알고 있었는데……. 하는 수 없군그래. 거 소설 쓰는 자리라도 하나 있으면 소개해주게나."

구보는 아무래도 상의 나이가 자신보다 많은 것 같아 굽실거리며 답했다.

"제가 조만간에 연재소설을 하나 들어갈지도 모르는데, 그 일이 끝나면 제 자리를 이을 분으로 소개해드리죠. 그나저나 이 선생 같은 분이 왜 굳이……."

구보는 최근에 신문연재를 의뢰받았으나 아직 확실하게 결정된 일은 아니었다. 구보 쪽에서도 새 일감을 목을 빼고 기다리고 있는 상황이었다.

"〈오감도〉 때문에 일도 끊기고 해서 목에 거미줄이라도 쳐야 될 형편이오. 소설을 들어간다, 그렇다면 삽화가가 하나쯤은 붙을 터인데? 그 자리라도 알아봐주겠나?"

"예? 하지만 삽화가가 따로 있을 텐데요?"

"내가 이래 뵈어도 그림을 꽤 하지. 경성고 건축과를 나와 조선총독부 건축과 기사로 일했으니, 설계를 수도 없이 그려보았다네. 신문 삽화 정도야 조선 양반이 계집종 올라타는 것처럼 쉬운 일 아니겠나?"

구보는 이상의 질퍽한 농담에 절로 눈빛이 아래로 향했다. 기괴한 시를 써대는 양반이라 그런지 초면에 이런 말을 해도 이상하게 보이지 않았다.

"그나저나 이도 저도 안 되면 종로 거리에서 카페라도 열어야 될 판인데, 거 이름이 고민이란 말이지? 구라파를 좋아하는 날리리 여자들이 많이 드나드는 카페를 표방하여 '구라파'라 지을까? 아니면 생명력의 원천을 상징하는 '식스나인'이라 지을까?"

"식스나인? 거 대체 무슨 뜻이오?"

구보가 슬쩍 말을 놓으며 물었다.

"아니, 나이도 한참 위인 선배에게 함부로 말을 놓는 게 어디 예법이오?"

구보는 얼른 고개를 숙이며 사죄의 뜻을 보였다.

"거 모르오? 69 말이오!"

이상의 기세에 밀려 구보는 고개를 숙이고 다시 바닥만 내려다보았다.

다시 회의실 문이 삐걱거리며 열렸다. 문단의 대선배 염상섭이었다. 이마에 커다란 혹, 둥글넓적한 얼굴에 사람 좋은 미소, 당당한 풍채에 곧잘 어울리는 조선 한복은 그의 트레이드 마크였다. 마치 만화에서 튀어나온 인물인 양 우스꽝스러웠지만 구보와 이상 둘에게는 익숙한 모습이었다.

구보는 얼른 일어나 반듯하게 인사를 올렸다. 상은 조끼 주머니에서 빼든 파이프 담배의 재를 털어내고 불을 붙이는 척을 하며 딴청을 부렸다. 구보는 대선배의 이마 우측 상단에 있는 커다란 혹을 보다 문득 시선을 거뒀다.

오래 쳐다보면 실례이리라. 눈빛을 마주치는 게 우선이다.

염상섭은 호탕하게 웃었다.

"자세히 보게나. 이런 혹은 한반도 통틀어 몇 안 될 터이니. 그나저나 구보가 1909년 12월생, 상이가 1910년생이니 둘이 말을 놓아야 되는 것인가? 아니면 상이가 올려야 되는 것인가?"

구보는 상을 노려보았다. 어찌 이렇게 뻔뻔한 사람이 있을 수 있을까.

상이 파이프 연통에 불을 붙이고는 느긋하게 연기를 뿜고 싱긋 웃었다.

"1909년생이나 1910년생이나 그게 그거지. 좋게 말 트자구, 구보."

구보는 화가 치밀었으나 선배 앞에서 마냥 불편한 기색만 드러낼 수도 없어 입을 굳게 다물었다.

"어, 혹부리 선배, 우리를 부른 이유는 뭐요? 구인회 노땅들한테 인사치레나 하자고 부른 건 아닐 테고."

상섭은 호기로운 상의 얼굴을 바라보다가 회의실 뒤쪽의 서가로 가서 누런 종이봉투를 가져와 책상에 놓았다.

"아마 이상 군은 대충 짐작하고 있겠지만, 여기 구보 군은 처음 듣는 말일 게야. 지금부터 내가 하는 말을 잘 들을게나. 나는 조선중앙일보, 동아일보, 시대일보 기자 생활을 오래 해왔어. 지금은 소설가로 활동하고 있지만 그동안 사회부 기자로 꽤 오래 일했지. 그리고 구인회는 알다시피 사회주의 문학에 반발하여 이효석, 이무영, 유치진, 이태준, 김기림 등이 창립한 문인들의 모임이네. 이종명, 이효석이 그만둔 자리에 내 자네들을 추천한 거고."

구보는 무슨 말이 나올까 싶어서 조심스레 귀를 기울이는데 상이 말을 탁 끊었다.

"선배는 구인회와 직접적인 관계는 없잖소!"

저런 썩을, 대선배에게 저렇게 반말지거리를 일삼다니, 구보는 속이 타올랐다. 하지만 역시 사람 좋은 혹부리 선배는 태연히 받았다.

"하지만 구인회 초기 결성 당시 내가 대표로서 물망에 올랐다거나, 암암리에 내가 뒤에 버티고 있다는 것은 자네도 이미 알 터인데? 요는 이것일세. 순수문학을 지향하는 구인회 살롱에 내가 드나들면서 점차 사회 각처에서 일어난 흉악한 범죄를 하나하나 연구하게 되었지. 처음에는 문학 토론을 하다 또는 일본 통치에 맞서 조선 자주적인 문학관을 세우는 일을 기획하다 자투리로 시간을 내서 일본 경무국 형사들도 수사하기 어려운 까다로운 범죄들을 토론하는 식이었어. 그러다 특정 범죄의 수사 과정을 논의하게 됐지. 실제로 우리의 도움으로 경무국 형사들이 범인을 잡은 일도 있었고.

종로에서 멀지 않은 동네 골목에서 머리 없는 여자 어린아이의 시신이 발견된 일이 있었지. 이 사건에서 우리는 범인을 잡을 결정적 힌트를 형사들에게 알려주었다네. 불치병 환자가 아이의 몸속 장기를 먹으면 병이 낫는다는 속설 탓에 벌인 일이었지. 우리는 머리가 없다는 시신에 주목했어. 분명히 산 아이를 잡아서 범죄를 저질렀다면 어디선가 머리가 나왔겠지만 인근을 뒤져봐도 머리는 발견되지 않았지. 그래서 산 아이가 아니라 무덤에 갓 묻힌 여자아이를 머리만 놔두고 몸만 꺼내서 장기를 빼낸 후 버린 것이라 추측한 거야. 최근에 매장한 시신 무덤을 일일이 확인한 뒤 범인을 잡아들였지."

구보는 귀로 들어오는 해괴망측한 소리에 당최 정신을 차릴 수가 없었다. 이제까지 붓과 펜을 굴리는 룸펜으로, 어머니와 아내에게 생활을 의존하는 가난한 문학도로 살면서 이런 흉측한 사건의 진상은 처음 접하는 것이었다. 물론 머리 없는 시신이 발견되었다는 기사는 본 적 있으나 범인을 추적해가는 과정은 신문에 나오지 않았다.

상섭이 말을 이었다.

"덕분에 경무국 형사들이 이제 정식으로 구인회에게 손을 내밀고 있네. 그러나 순수 문학회에서 이런 일은 옳지 않다며 몇몇이 나가게 되었고 새로 들어올 사람으로 내가 자네들을 고른 거지. 이제는 사건 수사도 구인회에 중요한 일이 되었네. 암묵적으로 말이지."

"그래서 저희에게는 뭘 원하십니까?"

구보의 질문에 상의 눈빛이 날카롭게 빛났다. 본격적인 이야기에 들어가자 상의 모습은 먹이를 앞에 둔 호랑이처럼 날래고 사나워 보였다. 이제까지 나비넥타이, 백색구두, 빗지 않은 곱슬머리 속에 감춰진 의뭉스런 태도는 어디로 갔는지 그는 새로운 사람으로 거듭나 보였다.

"이 사건을 해결하게."

상섭은 책상에 놓인 누런 종이봉투를 손가락으로 가리켰다.

"기한은 1주일 주지. 이 문제의 단서를 포착해 결정적인 해결법을 제시하면 자네들을 정식 구인회 회원으로 받아주겠네."

구보는 두 눈을 끔벅거렸다. 하늘같은 선배들과 한 회원이 된다는 이유만으로 그동안 얼마나 기뻤던가? 그런데 이런 난제가 기다리고 있을 줄이야. 게다가 저 이상이란 괴팍한 남자와 한

배를 타야 하다니……. 기뻐해야 될 일인지 슬퍼해야 될 일인지 분간이 되지 않았다.

"잠깐."

회의실 문을 나서려는 상섭의 뒤통수에 이상이 소리쳤다.

"난 허락한다고 안 했는데?"

상섭은 빙그레 웃으며 구보 쪽을 쳐다보았다.

"박군 자네, 조선중앙일보 문학부 기자가 소설을 의뢰한 일이 있지?"

구보는 깜짝 놀라 고개만 끄덕였다.

"제목은 정해두었나?"

구보는 목소리를 짜내어 간신히 답했다.

"〈소설가 구보 씨의 일일〉입니다. 서, 선배님."

구보의 답에 상이 크게 웃었다.

"제목이 그거야? 무직의 룸펜 소설가 구보라, 자네 이야기구먼?"

구보는 부끄러웠다. 하지만 곤경을 벗어나야겠다는 생각에 얼른 다른 제목을 끄집어냈다.

"아, 아닙니다. 〈청춘송〉이라는 제목입니다."

"아하, 자네와 자네 부인의 러브를 구체적으로 그린 것인가?"

상의 말에 구보는 머리가 돌 지경이었으나, 역시 부인하지는 못했다.

"맞, 맞습니다. 제 이야기를 자전적으로 다루려고 합니다."

더듬거리며 대답을 마친 구보는, 자신이 저 뻔뻔한 상에게 여전히 존대를 했다는 사실에 참을 수가 없었다.

"이 소설이든 저 소설이든 구보 소설 그거, 삽화는 자네 상이 가 맡게나."

이상의 눈이 번득였다.

"한 장에 1원(현재의 1만 원 정도) 이하로는 안 되오."

상섭의 눈이 빙그레 활처럼 휘었다.

"그거야 신문사 문학부장이랑 이야기를 해보지. 삽화는 처음이니 필명을 쓰도록. 앞으로 문인으로 계속 남고 싶다면."

상섭은 말을 마치고 나갔다. 상은 파이프 담배를 내려놓고 흐뭇한 표정으로 구보를 보았다. 구보의 눈에는 상에 대한 불만이 가득 차 있었다.

"거, 봉투를 열어보지 않겠나?"

구보는 처음으로 화난 어조로 반문했다.

"내가 왜 열어? 자네가 열어봐."

상은 웃으며 팔을 뻗어 회의실 책상 가운데에 놓인 누런 봉투를 집어 들고 입구를 봉한 실을 풀었다. 봉투 속에는 아무것도 없는 것 같았다. 상이 봉투를 뒤집어 흔들자 누런 종이 하나가 펄럭거리며 책상 위에 떨어졌다. 이번에는 구보가 호기심을 감추지 못하고 종이를 잡아채서 읽었다.

"저 빛을 내며 운행하는 세상에 모여드는

신과 악귀들을, 그리고 모든 영들을

한 명을 제외하고 모두 지배하는 왕이여,

살아 있는 것들 중 오직 너와 나만이

깨어 있는 눈으로 세상을 바라보는구나."

구보는 종이에 적힌 글귀를 읽고 머릿속이 뒤죽박죽되어 상을 보았다.

"대체, 이, 이게 무엇인가?"

상은 무언가를 생각하는 듯 말없이 팔짱을 끼고 책상을 내려다보았다.

"가만 있자, 이건 셸리의 시에 나오는 구절이 아니던가? 이 시 제목이……?"

상이 머뭇거리는 사이 구보의 입에서 작은 목소리가 흘러나왔다.

"프로메테우스 언바운드, 사슬에서 풀려난 프로메테우스."

"자네도 제법 쓸모가 있겠군."

상이 구보를 보고 미소를 지었다.

시는 1800년대 영국에서 가장 인기 있었던 낭만파 시인 셸리가 지은 〈사슬에서 풀려난 프로메테우스〉였다. 인간에게 불을 훔쳐다 준 죄로 절벽에 매달린 채 제우스의 독수리에게 매일 간을 파 먹히는 신 프로메테우스. 그가 사슬에서 풀려나 인간의 무지를 바라는 신들을 비웃으며 복수를 다짐하는 무시무시한 시구가 가득한 시가 아니던가.

구보는 종이를 뒤집어 보았다. 하지만 아무런 글도 적혀 있지 않았다. 이 시 한 연이 종이에 적힌 다였다.

"잠깐, 자네 혹 영국 낭만파 시인의 시가 살인 현장에서 나왔다는 사건 들어보지 않았는가?"

구보는 눈을 번득이며 기억을 더듬어보았다. 평소 구보는 선배 문인들의 시나 소설을 줄줄 욀 정도로 대단한 기억력을 자랑했다. 그 덕에 경성제일고등학교와 도쿄법정대학 시험에 붙었으나, 현재는 화려한 학벌을 뒤로하고 방구석을 벗어나지 못하는 처량한 룸펜 신세였다. 그래도 구보는 일본어나 영어 등 어학에 뛰어나 외국 책들을 원서로 사다 읽곤 해서 다방면에 아는 게 많았다.

"아, 창경원에서 꽃구경을 하던 인파 사이로 야수가 미녀를 죽이고 가다. 미녀변사사건! 꽃놀이 기간에 미녀가 죽은 일이니 4월 신문에 난 사건이 맞을 걸세."

구보는 큰소리로 외쳤다. 동아일보 헤드라인이 그대로 머릿속에 떠올랐다. 순종황제 소유의 창경궁을 일제가 창경원으로 개명한 뒤 벚나무를 심고 일반에게 공개하여 왕권을 짓밟은 지 오래였다. 창경원은 제국주의 폐해를 보여주는 대표적인 곳으로 의식 있는 지식인은 옛 궁궐에서 일본식 꽃놀이를 즐기는 대중을 탓하였으나, 서양의 문물을 받아들인 모던보이 모던걸은 데이트 장소로 종종 이용하는 곳이었다.

벚꽃놀이 기간인 4월에는 야간 개장을 하여 남녀가 더욱 북적였다. 어두운 구석에는 야음을 틈타 부녀자 겁탈 사건도 종종 일어나는 우범지대이기도 했다. 그런데 올 봄 야간개장한 지 1주일쯤 지났을 무렵, 문도 열지 않은 이른 아침에 창경원 안에서 모던걸로 보이는 한 여인이 목 졸린 변사체로 발견되어 야단이 났었다. 12월이 된 지금까지도 범인을 잡지 못하여 일본 경무국의 수사력에 대한 신뢰가 바닥에 떨어졌다는 기사가 요 근래 신문에 실리기도 했다. 미제로 남은 이 사건은 아직도 사람들의 기억에 충격으로 남아 있었다. 살해당한 여인이 카페 여급이라고 했던가. 당시 현장에 낭만파 시인의 시구가 적힌 종이가 떨어져 있다고 해서 구보로서는 범인이 꽤 낭만적인 놈, 아니면 아주 특이한 놈이 아닐까 추측을 했던 일이 떠올랐다.

상의 목소리가 깊은 상념에 빠진 구보를 일깨웠다.

"요컨대 범인을 잡을 단서를 내놓으라는 말인데……. 흑부리 선배, 본인들도 해결 못 한 일을 왜 우리에게 떠넘기는지, 원. 범인이 어떤 녀석 같은가?"

"응?"

"어떤 녀석일지 단서를 달라 하니 자네의 의견을 묻는 것일세."

구보는 안경을 한번 쓰다듬고 나서 답했다.

"시를 범행현장에 놓고 온 걸로 봐서는 꽤나 낭만적인 사람일 거라는 생각이 드네만."

구보는 말을 마치고 잠시 입을 다물었다. 상이 휘몰아치듯 말을 뱉었다.

"분명 범인은 야수가 아냐. 셸리의 시구를 읊을 정도면 지식인 중에서도 상층에 속하지. 게다가 프로메테우스를 들먹일 정도면 지식인이되, 꽤나 서양문물에 친숙한 인물이지. 더구나 그 내면은 말이지, 인간들에게 무지를 선사한 제우스와 지혜를 선사한 프로메테우스처럼 매우 대립적인 면을 지닌 이중인격형 인간이라고 할 수 있지."

이상은 빠르게 말을 내뱉었다. 구보는 깜짝 놀라 물었다.

"어찌 범인을 본 듯 그리 잘 아는가?"

"내가 시를 지어봤기에 알지. 시는 인간의 내면을 그대로 상징화해 드러내지. 시구는 자신의 마음속을 묘사하는 거야."

쳇, 아까는 그냥 생각 없이 시를 지었다고 하더니만. 순 뻥이구먼.

"자, 가지."

"어딜 간다는 게인가?"

"전차를 타고 종로를 가로질러 창경궁 문 닫기 전에 범행 현장을 둘러보고 종로경찰서에 들러 형사도 만나봐야 한다네. 할 일이 많아."

상은 회의실 문 옆에 세워둔 길쭉한 나무 지팡이를 들어 휘휘 돌리며 앞장섰다.

동대문 행 전차를 잡아타고 중간에 종로 삼정목에서 내려 창경궁까지는 도보로 이동하여 궁 앞에 도착하였다. 오후 3시가 넘어 있었다.

발목이 드러나는 개량 한복에 여우털 목도리를 두르고 커다란 악기 케이스를 들고 다니는 모던걸 두 명이 창경궁 입구로 향하였다. 그 뒤를 따라 구보와 상이 입장권을 끊고 들어갔다.

"저 첼로케이스에 아무것도 넣지 않고 다니는 여성을 본 적 있다네. 종로에 있는 카페 여급인데, 이화여전 학생인 것처럼 위장하고 다니더구먼."

"참으로 한심스런 사회군."

"하긴 어설픈 서양 옷을 입으면 글이 더 잘 나올 것처럼 뻐기고 다니는 우리나 모던걸이나 무엇이 다르겠는가? 오십보백보이지. 그나저나 봄에 창경궁에는 와봤는가?"

"아니."

상은 빠르게 발을 놀리면서도 여유 있게 말을 이었다.

"밤에는 요란한 전등불이 줄지어 걸리고 꽃잎은 끝도 없이 떨어지며 남녀들이 흥청망청하는 볼 만한 곳으로 바뀌지. 하지만 이 궁을 일제에 내어준 조선황실의 권위는 그네들의 발에 밟혀서 사라져버렸다네."

창경궁 정문인 홍화문으로 들어서자 두 줄로 늘어선 벚나무들이 앙상한 나뭇가지를 을씨년스럽게 드러내고 있었다. 이리처럼 달려드는 강대국들의 횡포에 시달리는 황실의 모습을 그대로 보여주는 것만 같았다. 임금이 거처하던 전각들은 헐리고 공터로 남았으되 그 옆에는 일제가 만든 잔디밭과 벤치들이 가득 들어찼다. 벤치에는 남녀가 앉아서 밀회를 나누며 웃고 있었다.

"아마, 시신이 있던 자리가……?"

궁 안을 걷던 구보는 고개를 갸웃하며 기억을 거듭 더듬어보다 대답했다.

"내 기억하기로는 왕후나 세자가 머물던 환경전 뒤쪽 벚나무 아래라고 하였네."

이상이 입가에 희미한 미소를 지으며 구보를 돌아보았다.

"기억력이 상당하군."

구보는 으쓱하며 상을 자신만만한 얼굴로 쳐다보았다.

"그렇게 못난 친구를 붙여주지는 않았군그래."

구보는 상의 말투에 기분이 나쁘기도 했지만, 이 괴상한 사내에게 인정을 받았다는 사실에 어깨가 조금 올라갔다.

"바로 이 나무인가?"

10여 분이 지나 환경전 뒤에 도착해 올려다본 벚나무는 수령이 100년은 훌쩍 넘었을 것으로 보였다. 나무 둥치 주변으로 오밀조밀 얽힌 뿌리가 드러났고, 그 주변으로는 앉아서 쉬기 좋은 바위들이 놓여 있었다.

구보가 올려다보았다. 저 나무에서 분홍색 벚꽃이 눈처럼 내리던 4월의 어느 밤, 여인은 여기에서 셸리의 시구와 함께 죽음을 맞이하였다.

참으로 기이하면서도 묘하게 낭만적인 사건이었다. 상은 나무 둥치에 쭈그리고 앉아서 지팡이로 흙을 헤쳐 보았다. 겨울을 준비하는 개미들이 땅 밑에서 분주히 움직이고 있었다.

"분명히 야경꾼이 철수하고 난 다음에 여인과 둘이 남았다."

상의 말에 구보가 안경을 한번 세우고 답했다.

"야경꾼 눈을 피해 전각 안이나 화장실 등에 숨어 있을 수 있겠지. 아니면 야음을 틈타서 커다란 나무 뒤에라도 있으면 될 것이고."

"음료수라도 사 마시러 가지 않겠나?"

난데없는 상의 말에 구보는 의아한 얼굴로 뒤따랐다.

상은 성큼성큼 앞장서서 저만치 있는 초라한 가판대에 다가섰다. 초로의 노인이 경비원이나 씀직한 모자 하나를 눌러쓰고 손바닥에 화투 패를 쥐고 있었다.

"어험."

상이 헛기침을 하였다.

"무엇을 드릴까요?"

"칼피스 두 개 주시오."

상은 일본에서 들여온 유산균 음료를 두 개 주문하고 값을 치른 다음 가판대에 팔꿈치를 걸고 기대어 서서 노인을 빤히 쳐다보았다. 노인은 패를 왼손으로 옮겨 쥐고서 거스름돈을 내주었다.

"이곳 창경궁을 관리하는 총책임자를 만나고 싶은데 안내를 해줄 수 있소?"

계산이 끝난 뒤 다시금 화투 패에 몰두하던 노인은 모자를 고쳐 쓰고 의심스런 눈초리로 상을 쳐다보며 답하였다.

"무슨 일 때문에 그러십니까?"

"내가 옆의 이 친구와 내기를 해서 그렇소."

내기라니? 구보는 뜬금없다는 표정으로 상을 보았다. 상은 의뭉스럽게도 짐짓 화가 난 표정을 지었다. 구보도 잠자코 장단을 맞출 수밖에 없었다.

"왜 그 미녀변사사건 말이오. 아주 아리따운 미녀가 죽었다던데 이곳 창경궁 벚나무 아래에서."

"쓸데없는 소리를 지껄일 양이라면 썩 꺼지시오."

"그러고 싶지만 이 친구와 내기를 해서 말이오. 책임자를 만나 좀 묻고 싶소. 이 친구가 옳다면 나는 돈을 잃고, 반대로 내가 옳다면 돈을 딸 수도 있소. 지든 이기든 당신에게 사례를 하겠소. 그러니 시신을 발견한 경비 책임자를 소개해주시오."

노인은 약간 솔깃한 표정으로 상을 보며 답하였다.

"그거라면 멀리 가지 않아도 좋습니다. 그때 개장 직전의 창경궁에서 시신을 발견한 사람은 바로 접니다. 그 일로 어찌나 놀랐던지 1주일이나 쉬어야 했지 뭡니까. 이 좋은 직장을 하마터면 다시 잃을 뻔했습니다."

"다시 잃다니?"

"여흥을 즐기려 메쿠리카루타(화투의 원류) 판에 낀 게 문제가 되어서 말이죠. 에흠, 그건 그렇고 대체 선생들이 한 내기란 것은 무엇입니까?"

상은 한쪽 눈을 찡그리며 입을 열었다. 구보는 그가 하는 양을 지켜보기만 하였다.

"그때 여기서 발견된 그 시체가 정말 미인이란 말이오? 그녀의 몸매나 얼굴에 한 결의 흠도 없더란 말이오? 난 괜히 신문에서 기사거리를 만드느라 미녀변사사건이라고 가져다 붙인 것은 아닌지 궁금하오. 나는 그녀가 미인이 아니라는 데에 돈을 걸었고, 이 친구는 신문의 기사처럼 미인이라는 데에 돈을 걸었소."

이 얼마나 저속한 내기인가. 망자를 두고 이런 내기나 하는 한량 역할은 꽤나 거북하였다. 구보는 떨리는 다리에 힘을 주고

서서 내기 친구 역할을 간신히 해내고 있었다.

"하아, 그건 물론 기사가 맞습죠. 분명 미인이었습니다."

"아이쿠, 나는 10원이나 손해를 보았소."

상의 난처한 표정에 관리인은 더 신 나게 입을 놀렸다.

"확실합니다. 제가 이 두 눈으로 똑똑히 보았으니까 말이죠. 개장이 9시니까 저는 8시에 순찰을 나갔습니다. 개장 직전에 혹시 흐트러진 데는 없는지 확인하여야 되니까 말이죠. 물론 전날 순찰 돌던 야경꾼들도 있지만, 혹여 어둠 속에 쓰레기 더미라도 치우지 못하면 안 되니 말입니다. 제가 환경전 근처를 돌아보는데 벚나무 아래에 희끄무레한 것이 있는 게 아닙니까. 누가 옷이라도 잃어버리고 갔는가 하여 얼른 벚나무 아래로 갔지요. 근데 한 여인이 속옷차림으로 벚나무 밑에 누워 있지 뭡니까. 몸 주변에는 떨어진 벚꽃 잎이 가득하였고, 그 가운데 얇은 속옷차림으로 누워 있었단 말입니다. 여인의 뒤태는 상당히 젊어 보였는데 당최 얼굴이 땅을 향하고 있어서 누군지 알 수 없었습니다. 인상적인 것은 온몸에 난 사슬 자국이었지요. 전 술을 마신 처자인가 싶어서 얼른 여인을 흔들어 뒤집어 놓았습니다. 그런데 그만 그 몸에서 망자의 느낌이 들지 뭡니까. 제가 젊었을 적에 장례 일을 좀 도와봐서 아는데, 온몸이 차갑고, 눈꺼풀을 뒤집어보니 눈동자가 풀어져 있고, 아무리 흔들어도 일어나지 않았습니다. 그래서 얼른 중앙사무소로 달려가 전화를 돌리고 경찰을 불렀지요."

상은 노인의 설명을 꼼꼼히 들었다.

"아차, 여인의 얼굴에 대하여 내기를 하였다 하셨죠? 제가 그 여인을, 아니 시신을 뒤돌아 눕혔을 때, 정말 깜짝 놀랐습니다. 하얀 얼굴에 반듯한 이목구비가 서늘한 미인이더란 말입니다. 그래서 더욱 섬뜩하였는지도 모릅니다. 하여튼 1주일 동안 밤잠을 설치고 몸을 가누기도 힘들어 여길 쉬었습니다. 자아, 이제 이쪽 선생이 돈을 따셨으니, 제게 개평이라도 주셔야죠."

상은 심심한 미소를 지으며 노인에게 1원을 건네주었다. 노인은 생각지도 못한 부수입에 매우 기뻐하였다.

가판대를 지나서 창경궁 정문을 지나칠 즈음 구보가 상의 침묵을 깼다.

"무언가 얻은 것이 있는가?"

"다행히 처음 발견되었을 때의 상태를 들었네. 난 창경궁 어디에라도 시신을 감출 만한 공간이 있는지 궁금하였네. 아니면 시신을 감추려다 만 것인지도 궁금하였고. 노인의 목격담을 들어보니, 분명 범인은 시신을 의도적으로 드러낸 것이네. 시신이 발견된 장소는 사방이 열린 곳으로, 사람들의 눈에 띄기 좋은 곳이지. 여인을 교살하고, 시신을 드러내기 위해 방치한 것이지."

"아까 고인의 얼굴이 예쁜지 아닌지 내기를 했다 할 때에는 내 얼굴이 다 화끈거렸네. 꼭 그런 거짓말을 해야 했나?"

상은 입가에 희미한 미소를 띠며 답하였다.

"저자는 내기를 좋아하는 자가 틀림없지. 손가락 지문이 닳을 정도로 쌍륙이나 화투 패를 어르고 던져보았을 거네. 거스름돈을 건넬 때에도 계속 화투 패를 만지작거리고 있었지. 그래서 도박에 심취한 노인이라는 것을 짐작하고 내기 제안을 하였네. 다짜고짜 그날의 상황을 물어보았다면 아무것도 얻지 못했을 것이야."

구보는 고개를 강하게 끄덕였다. 염상섭 선배가 구인회 멤버로 이 친구를 선택한 데에는 그럴 만한 이유가 있다는 생각이 들었다.

상은 창경궁을 벗어나 근처 전차 정류장에 도착하자 입을 열었다.

"일제에 의해 명예가 훼손된 공간에 시신을 천연덕스럽게 드러낸 것은 권위에 도전한다는 느낌을 주네. 제우스에 도전하는 프로메테우스가 그렇다는 것은 말 안 해도 알겠지만 말이야. 자, 어서 종로서로 가자구. 내가 아는 형사 하나가 거기에 근무하고 있다네. 창경궁은 종로서에서 가까우니 분명 시신도 그쪽으로 옮겨졌을 것이야."

구보는 이상을 따라 전차에 올랐다. 종로서 앞에 도착하니 어느덧 해가 떨어져 초저녁의 어둡고 쌀쌀한 날씨가 상과 구보의 뺨을 붉게 만들었다.

"너무 늦은 시간이 아닌가?"

"걱정 말게. 내가 아는 형사는 이 시간에만 자리에 있다네."

종로경찰서는 고딕풍의 이층 건물로, 중앙에는 높다란 시계탑이 세워져 있고 하얀색 벽돌로 된 정문 옆으로는 기다란 창문들이 아래 위층에 나란히 줄지어 있었다.

상은 한쪽 눈을 찡긋해 보이고 앞장서 들어갔다. 말로만 듣던 종로서에 오니 구보의 좁은 어깨가 더욱 움츠러들었다.

이곳이 수많은 독립투사와 정치범들을 고문하는 곳이구나.

진술을 받아내려 1주일 이상 잠을 재우지 않는 것은 물론, 각종 기구들로 고문을 자행한다는 소문이 무성한 곳에 오니 구보는 오금이 저려왔다.

일층에 위치한 경찰 사무실로 들어서자, 헌팅캡을 멋들어지게 쓴 키 큰 젊은 남자에게 상이 알은체를 하였다. 구보가 상상하던 잔인하고 흉악한 인상의 형사가 아니었다. 외려 모던보이처럼 잘생긴 얼굴에 호리호리한 몸매가 흡사 유학파 지식인처럼 보이는 이였다.

나중에 상에게서 들었지만 도쿄대 법대를 나온 기무라 형사는 경성경무국에 파견근무를 지원했으며, 상과는 우연한 기회에 알게 된 막역한 사이라고 했다.

"아, 하나코 살인사건을 말씀하시는군요. 카페에서 일하던 여급이라고 세간에 알려져 있지만, 방석집에서 일하는 작부였다고 합니다. 일본에도 목욕탕에서 일하는 하급 매춘부들이 있는데, 이 여인 역시 그런 유의 여인이라고 하죠. 한국식 이름은 김화영, 일본 이름은 하나코. 이름처럼 꽃나무 아래에서 살해당해 밤새 쌓인 벚꽃 잎과 함께 발견되었죠. 시신은 유족이 인수해 가서 화장했습니다."

상은 자료를 요구하였고, 기무라는 종로서 지하에 위치한 자료 보관실로 안내하였다. 기무라를 따라 걸으며 구보는 미칠 것 같은 불안감에 다리가 후들거렸다. 이러다 고문실로 향하는 것은 아닐지, 이게 다 염상섭 선배와 이상이 파놓은 함정이어서 자신을 잡아 가두려는 음모는 아닌지 황당한 상상과 함께 온몸이 덜덜 떨렸다.

"어디 불편하신 곳이라도?"

기무라가 자꾸 멈칫거리는 구보를 돌아보았다. 눈이 마주친 구보는 하마터면 넘어질 뻔하였다.

"그게 아닐세. 무서워서 저러는 게지. 자네를 고문실로 끌고 가지는 않을 테니, 걱정 말게나."

상이 빙그레 웃으며 구보를 보았다. 기무라가 든 랜턴 불빛이 희미해지더니 바로 눈앞에 자료 보관실이 나타났다. 기무라는 자물쇠를 열고 뻑뻑한 문을 가까스로 열어젖혔다. 꼬리표가 붙은 수많은 서류들이 수십 개의 서고 안에 빼곡히 정리돼 있었다. 그 옆 진열장에는 범행 도구인 칼, 권총들도 진열되어 있었다. 기무라가 한참이나 색인을 들여다보더니 자료실을 둘러보던 상을 큰소리로 불렀다. 놀란 눈으로 이것저것 둘러보던 구보도 얼른 기무라에게 다가갔다.

"이것입니다. 하나코 양은 발견 당시 온몸에 사슬 자국이 있었습니다. 얇은 슈미즈 하나만 입은 상태였고, 신발은 없었죠. 분명히 사슬 같은 도구에 묶여 끌려온 듯합니다."

기무라는 사진을 보여주었다. 랜턴 불빛 아래 보이는 기괴한 시신의 모습에 구보는 할 말을 잃었다. 이런 흉악한 사진은 난생 처음 보는 것이었다. 눈을 부릅뜬 채로 생을 마감한 여인의 얼굴에는 생전의 아름다움이 그대로 남아 있어, 구보는 안타까움과 함께 분노가 치밀어 올랐다.

"현장에 족흔이나 지문이라든가 범인이 남기고 간 흔적은 없었소?"

상이 물었다.

"없었습니다. 아무리 돋보기로 뒤지고 다녀도 범인이 남겼을 법한 머리카락은 흔적도 없었죠. 족흔 역시 수많은 인파가 다녀간 상태라 판별이 불가했습니다. 강간당한 흔적도 없었고요. 그저 옷이 벗겨진 채 발견된 것입니다. 다만 온몸에 사슬 자국이 나 있는 것이 특이했죠. 현장에서 사슬은 발견되지 않았습니다."

이때 구보의 등 뒤에서 인기척이 났다. 구보는 소스라치게 놀랐다.

"쏘리."

한 여인의 목소리가 어두운 자료실 구석에서 흘러 나왔다.

"아, 미스 야마모토."

기무라가 활짝 웃으며 과장된 몸짓으로 대화를 나누었다.

"이분은 경성제국대학 의학부에 연구원으로 계시는 크리스틴 야마모토 박사입니다."

갈색 눈동자에 가는 사각 금테 안경을 쓰고, 어깨 길이의 검은머리를 단정히 묶은 흰 가운의 여성이 나타나 웃으며 인사했다. 작은 얼굴에 일본인답지 않게 이목구비가 뚜렷한 미인으로 분명 서양인과 일본인의 혼혈로 보였다.

"야마모토 박사님은 고 김화영의 검시나 부검에 참여하지는 못했습니다만 담당 선생님이 지금 미국에 계시는 관계로, 그분을 대신해 사진과 검시 기록을 참조하여 여러분께 설명해드릴 겁니다. 궁금한 게 있으면 물어보십시오."

기무라는 테이블에 김화영 관련 자료를 내려놓고 사무실로 돌아갔다. 상과 구보 그리고 크리스틴은 마주 서서 김화영의 사진과 자료철을 들고 질문을 주고받았다. 어두컴컴한 보관실에서 가스등 불빛에 비춰보는 시신 사진과 크리스틴의 하얀 얼굴이 기묘하게도 어울렸다.

구보는 크리스틴의 입에서 나오는 말들을 놓칠세라 집중하여 귀를 기울였다.

"시체 얼룩으로 보아 발견되기 전날 밤 자정 전후로 살해된 것으로 보입니다. 보고서에도 그렇게 나와 있습니다."

"그렇다면 창경궁이 문을 닫은 후에도 어딘가에 숨어 있다가 밤에 다시 나와서 벚꽃나무 아래서 한쪽은 죽이고 한쪽은 죽음을 맞이하였다는 것인데, 야간개장 시간이 끝나는 밤 10시에서 12시 사이에 이들을 무엇을 하고 다녔던 것일까?"

구보는 상의 얼굴을 보고 답하였다.

"그거야 사랑하는 남녀라 치면 2시간 동안 할 일이 없었을까?"

상은 살짝 고개를 끄덕이며 크리스틴에게 김화영의 사진을 가리키며 물었다.

"분명 온몸에 사슬 자국이 나 있었지만 직접적인 사인은 목 졸림에 의한 질식사로 들었소. 사슬 자국은 피해자가 죽은 후에 생긴 것이오? 아니면 죽기 직전에 있었던 것인지 알 수 있소?"

크리스틴은 사진을 유심히 보고 고개를 끄덕였다.

"당연히 죽기 전에 난 상처들입니다. 피는 죽은 후 바로 굳기 시작합니다. 사람마다 다르지만 죽은 지 5시간이 지나면 시체에 자극을 가하여도 일시적으로 흔적이 남을 뿐 퍼렇게 멍이 들거나 하지는 않습니다. 하지만 죽은 지 5시간이 지나지 않은 시신을 뒤집어 놓는다면 처음에 생겼던 시체 얼룩은 사라지고, 다시 바닥에 면하고 있는 몸체에서 시체 얼룩이 생깁니다. 이것을 시반이라고 하는데 이것으로 사인을 추정하죠. 즉 죽은 직후, 5시간은 피가 흐르고 있다는 이야기입니다. 오른손 손등에 시반이 보이시죠? 여기에 큰 시반이 있는 것으로 보아서 나뭇가지에 목을 매달 때 손도 같이 묶여 걸려 있었던 것 같습니다. 매달린 손에 피가 몰려 시반이 생긴 것이지요."

김화영의 오른손 등에 강한 시반이 나타나 있었다.

"그렇다면 죽기 전에 시신을 사슬로 압박하고 끌고 다니면서 괴롭혔다는 이야기가 되는군. 그리고 목을 졸라서 나뭇가지에 매달았다. 그렇게 되는가?"

크리스틴은 고개를 끄덕였다.

"입에 재갈을 물린 흔적은 없었습니까?"

구보는 아름다운 화영의 얼굴을 사진으로나마 자세히 보았다. 입에 끈을 갖다 대어서 상처가 나거나 스친 자국은 없어 보였다.

"없습니다. 부검 보고서를 보니 입 안에서 실밥과 보풀이 발견된 것으로 보아 손수건 같은 것으로 틀어막았을 가능성이 있다고 하네요."

크리스틴은 시신의 목 부분을 자세하게 찍은 사진을 구보와 상에게 보여주었다. 구보는 얼른 고개를 돌렸다.

"이 부분을 보세요. 분명 손가락 자국이 있습니다. 양손의 엄지손가락이 앞에 두 개, 뒷목에는 네 개의 손가락 자국이 두 쌍 있죠. 그리고 목에는 쇠사슬로 압박한 흔적도 있습니다. 물론 죽기 전후로 난 흔적입니다. 제가 판단하기로는 손으로 목을 조르는 동시에 사슬을 사용하여 조른 것 같습니다. 직접적인 사인은 손으로 인한 목졸림사, 그리고 범행 도구인 쇠사슬을 사용한 압박사입니다. 그런데 범인은 시신을 나무에 매달았다가 바닥에 내려놓은 채 사라졌습니다. 발견 당시 바닥에서 발견되었으니까요. 게다가 범행 도구인 쇠사슬도 발견되지 않았다고 보고서에 나와 있습니다."

상이 고개를 갸웃하였다.

"조금 이상하오. 보통은 손으로 경부를 압박하거나 아니면 처음부터 끈이나 사슬 등 도구를 써서 압박을 하여 범행하지 않소. 이 사건은 특이하게 손으로 목을 조르고 나서 쇠사슬로 다시 졸랐다는 이야기가 되는데?"

크리스틴이 고개를 끄덕였다.

"제가 보기에도 그 부분이 의아했는데, 이렇게 시신의 목에 나타난 손가락 자국과 쇠사슬 자국이 동시에 보이니까요. 게다가 사슬 자국이 죽기 전후로 목에 집중적으로 나타나는 것으로 보아 단순히 위협용으로 쓰인 것이 아니라 확실한 범행도구가 맞습니다."

상은 사진을 골몰히 보다가 물었다.

"혹시 독살의 흔적은 없었소? 예를 들어 마취제 같은 걸로 마취를 시켰다든가 하는."

"아니요. 독물로 잠재웠다면 부검 시 약물 반응이 나왔을 겁니다. 보고서에는 없습니다."

상은 감사의 표시로 가볍게 고개를 숙였다. 크리스틴은 김화영의 자료를 정리하기 위해 자료실에 남고 상과 구보만이 사무실로 올라갔다. 마침 사무실에서는 용의자 취조를 마친 기무라가 한가롭게 차를 마시고 있다가 그들과 마주하였다.

"미녀변사사건 수사 과정을 잠깐 듣고 싶소."

상이 기무라에게 부탁하였다.

"카페 여급들, 그녀가 다니던 방석집 작부들을 모두 불러다 조사하느라 이곳 종로서가 온통 분 냄새로 요란했죠. 게다가 그녀가 상대했던 남자들을 뒤지니 경무국 고위관리서부터 뒤를 봐주는 기둥서방들까지 남자가 하나 둘이 아니어서 정말 조사하기가 힘들었습니다. 한마디로 얼굴값을 했다고나 할까요? 작부라지만 수입은 꽤 되어서 털목도리도 두르고 다녔다던데, 결국 이렇게 빈털터리로 갔으니……."

"범인의 유류품도 발견된 것이 없다고 하였는데 고 긴화영의 옷은 발견되지 않았소?"

"예. 인근에는 없었습니다. 하지만 부근에 버렸어도 털목도리나 양장 같은 값진 옷은 금방 누군가 집어갔겠죠. 신발도 마찬가지고요."

먹을 것도 귀한 시대에 모던걸의 옷은 부르는 게 값이었고, 일반 여성들은 평생 품일을 해도 입어볼 수 없었다. 본정(현재의 충무로)의 미쓰코시 백화점에 걸린 옷은 총독부의 고위 관리 아내나 이화여전의 부유한 여학생, 조선 황실의 측근들이 아니고서는 도저히 사 입을 수 없을 만큼 비쌌다. 명치정(명동)이나 황금정(을지로)에 위치한 양장점에서도 비슷하게 카피해 저렴하게 팔고 있었으나 이도 서민에게는 그림의 떡이나 마찬가지였다.

"고맙소."

상과 구보는 많은 시간을 할애해준 기무라에게 고마움을 표하고 종로서를 나섰다.

경성 거리에는 어둠이 드리워 있었다. 구보는 전차가 다니는 길을 표시해놓은 금을 밟지 않으려 노력하면서 상을 뒤따랐다. 갑자기 상의 지팡이가 구보의 발등을 콕 짚었다. 구보가 깜짝 놀라 상의 얼굴을 보았다. 상은 희미한 미소를 짓고 있었다.

"자네, 성격이 좀 특이하군."

"그, 그게 무슨 말인가?"

"어렸을 때에 똥간에라도 빠졌는가?"

구보가 말간 표정으로 상의 얼굴을 보는데 상이 알겠다는 표정을 지었다.

"강박증 같은 증세가 있는 것 같네. 신문사에서 나올 때부터 알아봤네. 대리석 바닥의 금을 밟으려고도 안 하지, 자료 보관실에서 하는 양을 보면 분명 소심하고 무서움도 많은 것 같지. 게다가 보고 난 자료를 갖다 둘 때 지정된 서가에 똑바르게 꽂는 것도 그렇고. 난 성격이나 팔자, 정신에 관심이 많아서 나름대로 동양의 관상이나 사주학, 서양의 정신학 이론에도 관심을 가진 적이 있었네."

구보가 화를 벌컥 내었다.

"그럼 내가 지금 정신적으로 문제가 있다는 말인가?"

"훗, 이 말에 화를 내는 것을 보니 더욱 그렇다는 생각이 드는군."

구보의 얼굴이 벌겋게 달아올랐다.

"내가 금이 있으면 안 밟고 그러는 것은 좀 있네. 하지만 정신적으로 문제 있는 것은 절대 아니고 학창 시절에 하도 많은 영어 단어와 일본어 단어들을 외우고 기하학을 공부하다 무엇이든 금 하나를 사이로 두어 갈라놓는 습관이 생긴 것이니 쓸데없는 걱정은 말게나."

말을 마치고 구보는 금을 턱 밟으며 앞장을 섰다.

"오늘 볼일이 끝났으면 나는 가겠네."

성큼성큼 금을 밟으며 걸어가려던 구보의 발목을 상의 지팡이 손잡이가 부드럽게 잡았다.

"책 좋아하지 않는가? 잠깐 신간 서적이라도 있나 들어가 보자고."

상은 마침 근처에 있던 서점으로 쑥 들어갔다. 문을 닫기 직전이었다. 구보는 상의 수작이 적잖이 미웠지만 책이라면 자신도 마다하지 않는지라 묵묵히 따라 들어갔다.

"시집이 이쪽에 있을 터인데."

구보는 상이 셸리의 시집이라도 찾으려는지 살피면서 새로 들어온 서양명작전집 원서 하나를 빼들어 살펴보았다.

"됐네, 찾았어. 주인양반, 책값은 나중에 치르겠소."

상은 서점 주인과 안면이 있는지 계산을 마치지도 않은 책을 집어 들고 서점을 나섰다. 그러고는 지팡이를 휘휘 돌리며 앞장을 섰고 구보는 다시 뒤를 따랐다.

구름이 달을 가린 컴컴한 밤이었다. 상은 한턱내겠다며 우겼다. 거절하는 구보를 기어이 이끌었다. 청계천변을 따라 걷다가 광교 다리 근처에서 '우래옥'이라 이름 붙은 방석집으로 들어갔다.

더덕무침, 녹두부침개, 고사리나물과 약과 등이 차려진 주안상과 함께 볼에 붉게 화장을 하고 곱게 한복을 차려입은 여인 둘이 들어왔다. 상은 여인들과 수작을 주고받으며 구보에게 술을 권했다.

"어허, 됐다니까."

꽤 마신다는 구보였지만 말술을 들이붓는 상 앞에서는 명함도 못 내밀었다.

"너희들 화영이 아나? 하나코라고."

구보가 고개를 갸우뚱했다. 그러고 보니 상은 경찰서를 나오기 전에 기무라에게 고 김화영이 일하던 술집 이름과 약도를 물어 종이에 적어왔다. 상이 불그스레한 얼굴로 한쪽 눈을 찡긋해 보였다.

두 여인 중 나이가 많아 보이는 단발머리 여인이 입을 떼었다.

"아, 하나코 말씀하시는 거죠? 여기서 일하다가……."

여인이 차마 말을 잇지 못하자 이번에는 구보 옆에 앉아 있던 앳된 얼굴의 여인이 입을 열었다.

"창경원에서 벌거벗고 죽었다는 그 언니 말하는 거요?"

"그래, 네가 잘 아는구나. 말 좀 해다오. 어떤 사람이었는지."

나이 든 여인이 고개를 도리질 쳤지만, 앳된 얼굴의 여인이 말을 이었다.

"그 언니는 그레타 가르보를 닮았어요."

구보가 뜬금없다는 표정을 지었다.

"왜요? 이런 데서 일하는 여자는 다 그렇고 그렇게 생겼을 것 같으오?"

여인은 구보를 빤히 쳐다보면서 말했다. 구보가 머쓱해졌다.

"길게 올려 그린 눈썹도 그렇고, 쭉 뻗은 코와 강인한 턱선, 한 번도 웃지 않는 것도 비슷했죠. 웃지도 않고 말수도 적었지만 손님들한테 인기가 많았어요. 모든 남자들의 이야기를 조용하게 끝까지 들어주었죠. 가난한 물장수든, 돈 많은 은행원이든 언니만 찾았다오. 경성제대 학생들, 연희의전 학생들도 가끔 언니를 보러 왔죠. 그 언니가 이화여전을 중퇴했다고 다른 언니들에게서 들은 적은 있는데 사실인지는 모르겠어요. 다만, 이런 곳에 오래 있을 사람 같지는 않았어요."

"주둥아리 함부로 놀리다가는 또 형사들이 찾아와 물고 내고 간다."

나이 든 여인이 당황한 얼굴로 어린 여인의 옆구리를 찌르며 낮게 읊조렸다. 구보가 짐작하기에 이미 여러 차례 형사들이 다녀간 것 같았다.

썰렁해진 분위기를 바꾸려고 상이 젓가락을 들고 장단을 맞추며 노래를 불렀다.

경쾌한 음정의 곡인데 흥겹기보다는 좀 처량하게 들렸다. 들을 때에는 무슨 노래인지 몰랐으나, 훗날 더듬어 생각해보니 그날 상이 부른 노래는 〈부기우기〉라는 재즈였다. 구보는 당시 미국에서 유행하던 노랫가락을 상이 어떻게 알고 불렀는지 신기하기만 했다.

청계천변을 나란히 걷던 상과 구보는 어두컴컴한 겨울 밤하늘을 올려다보았다. 제법 추웠다. 상은 얇은 와이셔츠 하나만 재킷 안에 입어 더 추워 보였다.

"조선 적삼이라도 안에 들여 입지 그랬나?"

상은 걱정해주는 구보에게 웃음으로 답했다. 그러고는 미국 무성영화의 명배우 찰리 채플린을 흉내 내듯 한손을 들어 흔들며 뒤돌아 걷다가 지팡이를 휘휘 돌려댔다. 구보의 얼굴에도 웃음이 걸렸다.

다음 날 오후, 구보는 종로경찰서에 갈 채비를 마치고 집을 나섰다. 그날 오전 기무라 형사는 상이 기거하던 다방 '제비'로 '오후 3시에 경찰서로 와 달라'는 전갈을 보냈고, 상은 즉시 심부름꾼 소년을 구보의 집으로 보냈다. 오후 3시경 경찰서 정문에서 상과 구보가 만났다. 둘이 일층 정문으로 들어서자 마침 기다리고 있던 순사 한 명이 이들에게 다가와 지하복도의 끝 방으로 안내했다.

구보는 방에 시신이라도 안치되어 있는 게 아닐까 생각하며 온몸에 소름이 돋았다.

"들어오십시오."

기무라의 음성이 들렸다. 기무라가 기다리고 있던 곳은 취조실이었다. 이곳이 바로 독립운동투사들을 고문하고 잠을 재우지 않고 조사한다는 그 무시무시한 취조실인 것일까. 구보의 어깨가 움츠러들었다. 방에 들어서자 가운데 놓인 탁자와 걸상 서너 개가 눈에 띄었다.

잠시 후, 일본인 순사가 양복을 입은 조선인 남자의 궁둥이를 발로 차며 취조실로 데리고 들어왔다. 끌고 들어왔다는 표현에 걸맞게 조선 남자는 겁에 잔뜩 질렸고, 순사는 위압적이었다. 양장을 입은 남자는 모던보이의 모습들을 다 갖추고 있었다.

"죄송합니다. 죄송합니다."

남자는 덜덜 떨며 이 말만 되풀이했다.

"어떤 연유로 잡혀온 것이오?"

상이 묻자 남자는 눈을 크게 뜨고 반문했다.

"조선분이시오? 나 좀 제발 살려주시오."

남자가 잡혀 들어온 까닭은 이러했다. 간밤에 요릿집 기녀 하나가 집으로 돌아가는데 이 남자가 뒤에서 덮쳐 결박한 뒤 총을 겨눴다는 것이다. 비록 오발이었지만 총탄까지 쏜 탓에 근처를 지나던 순사에게 붙잡혔고, 취조를 하던 기무라가 창경궁 살인 사건과 관련성을 찾아내 여죄를 자백 받으려 하였지만 이런 죄를 지은 것은 처음이라며 다른 사건과 관련을 부인하고 있다는 것이다. 이때 일본인 순사 하나가 다급하게 취조실로 들어와 기무라를 호출하였다.

취조실에는 부득이하게 상과 구보와 용의자가 남게 되었다. 비록 두 손이 결박되어 있다고는 하나 구보는 은근히 살인용의자가 두려웠다.

"나는 정말 이번이 처음이오. ……누구 궐련 좀 없소?"

남자는 한숨을 내쉬었다. 행색을 보건대 시골의 부농 아들이 서울에 올라와 유학생활을 만끽하다가 사고를 치고 경찰서로 잡혀 온 것으로 보였다.

상은 지팡이를 들어 조사실 바닥을 쾅 하고 내리쳤다.

"시곗줄은 있는데 시계는 없는 것을 보니, 도박질, 계집질 하느라 가산 탕진한 지 오래되었고, 손가락에 잉크자국이 전혀 없는 것을 보아 하니 공부도 이제는 그만둔 상태구먼. 독립투사들도 고문을 못 이겨 자백하는 곳이 바로 이곳인데, 시골 출신 한량이 불게 되는 건 시간문제일 터! 어서 어젯밤 사건을 정확하게 설명해보시오."

구보는 상의 기백이 놀라웠다. 웬만한 형사의 뺨도 치고 갈 기세였다. 남자는 상의 추리가 맞았는지 깜짝 놀라며 얼른 고개를 숙이고 두 손을 모아 읍소했다.

"제발 나 좀 살려주시오. 난 귀하게 자라서 이런 고생은 난생 처음이오. 그저 간밤에는 유행하는 놀이를 흉내 낸 것뿐이라오."

"유행하는 놀이?"

"그렇소. 경성제대와 연희전문대 등의 한다하는 친구들이 릴케나 랭보, 셸리나 바이런을 흉내 내고, 그 시인들의 시구를 그대로 표현해본다는 풍문을 들어서 미천한 기녀 하나를 깜짝 놀라게 해주려고 그랬던 것이지. 랭보의 연인이 랭보에게 권총을 쏘았다는 것을 알지 않소? 살인할 의도는 없었소. 내가 타인을 보충해줘서 대신한다는 의미로 '아보타我補他 놀이'라고 하는 것을 하고 있었소. 그 기생도 아는 여자인데, 미리 짜고 장난질 좀 친 것을 나에게서 돈을 뜯어낼 요량으로 이렇게 부풀렸다오!"

"그렇다면 랭보의 사랑 놀음을 재현해본 것이오?"

"그렇소, 그렇소! 다음번에는 살로메를 연모하다가 장미 가시에 찔려 죽은 시인 릴케를 흉내 내려 계획도 세워놓았소."

"미친."

구보의 입에서 욕이 저절로 튀어나왔다. 할 일 없어 남는 시간에 돈 들여 헛짓만 하는 자였다. 몇 가지를 더 물었지만 창경궁 사건과 직접적인 관계는 없는 듯 보였다.

구보와 상은 경찰서를 나왔다. 어느덧 해가 뉘엿뉘엿 넘어가려 하고 있었다.

"자네 저치의 말을 믿는가?"

상은 시선을 바닥에 두고 묵묵히 걸었다. 그의 지팡이가 땅을 내딛는 소리가 따각따각 반복적으로 들렸다.

"상, 세상에는 참으로 취미가 독특한 놈도 많군. 아보타 놀이라는 것도 하고 말일세. 돈을 벌지 않아도 배가 부르니 한가한 세상 신 나게 살아보려는 놈인가?"

상이 갑자기 지팡이를 세우고 멈췄다.

"아무래도 이 사건은 창경궁 사건과 뭔가 관련이 있네. 나는 어딘가 들렸다 갈 터이니 내일 오후에 반드시 '제비'로 나와주게. 늦어도 5시까지는 와야 해. 같이 갈 곳이 있네."

"지금은 어딜 가는 게인가?"

상은 구보의 물음에 답도 하지 않고 서둘러 걸음을 옮겼다.

다음 날 구보는 오전 일찍 집을 나섰다. 이제나저제나 돈 벌어올까. 목을 빼고 기다리는 어머니와 아내를 보기 미안하여 밥도 먹지 않고 몰래 집을 나섰다. 신문연재가 들어가고 소설이 실리고 나서도 한 달 가까이 있어야 고료가 나올 것이다. 그 전에는 막노동을 하지 않는 바에야 돈을 구할 재간이 없었다. 구보는 좁은 어깨를 움츠리며 전차에 올라탔다. 전차 타는 값도 주머니를 털어 간신히 내었다. 지난밤 방석집 술값은 상이 내주어 어떻게 해결되었지만 이제 어디선가 돈을 벌어 하루 용돈 정도는 해결하고 다녀야 될 형편이었다.

상이 오라고 한 곳에 가기까지 시간이 한참이나 남아서 어디서 뭘 하며 보내야 할지 막막했다. 점심은 길을 가다 호떡을 두 개 사 먹었고, 남은 돈은 소중히 안주머니에 넣어두고 또다시 길을 다니다 저녁 4시가 되자 갈 방향을 정했다.

구보는 청진동 뒷골목을 한참이나 헤맸다. 상이 그려준 약도는 무척이나 조악하고 거칠어 길을 찾기가 쉽지 않았다. 구보는 속으로 건축기사였다는 사람이 이렇게밖에 그림을 못 그리나 하며 혀를 끌끌 찼다. 간신히 국밥집 가게를 돌아 뒤쪽으로 나 있는 좁다란 골목으로 접어들었다. 여러 판자로 얼기설기 만든 단층 건물을 두어 개 지나서 나무로 된 미닫이 문 위에 '제비'라고 적힌 간판을 발견했다.

구보는 문을 열었다. 드르륵 소리에 이어 파헬벨의 〈캐논〉 선율이 낮게 들려왔다. 담배연기가 뿌연 가운데 남자 셋이 커피를 시켜놓고 여급과 농지거리 하는 모습이 보였다. 구보가 멋쩍어 고개를 돌리자 왼편 구석 자리에 요염하게 생긴 여인과 자리를 같이한 상이 보였다. 옆 가르마를 단정하게 타서 서양식 핀으로 뒷머리를 고정시키고 짙은 화장에 그윽한 눈매가 은근하게 돋보이는 여인이 상의 옆에서 담배를 태우고 있었다. 상은 깊은 상념에 빠진 듯 뒤로 몸을 누이고 다방 천장을 바라보고 있었다.

"어이, 이상!"

여인과 수작하던 남자 중 하나가 구보를 쳐다보다가 이내 고개를 돌렸다. 구보는 상에게 곧바로 다가갔다. 여인은 담배를 끄지 않고 '요것 봐라' 하는 눈빛으로 구보를 바라보았다. 외려 구보가 시선을 아래로 떨어뜨렸다.

"난 원래 김상이야. 건축현장에서 일본인들이 내가 이씨인 줄 알고 '이상', '이상' 하고 부르다가 그게 필명이 되어버렸지만 말일세. 뭐, 지금은 김상보다 이상이 편하네만."

상은 말을 끝내고 다시 묘연한 시선이 되어 금홍의 머리카락에 손가락을 깊숙이 파묻어 쓰다듬었다. 금홍은 단장한 머리가 흐트러지자 잠시 고개를 흔들어 보았지만 상의 손가락은 이내 핀을 풀어 금홍의 머리칼을 죄다 끌어 내렸다.

"셸리, 낭만파 시인, 무신론자. 그리고 관습, 통념을 거부하고 여인과 사랑의 도피를 한 자유주의자, 보수주의 비판자, 인류 해방을 위한 지식을 추구하며 프로메테우스의 보편적 선으로 폭력을 상징하는 제우스를 제압할 수 있다고 믿은 자. 무정부주의자, 서정시인, 철없이 살다 30세에 뱃놀이하다 죽은 시인. 꼭 이 다방 이름인 '제비'처럼 살다 간 자 아닌가? 서로 인사들 하지. 내 내자 되는 금홍이일세."

구보가 앉지도 서지도 못한 엉거주춤한 자세로 인사를 꾸벅하였으나 여인은 담배를 지져 끄고는 코웃음만 쳤다. "내자는 무슨" 하며 비아냥대는 소리도 들렸다.

"그래, 그대의 가장 못된 짓을 행하라. 그대는 전능하지 않은가. 그대 이외의 모든 것을 능가할 능력을 나 그대에게 주었노라. 그리고 나의 의지도 빨리 퍼져가는 그대의 해독이 저 천상의 탑에서 인간을 쓸어버릴 것이다. 악의에 찬 그대의 영이 내 사랑하는 이들 위에 어둠을 드리운다. 내가 비노니 나와 나의 인간들에게 그대의 증오가 최악의 고통이 내리게 하라. 그리하여 그대가 높은 곳에 군림하는 동안 이 둘 곳 없는 머리를 끊임없는 고뇌에 빠지게 하리니."

이상이 허공을 보며 〈사슬에서 풀려난 프로메테우스〉를 읊었다. 구보는 짙은 담배연기 속에서 약간 몽롱해진 시선으로 상의 입에서 흘러나오는 나직한 시 한 구절을 듣고 있으려니 마치 벌거벗은 프로메테우스가 눈앞에 묶여 있는 듯한 환상에 빠졌다.

상의 목소리가 구보를 일깨웠다.

"이 시를 보게나."

상은 서양 시를 번역한 명작 시 전집 한가운데를 펼쳐 구보에게 건넸다. 상은 시를 천천히 낭송하였다.

들장미

한 아이가 보았네
들에 핀 장미
싱그럽고 아름다워서
가까이 보려고 재빨리 달려가
기쁨에 취하여 바라보았네
장미, 장미, 빨간 장미
들에 핀 장미

소년은 말했네 "너를 꺾을 테야, 들장미야."
장미는 말했네 "너를 찌를 테야, 끝내 잊지 못하도록. 꺾이고 싶지 않단 말이야."
장미, 장미, 빨간 장미
들에 핀 장미

짓궂은 아이는 꺾고 말았네

들에 핀 장미

장미는 힘을 다해 찔렀지만

비명도 장미를 돕지 못하니

장미는 그저 꺾일 수밖에

장미, 장미, 빨간 장미

들에 핀 장미

마침 금홍이 축음기 레코드판을 갈았다. 슈베르트의 곡 〈들장미〉가 흘러나왔다. 상이 감았던 눈을 떴다. 구보는 의아한 표정을 지었다.

"괴테가 지은 시 아닌가? 지난번에 서점에 들른 이유는 바로 이 시를 찾아보기 위함인가?"

상은 고개를 끄덕였다.

"이 시의 배경이 어떤지 알고 있나?"

구보는 미간에 살짝 주름을 지어보이며 답했다.

"괴테가 브리온이란 목사의 딸과 약혼하였으나, 결국에 파혼하게 되고 그녀에게 상처를 주어서 그 죄책감에 지었다는 〈들장미〉라는 시가 아닌가?"

"참으로 아름다운 시지만 그 안에 들어 있는 생각을 엿보게 된다면 좀 다른 관점으로 볼 수 있네. 아름다운 빨간 장미를 꺾으려는 소년, 그리고 소년을 가시로 찌르려는 장미. 고통이라는 하나의 관념이 매개체가 되어서 서로 고통을 주고받으려는 의도가 있네."

구보는 눈을 둥그렇게 해 보이며 물었다.

"그렇다면 괴테의 시에 가학을 즐기는 사디즘과 학대를 받는 것을 즐기는 마조히즘이 뒤얽혀 있다는 말인가? 이거 참, 사디즘의 원조 사드 후작과 괴테의 시가 통한다니."

"구보, 이 시는 상징적인 것이지. 괴테가 그런 변태 성욕을 상징화했다기보다는 그런 사디즘과 마조히즘을 임의적으로 형상화시켜 보여준다고 생각했기에 이 시를 기억해내고 찾아본 것이야. 단정 짓지는 말게나. 후후."

상은 파이프 담배를 물었다. 구보는 골똘히 생각하다 질문을 던졌다.

"사디즘과 마조히즘이라는 색정광적인 짓을 조선 내에서 벌일 사람들이 있을까?"

상은 미소를 지으며 답했다.

"인간은 그런 관념이나 사상, 단어를 알기 이전부터 뭐라고 지칭할 수 없는 행동들을 자행해왔지. 단어나 이름은 단지 나중에 생겨난 것일 뿐."

"그렇다면 이제부터 범인의 윤곽을 그려나간다면 말일세. 셸리의 시를 들먹일 정도로 멋진 척하는, 머리에 잉크 물든 자일 것이고, 또한 가학적인 행위에 만족감을 느끼는 자일 것일세."

상은 고개를 끄덕여 보였다.

"한 가지 더."

구보의 말에 상이 덧붙였다.

"그런 자가 한 명은 아닐 것이야."

상의 눈빛이 번득였다.

"이런 짓을 벌이고 다니는 지식인들이 있다. 그들 사이에 유행이 되는 아보타라는 놀이가 있다. 심지어 살인까지 저지르는 위험한 단계에까지 진출해 있다. 이건 한 모던보이 머리에서 계획된 것은 아니네. 이런 일들을 조직적으로 벌이고 사상과 관념으로 투철한 이가 배후에 있을 것이야. 그가 젊은 청년들의 사상을 검게 물들이고 있다는 데에 내 이름을 걸겠네."

상이 잠시 파이프 담배 연기를 내뿜다 손을 들어 금홍을 불렀다.

"잠깐만."

금홍이 치맛단을 한 번 여미고는 커피 주전자를 들고 상과 구보의 자리로 다가왔다.

"바쁜데, 커피나 한 잔씩 마시고 나가요. 단체 손님 올 시간이 됐어요."

"금홍아, 요전번에 흑가면 쓴 남자에 관해 한 말을 이 손님 앞에서 다시 해주지 않으련?"

금홍은 빨간 장미 꽃잎처럼 보이는 붉은 입술을 들썩이며 허공을 잠시 보았다. 그러다가 이내 눈을 맞추면서 입을 열었다.

"얘기해주면 나갈 거지?"

상이 고개를 끄덕였고 구보는 무슨 말이 나올지 몰라 조바심이 났다.

"그냥 들은 얘기예요. 이 바닥은 온갖 소문이 나뒹구는 곳이라 그냥 들은 이야기라도 아주 생거짓말이 될 수도 있고, 아니면 진짜일 수도 있는데."

금홍은 잠시 뜸을 들이다가 머리핀을 고정시키면서 말을 이었다.

"친구들 중에 이런 다방, 카페, 요릿집으로 풀린 애들도 있지만 아직도 유곽에서 일하는 애들도 있어요. 기생도 아니고, 권번에서 제일 하급, 한마디로 갈보집에 붙어 있는 애들이요.

본정 뒷골목에 있는 병목정 갈보집으로 불리는 유곽 거리에 있는 애한테 들은 얘기예요. 걔네들 열심히 뛰어봤자 하루벌이가 얼마 안 되는데 하여튼, 하루는 검은색 포드 승용차에서 내린 하얀 머리의 점잖게 생긴 신사가 내일 유곽 여자 세 명 정도만 밖에서 놀 수 있게 해달라고 했대요. 가게에다가는 선금으로 50원을 내놓고, 애들에게는 일인당 20원씩 지급한다고 약속하고요. 다음 날 밤, 차를 몰고 나타나 여자들을 데리고 갔대요. 제 친구도 거기 끼어 갔다는데, 포드 승용차에 올라타자마자 눈가리개를 하고 손목을 묶었다는 거예요.

그리고 2시간쯤 걸려서 어디론가 갔는데. 그게 참 이상하지. 아무래도 여자의 직감은 속일 수 없는 게, 분명 경성 본정에서 그리 멀지 않은 곳인데 빙빙 돌아가는 느낌에 무척 겁이 나더라는 거예요. 그러다가 어떤 집 앞에 도착해서는 집 안에서 눈가리개를 푸니 어두운 방 안이라는 거예요. 서양식 집이고 친징도 높은 곳이었는데, 그 안에 여자 세 명이 갇히게 된 거예요. 점잖은 신사가 술과 커피를 들고 오더니 잠시 후, 얼굴을 검은색 가면으로 가린 턱시도 차림의 남자가 들어왔다고 합니다."

"검은 가면?"

구보가 되물었다.

"그게, 일본의 전통연극 노能 있잖아요."

구보도 일본의 전통연극 '노'는 잘 알고 있었다. 경성 거리에서도 일본의 가부키 극과 노 연극만을 상영하는 극장은 몇 군데 있었다.

"그런 전통연극에 나오는 무표정한 가면이라는데, 어떻든 개도 손님하고 노 연극을 보러 갔던 일이 있기에 알았답니다. 하여튼 그 가면을 쓴 신사 뒤로 하얀 가면을 쓴 청년 두 명이 들어와 특이하게 놀았답니다."

"특이하게 놀았다뇨?"

구보가 되물었다.

"그게 남녀가 하는 보통의 행위가 아니라 손목과 발목을 묶어놓고 채찍으로 때리고 사슬로 묶고 하는 뭐 그런 거라는데, 저는 여기까지만 말할게요."

금홍은 커피를 한 잔 따라주고 얼른 일어나 단체 손님들을 맞을 준비를 하느라 분주했다.

"문제는 그 여인들 중에 한 여인이 실종되었다네."

구보가 놀란 눈으로 이상을 보았다.

"실종이라면 또 다른 범죄가 있는 게 아닌가? 그렇다면 친구 분을 만나러 가야 하는 게 아닌가?"

"그래서 말인데 오늘 병목정에 가보려고 하네만."

"병목정?"

"따라오게나."

구보와 상은 단체 손님들이 왁자지껄하게 들어오는 것을 기다렸다가 얼른 '제비'를 빠져나왔다.

구보는 대체 이 시인과 금홍이라는 요염한 여인은 무슨 관계일까 생각해보았다. 분명 집안에서 정해준 아내는 아닐 것이고, 단순히 다방 주인과 손님이라기보다는 남자 여자로서 그렇고 그런 사이가 아닐까 생각되었다. 상은 의뭉스럽게 쳐다보던 구보를 직시하였다.

"무얼 그렇게 생각하는 게인가? 아하, 금홍이? 아내가 아닌 것은 알 테고."

구보는 깜짝 놀라 상의 얼굴을 빤히 쳐다보았다.

"뭘 그리 놀라나. 자네 양 볼이 붉어지는 걸 보면 허리 아래 남녀관계를 생각하는 게 맞을 터이고, 좀 전에 본 여자는 금홍이밖에 없잖은가?"

구보는 고개를 푹 숙였다. 이상은 호탕하게 한 번 웃고 나서는 지팡이를 들어 허공에 휘 돌리고 땅에 포인트를 찍으며 앞장섰다.

경성 거리에 밤이 찾아들었다. 12월 경성의 밤은 쓸쓸하고 추웠다.

"지난번에 죽기 전에 김화영을 사슬로 묶어서 괴롭힘을 주었다는 크리스틴 야마모토 박사의 검시 의견을 듣지 않았는가? 난 한 가지 의문을 갖게 되었지. 입에 재갈 물린 흔적이 없고 손수건으로 틀어막은 채 비명도 죽여가면서 고통을 참아냈다는 말인데, 이건 정말이지 가학을 즐기는 범인과 피학을 즐기는 피해자의 변태 행위가 끝난 후에 죽였다는 것으로 보이네만."

구보가 반문하였다.

"좀 이상한 게 있네. 아무리 즐기는 것이라지만, 그들은 한 가지 약속은 하고 있네. 바로 서로 죽이지 않겠다는 것. 즐거움을 주는 일이라 해도 죽을 지경에 이른다면 얼마나 겁이 나고 손해 볼 짓인가?"

"하지만 목을 조르다 보면 그 정도를 짐작 못하여 실수로 죽일 수도 있지 않은가?"

상은 이어서 말을 덧붙였다.

"흑가면 사내의 기이한 행동과 아보타 놀이에는 차이가 있네. 모두 서양에서 들어온 행동을 모방한 것이네만, 아보타 놀이는 서양의 유명 시인이나 작가들의 행동을 모방하였다는 것에서 어느 정도의 수준은 있네. 즉 사디즘을 행하는 자들이 아보타 짓을 행한다고 무조건 몰아붙일 수는 없지."

상은 말을 마치고 묵묵히 앞장을 섰고 구보는 뒤따라갔다.

본정 대로변에 위치한 은행, 호텔, 상점, 우체국 등을 뒤로하여 뒷골목으로 들어가 삼정목 경성극장을 끼고 돌아서 오정목으로 향하는 거리에는 축음기에서 흘러나오는 시끄러운 음악들이 골목을 장악하고 있었다. 본정에서 일하는 은행원과 샐러리맨들을 부르는 선술집들은 집집마다 가스등을 내걸고 화려한 입간판을 내세워 영업을 하고 있었다.

조금 크다 싶은 가게들은 간판마다 알전구가 박힌 네온사인을 달고 있었다. 경성의 화이트칼라들을 잡으려 안달이 난 것처럼 음악과 소음이 가게 문 틈으로 흘러나왔다. 선술집 거리를 지나쳐 본정의 오정목도 벗어나니 음습하고 어두운 거리가 나왔다. 간밤에 내린 싸라기눈에 길은 진창으로 변해 있었고, 질 퍽거리는 거리를 헤집고 나가자 끝자락에 홍등을 내건 오밀조밀한 가게들이 구보의 눈에 들어왔다. 선배 문인들의 입담을 통해 전해 들었을 뿐 한 번도 찾아와보지는 않은 거리였다.

좁다란 길에 접어들자 집집마다 늘어선 늘씬한 여인들이 "어디서 뵌 분 같아요", "어서오세요"라고 말하며 구보와 상의 앞을 가로막았다. 조선 한복을 곱게 차려입은 여인도 있고, 양장을 입은 여인도 있었다. 경성 거리에 있을 법한 얌전한 여인들이 짙은 화장으로 얼굴을 치장하고 외간 남자의 팔을 잡아끌면서 말을 걸었다. 외려 구보의 얼굴이 붉어지면서 고개가 숙여졌다.

"재미있는 이야기가 있는데 들어보시지 않을래요?"

상의 코트자락을 끌어당기는 앳된 얼굴의 여인이 은근하게 말을 걸어왔다.

"여기 와서 금화정 꽃순이를 찾으면 된다고 하던데?"

여인은 미소를 지으며 고개를 저었다.

"뭐 하러 꽃순이 언니 같은 늙다리를 찾아요? 제가 더 참한 아가씨로 소개해줄게요."

"형사인데 알아볼 게 있으니 안내를 해주오."

상은 진지한 어투로 말하였다. 구보는 상이 형사를 사칭한다는 것에 깜짝 놀랐지만 이렇게라도 하지 않으면 저 꽃다운 아가씨들 말동무만 하다 지쳐 돌아갈 게 뻔하였다.

"따라와요."

여인은 싸늘한 어투로 앞장을 섰다. 아가씨가 안내한 곳은 골목 뒤에 있는 자그마한 일본식 가옥으로, 입구를 지나 안쪽에 있는 자그마한 정원에 들어서면 안뜰에 면한 긴 복도로 신발을 벗어놓고 들어가는 구조였다. 방에 들어서자 장지문 하나가 보였고 저쪽 구석에서 한 여인이 다가왔다.

"누구를 찾아오셨나요?"

"손님은 아니고 잠시 할 말이 있으니 꽃순이라는 여인을 불러주시오."

상과 구보는 경계하는 표정의 여주인에게 5전을 건네고 방으로 안내되었다. 차와 과자가 나왔고 뒤이어 장지문이 열리며 기모노를 입은 여인이 조심스레 방으로 들어왔다.

"제가 꽃순이인데요?"

여인은 붉은 입술에 짙은 화장을 한 얼굴로 상을 쳐다보았다.

"금홍이 소개로 왔소. 친구 분 실종에 관해 알아보고 있소만."

꽃순은 눈을 깜박거리며 고개를 저었다.

"잘 모르고 계시나본데, 그 아이는 실종이 아니라 고향에 내려간 걸 거예요."

"진실을 말해주시는 편이 실종자를 찾는 데 도움이 될 겁니다."

꽃순이는 잠시 망설이더니 겁에 질린 얼굴이 되어 눈물을 글썽거리며 손을 부들부들 떨었다.

"저도 잘 모르겠어요. 돈을 많이 준다고 하기에 눈을 가리고 따라간 게 다였어요. 실질적으로 돈도 많이 받았고, 그곳에서 무엇인가도 하였습니다. 어차피 저희 같은 것들은 얻어맞는 게 다반사입니다. 돈도 못 받고 얻어맞기도 하지요. 그러니 그분들은 양반입니다."

"친구는 고향에 내려간 게 확실합니까?"

꽃순은 고개를 끄덕였다. 그리고 더 이상 말하지 않겠다는 듯이 고개를 푹 숙이고 입을 꾹 다물었다.

"혹시나 무언가 생각나는 게 있거나 말하고 싶은 게 있다면 종로통 '제비'의 금홍에게 전해주시오."

여인은 고개를 끄덕이고는 뒤돌아나갔다.

병목정 골목을 빠져나오던 구보가 상에게 물었다.

"상이, 이대로 나가면 얻은 게 하나도 없지 않은가?"

"지금은 쉽게 입을 열지 않을 걸세. 좀 더 기다려 보아야겠지."

"그렇다면 금홍 씨에게 새로운 정보가 도달할 때까지 기다려 봐야겠군."

상은 고개를 끄덕였다.

"참, 학교 동기를 만나려 하는데 같이 가지 않겠나? 이 근처 클래식 음악다방에 앉아 있다고 하네."

상의 제안에 구보는 수락을 하였다. 상이 앞장선 길을 따라 가자 좁은 골목이 나왔고, 골목 중간에 클래식 다방이 눈에 들어왔다. 바흐의 선율이 흘러나오는 다방에 들어선 상은 머리가 구불거리는 남자와 눈을 마주쳤다. 가볍게 인사하고 상이 자리에 앉자 구보도 그 옆자리에 앉았다.

"어쩐 일이야? 너처럼 잘나가는 문인이 나 같은 은행원을 다 만나자 하고."

은행 간부쯤으로 보이는 풍모였다. 고급 모직코트를 걸치고 구불거리는 머리카락을 쓰다듬으며 거드름을 피우고 있었다.

"한성아, 네가 아직도 문학회 뒤쫓아 다니는 거 다 알고 있다."

은행원 사내의 얼굴이 붉어졌다.

"등단하고 싶으면 시를 나한테 보내봐. 내가 보고 추천해줄 데 있으면 알아봐줄게."

사내의 얼굴이 붉으락푸르락 했다. 그러더니 잠시 숨을 고르고 커피를 들이켠 후 한숨을 내쉬며 다시 입을 열었다.

"동기인 너한테 이런 부탁하는 건 자존심 상하지만, 네가 문단에 아는 분이 많으니 보내 보도록 하마. 근데 날 보자는 게 그 이유 때문이야? 문학회 관련이라더니?"

"아, 최근에 대학가에서 활동하고 있는 문학회에 관한 정보를 알고 싶어. 모이는 장소, 모이는 시간 모두. 그리고 문학회 이름과 참석하는 학생들 정보도. 오랜만에 만난 문학회 정송희 선배 이야기로는 네가 아직도 대학가 문학회를 찾아다니면서 후원도 해주고 시낭송회에도 참석한다는 것 같더라고 하시더라."

요전번에 상이 갈 데가 있다 하더니 선배를 만나러 간 거구나 하는 생각이 들었다.

상이 이어 말하였다.

"좀 좁혀본다면 학교에 적을 두고 있되, 잠깐 학업을 쉬고 있는 학생들이 많이 있는 곳. 그것도 연희전문대, 경성제대, 이화여전 등 소위 명문대 학생들이 득시글거리는 곳. 그런 데였으면 좋겠다."

상의 친구는 눈을 빛냈다.

"좋아. 지금 떠오르는 문학회는 두 곳 밖에 안 되는데, 내일 정리해서 네가 있는 곳으로 보낼게. 금홍 씨는 잘 계시지?"

상은 미소 지으며 고개를 끄덕였다. 오랜만에 술 한 잔을 걸치자고 하였으나, 상의 친구는 자작시를 정리해 문학회 정보와 함께 보내겠다면서 얼른 집으로 들어가려 하였다. 상과 남자는 아쉬운 작별 인사를 마치고, 의례적인 악수를 하고 헤어졌다.

"내일 오후에 다방으로 와주게나. 문학회 중 가장 의심이 갈 만한 곳을 가보려 하니."

구보는 고개를 끄덕여 보였다.

다음 날 오후에 '제비'를 찾은 구보는 상이 브라우닝 권총을 들고 요리조리 살펴보고 있는 것을 목격하였다.

"상이, 그거 권총 아닌가?"

"브라우닝 M-1900, 7.65밀리 총구 권총일세."

"그걸로 무얼 하는 게인가?"

"이 총은 은닉이 가능한 휴대용 총이지."

"종로서의 형사나 독립투사들이 들고 다닐 법한 물건이 왜 자네 손에 있느냐고?"

"구보, 이 총의 역사가 조금 독특한 것을 알고 있나? 닭보다

계란이 먼저였다고나 할까. 우선 7.65밀리 총탄이 개발되고 나서 이 총신이 만들어졌다네. 실탄 자체가 소형이라는 것은 큰 메리트이지. 총기도 작아지면서 암살도 가능해지고……. 우연한 기회에 얻게 된 것이니 더 이상은 궁금해하지 말게."

상은 구보를 향해 조준하였다. 구보가 얼어붙었다. 이때 금홍이 다가와 어이없다는 듯이 상의 총을 빼앗아 자신의 얼굴을 겨냥했다. 구보가 깜짝 놀라는데 그녀가 비녀 뒤에 꽂아두었던 담배 한 가치를 빼들어 총을 대고 방아쇠를 당겼다.

불꽃이 일며 담배가 타들어갔다. 금홍은 피식 웃으며 구보에게 총을 건넸다.

"코 큰 소리 하기는. 그럴 시간 있으면 손님이라도 끌고 오세요, 나의 서방님."

구보는 자리를 잡고 앉으며 가슴을 쓸어내렸다.

"장난도 참 심하군."

그러고 보니 상은 아직 파자마 차림을 나이트가운으로 가리고 발가락에는 게다를 걸친 꼴이었다. 게다가 헝클어진 머리로 보아 세안도 하지 않은 것처럼 보였다. 상은 파이프 담배 끝에 권총 라이터로 불을 붙이고는 허공을 향해 연기를 내뿜었다. 구보가 무언가 물어보려 하여도 말없이 생각에 잠겨 있는 상을 섣불리 방해할 수는 없었다. 구보는 슬슬 졸려왔다. 다방의 난롯불이 꺼졌는지 냉기가 가득하였고, 커피 잔은 식었으며 얇은 홑겹 상의를 걸친 구보는 무척이나 추웠다. 그렇다고 옷걸이에 걸어둔 외투를 입기도 귀찮았다.

자신도 모르게 꾸벅꾸벅 졸던 구보는 누군가 상을 방문하는 소리에 깨어났다. 심부름꾼 소년이 상에게 봉투를 건네고 돈을 받고 있었다. 상은 봉투를 열어보고 여러 장의 서류를 훑더니 잠시 후 큰소리로 떠들기 시작했다.

"셸리는 무신론을 주장해서 옥스퍼드 대학에서 퇴학 처분을 받은 자이지. 만약 셸리를 동경하는 범인이 셸리와 자신을 동일시해서 시구대로 살인을 자행한다면 그 또한 명문대학 중퇴자일 확률이 높고, 무신론이나 무정부주의 뭐 이런 아나키스트적인 생각을 발표하다 그렇게 되었겠지. 다행히 내 친구가 쓸데없는 자작시와 함께 꽤 유용한 정보를 보내주었다네. 명문대에 적을 두었거나 휴학하는 자들이 꾸리는 문학회인데, 그 중 가장 의심되는 한 곳을 오늘 방문하려 하네."

구보가 잠에서 완전히 깨어나 일어났다.

"잠깐만 기다리게나. 어이, 금홍아, 난로에 불 좀 피워라. 얼어 죽겠다."

상은 급히 내실로 들어갔다. 5분이나 지났을까 머리를 대충 포마드 기름으로 마무리하고 옷을 갖춰 입은 상이 지팡이를 들어 휘휘 돌리며 앞장섰다. 구보는 그 뒤에서 얼떨떨한 표정으로 얼른 뒤따라갔다.

구보는 상의 다리가 그렇게 긴 줄을 몰랐다. 길쭉한 다리는 성큼성큼 걸어서 좁다란 청진동 길을 벗어나 종로 골목골목을 누비고 다녔다. 상은 명치정 쪽으로 향하였다. 아무래도 엘리트 문학청년들이 찾는 문학 살롱은 명치정에 있는 모양이었다. 한

참 찬바람과 어둠을 헤쳐 나가며 상을 따라 걷자 환한 전등불로 밝혀진 명치정의 모습이 드러났다. 일정목을 지나 뒷골목으로 들어가자 작은 선술집들이 늘어선 길이 나왔다. 일정목 중간 정도에 위치한 가게 앞에 섰다. 나무 미닫이문을 열고 상이 먼저 들어갔다.

"여기 낭만문학회 청년들이 어느 방에 들어 있소?"

주인은 말없이 손가락으로 복도 중간 방을 가리켰다. 상은 주인과 아는 사이인 듯, 눈인사를 짧게 나누고 가게 안쪽에 위치한 복도로 들어섰다. 상은 중간 방에서 방문을 슬쩍 열고 얼굴을 들이밀었다. 중앙에 화로가 있고 다다미가 깔린 방 안에는 남녀 학생 일곱 명이 모여 앉아 있었다. 그중 가운데 학생이 일어나 서서 시를 읊었다.

"오, 거센 서풍, 그대 가을의 숨결이여

보이지 않는 네게서 죽은 잎사귀들은

마술사를 피하는 유령처럼 쫓기는구나.

누렇고 검고 청백하고 또한 빨간 질병에 시달리는 잎들을 오 그대는

시커먼 겨울의 침상으로 마구 몰고 가는구나."

상은 시를 음미하며 열린 문틈으로 경청했다. 구보도 셸리의 〈서풍의 노래〉를 들으며 학창 시절을 만끽하는 열정적인 문학도들을 훑어보았다. 아주 아름답게 생긴 모던걸도 있었으며, 경성제대 교모와 교복을 멋들어지게 차려입은 남학생이 둘 보였다. 가운데에서 시를 읊는 남학생은 연희전문 교복을 입고 있었다.

"실례지만 누구십니까?"

경성제대 교복을 입은 남학생 하나가 물었다. 아주 잘생긴 청년이었다. 아니, 청년이라기보다는 소년에 가까운 고운 외모를 지닌 학생이었다. 큰 눈, 아치처럼 휜 눈썹, 붉은 볼과 고운 턱선이 부드러운 인상을 주었다.

"저희는 문단에서 글을 쓰고 있는 기성작가입니다만, 아직 무명인지라 한 수 배우고자 찾아왔습니다."

상은 신발을 벗고 다다미 안에 발을 들여놓으며 답했다. 학생들은 난감해하면서도 기성문인이라는 말에 싫지는 않았는지 일단 들어오라 했다. 학생들은 낭만과 시인에 대한 난상토론을 즐겼다. 특히나 〈오감도〉의 시인이 이곳에 왔다는 사실에 학생들은 존경의 눈빛을 감추지 못했다. 하지만 아까 시를 읊던 남학생은 특유의 저돌적인 눈빛을 보내며 물었다.

"저는 〈오감도〉가 난해하지만은 않다고 봅니다. 제 소개를 하자면, 저는 연희전문대학 영문과에 다니는 정병호라고 합니다."

상은 남학생의 건방져 보이는 얼굴을 미소를 머금고 보았다. 학생의 치기가 싫지 않은 듯했다. 학생은 교복의 가장 위 단추를 풀고 정종을 한 잔 마시고 나서 말을 이었다. 다부져 보이는 어깨가 눈에 들어왔다.

"원 리틀 투 리틀 쓰리 리틀 인디언, 파이브 리틀 식스 리틀 세븐 리틀 인디언······. 저는 이 노래처럼 미국 동요와 대구도 비슷하고 익숙한 느낌이 들어서 말이죠."

구보가 듣기에는 억지스런 주장이었다. 게다가 위험한 생각이었다. 하지만 상은 태연하게 넘겼다.

"자네들도 낭만파 시인 바이런과 셸리의 시구를 알게 모르게 사용하지 않는가? 하지만 고맙네. 그 '원 리틀 투 리틀' 하는 인디언 노래를 나는 오늘 처음 듣네. 동요나 민요는 인류의 문화 원형을 그대로 담고 있네. 한마디로 잊히지 않는 불후의 명곡이지. 그런 노래와 내 시를 비교하다니, 이거 영광인걸?"

누가 봐도 상의 승리였다. 특히나 경성제대 교복을 입은 댄디 보이는 얼굴에 환한 기운을 담아 상을 존경하듯 올려다보았다.

모임이 끝나고 선술집을 나와 인사를 주고받았다. 상은 학생들이 학사가운을 걸치기 위해 시간이 걸리자 구보와 함께 기다려주었다. 정병호와 경성제대 영문과에 다닌다는 미소년, 백성린은 둘이서 한잔 걸치기 위해 간다 하였다. 구보와 상이 자연스레 동행했다.

상은 다부진 상체에 비해 어딘가 어색한 정병호의 걸음걸이를 놓치지 않았고 그는 시선을 느끼고 먼저 말을 꺼냈다.

"어려서 소아마비를 앓았습니다. 그 콤플렉스를 극복하려 레슬링, 유도, 권투 안 해본 운동이 없죠. 그에 반해 건강한 신체를 타고난 이 친구 성린이는 해본 운동이 하나도 없습니다, 이상 선배. 하하하."

병호는 특유의 시원한 웃음으로 걸걸 웃으며 배를 드러냈다. 상은 병호의 벨트 버클이 학사 가운 사이로 드러나는 것을 보았다. 검은색 가죽에 검은색을 입힌 쇠 버클이 고급스러워 보였다. 버클에는 특이한 펜촉 모양이 조각돼 있었다.

"벨트 버클이 꽤나 독특하군."

병호는 활짝 웃으며 답하였다.

"네, 제가 디자인한 대로 주문하여 만든 것입니다. 이래 뵈어도 도쿄의 금속장인의 손을 거쳐 만들어진 세상에서 하나밖에 없는 명품이죠. 우리 낭만문학회를 상징하는 펜촉입니다."

상은 고개를 끄덕여 보이고는 성린에게 시선을 돌렸다.

"매주 금요일마다 이곳에 모여 시낭송회를 연 지는 꽤 되었을 텐데?"

상의 물음에 성린이 부끄러운 얼굴로 답했다.

"네, 3년 정도 되었습니다."

"우리들은 간간이 하던 걸 요즘 문청들은 정기적으로 하고 있으니 얼마나 대견한 일인가. 안 그래, 구보?"

구보는 고개를 끄덕였다.

"그 세월 동안 성린이 이 친구는 학비를 대지 못해 휴학하고 있는 형편이죠. 정작 배울 사람은 못 배우고, 배워도 시원치 않을 것들은 도쿄다 구라파다 유학 다니며 돈을 펑펑 쓰고 있으니 원통한 세상입니다."

상은 병호의 말이 끝난 후 성린의 얼굴에 비치는 자조적인 웃음을 놓치지 않았다. 쓴웃음이었다. 병호는 그에 반해 심각한 얼굴을 하고 있었다. 한참을 걷다가 골목 끄트머리에 위치한 자은 주점으로 들어갔다. 허름한 기와집 입구에 걸린 청사초롱이 유난히 밝게 빛나고 있었다.

"하나코란 여성을 아는가? 한국 이름은 화영이라고도 하고, 우래옥 작부이면서도 고상한 베아트리체를 꿈꾸는 여성 말일세."

상은 자그마한 방 안에서 꼬치 어묵과 정종을 곁들여 반주를 즐기면서 물었다. 그는 성린의 얼굴에 비치는 고뇌의 표정을 놓치지 않았다.

"한때 이화여전 학생이라 속이고 우리 모임에 나왔었죠."
"아닐세. 그녀는 정말 학생이었어, 한때나마."

병호의 말을 성린이 정정해주었다.

"시도 곧잘 짓고 문학사상과 계보에 꽤 많은 지식을 지니고 있던 여성이었죠. 아깝게도 그렇게 갔지만."

성린이 쓸쓸하게 말을 마치고 술잔을 입에 털어 넣었다.

"병호 군은 이미 등단을 하였다고 하던데. 작년에 《문예월간》에 시가 실렸다더군."

낭만문학회의 한 여학생이 상에게 일러준 터였다.

병호는 으쓱하며 고개를 끄덕였다.

"아, 존재 자체의 어두움 속에서 태생적인 비극을 잉태한 그 무엇이여.

어둠과 밝음은 한줄기 빛이 있고 없음의 차이인데

오직 나만이 모든 악의 근원을 덮어쓰고 캄캄한 밤중을 지나는구나.

얼굴에 난 긴 십자가 자국은 태어나자마자 화인처럼 찍히어

모든 사람의 혐오와 증오를 돋우고, 악을 일으키는구나.

악의 근원으로 낙인찍힌 이를 다시금 태어나게 해주고 싶

구나."

　병호의 즉석 낭송에 구보가 고개를 끄덕이며 박수를 쳐주었다.

"그럼 이제 정 시인으로 불러야겠구먼."

　상은 건배를 제의하였다. 환하게 웃으며 건배를 하는 병호에 반해 성린은 기쁘지도 슬프지도 않은 묘한 표정을 지었다. 구보는 성린의 몽상에 빠진 눈빛이 적잖이 신경이 쓰였다.

　술대는 상이 내겠다는 데에도 끝끝내 정병호가 계산하였다. 청년들과 헤어지고 나서 돌아가는 길에 구보는 상에게 물었다.

"상, 그 백성린이란 미소년 말일세. 이상하게 의심이 가는 구석이 있더군."

"무슨 뜻인가?"

"하나코에 대하여 물었을 때 얼굴 표정이 무척이나 어두워졌어."

"그야 비참한 죽음을 맞이했으니 그런 것 아니겠나?"

"단순히 그런 것일까? 그에 관해 병호란 친구에게 은근슬쩍 물으니, 화영이란 여자와 성린 군은 묘한 관계였다는군. 고 김화영이 작부였으나, 둘은 진심으로 사귀었다고 하더군."

"그 병호란 친구도 말일세. 왜 화영이란 여인과 자기 절친과의 관계를 폭로한 것일까? 굳이."

　상은 생각하는 얼굴이 되어 묵묵히 걷다 잠시 후 입을 열었다.

"정병호란 친구의 등단 시, 〈어둠의 표상〉이란 시 말일세. 묘하게 들어본 듯도 하고 이상하게 무언가를 집중적으로 묘사한다는 생각이 안 드는가?"

구보는 안경을 코로 찡긋 밀어 올리며 대답하였다. 안경다리가 헐거워 잘 올라가지 않았다.

"글쎄, 그런 것도 같고 아닌 것도 같고. 혹 스티븐슨의 소설 《지킬 박사와 하이드》에 나오는 미스터 하이드의 어두운 악의 세계를 묘사한 것은 아닌가? 그런 생각이 드네."

상은 갑자기 들고 있던 지팡이를 들어 새벽이슬에 젖어 질퍽한 땅을 내리쳤다. 구보는 모직 바지에 구정물이 튈까 무서워 얼른 피했다. 단벌 모직 바지에 얼룩이 지면 앞으로 남은 겨울 동안 맨 다리로 나가야 할 판이었다.

"그거야, 그거! 내가 생각을 못 했네. 어쩌면 실마리가 거기서 나올지 모르겠네. 낭만파 시인, 바이런과 셸리 그리고 그 사이의 여인. 오늘은 여기서 헤어지고 내일 다시 만나세. 부탁이 있네만 정병호의 시가 실린 잡지를 염 선배한테 부탁해서 구해다 주겠나? 빠르면 빠를수록 좋네. 구하는 대로 '제비'로 오게나!"

다음 날, 구보는 태평통에 있는 조선중앙신문사에 나가서 염상섭을 찾아 잡지에 관한 건을 부탁하였다. 마침 신문사에 들어와 있던 자료들 중에 《문예월간》이 있었는데, 그중에 작년에 발간된 잡지에서 정병호의 시를 찾아낼 수 있었다. 구보는 잡지를 돌려주겠다는 약속을 하고 얼른 청진동으로 방향을 틀었다.

저녁 6시경 '제비'에서 죽치고 앉아 음악 감상을 하던 상 앞에 구보가 나타났다. 상은 구보가 건넨 《문예월간》을 들고 한참

동안 몇 번이고 시를 되읽었다.

"이걸로 의심이 선명해지는군."

"선명해지다니?"

"이 시는 여성이 쓴 걸세."

"여성이라니? 분명 그 정 시인이……."

"난 그동안 정병호라는 친구뿐 아니라 백성린에 관해서 알아보았네. 백성린이라는 친구는 영국 낭만파 시인 셸리와 비슷한 처지더군. 학교는 쉬고 있는 형편이며, 재능은 있으나 돈은 없고, 이리저리 여성들은 꼬이는 처지인데 자기 자신의 앞가림마저 제대로 하지 못하는 샌님. 그에 반해 정병호라는 친구는 셸리와 절친했던 시인 바이런과 비슷하지. 바이런은 다리를 저는 장애가 있어서 평생 권투, 펜싱, 승마에 집착하는 데다 귀족 출신에 상원의원 경력까지 있는 한량이지. 시인하고는 거리가 먼 일생이었어. 정병호란 친구와 바이런의 다른 점은 바로 창작 능력이라고 보네."

"창작 능력?"

"시낭송회에서 해외낭만파 시인의 시를 읽고 본인의 시는 읽지 않았던 병호 군이 적잖이 의심스럽네. 보통 저 정도 문청이면 엄청난 열정으로 창작에 몰입하게 되지 않나. 하지만 그는 굳이 유명 시인의 시만 읽더군. 분명 시를 짓는 데에 어려워하거나, 경력이나 명성을 위해 문학회 회장직을 하고 있을 뿐일지도 모르겠더군. 따라서 유일무이한 이 등단작이라는 게 참으로 의심스럽네. 그리고 바이런과 셸리 사이에 있던 여인 메리 셸리! 그녀처럼 이들 사이에도 분명 여인이 있다네. 아마도 정병호는 그 여인의 시를 훔친 것으로 의심되는군."

구보는 상의 말을 듣고 알 듯 말 듯한 표정을 지었다. 상이 진지하게 말하였다.

"자네, 오늘 밤에는 묻지 말고 나만 따라오게나, 중요한 일일세."

구보는 지긋이 고개를 끄덕여 보였다. 금홍이 커피 두 잔을 타서 다가왔지만 상과 구보는 벌떡 일어났다.

"오늘 밤에는 기다리지 말고 자도록!"

금홍의 샐쭉한 얼굴을 뒤로하고 구보와 상은 '제비'를 쏜살같이 빠져나왔다.

경성의 밤거리는 어두웠다. 자정에 가까운 시각, 술집마다 걸린 남포등과 청사초롱이 거둬지면서 전기조차 끊긴 경성 거리는 을씨년스러웠다. 통행금지에 인적도 뜸하고 오직 상과 구보만이 어디론가 걷고 있었다. 한겨울 바람이 거세게 불어와 상의 곱슬머리를 시원하게 날렸다. 구보는 안경다리가 헐거워 날아가려는 안경을 붙잡고 몸을 움츠리며 상의 뒤를 똑바로 따랐다. 한참을 걸어가도 야경꾼들이나 순사는 보이지 않았다. 추위에 그들도 순찰을 포기한 듯하였다.

상은 청계천변으로 향했다. 광교 다리 근처에는 남포등이 걸린 가게들이 즐비했다. 은밀한 농지거리를 하고 싶은 남정네를 부르는 불빛들이었다. 상은 구보에게 멀찍이 떨어져 오라는 신호를 보냈다. 상은 몸을 낮추어 선술집을 둘러보며 광교 다리 밑으로 향했다. 개천은 얼어붙어 있을 터였지만, 살얼음이라도 디딘다면 위험할 것이었다.

"이보게, 위험하네."

상은 구보를 뒤돌아보고 조용히 하란 신호를 주고는 곧장 앞장서 갔다. 상의 뒷모습이 어둠에 가려 보이지 않았다. 구보는 손으로 비탈진 땅을 더듬으며 다리 아래로 가기 위해 한 걸음씩 내디뎠다. 술집들과 멀어질수록 칠흑 같은 어둠으로 한 치 앞도 보이지 않게 되었다.

잠시 후, 어디선가 여인의 비명이 터지고 구보는 깜짝 놀라 청계천 얼음판 위에서 한바탕 나동그라졌다. 얼른 손으로 짚고 일어나 비명이 터지는 곳으로 달려가려다 한 번 더 미끄러졌다. 구보는 천변의 흙을 손톱으로 잡아 파서 신발 밑에 문대고는 빠른 걸음으로 광교 밑으로 미끄러지듯 들어갔다.

여인의 비명이 한 번 더 들리자 구보는 성냥갑을 찾아들어 성냥을 피워 앞을 살폈다. 그때 바로 코앞에서 주먹이 날아들어 구보는 얼른 몸을 숙였다.

"조심하게!"

상의 목소리였다.

"이 녀석은 유단자야!"

구보가 뒤로 물러나 성냥을 열 개비 정도 꺼내들어 한꺼번에 불을 붙였다. 주변이 환히 밝혀지자 주먹을 날리는 괴한에 맞서 지팡이로 손목을 탁탁 쳐내는 상의 모습이 보였다. 상은 현란하게 지팡이를 휘두르며 어퍼컷을 날리려는 괴한의 공격을 제압하였다. 그리고 그 밑으로 쓰러져 있는 한 여인이 보였다. 신식 머리에 분홍 양장 코트를 걸친 여인이었다. 스커트 밑으로 하얀 목면 양말을 신은 발이 보였고, 구두는 어디론가 사라졌는지 보이지 않았다. 그리고 그 주변으로 쇠사슬이 어지러이 놓여 있었다.

여인이 죽은 것인가 산 것인가.

구보는 남은 성냥을 꺼내 불을 붙이고는 여인을 살펴보았다. 병목정 유곽에서 본 꽃순이라는 여인이었다. 눈은 감은 채로 옷차림은 흐트러져 있었지만 확실하였다.

괴한의 날렵한 펀치가 연이어지고, 상은 뒤로 미끄러질 뻔하다가 지팡이로 쾅 얼음을 내리치고 바로 섰다. 얼음이 갈라지는 소리가 들렸다.

"조심하게, 상이!"

괴한의 강타가 계속되고 상은 지팡이마저 놓치고는 뒤로 주저앉았다. 구보가 급하게 달려가려 했지만 성냥개비는 다 불타버리고 어둠이 도래했다. 구보가 허둥지둥 앞으로 다가가려는데, 갑자기 호루라기 소리가 크게 났다.

분명 상과 여인, 의문의 남자가 있는 쪽이었다.

다급한 호루라기 소리가 어둠을 가르는 와중에 남자의 목소리가 크게 들렸다.

"이상의 기괴한 시는 이것으로 끝이로군!"

구보의 뇌리에 들어서는 누군가의 얼굴이 있었다. 정병호의 자신감 가득한 목소리였다.

쿵! 잠시 정적이 흘렀다. 순간 구보는 심상치 않음을 느끼고 발 빠르게 상이 있던 곳을 향했다.

"꼼짝 마!"

순식간에 일본인 순사 세 명이 구보를 제치고 상이 있는 쪽으로 달려들었다. 그 뒤로 작은 랜턴을 들고 선 기무라가 보였다. 그의 오른손에는 권총이 들려 있었다.

순사들이 남자를 제압하였고, 기무라는 상에게 다가가 손을 내밀어 일으켜 주었다. 제압된 남자는 역시 정병호였다!

"호루라기를 불면 곧 달려온다더니, 하마터면 머리에 구멍이 날 뻔했지 뭔가."

상은 구멍이 뚫린 얼음을 손으로 가리켰다. 정병호가 상의 지팡이를 들어 내리친 흔적이었다. 정병호는 연행되었고, 기무라는 혼절한 여인을 들것에 실어 병원으로 옮기게끔 지시하였다.

상은 기무라에게 마무리를 부탁하고 구보와 함께 청진동 '제비'를 향해 천천히 걸었다.

"이게 어떻게 된 일인가?"

"추운데 몸도 녹일 겸 입이나 놀리며 감세. 그런데 자네 이상한 점을 못 느꼈나? 통행금지 시간에 자네와 내가 이렇게 활보하는데 아무도 잡으러 오지 않는다는 것을."

구보는 그러고 보니 정말 이상하다 싶었다. 상을 따라가는 데 집중하여 통행금지를 어기는 것에 신경을 쓰지 못했다.

"염상섭 선배가 이 사건을 부탁했을 시점으로 돌아가지. 그는 이미 4월에 일어난 미제 사건을 그냥 부탁한 게 아니야. 비슷한 사건들이 연이어 일어나고 있으니 경찰 조사를 도와달란 뜻에서 부탁을 한 게지."

"상이 그건 나도 짐작하네. 지난번에 잡힌 아보타 놀이를 한다는 녀석 사건도 있었고."

"어제 오전에 꽃순 씨에게서 연락이 왔네. 요 며칠간 체격이 좋지만 다리를 저는 한 남자가 은밀하게 여인을 구한다는 거야. 여인이 자신의 말대로 쇠사슬에 묶이는 행동만 당하여준다면 돈을 많이 주겠다는 것이었지. 꽃순 씨는 자원해 나섰고, 약속 장소와 시간을 나에게 알려왔네. 실종된 친구를 찾기 위해서라지만 꽤나 위험한 일이었지."

구보는 의아한 점을 질문하였다.

"상이, 자네가 전달받은 정보에 문학회는 여러 곳 있었겠지. 그런데 어떻게 알고 단번에 백성린, 정병호가 소속된 문학 모임을 찾아갔는지가 궁금하네."

상은 미소를 지었다.

"아보타 놀이를 하다 잡힌 청년이 다니던 술집에 가서 알아낸 것이 있네. 그 청년은 기녀와 짜고 놀았다지 않았는가? 그 술집을 찾아가 그 남자는 이러이러한 정황 때문에 살인자로 오인받으니 사실을 고하라 얼렀지. 어린 작부가 울면서 그 남자를 사랑하지만 하도 방탕하기에 정신을 차리라고 고발하였다고 하더군. 그리고 요즘 아보타 놀이를 하는 학생 중에 낭만문학회 소속 학생들이 있다고 하기에 자세히 알려달라고 하였지. 그리하여 그리로 가보았네. 여기서 이상한 점은 그렇다면 아보타 놀이를 하던 패거리와 흑가면을 쓴 의문의 재력가 남자 일행과 이정병호, 백성린 일행이 겹치느냐 하는 부분인데, 일단 그 부분은 경찰 조사에서 알 수 있겠지."

 "한 가지 궁금한 게 있네. 자네는 정병호의 등단 시 〈어둠의 표상〉이 왜 여자가 지은 시라고 단정 지었나?"

 "그건 말일세. 자네가 말한 《지킬박사와 하이드》란 소설 제목을 듣자마자 떠올렸네. 《지킬박사와 하이드》에 앞선 최초의 공포소설이라 칭하는 《프랑켄슈타인》은 시인 셸리가 지었다고 알려져 있었지만 실은 그의 아내인 메리 셸리가 지은 것이네. 고적한 성에 바이런, 셸리, 그리고 셸리의 아내와 바이런의 주치의 폴리도리 박사가 모여 공포에 관한 이야기를 하다가 메리 셸리가 인간이 만들어낸 괴물을 착안해내었고, 이를 소설로 발표하였지. 바로 자신을 탄생시킨 주인에게 복수를 한다는 프랑켄슈타인 괴물이 탄생하게 된 것이네."

 "대체 그 문학사가 이 사건과는 무슨 관계가 있는 것인가?"

 "난 정병호, 백성린, 김화영이란 여성과의 관계를 생각해보았네. 그들은 삼각관계이면서도 묘해서 줄곧 붙어 다니면서 시에 대해 논하는 순수한 관계라고도 했네. 그리고 세 명 다 인생의 순수함을 추구하고 낭만을 즐기는 순수문학의 신봉자들이라고 했네. 그 화영이란 여성은 일개 작부가 아닌 정말 지적인 신여성이더군. 그래서 그 여인이 끼적인 시가 있지 않을까 하여 우래옥을 다시 찾아갔는데 마침 화영에 대해 잘 말해준 그 어린 작부가 김화영이 남긴 유품 중에 낡은 공책을 보여주더군. 그 공책에서 〈어둠의 표상〉 시 구절을 찾았네. '악의 근원으로 낙인찍힌 이를 다시금 태어나게 해주고 싶구나.' 바로 이 부분을 듣자마자 시인이 여성이 아닐까 의심했네. 자신의 자궁으로 다시 태어나게 해주고 싶구나 하는 말은 여자의 입에서만 나올 수가 있네. 그렇다면 프랑켄슈타인처럼 잔인한 괴물은 과연 누구일까? 정병호일까. 백성린일까?"

구보는 고개를 가로저으며 물었다.

"백성린은 지금 이곳에 없지 않은가?"

"이미 종로서 구류장에 갇혀 있네. 그들은 바이런과 셸리와 비슷한 처지인 것을 은근히 좋아했다네. 메리 셸리는 바로 화영이란 여성이었지. 그들은 식민지 시대를 헤쳐 나가는 낭만파 시인에 안주하지 않았네. 순수 이상을 추구하였지. 그게 바로 죽음과 살인에의 욕구였지."

"죽음과 살인의 욕구?"

"그래, 사드 후작이 사랑의 정열과 순수한 원형을 추구하기 위해 처녀들과 소년들을 모아 지독한 색정광의 파티를 열었듯이 그들도 스스로 낭만파 시인이라 칭하며 허용된 것 이상을 원했지. 가혹한 괴롭힘을 처음에는 즐겼겠지만, 차차 죽음에 이르게 된 것이었고. 그들은 강간당하고 죽은 것으로 위장하기 위해 창경궁에 옷을 벗겨 두었지. 잔인한 점은, 그런 짓을 하고도 자신들이 사슬에서 풀려난 프로메테우스인 줄 착각하고 셸리의 시를 뇌뒀다는 것일세. 자신들의 범죄가 오히려 인간의 속박을 풀고 규제를 벗어난 정당한 행위로 착각한 게지. 그러고 나서 제2의 피해자를 찾은 것이지. 이미 악마의 본성이 열렸으니, 더 잔혹한 짓을 하리라 마음먹은 것은 당연할 것이고. 만만한 상대는 가족과 떨어져 연락을 끊고 사는 작부들일 터. 정병호를 현행범으로 잡기 위해 야경꾼들과 순사들도 숨어 지내면서 그의 동태를 살폈지. 그리고 오늘 밤 호루라기를 받아들고 그곳으로 간 것일세."

"어유, 추워!"

구보는 몸을 움츠렸다. 사람의 잔혹한 마음에 몸서리가 쳐지는 것인지 아니면 동장군이 기승을 부려 한기가 느껴지는 것인지 알 수 없었다. 어쩌면 인간의 마음이 한겨울 혹한보다 더욱 가혹하고 독한 것일지도 몰랐다. 암울한 현실 속에 독립군이 되어 인생을 걸거나, 사상이 깃든 문학을 발표해 독립심을 고취하든가 아니면 낭만시를 지어 새로운 희망을 일깨워준다든가 하는 좋은 길을 외면하고 인륜에 위배되는 범죄를 벌인 그들에게 일말의 동정도 느껴지지 않았다.

구보와 상은 차가운 바람을 헤치고 종로 거리를 걸어갔다.

다음 날, 구보는 숙취에 머리를 감싸 쥐며 일어났다. 상과 밤새 소주잔을 기울이다 헤어진 게 새벽 3시 즈음, 인간의 병적인 행동과 잔인한 본성에 대해 토론하다 작품과 소설과 시상에 관해 대화가 이어졌다. 그러다 비틀거리며 각자의 집으로 돌아갔다. 아내가 타 온 꿀물을 들이키는데, 벙거지 모자를 쓴 허름한 옷을 입은 소년이 구보의 방 문을 두드렸다. 상이 심부름꾼으로 종종 보내는 정민이라는 소년이었다.

"오늘 종로경찰서로 3시까지 나와달라고 하십니다."

열두 살이나 되었을까, 얼굴에 여드름이 간간이 나 있는 소년은 상의 전갈만 전한 뒤 인사도 없이 돌아섰다. 아직 사건이 해결되지 않은 것일까?

오후 3시, 기무라 형사와 정병호가 앉아 있는 조사실에 구보가 안내되었다. 정병호는 우람한 체격에 팔짱을 끼고 앉아 있었다. 수갑도 채워지지 않은 모습에 구보는 적잖이 두려웠다.

"어떻게 된 일입니까?"

구보가 물었다. 마침 문 열고 들어선 상이 답을 하였다.

"아마 서로 범인이 아니라고 우기는 것이겠지?"

"이상 선생, 어떻게 아셨습니까?"

"둘이서 공모한 이상 서로 떠넘기기에 딱 좋지 않소. 자, 이 자부터 심문에 들어가볼까?"

기무라는 이미 몇 번을 물어봐도 똑같은 답을 들었다며, 혹 수사의 모순점이 있는지 상에게 판별해줄 것을 부탁하고 조사실을 나갔다. 구보는 병호의 풀린 손이 은근히 걱정되었다.

"집안에 부탁하여 변호사라도 썼는가? 포승줄이 풀려 있으니 시원하겠구먼."

상이 비꼬는 투로 병호를 자극하였다. 병호는 살짝 입 꼬리를 들어 올리며 말을 뱉었다.

"범인은 성린이 그 자식입니다. 죽은 김화영과 성린이가 약혼까지 한 사이였다는 것은 이미 아시겠죠? 화영이 계집이 몸을 팔아 성린이 학자금까지 대다가 성린이가 마음을 돌려먹고 파혼하려 하자 발목을 잡았겠죠. 그래서 죽인 겁니다."

"어제는 어떻게 된 건가? 한 여성을 죽음에 이르게까지 할 정도로 괴롭히지 않았는가?"

"아보타 놀이는 어차피 경무국 형사계에서도 파다하게 알려져 있다면서요? 이 손목이 풀린 것도 어제 하룻밤 놀이상대가 된 여성이 돈을 받고 일단은 합의해줬기 때문이지요."

"그럼 4월의 창경궁 밤에 대해 이야기해보지. 분명 자네 둘은 김화영을 창경궁 야간 개장 시간이 끝날 때까지 붙들고 있다가 야경꾼마저 창경궁을 나가버리자 그녀를 쇠사슬로 묶고 괴롭힘을 주었네. 그러고 나서 자정 전후로 목을 졸라서 살해했지."

병호는 고개를 저었다.

"백성린 그 자식이 먼저 제안한 겁니다. 저희는 평소에도 셸리와 바이런 시인처럼 살고 있었으니 셸리의 시 〈사슬에서 풀려난 프로메테우스〉처럼 상황극을 만들어보자, 이런 가정에서 김화영을 살살 구슬려 합의 하에 창경궁에까지 데리고 간 것이죠. 그리고 괴롭힘을 주다뇨? 오히려 그녀는 즐기는 입장인 것 같았습니다."

"그렇다면 자네는 김화영의 시를 표절하지 않았는가?"

구보는 기억력을 더듬어 고 김화영의 시를 읊었다.

"아, 존재 자체의 어두움 속에서 태생적인 비극을 잉태한 그 무엇이여.

어둠과 밝음은 한줄기 빛이 있고 없음의 차이인데

오직 나만이 모든 악의 근원을 덮어쓰고 캄캄한 밤중을 지나는구나.

얼굴에 난 긴 십자가 자국은 태어나자마자 화인처럼 찍히어 모든 사람의 혐오와 증오를 돋우고, 악을 일으키는구나.

악의 근원으로 낙인찍힌 이를 다시금 태어나게 해주고 싶구나."

구보가 날카롭게 질문하였다.

"시를 표절한 죄책감 내지는 도둑질한 것을 영원히 들키지 않기 위해 죽인 것은 아닌가?"

"그래서 그녀의 옷을 모두 벗겨서 가지고 간 것입니다. 어디 한번 골탕 먹어봐라 하는 심정으로요. 겉으로는 온화한 척하지만 항상 시도 변변히 못 짓는 저를 무시하는 것 같았죠. 성린이가 사슬 놀이가 싫증이 났는지 먼저 자리를 떴고, 저는 그녀의 옷을 벗겨서 들고 갔습니다. 하지만 새벽 1시에 돌아왔습니다. 옷을 다시 입혀주고 보내려고 했어요. 분명 옷이 없으니 어딘가에 숨어 있겠거니 하고 말이죠. 하지만 그때 그녀는 이미 죽어 있었습니다. 그래서 성린이를 의심하였죠. 하지만 그 일에 관해 저희는 서로 모르는 척 다시는 말을 꺼내지 않았습니다."

"그렇다면 자네들 혹시 병목정 기녀들이 불려간 재력가의 집에는 드나든 적이 없는가?"

병호는 고개를 저었다.

"아뇨. 4월에 김화영의 시신을 본 이후, 몇 달 동안은 그런 일에 손대지 않았습니다. 하지만 요 근래 하도 주변 돌아가는 일들이 마뜩찮은 터에 갑자기 요상하게 그런 일에 손대고 싶은 마음에 몇 번 해보려고 시도하였다가 어제 잡힌 것입니다. 결코 살해하려고 마음먹거나 한 것은 아닙니다. 저 아니고도 그런 놀이 하는 이들이 요즘 꽤 많습니다."

사건은 다시 원점으로 돌아갔다. 병호의 진술이 워낙 확고하였고, 또한 그의 아버지가 붙여준 변호사가 워낙에 대단한 인물이라 보석금을 내고 풀려나가기까지 하였다.

상과 구보는 기무라 형사와 함께 백성린의 심문에 참가하였다. 정병호가 범인으로 지목한 유일한 인물이었다.

"화영이는 제 학비를 대줄 만큼 천사 같은 여인이었습니다. 하지만 저는 그녀의 헌신적인 노력이 부담되었습니다. 그래서 헤어지자고 말했죠."

성린은 우수로 가득 찬 얼굴에 눈물을 글썽거렸다.

"저를 소유하려고 하였습니다. 에로스적인 사랑을 넘어서는 특이한 사랑을 원하였습니다. 자신이 지은 시도 저를 위해 헌사하겠다며 낭만적인 모습을 보여주는 동시에 사슬에 칭칭 감겨 쾌락을 느끼는 음험한 여인이었습니다. 물장사를 하며 길들여진 못된 버릇인가 하면서도 그녀가 원하는 대로, 그리고 병호가 시키는 대로 해주다 환멸을 느껴 자리를 떴습니다."

"그래서 그녀의 못된 버릇을 고치기 위해 정병호와 헤어지고 나서 몰래 창경궁 현장에 돌아와 그녀의 목을 졸랐는가?"

"아닙니다, 아닙니다. 저는 결코 다시 돌아오지 않았습니다."

"그날 밤 알리바이를 증명해줄 친구나 가족이라도 있는가?"

기무라는 조서를 작성하다 고개를 들어 물었다.

성린은 고개를 저었다.

"밤새 경성 거리를 쏘다니다 새벽녘에야 취해서 방에 돌아와 죽은 듯이 잠만 잤습니다. 다음 날 밤이 되어서야 김화영의 죽음을 알았습니다. 그것도 옷이 벗겨져 춥게 갔다고 들었을 때는 가슴이 미어지는 줄 알았습니다."

"정병호와 백성린 자네 둘 다 서로 죽이지 않았다고 우기는군."

상이 말하였다.

"사실을 사실대로 말하는 것입니다."

구보가 불쑥 끼어들었다.

"김화영이란 여성이 죽고 나서 두 달 후에 조선은행장의 만딸 고은애 양과 약혼을 하지 않았나?"

성린의 낯빛이 하얗다 못해 푸른 기운을 띠었다.

"조선중앙일보를 뒤져보다 기사를 하나 건졌지."

사실 구보는 나름대로 백성린과 정병호에게 초점을 맞춰서 신문사 사무실에 드나들 때마다 지난 신문을 일일이 뒤적거리며 자료를 찾아내었다.

상이 득의만면한 표정으로 구보를 보다 성린과 눈을 맞추었다.

"설명해보게."

"네, 맞습니다. 하지만 오늘 오전에 정식으로 파혼을 통보받았습니다. 아무래도 이런 사건에 연루된 사람에게 딸을 보내기는 싫겠죠."

"그러니까 재력가의 딸과 결혼하기 위해서 김화영을 깨끗이 죽여버린 게 아니냐고!"

기무라가 버럭 고함을 내질렀다. 구보는 기무라를 진정시킨 뒤 상을 데리고 조사실에서 나왔다. 구보는 제안하였다.

"다른 각도에서 사건을 봐야 할 것 같네. 야마모토 박사를 다시 만나지 않겠는가?"

상이 고개를 끄덕였다. 구보와 상은 조사실로 다시 들어가 기무라에게 야마모토 박사를 불러올 수 있냐고 물었다. 기무라는 마침 그녀가 경찰서에 방문 중이라며 위층으로 향하는 계단으로 부르러 올라갔다.

상은 포승줄에 묶여 벌겋게 달아오른 성린의 두 손을 보다가 물었다.

"쇠사슬은 어떻게 하였지? 김화영을 괴롭히던 사슬 말이야."

"제가 먼저 자리를 떴으니 병호가 갖고 갔을 겁니다."

성린은 그 말을 마지막으로 고개를 떨어뜨렸다. 잠시 후 순사 하나가 들어와 야마모토 박사가 지하 자료보관실에서 만나자 한다고 전했다.

지하 자료보관실에서 만난 크리스틴은 하얀 블라우스에 두터운 모직 코트를 걸치고 검은색 스커트를 받쳐 입은 단정한 양장 차림새였다. 사각의 금테 안경을 쓰고 어깨까지 내려오는 머리를 자연스레 묶은 모양새는 여느 신여성과 다를 바 없으나 서글서글한 큰 눈에 오뚝한 콧날, 또렷한 입술은 경성 거리를 지나

다니며 많은 이들의 시선을 끌기에 충분했다.

"이 사슬은 어제 용의자 정병호가 꽃순이라는 유곽의 여인을 괴롭히려고 사용한 것입니다. 이 사슬과 고 김화영을 괴롭힌 사슬이 같은지 알고 싶습니다."

구보는 기무라에게서 받아온 증거품을 크리스틴 앞에 내놓았다.

"정확하게 단정을 지을 수는 없습니다. 하지만 다른 종류 같군요. 잘 보십시오. 고 김화영의 몸에 난 상처는 사각 모양이 확연합니다. 시신의 몸에 난 검푸른 상흔을 보면 가로세로의 길이가 6센티미터 정도 되는 네모난 쇠사슬에 의한 상처입니다. 하지만 이 사슬은 타원형입니다. 다르다고 봅니다."

"혹시 김화영이 쇠사슬로 목을 졸랐다거나, 자신의 두 손으로 본인의 목을 졸라서 자살을 할 가능성은 없소?"

상이 질문을 던졌다.

크리스틴은 사진을 유심히 보고 고개를 저었다.

"일단 손에 의한 경부압박질식사는 맞습니다. 자살이라…… 그렇다면 시신의 상흔에 아무래도 엄지는 앞쪽으로, 네 손가락을 뒷목으로 가는 형태로 힘을 주어서 자살하는 게 맞을 터인데, 상당한 의지가 아니고서는 그렇게 자살하기란 불가능하죠. 그렇다면 사슬을 두 손 위로 둘러서 자살했으리라는 추정이 덧붙여집니다."

"그렇다면 손과 사슬을 동시에 이용하였다는 추정은 맞지 않소?"

상이 되물었다. 구보는 잠시 의아하였다. 상은 왜 자살 가능성을 타진하는 것일까?

"잠깐만요."

크리스틴이 고 김화영의 시신 사진 중에 손등을 자세히 찍은 사진을 가리켰다.

"혹시 김화영이 쇠사슬 하나는 나무에 걸쳐놓고 두 손으로 목을 조르고 손등 위를 쇠사슬로 감싸 돌리면 목에 힘이 가해지면서 자살이 가능할 수도 있었을 거예요. 그러니까 고 김화영의 오른손 손등에 난 시반도 쇠사슬에 의한 것일 수 있죠. 자, 보세요."

크리스틴은 두 손을 들어서 엄지손가락을 목 앞부분 아래쪽에 대고 각각의 네 손가락은 뒤로 돌려서 오른손이 왼손의 손등을 감싸게 하였다.

"이렇게 한 상태에서 힘을 주면서 사슬을 돌려서 나무에 매달게 한다면 자살이 가능합니다. 물론 사슬을 걸기 위해서는 최소한 한 손은 나와 있는 상태에서 사슬을 걸고 나서 다시 느슨한 사슬 사이로 손을 집어넣고 팽팽하게 하여 손과 손을 둘러싼 사슬의 목졸림사로 만들 수 있죠. 누가 보기에도 타살로 보이고요."

"하지만 그렇다면 죽고 나서도 나무에 매달린 상태로 발견되거나 최소한 쇠사슬은 시신 주변에 남아 있어야죠."

구보가 반론을 제기했다.

"저도 그 점을 생각해보았는데, 사진이 흑백으로 되어 있어 자세한 판별은 어렵지만 이 부분을 보세요. 고 김화영의 왼쪽

팔과 어깨 사이에 희미한 상처가 보이지요. 피멍으로 보이는데요. 사슬로 압박한 것으로 보이는 멍 자국입니다. 이런 자국은 변사 당일 생긴 게 아니에요. 아마 그 보름 전 즈음에 생긴 상처입니다. 아물어가는 것으로 보이고요. 쇠사슬에 졸린 흔적이 끊어져 있고 몸통에 나 있는 다른 흔적과 비교하면 확연하게 색이 연합니다."

"그렇다면 주기적으로 가학행위를 행하였다는 뜻이 됩니까?"

구보가 가정이 섞인 의문을 던진 후 이어 말했다.

"상이, 정병호에게 사건 당일 쇠사슬에 대하여 더 물어봐야겠네."

상이 고개를 끄덕였다. 둘은 조사실로 가서 기무라 형사에게 정병호를 호출해달라 부탁하였다. 변호사가 경찰서에 나갈 수 없다는 답변을 들려주었지만 기무라가 재차 요구하자 그날 저녁 8시경에 정병호가 초췌한 모습으로 경찰서 조사실로 들어왔다. 그 시간까지 상과 구보는 기다리고 있었다.

기무라가 물었다.

"새벽 1시경에 다시 돌아갔을 때에 김화영은 어떤 모습으로 죽어 있었나?"

"두 손과 목이 쇠사슬에 묶인 채 나무에 덜렁덜렁 매달린 상태였습니다. 그때 저는 쇠사슬을 제가 철물점에서 맞춤 제작했다는 것이 생각나 얼른 쇠사슬을 풀어 들고 시신을 바닥에 눕혀두고 집으로 가서 차를 운전하여 한강에 갔죠. 사슬은 한강에 버렸고, 옷들은 고물상 담벼락 안으로 모두 던져버렸습니다. 정말 저는 아닙니다. 성린이가 범인이 맞는 거죠? 그렇죠?"

잠시 후 경찰서 밖에서 기다리고 있던 차에 병호와 성린이 올라탔다. 구보와 상은 크리스틴, 기무라와 대동한 자리에서 김화영의 사건을 자살로 잠정결론을 내리고 찜찜한 마음으로 경찰서를 나섰다.

정병호의 진술을 뒤엎을 증거는 없었다. 또한 백성린이 범인이라는 결정적 증거도 없었다. 어느덧 밤 10시에 가까운 시간이었다.

"이로써 구인회에 가입할 수는 있게 된 것인가? 자살로 사인을 규명했으니."

"구인회 멤버가 된 것은 당연하다지만 왜 이리 마음이 허전한지 모르겠네."

"분명 김화영은 복수하고픈 마음에 스스로 자살을 하고도 이들에게 범죄를 뒤집어씌우고자 쇠사슬에서 풀려난 프로메테우스 상황을 연출하고자 의도한 게 있겠지. 그런 상황 후에 벌어진 사건이라면 누가 보아도 자살이 아닌 타살로 보일 터이니. 마음이 떠난 성린을 잡을 수도 없고, 자신의 시를 도적질한 병호를 단죄할 수 있는 입장이 아닌 여인이 그 두 사람을 평생 죄책감에 들게 할 방법은 어쩌면 이런 자살극일지도 모르지. 사실, 내 자네에게 고백할 게 있네."

구보는 상을 진지하게 보았다.

"고 김화영의 시 습작 노트 마지막 장에서 이걸 발견하였네."

상이 내민 종이 쪽지에는 이렇게 적혀 있었다.

〈계획〉

1. S와 B를 불러 놀이를 제안한다.
2. 놀이에 몰두하여 몸에 여러 가지 고문 흔적을 남긴다.
3. S와 B를 돌아가게 하고 남아서 바위 위에 올라가 두 손을 목 위로 올려 사슬을 감는다.
4. 한 손을 빼서 사슬 끝을 나뭇가지 위에 걸친 후 힘껏 끌어당긴다. 재빨리 사슬 속에 손을 집어넣고 목을 손과 사슬로 동시에 조른다. 바위에서 내려간다.

"이, 이게 무언가?"
구보가 깜짝 놀라 되물었다.
"바로 자살계획서라고 보네. 김화영이 죽기 직전에 계획을 짠 것이지. S는 시인 셸리의 약자, 즉 백성린이겠지. B는 시인 바이런의 약자 정병호라 생각되네만."
"상이, 이 글씨 왠지 낯이 익은데. 맞아, 이응을 오른쪽으로 돌려서 왼쪽에서 마무리 짓는 것은 바로 자네의 필체 아닌가?"
상이 고개를 끄덕였다.
"내가 그 노트에서 받아 적어놓았다가 노트는 다시 우래옥에 돌려주었네. 그곳 기녀 아이가 유품을 고향에 보내야 한다고 다방에 사람까지 보내 돌려받았네."

"상이! 자네도 크게 실수한 게 있네. 이 노트 말이야. 다시 수거해야 돼. 필적 감정을 기무라에게 부탁하세. 정말로 김화영의 필적이 맞는지 알아봐야 해. 누가 자살로 조작하기 위해 가짜로 써놓은 것일 수 있어."

"하지만 시와 필적이 같았네."

"필적 위조야 얼마나 쉬운가!"

상은 지팡이로 땅을 쾅 내리찍고는 부리나케 앞장을 섰다. 경성 거리에 작부들과 손님을 실어 나르기 위해 대기하는 택시에 올라타 우래옥으로 향했다. 택시는 경성 거리를 우회하여 청계천변 진흙길로 접어들었다.

상은 진땀이 나는 두 손으로 지팡이를 쥐었다 풀며 고개만 끄덕거렸다. 우래옥 문을 열자마자 상이 가게 안으로 다급하게 들어갔다. 상은 예전에 대접을 받았던 작부와 복도에서 마주쳤다. 손님 대접을 하러 가던 중인지 작은 교자상에 안주와 술잔을 차려 들고 있었다.

"여보게. 그 나이 어린 아이, 향단이라든가 향란이라든가 하는 계집아이 좀 불러주게나."

"그 아이는 시골집에 급한 일이 생겨 짐 싸들고 내려갔습니다. 오늘 오후에 말입죠."

"그럼, 그 아이가 남긴 것이라거나 혹 하나코가 남긴 유품 노트에 관해 알지 못하는가?"

여인은 귀찮다는 듯이 대답했다.

"무슨 말인지 모르겠는뎁쇼."

여인은 잠시 내려놓았던 술상을 다시 받쳐 들고 복도 끝 방으로 향하였다. 저만치 서 있던 구보가 난처한 표정으로 상에게 다가왔다.

"누군가 먼저 다녀가서 그 노트와 어린 계집을 빼돌린 것 같군."

"계획에 제대로 걸려든 것 같네. 정병호와 백성린 그 둘이 처음부터 끝까지 계획을 짠 것일 수 있어. 둘을 의심케 만든 아보타 놀이며, 딱 맞아 떨어지는 셸리와 바이런의 사생활까지. 게다가 내가 자살로 단정 짓게 만든 그 자살계획서며……. 이제 사건은 원점으로 돌아갔네."

상이 낙담하여 우래옥 담벼락에 기대어 구보를 보았다.

"아냐, 아직 실망할 때는 아니야."

구보가 달래자 상이 진지한 어투로 말하였다.

"구보, 아무래도 흑가면을 쓴 남자가 걸리는군."

"그냥 돈과 쾌락을 즐기는 재력가가 아니겠는가?"

상은 고개를 저었다.

"그보다는 이 일에 더 깊이 얽혀 있는 인물 같군. 흑가면의 사드 후작이 마음에 걸리네."

그 날 자정도 지난 깊은 밤, 크리스틴 야마모토가 '제비'를 찾았다. 마침 상과 구보는 빈 다방에서 사건에 대하여 의논하고 있던 중이었다. 주변에 다른 사람들이 없음을 확인한 그녀가 케이프 후드를 살짝 내리자 구불구불하게 말린 탐스러운 검은 머리카락이 어깨 위에서 흔들렸다. 금홍은 견제하는 마음과 호기심 어린 시선이 뒤섞인 채 그녀에게 커피 한 잔을 내왔다. 잠옷

차림을 간신히 가운으로 가린 금홍은 묘한 질투를 표정에 드러냈다.

"감사합니다."

크리스틴은 가벼운 인사를 하고 들고 왔던 갈색 서류가방에서 흑백 사진과 검시 서류를 내보였다.

"죄송합니다. 검시 의견을 정정하려고 찾아왔습니다. 법의학 교수님께서 종종 이런 말씀을 하셨죠. 경찰과 너무 자주 이야기하지 마라. 그들의 유도심문에 걸려든다."

크리스틴의 눈동자가 빛을 발하였다. 구보는 그녀의 눈동자에 빨려 들어갈 것 같은 심정으로 되물었다.

"유도심문이라뇨?"

크리스틴이 미소를 지으며 답하였다.

"두 선생님들이 형사는 아닙니다만, 이상하게 이상 선생님과 이야기를 나누다보면 선생님께 심정적으로 많이 동화가 됩니다."

구보가 무의식적으로 고개를 끄덕였다. 상에게는 이상스러울 만치 남에게 신뢰를 주는 묘한 구석이 있었다. 외모나 옷차림으로 보나 허술해 보이기도 하였으나, 그가 강인한 눈에서 빛을 발하며 이야기를 하기 시작하면 입에서 나오는 모든 말들은 진리처럼 들리기도 해 경이로운 느낌을 주었다.

"고 김화영의 시신 뒷모습을 자세하게 들여다보았습니다. 육안으로 보이지 않는 것을 확대경으로 확인하였습니다. 이상 선생님의 자살 추정 정황을 듣다가 제가 유도심문에 걸려버린 것 같았습니다. 섣불리 사진과 범인들의 증언에 이끌려 자살에 가능성을 두었습니다만, 시신의 뒷모습을 다시 보시죠."

크리스틴이 루페를 꺼내서 김화영의 뒷모습 사진에서 뒷덜미와 허리, 허벅지 등을 클로즈업 해서 보여주었다.

"심장이 멈추면 혈액도 순환을 멈춥니다. 그렇게 해서 시체의 낮은 곳으로 피가 내려갑니다. 이런 이유로 피부에 반점들이 생기는 데 이를 혈액 침하라고 합니다. 시반이라고도 하고요. 일전에도 말씀드렸죠. 반듯하게 누워 죽은 시신은 등과 엉덩이 허벅지에 시반이 생기고, 허공에 매달린 시신은 손과 발에 시반이 생깁니다. 고 김화영의 시신에서는 등 뒤에 시반이 있었습니다."

"그거야 정병호의 증언에 의하면 매달린 시신을 풀어주었다고 하지 않았습니까? 그것도 죽은 지 1시간 정도 지난 시간이라면 충분히 시반이 등에 생길 수 있지요. 어차피 누운 채로 발견된 시신이잖습니까!"

구보의 반문에 상이 손으로 제지를 하고 고개를 들었다.

"잠깐만! 박사, 더 이야기해보오."

"고 김화영은 손과 발에는 시반이 거의 없습니다. 단 오른쪽 손등에 짙은 시반이 하나 있기는 합니다. 색은 보통 시반보다 조금 짙고요. 그로 인해 매달려 죽은 후 반듯하게 눕힌 게 아니냐고 추정하였죠. 그런데 매달려 있던 흔적도 적어, 아무래도 반듯하게 누운 상태에서 경부압박질식사를 당한 것으로 추정됩니다. 그런데 시신 발견 당시에 작성된 사건조사 보고서에 고 김화영의 시신이 반듯하게 누워 하늘을 보고 있던 것이 아니라고 하였습니다. 엎드려 있던 시신을 창경궁 관리원이 취객인 줄 알고 얼굴을 보려고 반듯하게 누인 것이라고 하였습니다."

"즉, 이 사건은 반듯하게 누워 질식사한 시신을 누군가가 엎드리게 하여 얼굴이 땅을 향하게 하였다는 말이군. 구보, 우리는 그 사실을 창경궁 사건 현장을 방문한 당시에 알았으면서도 놓쳤네. 심히 나 자신이 바보같이 느껴지는군."

구보는 1주일 전에 창경궁을 방문하여 내기를 좋아하는 관리인에게 들은 이야기를 떠올려보았다. 분명히 그는 엎드린 상태의 시신을 반듯하게 돌려놓았다고 하였다.

"박사님께서 일전에 죽은 후부터는 바로 피가 굳는데, 죽은 지 5시간이 지나지 않은 시신을 뒤집어놓는다면 처음에 생겼던 시체 얼룩은 사라지고, 다시 바닥에 면하고 있는 몸체에서 시체 얼룩이 생긴다고 하신 것 같은데요? 그런데 정병호는 새벽 1시에 시체를 땅에 내려놓았다 했으니, 그렇다면 오전 8시에 경비원이 시신을 발견하기 전에 새벽에 누군가 찾아와 시신을 엎어놓았다는 말이군요."

"그렇지. 개장 시간이 9시이니, 8시를 전후하여 발견한 시신은 분명 엎드려 있었지. 하지만 죽은 직후 생긴 등과 뒷덜미의 시반은 앞부분으로 이동하지 않았네! 즉 범인은 죽은 지 5시간이 충분히 흐른 새벽에 현장에 다시 왔다는 말이야. 시신을 뒤집어놓아도 이미 피가 완전하게 굳어서 시반이 앞쪽으로 이동을 하지 않았네. 그 부분이 아주 중요한 단서가 되네!"

크리스틴은 고개를 끄덕였다.

"새벽에 다시 와서 반듯하게 누운 시신을 땅바닥을 향하도록 엎어놓는다. 누가 왜 그랬을까? 자못 궁금해지는군."

"혹시 죄책감에 그런 것은 아닐까?"

구보가 답하였다. 상은 고개를 저었다.

"범인은 반드시 범죄 현장에 다시 와본다는 이야기를 들은 듯도 하지만, 범행 직후 반듯하게 눕힌 채로 방치된 시신을 다시 엎어놓기 위해 위험을 무릅쓴다는 것은 상식적으로 이해되지 않네."

크리스틴이 검시 의견서를 가지고 돌아가고 난 뒤에도 상은 늦은 시간까지 허리를 세워 앉아 독한 커피를 마시며 파이프 담배를 태웠다. 새벽녘에 상이 침묵을 깼다.

"나도 꾐에 넘어갔네."

"꾐에 넘어가다니?"

"크리스틴 박사가 말한 대로 박사는 나의 이야기 때문에 잘못된 검시 결과를 내놓았고, 나는 범인들이 파놓은 함정에 빠져 사건을 다른 쪽으로 몰고 간 거지. 고 김화영의 습작 노트에 있던 자살계획서는 은연중에 김화영이 자살하였을 거란 암시를 주었어. 나도 그녀도 모두 범인이 남겨놓은 가짜 단서에 휘둘린 것이지. 한방 맞았네. 어쩌면 사건 배후에 또 다른 누군가 있는 것 같네. 아니면 정병호 백성린이 대단한 지능범이거나."

상은 침묵 속으로 빠져들었다. 담배를 연거푸 태우고 가끔은 허공을 응시하면서 혹은 두 주먹을 불끈 쥐기도 하였다.

아침이 되었다. 구보는 씁쓸하였다. 이렇게 처음으로 맡은 사건은 미궁에 빠지고 구인회 가입은 좌절되었고 구보와 상은 이제 각자의 길을 걸어가기만 하면 되었다. 구보는 요 1주일이 어떻게 흘러갔는지 얼떨떨하기만 하였다. 난생 처음 겪은 일들이 낯설고 새로웠지만 싫지만은 않았다. 상과 함께 이성적 사고를 나누면서 무언가에 몰입하여 열정적으로 일하는 동안 묘한 흥분이 일었던 탓도 있었다.

하지만 이제는 다시 그런 기회를 만날 수 없다.

"구보, 다 끝난 게 아니야."

"뭐라고?"

구보는 상을 보았다. 그는 뻗친 머리카락을 하고서 얼굴에는 기이한 미소를 띠고 구보를 마주 보고 있었다.

낙담한 심정이 얼굴에 드러났는가 싶어 계면쩍었던 구보에게 상이 두 손을 번쩍 잡고는 활짝 웃어 보였다.

"해답이 보이네. 어서 종로서로 달려가자구."

오전 7시 45분, 상과 구보는 종로서에 도착하였다. 당직 근무를 서고 있던 기무라 형사에게 정병호와 백성린을 마지막 출두 형식으로 조사실로 불러낼 것을 부탁하였고 야마모토 박사에게는 검시 서류와 시신의 사진 등 법의학적 관련 서류를 모두 가져다줄 것을 부탁하였다.

오전 9시가 되자 종로서 조사실에는 냉소적인 태도의 정병호와 시무룩한 백성린이 도착했다. 크리스틴이 검시 서류를 준비해 그들 맞은편에 앉고 그 옆에는 기무라 형사가 앉았다.

상과 구보는 조사실 문을 열고 들어가 잠깐 인사를 하고 의자 두 개를 끌어다 빈자리에 앉았다.

기무라 형사가 의아한 얼굴로 상을 보고 입을 열었다.

"이상 선생님, 선생님 말씀대로 이분들을 모셨습니다. 하지만 마지막으로 오시게 하는 조건이었습니다. 이제 선생님 의견을 듣고 싶습니다."

상은 여유로운 표정으로 김화영의 시신 사진을 천천히 테이블에 나열하였다.

"이들이 종로서를 방문하는 건 마지막이 맞을 거요. 왜냐하면 내 말이 끝나면 이들은 이곳에서 다시 나갈 수 없을 테니까."

상의 자신만만한 말투에 정병호는 코웃음을 쳤다. 상은 말을 이어나갔다.

"나는 이 사건에서 가장 중요한 점을 놓치고 있었소. 물론 야마모토 박사도 이 점을 인정하였지. 우리는 가장 중요한 단서가 자살과 타살의 사이를 가르는 기준이 될 거라고 직감하면서도 거기에서 올바른 답을 도출해내지 못하였소."

구보는 상이 대체 무슨 카드를 지니고 있는지 자못 궁금하였다.

"처음 시체를 발견했을 때로 돌아가 봅시다. 목졸림사, 즉 경부압박질식사에는 보통 손을 이용하는 것과 끈이나 사슬 등 도구를 이용하는 것 두 가지로 분류할 수 있소. 이 사건은 특이하게도 두 손으로 목을 조르면서 그 위로 사슬을 두른 흔적이 있어 손과 범행도구를 동시에 사용한 특이한 케이스였지. 그래서 타살 가능성을 두고 백성린과 정병호를 소환하였지만, 이후 발견된 단서 때문에 자살 가능성도 염두에 두게 되었소. 그리하여 시신의 오른손 손등에 나 있는 시반과 목 주변에 나 있는 손자국을 보고 두 손으로 목을 붙잡고 그 위로 사슬을 둘러 나뭇가지에 건 기이한 자세로 자살한 것으로 추정하였지."

상은 좌중을 둘러보았다. 고요한 침묵 속에 정병호만이 거드름을 피우며 지루하다는 듯 하품을 했다.

"자살을 하려는 사람이 왜 굳이 그렇게 힘든 자세를 택하여야 했을까? 나는 그 이유를 고 김화영의 노트에서 찾아냈소."

기무라가 발끈한 얼굴로 상에게 소리를 높였다.

"선생, 그렇게 중요한 정보가 있으면 경무국에 건네주셔야 되는 겁니다!"

상은 천천히 고개를 가로저으며 두 손으로 테이블을 잡고는 자리에서 일어났다.

"하하하, 기무라 형사 그렇게 성낼 필요 없소. 사실 그건 진짜 단서가 아니었다오. 하지만 나도 그 메모에 넘어가 이 둘을 그냥 풀어주게 만들었지 뭐요. 다행히 야마모토 박사의 도움으로 상황을 제대로 보게 되었다오. 이 사진을 보시오."

상은 시신의 등과 뒷덜미 등을 찍은 사진을 보여주었다.

"박사, 이 사진에 대한 견해를 밝혀주시오."

크리스틴이 입을 열었다.

"반듯하게 누워 죽은 시신은 뒷덜미, 등에 시반이 집중적으로 생깁니다. 고 김화영의 시신에서는 등 뒤에 시반이 있습니다.

따라서 누워서 죽음을 맞이한 것으로 봅니다. 처음에는 손등의 시반을 보고 매달려 죽은 후에 누인 것은 아닌지 추정하였습니다만 정정합니다. 손등의 시반이 조금 이상합니다. 저는 이게 다른 이유로 생긴 자국 같습니다. 일반적 시반하고는 색이 조금 다릅니다. 시반보다 더 어두운 색이라고 할까요?"

상이 심각한 표정을 지었다.

"손등의 시반이 어떻게 다른 것이오?"

"제가 검시에 참여한 것도 아니니 정확히는 말할 수 없습니다. 흑백사진으로 보면 검은색 물이 든 자국 같기도 하고 작은 돌멩이나 쇠에 눌린 자국 같습니다. 미루어 짐작하기에 시신의 피가 굳은 후에 생긴 것 같기도 합니다. 외부에서 온 물리적 흔적인데, 피가 몰려 검은색 반점을 형성하였다기보다는 글쎄요, 정확히는 잘 모르겠습니다."

"계속 말씀해주시오."

상이 진지한 눈빛으로 재촉하였다.

"결론적으로 의문스러운 손등의 시반을 제외하였습니다. 그렇다면 저는 누워서 죽임을 당한 것으로 봅니다. 그런데 최초 발견자인 공원 관리인의 증언에 의하면 시신은 엎드려 있었다고 합니다. 저는 분명 반듯하게 누워 죽음을 맞이한 시신을 누군가 현장을 다시 방문하여 엎어놓은 것으로 봅니다. 만약 사슬을 나뭇가지에 걸고 그 안에 손을 넣어서 자살한 형태라 본다면 시반이 이렇게 뒤쪽으로 넓게 나 있지는 않습니다. 즉 타살 의혹이 짙습니다. 게다가 사망한 지 5시간이 지나 피가 모두 굳은 후에 시신을 엎어놓아 시반은 여전히 등에 존재합니다. 범인은 사망한 지 5시간이 지난 후, 즉 새벽에 현장을 방문하여 시신을 돌려놓았습니다."

상이 묘한 표정을 지으며 정병호와 백성린을 번갈아 본 후 입을 열었다.

"여기서 아주 평범한 의문을 제기할 수 있소. 범인은 왜 다시 돌아왔을까? 범행 도구인 쇠사슬을 가져가려고 왔던 것일까? 이 문제는 정병호 군이 답을 말해주었소. 쇠사슬은 자신이 가져갔다고 말이오. 단지 쇠사슬만 가져갔다고 하였지. 그렇다면 시신이 바닥을 보고 엎어진 형태로 놓여 있었던 이유는 무엇일까? 범인에게 일말의 양심이 작용하여 속옷 차림의 시신에게 미안한 마음이라도 든 것일까?"

상은 조용히 입을 다물고 잠시 왔다 갔다 하였다. 좌중이 그를 주시하였다. 상이 잠깐 멈췄다.

"아니요. 거기에는 의도가 있소. 자살로 보이고자 한다면 어떤 증거가 남아 있어야 할까, 범인은 거기에 생각이 미쳤소. 자살을 한다, 하지만 두 손으로 목을 조르는 것은 한계가 있다, 그렇다면 도구가 필요하다, 그 도구는 쇠사슬이 어울린다, 왜냐하면 김화영은 자신들을 범인으로 몰기 위해 자살극을 위조하는 것이니까. 그렇다면 두 손을 사슬 안에 끼우고 사슬 끝은 나무에 걸고 몸을 늘어뜨려 자살하는 형태를 취한다, 마침 나무 밑에는 버티고 올라갈 바위들도 제법 있다, 상황은 안성맞춤이 된다. 그런데 범인은 김화영을 자신의 손으로 목 졸라 괴롭히다가 죽음에 이르게 하고서는 유유히 사슬을 가지고 떠났지. 사슬을 한강에 버리고 집으로 가려다가 갑자기 한 가지 사실을 깨닫게 된 거요. 바로 그것은 손등의 자국이지. 손에 사슬을 두르고 자살하였다면 분명 손등에 사슬 자국이 있어야 하오. 하지만 있을 리가 없지. 자살이 아니라 타살이니까. 분명 그녀의 자살계획서 대로라면 손등을 쇠사슬로 두른 흔적이 남아 있어야 하지."

정병호가 조금은 긴장된 표정으로 상을 보다 시신 사진을 가리키고 소리 질렀다.

"여기에 사슬 자국이 있지 않소?"

상은 고개를 끄덕였다.

"오른손 손등에 자국이 있지. 하지만……."

상은 '사슬'이라는 단어를 강조하며 물었다.

"이것이 과연 사슬 자국일까?"

상은 정병호와 백성린의 얼굴이 새하얗게 질리는 것을 놓치지 않았다.

"루페를 빌려주시오."

크리스틴은 미리 준비해온 상자를 열어서 가장 확대 배율이 높은 루페를 꺼내 상에게 건넸다. 상은 렌즈를 김화영의 오른손 손등 사진에 갖다 대었다.

"나는 눈이 아주 좋은 편이오. 저 못난 모양의 안경을 쓴 구보에게 미안할 정도지. 하하, 게다가 눈썰미도 어찌나 뛰어난지!"

구보는 상이 지금 무슨 말을 하려고 저렇게 뜸을 들이나 궁금하기만 하였다.

"자아, 이 부분이오. 처음에는 대수롭지 않게 지나친 것이지. 하지만 어젯밤 크리스틴 박사가 방문한 이후 골몰히 생각하다가 손등의 시반이 조금 특이하였다는 것을 깨닫게 되었소. 다들 보시오. 손등 위 시반은 네모난 모양이오. 아주 특이하지. 게다가 이 가운데 부분에 펜촉 모양도 새겨져 있다오!"

정병호가 의자를 박차고 일어났다. 기무라 형사는 얼른 일어나 정병호의 앞을 가로막았다.

"사슬은 없소. 이미 한강에 버렸으니까. 나는 정병호 군이 차를 몰고서 한강까지 가서 버렸다고 한 증언을 믿소. 덕분에 왜 이 자국이 고인의 손등에 남게 되었는지 알 수 있게 되었으니까. 자살계획서대로 자살하였다면 손등에 있어야 할 사슬 자국이 없다는 것을 뒤늦게 깨닫고, 범인은 범행을 완전하게 마무리하기 위해 돌아가 그녀의 오른손을 위로 가게 포개어 그 위에 벨트를 꽉 동여맨 뒤 시신을 엎드리게 한 것이오. 그렇게 하면 손등에 자국이 나기 쉬우니까. 하지만 그는 이 때문에 자신의 벨트 버클 자국이 고인의 손등에 남게 되리라는 것을 간과했지. 또한 똑바로 누워 죽은 시신을 엎드린 채 놔두는 실수까지 했지. 그는 의도한 대로 시신의 손등에 자국을 내고는 굳은 시신을 다시 돌리지 않고서 벨트만 회수하여 돌아갔고, 시신은 손등에 펜촉 모양의 버클 자국으로 범인을 알려주었소. 흑백 사진으로 우리가 손등의 시반이라고 추정하였던 것은 그냥 단순한 벨트 버클이 새겨진 흔적이었소. 피가 굳은 상태에서도 벨트 버클의 자국은 남으니까."

기무라가 얼른 정병호의 상의를 걷어 젖히고 그의 벨트 버클을 확인하였다.

"정병호, 너를 김화영의 살인 혐의로 체포하겠다."

"안 돼! 나 혼자 한 게 아니야. 이 모든 것은 성린이도 같이 공모하였어!"

정병호가 버럭 소리를 지르자, 백성린이 하얗게 질린 얼굴로 손사래를 쳤다.

"아니요, 나는 관련 없소!"

순사들이 들어와 난동 피우는 용의자들을 포박하였다. 상과 구보는 크리스틴과 기무라에게 인사를 하고 종로서를 유유히 빠져나왔다.

그날 저녁 '제비'로 염상섭에게서 전화가 걸려왔다. 구인회 가입을 허한다는 내용이었다. 구보와 상은 늦은 저녁 식사를 마치고 마주하여 커피를 마셨다.

커피를 마시는 내내 구보는 조용하였고, 상은 깊은 상념에 빠져 있었다.

잠시 후, 상은 몸을 일으켰다. 기분 전환도 할 겸 종로 거리를 산책하자 하였다.

둘은 다방을 나가 신선한 공기를 마시며 걸었다. 구보는 상의 옆을 바짝 따라 걷다 물었다.

"한 가지 궁금한 게 있네. 진즉에 물어 봤어야 하는 것을. 문학회에서 만난 정병호와 백성린 그 둘이 이런 사건에 연루된 자들이란 걸 어떻게 직감했나? 자네가 2차를 따라갈 때 그들에게 의심을 두고 있다는 것을 느끼기는 했지만 말야."

상은 지팡이를 휘두르며 걸어가다 짧게 답했다.

"우선 첫 번째, 학사 가운을 묶는 그들의 손놀림이 특이하더군. 보통은 매듭을 평범하게 엑스자로 지어서 끈을 구멍에 통과시켜 리본으로 묶지 않는가. 하지만 그런 매듭은 금방 풀려버려서 사람을 꽤나 귀찮게 하지. 그런데 그들은 뱃사람 매듭, 끈이 쉽게 풀리지 않게 하는 특이한 방법으로 학사 가운을 묶더군. 해군이 자주 쓰는 매듭과 유사하다고 하면 알겠는가? 사슬도 그런 식으로 둘러서 쉬 풀리지 않게 하였을 것이야. 그곳에 누군가를 결박해본 이가 있다 추정하면 그자들이 가장 의심스럽지. 그리고 두 번째는 바로 눈일세."

"눈?"

"그래 눈! 눈동자에 모든 게 있더군. 가짜 시인의 치기와 허영 그리고 쓸데없는 욕구와 망상. 그들의 눈에는 진짜 시인의 열정이 없었어. 바로 그래서 알아차렸던 것이지. 어쩌면 내가 시인이어서 빠르게 알아차렸던 것일지도 모르지만."

"한 가지 더. 흑가면을 쓴 그 재력가 사드 후작은 대체 누구라고 생각하는가? 그는 이 사건과 직접적 관련이 없는 자인가?"

"나도 아직 그가 누구인지 모르나 한 가지는 확실하네. 그는 조선의 청년 지식인에게 그릇된 서양 사상을 주입하고 있네. 오염된 사상을 주입하고 돈으로 환심을 사며 불순한 관념을 경성 거리에 전파하고 있어. 하지만 지금으로서는 고 김화영 사건의 범인을 잡았다는 데 만족을 하여야겠지. 자아, 13인의 아해가 도로로 질주할지 모르니 어서 들어감세."

 상이 다 낡아빠진 코트자락을 펄럭이며 백구두발로 앞장을 섰고, 구보는 부지런하게 뒤따르며 경성 거리를 가로질렀다.

이화
류다마치 자작과 심령사진

京城 探偵
LEESANG

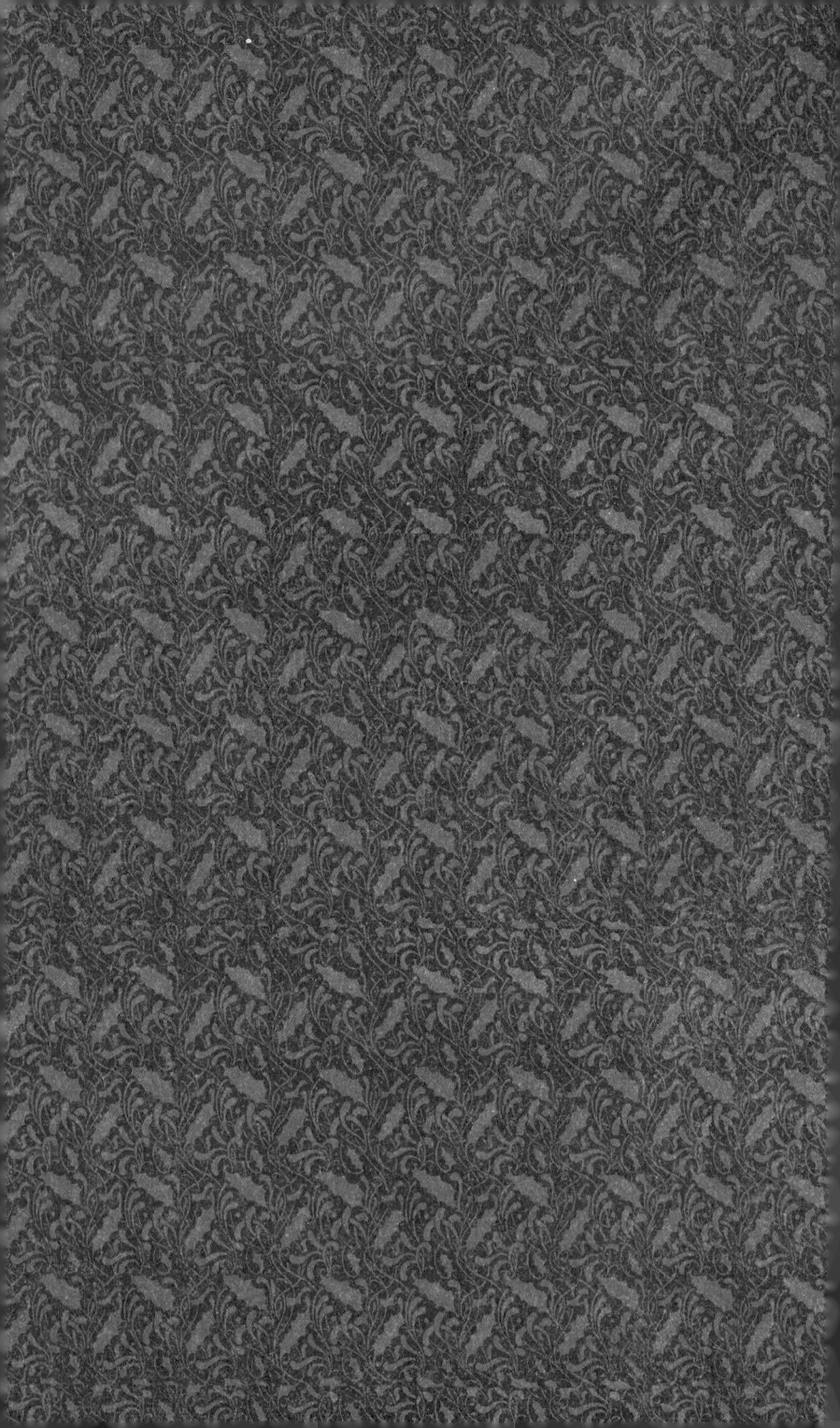

아침부터 구보는 '제비'에 불려나와 있었다. 상이 전보를 쳐서 와 있기는 하였지만 정작 그는 보이지 않았고, 개장 직전의 다방은 금홍과 여급들이 청소를 하느라 분주했다. 구석에 앉아 있던 구보는 금홍이 빗자루를 들고 다가오자 머쓱해져 일어났다. 그때 구보의 눈에 곱슬머리를 손으로 쓸어내리며 낡은 신문을 들고 나오는 상의 모습이 보였다. 다방 안쪽에 있는 침실에서 나왔는지, 속적삼 위에 서양식 가운을 걸친 모습이 꽤나 우스워 보였다. 게다가 슬리퍼도 신지 않은 맨발로 나오는 모습은 길거리 걸인을 연상케 하였다.

"자네 이 사진을 자세히 보게나."

상은 구보가 앉은 자리의 테이블에 신문을 탁 올려놓았다. 그러고는 맞은편에 앉아서 동아일보에 나온 남자의 사진을 집게손가락으로 가리켰다. 남자는 훈장을 잔뜩 단 의례복을 입고 순종황제에게 고개를 약간 숙이며 악수를 하고 있었다. 키가 훤칠

한 미남자였다. 짙게 휘날리는 눈썹 위로 각이 지게 튀어나온 이마는 반듯했고 코는 높고 삐죽했으며, 입매는 굳게 닫혀 있었다.

"가만 있자……. 이건 순종황제 사진이 아닌가? 그 앞에 있는 사람은 류 다마치 자작이군. 그럼 이 신문은 언제 것인가? 폐하께서 승하하신 지는 꽤 되었는데."

구보는 류 다마치 자작을 알고 있었다. 류 자작은 일본에서 건너온 재력가인데 경성에서는 조선총독부에 줄을 대어 거대 사업권을 여럿 소유한 자로 신문에 종종 등장하는 인물이었다.

"얼굴이 참 그럴듯해. 모던말로 드라마틱하단 말일세."

"드라마틱하다니?"

"얼굴에 산이 얼마나 많은가? 이마가 툭 튀어 나온 데다 코도 높다랗게 올라가 있고, 에베레스트처럼 말일세. 가지고 있는 물건들을 보자면 미쓰코시 백화점에 점포 수십 곳의 경영권, 광산 채굴권 둘에 경성에 저택만 세 채. 참으로 드라마틱한 얼굴에 걸맞은 재산 아닌가? 석기 시대 네안데르탈 인간형 얼굴이 가진 재산하고는 참 자알 어울린다는 말일세."

상의 말에는 반어적인 묘미가 있었다.

"이 사람이 원시인하고 닮았다는 말인가?"

구보가 기사에 실린 사진을 자세히 들여다보니 언뜻 보기에는 미남자지만, 다른 면에서 보면 뚜렷한 이목구비가 서양인처럼 보이기도 하고, 혹은 멀리 아메리카 대륙에 산다는 인디언 얼굴처럼 우락부락해 보이기도 했다.

"모름지기 부자의 얼굴이란 날카로운 듯도 하지만 언뜻 보면 둥글둥글하다네. 큰 대지나 돈을 소유하려면 얼굴에 모난 데 없이 돈이 들러붙을 만한 곳이 있어야 하지."

"류 다마치 자작은 일본에서 건너왔으니, 일본에서 거대한 유산을 상속받은 것 아니면, 고위층의 도움으로 광산 개발권을 따내 부자가 되었겠지. 그곳에서는 이런 얼굴이 부자로서 어울릴지도 모른다네."

"하여튼 이 자의 얼굴은 오묘한 구석이 한두 군데가 아니네. 얼마 전 황금정 삼정목에 있는 잘나가는 극장식 카페에 간 적이 있지. 류 자작이 특석에 앉아서 카페 여급들의 시중을 받고 있었네. 참으로 이상하더군. 그는 근 10년 동안 나이가 들지 않은 것 같더라고. 지금 이 오래된 사진 얼굴과 똑같더란 말일세."

상은 오래된 신문 뒤에서 최근 신문을 꺼내 보였다. 신문 사진 속에서 류 자작은 단정한 프록코트에 실크해트를 쓰고 공산진흥회 개장 행사에 참석하여 리본을 커팅하고 있었다.

"그거야, 부자이니까 좋은 음식만 먹고 고생 덜 하고 깨끗한 환경에서 사니 그런 것 아닐까?"

말을 마친 구보는 초라한 단벌 바지를 내려다보았다. 이제는 구멍마다 다른 천으로 기워 더욱 허름해진 자신의 바지를 바라보며, 자신의 것과 비교도 할 수 없는 류 자작의 프록코트가 유난히 부러워 보였다.

"근데 왜 오래전 류 자작의 사진을 꺼내들고 있는 것인가? 혹시 그 봉투와 관련이 있는 일인가?"

상은 빙긋 웃으며 구보를 바라보았다.

"아닌 게 아니라 선배들이 신문 소설 집필 중이라 바쁘다는 핑계로 또다시 사건 조사를 우리에게 떠넘겼네."

지난주에 열린 구인회 신입회원 환영회에는 염상섭을 비롯해 이태준, 이효석, 이무영 등이 앉아 있었다. 이효석은 구인회 활동을 그만두는 날이었고 구보와 이상은 구인회에 가입해 첫 인사를 하는 자리였다.

"구인회 활동이라는 게 뭐 카프 문학처럼 사회를 변혁시키고자 대단한 활동을 하는 것도 아니오. 순수 문학을 지지하는 단체이니만큼 각자 맡은 집필 일을 열심히 해주면 되는 것이오."

깊게 들어간 눈이 인상적인 선배 소설가 이태준의 말에 이어 얼마 전 회원으로 들어왔다는 머리가 구불거리는 청년 하나가 인사를 올렸다.

"안녕하시오, 선상님들. 지는 김유정이라 합니다."

구수한 강원도 사투리를 감추려고 노력하는 청년이었다. 촌스러운 2대 8 가르마에 곱게 하얀색 바지저고리를 차려입은 모습이 영락없이 방금 시골에서 올라와 경성역에 내린 청년이었다. 이상이 먼저 파드득 웃었고, 구보는 가까스로 웃음을 참았다.

"인사들 하지. 전도유망한 소설가이네. 조선일보에 실린 〈만무방〉은 참 재밌게 보았네, 유정이."

이태준의 안내에 이상은 화들짝 놀라며 악수를 청했다.

"반갑소. 김해경이라 하오."

"아, 이상 선상."

이상은 유정과 문학관은 달랐다. 이상이 경성의 포스트모던주의 문학을 표방한다면 유정은 향토 문학을 대표하고 있었다. 구보는 유정의 문학은 조선의 전래 판소리 같은 구수한 구석은 있으나 시대를 대표하는 문학에 못 미친다고 은근히 얕잡아 보았으나, 상은 유정의 문학관을 인정해주었다.

문학에 관한 심도 깊은 이야기가 이어지는데, 손님 자격으로 있던 염상섭이 커다란 혹을 들이대며 상과 구보에게 2차를 갈 것을 권했다.

"지루한 얘기는 고만하고, 내가 아는 방석집이 있는데 청요리가 끝내주지. 가자구."

유정은 옆구리가 결린다며 집으로 돌아가고 나머지 선배들은 선배들대로 자리를 옮겨 문학 토론을 더 하겠다 했다. 염상섭과 구보, 이상만이 청계천변의 자그마한 주점에 들어갔다. 방석은 있지만 술시중 드는 여자는 없고 청요리 대신 부침개가 나오는 조촐한 집이었다. 2차를 파하고 술이 떡이 된 염상섭을 집에까지 데려다주고 돌아서는데, 염상섭이 발그레한 얼굴로 상의 손에 누런 종이봉투를 건네주었다. 상은 마뜩찮은 얼굴로 봉투를 받아들였고, 염상섭은 자못 진지한 어투로 말하였다. 둘은 이제까지 마신 술이 다 어디로 간 것인가 할 만큼 말짱한 눈빛이었다.

"이번에는 진행비를 두둑이 넣었다네. 출처는 묻지 말고. 이번에도 수고하게나."

구보는 누런 봉투를 보고 긴장하였다. 또 다른 사건의 시작이었다. 상은 마지못하여 봉투를 안주머니에 집어넣고 피식 웃으며 돌아섰다.

"이번에도 엉겁결에 받았군. 이런 쪽으로는 수완이 좋은 선배일세."

구보는 봉투 내용이 궁금했으나 모른 척하였다. 그리고 이틀 후, 상에게서 만나자는 연통이 왔다.

"그때 자네가 본 대로, 염 선배가 또 사건을 주었지. 나도 새로운 작품 활동도 해야 하고 해서 이번에는 안 맡으려고 했는데, 사건이 무척이나 요상하지 뭔가?"

"요상하다니?"

"이 사진을 들여다보게나."

상은 품속에서 누런 봉투를 꺼내더니 또 다른 류 자작의 사진을 건넸다. 파티에서 유력 인사와 대화하는 모습이었다. 상은 연필을 찾아들고 자작 뒤의 샹들리에를 가리켰다. 샹들리에 바로 아래에 흰 연기 같은 것이 있었다.

"이것 보이나? 이 흰 것 말일세."

"어, 사진이 인화될 때 빛이 들어갔나보군?"

"아니, 이 사진을 찍고 인화한 경성사진관에서는 절대 그럴 리 없다더군. 이른바 심령사진이라는 거야."

"심령사진? 조선에도 나왔는가?"

"그렇다네. 그것도 여류사진가가 이 사진을 찍었다네."

사진과 상을 번갈아 보던 구보가 허공을 보고 목소리를 높였다.

"기억나네. 경성사진관! 조선 최초의 여류사진가 최명심! 신문기사에서 본 적 있네."

"맞네. 그 최명심이란 여류사진가가 심령사진을 곧잘 찍었다는데, 하필이면 류 자작 사진에서 심령사진이 많이 나왔다네."

"대체 뭐가 문제란 말인가? 이런 문제는 심령연구가들이 해야 될 것 아닌가?"

"그게 말이지. 그 여류사진가가 실종이 됐는데, 거기에 류 자작이 연관돼 있다고 가족이 극구 주장하다 경무국에 끌려가 무고죄로 구류장에도 갇히고 그랬다네. 가족이 이번에는 신문사에서 조사해줄 것을 강하게 요청하는 모양이야."

"그런 일이 있었군."

경무국에서도 피하는 사건을 신문사에서 대놓고 취재할 수는 없었다. 이런 곤란한 사건이야말로 구인회에 떠넘기기에 제격이었다.

"류 자작이라도 찾아가야 하는 게 아닌가? 그런데 우리 같은 가난한 문인들이 그런 인물에게 접근할 수 있겠나?"

상은 파이프 담배를 테이블 밑 서랍에서 찾아 빼들고 불을 붙였다.

"아주 방법이 없는 것도 아니야. 류 자작은 심령사진에 심취해 심령사진연구회를 운영한다는데 그 모임이 바로 오늘 밤에 있더군. 염 선배를 통하여 갈 기회를 만들었네."

"그럼 그 일 때문에?"

상은 고개를 끄덕이며 담배 연기를 머금다가 내뱉었다.

미국에서는 심령사진이라는 것이 대단히 유행을 하였다. 구보도 바다 건너에서 온 잡지에서 심령사진이라는 것을 여러 번 보았다. 입에서 하얀 연기 같은 것이 나오는 서양 여성의 사진은 기괴하기 짝이 없었다. 이 연기는 엑토플라즘이라고 하는 것인데, 귀신들린 영매의 몸에서 나오는 물질로, 그들의 주장으로는 영이 나오는 것이라 하였다.

하얀 연기를 뿜어내는 소녀, 하얀 액체를 입에서 뱉어내는 신사 등 온갖 사진이 난무하였고, 이와 더불어 악마를 숭배하는 오컬티즘과 심령회 등이 세계적인 대공황을 맞이한 불안한 미국 사회에서 빈번하게 벌어지고 있는 듯하였다.

구보는 쑥쓸한 미소를 띠었다. 서양 선교사들이 조선의 무당과 굿이 미신이라며 비과학적인 점을 일일이 짚어 선교하였고, 조선도 서양 사상을 받아들여 합리적인 세계로 나아가려 하는데, 이제는 서양에서 조선보다 더 미신적인 일들이 횡행한다니 참으로 아이러니하였다.

생각에 잠겨 있는 구보를 보며 상이 말했다.

"참 재밌는 소문도 있다네. 류 자작이 흡혈귀처럼 젊은 처자의 피를 먹으며 불로장생한다는 풍문도 떠돌고 있더군."

구보는 깜짝 놀라 금홍이 건네준 커피 잔을 떨어뜨릴 뻔하였다. 어느 샌가 이들 옆에 다가와 있던 금홍은 대화 내용을 아는지 모르는지 핏빛 립스틱을 짙게 바른 입술 끝을 들어 올리며 씩 웃어 보였다.

　달도 없는 칠흑 같은 밤이었다. 상과 구보는 각각 인력거에 올라 어디론가 가고 있었다. 종로 오정목 뒤로도 한참이나 거슬러 올라가는 골목길 안은 어두컴컴했다. 인력거 커튼을 살짝 열어 앞서가는 상의 인력거를 보던 구보는 이 근처 어디에 절이 있지 않았나 하는 생각을 하며 비탈을 올려다보았다.
　"더 이상은 무리입니다."
　인력거꾼들이 상과 구보를 내리게 하고는 인력거를 끌고 두 다리로 간신히 버티며 천천히 고갯길을 내려갔다.
　"참 외진 곳에 집이 들어서 있구먼. 어서 가세."
　시커먼 산을 배경으로 100여 평은 넘음직한 널따란 터에 양옥집이 자리 잡고 있었다. 신축 양옥은 르네상스풍의 건물로 외벽이 하얀 석조로 마무리되어 있었고, 기다란 창문이 양쪽에 있었다. 흡사 조선총독부 건물의 미니어처 같은 직사각형의 집으로 외벽 장식이나 구조가 총독부 건물과 비슷해 보였다.
　구보와 상은 대문 앞에 섰다. 너른 송판으로 짜인 거대한 문에 사자머리 손잡이가 달려 있었다. 구보가 손잡이를 움직여 소리를 냈지만 기척이 없었다. 상이 빙그레 웃더니 가죽 장갑을 낀 손을 들어 집게손가락 하나를 펼쳐들고 대문 옆에 달린 자그마한 고리를 잡아당겼다. 누군가 달려 나오는 소리가 나면서 문이 살짝 열리고 어둠 속에 한 사내의 얼굴이 드러났다. 눈꺼풀이 두터워 눈이 반쯤 감긴 사내는 단정히 올려 묶은 반백의 머리를 드러내고 물었다.

"무슨 일로 오셨습니까?"

"이준성 선생의 소개로 왔습니다."

문이 완전히 열리고, 상과 구보는 집사의 뒤를 따라 돌계단을 올랐다. 제비꼬리가 달린 서양식 하인복을 갖춰 입은 집사는 왼쪽 다리를 약간 절고 있었다. 구보와 상은 저택의 오른쪽에 난 동문으로 안내되었다. 주출입구로 보이는 회랑은 창문에 모두 커튼이 쳐져 있었고, 바닥에는 대리석이 깔려 있었다. 집안 곳곳에 달린 전등에서 환한 불빛이 나와 비치는 것이 서늘한 느낌을 주었다. 상과 구보는 긴 복도를 걸어갔다. 벽에 서양의 귀족을 그린 그림이 걸려 있었다.

"내 기억이 틀리지 않는다면 지금 보는 그림은 브뢰겔의 〈죽음의 승리〉 같은데?"

해골 인간이 무릎 꿇은 사람의 목에 칼을 내리치려는 그림 앞에서 상이 입을 열었다.

"브뢰겔이라면 네덜란드 출신의 굉장히 유명한 화가가 아닌가? 죽음을 주제로 그림을 그린?"

불이 밝혀진 복도에는 죽어가는 사람들, 그들의 죽음을 바라보는 저승사자들이 그려진 불교의 감로탱 등이 걸려 있었고, 일본의 풍속화가가 그린 무시무시한 요괴 얼굴 그림도 다수 걸려 있었다.

"가쓰시카 호쿠사이(일본의 풍속화가)의 작품 같군."

상은 사람의 얼굴을 한입에 넣으려는 괴물의 그림 앞에서 괴물의 시선으로 제물이 될 사람을 내려다보며 말했다.

"자작이라는 사람의 취향을 알 것도 같군. 그나저나 이 모든 게 진품이라면 그는 굉장한 콜렉터일세그려."

상은 복도의 끝자락에서 잠시 걸음을 멈췄다. 그러고는 벽에 걸려 있는 서양식 액자에 들어간 그림 앞에서 한참을 서 있었다.

"누구인 것 같은가?"

액자 속에는 일본 에도 시대(1603년~1868년) 무장으로 보이는 이의 초상화가 걸려 있었다.

"참으로 특이하군. 일본식 갑옷을 입었는데, 서양식 유화로 그려진 초상화라. 딱 보아도 자작의 조상 같아 보이는군. 난 자작이 참으로 현대적인 서양풍의 얼굴이라고 생각하였는데 의외로 전형적인 일본인 얼굴 같아 보이기도 하는구먼."

"구보, 그럼 이자는 누구라고 생각되는가?"

이번에는 일본의 전통 의상을 입은 여인이 긴 머리를 늘어뜨리고 두 손을 모은 채 측면을 응시하는 그림이 그려졌다. 세로로 긴 형태의 그림은 매우 세밀한 필치로 그려졌다. 여인의 우울한 표정은 보는 사람의 마음을 착 가라앉게 만들었다.

"황실의 여인인가? 자작 가문이 황가와 밀접한 관계라는 이야기는 들었네."

드디어 접견실로 연결된 문이 나왔다. 로마네스크 양식으로 장식된 문은 육중해 보였다. 복도 끝에 나 있는 문을 힘겹게 연 집사는 들어오라는 듯이 손을 안쪽으로 향해 보였다. 환한 빛이 쏟아져 나오자 구보는 눈을 찡그렸다.

눈이 부실 만큼 밝은 샹들리에 아래에 서자 상이 융통하여 온 턱시도 바지의 무릎 부분의 얼룩과 깃 쪽에 하얗게 바랜 모습이 선연히 드러났다. 하지만 상의 구불거리는 머리는 기죽지 않고 샹들리에의 불빛을 받아 더욱 반짝거렸다. 상은 자연스럽게 집사가 따라주는 샴페인 잔을 들고 구보에게 눈을 찡긋해 보였다. 구보는 얼떨떨하기만 하였다.

접견실 홀 곳곳에 있는 기둥은 아래 부분이 청동 주물의 사자 머리로 장식되어 있었다. 반복되는 무늬의 카펫이 널찍하게 깔린, 홀 중앙에는 거대한 원형 탁자가 놓여 있었다. 탁자 중앙에 놓인 화려한 스테인드글라스 꽃병에는 커다랗고 아름다운 서양 꽃이 꽂혀 있었다.

이때 접견실을 가로막고 있던 널따란 중간문이 열리면서 화려한 불빛을 뒤로하고 한 남자와 여자가 들어섰다. 높다랗게 올라간 코, 툭 튀어나온 이마에 선 굵은 미남자와 붉은 이브닝드레스를 입고 핏빛 립스틱을 칠한 하얀 얼굴의 여인이었다. 여인은 남자에게 팔짱을 꼈지만 고개는 다소곳이 숙인 채 경의를 표하는 듯했다. 어딘가 일본의 예능 기생 게이샤를 연상케 하는 여인이었다. 구보는 여인의 가느다란 눈과 달빛처럼 하얀 얼굴에 아찔함을 느꼈다.

"이 선생의 소개로 오셨다고요? 반갑습니다. 저는 영적 현상에 관심 있으신 분은 누구나 환영입니다."

세련된 매너로 상과 구보에게 인사하는 남자는 바로 류 자작이었다. 황실과 연관돼 있고 막대한 재산을 지녔다는 남자. 하지만 인상은 사진에서 본 것보다 더욱 침체돼 있었고 어두웠다. 깊게 들어간 눈 밑으로 음영이 진 얼굴에서는 약간 솟아오른 광대뼈가 유일하게 생동감이 있어 보였다. 구보가 자신의 이름을 밝히려 하였지만 집사가 들어오는 바람에 대화가 끊겼다.

"아직 손님이 다 오시지 않은 관계로 잠시 기다려주십시오."

자작이 나가자 접견실 중간문은 다시 닫히고, 상과 구보는 둥근 테이블에 여인과 함께 마주 앉은 어색한 처지가 되었다. 류 자작은 손님을 맞으러 현관으로 나간다 하였다. 자리에서 일어나 미색 커튼을 젖히고 슬쩍 내다보는 구보의 눈에 포드 자동차가 들어왔다. 사각의 검은색 테두리에 커다란 배기통이 달린 번쩍거리는 자동차가 뜰 안으로 들어서고 있었다. 그리고 또 다른 승용차가 뒤를 이었다.

침묵을 깨고 하얀 얼굴의 여인이 입을 열었다.

"저는 아사다 후미코라 합니다. 자작님의 식사와 의복 등 여러 가지 일을 봐드리고 있습니다. 혈혈단신으로 조선에 오셔서 집안일에 힘든 부분이 있습니다."

구보는 적잖이 의심의 눈길로 아사다라는 여자와 류 자작과의 관계를 유추해보았다. 부인과 떨어진 상태에서 가사 일을 봐주는 하녀 이상의 여성이라……. 모종의 관계가 있을 성싶었다.

잠시 후, 심령사진연구회 회원들이 모두 모이게 되었다. 상과 구보를 제외하고 자작을 포함하여 전부 일곱 명이었다.

"사진의 시작은 카메라 옵스큐라에서 시작됩니다. 기원전 350년경 그리스의 철학자 아리스토텔레스가 태양의 일식을 관찰하면서 검은 상자의 원리를 기록으로 남겼죠. 즉 어두운 상자 한쪽 벽에 뚫린 작은 구멍을 통하여 들어오는 빛이 밖에서 보이는 장면을 벽면에 거꾸로 상이 맺히게 한 것입니다. 1826년 프랑스의 석판인쇄 기술자 니엡스가 감광물질을 발견하게 되었는데, 백납 판에 아스팔트 용액을 발라서 그것을 화가들이 쓰던 카메라 옵스큐라에 넣고 창문가에 8시간이나 두었습니다. 이렇게 백납 판에 상이 맺혀서 최초의 사진이 완성되죠. 그리고 프랑스의 다게르에 의해 최초의 은판사진 제작법이 공표됩니다만, 은판사진은 과학아카데미에서 인정하기 전까지는 사술에 불과하였죠."

팔자로 벌어져 끝이 올라간 멋들어진 콧수염을 기른 뚱뚱한 남자가 턱시도의 나비넥타이를 만지작거리며 자작의 말을 받았다.

"승하하신 고종황제 대만 해도 서양인이 조선의 아이들 사진을 찍어가면 조선인이 그들을 에워싸고 협박을 해서 카메라를 빼앗거나 했죠. 그리고 어린아이들을 무참하게 살해한 사건이 드러날 때마다 사진을 찍힌 어린이들이 혼을 빼앗겨 그리 되었다고 오해를 할 정도였습니다."

류 자작은 콧수염 남자의 말을 이어 다시 이야기를 시작했다.

"저는 여기 오신 분들께 사진과 심령술과의 관계를 말씀드리고 싶습니다. 사진이 혼을 담는다는 오래된 믿음 속에는 일정한 증거들이 있습니다. 서양의 영매술사들이 연구한 결과에 의하면 사진은 찍히는 이의 강력한 염원이나 마음을 드러낸다고 합니다. 혹은 영혼이 직접 찍히기도 하죠."

아사다는 조용히 여러 장의 사진을 콧수염 남자를 비롯한 좌중에게 돌려보도록 하였다. 아사다의 드레스가 바닥을 스치는 소리가 사락사락 들렸다. 구보는 그녀에게서 건네받은 사진을 조심스럽게 받아들었다. 사진 중에는 고종황제의 젊은 날 모습과 임종 전으로 보이는 쇠락한 사진이 들어 있었다.

"사진을 보면 아시겠지만, 고종황제께서 순종황제 폐하와 찍었던 중년 시절에는 사진에 아무런 이상이 없습니다. 하지만……."

류 자작은 잠시 숨을 고르고 말을 이었다.

"붕어하시기 직전에 제가 사진사를 대동하여 폐하의 옥체를 담은 사진은 폐하의 얼굴이 흐릿해져 있습니다. 잘 보십시오."

류 자작의 설명을 듣고 고종황제의 임종 직전 모습을 담은 사진을 자세히 보니 정말 얼굴이 흐릿하게 보였고, 하얀색의 무언가가 후광을 만들어내고 있었다. 구보는 의아한 얼굴로 상을 쳐다보았다. 상은 말없이 사진을 들여다보고 있었다. 자작이 말을 이었다.

"지금의 경성은 천지개벽하였습니다. 바로 양과 음의 기운이 마주치면서 전기를 양산해내었고, 이 전기라는 것은 경성의 밤거리를 환하게 밝혀주었습니다. 제 생각에 인간의 몸속에 있는 기운도 전기처럼 하나의 에너지가 되어서 죽기 직전에 몸 밖으로 서서히 빠져나오는 것 같습니다. 즉 전기가 방전되는 것처럼 서서히 나오는 것입니다. 혼불이라는 말이 있지요? 혼이 빠져나가는 장면이 찍히면 심령사진이 되는 것입니다."

자작이 잠시 침묵하였다. 좌중은 조용하였다. 자작의 입에서 나올 다음 말을 기다리고 있었다. 그 순간 한 노인의 호통이 침묵을 갈랐다.

"그렇다면 황제폐하는 임종 직전에 이미 영혼이 나간 상태였다는 말인 것이오? 황제께서 혼이 나간 상태로 붕어하셨다고 말하는 게 아니오? 이 무슨 조선 황실에 대한 무례란 말이오!"

옥색 도포를 입고 갓을 멋들어지게 쓴, 흰 수염이 가슴까지 내려오는 나이 든 선비가 호통을 쳤다. 나이 탓인지 선비의 손은 심하게 떨렸다. 류 자작은 손을 조심스레 가슴에 얹고 고개를 숙여 보이며 말을 꺼냈다.

"어찌 제가 감히 대조선 황실에 무례를 범하겠습니까? 다만 저는 사람이 죽을 때가 가까워오면 하얀 영체가 오로라처럼 그 사람에게서 뿜어져 나오고 이는 또한 사진에 충실히 반영이 된다는 말씀을 드리고 싶은 것입니다. 저는 이 사진을 찍은 카메라에 관해 연구해보았습니다. 1910년에 셔터레버를 누르는 동안만 거울이 올라가는 현대식 카메라가 새롭게 공급되었는데 이 사진을 찍은 제품은 그런 신기술을 채택한 독일 회사 에르노만사가 만든 지주식 대형 일안 리플렉스 카메라입니다. 조리개에 의한 셔터 노출 속도는 10분의 1초에서 1000분의 1초까지 조정이 가능하며, 렌즈는 180밀리미터입니다. 특징으로는 가까운 상을 찍기에 적당하여 접사 촬영에 가능합니다."

콧수염 남자가 수염을 매만지며 물었다.

"카메라 기종과 심령사진 사이에 관계가 있다는 말입니까?"

자작은 조용히 고개를 끄덕였다.

"저는 이 기종을 들여와서 여러 사진을 찍어보았습니다. 에르노만사가 개발한 '에르노플렉스'라는 대형 카메라는 특이한 상을 잡아내는 재주가 있었습니다. 전에 죽음을 앞둔 애완견의 영혼을 찍은 적도 있었죠. 영국공사관에 근무하시는 미스터 그랜츠가 기르던 보드콜리 종의 개였는데, 태어난 지 10년 이상이 되었고 복부에 여러 크기의 종양들이 손으로 잡혀 살날이 얼마 남지 않은 개였습니다. 미스터 그랜츠는 그 개를 특별히 아껴 개가 살아 있을 때 사진으로 남기고 싶어 했습니다. 저는 미스터 그랜츠와 보드콜리를 모델로 사진을 한 장 찍었습니다. 그런데 사진을 인화하는 과정에서 특이한 점이 발견되었습니다. 미스터 그랜츠의 사진에는 이상이 없었는데 보드콜리의 뒤로는 하얀 상이 잡혀 있었습니다. 이게 바로 그 사진입니다."

자작이 영국 신사와 개를 찍은 사진을 아사다에게서 받아 회원들에게 건넸다. 상도 사진을 받아보니 실크해트를 쓰고 모닝코트를 입은 지팡이를 든 신사가 있었고 그 옆으로 개가 앉아 있었다. 하얀 털과 검은 털이 섞인 개의 머리 위로 하얀 상이 희미하게 보였다.

"보드콜리는 사진을 찍고 며칠 후에 죽었습니다. 저는 조리개 노출이나 셔터를 누른 시간, 유리원판을 교체하던 과정과 현상과 인화에 이르는 전 과정을 되짚어보았습니다. 잘못된 과정이 있나 짚어보고, 인화하던 중간에 빛이 들어가 실수로 하얀 상이 맺힌 것은 아닌지 면밀히 검토해보았지만 이상스런 점은 없었습니다. 죽음을 앞둔 생명체에게만 하얀 상이 머리 뒤로 뜬다는 것이 참으로 이상스럽기도 하였습니다. 그래서 여러 카메라 기기와 유리 원판을 저의 집으로 들여와 연구를 거듭하였습니다."

이때 접견실의 중간문으로 들어온 집사가 아사다를 통해 자작에게 메시지를 전하였다.

"심령사진에 관해서는 또 말씀드리기로 하고 저는 잠깐 손님이 방문한 관계로 자리를 비우겠습니다. 잠시 후에는 즉석 심령회를 열겠으니, 일단 긴장을 푸시고 다과를 즐기시면서 담소를 나누시기 바랍니다."

자작의 말과 함께 커피와 진 토닉 같은 주류가 제공되었다. 아사다가 집사와 하녀의 도움을 받아 손님에게 접대를 하는 동안 심령사진연구회 회원들은 대화를 나누었고, 상은 조심스레 이층으로 향하는 계단에 접근하였다. 무심코 화장실에 들렀다가 상이 계단에 오르는 것을 목격한 구보가 조심스레 주변을 살피며 상을 불렀다.

"상, 뭐 하는 짓인가?"

"우리가 온 목적을 잊었나? 우리는 심령사진 따위를 보러온 게 아니라 최명심이라는 여류사진가를 찾으러 온 걸세."

구보는 조용히 상의 뒤를 따랐다. 이층에는 모두 다섯 개의 방이 있었다. 상은 조심스레 주변을 둘러보다 왼쪽 끝에 위치한 방으로 향했다. 문에 달린 황금색 손잡이를 돌려서 당겨보았지만 문은 잠겨 있었다. 이번에는 가장 뒤쪽에 위치한 방문의 손잡이를 돌려보았다. 끼이익, 소리를 내면서 문이 열렸다. 열린 틈으로 상이 얼굴을 들이밀었다. 가만히 주머니에서 성냥을 꺼내 불을 붙이고 문 안으로 발을 들이는 순간, 어둠 속에서 카메라들이 보였다.

"류 자작이 사진을 찍는 작업실인가?"

구보가 들어오자 상은 말없이 문을 닫았다. 둘은 성냥불에 의지해 방 중앙으로 걸어 들어갔다. 방에는 온통 검은색 커튼이 둘러쳐져 있었고, 독한 약품 냄새가 코를 찔렀다.

"암실이로군."

"암실이라니?"

구보가 상에게 물었다.

"사진을 인화하려면 빛을 차단한 장소가 필요하지. 여기가 암실이라면 류 자작이 찍은 사진이나, 아니면 그 최면심이라는 사진가가 찍은 사진이 있을 게야."

상은 간간이 흔들리는 성냥불에 의지하여 조용히 걸어 나갔다. 구보도 미간을 엄지와 집게손가락으로 꾹 눌러 정신을 집중하고 그 뒤를 따랐다. 가슴은 방망이질 치고 두 다리에는 힘이 잔뜩 들어가 있었다. 좀 전에 마신 황금빛이 감도는 진 토닉 탓일까, 머리가 어질어질했다.

집게로 집어놓은 사진들로 가득한 뒤쪽 벽으로 상이 앞장섰다. 상은 벽에 걸린 사진들을 유심히 보았다. 대부분이 인물 사진으로, 류 자작이 조선과 일본의 정재계 유력인사들과 찍은 것이었다. 구보는 사진을 죽 훑어보다가 아사다가 옥색의 기모노를 입고 류 자작과 찍은 사진에 시선을 고정시켰다. 지금보다 대여섯 살은 어려 보이는 그녀가 중절모를 쓰고 트렌치코트를 걸친 류 자작 옆에서 미소 짓고 있었다. 구보의 가슴이 쿵쾅거렸다. 아사다의 과거 시절을 훔쳐봤다는 것만으로 행복하였다. 이때, 사진들을 헤치고 나오는 검은색 무언가가 있었다. 구보는 깜짝 놀라 엉덩방아를 찧었고, 상은 흠칫 물러났다.

"이상 선생, 제 암실에서 무엇을 하시는 겁니까?"

류 자작의 얼굴이 상의 성냥불에 잠시 드러났다. 이목구비가 뚜렷하고 높이 솟은 이마와 눈썹 뼈, 그리고 높다란 코에 음영이 짙게 드리워진 그의 얼굴은 환한 샹들리에 아래에서와는 달리 기괴하고 위압적인 느낌을 주었다.

"저를 알고 계셨습니까?"

상이 픽 하고 꺼진 성냥개비를 주머니에 넣고는 어둠 속에서 류 자작이 있던 방향을 향해 물었다.

"그렇습니다. 선생의 〈오감도〉뿐 아니라 〈12월 12일〉, 〈지도의 암실〉, 〈휴업과 사정〉 같은 소설도 읽었습니다. 저와 정신상태가 비슷한 동지를 만난 것 같아서 무척이나 반갑더군요."

이상하게 구보의 등줄기로 소름이 좌르르 끼쳤다. 어둠 속에서 자작의 얼굴은 보이지 않았지만, 그의 입가에 떠오른 기이한 미소는 선연하게 머릿속에 그려졌다.

"이상 선생, 아래층으로 먼저 내려가실까요? 저는 잠시 후에 뵙겠습니다."

구보와 상은 일층으로 내려와 접견실에서 다른 회원들과 함께 자작을 기다렸다. 연구회 회원들의 태도와 눈빛에서 자신들을 무시하고 껄끄럽게 여기는 시선이 노골적으로 드러나 있었지만 상은 상관하지 않았다. 구보는 아사다의 움직임만을 눈으로 좇았다. 아사다는 회원들이 다 마신 빈 커피 잔을 집사와 함께 치우고 있었다. 정리가 끝나자 아사다는 옷깃이 거의 얼굴선까지 올라오는 검은색 드레스로 갈아입고 나와 좌중을 둘러보며 말했다.

"여러분, 존 디 박사님을 소개해드리겠습니다."

아사다의 가냘픈 목소리가 접견실에 울려 퍼졌다. 상과 구보는 고개를 돌려 아사다 뒤로 들어서는 남자를 보았다. 갈색 머리가 반쯤 벗겨지고 이마에는 깊게 골진 주름이 가득한 얼굴이 보였다. 눈썹은 처진 삼각형 모양이었고 눈동자 또한 갈색이었다. 큰 키에 걸맞은 커다란 배가 산처럼 올라와 은색 조끼의 단추 사이가 터질듯이 벌어져 있었다. 리본 타이를 맨 턱시도 차림이었으나, 어딘지 모르게 옷과 사람이 어울려 보이지 않았다. 남자는 덥수룩한 갈색 수염을 만지며 아사다의 귓가에 무어라 속삭였다.

"박사님이 일본어를 하실 수 없는 관계로 제가 통역을 진행하도록 하겠습니다. 존 디 박사님은 심령술에 능통한 분으로 오늘 이 자리에서 돌아가신 분의 영혼을 불러낼 수 있다 하십니다."

아사다의 뒤로 집사가 나와서 접견실 중앙의 둥그런 테이블에 손님들을 하나하나 앉혔다. 존 디 박사와 아사다가 안쪽 중앙에 앉았고 그 옆으로 콧수염 남자가 앉았다. 구보와 상은 그 옆으로 안내되었으며 맞은편에는 옥색 도포를 입은 나이 든 선비가 못마땅한 표정으로 앉았다. 그리고 사이사이 연구회 회원들이 앉았다.

"자작이 보이지 않네."

구보가 소곤거렸다.

"아직 암실에서 내려오지 않은 것인가?"

순간 구보의 눈에 한 여인이 존 디 박사의 왼쪽 뒤편 구석에 앉아 있는 모습이 보였다. 분명 저 여인을 소개 받지는 못하였다. 흑단 같은 머리카락을 길게 늘어뜨린, 커다란 눈과 붉은 입술을 가진 여인. 소녀의 얼굴을 지닌 것처럼 어려 보였지만 어딘지 모르게 정적인 표정에 나이가 들어 보이기도 하였다. 무엇보다 일본 여인들이 결혼식 날 입는다는 하얀 기모노를 입고 있어서 더욱 나이가 들어 보이는지도 몰랐다. 구보는 섬찟한 느낌에 등줄기가 서늘했다.

존 디 박사가 구보의 불안한 시선을 눈치 챘는지 아사다의 귓가에 속삭였다.

"아, 소개해드릴 분이 있습니다."

아사다는 천천히 드레스를 잡고 일어나 하얀 기모노를 입은 여인 옆으로 다가갔다.

"혹여 놀라실 분이 계실 것 같습니다. 이분은 존 디 박사님의 따님입니다. 이름은 린다로, 박사님께서 늘 데리고 다니시는 분입니다."

순간 '마이 네임 이즈 린다, 나이스 투 미츄'라는 가냘픈 목소리가 들렸다. 분명 소녀의 목소리였다. 하지만 저 멀리 구석에 앉은 소녀에게서 나는 소리가 아니었다.

"복화술일세."

상은 놀라는 구보에게 속삭였다.

"존 디 박사가 내는 소리라고."

구보는 박사를 쳐다보았다. 그의 입은 굳게 닫혀 있었다. 하지만 소녀는 영어로 자신을 소개하고 있었다.

"사람이 아니라 인형이란 말이야."

상의 말에 구보는 온몸에 으스스한 기운이 느껴졌다. 딸이라고 지칭하는 인형을 데리고 다니는 심령술사라니, 정상적인 사람은 아니라고 여겨졌다.

오스트리아 화가 코코슈카는 한 여인에게서 실연을 당하자 그녀와 똑같이 생긴 밀랍인형을 만들어 오페라를 보러 다니고 무도회에 데리고 다녔다고 하였다. 코코슈카는 몇 년간이나 인형을 데리고 식사를 하였고, 마차에 올랐으며, 항상 같이 있었다고 한다.

구보는 디 박사의 인형이 소름 끼치는 이유가 바로 눈 때문이라는 생각이 들었다. 구보와 시선이 마주치는 위치에서 인형은 사람처럼 구보를 바라보았다. 가끔씩 눈을 깜박이는 것도 같았다. 구보는 인형의 시선을 피해 다른 곳으로 고개를 돌렸다.

이때 접견실의 불이 꺼졌다. 완벽한 어둠 속에서 약간의 헛기침 소리가 들려왔다.

"자작님께서는 심령사진에 관련된 작업을 준비하시느라 잠시 자리를 비우셨으니 제가 대신 진행을 하겠습니다."

아사다의 목소리는 어둠 속 심령모임에 더할 나위 없이 잘 어울렸다. 아사다는 참석자들에게 서로의 손을 잡을 것을 지시하였고 상과 구보도 손을 잡았다. 어두운 접견실의 둥근 테이블 가운데에 집사가 켜놓은 촛불 하나가 빛을 발할 뿐이었다.

"이제 존 디 박사님께서 지금 이곳에 계신 선생님 중 한 분께 기운을 빌리려고 합니다."

집사가 보석함 하나를 아사다에게 전달했다. 아사다는 작은 보석함에 좌중을 둘러싼 인사들의 이름을 하나하나 호명하며 종이에 적어서 접은 후 넣었다. 존 디 박사는 잠시 뒤돌아 서 있었다. 보석함을 닫은 아사다는 함을 흔들어 종이들을 섞은 후, 이상 앞으로 내밀었다.

"한 분을 뽑아주십시오. 박사님은 마음으로 그분의 이름을 호명하실 겁니다."

상이 무심코 종이 하나를 집어 들었다. 구보는 떨리는 시선으로 그의 길쭉한 손가락 끝에 접혀 나오는 종이를 응시했다. 존 디 박사가 나직하게 이름을 불렀다.

"구보."

구보는 깜짝 놀란 눈으로 주춤 일어섰다. 호명 후에 아사다가 접힌 종이를 펼치자 '丘甫(구보)'라고 적혀 있었다.

"대체 저 박사는 내가 나올 줄 어떻게 미리 알고 있단 말이야?"

상에게 나직하게 귀엣말을 건네고 구보는 존 디 박사 옆자리로 옮겨가 그의 오른손을 붙잡았다.

촛불이 일렁이는 가운데 심령사진연구회 회원들은 옆 사람과 손을 잡고, 희미한 촛불만 바라보았다. 존 디 박사가 주문을 나직하게 외웠다. 목사의 기도 소리 같기도 하고 얼핏 들으면 절에서 귀신들을 내쫓는 법사가 외는 축문 같기도 하였다.

눈을 감았던 구보가 고개를 들어 설핏 눈을 떴다. 아사다의 맞은편 자리에 얼굴 윤곽이 짙은 한 남자가 다가와 자리에 앉았다. 자작이 분명하였다. 음영이 짙게 드리워진 자작의 얼굴은 한층 더 드라마틱하게 보였다.

집사가 등잔불을 들고 천천히 다가와 자작의 오른쪽 귓가에 무언가를 말하는 순간, 자작은 다시 일어났다. 촛불이 꺼지면서 존 디 박사의 음성이 들렸다. 아사다의 통역이 이어졌다. 구보는 자작이 중간문으로 사라지는 것을 지켜보고는 아사다에게로 시선을 옮겼다.

"지금 이곳에 영혼이 와 계십니다."

구보의 등골이 오싹하였다. 죽은 사람의 넋을 불러내는 지노귀굿을 볼 때면 무당들이 혼이 씌워서 공수를 할 때가 있다. 그럴 때마다 등골이 오싹하였는데 서양의 강령회도 그 못지않게 무섭게 느껴졌다.

"대디 섬원 이즈 히얼, 아임 스캐어리."

인형이 갑자기 말을 하였다. 비록 박사의 복화술로 인형이 말을 하는 것처럼 흉내 내는 거라 하지만 구보는 두려웠다. 온몸이 굳을 정도였다. 인형은 무섭다고 말하며 흐느끼기까지 하였다. 구보는 잠시 이 자리에 참석한 것을 후회하였다. 존 디 박사가 흐느끼는 인형에게 다가가서 천천히 두 손을 붙잡고 다정한 음색으로 달래자 인형은 조용해졌다. 사실 원맨쇼에 불과한 행동이었지만, 지금 이 자리에서는 아무도 그런 행동을 비웃지 않았다. 다만 도포 차림의 노선비만이 그의 행동을 탐탁지 않게 여기고 있는 듯이 보였고, 상은 여느 때와 같이 알 수 없는 깊은 상념에 빠져서 존 디 박사를 뚫어져라 보고 있었다.

이때 촛불이 환하게 불타올랐다. 집사가 촛불의 심지를 돋우고 있었다. 아사다의 맞은편 자작의 자리는 여전히 비어 있었다. 아사다가 통역하였다.

"지금 여기에는 황후의 영혼과 그분을 뫼시던 궁녀의 영혼이 와 있습니다."

이때 불편한 기침 소리가 다시 들려왔다. 도포 차림의 나이든 선비가 두 손을 바르르 떨면서 흰 수염을 가다듬었다. 이지러지는 불빛 속에서 그는 한 폭의 그림에 나오는 신선처럼 비현실적으로 보였다. 선비는 가래가 끓는 목소리를 쥐어 짜냈다.

"돌아가신 황후라 하면 어느 분을 말하는 겐가?"

아사다가 존 디에게 영어로 물었고, 박사는 나직하게 속삭이듯 말하였다. 이내 아사다가 통역하였다.

"여러분도 잘 아시는 분이라 하십니다. 경복궁 건청궁에서 돌아가신 분이라 하십니다."

"이런 고얀!"

선비가 일갈했다.

"어디서 고약한 입을 놀리는 게야?"

존 디 박사가 천천히 일어나 선비의 자리로 다가갔다. 회원들과 구보, 이상은 긴장하여 박사를 주목하였다. 선비가 일어나려고 몸을 들썩이는데 박사가 선비의 어깨를 강압적으로 의자에 대고는 무언가 빠르게 주문을 외면서 그의 이마에 집게손가락을 얹어서 살짝 밀었다. 선비는 자리에서 일어나지 못하고 어리둥절해져 존 디 박사를 보았다. 선비가 일어나려고 하면 할수록 존 디 박사의 손에 약간의 힘이 더해졌고 끝내 의자에서 일어날 수 없었다. 강한 주술적 힘이 그를 의자에 붙들어 매놓은 것 같았다.

"대체 무슨 사술을 부리는 것이야?"

노선비의 호통에도 박사는 아랑곳 않고 손가락을 이마에 대고 있다가 천천히 손을 거두었다. 존 디 박사는 서서히 자기 자리로 돌아와 앉았다. 존 디 박사가 아사다의 귓가에 무언가를 빠르게 지껄였다. 아사다는 동시에 통역하여 말하였다.

"왕비마마를 옥호루 가장 안쪽 방에 뫼시고 문틈을 통해 밖을 살펴보았다. 사위가 조용하기에 마당 앞에까지 나아가 보니 건청궁으로 들어가는 두 문은 일본군이 보초를 서서 막았고, 그 마당에 대략 수십 인의 조선 훈련군들이 무기를 해제당하여 정렬해 있었다. 그리고 일본 장교들이 그들을 지켜보았고, 양복 입은 일본인들이 일본도를 들고 거처 옥호루에 올랐다."

잠시 존 디 박사가 숨을 골랐고 아사다도 입을 다물었다. 좌중에 무거운 침묵이 드리워졌다. 아직 시신조차 찾지 못한, 비극이고 비밀스러운 사건의 전말이 드러날 수도 있다는 긴장

속에 존 디 박사와 아사다의 목소리만이 교차하여 오갔다.

"일본인 몇몇이 옥호루를 뛰어다니며 방마다 문을 열고 들어가 여인들의 머리채를 잡아끌고 나와 마당에 내동댕이쳤다. 궁내부대신 이경직이 달려왔지만 그 또한 일본 폭도의 칼에 가슴을 찔렸다. 나는 숨 막히는 무서움 속에 다시 옥호루 뒤쪽으로 돌아서 뒷문으로 조용히 마마가 계신 방으로 들어갔다. 마마는 눈을 감고 계셨다. 총소리가 났다. 흉도들이 거칠게 난입했고 이곳 마마가 계신 방에도 그들이 들이닥치는 소리가 거세게 났다. 내가 너무 무서워 괴이한 일이 일어났다고 마마께 말씀드렸지만 마마님은 말씀도 없이 조용히 눈을 감고 계셨다. 방문이 우지끈 뜯겨 나가고 자객들이 들이닥치고 궁녀들이 모두 머리채가 잡혔다. 나도 끌려 나가는 와중에 마마님이 어떻게 되셨는가 눈으로 훑었지만 난리통에 더 이상 앞을 보지 못했다.

마당 한쪽에 칼을 맞은 궁녀들이 쌓여 있는 가운데 한 조선인이 물었다. 왕비의 시신이 어느 것인가? 시신을 찾아라. 궁녀 하나가 손가락으로 가리켰다. 바로 저분이외다. 나는 그분이 마마님인가 보려고 고개를 들어 자세히 보려 하였으나 그만 그 순간 폭도들이 휘두르는 곤봉에 맞았다. 아아, 원통하도다. 마마님을 자객들이 짓밟고 칼로 거듭 찌르고 우리는 신음조차 내지 못하고 혼절하였다. 마마님의 옥체를 지켜드리지 못하고 폭도의 흉포한 발 아래 놓이게 하였으니 우리의 대죄는 어떻게 씻을 수 있을꼬. 그저 온몸이 뼈저리도록 원통하니 살아난 것이 모질 뿐이로다. 내 마음이 음식을 끊어 아사도 하고자 하고 깊은 물에도 들고 싶고 수건을 어루만지며 칼을 들기를 자주 하되, 마음이 약하여 마마님을 그리 보내드리고 10년 후에 갔으니 마마님께 대죄를 지었도다."

고요한 침묵 속에 순간, 촛불이 꺼졌다. 어둠 속에서 존 디 박사가 입을 열었고 아사다가 통역하여주었다.

"황후마마께서는 이 자리에 와 계시나 말씀하고 싶어 하시지 않는다 합니다. 다만 이곳에 계신 분의 아버님과 잘 알고 있다 하십니다."

이때 흐느끼는 소리가 들렸다. 틈틈이 기침 소리, 가래 끓는 소리와 함께 나는 울음소리는 분명 아까 흥분하였던 노선비일 거라 여겨졌다.

"아버님께서는 황후마마님을 오래도록 곁에서 보좌하셨소. 그분께서 살아계셨더라면 지금 이 나라 조선은 일본의 지배 아래 있지 않았을 것이오. 흑흑."

총독부의 귀에 들어가면 취조국에 호출되어 혹독한 조사를 당할 정도의 불경스런 말이었다. 노인의 흐느낌이 잦아드는 사이에 집사가 촛불을 밝혔다. 희미한 불빛 속에 존 디 박사가 천천히 일어났다. 아사다가 비틀거리는 박사를 부축하여 걸음을 옮길 수 있게 도와주었.

"접신을 하고 나면 생체에너지가 많이 소진된다고 들었소."

콧수염 남자가 작은 목소리로 나직하게 말하였다. 존 디 박사는 간신히 접견실 중간문을 열고 사라졌다. 불편한 몸 때문인지 박사는 인형을 데리고 나가지 않았다. 인형은 그 자리에서 계속 구보와 시선을 마주하고 있었다. 구보는 고개를 절레절레 저었다. 샹들리에가 환하게 밝혀졌다. 좌중이 어리둥절한 가운데, 집사를 비롯한 시중 몇이 커피와 진 토닉 등이 놓인 테이블을 준비하였고, 회원들은 숙연한 가운데 조용히 대화를 나누었다.

"어떻게 된 것인가? 이 모든 일들이……. 대체 그분의 영혼이 진짜 이곳을 방문하였으며, 존 디 박사는 영매술에 정통하였다는 것인가?"

상은 알 듯 모를 듯 희미한 미소만을 띠고 진 토닉 한 잔을 마셨다. 그리고 구보에게도 한 잔 건넸다.

잠시 후, 덜그럭거리는 소리가 요란하게 들리더니 접견실을 가로막은 문이 활짝 열리며 대형사진기계와 렌즈, 조명기 등 관련 기기들이 집사와 하인들에 의해 운반되었다. 구보의 눈에 카메라 다리에 선명하게 새겨진 '라이카, 메이드 인 저머니'라는 글자가 들어왔다. 집 한 채 값을 훌쩍 넘는다는 독일제 사진 기기였다. 집사와 하인들이 기기를 설치하는 동안 연구회 회원들은 주의 깊게 그것들을 살펴보았다.

"저는 오늘 심령사진연구회에서 의미심장한 실험을 할 계획입니다. 이 카메라는 아까 말씀드린 에르노만사에서 만든 에르노플렉스 카메라는 아닙니다. 이제 사진도 입체감이 있게 찍을 수 있는 시대가 되었습니다. 이 제품은 라이카에서 만든 입체 반사식 카메라로 특수하게 설계되고 약품이 처리된 유리원판을 사용해 찍습니다. 조리개 노출은 4초 정도로 길게 잡았습니다. 이 카메라는 몸체 부분 설계는 오스카 바르나크가 렌즈 설계는 막스 베레크가 하였습니다. 이 제품 이후로 라이카에서는 유리 원판을 롤필름으로 대체하는 신기술의 카메라를 만드는 데 집중한다고 합니다. 따라서 희소성이 있는 한정판 카메라입니다. 제 생각으로는 이 제품이 자꾸 엉뚱한 것을 찍어서 구설수에 올라 생산을 중단하는 게 아닌가 싶습니다."

설명을 하는 자작의 뒤로 누군가 다가오는 모습이 희미하게 보였다. 구보가 안경을 세워 고개를 들고 자작 쪽을 바라보았다. 자작 옆으로 검은 드레스의 아사다가 보였고, 그 뒤로 하얀 얼굴에 정갈하게 쪽을 지고 흰 두루마기를 입은 여인이 따라 들어섰다.

아, 저 여인이 누구던가?

구보는 안경을 벗어 옷자락에 문질러 알을 닦고는 다시 쓰고 찬찬히 여인을 훑어보았다.

그녀는 바로 최명심이었다. 신문에 나온 그녀의 사진을 본 적이 있다. 그녀가 직접 구도를 정하고 나서 동료 사진작가에게 부탁해서 남긴 사진이라고 했다. 그렇다면 최명심은 살아 있었단 말인가? 실종은 곧 죽음을 의미하는 경우가 많아서 막연하게나마 젊은 재원이 희생된 것은 아닌가 걱정하던 터였다.

최명심은 하얀 손을 두루마기 소매 속에서 빼더니 조심스럽게 기기를 잡았다. 검은 가림막 자락 안으로 고개를 들이밀고 렌즈를 들여다보며 조리개를 조정하였다.

상은 일이 재밌게 돌아간다는 표정으로 주변을 둘러보았다.

"저는 오늘 심령사진으로 유명한 최명심 작가의 도움으로 실험적인 사진을 찍을 예정입니다. 항간에 최 작가가 실종되었다는 등 점잖지 못한 소문이 돌았는데, 그녀는 저와 함께 새로운 기법의 사진을 시도할 목적으로 연구실에 틀어박혀 연구에 몰두해왔습니다. 어쩌다 주변과 연락이 끊어져 그런 오해를 빚어낸 것뿐입니다."

류 자작은 상과 구보를 뚫어지게 바라보다 회원들 한 명 한 명과 눈을 맞추고 힘을 주어 말하였다.

"저는 오늘, 여러분 중에 가장 먼저 돌아가실 분을 예측할 사진을 찍어보도록 하겠습니다."

자작의 선언에 실내가 소란스러워졌다. 콧수염을 멋들어지게 기른 남자가 큰소리로 외쳤다.

"누가 먼저 죽을지 알 수 있다고? 그 말 책임질 수 있소, 자작?"

류 자작은 고개를 끄덕였다. 그리고 말을 이었다.

"방금 심령회를 여신 존 디 박사가 너무 많은 기운을 쏟아부은 탓에 건강상의 문제로 피치 못하게 이곳을 급하게 떠났습니다만, 가시기 전에 제게 의미심장한 말씀을 남겼습니다. 회원들 중에 임종을 눈앞에 두신 분이 있다는 말입니다. 심령회에 내려오신 그분으로부터 전해 들었다는데 천기를 누설할 수도 없고, 너무도 불경스런 이야기라서 그 이상은 입을 열지 않으셨습니다."

가장 먼저 죽는 자를 알아낼 수 있다니 게다가 대단한 능력을 보여주고 간 영매술사 존 디 박사의 말이라니, 흥미롭기는 하지만 무턱대고 믿을 수는 없는 노릇이었다.

"저는 그분의 말씀이 사실인지 아닌지 확인하고 싶습니다. 저와 최 작가가 만든 사진기기를 통해 심령사진을 찍어 증명을 해 보이고 싶습니다. 바로 이 사진이 인화되는 즉시 여러분께 인편으로 보내드리겠습니다."

자작의 말이 끝나고 명심의 하얀 얼굴이 카메라 렌즈 밖으로 나오면서 그녀의 총기 없는 흐릿한 눈동자가 보였다. 상은 그녀를 뚫어져라 보았다. 하얀 두루마기의 명심과 검은 드레스의 아사다는 묘한 대조를 이루면서 나란히 서 있었다. 자작과 구보, 상이 나란히 선 옆으로 연구회 회원들이 두 줄을 이루고 앉거나 서 있었다. 그 뒤로는 거대한 장막을 쳐서 배경에는 아무것도 보이지 않게 하였다. 명심은 고심하다가 네거티브 유리건판 필름을 바꿔 끼우면서 사진을 여러 장 찍었다. 일동은 눈도 깜박이지 않고 서 있었다.

구보는 지난주에 있었던 심령사진연구회를 머릿속에 떠올리면서 다방에 나와 앉아 있었다. 금홍은 여전히 붉은 립스틱을 바르고, 머리를 높다랗게 틀어 올린 채 동백꽃잎이 화려하게 그려진 저고리 밑에 초록 치마를 입고 있었다. 구보에게는 시선도 주지 않고 커피 잔만 내려놓고 간 지 30분이 지났다. 상이 방금 일어났는지 게슴츠레한 눈에 머리카락은 온통 산발인 채로 서양식 나이트가운을 걸치고 나왔다. 다방의 내실에서 잔 듯 보였다.

상은 사진 한 장과 신문을 턱 소리 나게 테이블 위에 올려놓았다. 그 탓에 구보는 커피 한 모금을 먹으려다 놀라 사레가 들렸다.

"켁켁."

상은 맞은편에 앉아서 사진을 들어 보였다.

"자네, 1주일 전에 찍은 이 사진을 보게나. 자작이 최명심 작가를 시켜 찍은 사진을 나에게 보내주었더군."

사진에는 상과 구보 그리고 그 옆으로 류 자작을 비롯한 콧수염 남자, 하얀 수염의 선비, 일본인 등 일곱 명의 회원들이 앞, 뒷줄에 앉거나 서 있었다. 상은 흰 수염 선비를 집게손가락으로 가리켰다.

"이 사람, 죽었다네."

상은 전날 동아일보에 나온 부고란을 보여주었다. 남자의 이름은 최우현. 대대로 공신을 배출한 걸출한 가문의 후계자로 최근까지 일제의 여러 식민지 정책에 반대하는 사설을 쓰는 등 강직한 성품과 유려한 문체로 알려진 칼럼니스트였다. 부고 란에는 그저께 오후 3시경에 심장마비로 사망하였다고 나와 있었다. 구보가 깜짝 놀라 사진을 자세히 들여다보니 최우현의 머리 위로 하얀 기운이 뿜어져 나와 있었고, 다른 인물들에 비해 얼굴빛이 유독 바래어 있다는 것을 알 수 있었다.

"그렇다면 류 자작의 말이 헛소리가 아니었나?"

구보는 내심 이 모든 게 쇼이고 최명심도 거기에 가담한 것으로 짐작하고 구인회 선배들에게는 아무런 사건도 아니었다고 연락할 참이었는데, 이야기가 이상한 쪽으로 흘러가고 있었다.

"요상하지 않은가? 사진에 이런 게 찍혔다고 바로 며칠 지나 사람이 죽다니 말일세. 요는 말일세, 애당초 그 모임에 최우현이 참석한 자체가 이상하다는 거야. 류 자작과 최우현은 사상이나 정책상 대립각을 세운 적이 많았고, 그날 모임도 류 자작이 그동안의 오해를 풀자 해서 나온 것이지. 최우현의 성정을 보건대 심령술에 관심이 있었을 턱이 없네. 최우현의 죽음과 그 날의 사진과는 밀접한 연관이 있네. 난 최명심을 만나러 자작의 집으로 가야겠어. 같이 가세나."

자작의 집까지 택시를 타고 이동하였다. 하지만 자작의 저택 대문 앞에서 상과 구보는 발길을 돌려야만 했다. 반백머리 집사가 나와 정중한 어투로 최명심 작가는 사진관으로 되돌아갔으며, 이 저택에는 없다고 하였다.

상과 구보는 종로통까지 걸어 나와 이정목에 위치한 경성사진관을 찾아갔다. 유리창에 일본 고위 관리들과 사업가 등의 사진이 걸려 있었고, 문을 열고 들어가자 마침 권번 소속의 기생들이 여럿 몰려와 분주하게 움직이며 사진을 촬영하고 있었다. 권번에서 기녀들의 사진을 모아놓고 특수 고객들에게 서비스용으로 돌린다든가, 손님들에게 판촉용으로 사진을 나누어주는 일이 종종 있었다.

"사진 찍습니다. 하나 둘 셋!"

젊은 남자 사진사가 촬영을 끝내자 기녀들이 사진사에게 다가와 음료를 건네고 어깨를 주물러주는 등 저마다 사진에 잘 나오기 위해 안간힘을 쓰는 것이 보였다. 어떤 기녀들은 고운 비단 한복을 차려입었고, 어떤 기녀들은 양장 드레스에 비단 양말 그리고 뾰족한 구두를 신고 있었다. 기녀들이 여럿 줄지어 찍는 광경이 신기하여 구보는 입을 다물지 못하고 바라보고 있었다.

"어떻게 오셨습니까?"

상은 젊은 사진사에게 최명심 작가를 찾아왔다고 이야기했다. 상과 구보가 스튜디오에서 1시간여를 기다린 후에야 최명심이 내실에서 나왔다. 그 사이 기녀들은 촬영을 끝마치고 모두 돌아갔다. 사진관 안에는 상과 구보뿐이었다. 최명심은 파리한 얼굴에 한손에 잡힐 것 같은 가냘픈 몸으로 간신히 이들 앞에 나타났다. 지금까지 누워 있었던 듯 쪽진 머리가 흐트러져 있었다.

"심령사진에 대해 묻고 싶소."

상의 단도직입적인 질문에 최명심은 당황하여 시선이 흔들렸다.

"사진이 조작되지 않았다고 맹세할 수 있소?"

명심은 결심하였다는 듯 입을 열었다.

"저는 촬영만 했을 뿐입니다. 인화는 자작님께서 직접 하십니다."

상의 눈에서 불꽃이 튀는 것처럼 보였다.

"그렇다면, 심령사진이란 것은 인화할 때에 충분히 조작 가능하단 것이오?"

명심은 고개를 가로저었다.

"물론 기술적으로 인화지에 빛을 투과해서 만들 수도 있습니다. 하지만 그럴 필요가 있을까요? 심령사진이란 것은 우연스럽게 찍히는 경우가 대다수지만 저는 자작님 저택에서 심령사진이 찍히는 경우와 빈도수를 계산하여 가장 근접한 환경을 연출하였습니다. 예를 들어 영국의 한 저택에서 찍힌 심령사진은 빈 허공을 배경으로 하여 밤에 촬영되었습니다. 물론 그 집안에 일찍 죽은 여자가 있어 그 여인의 혼이 찍힌 것이다 하는 설이 있었지만 저희는 사진의 배경이 비어 있다는 것과 밤에 촬영되었다는 것에 주목을 하였습니다. 그리고 연세가 지긋한 환자가 누워 있는 병실에서 찍힌 사진도 접하였죠. 미국의 한 병동에서 찍힌 사진으로 죽음을 목전에 둔 환자였는데, 환자의 가슴께에 하얗게 서려 있는 무언가가 잡혔습니다. 이 사진에서 죽기 직전의 인물한테 심령사진이 나올 가능성이 높다는 데 착안하였습니다."

상이 날카롭게 반문했다.

"혼이 나오는 형상이 찍힌 이는 죽음에 이를 확률이 높다고 하고, 심령회에서 엄청난 일들이 벌어져서 심령술에 심취하도록 유도하였소. 그리고 능력을 보여준 영매술사에게서 한 인물이 죽음을 앞두고 있다는 말을 미리 들었다고 포석을 깔아두고 그 인물을 불안감에 휩싸이게 한 다음에 어떤 조치를 취했을 가능성도 있지 않소?"

명심은 고개를 푹 숙였다가 잠시 후 입을 떼었다.

"저는 전후 사실을 잘 모릅니다. 최근에 심령사진을 연구한다고 류 자작님 댁에 잠시나마 머문 것은 사실입니다. 다만……."

"다만?"

구보가 입을 다문 명심을 보고 되물었다.

"류 자작님은 죽음에 대해 지대한 관심을 지닌 것은 사실입니다. 사진을 촬영할 때 쓰이는 마그네슘 가스가 어떻게 하면 발화하여 큰 폭발 사고를 일으키는지, 사진을 찍고 난 뒤 자살을 한 규방의 여인이나 혹은 갓난아기의 사진을 찍은 서양인을 낫으로 죽인 조선 농부 사건까지 죽음과 연관된 사진 이야기에 흥미를 느끼셨습니다."

상은 곰곰이 명심을 바라보다 물었다.

"원판을 인화하는 과정은 어떻게 진행되었소?"

"자작님 혼자 암실에서 하셨습니다. 보통 저희가 쓰는 네거티브 그러니까 음각 양식으로 인화되는 방법은 유리 위에 요오드화칼륨과 콜로디온이라 불리는 알코올과 에테르가 섞인 점액질 용액을 발라서 질산은 용액에 넣어 감광성을 띠게 한 것입니다. 젖은 상태의 유리원판을 카메라에 넣고 찍는데, 자작님은 새롭게 들어온 젤라틴 유리판을 써서 작업하는 것을 좋아하셨습니다."

"젤라틴 유리판은 무엇이오?"

구보가 물었다.

"영국에서 개발된 것으로 젤라틴과 은염류의 혼합물을 유리판 위에 발라 건조시킨 젤라틴 건판을 사용하는 것인데 사진술에서 획기적인 발전을 이뤄낸 것이죠. 대량 생산이 가능하고 일반 유리판보다 훨씬 더 민감해서 순간 동작을 잡아낼 수 있습니다. 이번에 찍은 유리 원판은 젤라틴 건판을 사용하였습니다."

"순간적인 동작을 잡아낼 수 있다."

상은 말을 끝내고 잠시 침묵을 하였다가 다시 질문을 하였다.

"몇 가지만 더 물어보겠소. 최우현 선생은 내가 받은 이 사진을 언제 받았소?"

상은 최우현 뒤로 하얀 기운이 서린 사진을 꺼내들고 물었다.

"연구회 정회원들은 나흘 전에 사진을 받은 것으로 알고 있습니다만 제가 전해드린 것은 아닙니다. 사진을 전달하는 일은 아사다 양이 주로 하는 것으로 알고 있습니다. 이번에는 존 디 박사가 직접 전달하였다고 합니다."

"아, 그리고 궁금한 것이 하나 더 있는데?"

상이 물었다.

"자작의 암실 말이오. 겉에서 보이는 암실의 면적이 실제 속으로 들어갔을 때보다 크게 느껴지던데?"

명심은 정곡을 찔린 듯 깜짝 놀란 얼굴이 되었다.

"암실이 둘로 나뉘어 있기 때문일 겁니다. 사진을 말리는 판 뒤로 또 다른 작업실이 있으니까요."

"그곳은 무엇을 하는 작업실이오?"

"그건 저도 모릅니다. 단 한 번도 들어가본 적이 없었고, 아사다 양과 류 자작님께서만 들어갈 수 있다고 알고 있습니다."

"자작과 아사다 양만 들어갈 수 있다?"

"네."

명심은 말을 마치고 고개를 숙여 인사를 하였다. 더 이상의 질문을 받지 않겠다는 의미였다.

구보는 사진관을 나오자마자 궁금했던 점을 물었다.
"자네 눈썰미가 대단하군. 어떻게 암실이 둘로 나뉜 것을 알고 있었는가?"
"암실을 몰래 둘러봤을 때 암실 중앙에서 자작이 튀어 나온 것을 기억하고 있지 않은가."
심령사진연구회가 열리던 날, 자작은 신기하게도 구보와 상이 암실에 있을 시간에 절묘하게 마주쳤다.
"분명 우리가 들어온 문으로 들어왔다면 우리가 먼저 알아차렸을 터. 그 암실은 둘로 나뉘어 있어 다른 방에서 이쪽으로 넘어왔다는 것은 자명한 것이지."
상과 구보는 저녁을 먹으며 몇 가지 말을 더 주고받은 후에 헤어졌다. 구보는 집으로 돌아오는 길에 무수한 물음표가 머릿속을 오갔다.
과연 아사다라는 여인은 류 자작의 내연의 여인인가? 그녀가 맡은 역할은 무엇인가? 최우현은 살해를 당했을 가능성이 있는가?
집으로 돌아와보니, 9시가 넘어 있었다. 호롱불 아래 삯바느질 거리를 들고 졸고 있는 아내 옆에서 어머니가 비단 치마를 붙들고 열심히 감치고 있었다.
"태원아, 저녁은 먹었느냐?"
"예, 어머니."

조심스레 자신의 방으로 들어가려던 구보는 마지못해 어머니 방에 들어가 절을 올렸다.

"새아가를 데려다 자리에 누이고 너도 자거라. 난 남은 일을 더 해야겠다. 일은 잘 되고 있지?"

구보는 소설가인 본업보다 사건을 쫓아다니느라 허송세월 하는 자신이 못내 부끄러웠지만, 연재를 얻으려면 구인회 활동이라도 열심히 해야 한다며 자신의 행동을 합리화했다. 아내는 어찌나 피곤했던지 구보가 일으켜도 깨지 않고 그대로 잠든 채 업혀 나왔다. 구보는 아내에게도 안쓰러운 마음이 들었으나, 머릿속에는 아사다라는 여인의 하얀 얼굴이 가득했다. 구보는 잠든 아내 곁에서 심령사진과 자작, 그리고 존 디 박사에 대하여 무척이나 많은 생각을 하며 잠을 설쳤다.

다음 날, 구보는 상과 함께 본정에 위치한 미쓰코시 백화점 앞에서 누군가를 기다렸다. 종로의 화신이 중산층 조선인이 자주 찾는 백화점이라면, 이곳 미쓰코시는 일류 중에서도 일류 물건을 가져다 놓기 때문에 일본인과 상류층 조선인이 찾는 고급 백화점이다.

상은 자작의 집에 전화를 걸었다가 아사다가 자작이 부탁한 물건을 사기 위해 집을 비웠다는 정보를 접하고는 이곳에서 아침부터 기다리던 터였다.

줄지어 선 인력거 안에서 아리따운 귀부인들이 속속 내리기도 하였고, 간간이 뷰익이나 포드 등의 미국 차량이 멈춰 서서, 재력가로 보이는 신사와 부인이 함께 내리기도 하였다. 정오 가까이 되자 보닛 선이 둥글게 내려오는 포드 자동차가 서더니 운전사가 열어주는 문으로 한 여인이 내렸다.

붉은 립스틱에 하얀 털로 가장자리를 장식한 망토를 걸친 아사다의 미모는 경성 한복판에서도 눈에 확 뜨였다. 밤색 망토와 같은 재질로 만들어진 자그마한 모자를 쓴 아사다는 가느다란 두 팔에 하얀 토끼털로 만들어진 토시를 하고 있었다.

상은 잠시 구보에게 눈짓하여 앞에 나서지 않고 조용히 미행하기로 하였다. 아사다는 운전사와 함께 이것저것 생필품을 구입하다가 삼층에 위치한 자그마한 커피숍으로 갔다. 커피 원두와 분쇄기 등의 커피 관련용품을 파는 가게에서 은은한 커피 향이 흘러나왔다. 구보는 새로운 세상에라도 온 듯이 낯설었지만 매혹적인 커피 향을 음미하며 긴장을 풀었다.

원두를 종류별로 사서 나오는 아사다에게 상이 다가가 말을 건넸다.

"안녕하십니까? 아사다 후미코 양. 일전에 류 자작님 자택에서 뵌 적이 있습니다만."

실크해트를 벗어 인사하는 상의 곱슬머리가 유난히 물결치듯 굽이쳐 보였다. 구보는 상이 저토록 잘생긴 신사였나 의아해하며 아사다의 표정을 살폈다. 아사다는 얼굴에 홍조를 띠고 답했다.

"안녕하세요. 이상 선생님."

셋은 안으로 들어가 커피 한 잔씩을 앞에 놓고 마주앉았다.

"아프리카 고원에서 소량 재배되는 원두로 만든 커피입니다.

자작님께서도 즐겨 드시는 것이지요."

아사다는 희미한 미소를 지어보였다. 상은 커피를 한 모금 마셨다. 향긋한 냄새와는 달리 맛이 매우 씁쓸했지만 이제까지 마셨던 커피보다 진한 맛이 느껴졌다.

"최우현 선생님께 사진을 전달해드린 존 디 박사를 만나고 싶소."

미소를 짓던 아사다의 입술이 일자로 굳어졌다. 말없이 커피잔을 내려놓았다.

"그분은 지금 이곳에 계시지 않습니다. 급한 일로 일본으로 건너가셨습니다."

"존 디 박사가 지난주만 하더라도 심령회에서 기운을 많이 쏟아서 건강상의 문제로 급히 자리를 떴는데 어찌 5일 전에 최우현 선생에게 사진을 전달하러 직접 방문하였는지 궁금하오."

"사진만 전해드린 것은 아니었습니다. 외국에서 들여온 커피 원두와 과자 등의 선물도 전해드렸다고 합니다. 건강은 안 좋으셨지만 고 최우현 선생님께서 심령회에서 너무도 깊은 감명을 받아서 직접 만나보고자 원하셔서 방문하셨다 들었습니다. 그리고 이틀 전에 배편으로 일본으로 떠나셨습니다."

아사다는 조용히 고개를 숙이고 입을 다물었다.

"선생의 죽음에 자작의 책임두 있습니다. 사진에 혼이 찍힌 자는 죽는다는 그런 명제하에 실험을 한 탓에 고 최 선생이 심장마비를 일으켰을 수도 있지 않습니까?"

구보가 다급하게 말을 이었고, 아사다는 특유의 진지한 표정으로 돌아와 시선을 아래로 내리며 조용히 답했다.

"그분이 그런 정도의 위인이었다면 자작님께서는 사진을 보내시지도 않았을 것입니다."

아사다와의 만남은 금세 끝났다. 아사다는 기사가 기다린다며 일어났고 상과 구보도 기무라 형사와 약속이 잡혀 있었다.

전차를 타고 기무라가 있는 종로서로 이동했다. 기무라는 자리에서 일어나 반갑게 맞이하였다. 큰 키에다 서글서글한 미소가 근사하게 어울리는 기무라의 외모는 형사 일에는 그다지 어울리지 않았다.

"반갑습니다. 보내주신 전갈을 받았습니다. 조선인이 애석해하는 죽음에 의심이 있어서는 안 되죠. 따라오십시오."

기무라는 종로서 지하로 향하는 계단으로 접어들었다. 어두컴컴한 복도에 휴대용 전등이 몇 걸려 있었다. 램프의 불빛을 키우며 기무라가 앞장을 섰고, 상과 구보가 뒤따랐다. 왼쪽 끝에서 두 번째 문을 열고 들어서자 매캐한 약품 냄새가 코를 찔렀다. 환한 전등 불빛에 눈이 부셔 잠시 앞이 보이지 않았다. 방 중앙에 커다란 철제 침상이 놓여 있고, 그 위에 흰 천으로 덮은 시신 한 구가 놓여 있었다.

기무라는 성큼 걸어서 천을 살짝 들어 보여주었다. 구보는 구역질이 나오려는 입을 틀어막고 상의 뒤로 빠졌다. 상은 침상으로 다가가며 물었다.

"그래, 무슨 결과라도 나온 것인가?"

"아직 확실하지는 않습니다만, 심장마비를 일으키는 바륨이라는 화학 물질 아시죠?"

"바륨?"

"예. 근육을 자극시켜 굳게 만드는 증세를 일으키는 약품인데, 바륨 중독이 의심되는 모양입니다. 확실한 것은 결과가 나와봐야 알겠지만요. 장례를 속히 치러야 한다고 유족들이 항의하고 있지만 좀 더 놔둬야 합니다. 부검 일정이 밀려서 이곳에 계셔야 하죠. 날이 추워서 시신 손상은 걱정 없습니다."

상은 시신의 얼굴을 유심히 살폈다.

"창백한 얼굴 가운데 뺨 부분에 유독 시반이 많군. 생전에 뺨에 홍조가 가득하였다는 것을 의미하네. 게다가 온몸이 깡마른 상태로 보아서 중독 증상이 의심되기도 하는군."

"유족과 대화를 나누어보았습니다. 아들과 떨어져 홀로 사시던 분인데 유족이나 모시던 하녀의 말로는 작년 말부터 이상스레 긴장을 많이 하시고, 공포나 불면증이 있기도 하셨다 합니다. 하지만 여전히 신문 칼럼도 열심히 쓰시고, 집필도 왕성하게 하셔서 일에서 오는 스트레스로 보였다고도 합니다. 무엇보다 연세가 칠십이 훌쩍 넘으셨으니, 이러저러한 노인성 질환으로 보였을 수도 있고요."

상은 기무라에게 고인의 주소를 받아낸 후에 종로서를 나왔다. 묵묵히 걷던 상에게 구보가 물었다.

"존 디 박사가 사진과 건넨 커피 원두나 과자 안에 독극물이라는 바륨이 들어 있을 수도 있지 않은가, 상이?"

상은 고개를 살짝 저었다.

"그러기에는 바륨 냄새가 너무 강해."

"순종황제께서도 커피를 마시다가 독을 감지하고 뱉어냈지만 이미 때가 늦어서 치아가 여러 개 뽑혔다는 소문을 듣지 못했는가? 커피 안에 독극물을 섞으면 그 향에 가려 독의 냄새가 상쇄되기 일쑤지."

구보는 안경을 고쳐 쓰면서 말을 이었다.

"그나저나 최우현 같은 꼿꼿한 선비도 커피 맛에 점령당했군 그래."

"조선의 황제도 커피에 중독되시지 않았는가. 중독이라……."

상은 생각에 빠져 경성 거리를 말없이 걸어갔다. 짐을 가득 실은 우마차가 지나가면서 상에게 흙탕물을 튀었다. 간밤에 내린 눈은 길거리를 질척거리게 만들었다.

구보가 입을 열었다.

"상이, 존 디 박사 말이야. 좀 이상스런 구석이 있었네. 그가 데리고 온 린다라는 그 소름끼치는 인형 있잖은가? 난 그 인형이 너무나 무서워서 얼른 치웠으면 했는데, 존 디 박사가 자리를 뜨고 나서도 계속 남겨두었다네. 그렇게 아끼는 인형이라면서 말이지. 뭔가 수상치 않은가?"

상은 구보의 말을 흘려듣는 것처럼 보였다. 상은 구보와 눈도 마주치지 않고 골몰히 무언가를 생각하더니 드디어 입을 열었다.

"인형이라, 구보 자네에게도 할 일을 주겠네. 인형에 대해서 조사를 해주게나. 그리고 자네 덕분에 어쩌면 이 사건을 다른 각도에서 생각해볼 수도 있겠네그려. 그래, 그거였어!"

말을 마친 상은 의아해하는 구보를 남겨둔 채 빠른 걸음으로 걸어갔다.

"상이! 상이!"

상은 전차에 급하게 올라탔다. 전차는 동대문 방향이었다. 구보가 달려갔을 때는 이미 상이 탄 전차는 저만치 가고 있었다.

상은 동대문에서 전차를 내리자마자 동묘 쪽으로 바삐 걸음을 옮겼다. 동묘 뒤쪽 골목은 한산하였다. 얼기설기 엮은 판잣집만 듬성듬성 있는 골목길로 바람이 매섭게 불어 닥쳤다.

"여기 어디쯤일 텐데."

상은 날카로운 눈매로 지팡이를 휘두르다가 황급하게 허물어져가는 폐가 옆길로 들어갔다. 골목을 들어가면 들어갈수록 잡풀과 나무가 우거진 길들이 나왔다. 그리고 주변을 둘러싼 폐가들이 음산하게 보였다. 상은 다 쓰러져가는 벽을 지팡이 끝으로 쿵쿵 두드렸다.

쿵쿵, 쾅쾅. 소리가 들렸다. 다시 한 번 그는 폐가 벽을 지팡이로 두들겼다.

통 하는 소리가 들렸다. 상은 고개를 흔들었다. 벽 안쪽이 비어 있는 소리. 상이 벽을 지팡이로 확 내리쳤다. 벽 귀퉁이가 무너져 내리더니 안쪽으로 연결된 시커먼 통로가 나타났다. 판잣집 담벼락에 땅굴 통로가 숨어 있었던 것이다. 상은 허리를 굽히고 주머니에서 자그마한 램프를 꺼내 불을 밝혀 안쪽으로 들어갔다. 어둠 속, 상의 얼굴이 램프 유리에 비쳤다.

어둠과 정적 속에서 오로지 상의 구둣발 소리만이 존재감을 드러냈다. 조심조심 발을 내딛으며 10여 분 정도를 걸어갔을까 싶을 때, 어디선가 거친 손아귀가 나타나 상의 손목을 확 그러쥐었다.

"나, 나으리. 제, 제발 앵속각 좀 주십시오."

앵속각은 아편을 만드는 열매를 말하였다. 상은 자신의 손을 잡아챈 자를 향해 램프를 들이대었다.

"이 안에 아직도 화타가 살고 있느냐?"

램프 불로 희미하게 보이는 자는 30대 정도의 남자로 처참한 몰골과 퀭한 눈빛을 지니고 있었다. 앙상하게 마른 손가락을 쉴 사이 없이 흔들어대며 상에게 매달렸다.

"화, 화타 어른의 소재를 알려드리면 아편을 구해주실 거요?"

상이 한숨을 내쉬었다. 동묘 뒤쪽으로 위치한 굴은 원인을 알 수 없는 괴질에 걸린 자들이 모여 사는 곳이었다. 죽을 것 같은 고통 속에서 일반인과 어울려 살 수 없는 자들이 고려장 식으로 버려지기도 하였고 때로는 스스로 걸어 들어오는 이도 있었다. 밝은 태양 아래에서 움직일 수 없었던 그들은 이곳에서 같은 병을 지닌 이들과 새로운 생활을 시작하였다. 그러나 그도 잠시, 환자들이 고통을 잊기 위해 조금씩 사용하던 아편이 돌고 돌면서 이곳은 어느새 아편굴이 되어버렸다.

그러던 사이에 중국 전설에 전해져 오는 명의 화타라고 스스로 일컫는 자가 이곳에 숨어 들어왔다. 화타는 살인사건에 연루

되어 있었다. 이미 수천 명의 목숨을 구했다 하여 장안의 이름난 명의였던 화타는 환자 한 명에게 고통을 잊는 방편으로 아편을 처방하여주었는데, 그만 환자가 화타의 처방을 따르지 않고 과용하여 목숨을 잃었던 것이다. 화타는 경찰에 쫓기게 되었고, 종적을 감추었다.

상은 화타와 만난 적이 있었다. 소년 시절 큰 병에 걸렸던 상은 화타의 손에 목숨을 구하였다. 그 후에도 폐병이 종종 발병하였던 상은 큰어머니가 대주는 약을 먹고 거뜬히 일어난 적이 있었다. 이 약이 화타의 손에서 흘러나왔다는 것을 알게 된 상은 이후에도 화타를 찾아갔고, 그에게서 서양 의학에 관한 방대한 지식을 접하였다.

화타가 종적을 감춘 이후로 상은 그를 만나지 못하였으나, 경성에 떠도는 소문 중에 화타가 동묘 뒤 아편굴로 들어갔다는 이야기를 들은 적이 있었다.

싸하게 코를 괴롭히는 냄새에 손바닥으로 얼굴을 감쌌다. 병자들의 냄새, 오물 냄새, 그리고 무엇보다 아편을 태우는 냄새, 보통 사람이라면 이미 정신을 잃었을지도 모른다. 상은 정신을 번쩍 차리고 한 발짝 한 발짝 걸어 나갔다. 통로 곳곳에 쓰러져 있는 가련한 병자들이 눈에 들어왔다. 한 소녀의 얼굴도 보였다. 눈동자는 하얗게 바래서 앞이 보이지 않는 듯하였다

"나, 나으리 제발…… 제발……. 오네짱, 오네짱. 먹을 것, 약 좀 주세요. 여기가 아파요."

소녀는 다리 부분에 시커멓게 곪은 상처를 보여주었다. 상은

외면하려 하였으나 열 살가량 된 소녀가 적잖이 불쌍하였다.

"배가 고픈 게냐?"

상이 무릎을 구부려 돈이라도 찾아주려는 찰나, 소녀가 상의 오른쪽 손목을 꽉 깨물었다. 이를 시작으로 소녀의 부모로 보이는 자들이 상의 옷을 잡아끌어 벗기려 들었다. 상은 뒤로 넘어져서 바닥에 드러누운 자세로 자신을 향해 아귀같이 달려드는 병자 가족에게 막무가내로 당하고 있었다.

이때 땅굴을 가르는 큰 음성이 들렸다.

"어허! 어서 놓지 못할꼬!"

남자의 음성과 동시에 병자 가족이 뒤로 물러났다. 상의 손을 잡아주고 램프를 들어주는 이는 백발이 성성하고 흰 모시 두루마기를 입은 남자, 바로 화타였다.

얼굴에 주름 한 점 없이 하얀 눈썹과 수염을 휘날리는 화타가 밝게 웃으며 상을 맞았다.

"어서 오시게, 소설가 선생. 그동안 안녕하셨는가?"

"선생님!"

상은 정중히 인사를 올렸다.

"이게 몇 년 만인지 모르겠습니다."

"자네의 큰어머니를 통하여 종종 약재를 대었으니 지난 10여 년 동안에도 나와 인연을 끊었다고는 할 수 없었지. 조심히 따라오게."

그들은 땅굴 깊숙한 곳으로 자리를 옮겼다. 화타는 조촐한 주안상을 내왔다. 안주로 나와 있는 고기 한 점을 젓가락으로 집어먹은 후 상이 물었다.

"제가 소설가가 된 것을 알고 계셨습니까?"

화타는 고개를 끄덕였다.

"이곳에는 수많은 인간들이 새로 들어오지. 그들은 소문 하나씩을 물고 들어와."

"이 굴은 끝이 어디입니까?"

"나도 모르지. 병자 가족들마다 하나씩 굴을 파서 생활을 하고 있으니……. 그나저나 두더지 고기 맛은 괜찮은가?"

상은 슬며시 젓가락을 놓았다.

"이곳에 계속 계실 겁니까?"

"나를 필요로 하는 이들이 있는 곳인데 내가 어디로 갈 수가 있겠나. 그런데 자네가 나를 찾은 이유는 혹여 아편과 관련한 것인가?"

상은 화타가 건네는 술잔을 받아들고 물었다.

"어떻게 아셨습니까?"

"그거야 이곳을 찾는 자는 두 부류니까 그렇지. 아편을 구하려는 자들과 아편의 행방을 좇으려는 자. 지난번에 고종황제가 돌아가셨을 때도 아편으로 돌아가셨다는 소문이 돌아 이곳이 무참하게 도륙 당했지. 일본 순사들이 들이닥쳐서 이곳을 쑥대밭으로 만들어놓고 갔네. 결국에는 입을 다물고 있으라는 말 한마디만 남겨놓고."

고종황제 승하라면 1919년이 아니던가? 지금으로부터 16년 전의 일이다.

"난 이곳과 인연이 깊다네. 아주 오래전부터 여기 환자들을 치료해주었지. 지금은 이곳에 숨어 사는 신세가 되었지만."

상은 조용히 고개를 끄덕였다. 화타의 나이가 어느 정도 되었는지 짐작이 가지 않았다. 백발이 성성한 것으로 보면 나이가 제법 있어 보였지만 홍조 띤 발그레한 피부에는 이상이 소년 시절에 보았던 때부터 지금까지 노화의 흔적이라곤 없었다. 머리카락과 눈썹만 점점 더 하얗게 셀 뿐이었다.

"최근에 아편을 대량으로 사간 자가 있었지."

"그 사람이 혹시 일본인 귀족은 아니었습니까?"

화타는 고개를 저었다.

"묘령의 여인이었네. 그렇게 아름다운 여인이 수척한 얼굴로 이곳에 들어오게 된 데에는 사연이 있을 듯싶어서 처방을 해줬네. 가족 중에 질병으로 고통스러워하는 환자가 있다고 하였지만, 그 정도의 괴로움이 아닌 더 큰 고통이 여인을 지배하고 있는 것 같았네."

상은 뭔가 짚이는 데가 있었다.

"여인이 이름을 남겼습니까?"

"이름을 남겼다 한들 본명이겠나. 다만 여인이 혼자 이런 곳에 들어온 점을 보건대 보통내기는 아닌 듯하네."

"혹 이곳을 자주 드나드는 여인이 맞습니까? 아까 소녀 하나가 '오네짱'이라고 부르면서 약을 달라고 저를 잡았습니다만."

화타는 고개를 들어 상의 뒤쪽을 쳐다보았다.

"이제 그만 돌아가게. 이곳은 바깥보다 더욱 어둠에 민감한 곳일세. 땅속이라 낮과 밤을 모를 거라고 생각하면 오산일세. 밖의 어둠보다 잔인한 밤이 찾아오는 곳이 이곳일세."

"나중에 다시 찾아뵙고 싶습니다."

"혹여 보름달이 뜨거든 지상에서 보도록 하지. 화신 백화점으로 클래식을 들으러 오거나, 아니면 태평통 카페 골목 오른쪽에서 다섯 번째 가게로 오게나. 나의 애인을 소개해주지. 후후."

상은 화타의 안내를 받아 무사히 동굴 밖으로 나올 수 있었다. 서산으로 지는 태양의 붉은 놀이 상의 얼굴을 물들였다. 상은 팔에 걸쳐두었던 지팡이를 들어 쿵 하고 땅을 짚었다. 동묘 뒷골목을 내려가는 길은 어두웠다. 상은 기름이 닳아 꺼져가는 램프 등불을 보며 얼른 발걸음을 옮겼다. 나중에 또 방문하려면 굴 입구를 자세히 봐두어야 했다. 한 번 더 돌아보았지만 어둠에 싸여 굴 입구는 잘 보이지 않았다.

한편, 구보는 상이 인형을 알아보라는 당부에 종로 삼정목에 위치한 서양 인형을 파는 상점을 찾아갔다. 구보가 들은 바로는 서양 소녀 얼굴에 어른의 허벅지만큼 오는 키 높이의 프랑스 궁중 복식을 입은 인형 하나가 공무원 간부 월급인 100원을 훌쩍 넘는 가격이라 했다. 조선인 노동자들은 1년치 품삯을 모아도 인형 하나를 살 수 없는 형국이었다.

"어서 오십시오."

앞머리를 정확하게 5대 5로 나누어서 포마드 기름으로 정갈하게 단장한 중년 남자가 두 손을 비비며 구보의 옷차림과 얼굴을 살폈다. 깡마른 체구에 기러기 모양의 팔자수염이 인상적이었다.

"무엇을 도와드릴까요?"

"당장 인형을 사려는 것은 아니고, 인형에 대해 궁금하여 찾아왔습니다."

"무엇이 궁금하십니까?"

일본인 주인은 약간 실망한 기색이었지만 그래도 구보에게 성의를 보였다.

"혹시 인형을 딸처럼 데리고 다니는 서양 남자를 아시는지요?"

"아, 그런 분들은 너무 많으셔서요."

구보는 허탈한 웃음소리를 냈다.

"어떤 분은 딸 선물이라며 사가시지만 나중에 보면 아내 대신 인형을 데리고 살기도 하고요. 별스런 분들이 많죠. 그래도 저희 고객님이시니 취향을 존중해 개인적인 부분에 대해서는 말씀드릴 수가 없습니다."

주인 남자의 입가에 미소가 걸렸다. 구보는 이자가 인형에 대해 그리고 인형을 소유하는 자들에 대해 상당히 애정을 가지고 있다고 여겼다. 구보는 웨딩드레스를 입은 인형을 가리켰다.

"아주 고급스러운 인형인데요. 조선인 중에서도 이런 인형을 사가는 사람이 있습니까?"

"네. 저희 고객은 주로 서양인이지만 최근에는 일본인과 조선인 중에서도 인형을 구입하시는 분들이 늘고 있습니다. 그분들의 공통적인 특징은 집 안에 비밀스런 밀실을 두어서 인형을 소장하고, 소중히 돌본다는 겁니다. 우리 미미 짱처럼 매일 옷을 갈아입혀주기도 하고 말이죠."

주인은 구보의 뒤쪽을 응시하며 분명 '미미 짱'이라고 말하였다. 구보가 이상한 기분에 뒤를 돌아보니 출입구 위쪽 벽에 대형 프랑스 인형이 넘실거리는 드레스를 입고 걸려 있었다. 그 눈빛이라니, 마치 살아 있는 소녀가 박제되어 걸린 것처럼 보였다. 구보가 어깨를 으쓱하였다.

"저어, 실례되는 줄은 알지만 혹시 린다라는 인형을 데리고 다니는 존 디 박사를 아십니까?"

"글쎄요. 죄송합니다. 알더라도 알려드릴 수는 없는 부분이라……."

구보는 난처하였다. 이 남자를 어떻게 설득할 수 있을까 싶어 고민하다 약간의 기지를 발휘했다.

"사실은 제가 존 디 박사님께 큰 신세를 지고 있습니다. 제가 미국에 유학 갈 수 있도록 도와주신 고마우신 분이죠. 그런데 그분께 뭐라도 선물을 드리고 싶은데, 그분이 가장 아끼시는 게 린다라는 이름의…… 따님처럼 아끼시는 그 인형이라서 말입니다."

가게 주인은 갑자기 두 손을 모으고 환한 표정이 되었다.

"아, 린다에게 친구가 되어줄 인형이나 새로운 의상, 혹은 린다가 가지면 기뻐할 만한 애완동물 인형도 저희는 팝니다."

주인이 가리키는 곳에는 퍼그, 불도그와 페르시아 고양이 등의 애완동물 인형이 바닥에 앉아 있었다. 구보는 난처한 표정을 지었다.

"하지만 그게…… 박사님께서 이미 가지고 계신 것과 겹치면 안 되지 않습니까. 이곳에서 파시는 물건들이 상당히 고가라, 저 역시 두 번이나 사기는 힘들 것 같고요. 혹시 그분이 여기서 무엇을 사가셨는지 확인을 할 수 있다면 그분께 꼭 필요한 선물을 할 수 있을 것 같은데 말이지요."

"좋습니다."

주인 남자는 두터운 장부를 들고 나와서 일일이 손가락으로 짚어 훑어보았다.

"고객의 성함이 존 디 박사라고 하셨나요……."

남자는 10여 분 정도 장부를 살살이 훑어보았다.

"안타깝게도 없군요. 저희 가게에는 가명을 쓰시는 분들이 많아서요. 도움이 못 되어 죄송합니다."

주인 남자가 어쩔 수 없다는 표정을 짓자, 구보는 다른 질문을 하였다.

"린다를 자꾸 접하다보니 궁금한 게 있습니다. 인형 얼굴을 어떻게 이렇게 사실적으로 만드는 겁니까? 예전에 일본 전통 인형을 본 적이 있는데, 일본에서는 꽤나 사실적으로 인형 얼굴을 만드는 것 같더군요."

"일본은 개화된 지 몇 백 년이나 흘러서 서양의 인형 기술을 많이 차용하고 있습니다. 서양 인형은 여러 가지로 나뉘는데, 무엇보다 중요한 것은 온몸이 자유자재로 움직이는 비스크 돌,

즉 구체관절인형이냐 아니면 뻣뻣한 일반 헝겊인형이냐가 중요한 차이죠. 저희 가게의 모든 인형은 인간처럼 관절이 자유자재로 움직이면서 얼굴 부분은 도자기입니다. 얼굴이 도자기이냐 아니면 헝겊이냐에 따라 큰 차이가 있습니다. 헝겊으로는 세세한 표현이 힘들어 그냥 딱 봐도 인형입니다. 저기 애완동물 인형에서나마 부분적으로 보실 수 있습니다."

헝겊으로 만들어진 인형은 실제 동물처럼 보이지는 않았다.

"요즘은 애완동물도 구체관절로 만들려고 시도해보고 있습니다만 하여튼 최상급 인형은 단순히 도자기를 구워 물감으로 눈을 그린 인형이 아닙니다."

"그렇다면 정말 사람 같은 인형은 비스크 돌도 아니고 대체 무엇이란 말입니까?"

"마담 투소의 밀랍인형 박물관에 가보셨는지요?"

구보가 고개를 저었다. 남자는 심취한 얼굴로 곁에 있던 자그마한 곰 인형을 껴안고 발그레해진 볼로 말을 이었다.

"프랑스 여인 투소는 런던 베이커 스트리트에서 새로운 역사를 일궈냈습니다."

"베이커 거리는 셜록 홈즈가 살던 곳 아닙니까?"

"물론 그렇지요. 허나 제게는 셜록 홈즈보다 마담 투소가 더 위대한 인물입니다. 그녀는 인형의 얼굴을 도자기에서 한 단계 더 나아가 실물과 완전히 똑같은 형태로 발전시켰습니다. 바로 밀랍을 사람 얼굴에 대고 직접 떠서 실물과 똑같은 쌍둥이 인형을 만들어내는 것이지요."

"얼굴의 곡선을 그대로 따라간다 하여도, 눈빛만은 어쩔 수 없을 텐데……. 린다는 정말 사람 눈빛과 똑같던데요?"

구보가 흘리듯 하는 말을 주인은 놓치지 않았다.

"눈빛이라면 보정이 가능합니다. 만약 선생께서 린다라는 인형이 정말 사람과 똑같다고 생각하였다면 그 인형은 저희 가게에서 만든 특수 눈동자를 착용하고 있을 겁니다."

"특수 눈동자?"

"네. 제가 개발한 발명품으로 독일의 카메라 제작 회사에서 만든 렌즈를 수입해 가공하고 연마하여 사람의 눈빛과 비슷하게 만들었죠. 렌즈를 착용한 인형은 사람과 시선을 마주칠 수도 있고, 눈에서 형형한 불빛이 나올 수도 있으며 눈을 감았다 뜰 수도 있습니다. 바로 이와 같이요."

주인은 뒤쪽 중앙에 걸려 있는 인형을 가리켰다. 화려한 베르사유풍의 드레스를 입은 긴 곱슬머리 인형은 구보와 시선을 마주쳤다. 구보는 깜짝 놀랐다. 주인이 장부를 덮으려다가 갑자기 깜짝 놀라며 손가락으로 한 지점을 짚었다.

"여기 있네요. 죄송합니다. 사간 사람의 이름만 찾다보니 놓쳤어요. 린다, 구입하신 분의 이름은 마쓰시타 상, 그리고 최고급의 눈동자를 사가서 린다 인형에게 장착하여준다고 적혀 있네요. 한 달 전 일이네요."

구보는 머릿속에 떠오르는 것이 있었다.

"저기, 눈동자에서 빛을 발하도록 할 때 그 강도와 세기를 조절할 수가 있습니까?"

주인은 고개를 끄덕였다.

"네, 설치하는 자가 전기를 다룰 줄 안다면 가능합죠."

구보는 충분히 설명을 들은 후에 가게를 나왔다. 아무래도 인형과 관련하여 상과 의논할 부분이 있을 듯했다. 구보는 다음 날 일찍 상을 찾아갈 계획을 세웠다.

다음 날 오전, 상은 고 최우현 선생의 자택을 방문하였다. 삼청정(현재의 삼청동) 고갯길에 위치한 최우현의 자택은 열 칸 정도 되는 아담한 한옥이었다. 그러나 내부는 서양식으로 꾸민 방도 있어 의외로 모던한 느낌을 주었다.

상은 유족의 안내로 방으로 안내되었다. 마침 한 남자가 최우현의 유품을 정리하고 있던 중이었다. 큰아들이자 상주라고 하였다. 상은 정중하게 고인에 대한 예를 표한 후 테이블을 사이에 두고 마주 앉았다. 남자의 단정한 전통 상복이 인상적이었다.

"최대운이라고 합니다. 무엇을 물어보고 싶으신 겝니까? 저희는 경찰에서 고인을 차가운 시신 안치실에 모신 절망적인 상황입니다."

최우현 선생의 집안은 대대로 전통유학을 공부한다고 들었다. 최대운은 유교 사상에 의거하여 즉시 상을 치르지 못하고 고인이 경찰서에 모셔져 있는 것을 불쾌해하는 기색이 역력하였다. 상은 최대운을 위로하고 간단히 소개를 한 후, 질문을 시작하였다.

"고 최 선생님께서 불면, 긴장 등의 증세가 있다고 기무라 형사에게서 들었습니다."

"네, 작년 말부터인가 커피를 즐겨 드셔서 그것 때문이 아닐까 생각했습니다만 지금은 지병이 있으셨던 게 아닐까 싶습니다."

"커피는 고인께서 직접 구입하신 겁니까?"

"그 비싼 커피를 누가 대주는 것인가 의아하였는데, 알고 보니 류 자작이라는 일본 세력가가 특별히 선물로 보냈다더군요."

"고인께서는 류 자작과 대립관계이셨다고 들었습니다."

"아버님께서는 줄곧 일본의 침략과 수탈에 관하여 비판하는 칼럼을 실으셨고 다수의 일본인을 적으로 두었죠. 심지어 조선총독부에서 조사원을 보내 집을 염탐하기도 하였습니다. 하지만 류 자작이 워낙에 끈질기게 화해의 손을 내밀었습니다. 각종 고급스런 선물을 보냈지요."

상은 무언가 생각하다 질문을 이어나갔다.

"고인의 증세에 관하여 자세히 듣고 싶습니다."

"아버님은 불면증, 불안증과 긴장 등의 증세를 보이셨습니다. 가끔은 침울하기도 하셨죠. 손을 떨기도 하셨지만 노인성 질환으로 여겼습니다. 병원에 모시고 갔으나, 아버님께서는 하루도 되지 않아 퇴원하셨고, 저도 지방에서 유학 공부에 전념하던 상황이라 자주 찾아뵐 수는 없었습니다. 하지만……."

상은 최대운의 눈빛이 흔들리는 것을 놓치지 않았다. 상은 가슴에서 마코 담배를 한 개비 꺼내 불을 붙여 건넸다. 최대운은 처음에는 거절하다 담배를 한 모금 빨고는 말을 이었다.

"혹 아편중독은 아닐까 생각했던 적은 있었습니다. 집을 살살이 뒤지고 하녀에게도 찾아보라 일렀지요. 하지만 이 집 어디에서도 파이프 같은 도구나 아편 가루는 없었습니다. 하녀도 아편을 흡입하시는 모습을 본 적이 없었다고 하였습니다."

"알겠습니다. 류 자작이 보내온 커피를 좀 보고 싶은데요."

"그게…… 이틀 전 밤에 이상한 일이 있었습니다. 그날 저는 아버님의 시신을 두고 경찰과 실랑이를 벌이다가 집에 늦게 돌아왔습니다. 집에 있어봤자 할 일이 없던 하녀도 아침 일찍 집으로 돌려보낸 날이었죠. 늦은 밤, 저는 하녀가 머물던 방에서 잠을 청하였습니다. 아버님께서 쓰시던 집필실은 그대로 보존하고 싶었기에 그렇게 하였죠. 그런데 마당 안으로 저벅저벅 걸어 들어오는 발소리가 들렸습니다. 새벽 2시 정도나 되었을까요? 하도 경황이 없던 터라 집에 들어오면서 대문을 잠갔는지도 기억이 나지 않고, 도둑이라도 들었나 싶어 일단 일어나 귀를 기울이고 있었습니다. 그때 집필실 문을 여는 소리가 들리더군요. 저는 깜짝 놀라 방을 나가보았지만 집필실에는 아무도 없었고, 도둑맞은 것도 없었습니다."

상은 잠시 말을 멈춘 최대운에게 질문을 던졌다.

"고인께서 귀중품을 많이 소지하셨습니까?"

"아뇨, 검소한 생활을 하셨죠. 그래도 조선 시대 초기의 고문서를 연구 목적으로 소유하고 계셨기 때문에 집필실에는 귀한 문서가 남아 있었습니다. 평소 아버님께서 고문서들을 담아놓은 상자의 열쇠를 저에게 물려주시겠다고 입버릇처럼 말씀하셨고요."

"그 당시의 상황을 좀 더 자세히 듣고 싶습니다."

"문 열리는 소리가 나서 슬그머니 마당으로 나왔습니다. 구석에 있던 홍두깨를 집어 들고 천천히 소리가 난 집필실, 그러니까 바로 이 방으로 다가왔습니다. 걸음으로 해봐야 스무 발자국도 안 되었고요. 집필실 문을 천천히 열어젖혀서 어두운 방으로 들어서자 차가운 밤바람이 느껴졌습니다. 저기 보이시죠?"

상은 최대운이 가리키는 곳을 쳐다보았다.

"저 창문이 활짝 열려 있었기는 한데, 다행히 고문서가 든 상자에는 굳건하게 자물쇠가 채워져 있었습니다. 지금도 문서들을 정리하고 있습니다만 도둑맞은 흔적은 없죠. 다만, 커피와 커피 잔, 각설탕이 든 도기 그릇은 모조리 사라졌습니다. 그건 오늘 오전에서야 깨달은 겁니다. 아무래도 저는 커피 따위에는 관심도 없었으니까요. 불면증이 생겨 안 마십니다. 급하게 하녀에게 물었지만 모르겠다는 대답만 들었습니다."

최대운이 잠시 머뭇거리다 상에게 말하였다.

"돌아가시기 전 보름 전 즈음에 아버님을 뵌 적이 있었습니다. 그날은 제가 경성에 올라올 일이 있었는데, 불면증과 불안증이 무척이나 심해지신 아버님께서 조금 이상한 말씀을 하셨습니다."

"이상한 말씀이라면?"

"혹시 선황제이신 고종황제와 당시 황태자이신 순종황제의 독살기도 사건에 대해 들어보셨습니까? 독차사건이라고도 하는데요."

상은 고개를 끄덕였다. 1898년 경운궁에서 고종의 생일 다음 날 이재순, 심상훈, 민영기 등의 대신들이 입시入侍한 가운데 커피가 들어왔는데, 고종은 냄새가 좋지 않다고 하여 마시지 않고 황태자만 마셨다가 그 자리에서 쓰러진 일이 있었다. 고종이 '독차'라고 고함치고 궁중은 아수라장이 되었다. 곧 궁중요리사인 김종화가 김홍륙의 처 김소사가 공홍식을 사주하여 독을 넣었다고 증언하였다. 그날 밤 김종화와 공홍식은 의문의 죽음을 맞이했고, 김홍륙은 법으로 처단되었으나 더 이상은 밝혀지지 않은 사건이었다. 상의 눈이 매섭게 빛났다.

"독차사건의 진상을 캐내고 있으시다면서 그 배후로 의심되는 이가 있다고 하셨습니다. 그 말씀을 하시던 아버님은 무척이나 불안하고 초조해 보였습니다. 30년도 더 지난 사건을 지금 와서 파헤친다고 하시니 걱정도 되어 그만두셨으면 좋겠다고 말씀드렸지만 오히려 역정을 내셨습니다."

"특별히 의심 가는 범인이 누구라든지, 증거물이 있다든지 하는 말씀은 없으셨습니까?"

최대운은 고개를 저었다.

"자세한 말씀은 하지 않으셨습니다."

상은 이것저것 질문을 던졌으나 최대운은 더 알고 있는 것이 없었다.

삼시 후, 상은 배웅을 받으며 대청마루를 내려와 마당에서 대문으로 향하다 잠시 멈췄다.

"마당을 잠시 둘러봐도 될까요?"

"네, 그렇게 하십시오."

상은 빗자루, 절구, 돌확 등이 놓여 있는 마당을 천천히 둘러보았다. 돌확에는 물이 차 있었고, 시든 부레옥잠이 몇 포기 떠 있었다. 마당은 오랫동안 쓸지 않은 것처럼 이리저리 가랑잎과 나뭇잎 뭉치가 바람에 휩쓸려 떠다니고 있었다.

"이것은 무엇입니까?"

상은 마당 구석에 세 개의 나무 기둥이 세워져 있고 멍석으로 만들어진 지붕 아래 놓여 있는 자그마한 나무 상자를 가리켰다.

"아, 서양 말로 아이스박스라는 것인데, 아버님께서 여름에는 얼음을 채워놓고 쓰셨고, 겨울에는 물을 채워 얼음을 만들어 사용하셨습니다."

상은 나무 상자를 열어 보았다. 안에는 아무것도 들어 있지 않았다. 상은 인사를 한 후에 최우현의 자택을 나왔다. 집주인이 영원히 자리를 비운 아담한 한옥은 왠지 고적하고 쓸쓸하게 보였다.

구보는 '제비'를 아침마다 드나들었으나 이틀 동안 상의 모습을 볼 수가 없었다. 하지만 오늘 아침에 상은 말쑥하게 세수를 끝내고 옷을 갖춰 입은 채 구보를 맞이하였다.

"다방에도 모습을 드러내지 않고 어떻게 된 건가? 난 아침마다 나와서 자네 안부를 물었네. 자네에게 말해줄 것도 있고 말이야."

상은 씩 웃으며 검은색 바탕에 희색 줄무늬가 엷게 들어간 재킷의 버튼을 하나하나 채워 나갔다.

"자네가 하고 싶다는 말을 들어보고 내가 갔다 온 곳을 알려 주겠네."

"난 자네 말대로 인형을 수소문하다가 항상 지나치기만 하였던 고급 인형 가게에 들어가 이것저것을 탐문하였네."

"그래, 어떤 것을 알아내었나?"

상의 얼굴에는 진심으로 기뻐하는 기색이 가득하였다. 구보는 신이 나서 말을 빠르게 이어나갔다.

"자네 '오타쿠'라고 아는가? 아니 모르겠지. 일본인 주인남자 말로는 인형을 너무도 깊게 사랑하여 방에 밀실을 만들어 인형을 딸로 삼거나, 연인 심지어 부인으로까지 여겨 말도 걸고 밥도 주는 그런 자들이 많다고 하네. 지금은 서양인 고객이 대부분이나 일본인, 심지어 돈 많고 한가한 조선인 중에도 있다고 하더군. 하여튼 그런 자들 중에는 인형에게 줄 애완동물 인형을 구입하거나 아니면 인형의 눈을 사실적으로 보이게 하기 위해 독일에서 수입한 특수 렌즈로 눈동자를 끼워 맞추는 자도 있다고 하네."

"독일에서 수입한 특수 렌즈라."

"그래, 존 디 박사의 인형은 이상하게 내가 쳐다보기만 하면 나와 시선을 맞췄지. 나는 순간 그것이 사람이 아닐까 의심도 하였네만, 아무래도 사람의 체구보다는 작았지 않은가? 아무리 소녀라도 그렇지 말이야. 눈동자가 너무나 사람 같아서 정말 이상하다 여겼지. 그런데 그 주인남자가 장부를 살피더니, 마쓰시타 상이라는 일본인이 린다라는 인형에게 맞춰줄 특수 렌즈 눈동자를 사갔다고 하더군."

"아하, 마쓰시타 상이라."

"그래. 그 이름이 가명일 가능성도 염두에 두더군, 대부분의 고객은 가명을 쓴다고 하면서. 처음에는 린다 인형을 기억 못 했네."

"기억을 못 해냈다. 그 부분이 유독 이상하네. 구보."

"아니 왜?"

"인형 가게의 고객들이야 한정돼 있지. 분명 하루에 100명이 넘는 손님이 오는 것은 아닐 걸세. 하루에 한두 명에게 비싼 인형을 팔면 그날 장사는 아주 수지가 맞은 것이지. 게다가 독일제 특수 렌즈라."

"그것도 자기 가게에서 고안해낸 것이라 하던데?"

"그렇다면 구보, 그 가게 주인은 분명 누가 그것을 사갔는지 알고 있네. 다만 사간 고객에게 당부를 받았겠지. 어느 정도만 정보를 흘려라. 난 이 부분이 석연치 않네. 이상하게 이 사건의 배후인물이 우리와 알 수 없는 기싸움을 벌이는 것 같네."

구보는 샐쭉한 표정으로 반박했다.

"왜 정보를 흘리라 당부하겠나? 아예 말을 하지 말라고 주의를 주지."

"그리고 중요한 점은 바로 그 렌즈야. 그는 우리에게 하나의 힌트를 흘려준 셈이지."

구보는 상의 말을 정확하게 이해를 하지 못하였지만, 인형의 눈에 비밀이 숨겨져 있는 것 같은 느낌이 들었다.

"상이. 이번에 자네가 다녀온 데를 듣고 싶네."

"나는 그동안 동묘 근처의 아편굴을 며칠간 탐방했네."

"아편굴이라니? 상, 이 사람 설마!"

"걱정 말게. 내가 피우려고 아편굴을 수소문한 게 아니라, 다량의 아편이 류 자작에게 건너간 것은 아닌지 알아보았네."

"자작이 아편쟁이였는가?"

"그가 아니라 그의 손님들이었네. 그리고 고인의 자택을 방문하여 유족과 대화도 나누었다네. 자, 어서 가세나. 류 자작은 오늘 일본으로 떠나 당분간 돌아오지 않는다고 하니, 기무라와 함께 그를 방문하여야겠네."

인력거를 타고 달려온 상과 구보는 반백머리 집사의 날카로운 시선을 받으며 접견실로 안내되었다. 이미 기무라 형사가 와서 커피를 대접받고 있었다. 그 옆에는 아사다와 류 자작이 앉아 있었다. 류 자작의 곁에는 슈트케이스가 세 개 놓여 있었다. 방금 여행을 떠나려던 사람을 기무라가 억지로 붙들고 있는 형국이었다. 아사다는 외출복 차림으로 시중을 들고 있었는지 단정한 양장 차림에 에이프런을 걸치고 있었다.

"안녕하십니까? 이 선생, 그리고 박 선생. 이 형사 분께서 저를 붙잡고 있는 이유가 이 선생의 조언 때문이라고 하던데요."

류 자작은 음산한 얼굴로 상을 노려보다 가볍게 고개를 옆으로 기울였다. 귀족적인 몸가짐이 밴 매너 있는 행동이었지만 구보는 묘하게도 그런 자작의 예의범절이 거슬렸다.

상은 자작을 잠시 무시하고 기무라에게 물었다.

"기무라 형사, 커피는 맛있소?"

기무라는 씨익 미소 지으며 상을 향해 고개를 끄덕여 보였다.

"아마 설탕을 넣고 안 넣고는 큰 차이가 있을 겁니다."

기무라가 의아한 눈으로 상을 보았다.

"동묘의 아편굴에 여러 번 찾아가 아편을 밀수하고 제조하는 아편쟁이들에게서 들었지요. 최근에 아편환 겉에 각설탕을 입혀서 사간 손님이 있다는 정보를 들었습니다."

자작은 그래서 어쨌다는 것인가 하는 눈으로 상을 응시하였고, 아사다는 시선을 바닥으로 내린 채 경청하고 있었다.

"뒤늦게 눈치 챘다고 해야 할까요? 전에 자작님 자택에서 열린 심령사진연구회에서 저와 구보는 다른 회원 분들이 커피를 마시는 동안 자택을 둘러보았지요. 덕분에 암실을 비롯한 사진 작업실도 훑어볼 수 있었고요. 하지만 다른 회원들은 아래층에서 커피와 진 토닉을 드시고 계셨지요."

"그래서요?"

자작이 흥미롭다는 시선을 주었다.

"그들은 아편이 미량 섞인 설탕을 커피에 넣어 드시고 계셨습니다. 고 최우현 선생의 심하게 흔들리는 손은 노환으로만 보기에는 이상합니다. 신문에 많은 글을 발표하시는 분이 떨리는 손으로 만년필을 잡을 수 있을까요? 게다가 회원들의 어딘가 풀린 것 같은 눈은 그들의 재력이나 사회적 지위에 어울리지 않아 보였습니다. 심령회 자체가 주는 공포에 그분들이 동요하시는 건가 유추를 해보았습니다만, 지금 생각해보니 처음에는 일반 설탕과 다를 바 없는 각설탕이 녹으면서 아편이 조금씩 커피 속에 녹아들어간 탓인 듯합니다. 물론 심령사진연구회에서는 사람들이 사진의 공포에 속아 넘어갈 정도만 넣었겠죠. 그리고 최 선생의 집에는 노구의 선생을 죽음에 이르게 할 정도의 양이 각설탕 안에 들어 있었을 겁니다."

"잠깐, 이상 선생님."

기무라가 이상의 대화를 끊고 질문을 했다.

"아편이 설탕에 섞여 있다면 누구나 그 맛의 차이를 알 수 있을 텐데요?"

상은 고개를 끄덕였다.

"이미 회원들이 중독되어서 그 맛을 모를 수도 있지. 아니면 아주 미량씩 들어 있다거나. 그들은 자작님으로부터 여러 차례에 걸쳐 커피와 설탕 등의 기호식품을 제공받았소. 최우현 선생도 처음에는 사양했지만 예의에 어긋난다 생각되어 받게 된 게 작년이라 들었소. 그러니 커피를 처음 드시는 고 최우현 선생은 원래 커피란 그런 맛인가 보다 오해를 했을 수도 있고, 심리적으로 기분이 안정되어 글이 잘 나오는 효과를 커피의 효능으로 착각했을 수도 있지."

"그렇다면, 최 선생이 아편에 중독됐다는 말입니까? 이 선생."

자작은 차디찬 어조로 말하며 슬쩍 웃음을 입가에 띠었다. 기무라가 고개를 저으며 말했다.

"최우현 선생님이 돌아가신 다음 날, 선생님 댁에 조사차 다녀왔습니다. 아편을 흡입한 기구나 흔적은 발견되지 않았습니다. 하지만 각설탕이 의심된다면 설탕을 압수하여 조사해보도록 하겠습니다."

상은 절망적인 어조로 고개를 저었다.

"아니요, 내가 이미 방문을 했지만 설탕은커녕 커피도 이미 사라졌더군. 유족의 말에 의하면 선생이 돌아가신 후 도둑을 맞았다고 하오. 아니면 사주를 받은 하녀가 몰래 가져가 누군가에게 건네주었을 가능성도 있소. 그래서 심령회에 참석하였던 다른 회원의 집을 한 군데 들렀지. 그분도 커피 원두와 각설탕 그릇 등이 갑자기 사라져 이상하다고 하셨소. 이로써 조선의 위대한 문필가이자 사상가 한 분은 유명을 달리하였고, 증거는 사라졌소."

기무라는 고개를 저었다.

"조사를 해봐야 알겠지만, 가족의 허락 하에 부검이 진행되고 있습니다."

류 자작은 슈트케이스를 집사에게 맡기고 의자에서 일어났다.

"고인께는 진심으로 명복을 빕니다. 저는 본국에 일이 있어 오늘 중으로 이 아름다운 도시 경성을 떠날 예정입니다. 이곳에 남아 커피를 즐기고 싶으신 분께는 아사다 후미코 양이 대접을 해드릴 터이니, 부디 좋은 시간을 보내시길 바랍니다. 아쉽게도 이상 선생의 이야기를 더 듣고 있을 시간이 없는 관계로 저는 여기서 작별인사를 해야 할 것 같군요."

자작은 실크해트를 머리에 얹고는 프록코트를 걸치고 더없이 안정된 자세로 문을 향해 걸어 나갔다. 구보가 털썩 의자에 주저앉았고 상은 무언가 생각하는 얼굴로 스탠드 전등갓에 팔을 기대고 서 있었다. 기무라는 어이없다는 얼굴로 자작의 뒷모습을 한참이나 바라보다 뒤따라 나갔다.

아사다는 죄인이라도 된 얼굴로 깊이 고개를 숙이고 있다 일어났다. 상은 아사다가 걸친 에이프런 끝에 묻은 흙 얼룩을 유심히 보았다. 상은 아사다 앞으로 다가가서 조심스레 에이프런 끝을 들어 보였다.

"흙물은 잘 지워지지 않죠?"

아사다가 당황한 듯 뒤로 물러났다.

"당신은 동묘 뒤 땅굴을 자유자재로 드나들 수 있는 자격을 지닌 여성입니다."

상은 아사다의 오른손을 들어 손등에 키스를 가볍게 하고는 손가락 끝 냄새를 맡았다. 깜짝 놀란 아사다가 감정의 동요를 보였다.

"소독약 냄새가 나는군요. 연약한 여인의 몸으로 그곳을 드나들기 위해서는 그들에게 먹을 것들을 가져다주거나 치료해주어 환심을 샀겠군요. 그렇게 선한 일을 행하는 당신이 류 자작의 하수인이 되어 살인을 돕는 이유는 무엇이오?"

아사다는 고개를 푹 숙였다. 그녀의 속눈썹이 떨리는 모양이 확연하게 보였다. 구보의 심장이 벌렁벌렁 뛰었다. 악녀라고는 하나 너무나도 아름다운 여인이었다.

"앞치마를 두르고 아편 가루에 설탕을 입혀 아편 당의정을 만들기도 하면서 한편으로는 어려운 병자들을 돕는 진정한 이유는 무엇이오?"

아사다는 앞치마 자락을 움켜쥐고 뒤로 물러났다.

"다, 당치 않습니다. 저는 아무것도 모릅니다."

상은 안타까운 표정으로 아사다를 보았다. 아사다는 망설이다 입을 열었다.

"죄송합니다. 자작님의 말씀이 계셨지만 오늘은 더 이상 손님을 받지 않겠습니다. 부디 잘들 돌아가십시오."

아사다의 떨리는 목소리를 뒤로 접견실을 가로막는 중간문이 닫혔다. 집사는 상과 구보가 속히 돌아가도록 노골적으로 작별인사를 하였다. 상과 구보는 떠밀리듯이 자택을 나왔다.

"분명, 사진연구회에는 일본인들도 있었네. 자작이 노리는 것은 단순하게 조선인 문필가 하나를 죽이는 게 아니었단 말인가? 일본인 재력가를 아편중독으로 만들어서 자신이 원하는 무언가를 얻을 심산일 테지?"

구보의 탄식에 상은 답했다.

"그는 범죄자 중에서도 무척 특이한 자일세. 이번 일본 행도 조선에서 금광 경영권을 따내기 위한 로비 때문이라고 들었네. 뭐, 다른 범죄를 획책하는지도 모르겠지. 진위는 류 자작만이 알고 있을 뿐."

종로 거리에 접어든 상과 구보는 차디찬 바람을 맞으며 파고다공원으로 들어갔다. 상이 머리를 식힐 겸 산책을 제안하였다.

1897년 광무 1년에 영국인 브라운이 설계해 만들어진 파고다 공원에는 공원 설립 이전부터 우뚝 솟은 탑이 있었다. 세찬 바람 속에 솟은 원각사지십층석탑이 유난히 높게 보였다. 연꽃, 용, 사자 무늬 등으로 화려하게 조각된 삼층 기단 위로는 각각 지붕과 공포를 지닌 탑신부가 십층까지 올려 있었다.

구보의 입에서 하얀 입김이 나왔다. 구보는 언 두 손을 입김으로 녹이며 탑의 꼭대기를 올려다보았다.

"상이, 대체 류 자작은 어떻게 심령사진을 만들어낸 것일까? 아무래도 그 부분이 해결되지 않으면 이 사건은 범인도 못 잡았을 뿐 아니라 사건의 초입에 진입도 못한 셈이 되네."

"그 부분은 자네가 가지고 온 열쇠로 해결되었다네."

"열쇠라니?"

"그건 찬찬히 설명해주기로 하고. 하여튼 이 사건에 있어서 류 자작은 내게 정중하게 결투를 신청한 것이나 다름없지. 단서를 조금씩 흘려서 내가 찾아와주기를 바랐네. 참으로 이상한 것은 자작은 내가 오는 것을 반기지만 그 밑의 하수인 아사다는 반기지 않는다는 거야. 왜일까? 둘이 지향하는 바는 같지만 한쪽은 즐기고 다른 한쪽은 마지못해 따라가는 것은 아닐까? 이 부분을 명쾌하게 알아내지 못한다면 자작을 잡을 수 없을 것이야."

"그건 기무라가 할 일이 아닌가?"

상은 고개를 저었다.

"자작은 법에 노출되지 않는 선에서 교묘하게 일을 자행할 것이네. 따라서 기무라가 뒤쫓아도 적법한 절차를 밟은 수사로는 절대로 꼬리를 잡히지 않을 것이야. 잡혀도 윗선에서 해결해주어 경무총감 이름으로 방면될 걸세."

"그렇다면?"

상은 굳은 입술로 마지막 말을 내뱉었다.

"눈에는 눈, 이에는 이. 오래된 법전에 나오는 말처럼 그에게는 그만의 식대로 해결하는 법이 어울린다네."

저녁이 되었고, 어느덧 상과 구보는 '제비'로 접어드는 골목에 있었다. 다방 안에 들어와 언 몸을 녹이며 커피 한 잔을 마시던 구보가 입을 열었다.

"존 디 박사를 찾아보겠네. 기무라에게 왜 그에 관한 말을 한마디도 건네지 않았는가? 혹여 일본에 배편으로 갔다면 그쪽 경무국 형사를 통해서도 알아볼 수 있지 않은가?"

상은 미소를 지었다.

"자네 아직도 그 심령회 사기를 알아채지 못했군."

"사기? 사기라면?"

"모든 게 거짓이었지. 명성황후 영혼이 강령했다는 것에서부터 자네 이름을 호명한 것까지."

구보는 기억을 더듬었다.

"어떻게 회원 전원 이름이 들어간 함에서 내 이름이 적힌 쪽지를 아사다 양이 집어 들었을 때 펴보지도 않고 내 이름을 불렀으며, 고 최우현 선생이 반발하려 하자 이마에 손가락 하나를 올려놓아 꼼짝도 못하게 할 수 있었겠나? 자네가 의심하는 건 이해하네만, 그때의 신비스러운 상황은 내가 직접 경험한 거라고!"

상은 크게 웃었다. 그리고 금홍을 큰소리로 불렀다.

"금홍아, 네가 좋아하는 남자 이름을 열 명만 불러봐라."

금홍은 어이없다는 표정을 지었다. 하지만 종이를 잘게 찢어서 똑같은 크기로 만드는 상을 보며 입을 열었다.

"이상, 나운규, 찰리 채플린, 더글라스 페어뱅크스."

금홍의 입에서는 유명 배우 이름이 줄줄이 나왔다. 이상은 이들 이름을 각각 적은 종이를 접어 테이블 위에 있던 뚜껑 달린 재떨이 속에 집어넣었다.

"이제 자네가 한 장을 뽑게나. 내가 그 종이에 적힌 남자 이름을 알아맞혀볼 터이니."

구보는 떨리는 손으로 재떨이를 흔들어 뚜껑을 열고 그 중에 하나를 뽑아서 집어 들었다. 금홍이 도발적인 눈으로 종이를 노려보았다. 상은 지그시 눈을 감았다가 번쩍 뜨면서 말했다.

"이상!"

구보가 조심스레 종이쪽지를 펼치자 정말 '이상'이라고 적혀 있었다.

"어, 어떻게 맞혔는가?"

금홍은 게슴츠레한 눈으로 상을 한 번 흘기고는 자리에서 일어나 다른 테이블로 옮겨갔다.

"하하하, 아까 내가 종이에 쓸 때 손으로 가리고 쓰는 것을 몰랐는가? 다른 쪽지를 펼쳐보게나."

구보는 얼른 재떨이에서 다른 쪽지를 펴보았다. 거기에도 '이상'이라고 적혀 있었다. 놀라서 다른 쪽지를 펴보니 모두 같은 이름이 적혀 있었다.

"존 디 박사와 아사다가 공모를 한 것이네. 만만하고 어수룩하게 보이는 자네 이름 '구보'를 모든 쪽지에 적으면서 슬쩍 다른 사람 이름을 적는 척 쇼한 것이네. 그러니 자네 이름이 나올 수밖에. 그래놓고는 무슨 마음이 통하느니 어쩌니 쇼를 했지. 그리고 자네, 저 의자에 반듯하게 앉아보게나."

상은 구석에 놓인 등받이 나무 의자를 가리켰다. 구보는 구석으로 다가가서 의자에 등을 대고 허리를 꼿꼿이 세웠다.

"내가 주문을 외고 자네 이마에 손가락 하나를 댈 터이니 일어나보게."

상은 뭐라고 입으로 주문을 외면서 구보의 이마에 집게손가락을 가져가 대었다.

"일어나보게."

구보가 몸에 힘을 주고 일어나려고 했지만 이상하게 의자에서 일어날 수가 없었다.

"어떻게 된 일인가?"

"하하, 간단한 원리일세. 의자에 앉아 있을 때 사람의 무게 중심은 의자에 있다네. 그런데 일어나려면 무게 중심을 발로 옮기어야 하니 몸을 앞으로 숙여 일어나야 되는데 내 비록 집게손가락 하나의 힘으로 자네의 이마를 찍어 누르나, 무게 중심이 바뀌지 않아 못 일어나는 것일세."

구보는 새삼 화가 났다. 존 디 박사의 사기술을 간파하면서도 심령회에서 속아 넘어가는 자신을 모른 척한 상이 몹시도 미웠다.

"이제 존 디 박사가 누구인지를 밝혀볼까나?"

상은 종이 위에 연필을 들어서 간단한 도면 하나를 그렸다.

"자작의 저택을 우리가 오른쪽 계단으로 올라가 둘러본 순서대로 하나하나 그려보자면 다음과 같네. 집 구조가 좀 독특하지. 오른쪽 문을 통해서 그림들이 걸린 회랑을 지나쳐 접견실로 들어가게 되어 있네. 일층 접견실에서 왼쪽과 오른쪽 계단을 통해서 이층으로 접근할 수 있게 되어 있고 말일세. 이층 가장 끝 방인 다섯 번째 방은 암실이네. 그리고 일전에 내가 최명심 사진작가와 말했듯이 암실은 우리가 들어가 본 겉의 암실과 그 안쪽의 비밀암실로 나뉘어 있네."

구보는 고개를 끄덕였다. 집의 구조는 상이 말한 그대로였다.

"그리고 자네, 존 디 박사의 말을 너무도 유창하게 아사다가 통역하고 있는 것이 이상하지 않았나? 꼭 짜 맞춘 듯이 동시통역하는 것도 그렇지만 이상하게 박사는 입을 작게 씰룩여서 발음이 뭉개지는 데 비해 아사다 양이 너무도 잘 알아들었네. 아사다가 궁녀의 혼을 빌려 이야기를 하는데 그 이야기 구절들이 묘하게 어디선가 들은 듯하고 궁녀들이 쓰는 말을 너무두 잘 재현하기에 기억을 더듬고 더듬었네. 이 구절 말이야. '그저 온몸이 뼈저리도록 원통하니 살아난 것이 모질 뿐이로다. 내 마음이 음식을 끊어 아사도 하고자 하고 깊은 물에도 들고 싶고 수건을

〈류 자작의 집〉

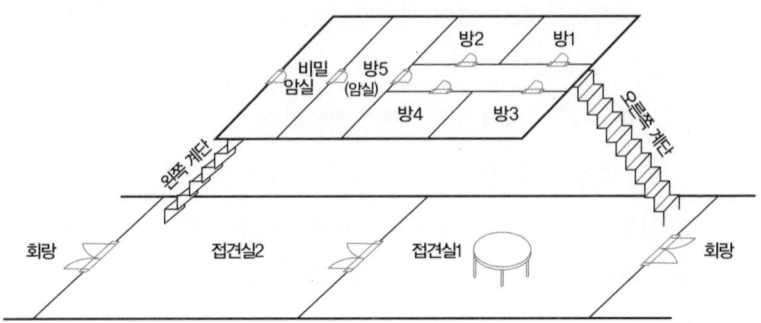

어루만지며 칼을 들기를 자주 하되…….' 어디선가 들어본 것 같지 않나?"

구보가 눈을 감고 기억을 더듬었다. 고전 시간에 배운 구절이 분명하였다. 게다가 궁녀나 궁중 여인들이 쓰는 말이라면 고전은 몇 가지로 압축되었다. 구보가 왼손으로 이마를 탁 쳤다.

"〈한중록〉 아닌가? 혜경궁 홍씨가 남편 장헌세자가 뒤주 속에 갇히어 변을 당하자 죽고자 하여 내뱉었던 말이네."

상은 미소를 지었다.

"아사다는 미리 연습을 하여 외우고 있었던 것이군."

구보의 말에 상은 고개를 끄덕여 보였다.

"좋아. 그 존 디 박사는 영매술사를 빙자한 사기꾼에 불과하다고 쳐. 하지만 그자가 사진을 건넨 후에 최우현 선생이 죽음을 맞이하였고, 분명 류 자작과 연결된 자가 분명하니 찾아서 범죄 공모사실을 자백 받아서 증언대에 세우면 되지 않는가?"

"후후, 구보. 자네는 오늘 존 디 박사를 만나고 왔다네."

"만나고 왔다니?"

구보가 깜짝 놀라 되물었다.

"나는 그날 심령회에서 이들이 뭔가를 꾸미고 있다는 직감이 들었지. 그리고 동시에 박사의 사기술도 어느 정도 간파하였네. 또한 존 디 박사가 들어온 경로가 이상하였네. 그는 우리처럼 오른쪽 계단에 위치한 문을 통해 들어오지 않았네. 비밀암실과 연결된 왼쪽 계단 쪽에 위치한 문을 통하였지. 그리고 접견실 중앙에 난 문을 통과하여 들어왔다 나갔네. 이건 무엇을 뜻하는가 하면 그는 비밀암실 쪽에서 내려와서 들어온 내부 사람일세. 물론 우리보다 먼저 와서 대기하고 있었을 수도 있지. 하지만 일단 이층 비밀암실에서 내려왔다는 의구심을 다 몰아낼 수는 없어. 그렇다면 그는 비밀암실에서 무엇을 작업하다가 내려왔는가. 자네 밀랍인형 박물관을 아는가?"

"마담 투소의 박물관 말이지? 들어본 적 있네."

"밀랍인형이 사람과 꼭 닮은 모습에 관람객들은 진저리를 치고 돌아간다고 하네만."

"그게 존 디 박사와 무슨 상관인가?"

"구보, 난 존 디 박사와 류 자작이 동일인물일 거라 확신한다네."

구보는 크게 놀랐다. 뭔가 머리를 치고 들어오는 충격이 있었다.

"아냐. 그럴 리 없네. 테이블에 자작이 들어와서 잠시 앉았다가 일어나 나가는 것도 봤어. 무슨 중요한 일이 생긴 것 같았어.

그러다가 심령사진을 찍는다 하고 기계들을 앞세워 들어왔네."

"테이블에는 희미한 촛불 하나만 일렁이고 있었네. 아마 자작의 얼굴, 체격과 비슷한 자가 들어와 잠시 바람잡이 식으로 자작의 알리바이를 증명하고 다시 나간 것이네. 존 디 박사가 자작임에 틀림없어. 얼굴은 서양의 나이 든 사람으로 분장하고, 머리카락마저 듬성듬성한 가발로 감추었으며 체격도 뚱뚱하게 위장을 하였네만 손은 감출 수가 없었지. 손등에 뼈마디가 울퉁불퉁하게 나오고 남달리 기다란 손가락들은 자작임을 나타내주고 있었네. 그리고 결정적인 증거는 암실에서 맡았던 그 지독한 약품 냄새가 존 디 박사의 몸에서도 났다는 것이지. 비밀암실에는 이런저런 분장을 할 수 있는 용품들이 있거나, 분장사가 있을지도 모르지. 한 가지 확실한 것은 자작은 이런 식의 화려하고 기묘한, 주변 사람들을 속여 넘기는 연극적 설정에 심취해 있다는 점이네."

구보의 눈빛이 흔들렸다.

구보의 머릿속에는 대저택에서 가면을 쓰고 독특한 사디즘 놀이를 사주한다는 의문의 남자가 떠올랐다. 고 김화영의 죽음 뒤에 있는 범인들 백성린, 정병호는 잡아들였으나, 유곽의 여인을 데려가 묘한 놀음을 하며 조선 청년들의 사상을 검게 물들이는 재력가는 찾아내지 못하였다.

상이 잠시 멈칫하였다. 그러고 나서 조용히 파이프 담뱃불을 붙이며 지팡이 손잡이에 조각된 코끼리 형상을 어루만지며 말하였다.

"알아본 바에 의하면 류 자작은 대단한 문화 애호가여서 미술품을 수집하는 것뿐 아니라 일본 전통극 배우들을 후원하고 극단에 투자하는 등 여러 가지 사업을 하고 있다네. 난 고인의 아드님을 만났을 때 의미심장한 말씀을 들었네. 고 최우현 선생이 죽기 전에 독차사건의 배후에 누군가 있다는 것을 알아냈다는 말씀을 하셨다고 했네."

"무엇이라고?"

"염상섭 선배가 이 사건을 맡겼을 때 짐작을 하였지. 단순한 여류사진작가의 실종을 파헤치라는 것이 아니라 이 사건의 핵심인물인 류 자작을 조사해달라는 것이지. 자작은 분명 조선 황실과 깊은 관계가 있네. 그것이 어쩌면 엄청난 비밀과 연루된 것일 수도 있네."

"상, 그렇다면 고인의 죽음은 그 비밀을 덮으려는 누군가에 의하여 일어났다는 것인가? 그렇다면 이해가 안 되네. 30년도 더 전에 일어난 사건, 류 자작은 보기에도 마흔은 안 되어 보이지 않나. 그런데 그 오래전 일에 자작이 관여할 방법은 없지 않은가?"

"그 점이 내가 요즘 고민하는 바이네."

"상이, 아직까지 해결이 안 된 부분, 아무리 커피의 향이 강하다고는 하나 아편 냄새와 맛을 느끼지 못하고 먹는다는 것이 걸리네. 이 부분이 해결이 되지 않으면 자작이 준 각설탕 아편에 독살되었다는 사실은 증명이 안 되네."

상은 고개를 끄덕였다.

"참 구보, 최우현 선생의 부검이 끝났다네. 아까 전에 연락을 받았지. 내일 같이 야마모토 박사를 만나러 가세나."

다음 날, 종로서를 방문한 상과 구보는 기무라 형사의 주선으로 크리스틴 야마모토 박사와 마주하게 되었다. 박사는 여느 때처럼 사각 금테 안경에 머리를 묶고 흰 가운을 입은 모습이었다.
크리스틴은 고 최우현의 검시 사진을 내보이며 설명하였다.
"위 내용물을 분석한 결과 아편중독사가 확실합니다. 시신을 살펴본 결과 아편중독자의 시신에서 발견되는 여러 흔적들이 일치합니다. 일단 지나치게 말랐고, 온몸에 독성에 의한 검은 반점이 있고 근육이 위축돼 있죠. 지속적으로 아편을 해왔다고 판단됩니다."
기무라가 덧붙였다.
"가족이나 집에서 일하던 하녀도 불러다 조사하였는데, 이상한 점은 선생이 아편을 하는 모습을 목격한 적이 없다고 합니다. 게다가 어제 제가 다시 방문하여 집안 곳곳을 뒤져봐도 아편 가루나, 아편을 흡입할 때 필요한 담배필터라거나 흡연기구 등을 찾아내지 못했습니다."
구보가 물었다.
"혹시 아편 가루를 집 밖 다른 곳에서 흡입하지는 않았을까요?"
크리스틴이 펜 뒷부분으로 최우현의 얼굴 사진을 가리키며 답했다.

"코나 콧구멍이 헐거나 상처가 없는 것으로 보아 코로 아편을 흡입하지는 않았습니다."

"하지만 분명 손 떨림이나 무의식적인 근육 떨림, 그리고 졸린 것 같은 태도를 보이며 자주 고개를 끄덕이거나 허공을 보며 도취되어 있다거나 했다는 하녀의 증언은 분명 아편중독자의 증상과 비슷합니다."

크리스틴이 기무라에 이어 말했다.

"결론은 아편을 지속적으로 과다하게 받아들여서 심장마비가 유도된 것입니다. 심령사진이다 뭐다 죽기 직전 행적에 대해 수사과정을 통해 들었는데, 깜짝 놀랄 만한 사진을 접하거나 혹은 자신이 죽을 것이라는 심리적인 암시를 받게 된다면 분명히 죽음은 탄력을 받아서 더 빠른 속도로 달려오게 되죠."

"아무래도 예전에 류 자작 앞에서 선생님께서 밝힌 견해가 걸리는데요. 아편 겉에 설탕을 입힌 각설탕 말입니다. 좀 더 설명해주시지요."

기무라가 상의 얼굴을 보고 물었다. 상이 잠시 생각하다 답했다.

"이 부분에 대해서 다시 알아본 후에 알려주리다."

종로서를 나서니 길이 어둑어둑해져 있었다. 상이 빠른 걸음으로 앞장을 서서 어디론가 향했다.

"어디를 가는 게인가?"

"그 어르신은 지상에서 완전히 자취를 감추었다지만 보름달 뜨는 밤이면 도저히 그 끼를 어쩌지 못하고 지상에 강림하신다네."

상은 말을 마치고 빠르게 걸음을 옮겼다. 전차도 끊긴 시간이었다. 한참이나 추운 밤바람을 맞으며 종로 거리를 지나 보신각에까지 걸어갔다. 건너편에 위치한 화신 백화점 정문으로 상이 앞장서서 들어갔다.

아직 영업 중인 백화점 안에는 세련된 모던걸들이 옷을 구경하며 삼삼오오 다니고 있었고, 멋진 양복을 갖춰 입은 경성 신사가 그들을 힐끔거리며 담배를 태우고 있었다. 상은 화신 백화점 일층 점포 구석 끝에 위치한 쇠창살 앞에 가서 섰다.

"이게 무엇인가? 설마 엘리베이터를 타려는 것인가?"

구보도 그 쇠창살이 열리면 다른 층으로 이동하는 엘리베이터가 있다는 것은 알고 있었다. 하지만 타보기는 처음이었다. 상이 고개를 끄덕였다. 구보가 상의 양복 소매를 잡고 만류하였다.

"상이, 다리도 튼튼한데 이깟 것 여자들에게 양보하고 얼른 계단으로 가세나."

구보는 상과 함께 비상구를 나가 계단으로 이동하였다.

구보는 현대식 건물이나 자동차에는 거부감이 없었으나, 엘리베이터처럼 사방이 막힌 곳에 올라타 위로 움직이는 것에는 은근한 두려움이 있었다. 서양에는 비행기라는 하늘을 나는 이동수단이 점차 보급될 것이라 하는데, 구보는 그 비행기라는 것은 죽을 때까지 절대로 타지 않으리라 다짐했다.

계단으로 올라간 삼층 구석에는 '화신 음악실'이라고 적힌 가게가 있었다. 유성기에서 유성기판이 돌아가면서 피아노곡이 흘러나왔다. 상은 레코드판을 갈아 끼우려고 준비하던 여종업원에게 다가가서 물었다.

"그 영감 안 왔소? 왜 머리카락과 눈썹은 하얀데 얼굴은 팽팽한 노인 말이오."

볼에 보조개가 패는 앳된 여직원이 고개를 들고 환하게 웃으며 답하였다.

"아, 그 할아버지 왔다 가셨어요. 아시는 분이세요? 슈베르트를 사가셨는데 가신 지 한 시간 정도 됩니다."

상은 쌩하니 인사만 건네고 얼른 계단을 뛰어내려와 백화점을 나왔다.

"대체 뭘 알아보고 다니는 겐가? 상이."

"늙은 영감이 이미 다녀갔다니 분명 그곳에 갔을 거야. 얼른 가자고. 올해 안에는 다시는 그 지하 땅굴에 발을 들여놓고 싶지 않으니."

상은 종로 골목 가장자리를 빠르게 돌아서 나갔다. 종로에서 태평통으로 빠지는 길가에 카페들이 즐비한 골목이 나왔다. '멕시코', '모나리자', '평화', '엔젤', '왕관', '올림픽' 등의 갖가지 간판이 나란히 걸린 가운데, 상은 거리 중간 즈음에 서서 손가락으로 오른쪽에서부터 세기 시작하였다. 간신히 뒤따라 잡은 구보가 가쁜 숨을 몰아쉬며 물었다.

"무엇을 하는 게인가?"

"그 양반은 오른쪽에서 다섯 번째 가게에 애인을 숨겨두고 있다네."

상은 '평화'라는 간판이 걸린 카페 안으로 황급히 들어갔고 구보도 뒤따랐다. 어두컴컴한 카페 안, 짙은 담배 연기와 강한 커피 향이 가득한 그곳에는 기모노를 입고 짙게 화장을 한 여인들이 있었다. 여인들 곁에는 양복과 중절모를 쓴 경성 사내들이 앉아 있었다.

"일본 여인들인가?"

"옷만 그럴싸할 뿐 모두 조선 여인이라네. 일본 여인이 있는 카페들은 따로 본정에 거리가 있네."

저만치 구석에서 슈베르트의 레코드판을 옆구리에 끼고서 황금색 기모노를 입은 여인과 시시덕거리는 노인이 있었다. 상이 대뜸 그 앞에 가서 앉았다. 구보도 머뭇거리다 그 옆에 앉았다. 상이 찾은 사람은 하얀 백발을 상투로 틀어 갓을 쓴 채 비단 두루마기를 멋들어지게 걸친 노인이었다. 머리카락과 눈썹은 백발이되 주름 한 점 없는 얼굴에는 홍조가 깃든 참으로 묘한 인상이었다.

"화타 선생님."

노인은 상을 보자 입가에 손가락을 갖다 대고는 주위를 살폈다.

"쉬잇. 여기서는 그냥 화룡 영감쯤으로 불러주게나. 그렇게들 알고 있으니."

화타는 옆에 앉은 여인을 다른 테이블로 보냈다.

"화룡 영감님, 묻고 싶은 게 있습니다. 아편을 흡입하거나 불태워 연기를 마시지 않고서 복용하는 법이 있습니까?"

"먹는 방법도 있지. 음식물에 섞어서."

"하지만 아편 특유의 향내나 쓴맛을 다 없애지는 못할 것이니 누군가를 몰래 죽이는 데 쓰기에는 적절하지가 않잖습니까?"

상이 반문하였다. 화타는 갓 테두리를 어루만지며 오묘한 미소를 지으며 물었다.

"자네 소설가라는 사람이 로마의 네로 황제가 알프스 만년설에 과즙과 꿀을 넣어서 아이스크림을 만들어 먹었다는 것을 모르나? 그 아이스크림으로 수많은 정적들을 암살하였다네. 자고로 미각이 마비되면 독이 든 것도 모르고 넘기게 되지."

상은 그 자리에서 벌떡 일어났다. 그리고 카페 문을 열고 차가운 종로 거리로 나섰다.

"여보게, 상이. 대체 무엇을 알아낸 게인가?"

"이런 바보 같은 사람이 있나!"

"누구? 나를 말하는 것인가?"

상은 고개를 강하게 저었다.

"나 말일세. 나한테 화가 나네그려. 난 분명 고 최우현 선생의 집에서 증거를 이미 접하였는데도 그걸 모르고 있었다네."

"그게 대체 무슨 말인가? 알기 쉽게 말해주게나."

"어서 가세나. 일단 나의 무지를 축복하기 위해 술을 진탕 먹고 나서는 '제비'에 가세나. 금홍이가 답을 알려줄 것이네."

구보의 기억은 거기에서 끊겨 있었다. 분명 종로 카페 거리에서 한 집을 골라 들어가 술을 진탕 먹은 것은 기억이 나나 어떻게 다방 소파에서 아침에 깨게 되었는지는 생각나지 않았다.

"상이, 어떻게 된 일인가?"

구보는 흐트러진 앞머리를 가지런하게 내리고 안경을 찾아 쓴 뒤 구겨진 셔츠와 외투를 잘 여미었다. 추워서 외투로 온몸을 꽁꽁 감싼 것이 분명하였다. 단벌 외투가 자잘하게 구겨졌으니 이걸 다리미로 펼 아내의 심란한 얼굴이 눈앞에 떠올랐다.

상은 파자마 차림에 나이트가운을 걸친 채 구보 앞에 앉아서 컵에 든 커피를 권했다. 상의 또렷한 눈에는 총기가 들어 있었다.

"이거 한 잔 들게나. 잠 깨는 데는 최고일 테니."

구보는 무심코 상이 건넨 컵을 받아들여 한 모금 마셨다. 차가운 커피가 입 안 가득 들어오면서 정신이 번쩍 깨었다.

"아니, 이게 무엇인가?"

"후후, 냉커피, 그러니까 얼음이 든 아이스커피라네. 최근에 금홍이 여름철에 내놓을 메뉴로 고심하고 있는 것이네. 그래서 매일 시장에서 얼음을 사다가 아이스박스 안에 넣고 커피와 물과 섞어 연구 중이지. 최우현 선생은 뜨거운 물에 커피와 각설탕을 넣고 녹여서 얼음을 타 마셨을 것이네. 아마 가래가 잔뜩 낀 답답한 기관지에는 냉커피가 훨씬 더 맛있게 느껴지고 속을 뻥 뚫어주는 효과도 있었을 것이네. 하지만 그 덕분에 혀가 마비되어 미각을 느낄 수 없고, 아편의 쓴맛은 완화가 되어 모른 채 넘어갔을 것이네. 류 자작은 어찌 보면 무서운 자이네. 최우현의 커피 마시는 습관까지 연구하여 아편이라는 독을 사용하기로 결정하였다네. 만약 그의 습관이 달랐더라면 그에 맞춰서 다른 독이라든지 아니면 다른 무기를 이용한 방책을 마련했을

지도 모르지. 자작은 치밀하면서 모든 범죄를 자신의 손 안에 넣고 완벽하게 변주해낼 능력이 있는 자이네."

"그렇다면 자네가 고 최 선생의 집에서 증거를 접하였는데 몰랐다는 것은 무슨 말인가?"

"아이스박스, 그러니까 선생이 얼음을 즐겨 먹으니 얼음을 보관하던 상자가 마당에 놓여 있었지. 그것을 열어보기까지 하였으나 깨닫지 못하였네. 기어이 화타 선생까지 찾아가고 나서야 알아내었지."

"그렇다면 다른 회원들도 냉커피를 마셨을까?"

구보가 의미심장한 질문을 던졌다. 상은 잠깐 생각하다 답하였다.

"이번 타깃은 최우현이었네. 그에게 집중적으로 농도 짙은 아편 각설탕을 제공하였을 것이야. 다른 사람은 맛 뵈기 정도?"

구보는 정신을 집중하면서 상에게 핵심적 질문을 던졌다.

"상, 정말로 묻고 싶었던 게 있네. 심령사진은 자작이 조작을 하였다는 말인가? 인화할 때에 빛을 집어넣는다든가, 아니면 유리원판에 약품으로 조작을 하였다든가 말일세. 그리고 내가 가지고 온 열쇠는 인형의 눈동자 렌즈밖에 없는데 그것이 의미하는 것은 무엇인가?"

구보는 이 질문이 사건의 핵심이라는 것을 잘 알고 있었지만, 단 한 번도 상에게 직접적으로 물은 적은 없었다. 상은 구보를 똑바로 보고는 입을 열었다.

"나도 이 부분을 많이 연구해보았네. 심령사진에 관해 자료도

구하고 사진관도 여러 군데 돌아다니며 물어보았네. 어떤 이는 자작이 생각하는 바대로 이미지를 심는 사악한 초능력이 있을 거라는 이도 있었고, 또 다른 이는 사진기 앞에 검은색 마분지나 상자를 장치해두어서 빛을 교란시켜서 하얀 빛이 들어가도록 하는 방법도 있다고 하였네. 자네가 말한 인형의 눈동자는 정확하게 이 부분에 부합되지. 전기를 강하게 주어서 인형의 눈동자에서 불이 번쩍 나게 한다면 순간 카메라 렌즈에 빛이 들어가 하얀 광원이 생기지."

"맞네. 특이한 점은 존 디 박사가 몸이 불편해 중간문으로 들어가고 나서도 그 린다 인형이 앉아 있었다는 것이지."

"그렇다네. 그 부분이 아마도 심령사진을 만드는 데 결정적 역할을 했다고 여겨지네. 그리고 이 말고도 심령사진을 만드는 여러 방법들이 있었네. 자네, 놀라지 말게나. 최근 어떤 심령술 연구학자에 의하면 물건을 움직이거나 사람의 마음을 움직이는 초능력, 즉 염력은 정신을 집중하여 의식적으로 만들어내는 게 아니라 무의식에서 나오는 경우가 더 많다고 하였네."

"무의식?"

"그렇다네. 어떤 자의 사악한 무의식 상태는 한 인간을 죽음에 이르게까지 할 정도의 힘을 만들어낸다는 것일세. 그런 능력이 있으면 심령사진쯤이야."

"뭐라고? 그렇다면 자작은 그러한 초능력을 지니고 있단 말인가?"

상은 큰소리로 웃었다.

"하하하, 그렇다고 비약은 말게나. 우리에게는 인형의 눈동자라는 확실한 증거가 있으니."

대체 자작은 누구란 말인가? 그리고 그 능력이 어디까지인가? 이 말만은 차마 구보도 입으로 뱉기 어려웠다. 그만큼 두려움이 일었다.

상은 말을 마치고 파이프 담배에 불을 붙여 태우고 자리에서 일어나 내실로 들어갔다. 아직 다방은 영업 전인지 손님이 없었다. 구보는 손에 든 컵을 테이블에 올려놓고 입맛을 다셨다. 혀와 입천장으로 가득 들어온 냉기 덕에 정신은 맑게 깨었으나, 숙취 때문인지 머리가 깨질 듯 아파왔고, 기분이 좋지 않았다.

구보는 조용히 일어나 다방 문을 열었다. 이른 아침의 종로 거리에는 상인들이 나와서 가게 앞을 비로 쓸고 치우고 있었다. 구보는 옷깃을 여미고 가게를 나섰다. 이 시간까지 술을 먹고 휘청거리는 취객들을 바라보며 걷던 구보는 순간적으로 오싹해졌다. 구보의 뇌리에 아사다의 붉은 입술이 떠올랐다. 그녀의 고민을 담은 눈동자, 그리고 하얀 얼굴, 비단 드레스, 그 밑에 살짝 보이는 서양 구두의 굽. 그리고 심령회에서 흘러나오던 그녀의 가냘프고 선동적인 목소리가 귓가에 들려오는 듯하였다. 또한 존 디 박사의 음흉한 눈빛과 자작의 얼굴이 번갈아 떠올랐다.

과연 상의 추리대로 존 디 박사는 자작이며 잠시 모습을 드리냈던 자작은 다른 이가 분장을 한 것일까? 구보는 온몸에 소름이 돋았다.

구보의 귓가에 상이 내뱉었던 말이 들려오는 듯했다.

'눈에는 눈, 이에는 이. 오래된 법전에 나오는 말처럼 그에게는 그만의 식대로 해결하는 법이 어울린다네.'

상은 과연 어떤 생각을 가지고 있는 것일까? 상은 류 자작에게 대적하려는 것인가? 만약 상이 자작의 범죄증거를 지속적으로 제시하여 자작과 맞선다면 어떻게 될까? 그리고 자작은 대체 어떤 목적으로 범죄를 고안하고 저지르는가?

구보는 자작의 눈을 떠올려보았다. 무연하다는 듯이 잔잔한 그 회색빛이 감도는 눈동자. 순간 구보의 머릿속에 또 다른 눈동자가 떠올랐다. 뱀의 눈동자. 세상의 고요 속에서 자신만의 세계에 빠진, 오로지 눈앞의 먹이만을 차지하려는 냉혈동물. 남의 감정 따위는 아랑곳 하지 않는 차가운 파충류의 눈동자가 자작의 눈과 무척이나 흡사하다는 생각이 들었다.

차디찬 새벽 공기에 구보의 온몸이 사시나무 떨듯이 떨려왔다. 구보는 몸서리를 치면서 이번에는 집안 구들장을 떠올려 보았다. 아내와 어머니의 물레 돌리는 소리와 다리미를 무명천에 대고 지지는 고소하면서도 들척지근한 냄새가 그리웠다. 그리고 어서 그곳으로 돌아가고 싶다는 생각만 들었다. 구보의 발걸음이 빨라졌다.

---

* 카메라에 관한 지식은 〈한국카메라박물관〉 발간자료에서 도움을 받았지만 소설 내용에 맞게 약간의 변용을 하였습니다.

* 명성황후의 죽음에 관하여 아사다가 이야기하는 부분은 당시 〈노스 차이나 헤럴드〉지와 영국 공사 힐리어 외 몇몇 증인의 기록을 참고하였습니다.

삼화
간송 전형필의 의뢰

京城 探偵
LEESANG

상과 구보가 '제비'에서 신문에 연재할 소설과 삽화에 관해 회의를 하고 있을 무렵, 한 사내가 찾아왔다. 단정해 보이는 양장에 나비넥타이를 맵시 있게 두른 남자는 상보다 다섯 살 정도 위로 보였다. 남자의 낡은 소매부리를 유심히 지켜보던 상은 이내 안절부절못하는 사내의 얼굴을 주시하였다.

남자는 금홍이 내온 커피를 한 모금 마시더니 얼굴을 살짝 찡그렸다. 상은 찾아온 이유를 물었지만 남자는 본인이 누군지 소개도 하지 않고 친구가 하나 더 올 터이니 기다려달라고만 하였다.

"친구 분은 언제 오시는 겁니까?"

"곧 올 겁니다."

남자는 친구가 오기를 기다려달라고 하였지만 상은 말을 이었다.

"교수님께서 기다리는 친구 분은 혹여 물건을 찾아달라는 용건이 있으신 분 아닙니까?"

　남자의 눈이 휘둥그레졌다.

　"제 직업과 찾아온 이유를 어떻게 대번에 알아맞히셨습니까?"

　"손가락 사이에 묻은 분필과 소매부리가 낡은 모양새를 보니 분명 교직에 계시는 분일 거라고 생각했습니다. 거친 흑판에 소매가 닳았겠지요. 그것도 소학교나 고보가 아닌 대학교일 거라고 생각됩니다."

　"맞습니다."

　"아무래도 옷차림에 신경 쓰는 양으로 깜찍한 나비넥타이까지 하신 것을 보니 여전이 분명합니다."

　"이화여전에서 사학을 가르치고 있습니다."

　"이곳 '제비'의 커피가 입에 맞지 않으신 것을 보면 유학 경험이 있거나, 아니면 외국인과의 교류가 많아서 괜찮은 커피를 맛보신 분이라 생각됩니다만……."

　남자가 고개를 끄덕였다.

　"안절부절못하는 모습을 보니 분명 사람이나 물건을 찾고 계신 듯합니다. 허나 무언가를 찾을 때의 절실함이나 괴로움이 엿보이지는 않으니 직접적인 관계가 있으신 분은 아닌 듯 보입니다. 더구나 친구가 올 때까지 기다리는 것을 보니 무언가를 잃어버린 분은 그분이실 확률이 높고요. 또한 그분은 잃어버린 것을 찾기 위해서 함부로 나설 수가 없는, 사회적 위치가 있으신 분이겠죠. 그렇기 때문에 오늘 이 후진 다방에 나타나지 않을 것 같아 불안하신 거고요."

남자는 무릎을 탁 쳤다. 동시에 상은 파이프 담배를 삽화 옆에 놓인 양철 재떨이 위에 내려놓았다. 구보는 씩 웃었다. '저 정도야 나도 할 수 있는 추리인걸' 하는 생각이 들었다. 의뢰인은 벌떡 일어나 상에게 악수를 청하였다.

"이러저러한 경로로 이야기를 듣고 왔습니다. 죄송합니다, 인사가 늦어서. 저는 이화여전에서 사학을 가르치는 고유섭이라고 합니다."

구보의 입이 떡 벌어졌다. 고유섭이라 하면 경성대학에서 철학과 미학, 미술사학을 전공한 엘리트로 작년까지 개성박물관 관장을 지낸 이였다. 직접 얼굴을 본 건 오늘이 처음이지만 이름만 들어도 알 만한 사람이었다. 약간 작은 체구의 고유섭은 상이 권하는 담배를 사양하였다.

"오늘 올 친구는……."
"간송 선생이시겠죠."
상이 잘라 대답하였다.

구보도 간송 전형필에 대한 이야기는 대충 들어 알고 있었다. 간송은 최근에 관훈정(현재의 관훈동)에 '한남서림'이라는 출판사를 인수한 인물로, '한남서림'은 출판보다는 조선 각지에 흩어져 있는 문화재들을 사들이는 게 목적인 회사였다. 서울 종로 일대 상권을 장악한 부호의 아들인 그는 와세다대학 법학과를 나와 사업을 하면서 김정희의 글씨, 김홍도와 신윤복의 화첩, 값을 매길 수 없는 고려청자 등을 집 수십 채 값을 주고 사들였다. 세간에서는 재산을 탕진한다는 비난도 받았다. 일본인에게 넘어간 조선 문화재라면 집 안까지 들어가 통사정을 해서 물건을 받아온다는 그였기에 의뢰할 사건이 진정으로 궁금하였다.

"아, 저기 오네요."

이상이 먼저 일어났다. 하얀색 두루마기를 갖춰 입고 중절모를 쓴, 체구가 제법 큰 남자가 다방 안으로 들어왔다. 남자는 기름을 발라 올백으로 넘긴 머리에 너른 이마를 지녔고, 부처님 얼굴처럼 인상이 후덕했다.

부자란 저렇게 생기는 것인가?

구보는 빼빼 말라서 비틀어질 지경인 자신의 작은 체구를 내려다보았다. 그리고 상의 낡은 프록코트 자락 끝을 보았다. 경성에는 하얀 두루마기를 갖춰 입은 청년은 보기 힘들 정도로 양장이 유행하고 있었기에, 부호 청년이 하얀 두루마기를 걸쳐 입으니 참으로 색다르게 느껴졌다.

"간송, 이리 오게나."

"고 선생, 늦어서 미안하오. 아, 난 전형필이라고 합니다."

상은 금홍이 내온 커피를 마주하고 머뭇거리는 간송을 힐금보다 말문을 열었다.

"잃어버리신 물건을 의뢰 받기 전에 한 가지 묻겠습니다."

진지한 상의 표정에 간송은 자세를 바로하고 앉았다.

"조선 각지에 흩어진 문화재들을 사들이시는 이유가 뭡니까?"

간송의 표정이 굳었다.

"만약 개인적인 이득을 취하고저 비싼 값에 조선 문화재들을 사서 되파실 계획이라면 이 사건은 받지 않겠습니다."

상은 당당한 어조로 말하고 테이블 위에 놓인 삽화를 들어 살폈다. 간송은 진지한 어조로 입을 열었다.

"개인 미술관을 열 것이오."

상이 고개를 슬쩍 들었다.

"조선의 문화재로 구성된 개인 미술관을 열어 조선인에게 보여줄 것이오. 일본에 팔린 문화재도 모조리 되사들여 전시할 것이오. 후손에게 아름다운 조선의 문화를 보여줄 것이오."

고유섭이 안경을 고쳐 쓰며 덧붙였다.

"이 친구는 성북정(현재의 성북동)에 이미 개인 미술관 터를 사 놓았죠. 소장품이 분류되고, 정리가 되면 미술관을 설립할 것입니다."

상은 슬며시 미소를 지었다. 구보는 고개를 끄덕이고 환한 표정을 지었다.

"좋습니다. 이 사건을 맡도록 하겠습니다. 찾으시는 물건이 무엇입니까?"

"최북의 그림이오."

"최북이라면 '호생관'을 말씀하시는 겁니까?"

"그렇소."

간송은 커피 한 모금을 마시고 이야기를 시작하였다.

"나는 단원 김홍도와 혜원 신윤복의 풍속화가 담긴 화첩을 지니고 있었기에 영조 정조 시대의 그림에 있어서는 일본인 콜렉터와 비교해도 손색이 없다는 자부심이 있었소. 단 한 가지,

그림으로 먹고 산다는 의미로 '호생관'이란 호가 붙은 최북의 그림만은 없었기에 수중에 들어왔으면 하는 염원은 늘 있었소. 그런데 어느 날 이 친구 유섭에게 한 늙수그레한 그림 상인이 찾아왔지. 조선말이 서투르기에 일본 상인으로 보았소."

관훈정에서 고물상을 열고 있다는 상인의 말은 믿을 수가 없었다고 하였다. 관훈정 내에 그림과 오래된 물건을 다루는 이들 중에 간송과 고유섭이 모르는 상인은 거의 없었다. 다만, 노인이 간송의 집에 들어와 내놓은 그림은 최북의 화풍이 분명하였기에 이 노인의 말을 믿지 않을 수도 없었던 것이다.

최북은 '칠칠'이라는 또 다른 호가 있었다. 자신의 이름인 북녘 북北자를 둘로 쪼개어 칠칠ㄴㄴ이라는 호를 만들었다고 전해지는데, 49세에 죽었기 때문에 칠칠이라는 호가 붙었다는 설도 있었다. 그는 호만큼이나 행적도 특이한 화가였다. 평생을 술로 일관하였고, 금강산 구룡연에서는 아름다운 명산에서 죽어야 한다며 폭포에 뛰어드는 등 기행을 많이 하였다. 한번은 재상집 자제들이 노는 자리에서 "우린 도무지 그림은 모르겠다"라는 말이 양반 입에서 나오자, 감히 화가 신분에 "그럼 그림 외에 다른 것들은 안단 말이냐?"며 일갈을 하다 쫓겨났다는 이야기가 전해오는 등 여러 모로 기인인 것만은 확실하였다. 눈 속에 파묻혀 죽었다, 얼어맞아서 죽었다는 등 죽은 연대도 정확히 알려지지 않은 괴짜 화가였다.

"김홍도의 섬세한 필치에 비교도 되지 않고, 신윤복의 아름다운 감성에도 못 미치지만 이상하게 호생관의 그림에는 사람의 마음을 움직이는 부분이 있소. 물론 그 기이한 성정에서 비롯된 것일 수도 있는데, 나는 그것을 자유로움이라고 말하고 싶소."

"자유로움이요?"

구보가 간송에게 되물었다.

"그렇소. 호생관의 〈풍설야귀인〉은 눈보라 치는 날 돌아오는 사람을 그린 그림인데 거대한 풍광에 사람은 아주 작게 묘사하고 있소. 사람의 굳센 심정을 대변하는 그림이라고는 하나 붓선이 지나치게 자유롭고, 배경도 자세히 묘사하지 않고 대략적으로 아웃라인만 그려나갔소. 하지만 전체적인 구도랄까, 그림의 풍이라고나 할까, 묘하게 사람의 마음을 편하게 해주는 게 바로 호생관의 그림이 지닌 매력이라고 할 수 있지. 최북이 왜 애꾸눈이 되었는지 아시오?"

구보가 호기심에 가득 찬 눈으로 간송을 바라보았다.

"어떤 권세가가 와서 최북에게 그림을 그려달라 요구하였는데 최북은 그리기 싫다며 실랑이를 벌였다오. 화가 난 권세가가 결국 최북을 강압적으로 대하는 상황에 이르렀고, 그는 욱하는 심정에 자기 필통에서 송곳을 꺼내서 한쪽 눈을 찔렀소. '남이 나를 자기 마음대로 대하여 그림을 그리지 못한다. 차라리 내가 내 눈을 찌르고야 말지' 하고 말하였지. 그만큼 대쪽 같은 성정을 지닌 호방한 사람이오. 어쩌면 지금 같은 암울한 시기에 꼭 필요한 인물인지도 모르겠고."

"노인이 가져온 그림이 무엇인지 알아야겠습니다."

"그건 〈미인도〉였소."

"미인도?"

상이 되물었다.

"신윤복의 〈미인도〉가 가슴에 가득 서린 일만 가지 봄기운을 담아 붓끝으로 능히 인물의 참모습을 나타냈다고 볼 수 있다면, 최북의 〈미인도〉는 겨울날 눈 속에서 피어나는 꿋꿋한 한 송이의 매화 같다고나 할까. 자유로움을 간직한 강인한 여성이 모델이었소. 게다가 조선의 여인이 아니오. 그는 일본의 게이샤를 그렸소."

"게이샤란 말씀입니까?"

상의 물음에 고유섭이 답하였다.

"게이샤가 단장한 모습을 담았기에 일본의 풍속화가가 그린 그림이 아닐까 적잖이 의심되었지만 그림의 화풍, 낙관이나 호생관이라고 쓴 필체가 분명 최북의 것이었죠. 최북은 통신사 수행화원으로 일본에 간 적이 있고 일본에도 그림 흔적이 남아 있으니, 혹여 일본에서 그린 것은 아닐까 생각되었습니다."

최북이 일본에 갔다, 가지 않았다에 대해서는 말들이 많았다. 정확한 기록이 없었지만, 일본 도처에서 최북의 것이라고 주장하는 그림이 나오기도 하였다. 보다 더 특이한 역사적 가설은 정조 대왕이 최북을 일본에 간자로 보냈다는 설이었다. 최북을 수행화원으로 딸려 보내 일본의 지도를 그려오게 하였고, 또한 일본의 풍습과 문화를 염탐하게 하였다는 것이다. 이는 김홍도가 일본에 가서 풍속화가로 위장하여 스파이 활동을 하였다는 설과도 상통하였다. 그만큼 화원들은 그림 실력과 관찰력이 염

탐에 제격이었다는 점을 강조하는 이야기지만 그 진위는 알 수 없었다.

구보가 정조 시대의 화가들에 관한 다른 생각을 할 즈음 커피를 마시느라 잠깐 쉬었던 간송의 말이 다시 이어졌다.

노인은 그림을 맡기고 갔고 간송은 사나흘의 말미를 달라고 하였다 한다.

"난 기와집 한 채 값을 생각하고 있었소. 더 쳐주고 싶어도 고려청자 한 점을 산 뒤라 여유 자금이 수중에 없었소. 하지만 더 달라고 하면 더 주고 싶기야 했소."

간송은 아련한 얼굴 표정으로 무언가 아쉽다는 여운을 남겼다. 고유섭이 말을 받았다.

"근데 참으로 이상한 일이 일어났습니다. 노인이 1주일이 되어도 찾아오지 않기에 간송과 제가 관훈정에서 노인이 열었다는 상점을 찾아갔는데, 그 주소는 공터였습니다. 게다가 무언가 이상한 느낌에 그림을 보관한 수장고에 들어가 보았는데, 그림조차 감쪽같이 사라졌지 뭡니까?"

"수장고는 어디에 있습니까?"

상이 날카로운 눈빛으로 물었다.

"개인 미술관을 열 요량으로 사둔 성북정 터에 수장고를 임시로 지어놓았소. 문화재를 수집한다는 소문이 나 집에는 도둑들이 이루 말할 수 없이 드나들기에 괜찮은 물건들은 남몰래 성북정 수장고 안에 감춰 두었소."

"사라진 물건은 그것뿐입니까?"

"그렇소."

"그리고 또 하나, 노인이 죽었소. 그것도 길거리에서 행려병자로 발견되어 경성제대 의학부 부속병원에 실려 갔으나 이미 죽었다고 했소. 결핵과 폐렴이 복합 사망요인이라 하였소."

구보가 안경을 고쳐 쓰고 의아하다는 듯 물었다.

"노인이 죽은 것은 어떻게 아셨습니까?"

"그림의 행방을 찾고자 노인을 수소문해보다 최근에 죽은 자가 있다기에 내가 직접 시신 안치소까지 가서 확인해봤소. 물론 노인이 지닌 물건이나 신분증은 없는 상태였소. 현재는 무연고 시신으로 병원에 해부대상으로 보내진 것으로 아오."

"그렇다면 지금은 화장 처리가 되었다는 말씀입니까?"

"그것까진 모르겠소."

상은 파이프 담배를 잠시 내려두고 고개를 저었다.

"저는 잘 모르겠습니다. 간송 선생이 왜 이렇게 그 그림에 집착하시는지요. 이미 그림의 소장자도 죽었기에 합법적으로 그것을 소유할 방도는 없습니다. 선생의 성정으로 미루어보아 소장자가 죽었다고 그림을 갈취할 분으로 보이지는 않습니다. 그런데도 왜 그리 찾으려 하시는 겁니까?"

"그야 최북의 그림이니까 그렇죠."

고유섭이 단정하였다.

"최북의 그림은 남겨진 게 100여 점 정도입니다. 물론 남몰래 소장된 그림도 있을 터이지만 말입니다. 단원의 그림이 수백 점이 넘고 절의 탱화 심지어 의궤 그림, 청화백자 도자기에까지 여러 점 남아 있는 것과 비교할 때, 호생관의 그림은 희소가치가 있습니다. 게다가 그의 그림은 사람을 무장 해제시키고 기분 좋아지게 하는, 한마디로 사람을 자유롭게 해주는 묘한 힘이 있습니다. 그래서 그의 그림을 보면 탐내게 되는 것은 인지상정이죠. 힘들 때 힘을 주는 그림이라고 할까요."

구보는 문득 이상한 생각이 들었다. 신윤복의 그림에 나오는 기녀들은 신윤복이 짝사랑하던 여인이라는 이야기를 어디에선가 들은 기억이 났다.

"그 게이샤라는 그림의 모델은 누구입니까?"

"그게 참, 아마도 그래서 이야기가 자꾸 미스터리처럼 느껴질지도 모르겠지만, 그림의 모델은 일반 게이샤와는 참으로 달랐단 말이오. 조선의 기녀와도 다르고 일본 게이샤와도 다른, 뭐랄까 기품과 강단이 있는 여인이었소."

"그렇다면 일본 무사 가문의 여인이란 말씀입니까?"

상이 묻자 간송은 고개를 저었다.

"그보다 더 높은 신분 같소. 비록 게이샤로 분칠은 하였으나, 훨씬 더 높은, 상상도 할 수 없는 가문의 여인인 것 같소. 게이샤 그림에 함부로 귀한 꽃인 국화를 넣지는 않지."

구보가 고개를 끄덕였다. 국화는 일본 황실의 상징이었다.

간송의 말이 이어졌다.

"여인이 국화 앞에서 꽃잎을 따려고 하는 그림이오. 그림의 여인은 미스터리지만 날이 갈수록 그 신분과 그림이 그려진 배경이 궁금하오. 그래서 더욱 안타깝게 느껴지는지 모르겠소만."

"그림이 도난된 수장고를 보고 싶습니다."

상의 말에 고유섭은 간송의 눈치를 살폈다. 여간해서는 수장고를 공개하지 않는 눈치였다. 간송이 잠시 생각하다 고개를 끄덕이고 마지막 말을 내었다.

"이따 차를 보내겠소. 저녁 9시요."

상과 구보는 간송과 고유섭이 돌아가고 난 뒤, 자리를 털고 밖으로 나왔다. 때는 이른 봄이라 쌀쌀한 바람이 뺨을 매섭게 갈겼다.

"어디로 가려는 겐가?"

"따라와보게나."

상은 전차에 올랐다. 종로에서 출발해 동대문을 지나 청량리까지 가서야 내렸다. 연건정(현재의 연건동)으로 향하는 길로 들어서서 한참 걸어가자 신식 건물인 경성제대 의학부 부속병원이 보였다. 경성제대 부속병원은 1928년 조선총독부의원에서 개편되어 세워졌다. 모더니즘을 표방한 황색 스크래치타일 외벽의 병원 본관건물이 학교 중심 터에 우뚝 서 있었다. 본관건물 왼편으로 붉은색 별관 벽돌 건물이 지어지면서 본관에 있던 사무실이 몇몇 이동하였다 한다. 그리고 본관 뒤편으로 작은 이층 건물이 들어서 있었다.

"구보, 의학부 병원이 처음에는 날 일日자 모양으로 설계되었다는 것을 아는가?"

구보는 병원 전면을 둘러보며 고개를 갸웃했다.

"지금 보기에는 'ㄷ' 자 형태로 지어진 것 같군."

"맞네. 완벽한 모양의 날 일자로 짓기에는 예산이 모자랐을 걸세. 일본은 국호에 들어간 날 일자를 참으로 좋아하기도 하네. 조선총독부 건물도 정확한 '日'자 형세로 설계되었다네."

상은 본관 뒤쪽에 위치한 별관에 병리해부실 및 부속실이 있다고 하였다. 상과 구보는 중앙에 시계탑이 있고 붉은 벽돌로 지어진 이층 건물 로비로 들어섰다. 서늘한 기운이 느껴졌다. 일층에는 이층으로 올라가는 계단이 양쪽에 있었다. 해는 뉘엿뉘엿 지고 건물 안은 점차 어두워졌다. 오다가 마주친 경비의 말로는 시신 해부 수업은 시신이 들어오는 대로 열리기 때문에 건물은 상시 열려 있다고 하였다. 하지만 웬만한 수업은 끝났는지 복도는 조용했고 학생들도 보이지 않았다.

상과 구보가 뚜벅뚜벅 걸어가는데 어두컴컴한 복도 끝에 누군가 나타났다. 구보의 가슴이 철렁 내려앉았다. 순간 남자의 모습이 사라졌다.

"상이. 자네 보았는가? 웬 사람이 분명 저곳에 모습을 드러내었네?"

"누가 있다고 하는가? 헛것이라도 본 것인가? 아니면 유령을 본 것인가?"

"유, 유령?"

"이곳은 의문에 쌓여 죽은 사람들이 자신의 이름도 알리지 못한 채 황천의 객이 되어 나가는 곳일세. 유령이 이곳에 와 있지 않으면 어디에 있을까?"

헉, 구보는 숨을 크게 들이쉬었다. 살인 사건에 얽혀 들면서 시신을 본 적은 있으나 의과대학 해부학 실습실은 처음이었다. 경성제대 병원에서 독립투사들이 의학 실험대상이 된다는 둥, 불법적인 잔인한 수술이 자행된다는 둥, 혹은 산 사람을 마취도 않고 수술대 위에 올려 무한의 고통을 준다는 둥의 괴이한 소문들은 경성 사람이면 한 번쯤은 들어봤을 만한 것이었다. 그만큼 낯선 서양의술은 무시무시한 소문과 함께 경성에 깊숙이 들어와 있었다.

상은 건물 중앙 홀에 있는 안내도를 훑어보고 이층 끝에 시신 안치소가 있는 것을 발견하였다.

"어서 가세. 늦지 않았다면 분명 그 노인이 이곳에 아직도 있을 터."

상과 구보는 왼편에 위치한 계단을 올랐다.

"하나, 둘, 셋, 넷, 다섯……."

구보는 습관적으로 계단 수를 세었다. 정확하게 열세 계단이었다. 13일은 서양에서 금기시하는 숫자가 아닌가 하는 생각도 잠시, 드디어 저 끝에 위치한 시신 안치소의 굳게 닫힌 문이 보였다. 상은 경비원에게 열쇠를 받으러 간다는 말을 남기고 다시 계단 아래로 내려갔다.

구보는 떨리는 심정으로 조용히 안치소 문 앞에 서 있었다. 안치소 안에서 끼익 하는 이상한 소리가 났다. 구보는 덜컥 가슴이 내려앉았다. 계단 아래를 보며 "상이!" 하고 불러보았으나 아무 대답도 없었다. 구보는 떨리는 마음으로 문손잡이를 잡아보았다. 삐거덕 소리와 함께 아까는 잠겨 있던 문이 스르르 열리는 것이 아닌가.

 구보는 심장이 철렁 내려앉았으나 마음을 다잡고 슬그머니 고개를 들이밀었다. 무서움도 이겨내는 호기심이었다. 구보가 천천히 안치소로 발을 디디는데, 갑자기 뒤에서 쿵 하고 문이 닫혔다. 구보는 깜짝 놀랐으나, 이내 정신을 가다듬고 어두운 실내로 시선을 돌렸다. 10여 개의 침대에 놓여 있는 시신들, 하얀 시트에 가려져 있으나 어떤 시신은 사후 경직이 된 듯 굳은 팔과 다리가 시트 바깥으로 삐져나와 있었다.

 놀란 구보는 얼른 문가로 달려가 문을 열려고 손잡이를 잡았다. 그때 누군가 그의 뒷덜미를 잡아채었다.

 "으악!"

 구보는 그대로 나자빠졌다.

 "박태원 선생님, 접니다. 기무라입니다."

 헌팅캡을 쓴 잘생긴 청년 형사 기무라가 구보를 일으켜 세워주었다.

 "어, 어떻게 된 것이오?"

 "그건 제가 묻고 싶습니다. 저는 간송 전형필 선생님의 부탁으로 여기에 먼저 와 있었습니다. 설마 경비원이 소설가 선생님들께 이 시신 안치소의 문을 열어주겠습니까?"

 잠시 후 상이 빈손으로 올라왔다. 이미 기무라가 열쇠를 받아 들고 와 있었던 것이다.

 "전기 배선 사정으로 불을 켤 수 없다고 합니다."

 기무라는 작은 랜턴을 켜서 시신의 얼굴에 비추었다. 젊은 여인의 시신이었다. 하얀 얼굴, 무척이나 아름다운 얼굴이었다. 가슴까지 살짝 드러난 사체를 보며 구보는 몽롱해지는 느낌이었다. 굴곡진 몸매가 창가에 비쳐 드러났다. 하지만 아름다움도 잠시 가슴 아래에 칼을 맞고 벌어져 시퍼렇게 변색된 자상이 드러났다. 구보는 구역질이 났다.

"아름다움과 추함은 피부 한 겹 차이 밖에 안 된다네."

상이 시니컬한 어투로 말했다. 구보는 다시 욕지기가 올라왔다.

"분명 입구에서 가까운 쪽에 안치돼 있다고 들었습니다. 아, 여기 있습니다."

기무라가 하얀 시트를 걷어냈다. 앙상한 체구에 작은 키의 노인이 보였다. 배꼽 주변과 사타구니 주변이 부패하여 조금 변색되었다.

"사인은 폐렴으로 인한 호흡곤란이라고 들었습니다."

기무라가 말했다.

"간송과는 어떻게 아는 사이입니까?"

구보가 물었다.

"제 아버님께서 일본에서 도자기를 팔고 사는 일을 하시는데, 아버님과 안면이 있으십니다. 야마모토 박사님도 와주실 겁니다."

구보는 은근히 기대가 되었다. 경성제국대학에서 법의학 연구원 일을 하고 있는 크리스틴 야마모토 박사와 만나면 구보의 마음은 언제나 설레곤 했다. 시신을 부검해 사인을 밝히는 미녀라, 참 어울리지 않지만 그래서 더욱 매력적이었다.

잠시 후 랜턴을 든 크리스틴이 시신 안치소로 들어왔다. 크리스틴은 마스크를 쓰고 장갑을 낀 뒤 시신 앞에서 잠시 묵념을 하였다. 크리스틴은 노인의 눈꺼풀을 뒤집어보는 등 시신을 살피다가 팔을 들어 구부려보았다. 팔이 살짝 구부려졌다.

"사후 경직도나 요즘 기후를 따져보아서 부패한 정도를 볼 때, 사망한 지 사흘쯤 된 것 같군요. 그리고 부검을 해봐야 알겠지만 육안으로 보기에 별다른 상처나 흔적이 없고 연세도 있고 하니까 지병에 의한 사망으로 보아도 되겠습니다. 보고서를 보니까 사인이 폐렴으로 인한 합병증으로 적혀 있던데……."

크리스틴은 노인의 입을 의료기구로 억지로 벌려서 안을 들여다보았다.

"가래가 잔뜩 끼어 있고, 목구멍과 입 안이 많이 헐어 있어요. 폐렴 증세가 맞기는 합니다. 그리고 눈꺼풀 안쪽으로 점출혈이 많이 나타난 것으로 보아도 호흡곤란으로 인한 사망이 맞습니다. 자세한 건 부검을 통해 알아봐야 합니다만, 지금은 여건이 안 돼서 부검 스케줄을 잡기가 힘듭니다."

상이 고개를 끄덕이며 입을 열었다.

"지문으로 고인의 신원을 파악할 방법은 없소?"

기무라는 고개를 저었다.

"모든 조선인과 일본인의 지문이 등록되어 있는 것은 아니니까요. 게다가 이 노인네 지문이 여간해서는 채취하기 어렵습니다. 많이 닳아 있어요. 관훈정에서 고물상 업을 하는 이들을 불러다 물어봐도 얼굴을 모른다 하였습니다."

"야마모토 박사님, 제가 시신을 살펴보아도 될까요?"

크리스틴은 고개를 끄덕였다. 상은 안주머니에서 가죽 장갑을 빼들었다. 그리고 장갑을 낀 손으로 노인의 시신을 조심스레 살펴보았다. 크리스틴과 기무라 형사는 다른 사건의 검시 결과에 관하여 이야기를 나누기 위해 잠시 안치실을 나갔다.

노인의 손가락을 살펴보던 상이 구보를 보았다.

"돋보기를 빌려줄 수 있나?"

구보가 건네준 안경을 끼고 노인의 지문을 유심히 살피던 상이 안경을 다시 돌려주었다.

"돌기한 활 모양 궁상선 지문이네. 돌기궁상선이라고 하네만."

"무슨 관련이 있는 것인가? 지문과 사건하고."

"기무라 말처럼 노인장은 지문이 잘 보이지 않네. 돌기한 궁상선인지 한참 만에 알아보았어."

"그거야 막일을 하는 사람들 지문은 대개 뭉그러지지 않나? 룸펜들이야 지문이 말짱하여도."

상은 고개를 저었다.

"손은 부드럽네. 다만 지문만이 닳을 정도로 온갖 물건을 조심스레 집어서 분류하는 직업을 가진 자일세. 내 생각에는 분명 고물이나 문화재를 다루는 자가 맞는데 간송도 가게 주인들도 왜 이자를 모르는지가 의문일세. 그리고 관상을 보아하니 그래도 꽤나 공부한 식자층에 속하는 반듯한 인물로 보이네. 자그마한 체구로 보아 육체 노동보다는 정신 노동에 종사하였을 가능성이 크네."

좀 전에 들어온 크리스틴은 자신과 다른 각도로 시신을 살피는 상이 신기한지 조용히 주시하였다. 시신 위에 하얀 시트를 덮으려던 상을 구보가 말렸다.

"잠깐만 상이, 이걸 보게나!"

구보가 노인의 목 주변을 손가락으로 긁어냈다. 노인의 목에서 살구색 가루가 떨어져 내렸다.

"목 주변 색이 이상하게 유난히 밝다고 생각했네."

"잠깐만요."

크리스틴은 외투에 넣어둔 가죽 주머니를 빼서 펼쳤다. 의료용 도구들이 들어 있었다. 그녀는 시신의 목 주변을 자그마한 랜싯을 대고 긁어보았다.

상은 크리스틴이 긁어내는 가루를 유심히 보았다.

"배우들이 분장할 때 쓰는 화장품 가루 같아 보이네만."

구보의 말에 상이 대답했다.

"물감이야."

"물감?"

상이 고개를 끄덕였다.

"그림 공부를 해본 자가 교묘하게 노인의 목에 색칠을 해두었네."

물감 안쪽 살은 퍼렇게 변색되어 있었다.

"아, 이건 타살 흔적입니다. 가늘고 부드러운 줄로 끈졸림당한 흔적이 있네요."

크리스틴이 흔적을 유심히 살펴본 후 단정하였다.

"즉시 부검에 들어가야 될 것 같습니다."

노인의 목주름 안쪽으로 감춰진 곳에서는 끈졸림사 흔적이 선명하게 나타났다. 크리스틴이 다시 노인의 결막 안쪽을 뒤집어 보았다.

"눈꺼풀 안쪽으로 점출혈이 많기에 호흡곤란으로 인한 질식사였을 거라 판단했지만 끈졸림을 당해 점출혈이 나타난 겁니다."

상이 고개를 끄덕이며 말하기 시작하였다.

"누군가 아주 가느다란 끈으로 올가미를 만들어 씌우고 단번에 질식시켰소. 목에 거친 매듭 자국이 보이지 않는 것으로 보아 힘이 아주 좋거나, 아니면 기술이 좋아 단번에 질식시킨 것으로 보이는군. 피해자가 발버둥이라도 치면 끈이 풀리기 쉬운데, 매듭도 없이 단번에 해치운 걸로 보아 전문가가 분명하오."

상의 말에 크리스틴이 이어 대답하였다.

"목 주변이나 팔에 주저흔이 하나도 없어요. 즉 상대방과 얽혀 싸운 흔적이나 발버둥친 흔적이 없는 걸로 보아 아주 짧은 시간에 거의 고통을 느끼지 못하고 숨을 거두었다고 봐도 무방합니다."

상과 구보는 크리스틴에게 감사를 표하고 부검 후에 새로운 사실이 밝혀지면 알려달라고 청한 후에 건물을 나섰다. 기무라는 이미 종로서로 돌아간 후였다. 상은 시계를 꺼내어 보았다.

"늦지 않으려면 속히 돌아가야 한다네."

상과 구보는 발걸음을 재게 놀려 전차 정류장으로 걸어갔다. 어서 다방에 가서 기다려야 하였다.

정확하게 9시에 '제비' 앞에 뷰익 자동차가 도착하였다. 외관이 번쩍거리는 검정색 리무진에서 운전사가 내려 인사를 하였다. 리무진을 타고 성북정으로 향하는 길은 어둡고 낯설었다.

경복궁 북쪽으로 올라가 삼청정을 지나서 북악산 자락까지 차가 올라갔다. 주변에는 낮은 가옥들이 있을 뿐 별다른 큰 터가 보이지 않았다.

"가만 있자, 이 근처에 만해 선생이 사신다고 들었는데?"

상의 말에 운전사가 대답하였다.

"네. 한옥에 심우장이라 이름 붙이시고 이사 오신 지 얼마 안 되었습니다."

구보가 무심코 물었다.

"상이, 자네 한용운 선생의 〈최후의 5분간〉이란 산문을 읽어 보았는가? 미국의 모건이라는 부호는 미국 대통령이 만나고자 하여도 5분 이상을 할애하지 않는다는군."

창밖을 내다보던 상이 대수롭지 않다는 듯 답했다.

"어차피 돈 꿔달라는 말일 텐데, 5분 이상이 필요하겠는가?"

"중국의 사상가 양세초가 무술정변에 실패하고 모건을 방문하였는데도 3분 안에 면담이 끝났다더군. 그리고 마지막으로 '성공은 최후의 5분에 있다'라는 말을 해주었다는데?"

상은 고개를 끄덕였다.

"최후의 5분에 결정된다는 것이 마음에 드는군. 모든 사건의 실마리는 최후의 5분 안에 풀리지 않던가?"

이때 운전사가 조심스레 끼어들었다.

"손님들은 그렇게 생각하십니까? 복잡한 사건들과 문제들도 5분 안에 해결된다면 얼마나 좋겠습니까? 제 좁은 소견으로는 양계초란 자는 돈을 꿔달라는 목적도 아니고 단순히 호기심 차원에서 모건을 방문하였다가 명언 하나 얻어듣고 나간 격입니다그려."

구보는 어깨를 으쓱하였고 상은 아무 말이 없었다.

어느덧 차가 자그마한 철망 대문 앞에 섰다. 좁다란 골목길에 뷰익 자동차가 서자 골목이 꽉 차보였다.

"정말 이런 곳에 수장고가 있단 말이오?"

구보가 못 믿겠다는 듯이 물었다. 운전사는 고개를 숙여 인사를 하고는 차를 돌려 골목을 내려갔다. 달도 보이지 않는 컴컴한 밤에 북악산 끝자락 빈 터에 내린 상과 구보는 고개를 갸웃거렸다. 이때 철망 문이 삐거덕 소리를 내며 열렸다. 눈동자가 하얗게 보이는 한 노파가 문을 열고 고개를 숙여 이들을 맞았다.

"저런 노안으로 이 밤에 무엇이 보이는고?"

구보가 혀를 차며 노파의 뒤를 따랐다. 노파는 잡초 사이로 난 좁다란 길을 따라 한참이나 안쪽으로 들어가 빈터에서 멈췄다. 저만치 단단한 합판으로 만든 가건물이 보였다.

노파가 손가락으로 가리키는 곳으로 상이 앞장섰다. 노파의 하얀 눈동자가 섬뜩하게 보였다. 구보는 얼른 상의 뒤를 따랐다. 나무로 된 문을 상이 잡아당기자 둔탁한 소리를 내며 천천히 열렸다.

"어서 오십시오. 오시느라 고생 많으셨소."

수장고 안에서 간송이 넉넉한 웃음을 보내며 뒷짐을 지고 있었다. 간송은 편안한 바지, 저고리 차림에 간단한 마고자만 걸쳤을 뿐이었다.

"내년이나 후년에는 이곳에 개인 미술관을 열 것이오. 이름은 '보화각'이라고 이미 지어놓았소."

간송은 손에 든 자그마한 랜턴을 벽에 걸어 놓았다. 희미한 불빛 속에서 그의 얼굴만이 동그라니 보였다.

"자, 나를 따라 오시오. 고미술 좋아하는 친구들 중에서도 이곳에 와본 이는 몇 안 되오. 그런 만큼 내 두 분을 각별히 모시겠소."

간송이 바닥에 놓여 있던 또 다른 랜턴을 들어 앞장섰다. 간송이 지나는 자리마다 미술품들이 가득하였다. 진열대마다 그림, 글씨, 고문서, 고서적이 가득 꽂혀 있거나 걸려 있었으며, 조선백자, 고려청자가 줄지어 늘어서 있었다. 황금빛 찬연한 불상, 불구는 물론 부도탑과 석사자상까지 다양한 수집품들이 자리를 차지하고 있었다.

"이 청자는 천 마리 학이 하늘로 날아오른 것 같다 하여 '천학매병'이라고 이름 붙였소. 선조가 대대로 내려준 땅을 팔아 사들였지."

간송은 잠시 숨을 내쉬었다.

"그때만 생각하면 지금도 안도의 한숨이 나온다오. 일본 고미술상에게 넘어가려던 것을 간신히 사들였으니. 미술상이 4만 원에 되팔라고 거듭 부탁했지만 나는 이렇게 말했다오. 대신 이것보다 더 좋은 것을 가져오라고."

구보가 고개를 끄덕였다. 미술에 문외한인 자신이 보아도 참으로 아름다운 청자였다. 이것보다 더 좋은 것을 구하기는 불가능할 것처럼 보였다. 한편으로 이런 청자 값이 웬만한 기와집 스무 채 값인 4만 원씩이나 한다니 구보로서는 상상도 되지 않는 금액이었다.

"지금은 훈민정음 해례본을 찾고 있소."

"해례본이라면 세종실록에 나와 있는 책을 말씀하시는 겁니까?"

"세종대왕이 한글을 만든 과정과 설명을 적어놓은 책이 아직까지 발견되지 않았지만 언젠가 분명 나올 것이오."

간송은 150평은 넘어 보이는 수장고 끝까지 가서 멈췄다.

"바로 이곳이오. 나는 처음 들어오는 물건은 이곳에 두고 오랜 시간 감상을 한다오."

간송이 손가락으로 가리키는 곳에 자그마한 단상이 놓여 있고 그 앞에는 의자가 하나 있었다.

"저곳에 걸어둔 그림이 사흘 전에 감쪽같이 없어졌소."

상이 간송에게서 랜턴을 받아들고 주변을 유심히 살폈다.

"수장고 출입구는 하나입니까? 저희가 들어온 문 말고 다른 통로가 또 있습니까?"

"없소. 게다가 수장고는 이래 보여도 꽉 짜인 합판으로 한 치의 틈도 없이 지어져서 고양이 한 마리 드나들 틈도 없소."

"문은 자물쇠로 채워두시고 열쇠는 누가 보관하십니까?"

"아까 본 노파가 한 벌, 내가 한 벌 가지고 있소."

"다른 분은 이곳에 안 계십니까?"

"장정 둘이 밤낮으로 교대를 서고 있소이다. 허나 별다른 낌새는 못 챈 것 같소."

구보가 고개를 갸웃거리다 이상하다는 듯 물었다.

"이른 봄이라 건조합니다. 혹여 입구에서 화재가 나면 이 미술품들은 어떻게 밖으로 이동합니까?"

간송이 잠시 뜸을 들인 후에 고개를 끄덕였다.

"사실은 이 뒤로 작은 비상문 하나가 더 있다오."

간송이 앞장서 단상 뒤에 있는 벽을 더듬었다. 잠시 후 작은 나무 고리를 찾아낸 간송이 고리를 잡아당겼다. 작은 반침이 열리더니 그 안쪽으로 벽장이 있었다.

"저쪽 벽장 끝에 문 하나가 더 있고, 그 문을 열고 나가면 나무들이 우거진 숲이 나온다오. 외진 곳이라 아무도 그곳에 비상구가 있으리라고는 짐작도 못 할 것이오."

"이곳에서 일하는 이들에게 화재가 나면 어떻게 미술품을 운반하라는 지시는 내려두지 않으셨습니까?"

상이 날카롭게 물었다.

"그 노파는 내 집에서 오래도록 안잠자기를 한 분인데 그분만이 이 문을 아오. 믿을 만한 분이오."

상은 수장고 안을 살피며 말하였다.

"이런 구조는 아마도 미술품을 수집하는 상인이라면 누구나 간파하고 있을 겁니다. 자물쇠를 단단하게 채워두는 정문 외에 뒷문으로 미술품을 안전하게 운반하는 길이 있을 거라고 말입니다. 무턱대고 집안사람을 의심할 수도 없습니다. 외부인이 비상구를 이용해 벽장으로 침투하여 그림을 들고 갔다고 보는 게 맞겠죠."

"그렇소."

간송이 답하였다.

"다른 미술품에는 손을 대지 않은 점이 수상합니다."

구보가 의견을 제시하였다.

"그건 말이지. 범인이 아마도 일반 상인이 아니라 미술품 콜렉터이기 때문이겠지."

상이 답하였다.

"정당한 수집가라면 함부로 남의 물건을 탈취하려 들지 않네. 최북의 그림은 피치 못할 사정으로 가져갔지만, 다른 물건에는 간송 선생의 피와 땀이 어려 있다는 것을 알고서 함부로 손을 못 댔겠지."

간송이 고개를 끄덕이며 말했다.

"나도 그렇게 생각하오. 이곳에 내가 소장품을 보관한다는 것은 친구 유섭이를 제외하고는 집안사람 몇몇만 알 뿐이고, 미술상들은 알지 못한다오. 그림들은 대부분 집에서 받으니까."

"하지만 선생님을 며칠 동안 계속 미행해본다면 분명 알 수 있는 길은 있지요. 분명 범인은 선생님께서 정체불명의 노인이 두고 간 그림을 이곳으로 운반하는 것을 목격하였을 겁니다. 그리고 도둑질을 한 것이겠지요."

"참, 그 운전사!"

구보가 큰소리로 말하였다.

"운전사가 조금 이상하더군요. 그 사람은 간송 선생님의 전용 운전사입니까?"

"아니요. 택시 운전사라오. 나는 선생들을 모시러 가달라 부탁만 했을 뿐이지. 내가 단골로 가는 요정 주인이 추천한 자니 믿을 만한 사람일 거요. 경성의 구석구석 모르는 곳이 없다고 하더군."

경성의 요정들은 택시 운전사에게 조선과 일본의 유력인사들을 모셔오라고 고용한다. 운전사들은 시내 각지를 돌아다니며 돈이 있을 법한 신사들에게 요정의 기생 이름을 들먹이며 태워간다. 그렇게 요정은 손님을 한 사람이라도 더 끌어들이고 운전사들은 택시 영업도 하면서 요정으로부터 성사비도 따로 챙긴다.

상은 운전모를 깊게 눌러 쓴 운전사를 떠올려 보았다. 꽤나 말을 아끼는 자였지만 만해 한용운 선생이 이 근처 산다는 것을 알고 있었고, 한용운의 집이 심우장이라는 것도 알려주었다. 게다가 한용운 선생의 칼럼에 대해 뭐라 이야기를 끼어든 점도 지식이 있어 보였다. 한용운 선생이 요정 단골 고객도 아닐 터인데 자세히 알고 있다는 것이 보통 운전사는 아닐 성싶었다.

"잘 알겠습니다. 한 가지 궁금한 것이 있는데, 최북의 호가 칠칠이 된 것은 단지 칠칠은 사십구, 즉 49세에 죽어서 그렇게 된 것입니까? 다른 연유는 없습니까?"

상이 물었다.

"글쎄. 그 부분은 확실한 기록이 없소. 단원 김홍도 같은 화원도 조선왕조실록에 이름이 거의 나오지 않을 정도로 역사는 화원에게는 인색하였지. 한마디로 양반 사대부가 아니기에 기록이 거의 없으니 더 자세하게는 모르겠소."

"알겠습니다. 사라진 그림에 대해 묻겠습니다. 〈미인도〉라고 하셨는데 모델은 분명 기품이 있는 일본 여인이라고 하셨습니다. 이 여인이……."

"아 잠깐만, 묘한 생각이 들었소이다. 그림의 여인이 혹시 조선인은 아닐까 하는……."

"예?"

구보가 반문하였다.

"분명 일본 무사 가문의 여인은 흑치라 하여 이를 검게 물들이거나 한다오. 그런데 이 여인은 살짝 미소를 짓고 있었는데, 치아가 가지런하게 보였다오. 흑치도 아니고 일본 여성에게 흔한 덧니도 없으며 무엇보다 그림의 풍도 신윤복의 〈미인도〉에 가까울 정도로 일본의 전통적인 미인상과는 거리가 멀었다오."

"그야 조선 화가가 그려서 그렇게 된 게 아닙니까?"

"좀 전에 기무라 형사에게서 연락을 받았는데, 죽은 노인이 조선인으로 추정된다 하여 그림의 모델도 조선 여인이 아닐까 하는 생각이 들었소. 노인이 조선말에 서투르기에 일본인일 거라 단정 지은 점이 어쩌면 사고의 폭을 좁혔을지도 모르지."

"게이샤 복장을 한 조선 여인이라……. 그렇다면 여쭤볼 것이 있습니다. 〈미인도〉에 나오는 그 여인 옆에 다른 물건은 그려져 있지 않았는지요? 보통은 부채나 꽃, 손수건 등이 미인도에 자주 등장하지요."

간송은 잠깐 생각하다 답했다.

"말씀드렸듯이 국화만 있었소. 아주 탐스런 하얀 국화들과 같이 그려져 있었지. 여인은 국화 꽃잎을 따려는 모습이었고."

상은 깊은 생각에 빠져들었다.

간송과 함께 수장고를 나온 상과 구보는 수장고를 지키는 남자에게 안내를 받아 성북동을 내려갔다.

"그림에 뜻이 있는 것 같네. 아무래도 그림을 찾아보아야 모든 의미가 확연하게 와닿겠어."

"그림에 뜻이 있다니?"

"그림을 읽는 법이라는 게 있네. 예전에 동양화를 오래도록 그린 노인에게서 들었는데, 고양이가 나비를 쫓는 그림은 칠순이 된 노인에게 선물한다더군. 고양이는 노인과 장수를 상징하고 나비는 80세를 상징한다고 하는군. 앞으로 더욱 장수하라는 뜻으로 선사하는 그림일세. 세조 때 성균관 유생들이 방에 대궐을 뜻하는 '집 궐闕'을 써 붙이고 공자를 제후로 모시고 임금놀이를 하는 것을 누군가 모반을 꾀한다고 고발한 사건이 있었네.

사실 성균관 행사임에 불과하였지만. 하여튼 쏘가리를 '궐어鱖
魚'라 하는데, 대궐을 뜻하는 '궐'과 똑같이 읽힌다고 예전부터
과거시험을 앞둔 이들에게 쏘가리 그림을 선물하여 장원급제를
기원하기도 하였네."

"그렇다면 그림이 담고 있는 뜻이 이 사건의 열쇠가 된다는
말인가?"

"일본 기생의 복장을 한 조선 여인과 탐스런 국화. 이 그림의
의미가 이 사건의 시작이자 열쇠이네."

이틀 후, 상은 전보를 한 통 받았다. 간송에게서 온 전보였다.
화상들을 통해 최북의 〈미인도〉에 관해 수소문한 결과, 일본의
화상이자 콜렉터, 야마다 고로의 수중에 있다는 이야기를 들었
다고 하였다. 간송은 체면도 있고 하여 직접 나서기는 곤란하니
상이 이것을 확인하여달라며 조심스레 부탁을 하였다.

상은 구보가 다방에 나오기를 기다려 전보를 보여주고 함께
일어섰다.

야마다 고로가 사는 집은 관훈정 뒤쪽에 위치한 삼청정이었
다. 삼청정의 좁다란 골목을 올라가자 제법 너른 터에 스무 칸
이 넘는 한옥이 나왔다. 솟을 대문은 서양식 벽돌담으로 바꾸었
지만, 중문으로 들어가보면 사랑채와 안채 그리고 전통 봉당이
자리 잡고 있었다. 별채도 따로 있었는데 그곳에 사람들이 우르
르 몰려 있는 게 멀리서도 보였다.

상과 구보는 무슨 일이 벌어졌음을 직감하였다. 그렇지 않고

서야 이렇게 문들이 활짝 열어 젖혀 있을 수는 없었다.

별채로 접근하려던 구보를 순사가 막았다.

"돌아가시오!"

이때 별채에서 나오던 기무라가 이들과 마주쳤다.

"이 선생님, 박 선생님. 어쩐 일이십니까? 여기는 살인사건이 일어난 현장입니다."

상은 간단하게 그림을 받으러 왔다는 말을 전하고 사건에 도움을 줄 수 있을지 모른다 하면서 기무라를 따라 별채로 들어갔다.

경성에서 그림 수집에는 간송과 비견된다는 일본인 콜렉터 야마다 고로는 안방에 반듯하게 누워 눈을 부릅뜨고 있었다. 배를 덮은 이불이 불룩하게 튀어 나와 이불 속에 무언가 감춘 듯도 보였다. 기무라 형사를 비롯한 검시관들이 시신을 살펴보는 중에 구보가 이상의 귀에 속삭였다.

"이불 속에 무언가 들어 있는 게 아닌가?"

검시관이 이불을 조심스레 들춰내자 두 손을 가슴에 모으고 절명한 야마다의 몸이 보였다. 워낙 배가 나와 물건이 감춰진 형태로 보였던 것이다.

"잠옷이 아닌 것으로 보아, 자려고 누워 있지는 않았네."

야마다는 양복을 입은 채 이불 속에 드러누워 있었다.

"안녕하십니까?"

현장을 진두지휘하고 있는 기무라 뒤로 한 남자가 와서 섰다. 중절모를 비껴쓰고 스트라이프가 강하게 들어간 더블 버튼 양복을 입은 남자는 모자 밑으로 날카로운 눈빛을 번득이며 방 안을 매섭게 훑어보았다. 기무라가 뒤를 돌아보자 남자가 입을 열었다.

"저는 류 자작님께 그림을 되돌려 받으라는 지시를 받고 왔습니다만, 이런 일이 있을 줄은 꿈에도 몰랐습니다."

기무라가 남자의 위아래를 훑어보았다. 제법 큰 키에 호리호리한 체구의 남자는 부드럽게 상체를 굽혀 인사를 하였다. 꽤나 예의가 바르거나 사람을 대할 때 일정한 매너가 배어 있는 사람처럼 보였다. 목소리는 가늘고 어딘지 모르게 매력적이었다.

"저는 류 자작님의 일을 돕고 있는 구리하라 미치라고 합니다. 자작께서 최근에 야마다 상에게 그림을 석 점 빌려주셨습니다. 그림을 본 견해와 가치에 관해 문의를 하시느라 그림을 보낸 것입니다. 그런데 야마다 상이 차일피일 그림의 반환 기일을 미뤄 이렇게 제가 직접 찾으러 왔습니다."

"어떤 그림입니까?"

상이 뒤에서 나서며 물었다.

"〈미인도〉입니다. 일본의 게이샤를 그린 그림들인데, 같은 여인을 그린 연작입니다. 실례지만 댁은 뉘신지요?"

"아, 제 일을 간혹 도와주시는 소설가 선생님들입니다."

기무라가 답했다.

"예?"

구리하라가 반문하였다.

"간송 선생이 고인에게 넘어간 그림을 찾아오라고 부탁하였습니다."

"소설가 선생들도 요즘은 그림 관련 업무를 하시나보군요. 후후."

구보가 물었다.

"구리하라 씨는 류 자작의 비서십니까?"

"변호사입니다. 여러 가지 일을 도와드리고 있죠. 주로 자작님께서 직접 하시기 힘든 일을 돕습니다."

구리하라가 씩 웃었다. 어딘지 모르게 서늘한 느낌이 들어 구보가 움찔하였다. 잘생긴 얼굴이었지만 호감이 가지 않는 인상이었다.

구리하라가 문간에 세워둔 상의 지팡이를 유심히 보고 미소를 지었다.

"인도네시아에서 생산되는 고급 목재로 만들어졌군요. 조각이 꽤나 정교합니다."

구리하라는 상의 지팡이를 들어 손잡이 부분을 어루만지며 말했다.

"물건에 대해서 많이 아시는군요. 선물받은 것이라 저는 잘 몰랐습니다."

"이리 보여도 호사가입니다. 뭐, 류 자작님에 비하면 새 발의 피겠지만요."

구보는 구리하라의 얼굴에 비치는 자조적인 웃음을 놓치지 않았다.

"실례지만 신발을 벗고 다시 들어가겠습니다. 족적이 섞이면

곤란하겠지요?"

구리하라는 신을 벗고 양말 바람으로 슬그머니 방으로 들어가서 고인의 왼손 옆으로 섰다. 들어가서는 주머니에서 고급스런 갈색 가죽 장갑을 꺼내 손에 끼고 병풍을 치웠다.

"저자가 참으로 수상하네. 지문을 남기면 안 된다는 것과 경찰이 족적을 추적한다는 것을 모두 알고 있어. 범죄에 관한 지식이 남다르게 해박해."

"직업이 변호사라니 아무래도 그렇다고 생각되네."

상의 눈빛이 매섭게 구리하라의 뒤를 쫓았다. 구리하라는 유연한 자세로 몸을 굽혀서 안방 안쪽 벽에 있는 벽장문을 살짝 열었다. 벽장 문이 열리고 그 안에 들어 있는 서류들이 드러났다.

"잠깐만요. 제가 훑어보겠습니다."

기무라가 성큼 시신의 머리 쪽으로 돌아가서 벽장 안을 훑어보았다. 구리하라는 두 손을 들어 으쓱하는 몸짓을 했다.

"저치, 정말 맘에 안 드네."

구보가 안경을 한 번 세우고는 고개를 절레절레 흔들었다. 상은 미소만 지었다.

"독극물 중독으로 보입니다."

검시관이 크게 소리를 내었다. 상이 시신을 살피러 다가갔다. 입 안쪽으로 거품이 가득하였고, 목구멍에는 이물질이 끼어 있었다.

"음독을 한 뒤에 토하려다 오히려 기도가 막혀서 죽은 형국일세."

상이 살펴보다 구보에게 말하였다.

"노인네, 그렇게 먹을 걸 처먹더니만……."

구리하라가 냉소적으로 한마디 하였다.

"네?"

기무라가 고개를 들어 구리하라를 보자 그는 만면에 슬픈 기색을 보이며 흐느꼈다.

"아, 야마다 선생님, 이렇게 가시면 어떻게 합니까? 제가 얼마나 존경했는데……. 흐흑."

"벽장 안의 서류들과 그림들은 경찰서로 옮겨서 하나씩 훑어본 연후에 게이샤 그림을 돌려드리도록 하겠습니다. 물론 야마다 씨가 써준 증서는 있으시겠죠?"

"네, 그렇다면 저도 종로서로 자리를 옮겨서라도 빨리 그림을 돌려받아야겠습니다."

구리하라가 억지를 부렸고, 상과 구보도 기무라가 종로서에 들어가는 참에 동행하기로 하였다.

"제 차로 모시겠습니다."

기무라 뒤쪽으로 천천히 들어오는 차가 보였다. 미국산 포드로 검정색 외관에 반짝반짝 왁스칠이 되어 있었다. 운전사가 내려서 뒷좌석 문을 열어주었다. 구리하라는 한껏 폼을 내며 차 안으로 올라탔다.

"어서 타십시오."

기무라는 다른 차로 서에 돌아가기로 하였고 상과 구보가 구리하라의 차에 올랐다. 차 안에서 상이 물었다.

"운전을 직접 하시지 않습니까?"

구리하라가 어깨를 으쓱해 보이며 웃었다.

"경성에서 운전을 직접 하면 운전사로 보이지 않을까요? 허허."

"'심우'가 무슨 뜻인지 아십니까?"

상이 연달아 물었다.

"심우?"

구리하라가 고개를 저었다.

"불가에서 깨달음에 이르는 과정을 소를 찾는 과정과 비교하여 '심우尋牛'라고 하지요. 목동이 소를 잃은 다음에 소의 발자국을 찾고, 소를 보고 소를 붙들고 소를 길들이는 과정을 '심우'라 합니다."

"호오, 그렇습니까?"

구리하라가 태연스레 답하였다.

"한용운 선생의 '심우장'은 거기서 유래된 이름이지요."

구보도 생각하다 말을 보탰다.

"자네, 우리가 지난번에 나눈 한용운 선생의 칼럼 이야기 기억나는가? 내가 이상하여 어제 그 칼럼을 실은 신문을 찾아보니 모건이 호기심만 가지고 들어온 양계초는 특별히 3분 안에 내보냈다고 하더군."

"그런가?"

상은 '호오' 하는 표정으로 구보를 보았고 구보는 긴장하여 구리하라의 얼굴을 유심히 살폈다. 구리하라는 태연히 창밖만 내다볼 뿐이었다.

종로경찰서에 도착하였다. 구리하라는 차 안에서 기무라를 기다린다고 하였고, 구보와 상은 차에서 일단 내렸다.

"자작 놈은 돈이 넘쳐나는 모양이군. 자신의 일을 봐주는 하수인을 위해서 차도 대줄 줄 알고 말이야."

구보가 말했다.

"구리하라보다는 그림을 우려했겠지. 운반하다가 손상되면 큰일이 나니까 말이야."

기무라가 종로서에 도착하여 야마다의 집에서 가져온 상자를 동료 형사와 운반하였다.

구보가 상을 재촉하였다.

"어서 가보세. 기무라가 가져오는 현장 증거물품을 우리도 확인해봐야 되지 않는가? 〈미인도〉 말일세."

"이미 사라지고 없을 거야. 그냥 가세나. 이 그림 때문에 이 모든 사건이 벌어졌는데 아직 이곳에 있을 턱이 없네. 다만 구리하라를 떠보려고 여기까지 따라온 것일세."

"자네, 구리하라가 그 운전사라 생각하는가?"

"사실 내 지팡이를 보고 한눈에 인도네시아산이라고 알아맞힐 수는 없네. 손잡이에 조각된 인도 신 가네샤를 가까스로 알아본 자도 인도산이라고 오해를 하지."

"구리하라는 예술품에 조예가 있기 때문에 그런 것 아닐까?"

"그것보다는 택시 기사로 위장해 우리를 태울 때 문을 열어주다가 지팡이를 받아들고서는 버릇처럼 원산지 문구를 확인해

보았겠지. 그게 골동품 다루는 업자들이 하는 일이니. 본업은 변호사라지만 자작의 컬렉션에 앞잡이가 되어 있거나 관련되어 하는 일이 주 업무네. 한 가지 이상한 점은 왜 간송의 일을 감시하고 있었느냐 하는 것이지. 그리고 야마다가 죽은 이후에 그림을 찾으러 온 것도 수상하고. 자꾸 뒷북을 치느냐 말일세. 어쩌면 자작도 이 일에 관여하지 못하고 결국에는 그림의 뒤꽁무니만 잡는 신세가 되지 않을까 하네만."

상이 말을 마치고 무언가 숙고하는 표정으로 앞장을 섰다.

"그나저나 상이, 우리가 찾고 있는 최북의 그림과 왠지 연관이 있어 보이지 않는가? 야마다라는 그림 상인이 석 장의 미인도 그림을 모두 가져가게 되었는지, 그리고 그림과 연관된 야마다 상과 정체불명의 노인이 최북의 〈미인도〉가 사라진 이 시기에 죽음을 맞이했는지가 이 사건의 관건이 될 것 같네. 중요한 것이 또 있네. 우리가 찾는 그림이 구리하라가 찾는 그림 석 장 중에 포함돼 있느냐 하는 것이지."

상은 지팡이 손잡이 부분을 엄지손가락으로 쓰다듬으며 답했다.

"이건 단순히 그림을 소장하려고 벌어진 일들이 아니네. 그림에는 비밀이 담겨 있고, 그 그림들을 모두 모으면 어떤 큰 비밀이 드러날 걸세. 아직 미인도 그림의 연관성이 확실하게 드러난 것은 아니네만 모두 최북의 작품일 확률이 꽤 높네. 그리고 그림의 수는 네 점이 적당할 것 같군. 동양화는 춘하추동 사계절 병풍처럼 짝수에 맞춰서 연작을 만드니 말이야."

"최북의 칠칠이라는 호에 걸맞게나 미스터리한 사건이군. 본인이 칠칠치 못해 칠칠이라고 지었다는 설도 있네만, 숫자로 된 그 이름 자체에도 비밀이 있는 것 같네."

구보의 말에 상이 시선을 맞췄다.

"구보, 비밀이라니?"

"숫자 암호 같네. 그냥 그런 느낌이 들어. 아무리 일본에서 칠이 행운의 숫자라고는 하나, 칠을 두 번씩이나 호에 갖다 붙인 것은 분명 이유가 있네."

상이 고개를 끄덕였다. 어느덧 상의 다방이 있는 거리까지 나왔다. 상은 들릴 데가 있다고 하며 어디론가 가버렸고 구보는 〈미인도〉에 대하여 곰곰이 생각하면서 집으로 향하였다.

이틀이 지났다. 사건에 별다른 진전이 없는 것처럼 보였다. 구보는 여느 날처럼 오전 중에 '제비'에 나왔다. 그는 다방 가운데 앉아 있는 구리하라의 모습에 깜짝 놀랐다. 검정 바탕에 붉은색 스트라이프가 강하게 들어간 더블 버튼 양복을 멋들어지게 차려입고 중절모를 쓴 그의 모습은 마치 시카고에서 경성으로 건너온 갱처럼 보였다. 시가를 문 폼과 다방의 여급들을 불러놓고 돈 부채를 쥐고 흔드는 모습은 지난번의 깔끔한 변호사 이미지와 너무도 달랐다.

"저치가 왜 여기서 저런 우스꽝스런 꼴을 연출하는 것인가?"

구보가 한숨을 토해냈다. 아직 식전인 듯 서양식 아침상을 받아들고 있던 나이트가운 차림의 상은 미소를 지었다.

"밥을 먹고 얘기를 해봄세. 어젯밤에 어디 좀 다녀오느라고 제대로 잠을 못 잤네."

상은 금홍이 내온 진한 커피 한 잔을 입에 갖다 대었다. 금홍은 구리하라에게 애교를 떨다가 카운터로 돌아갔다. 구보가 눈살을 찌푸렸으나 도리어 상은 모른 척하였다. 구리하라가 상의 테이블 앞에 와서 정중하게 인사를 하고 자리를 잡은 후 말하였다.

"저는 두 분께 공조를 제안하고 싶습니다. 지난번에는 두 선생님께서 먼저 돌아가시기에 제가 헛걸음한 것은 아닌가 하여 염려되었습니다. 아니나 다를까, 고 야마다 상의 수장고 물건을 종로서에서 뒤져봤는데 자작님의 그림 석 점은 나오지 않았습니다. 그래서 며칠간 생각하다가 도움을 청하고자 하고 이곳까지 왔습니다."

"그 석 점은 어떤 그림들이오?"

"저도 한 번인가 스치듯이 보아서 잘은 기억이 안 납니다만 같은 화가가 그린 것 같은데, 게이샤 복장을 한 여인이 한 그림에서는 머리를 길게 풀고 보석이 박힌 빗으로 머리를 빗고 있습니다. 앞에는 보석상자가 놓여 있고 그 상자에는 여인의 머리카락이 담겨 있습니다. 다른 그림은 소나무 분재를 경애하듯이 들여다보는 여인이, 또 다른 그림은 칼을 앞에 두고 공손하게 바라보는 여인입니다."

"그러면 우리가 찾는 국화 꽃잎을 따려는 여인과는 다르군."

구보가 문득 말을 내뱉었다.

"저는 이 일을 해결하지 못하면 자작께 신용을 잃는 것과는 별개로 책임을 지고 그림 값을 물어내야 합니다. 제 소개로 야마다 상에게 그림을 보내 가치 평가를 받으려 하신 겁니다."

구보가 시샘난다는 투로 물었다.

"보아하니 재력이 있는 분인 것 같은데, 뭐 어떻습니까?"

후우, 구리하라가 한숨을 내쉬었다.

"차도 자작이 대여해준 것입니다. 이렇게 입고 쓰고 유지하는데 한 달에 못해도 500원 이상은 드는데 제게 모아놓은 돈이 어디 있겠습니까?"

구보가 입을 벌렸다. 500원이라면 은행원 월급의 다섯 배는 되었다.

"부디 부탁드립니다. 저도 협조를 하겠으니 도와주십시오."

"그림은 반드시 제자리로 돌아가게 되어 있습니다."

상이 똑 부러지게 말했다.

"제자리라면? 자작님을 말씀하시는 겁니까?"

"아뇨. 그보다 더 윗선, 원래 그림을 지녔던 분의 손에 돌아가게 되지요."

이때 정민이 다방으로 들어왔다. 상의 심부름을 도맡는 경성 거리의 소년이었다. 정민은 상의 귓가에 귓속말을 하고 쪽지를 주었다. 상은 주머니에서 돈을 꺼내 소년에게 건넸다. 상은 잠시 쪽지를 펴서 읽었다. 그리고 말을 이었다.

"잠시 기다려주시면 앞으로 전개될 일을 말씀드리겠습니다."

상은 구리하라에게 다방 내에서 다른 테이블에 앉아 있을 것을 요구하였다. 구보와 나란히 앉은 상은 파이프 담배를 한 대

피우고 나서 구보에게 쪽지를 보여주었다.

"자, 이게 무슨 뜻인지 알아내지 않겠는가?"

"무슨 뜻이라니?"

"분명 오늘이나 내일 중에 일본으로 떠날 배편에 관한 정보일세. 정민이가 자작의 집에 배달되는 전보를 중간에 가로채서 본 후 그대로 베껴 썼지. 그리고 나서 전보를 제자리에 돌려놓아 자작이 볼 수 있게 하였다네."

"무슨 수로 정민이가 그 복잡한 일을 하였는가?"

상은 허공에 잠시 시선을 두었다.

"참으로 이상하지. 그 아사다 양은 냉혹한 면이 있는가 하면 그 반대로 천사와 같은 면도 있다네. 정민이 같은 부랑아 소년을 보면 꼭 도와주려고 한다네. 아무런 거리낌 없이 집에 들이기도 하지. 먹을 걸 챙겨주는 새에 전보를 훔쳐보고 외웠을 것일세."

구보가 받아든 쪽지에는 이렇게 적혀 있었다.

    황금들판에 너울대는 양곡의 파도 물결
    의들양 에울판 곡에 의황 의들물

    ．

"상이 이게 대체 무언가?"

"난 말이지, 원래 건축기사이자 공학도라서 그런지 자연스레 숫자와 상징을 대구하여 시를 썼다네."

구보는 이 와중에 웬 뜬금없이 작시법에 관한 설명이냐는 표정으로 상을 바라보았다.

"그 말은 플러스 마이너스의 조화, 즉 음양의 조화나 그를 넘어선 3차원적 구조, 그리고 대칭을 이루는 시구를 즐겨 쓴다는 이야기지. 다른 말로 이야기하자면 상징과 기하를 좋아한다는 말이기도 하네. 이건 암호가 분명하네. 분명 그림을 보내는 시간이 적혀 있는 게 분명해."

"그림이 자작의 집에 있다는 말인가?"

상은 고개를 살짝 끄덕였다.

"어떻게 알아냈는지는 일단 물어보지 말게. 중요한 것은 이 암호를 푸는 것이니까."

상은 입술을 열어 무언가를 중얼거렸다. 구보는 가만히 상이 펴든 쪽지를 바라보며 상의 옹알이를 경청하였다. 상은 풀기 힘든 문제에 봉착하면 이상한 말을 반복적으로 하면서 정신을 집중하곤 하였다.

"내가치던개는튼튼하대서모조리실험동물로공양되고그중에서비타민E를지닌개는학구의미급과생물다운질투로해서박사에게흠씬얻어맞는다.내가치던개는튼튼하대서모조리실험동물로공양되고그중에서비타민E를지닌개는학구의미급과생물다운질투로해서박사에게흠씬얻어맞는다.내가치던개는튼튼하대서모조리실험동물로공양되고그중에서비타민E를지닌개는학구의미급과생물다운질투로해서박사에게흠씬얻어맞는다."

중얼거림을 끝낸 상이 탄성과 함께 손바닥으로 이마를 쳤다.

"무언가 알아냈는가?"

"기다려보게. 일단 첫 문장 음절마다 순서를 매겨볼까?"

상은 메모지에 적힌 문장의 음절마다 그 위에 번호를 썼다.

1	2	3	4	5	6	7	8	9	10	11	12	13	14	15	16
황	금	들	판	에	너	울	대	는	양	곡	의	파	도	물	결

"좋아. '의들양 에울판 곡에 의황 의들물'을 순서를 매겨보자구. '의'는 12, '들'은 3, '양'은 10, '에'는 5, '울'은 7, '판'은 4, '곡'은 11, '에'는 5, '의'는 12, '황'은 1, '의'는 다시 12, '들'은 3, '물'은 15이라는 숫자가 나오네."

구보가 상이 부르는 숫자를 받아 적었다.

"12, 3, 10, 5, 7, 4, 11, 5, 12, 1, 12, 3, 15가 나오네. 아차차, 두 번째 구절에 음절마다 띄어 쓴 것은 이유가 있을 거야. 그렇다면 12, 3, 10. 5, 7, 4. 11, 5. 12, 1. 12, 3, 15가 되네."

상은 유심히 보다 입을 열었다.

"자작이 아무리 한국어에 능통하다고 하나 이렇게 한글 암호를 쓰는 데에는 의미가 있네. 한글 자음과 모음을 순서대로 배열해놓는다면 어떻게 되나? 최근에 만들어진 것 말고 이왕이면 가장 신뢰할 만한 합리적인 해석에 의한 순서 말일세."

구보가 집게손가락을 튕기며 답했다.

"1527년에 나온 최세진의 〈훈몽자회〉가 아닐까?"

상이 고개를 끄덕였다.

"〈훈몽자회〉에서 오늘날의 자음과 모음 배열순서가 나왔다

해도 과언은 아니네."

상은 얼른 종이에 펜을 들어 이렇게 썼다. 그러고 나서 순서를 매겼다.

	1	2	3	4	5	6	7	8	9	10	11	12	13	14	15	16
자음	ㄱ	ㄴ	ㄷ	ㄹ	ㅁ	ㅂ	ㅅ	ㆁ	ㅋ	ㅌ	ㅍ	ㅈ	ㅊ	ㅿ	ㅇ	ㅎ
모음	ㅏ	ㅑ	ㅓ	ㅕ	ㅗ	ㅛ	ㅜ	ㅠ	ㅡ	ㅣ	ㆍ					

"띄어쓰기 한 곳마다 한 음절이라고 치고, 12는 자음에서 'ㅈ' 3은 모음에서 'ㅓ' 10은 자음에서 'ㅌ'이 되네. '젙'? 좀 이상한데?"

"복모음일수도 있어. 10은 모음에서 'ㅣ'가 된다면 첫 글자는 바로 '제'가 되네."

구보가 풀이를 하였다.

"그렇다면 5, 7, 4는 ㅁ, ㅜ, ㄹ 즉 '물'자가 되네."

"11, 5는 ㅍ, ㅗ 즉 '포'가 되네."

"12, 1은 '자'가 될 테고."

"마지막으로 12, 3, 15는 '정'이야.

구보가 외쳤다.

"'제물포 자정'이라는 뜻이군!"

상이 고개를 끄덕였다.

"근데 참, 상이 아까 그 외던 말들은 다 무엔가? '내가치던개는튼튼하대서모조리실험동물로공양되고그중에서비타민E를지닌개는학구의미급의……' 궁금하네."

"그걸 그새 외웠나? 앞으로 쓸 시 구절 하나 읊어봤네. 표절은 사양하겠어. 자, 이제 구리하라에게 가자구."

상과 구보는 구리하라의 테이블로 옮겨서 앉았다.

"오늘 밤 자정 제물포에 일본으로 떠나는 배가 있다고 들었소이다. 기차로 경인선을 타고 제물포로 가야 하니, 준비를 하고 경성역에서 봅시다."

구리하라는 다급하게 상의 손을 붙잡았다.

"선생, 도와주셔서 감사합니다."

"경성역으로 오늘 낮 12시까지 나오시오. 밤에 일대 활극이 벌어질지 모르니, 마음을 단단히 하고 말이오."

정오, 경성역 홀에 상과 구보가 먼저 도착하였다. 높게 올라간 르네상스풍의 건축물 중앙에 시계탑이 있고 그 밑으로 너른 홀이 있었다. 중앙 홀 천장의 화려한 스테인드글라스로 빛이 들어오고, 그 주변으로는 좁다랗고 긴 창들이 줄지어 있었다. 돔형 천장을 올려다보니 비둘기 여러 마리가 들어와 파드득 날아다니고 있었다.

1899년에 노량진과 제물포를 연결하는 33.2킬로미터의 구간에 철도가 개통된 이래로 1900년에는 경성역이 지어져 열차가 서울 중심부까지 들어오게 되었다. 1914년에는 용산과 원산을 잇는 경원선이, 대전과 목포를 잇는 호남선이 차례로 개통되었다. 1931년에는 천안과 장항을 잇는 장항선이 개통되었다. 바야흐로 사통팔달 조선 각지로 향하는 기찻길이 완성되고 그로 인해 경성역은 상시 사람들로 붐비는 복잡한 곳이 되었다.

정확한 시각에 구리하라가 도착하였다. 구보가 손을 흔들었다.

일행은 오후 12시 반 기차를 탔다. 1898년 미국 모스 사에서 철도 부설 권한을 넘겨받은 일본은 미국 브룩스 회사에서 만든 모갈 탱크형의 증기기관차를 들여와 시험 운행을 하였다. 보통 시속은 20킬로미터에서 30킬로미터 전후였지만 최고 속도는 60킬로미터도 나왔다.

증기기관차는 시종일관 시속 30여 킬로미터를 유지하며 달려 나갔다. 제물포역까지 9시간이 넘는 긴 여정이었다. 일등칸은 외국인 전용이었지만 구리하라가 상과 구보의 표도 끊어주는 바람에 모두 일등칸에 앉아서 편하게 갈 수 있었다.

"선생의 계획이 무엇인지 듣고 싶습니다."

구리하라가 간청하였지만 상은 고개를 저었다. 그리고 깊은 생각에 빠져들었다.

"오늘 자정에 작은 무역선 하나가 제물포를 출발하는 것으로 알고 있소."

불만스런 표정의 구리하라에게 상이 입을 열었다.

"분명 대놓고 할 일은 아니니, 작은 배에 싣고 가는 수밖에 없소. 하지만 안전을 우려하여 무턱대고 아무런 무역선에 실을 수도 없는 일이오."

"선생께 일을 의뢰하신 분은 간송 선생이 맞는지요?"

상은 고개를 끄덕였다.

"저는 야마다 상이 죽기 전부터 간송 선생께 그림이 흘러들어가지 않았을까 싶어 며칠간 감시를 하였습니다."

구보가 깜짝 놀랐다.

"그렇다면 당신은 야마다 상의 수장고에서 그림이 이미 도난당했다는 것을 알고도 그 난리를 피웠단 말이오?"

"그렇습니다. 야마다 상의 손에서 그림이 빠져나갔다고 정보통을 통하여 알아냈습니다."

구리하라가 순순히 인정을 하였다.

"야마다 상이 그림을 어디론가 빼돌렸다는 소문을 접하고 수차례 그림의 행방을 묻는 전보를 쳤습니다만 딱 잡아떼더군요. 그래서 간송 선생이 혹여 그림을 지니지 않았나 하고 감시를 했습니다. 그리고 야마다 상의 부음을 전해 듣고 당장 그림을 회수하려 달려갔지만 그림은 역시 사라진 후였습니다."

"대체 골동품상이 경찰보다 소문이 빠르니 어찌 된 일이오?"

구보가 물었다. 구리하라는 기차 칸을 돌아다니는 상인에게서 맥주를 사서 컵에 따르며 말했다.

"그야 당연한 것이겠죠. 돈이 걸린 일인 만큼 이 바닥 사람들은 소문에 아주 민감합니다. 정보도 훨씬 빠르게 입수하고요."

상은 날카로운 눈으로 구리하라를 쏘아보았다.

"당신은 나에게 감추는 것이 있소."

구리하라는 만면에 미소를 띠고 답했다.

"그건 이 선생도 마찬가지입니다. 서로의 카드는 제물포에서 드러나겠군요."

구보는 두 사내의 대결이 심상치 않게 느껴졌다.

기차가 어느덧 제물포역에 도착하였다. 역에서 맞는 밤바람은 제법 차갑게 와닿았다. 구리하라가 역 사무원에게 택시를 불러달라 부탁하여 택시를 잡아타고 선착장으로 향하였다. 1시간이 흘러 택시가 선착장에 상과 구보, 구리하라를 내려주었다. 강한 바닷바람을 맞으며 재킷 앞깃을 곧추세운 세 사내는 제물포 선착장 창고 뒤에 서서 밤에 벌어질 밀회를 기다리고 있었다.

하역이 끝난 선착장은 을씨년스러웠다. 최근에 화물 탈취 사건이 있고난 후부터는 밤에 하역작업을 하지 않는 것처럼 보였다. 전쟁이 코앞에 닥친 경성은 인심이 사납기가 이루 말할 수 없었다. 총독부가 군수물자를 비축하기 위해 거둬들이는 세금의 양이 엄청났고, 종로 상가에서 수시로 거두는 상거래 세는 상인들의 반발을 샀다. 경성에는 강도, 도둑이 넘쳐났고, 이는 제물포라고 다르지 않았다. 하역하는 짐을 들고 도망가는 도둑이 허다했다.

구보가 손가락으로 어딘가를 가리켰다.

"저기 좀 보게, 상이."

부둣가에 정착된 배들 중 한 배에서 불이 들어왔다 나갔다 하는 신호를 보냈다. 어두컴컴한 선착장에 두 사나이가 내렸다. 그리고 반대편 부둣가 하역 창고에서 사내 둘이 모습을 드러냈다. 사내들은 하역장 사이의 공간으로 서서히 접근하여 갔다.

"이제 접선을 시도하는가보군."

창고에서 나온 사내들의 손에는 1미터는 됨직해 보이는 둥그런 케이스가 두 개씩 들려 있었다.

"상이, 어떻게 할 참인가?"

"좀 더 지켜보세나."

두 사내는 손에 들린 케이스를 배에서 내린 또 다른 두 명에게 건네주었다. 구리하라가 슬그머니 저쪽 나무상자 뒤로 달려갔다.

"어떻게 하지? 도와야 하는 것이 아닌가?"

상은 구보가 나가려는 것을 손으로 제지하였다. 구보는 상의 긴장감 도는 얼굴을 보고 일단 몸을 숙였다.

구리하라가 사내들에게 접근하려는 사이, 그림을 건네주려던 사내 하나가 뒤를 돌아보았다.

"누구냐?"

상이 달려 나갔다. 사내는 구리하라에게 총구를 겨눴다. 구리하라는 여유 만만한 미소를 지으며 두 손을 들고 사내에게 천천히 다가갔다.

"다가오지 마!"

총을 든 사내가 구리하라를 겨누고 총을 발사하였다.

탕! 탕!

총성이 요란하게 울렸다. 구리하라는 순간적으로 몸을 숙여 총알을 피하고 사내에게 덤벼들었다. 으다다아, 구리하라의 고함이 들렸다.

구름에 모습을 감춘 달 대신 가로등이 켜졌다. 가로등은 고적하게 빛을 냈다. 연이은 총성 두 방이 들리고 구리하라가 사내의 허리를 붙들고 쓰러지는 모습이 보였다. 권총이 떨어지는 것도 보였다. 그보다 앞서 상이 사내들과 구리하라가 대적하는 지점으로 뛰어들었다. 구보는 한발 늦게 상을 따랐다. 사내들끼리 부대끼며 싸우는 소리가 요란하게 들렸다. 잠시 후 휴전을 하는 듯 주위가 조용해졌다.

상이 사내 하나와 마주 서 있었고, 그 뒤로 구리하라가 등을 대고서 또 다른 사내 둘과 대치하고 있었다. 나머지 사내는 그림을 들고 있었다. 구보는 차마 현장에 나설 용기가 나지 않았다. 10여 초간 정적이 흐르고 사내들 간의 기 싸움이 벌어졌다.

상과 마주보고 있던 사내가 저만치 떨어진 총을 잡아 상에게 겨누었다. 순간 번개같이 빠른 속도로 상이 지팡이를 휘둘러 권총을 쥔 남자의 손을 치자 총이 떨어졌다. 그때 총을 집어든 또 다른 남자가 뒤에서 상을 겨눴다.

"상이! 위험해!"

탕, 총성이 났다.

이때 구리하라가 총을 든 남자를 육탄으로 밀어젖혔다. 그러고 나서 사내의 멱살을 잡아 바닥에 내동댕이쳤다. 상은 지팡이를 들어 앞으로 달려드는 두 사내의 정강이와 허벅지를 재빨리 내려쳤다. 그들은 다리를 붙잡고 온몸을 데굴데굴 굴렀다.

구리하라는 그림 케이스를 든 사내와 육박전을 벌였다. 구보가 보기에 구리하라는 생각보다 완력이 있었고, 무엇보다 유도 기술을 이용하여 상대의 멱살을 잡는 품이 예사롭지 않았다. 구리하라는 얼른 권총이 떨어진 곳으로 달려갔다.

사내가 놓친 여섯 개 탄환들이 브라우닝 권총을 구리하라가 집어 들었다.

"꼼짝 마!"

구리하라가 거세게 외쳤다. 잠시 바닥에서 일어나던 사내들이 주춤거렸다. 한 사내가 품에서 잭나이프를 빼들어 다가오려는데 구리하라가 총을 쐈다.

탕, 손목에 총알이 스치자 사내는 비명을 지르며 몸을 숙였다. 두 사내가 배를 향해 마구 달렸다.

상은 나머지 사내를 제압하여 그림 케이스를 빼앗았다. 사내들이 혼비백산하여 흩어지는데, 어디선가 익숙한 목소리가 들렸다.

"비키십시오!"

기무라 형사였다. 그는 어둠을 가르고 나타나 바닥에 쓰러진 사내를 제압하였고 부하들에게 도망가는 이들을 쫓는 동시에 선착장을 떠나려는 배를 제지하라고 명령을 내렸다.

"괜찮으십니까?"

기무라는 상과 구보, 그리고 구리하라를 살폈다. 그러고는 사내들에게 수갑을 채우고 온몸을 수색하였다. 그들의 몸속에서 금괴가 다섯 개가 나왔다.

"밀무역을 하는 자들입니다."

구보가 상에게 귓속말로 물었다.

"자네가 기무라 형사를 불렀는가?"

"올 줄 알았네."

상이 미소를 지었다.

잠시 후 선착장의 허름한 사무실에서 구리하라, 상과 구보 그리고 기무라 형사가 마주하고 앉았다. 기무라 형사가 담담하게 말하였다.

"저는 이 일의 마무리를 구리하라 변호사님께 일임하기로 하였습니다. 윗선에서 변호사님께 그림을 맡길 것을 허락하였습니다."

기무라가 사무실을 나갔고, 허름한 전등불빛 아래 그림 케이스가 열렸다. 족자 상태의 〈미인도〉 넉 점이 드디어 모습을 드러냈다. 구보의 눈이 휘둥그레졌다.

단아한 모습의 여인은 분명 조선인이었다. 비록 게이샤의 행색을 하고 있었지만 기품 있고 단정한 조선의 여인이 분명하였으며, 범접할 수 없는 높은 신분의 여인이었다. 앞에 놓인 국화꽃의 꽃잎을 따려는 여인을 그린 그림, 머리를 길게 풀고 보석이 박힌 빗으로 머리를 빗고 있는 그림도 있었다. 빗 아래에 놓인 보석 상자 안에는 머리카락이 있었다. 다른 그림은 소나무 분재를 들여다보는 모습이었고, 마지막은 칼을 앞에 두고 공손하게 바라보는 여인의 그림이었다.

"언제 황실에 반납하려는 것이오?"

상이 단도직입으로 물었다. 구리하라가 고개를 끄덕이며 얼굴에 미소를 띠었다.

"알고 계셨습니까?"

"일본 황가를 뜻하는 국화꽃이 여인과 같이 그려져 있다는 이야기를 간송 선생께 들었을 때 간파하였소. 간송 선생도 짐작하고 있었을 거요. 이 그림은 다시 손에 넣을 수 없다는 것을. 그저 안타까운 마음에 우리를 찾아온 거였겠지. 일본 황실 소장품이니 조선 화가 최북이 그렸다 하여도 이 그림들이 조선의 품에 돌아올 날은 없을 거라 예감한 거요."

"후후. 보석이나 소나무나 칼 모두 일본 황실을 상징하는 신령한 물건들이죠."

"당신은 류 자작을 위해 일하는 것이오? 아니면 황실에 고용된 사람이오?"

구보는 깜짝 놀랐다. 구리하라에게는 비밀이 있었다.

"제가 자작 밑에서 일한 지는 3년이 되어갑니다. 황실에서는 제게 밀명을 주었죠. 류 자작의 수하가 되어서 그의 일거수일투족을 감시하라는 것. 그리고 최근에 내린 밀명은 바로 자작이 입수한 그림을 모두 되찾아 오라는 것입니다."

상은 두 손을 깍지 끼고 구리하라를 쏘아보았다.

"황실에 들어간 조선 여인을 조선에서 온 화가 최북이 만나게 된 거요? 과거 역사에는 드러나 있지 않지만 이 〈미인도〉 넉 점에 묻힌 이야기가 궁금하군."

구리하라는 희미한 미소를 지었다.

"그림을 찾는 것을 도와주셨으니, 그 정도 이야기는 해드릴 수 있습니다. 오래 전, 조선통신사 수행화원으로 딸려온 한 조선인 화가가 교토에 머물면서 어떤 여인의 초상화를 넉 점 그렸습니다. 이름이 '나나코'인 여인의 그림입니다."

"나나코라면 칠七을 뜻하는 것이오?"

구보가 물었다. 구리하라가 고개를 끄덕였다.

"예. '나나' 즉 칠은 오래전부터 일본에서 행운을 뜻하는 숫자였죠. 그 여인은 신분을 감춘 채 게이샤 복장으로 교토의 여관에서 〈미인도〉에 그려졌습니다. 그리고 조선인 화가는 이 여인을 사모하게 되었습니다. 하지만 여인과 다시는 만나지 못할 운명이었습니다. 여인은 임진왜란 때 조선에서 끌려온 조선인의 후손으로, 황실에는 궁녀로 들어왔으나 천황 폐하의 눈에 들어 성은을 입었습니다. 그리고 아들과 딸을 낳았습니다."

구보의 눈이 커졌다.

"그렇다면 조선 여인의 피가 지금의 천황가에 흐른다는 것이오?"

구리하라가 입술을 지그시 깨물었다.

"저도 모릅니다. 다만 이 여인이 간청하여 조선인 화원과 만나 조선말로 대화를 나누고 〈미인도〉 넉 점을 비밀리에 남긴 것까지는 좋았으나, 수백 년이 지난 어느 날 황실의 창고에서 이 그림들이 반출된 것이 문제였습니다. 그리고 그림을 입수한 자가 황실을 암암리에 협박하였죠. 일본 황실과 얽힌 조선 여인의 존재를 밝힐 유일한 증거에 황가는 술렁였습니다. 자작은 그림 석 장을 막대한 돈을 주고 사들였습니다. 나머지 한 장도 사들이려고 노력하였는데, 항간에 한 조선인 노인이 간송에게 가져갔다는 소문이 떠돌았습니다."

상이 날카로운 눈빛을 보냈다.

"노인이 타살된 것은 알고 있소?"

구리하라가 고개를 저었다.

"노인의 죽음은 저도 잘 모릅니다. 다만 자작이 그 그림을 회수하려고 무언가를 시도한 것은 틀림없습니다."

"그렇다면 야마다 상의 그림은 어떻게 된 것이오?"

"그거야 자작이 그림을 넘기고 야마다 상을 독살하고 훔쳐내거나 미리 짜고서 받아낸 연후에 죽여버리면 그만이지요. 누구도 자작을 피해자로 생각하지 범인으로 유추하지는 않습니다. 게다가 저까지 나타나 경찰서까지 따라가 그림을 찾고 있노라면 누가 봐도 가장 큰 피해를 본 자는 자작이라 생각하겠지요."

상이 진지하게 구리하라를 보았다.

"당신의 역할은 무엇이오?"

"신속하게 그림 넉 장 모두를 황실에 반납하는 것이 제 임무입니다. 자작 손에 그림 넉 장이 들어가게 되면 앞일은 보지 않아도 훤하지요. 시일이 촉박하였습니다. 이상 선생은 오늘 밤 그림이 선착장에서 일본으로 넘어가리라는 것을 어떻게 예측하셨습니까?"

"먼저 황가의 상징물을 앞에 둔 여인은 황실 여인이라는 것이 확실하였고, 무엇보다 오늘 밤 자정에 작은 배 하나가 떠날 예정이라는 것은 나의 심부름꾼을 통해 알아내었소. 기무라 형사가 따라 올 것이라는 것은 황실의 연락이 닿을 것을 미리 유추했기 때문이오. 경찰서에서도 정탐을 통해 하역 정보를 캐낼 수 있으니 말이오. 그리고 무엇보다 내가 밤에 댁처럼 운전사로 변장하고 자작의 집 근처에 차를 대놓고 있노라니 그림이 드나드는 것을 직접 확인할 수 있었다오. 야마다 상이 죽은 그날부터 자작의 집을 지켰는데 정확히 다음 날 저녁 기무라 형사가 조사차 왔다 간 이후인 한밤중에 그림이 배달되었소. 그림이 모두 모였으니 조만간 조선에서 사라지리라는 것은 당연한 이야기고."

"자작은 황실과 꽤나 가까운 친척으로 알려져 있습니다. 그가 지닌 막대한 권력과 금권은 황실을 견제하면서, 때로는 황실의 덕을 입으면서 축적된 것이지요. 조선과 일본의 관계에 있어서 막대한 권한 행사를 하는 것도 그것 때문입니다."

상이 구리하라가 건네는 시가 하나를 받아 태우며 답하였다.

"그림 속에는 단지 여인이 황실 여인이라는 것만 밝히고 있지는 않잖소."

상이 넌지시 떠보는 말에 구리하라의 얼굴에서 핏기가 가셨다.

"어찌 아셨습니까?"

"내가 일전에도 구보에게 말한 적이 있지. 그림에도 뜻이 있다고. 여인이 칼을 공손히 바라보고 있는 것은 죽음을 결사한다는 것을 의미하오. 그리고 머리카락을 빗으며 보석 상자에 넣는 것은 여인의 유품이오. 또한 소나무를 바라보는 것은 경복궁 소나무를 생각함이오. 바로 조선을 마음에 품은 것이오. 소나무는 조선에 가장 흔한 나무이니까. 그리고 마지막으로 국화 꽃잎을 따려는 것은 감히 일본 황실에 대적하여 나선다는 뜻이오. 나는 많은 생각을 하였소. 이 그림은 그 나나코라는 여성이 조선을 생각하며 죽음도 결사하여 일본 황실과 맞설 만큼 중요한 것을 가지고 있음을 의미하는 것이 아닐까."

상은 잠시 뜸을 들였다.

"이건 내 의견이오만, 이 강력한 의지를 표명한 그림은 황실에 어떤 압력을 행사한 것이 틀림없소. 예를 들어 후계자를 결정하는 일에 있어서라든가……. 여인은 죽음을 불사하며 이 그림으로 무언의 시위를 하였고 그게 받아들여졌다면 지금 황실에는 분명 조선의 혈통이 있소."

구리하라가 손수건을 빼어 이마에서 나오는 땀을 닦았다.

"이 천하의 구리하라도 진땀 빼게 하는군요. 이상 선생, 대체 당신은 어디까지 알고 있는 겁니까? 이 그림의 비밀을 끝까지 알게 된 자는 몇 안 되고, 그 중에 몇은 죽음까지 당했으며 앞으로도 그럴 것입니다. 저도 이 그림을 반납하고 다시는 보지 않을 것이며 머릿속에서 싹 지울 것입니다. 그게 바로 높은 분들이 시킨 마지막 임무입니다."

상은 진지한 어투로 말했다.

"자작 또한 바보가 아니오. 이미 당신의 정체는 알고 있을 터, 그러니 이용도 했겠지만. 이제 당신의 목숨은 경각에 달려 있소."

구리하라가 희미하게 웃었다.

"이상 선생과 구보 선생이 있는 '제비'에 간 것이야말로 최대의 도박이었습니다. 하지만 자작의 심부름을 할 시간은 지났죠. 그림을 두고 촉각을 다투는 시점에서 당신에게 도움을 요청한 것은 잘한 일이었습니다. 그림과 함께 일본으로 가는 길은 위험하겠지만 황가의 수장고에 그림을 보관하고 저는 미국으로 도피할 것이니, 걱정 마십시오."

구리하라가 그림을 수습하고 인사를 정중히 하고 돌아서는데 상이 덧붙여 말했다.

"그 그림의 여인, 자작을 많이 닮은 것 같소."

구리하라가 뒤돌아보았다. 그는 긍정도 부정도 하지 않고 이상의 얼굴을 한 번 더 바라본 뒤 문을 열고 밖으로 나갔다.

"자작이 무정부적인 사고방식으로 일본이나 조선을 아노미적 공황상태에 몰아넣으려는 의도는 아마도 자작 자신의 뿌리가 뒤흔들리기 때문이 아닌가 생각되네."

구보가 고개를 저었다.

"하지만 자작이 조선인 피가 흐른다는 것은 아무래도 망상이야. 비약이 심하네. 그러나 한 가지는 확실해졌네."

"그게 무엇인가?"

구보가 빙그레 웃으며 답했다.

"최북이 왜 '칠칠'이라는 호를 지었는지 말일세. 자신이 사모해 마지않던 모델의 이름, '나나코'에서 따왔지 싶네. 일본에서 본 애틋한 조선 여인의 향수병을 달래주려 정성껏 그림을 그렸으나, 황실의 여인을 무슨 수로 또다시 본단 말인가. 최북은 그 여인을 그리워하며 호를 그렇게 지었을 거네! 암, 그렇고말고."

상은 반쯤 타다 남은 시가를 내려놓고 연기 속에 마주 앉은 구보에게 찡긋 웃음을 지어 보였다.

"상이, 그림에 담긴 메시지가 만약에 일본에 치명적인 약점을 안길 수 있는 것이라면 우리라도 나서서 그림을 강제적으로 빼앗아 독립투사나 상하이 임시정부 국내 연락책에게라도 넘겨야 옳은 것이 아닌가?"

상은 고개를 저었다.

"그림은 그림으로, 문화재로 남겨져야 하는 것이 옳다네. 일본 황실에서 나온 것이니 그리로 돌아가는 게 맞다고 보네. 다만 간송 선생의 애타는 심정도 이해는 가네. 언젠가 최북의 〈미인도〉도 조선에 돌아올 날이 있을 걸세."

"잠깐 상이, 우리가 류 자작의 집에 처음으로 방문하여 긴 회랑을 걸으면서 대가들의 그림을 감상하던 날이 기억나는가?"

상은 고개를 끄덕였다.

"접견실로 들어가기 직전에 본 일본 여인의 초상화를 기억하고 있지? 그 당시에는 단지 류 자작의 조상이거나 황실의 여인이 아니었을까 싶었는데, 이번 사건의 미인도 속 여인과 무척이나 닮았다는 생각이 드는……. 앗!"

순간 구보의 머릿속에 아름다운 아사다의 얼굴이 떠올랐다. 불현듯 구리하라가 회수한 미인도에 나오는 미인이 아사다와 무척 닮았다는 생각이 들었다. 백옥 같은 피부에 붉은 입술을 칠한 아사다의 단아한 얼굴이 연상되었다.

"구보, 나 역시 넉 점의 〈미인도〉를 보자마자 류 자작의 경성 자택 복도에 걸린 그림 속 여인과 동일 인물이라고 생각했네. 그리고 자네의 눈빛을 보니 아사다의 얼굴도 떠오르는구먼. 그렇게 따지자면 아사다와 류 자작이 혹시 친척이 아닐까 하는 의문도 드는군. 지금은 추정에 불과하니 일단 넘어가기로 하세. 다만 아사다 양의 하얀 손으로 야마다 상과 의문의 노인이 죽음을 맞이하지 않았기만을 바란다네."

상은 기지개를 활짝 펴면서 말하였다.

"선착장 인부들은 주로 아침으로 무엇을 먹는가? 배도 출출한데 고등어구이라도 얻어먹으려 나가보지 않겠는가?"

구보는 태연한 표정으로 앞장서 나가는 상을 뒤따르며 아사다의 하얀 얼굴과 붉은 입술을 떠올려 보았다. 그리고 그녀의 가냘픈 몸체와 슬픈 표정이 깃든 눈매를 생각하였다. 참으로 〈미인도〉에 어울릴 만한 여인이었지만, 서늘한 분위기나 그녀의 곁을 공기처럼 감싸 도는 불운을 의미하는 우울감은 아무리 그림으로 그린다 하여도 절대로 표현되지 못할 성싶었다.

사화
여가수의 비밀

京城 探偵
LEESANG

구보는 '제비'에 들어앉아 축음기에서 나오는 음악을 감상하며 소설을 집필하였다. 그는 잠시 쉬면서 며칠 전 구인회 모임을 회상하였다. 염상섭 선배가 일이 있어 모임에 나오지 못하였는데, 좌중을 소설가 김유정이 휘어잡고 들었다 놓았다 하는 통에 구보와 상은 별 이야기도 못하고 헤어진 터였다. 모임이 파하고 종로 거리를 거니는데 수상쩍은 사나이가 상과 구보의 뒤를 따라왔다. 옷차림은 남루하고, 다 찢어진 모자를 뒤집어 쓴 행색이 꽤나 수상쩍어 보였다.

"상, 웬 남자가 우리를 미행하고 있네."

"그냥 지나가는 행인일지 모르잖나."

"아까 종로 일정목부터 우리를 뒤따라오고 있으니 분명 수상한 남자가 맞네."

남자는 상과 구보의 뒤통수를 잡을 듯이 뒤따라왔다. 상은 급박하게 뒤로 돌아 지팡이를 빼들어 남자의 다리를 거는데 남자가 재빠른 몸놀림으로 뒤로 물러나다 넘어졌다.

"아이쿠야! 선배 대접을 이렇게 하는 법이 어디 있나?"

"꾀보 혹부리 선배가 어느새 뒤따라 왔나?"

상은 찢어진 모자 사이로 드러난 염상섭의 혹을 보자마자 놀려댔다. 구보로서는 상도 무례하였지만 이런 행색으로 몰래 미행하는 염 선배는 더욱 객쩍게 보였다. 염 선배는 구보가 건네는 손을 붙잡고 일어나자마자 누런 봉투 하나를 상의 품속에 찔러 넣었다.

"이번에는 사건을 맡긴 분이 따로 계시네. 상, 자네에게 직접 연락이 갈 것이고 진행비도 전해질 것이야. 그럼 이만."

그렇게 염 선배와의 짧은 만남이 있은 지 며칠 동안 상은 사건에 대해 일언반구 없었고 이렇게 마주앉아 있어도 연재소설 외에는 특별히 던지는 말이 없었다. 구보도 상의 성격을 알아 그러려니 하였다.

"구보, 윤심덕의 〈사의 찬미〉는 언제 들어도 멋들어지는군. 죽기 얼마 전에 녹음한 노래가 어떻게 이렇게 낭만적일 수 있는가?"

상념에 빠져 있던 구보를 상이 일깨웠다. 구보는 정신을 차리고 집필하던 원고를 상에게 건넸다. 상이 삽화를 그릴 순서였다. 구보가 건넨 글을 읽으며 삽화를 구상하던 상이 잠시 고개를 들어 말했다.

"윤심덕이 살아 있다는 소문이 있더군."

"뭐라고? 그렇다면 현해탄에서 같이 정사한 김우진도 살아 있다는 말인가? 장장 8년의 세월이 흘렀네. 그들은 어디에서 살았으며, 왜 지금까지 가족 앞에 나타나지 않는가?"

"내가 아는 음반사 사장 말로는 신비감을 조성해서 레코드판을 더 팔기 위한 누군가의 수작이라고 하는데, 잘은 모르겠지만 요즘 레코드 장사가 꽤나 된다더군."

구보는 최근에 연재 소설을 맡아 집필 중이었다. 상은 '하융'이라는 이름으로 그 소설에 삽화를 그려 넣고 있었다. 구보가 상이 그린 스케치를 들어 보며 고개를 끄덕였다.

"레코드를 녹음하는 회사나 가수들 수입이 얼마나 되기에 윤심덕이 살아 있네 어쩌네 하는 소문까지 흘러나올까?"

"내 듣기로는 평양기생 출신 왕수복의 월수입이 800원을 넘기도 한다는군. 물론 기생으로서의 수입도 포함해서겠지만."

"뭐라? 보통학교 여교사가 50원 받으면 잘 받는 것인데 열 배가 넘는다니, 이것 참."

구보가 무심코 입에 갖다 댄 연필을 놓쳤다. 구보와 상이 신문연재로 받는 돈은 회당 구보가 4원, 상이 1원 정도였다. 일반적인 공무원이나 직장인 월급도 70원을 넘지 못했다. 그런데 평양권번 출신의 여가수 월급이 800원이라니 정말 놀랄 만한 일이었다.

"이거 금광왕이 부럽지 않구면?"

"그뿐 아니라 팬들이 보내는 편지와 선물은 상상을 초월할 지경이라네. 결혼을 원하는 홀아비의 편지에서부터 현금 선물, 심지어는 값비싼 맞춤 양장과 손목시계까지 내걸고 그들을 쫓아다닌다고 하네."

"거 참."

구보는 탁자에 있던 앵무새가 그려진 마코 담배 한 가치를 빼들었다. 금연한 지 오래되었지만 힘 빠지는 이야기에 절로 손이 갔다.

"우리 같은 문인은 온 노력을 기울여도 그들처럼 되기는 힘들겠구먼."

최근에 경성 시내에서는 집집마다 유성기를 들여놓는 게 붐이었다. 유성기 한 대의 가격이 30원 정도였는데, 이는 근로노동자의 월급 한 달치에 해당되는 돈이었다. 매 끼니를 걱정해야 되는 가구가 많은데도 각 가정의 유성기 구비는 유행처럼 번졌다. 이에 발맞추어서 레코드 회사도 콜럼비아, 빅타, 포리돌, 시에론 등 여섯 개나 되었는데, 각 회사가 달마다 내는 신보도 50여 개나 되었다. 그만큼 가수도 많았고, 레코드판도 다양하게 생산되고 있었다. 이 신보들이 1년에 다 합쳐서 700만 장이나 팔린다고 하니, 레코드 한 장에 1원씩 쳐도 700만 원(현재 700억 원 정도)이라는 커다란 시장임에 틀림없었다.

"하지만 좋은 것도 아니야. 자 이걸 보게나."

상은 조선중앙일보 사회면을 펼쳐서 보여주었다.

"한 여가수가 자살을 하였다는군."

구보는 상이 건네준 신문기사를 펼쳐들고 읽었다.

지난 4월 1일 〈팔도 조선〉과 〈낭만과 사랑의 여인〉 등 수많은 노래를 불러 조선인의 심금을 울렸던 여가수 오송화 양이 스스로 목숨을 끊어 황천길을 밟았다. 오송화 양은 불면증과 우울증 등으로 처방받은 다량의 칼모틴을 먹어 목숨을 끊으려다 여의치 않자 스스로 대들보에 목을 매었다. 최근에 부른 노래 〈여인을 찬미하라〉가 신 유행곡이 되지 못하자 홧김에 자살을 선택한 것으로 보인다.

"이게 무엇인가? 진짜 오송화 양이 죽었단 말인가? 것도 1주일이 넘은 일이네? 여인들이 유부남과 피치 못할 사랑을 하다 죽는 경우는 보았어도, 노래가 유행하지 못하여 죽다니, 참으로 별일일세."

구보는 집필에 몰두하느라 근간에 연재란을 제외하고는 신문을 들여다보지 못하였다.

"자네, 나와 같이 갈 데가 있네."

직감적으로 염상섭 선배가 건넨 사건이 오송화의 자살과 연관된 것임을 알 수 있었다.

오송화라면 구보도 다방에서 흘러나오는 노랫가락을 통하여 제법 알고 있었다. 목소리가 구성지고 애달픈 데다가 가냘픈 체구에 어여쁜 얼굴이 인기를 끌고 있었다. 이 여성도 평양권번 출신이라 여가수를 하려면 평양기생을 코스처럼 밟아야 성공한다는 말이 돌 정도였다.

상은 구보와 함께 전차에 올라서 동대문역에서 내렸다. 청계천변을 향해 걸어가다 한쪽 골목으로 접어들자 '심신 부인병원'

이라고 명패가 달린 건물로 상이 먼저 들어갔다.

"부인병원이라니?"

"잠자코 따라오게나."

구보는 금홍이 임신이라도 하였는지 의문스럽기도 하였지만 조용히 부인병원 안으로 발을 디뎠다. 하얀색으로 칠해진 병원 사무실은 아담하고 정갈해 보였다.

"어떻게 오셨습니까?"

하얀 모자를 머리에 얹은 간호사가 나와 상과 구보를 맞았다.

"이덕용 선생을 보러 왔소."

구보는 깜짝 놀랐다. 이덕용이라면 경성제대 의과대학에서 수석을 한 유명한 여성이 아닌가. 게다가 수려한 이목구비로 경성 거리에 소문이 자자한 산부인과 의사였다. 구보는 친척 누님의 친구여서 몇 번 얼굴을 본 적이 있었고 한때 고등학생 구보가 짝사랑해 마지않던 여인이었다. 현재 남편 없이 홀로 산다고 하는데, 사랑하던 남자가 독립운동을 하다 비극적으로 죽음을 맞이하였다고 하지만 구보도 소문으로만 들었을 뿐 정확한 사실은 알지 못했다.

이층에 위치한 진료실에는 마침 환자가 없어서 곧바로 안내되었다. 진료실 뒤쪽으로 보이는 하얀색 그랜드 피아노가 인상적으로 보였다. 진료 커튼 뒤에서 손을 씻는 소리가 나고 뒤이어 한 여성이 모습을 드러냈다. 화사한 미모에 중키의 여성이 상의 뒤에 있던 구보에게 성큼 다가와 그의 두 손을 잡았다.

"태원아, 정말 반갑다. 일본에서 돌아와 소설가로 등단하였다는 소문을 들었다."

"누님, 안녕하십니까? 이분은 같이 일하는 동료 문인입니다. 이상이라면 아실런지요."

"알지, 그럼. 〈오감도〉의 시인을 뵙게 되어 영광입니다."

이상이 가볍게 고개를 숙였다. 기러기처럼 날아가는 짙은 눈썹, 큰 눈동자, 붉은 입술색의 화려한 얼굴은 여전하였다. 세월도 그녀의 미모를 바래게 하지는 않았다.

진한 커피가 나오고 진료실 문을 굳게 닫고서는 상과 구보 그리고 덕용이 마주앉았다.

"오송화 양에게 칼모틴 수면제를 처방한 의사 선생님이라고 들었습니다."

커피 잔을 테이블에 내려놓던 덕용의 눈빛이 흔들렸다.

"송화는 제 환자 중에서 가장 사랑스런 아이였죠."

덕용은 과거를 더듬는 듯 허공을 바라보았다.

"고 오송화 양에 대하여 조사를 하고 있습니다."

"소설의 소재로 삼으시려는 건가요? 아니면 경무국에서 부탁받고 나오셨나요?"

상은 고개를 저었다.

"개인적인 부탁을 받고 사건의 진상을 밝히고자 합니다. 경무국과는 상관없는 일입니다."

덕용은 잠시 난감한 표정을 지었다.

"환자에 대한 개인적인 일들이나 건강 상태 등의 비밀은 발설할 수 없습니다. 저는 히포크라테스 선서를 마친 의사입니다."

상은 고개를 저었다.

"송화 양의 개인적 신상이라기보다는 원장님이 본 오송화 양 그대로를 알고 싶습니다."

덕용은 잠시 망설이다 입을 열었다.

"송화는 평양기생조합에서 발탁된 아이였습니다. 그 아이가 여덟 살 때였죠. 가여운 아이죠. 부모가 푼돈에 판 어린 견습 기녀였지만 노래 하나만은 끝내주었습니다. 평양에서 기생으로 머리를 얹고 나서 이곳 경성으로 내려와서는 레코드판 취입을 하였죠. 귀여운 얼굴과 자그마한 체구에 가녀린 목소리가 일품이었습니다."

"송화 양에게 수면제를 처방한 이유가 있나요? 혹여 원장님이 환자의 비밀이라고 생각하신다면 대답하지 않으셔도 됩니다."

상의 질문에 덕용은 잠시 숨을 내쉬고는 답을 하였다.

"비밀이랄 것도 없죠. 불면증과 우울증으로 인한 수면제 처방은 이제 경성 시민 누구나 알고 있으니 말입니다. 송화는 평소에도 불안증과 감정기복이 심해서 칼모틴 없이는 잠들지 못하는 아이였죠."

덕용은 말끝에 다시 한숨을 푹 내쉬고, 테이블에 놓여 있던 금제 담뱃갑 안에서 한 가치를 빼 물었다. 카이다 담배로 상이 피우는 마코에 비하면 배나 비싼 담배였다.

"수면제를 처방받고 모아두었다가 한꺼번에 먹고 자살하려다 여의치 않아 목을 매었다고 들었습니다."

덕용은 담배를 눌러 껐다.

"오송화 양이 부인병원에 자주 다녔다고 하던데, 특별히 사귀는 남자가 있지는 않았습니까?"

"아뇨, 그런 것은 잘 모르겠습니다. 처녀 아이들이 부인병원에 온다고 하면 질겁하는 고리타분한 경성 남자 분들이 많으실 텐데요. 기생조합 소속 기녀들도 오지만 이화여전 학생들도 드나듭니다. 단순히 부인과 진료만 보지는 않습니다. '심신 부인병원'이라고 이름 붙인 것처럼 마음과 몸의 병을 같이 살펴봅니다."

이덕용 원장은 말을 마치고, 수술 스케줄이 잡혀 있다며 자리에서 일어났다. 상과 구보도 자리에서 일어났다.

병원을 나오던 중에 상은 처음에 들어올 때 안내하였던 간호사에게 질문을 던졌다.

"이 원장님께서는 항상 병원에 계십니까? 나중에 다시 찾아뵙고자 하는데 말입니다."

간호사가 수술용 앞치마를 두르면서 고개를 끄덕였다.

"네, 일요일도 급한 수술이 잡히면 나오시는데요. 평일에는 항상 오전 9시부터 오후 7시까지 계십니다."

"점심시간은 따로 없습니까?"

"12시부터 1시까지는 저희들도 점심을 먹고 선생님도 점심을 드시는데 그때 혹여 약속으로 외출을 하실 수 있으니 미리 전화를 주십시오."

"알겠습니다."

간호사는 다급하다는 듯이 계단으로 올라갔다.

상과 구보가 병원을 나와 전차 정류장 쪽으로 걸어갔다.

"이덕용 원장과는 꽤 친분이 깊은 것 같던데?"

"묻지 말게나. 한때나마 상당히 가슴앓이를 하였네."

"미인인 것만은 확실하나 어딘지 모르게 차가운 기운이 느껴지네."

"그거야 모던걸을 넘어서는 인텔리 여성이어서 그런 게 아닌가. 남자들도 어렵다는 의학을 공부한 여성이 지적인 것이야 당연한 게지."

"오송화가 단순히 심리 치료를 하러 드나든 것만은 아닐 게야. 좀 더 다른 각도에서 사건을 바라볼 필요가 있네. 이덕용 선생은 우리에게 숨기는 것이 있어. 아마 다른 증거를 들이대면 말해줄지 모르나 지금으로선 무리이네."

상과 구보는 전차를 타고 종로서 방향으로 향하였다.

종로서 사무실에 마주 앉은 기무라와 상, 구보는 찻잔을 앞에 두고 말을 나눴다. 분주히 오가는 형사들이 보였다.

"최근에 종로서에 폭탄을 투척하겠다는 의문의 전화가 와서 형사들이 증원되었습니다."

1923년 김상옥에 의해 종로 경찰서가 폭탄세례를 맞았지만 형사 중에 사망자는 없었고, 지나가던 어린이를 비롯한 행인 여럿이 다쳤다. 김상옥은 도피한 지 열하루가 되는 날, 효제동에서 종로서 형사들과 사투를 벌이다 사망하였다. 상과 구보는 심정적으로 독립투사들에게 응원을 하면서도 억울한 희생자가 더 나오지는 않을까 걱정되는 마음도 동시에 들었다.

"나라를 잃은 설움은 이해가 가지만 폭력으로 맞서는 것은 용납할 수 없습니다."

조선말에 능통하고 이지적인 기무라 형사도 일본인은 일본인이었다. 조선인이 폭력을 통해서라도 빼앗긴 조국을 찾고자 하는 심정을 이해시키는 것은 불가능했다.

잠시 후 상이 물었다.

"오송화 사건은 자살이 확실한 것이오?"

"아, 그 사건에 대해 묻고 싶으신 겁니까? 너무 가슴 아픈 사건입니다. 그리고 좀 이상하기도 하지요. 그게 좀……."

기무라는 말끝을 흐렸다. 그의 대답은 이랬다. 최근에 테러 사건이 벌어질 거라는 제보가 끊이지 않아 수사에 제대로 착수하지 못했고, 어영부영하는 새에 오송화의 가족이 시신을 인수해서 화장해버렸다는 것이었다.

"어쩌면 자살이 아닐지도 모릅니다."

"네?"

구보가 깜짝 놀라 동그란 눈으로 기무라를 쳐다보았다.

"현장이 좀 과도하게 꾸며져 있었습니다."

"꾸며져 있다는 것은?"

"비단 스카프로 대들보 기둥에 목을 맨 것은 그렇다 쳐도 말입니다. 통상적으로 타살은 노끈이나 밧줄을 이용하기도 하지만 부드러운 끈은 자살자의 심리를 대변해줍니다. 죽을 때 고통 없이 가려는 의도이지요. 물론 손에 방어흔, 그러니까 살인자를 방어하기 위해 싸움을 하였다든지 하는 흔적은 없었습니다."

"이미 다량의 수면제를 먹은 상태이니까. 방어할 힘도 없었겠죠."

상이 날카롭게 지적하였다.

"그렇죠. 현장에는 오송화 양의 유서도 발견되었습니다. 그것도 너무나 단정한 글씨로 '제 음악을 사랑하지 않는 세상이라면 더 이상 있고 싶지 않다'고 쓰여 있었죠. 제 수사 경험으로는 보통 자살자의 유서에 적힌 글씨들은 깨지고 갈겨져 난잡하기 이를 데 없습니다. 죽기 직전의 심경을 대변하죠. 하지만 고인의 글씨는 퍽이나 정갈했죠. 솔직하게 말하자면 일본인 형사 중에도 송화 짱의 노래를 듣고 감동받아서 고향 땅을 그리워하고 울적해하는 이들도 있었죠. 뭐, 제가 꼭 그렇다는 것은 아닙니다만."

구보는 기무라의 눈가에 눈물이 살짝 어리는 순정적인 모습을 보고 픽 웃었다.

"사망 시각은 언제 즈음으로 추정됩니까?"

구보가 물었다.

"4월 1일 점심때쯤, 12시에서 1시경입니다. 4월 2일 오전에 송화 양을 찾아온 일하는 할멈에 의해 발견되었고, 다음 날 신문에 기사가 실렸죠."

"단정한 유서 말고도 과하게 꾸며진 또 다른 증거가 있소?"

"레코드판입니다. 마치 누가 예쁘게 진열이라도 해놓은 듯 그녀가 취입한 레코드판 석 장이 아주 단정하게 놓여 있더란 말입니다."

"레코드판이라, 혹시 레코드판이 축음기에 걸려 있지는 않았소?"

상이 날카로운 어조로 질문하였다.

"그것은 확인하지 못했지만 하나는 확실합니다. 자살 현장에서 음악은 흘러나오지 않았으니, 축음기는 비어 있었던 것 같습니다. 레코드판 증거물은 유족이 가져가버렸죠."

상이 진지한 표정으로 무언가를 생각하다 물었다.

"혹시 오송화 양이 생전에 취입한 레코드판이 몇 장인지 아나?"

"그거야 일곱 장일세."

구보가 쑥스러워하면서 답했다. 기무라가 얼굴에 홍조를 띠고 물었다.

"혹시 고인의 팬 되십니까?"

"아닙니다. 그거야 경성 남자라면 누구나 아는 사실 아닙니까?"

구보는 애써 부인하였지만 오송화의 귀여운 얼굴에 관심이 가 이것저것 알아보던 적은 있었다.

"정말 비밀입니다만, 아무래도 형사가 여가수를 좋아한다면 좀 그렇잖습니까. 흉악한 범죄자들에게 만만히 보일까 해서 꺼리죠. 저도 남몰래 사모하던 팬이었습니다. 아, 불쌍한 송화 짱. 이 경성 땅에서 유일하게 제 외로움을 달래주던 그녀였는데, 이제 다시 볼 수 없다니 슬픕니다. 유족의 반대에도 부검을 하려 했는데 그게 잘 안 됐습니다. 게다가 종로서는 테러 사건 제보로 이렇게 바빠져서 사건 수사는 흐지부지됐죠."

기무라의 표정에서 애절함이 묻어났다. 누가 보아도 고 오송화의 빅팬이었던 게 분명해 보였다. 구보는 웃음이 나오려는 것을 참았다. 종로서 강력계 형사가 여가수를 흠모한다는 것이 언뜻 보면 참 어울리지 않았다.

애상에 빠져 있는 기무라를 구보가 헛기침을 해 일깨웠다.

"흠흠, 사건에 대해 좀 더 들을 수 있습니까?"

"아, 마침 야마모토 박사가 법의학 자문을 위해 서에 와 계십니다. 만나보시겠습니까?"

상과 구보는 기무라의 안내로 이층 복도 끝에 위치한 조사실에 들어갔다. 크리스틴은 여러 사진과 서류들을 꼼꼼하게 훑어보면서 정리를 하고 있었다.

"안녕하십니까? 박사님."

크리스틴은 하얀 블라우스에 검은색 재킷과 단정한 자주색 스커트 차림이었다.

"기무라 형사님께 잠시 이야기를 들었습니다. 고 오송화 양은 부검을 할 수 없었습니다. 유족의 항의로 시신을 찾아간 걸로 압니다."

"정확하게 자살사건이 맞는 것이오?"

상이 단도직입으로 물었다.

"분명 일반적으로 타살의 흔적이라고 볼 수 있는 목 주변의 손톱자국이나 방어흔 등은 발견되지 않았습니다. 그리고 특이한 매듭이나 올가미 흔적도 없었습니다. 유서도 있었고, 칼모틴을 먹은 흔적도 있었죠. 칼모틴 약병이 책상에 있었습니다. 등 뒤에서 시반이 발견되었다면 타살로 볼 수도 있겠지만 손발 끝부분에 자연스런 시반만 있고 몸에 상처가 없는 것으로 보아 자살로 인정됩니다. 시반이나 사후 강직 상태로 추정하여 전날 점심때쯤 죽은 것으로 보입니다."

"칼모틴을 먹었다면 부검 후 위내 음식물 상태나 수면제 복용량을 알아보는 것은 할 수 있잖소?"

크리스틴은 고개를 끄덕였다.

"그렇잖아도 가족의 항의에 일단 부검을 미뤘으나, 부검 개진 서류를 올리려는 찰나 유족이 시신을 찾아갔죠."

"타살이 의심될 만한 증거는 없소?"

상이 물었다.

"끈 자국이 자살이라면 흔히 뒤통수의 위쪽을 통과하게 되는데, 이렇게 되면 방패연골이나 목뿔뼈에 골절이 있게 됩니다. 하지만 만약 끈졸림사 즉 타살이라면 뒤통수나 그 아래쪽으로 끈 자국이 지나게 됩니다. 이렇게 말이죠."

크리스틴은 구보의 뒤통수와 아래쪽을 만지며 설명했다. 시체를 만지는 손이라 생각하니 구보의 뒷덜미에 소름이 끼쳤다.

"그렇게 되면 방패연골이나 기관에 골절이 있습니다. 오송화 양은 방패연골에 골절이 있는 것처럼 보였죠. 부검을 하였다면 확실하게 증명해냈을 테지만, 이렇게 끝났습니다."

부검이 없는 이상 크리스틴에게서 캐낼 것은 없었.

경찰서를 나오던 길에 구보는 상에게 물었다.

"그런데 염 선배가 자네에게 의뢰인이 접촉할 거라 하지 않았나? 그 사람은 누구인가?"

"오송화의 팬일세."

"팬?"

"말할 수 없지만 꽤 높은 지위에 계신 분이네."

구보는 고개를 끄덕였다. 이때 상이 갑자기 지팡이로 땅을 쾅 짚었다.

"아! 놓친 게 있네."

"놓친 것이라니?"

"나는 급하게 가볼 데가 있으니 내일 이 시간에 다방으로 나와주게나."

상은 지팡이를 들어 올려 허리에 가까이 대고는 가까운 전차 정류장으로 달려갔다. 뒤에 남겨진 구보가 "여보게, 상이!" 하고 애타게 외쳐도 멈출 줄 몰랐다.

다음 날 오후에 구보는 '제비'로 상을 찾아갔다. 마침 다방에서는 고인 오송화가 부른 〈여인을 찬미하라〉가 흘러나오고 있었다. 구슬프고 애달픈 목소리가 절절하게 들렸다.

"이런 맑은 날에 요런 청승맞은 곡을 계속 틀라 하니 미칠 지경이네요."

빨간 입술을 한 금홍이 오송화가 드레스를 입고 찍은 사진이 박힌 레코드 재킷을 카운터에 팽개치면서 툴툴 댔다.

"자네 어제는 어딜 갔다 온 게인가?"

구보가 원고지를 상 앞에 들이밀면서 물었다. 집에 일찍 들어가서는 밀린 연재소설을 부지런히 작업하여 가져온 것이다. 상이 파이프 담배에 연초를 집어넣고 불을 붙이며 대꾸하였다.

"〈사의 찬미〉의 가사를 아는가?"

구보가 노래를 흥얼거렸다.

"광막한 광야를 달리는 인생아 너는 무엇을 찾으려 하느냐.
이래도 한세상 저래도 한평생 돈도 명예도 사랑도 다 싫다.
녹수청산은 변함이 없건만 우리 인생은 나날이 변한다.
이래도 한세상 저래도 한평생 돈도 명예도 사랑도 다 싫다."

"노래를 꽤 잘하는구먼."

상이 웃었다. 구보는 계면쩍어 원고지를 다시 제 앞으로 가져와 코앞에 들이대었다.

"〈사의 찬미〉가 인생의 허무함을 노래하였다 하여 윤심덕과 김우진이 같이 죽었다 하고 노래를 담은 레코드판이 어마어마한 인기를 얻게 되지. 인기는 곧 돈과 연결되고."

"어제 어딜 다녀왔느냐니까?"

"화신 백화점의 레코드 판매 가게로 달려갔네. 그리고 레코드판을 석 장 사왔고. 가장 잘 나가는 레코드판을 석 장 달라고 했더니 오송화 것만 챙겨준 것일세."

상은 말을 마치고 파이프 담배를 내려놓고 일어나 카운터로 가서 레코드판 석 장을 가지고 돌아왔다.

"이 석 장의 레코드판을 가지고 기무라 형사에게 오전 중 다녀왔네. 그가 증명을 해주었지. 이 석 장이 바로 피해자의 유서 옆에 놓여 있던 것이라고."

"그래, 무언가 연관점이라도 있는가?"

"이 석 장은 같은 회사에서 나온 것이야. 오송화는 원래 미국 레코드 회사 콜롬비아사에서 취입을 해왔지만 최근에 누군가 그녀의 일정을 관리해주면서 회사를 바꿔서 녹음을 했네. 바로 김선단이 하는 회사라고 들었네. 일정을 관리하던 자도 그이고."

"김선단? 금광왕 김선단을 말하는 것인가?"

"그렇다네. 정주에서 금광을 개발하여 떼돈을 벌자 또 다른 산업, 요식업, 극장업에 손을 대어 흥행사로 거듭났지. 그리고 레코드사를 만들어 평양기생조합과 공식적으로 손을 잡고 가수들을 발굴한다는 소문이 있네."

"그러하다면 혹여 김선단이 레코드판을 취입하게 해놓고 의도적으로 죽여 떼돈을 벌려는 마음으로 범죄를 저질렀다는 가설이 나올 수 있지 않은가?"

상은 고개를 저었다.

"그런 단순한 이유로는 살인이 가능하지 않네. 좀 더 깊은 심리가 숨겨져 있을 거야. 오늘 김선단이 황금정에 새로이 극장식당을 개업한다고 하니 거기 가보지 않겠는가?"

구보는 집에 들러서 신문 고료를 모아 산 스트라이프 무늬가 들어간 정장으로 갈아입었다. 그리고 같은 천으로 만들어진 중절모를 썼다. 극장식당이라니 구보는 설렘과 기대로 가슴이 쿵쾅거렸다.

황금정 거리에서 만난 상은 프록코트에 하얀 셔츠와 나비넥타이를 매고 실크해트를 쓰고 있었다. 상은 지팡이를 휘두르며 구보와 함께 경성 거리를 걸었다. 전차도 운행이 정지된 밤 시간, 상과 구보는 봄치고는 쌀쌀한 밤바람을 맞으며 구두 소리를 내며 걸었다. 둘은 이내 황금정 유흥가 골목 입구로 접어들었다.

동양척식주식회사와 마주한 증권가 골목 사이에 새롭게 들어선 극장 거리는 근처의 증권 회사 직원, 총독부 공무원, 은행원이 주로 찾았다. 거리에는 식사와 공연을 겸한 극장들이 많았다. 극장마다 간판에 네온사인을 달고 성업 중이었다.

상과 구보는 황금정 이정목 근처에 위치한 김선단의 극장을 찾아 들어갔다. 김선단이 자신의 이름을 내걸고 새로이 열었다는 극장에는 양복을 차려입은 신사들로 그득 차 있었다.

둘은 자욱한 담배 연기를 헤치고 들어가 구석에 자리를 잡았다. 무릎까지 오는 짧은 서양식 스커트를 입은 여성이 맥주와 잔을 가져왔다.

"오늘의 공연은 평양기생조합 출신의 여가수가 하게 됩니다. 저희 김선단 극장에서 데뷔하게 되는 리향단 양이 되겠습니다."

"오송화에서 리향단이라. 또 다른 희생물이 나오는 것인가?"

서빙걸이 가자 상이 씁쓰름한 얼굴로 무대를 보며 말했다.

"오우, 맥주 맛이 죽이는걸?"

구보가 맥주병을 들어 보이며 말했다.

"소주도 좋지만 가끔은 서양 술도 당긴다는 말일세. 잠깐 상이, 김선단이 들어왔네."

이미 그의 사진이 신문에 여러 번 실린 터에 쉽게 그 얼굴을 알아볼 수 있었다.

통 넓은 더블 버튼 금단추 양복에 깊게 눌러쓴 중절모가 인상적이었다. 그리고 이마에서부터 코까지 내려오는 깊은 칼자국은 인상을 쓸 때마다 더욱 도드라져 보였다.

"골상학적인 얼굴 구조로 보아 전형적인 범죄형이군."

구보가 맥주잔을 내려놓으며 김선단을 노려보았다.

"그 골상학과 범죄 관련 이론은 확실하지 않은 것으로 알고 있네만."

"그래도 찰스 다윈의 진화론에 기초한 갈의 골상학 이론이 그렇게 틀린 것은 아니네. 조선과 중국에서 수천 년 전부터 내려오는 관상학도 통계적으로 이렇게 생긴 사람이 복을 받고 저렇게 생긴 사람이 범죄를 저지르니 어느 정도 일정한 기준이 만들어져 관상을 보게 되는 것이 아닌가?"

"쉬잇. 김선단이 이쪽으로 오네."

김선단은 넉넉한 풍채를 흔들며 상과 구보가 자리 잡은 테이블로 다가왔다.

"안녕하십니까? 혹시 이상 선생님과 박태원 선생님 아니십니까?"

상은 태연하게 맞았지만 구보는 깜짝 놀랐다.

"저희들을 알고 계십니까?"

"그럼요. 시 〈건축무한육면각체〉를 〈조선과 건축〉 잡지에서 재미나게 읽었습니다. 그리고 구보 선생님의 작품도 신문에서 잘 보고 있습니다."

구보가 약간 으쓱한 기색이 되었다.

"그나저나 〈건축무한육면각체〉는 조선총독부가 숨긴 황금이 있는 곳을 알려주는 암호입니까?"

잘못 본 것일까. 무심코 피식 웃었던 구보는 상의 얼굴이 무척이나 심각해지는 것을 볼 수 있었다. 김선단은 호탕하게 웃어 젖혔다.

"하하하, 그렇게 반응하시면 제 꼴이 우스워집니다. 금이라면 제 금광에도 가득한데 행여나 또 다른 곳을 찾아 기웃거리기야 하겠습니까."

"금광뿐 아니라 고 오송화 양의 음반으로도 금덩어리를 쓸어 담고 계신데, 굳이 다른 곳에서 금을 찾으실 필요도 없겠지요."

이번에는 김선단의 얼굴에서 웃음기가 싹 가셨다. 칼자국이 도드라지면서 무척이나 험악한 얼굴이 되었다.

"두 분, 무슨 연유로 이런 곳에 오신 겁니까? 문인들이 오시기에는 좀 비싼 곳이 아닐는지요? 물론 오늘은 오픈식이니 무료입니다만."

"오송화 양과는 단순히 사장과 소속가수였는지 아니면 별다른 관계였는지 궁금합니다."

김선단은 양복 안 춤에서 시가를 펴서 입에 물었다. 여자 종업원 하나가 오더니 불을 정성스레 붙여주었다.

"그러는 두 선생님은 무슨 까닭으로 송화에 대해 물으시는 겁니까?"

"저희는 의뢰받은 일이 있습니다."

"혹 구인회에서 이 사건에 관심이 있는 겁니까?"

구인회가 창경궁 미녀변사사건의 범인을 찾는 데 결정적인 역할을 했다는 것이 세간에 알려진 적이 있었다. 한 문인의 인터뷰 기사를 통해서였다.

"집필 의뢰보다 사건 의뢰가 밀려들고 있으니 골치가 아픕니다. 허나 송화 양의 팬이었던 분의 부탁으로 사사로이 조사를 하고 있습니다."

"송화 양의 사건은 안타까운 일이나 제가 드릴 말씀은 없습니다. 단순 자살사건, 그뿐이죠. 아, 가슴이 아프군요."

상은 김선단의 눈썹이 씰룩이는 것을 놓치지 않았다. 구보가 보기에도 분명 무척이나 슬퍼하는 표정이었다. 하지만 상대는 사업가이니 이 정도 표정 연기는 쉽지 않을까 하는 의구심이 들었다.

상은 질문을 계속하였다.

"송화 양과 관련된 남자 분은 선생님께서 유일하시니 저희는 여러 가지를 묻고 싶습니다. 아니면 혹 송화 양과 관련된 또 다른 남자 분이 있을까요?"

선단의 얼굴이 붉으락푸르락 변하였다.

"무슨 말이오?"

두 주먹을 쥔 손이 부르르 떨리기까지 하였다. 손가락에 가득한 반지들이 덩달아 떨리면서 번쩍거렸다.

"저희는 자살에 이용된 약을 이덕용 선생의 부인병원에서 처방 받았다는 것을 알고 있습니다. 처녀가 부인병원에 들락거린다는 것은 충분히 조사할 만한 가치가 있습니다."

 상은 일부러 김선단을 자극하는 것처럼 보였다. 선단은 벌떡 일어나 테이블을 주먹으로 내리쳤다. 잠시 좌중의 시선이 김선단에게 향하였다. 김선단은 그제야 정신을 가다듬고 다시 자리에 앉아 숨을 고르게 내쉬었다. 자제력이 무척이나 강한 사내였다.

 "죄송하오. 하지만 지금은 조선 시대가 아니오. 처녀 아이가 부인병원에 가도 임신 관련 검사만 하는 것은 아니오. 게다가 이덕용 선생과 이러저러하게 자매처럼 친해져서 병원에 자주 방문한 것이오. 그건 내가 확실하게 보증하오. 우리 음반사 가수들의 건강을 책임져주는 병원이란 말이오. 여의사가 드물기에 특별히 이덕용 선생에게 가수들의 건강 상담을 하였소. 이런 식으로 한 여인을 매도하는 것은 참을 수 없소."

 상은 침착한 눈빛으로 김선단을 마주보았다.

 "좋습니다. 김선단 사장님께서 송화 양에 관해서 말씀을 더 해주신다면 저희는 쓸데없는 오해나 나쁜 방향으로 뒷조사는 하지 않도록 하겠습니다."

 "부탁드리오."

 김선단은 고개를 잠시 숙여 보였다.

 "고인에 대한 예우 차원도 있지만 가족같이 생각하였던 송화 양에게 말도 안 되는 소문이 난무하는 것은 참을 수 없소. 주변을 캘수록 그런 엉터리 루머만 접할 것이오."

 "물어보고 싶은 것이 있습니다."

상이 날카로운 눈빛으로 김선단을 보았다.

"송화 양이 죽던 4월 1일 정오에서 오후 1시 사이에 어디에 계셨습니까?"

김선단은 숨을 내쉬고 차분한 목소리로 답하였다.

"이 극장의 인테리어 공사를 감독하고 있었소. 여기 직원들이나 공사감독한테 물어도 좋소."

김선단은 잠시 시가를 태우고 천천히 허공을 응시하였다. 마침 밴드 음악은 조용한 재즈로 바뀌어 있었다. 은은한 조명 아래 대화를 나누기에 좋은 시간이었다. 상과 구보는 선단의 입에서 말이 나오기를 기다렸다.

"송화는 참으로 예쁜 아이였소. 권번 출신이지만 세간의 때가 묻지 않은 순수 그 자체였지. 내게는 딸 정도 되는 나이의 아이지만 그 아이의 매력에 끌리지 않았다면 거짓일 것이오. 나는 그 아이를 충분히 지원해주었고, 좋은 음반을 내는 것으로 그 아이에 대한 사랑을 표현했소. 하지만 그렇게 안타깝게 간 후, 그 아이 덕에 막대한 수익을 올리고 있소. 그렇게 모인 돈으로 부모가 없는 아이들을 위해 보육원을 지을 거요."

"다시 한 번 묻겠습니다. 정말 고 오송화 양과 아무 관계도 아니십니까?"

김선단의 표정이 잠시 망연해졌다.

"내가 송화와 어떤 사이였던들 지금은 어떻게 할 수도 없지 않겠소? 한때 사랑을 하였지만 지금은 고인이 되었소. 청혼을 하고 싶어도 할 수 없는 내 마음을 선생들이 짐작이나 할 수 있겠소?"

"사랑을 하였다. 일방적인 사랑입니까? 아니면……."

구보가 궁금하여 물었다.

"나도 그녀를 좋아하였지만 그녀도 나를 무척이나 좋아하였소. 둘만 있으면 세상일은 어떻게 돌아가는지 관심이 없었지. 하지만 내가 힘들어서 접자고 하였소. 사장과 고용인 그런 관계를 걱정하는 것이 아니라, 나는 사랑을 받을 자격이 없는 놈이라 그렇소. 난 앞으로 일에만 매진하기로 마음먹은 사내요. 그래서 내가 먼저 이별 의사를 밝혔지만 이렇게……."

구보는 믿을 수가 없었다. 말을 잇지 못한 선단은 주머니에서 손수건을 꺼내어 눈물을 훔쳤다. 저토록 강인해 보이는 중년 남자의 눈물이라니…….

김선단 극장을 나온 상이 밤바람을 맞으며 구보와 나란히 걸었다.

"김선단은 독신인가?"

"상처한 지 2년은 지났다고 들었네. 아내가 병사하자 죄책감에 다시는 혼인을 안 하겠다고 선언한 인터뷰 기사를 신문에서 본 적이 있네."

"죄책감이라니?"

"평생 가정을 돌보지 않고 금광이다 뭐다 쫓아다녔으니, 자녀들을 제대로 건사하였겠는가? 자녀 다섯 중 둘은 일찍이 잃고 셋은 결혼시키고 유학 보내고 그런 모양이더군. 지금은 늙은 가정부와 살고 있는 것으로 알고 있네."

"김선단에 대해 언제 그렇게 조사를 해두었는가?"

구보는 어깨를 으쓱하며 말했다.

"금광이라면 나도 한때 쫓아다닌 적이 있네. 그러니 금광왕에 관한 기사를 샅샅이 훑었지. 하지만 금이 나올 만한 곳만 지도로 찾아보다 실행도 못 해보고 방 안에서 끝내버렸어. 모든 걸 포기해야 금을 얻을 수 있을 것 같다는 생각도 들어. 당최 나란 인간이 어두컴컴한 곳에 들어가 금을 캔다는 것은 상상할 수도 없는 일이라네."

"금을 캐는 거나 스타를 발굴하는 거나 비슷한 일이라고 생각되네. 오송화 양이 아무리 예쁘고 재능이 있어도 투자자가 나서지 않았다면 이렇게 유명한 가수가 되지는 못했겠지. 김선단은 확실히 사람 보는 눈이 있어."

"그렇지! 자네도 참으로 안타깝네. 송화 양이 가고 나서 느지막이 팬이 되다니. 거 참."

상이 희미하게 웃었다.

"오늘은 1차로 공짜 술을 먹었으니 2차는 내가 사겠네. 의뢰인에게서 수사 지원금도 받았으니 나와 같이 가세."

"대체 그 의뢰인 신원은 언제 밝힐 셈인가? 자네, 나에게 비밀이 생긴 것인가?"

"의뢰인의 부탁이 있으니 아무 말 말게나. 대신 오늘은 거하게 쏠 터이니."

상이 앞장서서 간 곳은 김선단 극장에서 그리 멀지 않았다. 상의 말에 의하면 평양권번 출신 기생들이 경성에 정착하여 연

요릿집이라고 하였다. 나지막한 기와집 문을 열고 들어가자 단정하게 차려입은 여주인이 나와 인사를 하고는 안쪽 방으로 안내하였다. 나물, 산적, 전, 생선 등으로 거하게 차려진 상이 들어오고, 곱게 차려입은 기녀 둘이 들어왔다. 그 뒤로 거문고를 들고 들어온 기녀가 연주를 시작하였다.

풍류가 있다면 이런 것일까?

이런 고급 요릿집에는 처음 온 구보는 얼떨떨한 기분으로 쪽진 기녀가 올린 술을 받았다. 상이 쪽에 앉은 여성은 나이가 있어 보였지만 구보에게 시중을 드는 여성은 아주 어려 보였다. 술자리가 무르익자, 거문고를 켜던 여인이 슬그머니 나가고 상에게 시중들던 여성이 구슬프게 〈여인을 찬미하라〉를 불렀다.

"아이구, 언니. 그 청승맞은 노래는 왜 불러유? 귀신 나오겠수?"

"평양권번 출신이라더니 웬 충청도 사투리다냐?"

구보가 슬그머니 옆자리에 앉은 기녀에게 농을 쳤다.

"엄마야, 하두 평양권번, 평양권번 그래쌌길래 저도 평양권번이라 그랬슈. 기실은 충청도 토박이여유."

"하하하."

구보가 간만에 크게 웃었다. 그리고 두 여인을 번갈아 보며 은근하게 물었다.

"왜 요즘 세간의 화제가 된 고 오송화 양도 평양권번 출신이라고 하던데?"

상을 시중들던 기녀가 고개를 끄덕이며 말을 이었다.

"송화도 사석에서는 사투리를 곧잘 써서 사람들을 많이 웃겼죠."

여인이 한탄하듯 허공으로 시선을 돌렸다.

"그 여린 입술에서 강한 평양 사투리가 나오면 정말 안 어울렸어요. 그 여린 게 그렇게 가다니."

상이 놓치지 않고 슬그머니 물었다.

"고 오송화 양과는 아는 사이오?"

"그럼요, 평양에서 앞서거니 뒤서거니 내려와서 음반업계로 흘러들어갔죠. 송화는 목소리가 고와 인정을 받았고 가수 데뷔도 했지만 저같이 박복한 년은 그 복도 없는지 저는 다시 경성 권번에 들어왔죠. 평양 사투리 고친다고 송화와 내가 얼마나 노력하고 그랬는지 몰라요."

"오송화 양이 사귀는 남자는 없었소?"

"불러내는 사람은 구름처럼 많았지만 밖에서 만나는 일은 거의 없었어요. 한동안 나와 방을 같이 써서 그건 내가 잘 알아요. 송화는 김선단 사장님과 매번 음반을 기획하고 준비하면서 무척이나 들떠 있었는데, 갑자기 자살을 하였다니 정말 믿을 수 없어요."

구보가 은근슬쩍 물었다.

"김선단 사장과 송화 양은 정말 아무 사이도 아니었소? 홀아비에 새파란 여가수라니, 거 짐작이 가지 않습니까?"

상을 시중들던 기녀가 성난 투로 답하였다.

"몸 파는 은근짜 기녀들이나 슬쩍 슬쩍 남정네들한테 몸 주고 그러는 것이지 평양권번 일패 기생은 절대로 쉽게 허락하지 않습니다."

상은 기녀가 건네는 술잔을 거절하고 심각한 표정으로 물었다.

"고 오송화 양이 가수가 된 계기가 궁금한데 음악 공부를 어떻게 시작한 것이오? 단순하게 권번에서 배운 사람치고는 꽤나 서양 음악에 익숙한 것 같던데."

상의 질문에 충청도 출신 기녀가 입을 열었다.

"모르셨어유? 이덕용 의사 선생이 걔를 서포트했다는 걸?"

"서포트?"

"후원자이기도 하고, 송화의 피아노 선생이기도 하고 그랬죠."

상을 시중들던 기녀가 맞받아 대답하였다.

"이덕용 선생의 심신 부인병원에는 진료실에 피아노가 있답니다. 피아노 치는 의사 선생님이라 우리 사이에서는 더더군다나 유명했죠."

"그것뿐이유? 남들 모르게 아기 떼어내는 일에도 유명한 분이잖수?"

"입 다물어!"

충청도 기녀가 샐쭉한 표정을 지었다. 이야기는 여기서 끝을 맺었다. 송화에 대한 질문을 해도 답이 나오지 않았고 술자리 분위기는 싸하게 식어버렸다.

새벽 2시나 되었을까, 종로 거리를 걷던 구보는 아내에게 무슨 핑계를 대어 늦게 왔다 말하여야 되나 걱정을 하고 있는데,

상이 입을 열었다.

"짚이는 것이 있네. 내일 이덕용 선생의 병원에서 3시에 만나세. 약속은 내가 잡아놓겠네."

상은 바삐 걸음을 옮기며 인사도 없이 사라졌다. 구보는 쌀쌀한 새벽바람을 맞으며 집으로 향하는 골목으로 접어들었다.

다음 날, 구보가 심신 부인병원의 문을 열고 들어가자 대기실에 앉은 상의 모습이 보였다.

"허허, 아이 탄생을 기다리는 아버지 같구먼."

상이 멋쩍게 웃어 보였다.

"올라가세."

상이 앞장을 서서 진료실로 향하는 계단을 올랐다.

쇼팽의 〈녹턴〉이 은은하게 흘러나오고 있었다. 진료실 문을 열고 상이 들어갔다. 화창한 봄 햇살이 창으로 들어오는 가운데 그랜드 피아노 앞에 앉은 이덕용이 연주를 하고 있었다.

여인이 피아노 치는 모습은 참으로 아름다웠다. 구보는 눈을 감았다. 사랑하는 여인을 위해 작곡했다는 쇼팽의 곡은 구보의 귓가를 아련하게 하였다.

"오셨습니까?"

단정한 스커트를 입은 이덕용이 의사 가운 주머니에 양손을 집어넣고 입가에 웃음을 띠고 있었다. 잠시 후 간호사가 녹차와 일본 찹쌀떡인 하얀색 모치를 쟁반에 담아 들어왔다. 구보는 포크로 떡을 찍어 맛보았다. 입술에 붙은 하얀색 가루가 귀찮았지만 입에 들척지근하게 달라붙어 미감을 자극하였다.

"교토에 아는 분이 계셔서 보내달라고 부탁드립니다. 교토에서 유학을 한 적이 있어 그런지 이상하게 교토의 명물, 모치 맛은 잊을 수가 없습니다."

구보는 입가에 묻은 하얀 가루를 손으로 쓰윽 닦아 냈다. 상이 녹차를 한 모금 마시고 나서 물었다.

"피아노가 능숙하시군요. 오늘 찾아온 이유는 고 오송화 양에 대해 더 물을 게 있어서입니다. 송화 양에게 피아노를 사사해줄 정도로 실력이 뛰어나시더군요. 지금 본 바와 같이요."

"네, 어릴 때부터 교회를 다니며 선교사에게서 피아노와 성악을 배웠습니다. 물론 노래는 보잘 것 없어 어른이 되고 나서는 잘 안 부르죠."

덕용이 웃어 보였다. 구보는 화려한 미인의 웃음에 따라 웃었다.

"4월 1일 정오에서 1시 사이 정도에 어디에 계셨습니까?"

상이 물었다. 구보는 깜짝 놀란 얼굴로 상을 보았다. 4월 1일이라면 오송화 양의 사망 추정 날짜이다. 상은 대뜸 덕용을 의심하는 것이었다.

덕용이 달력을 보더니 답하였다.

"그날은 월요일이군요. 저는 진료실에서 나가 점심을 먹고 돌아왔습니다. 12시에서 1시 사이에는 경성 거리를 거닐다가 마음에 드는 카페에 들어가 식사를 합니다. 물론 저는 자동차도 없고 하니 주로 걷습니다."

구보는 생각해보았다. 오송화 양이 죽은 집은 이 병원과 꽤 떨어져 있었다. 병원이 있는 동대문과 오송화가 살던 안국정(현재의 안국동)은 걸어도 1시간을 넘는 거리였고, 점심시간에 송화의 집을 다녀와서 진료시간에 맞춰 들어가기란 어려운 일이었다.

"1시 반에 수술 예약이 있었기 때문에 간호사에게 수술 일지를 보여달라 하면 제 말이 확실하다는 것을 아실 겁니다."

덕용은 말을 마치고 피아노 앞에 앉아 쇼팽의 〈왈츠〉를 쳤다. 상은 덕용의 살짝 올라간 스커트 끝을 쳐다보았다. 그리고 조용히 인사를 하고 아래로 내려와 간호사에게 갔다. 마침 산모 한 명이 등록하는 것을 기다렸다가 물었다.

"최근에 원장님은 자전거를 자주 타셨습니까?"

간호사가 눈을 동그랗게 떴다.

"그게, 저."

머뭇거리는 간호사에게 상이 부드럽게 말을 건넸다.

"제가 중고 자전거를 사려고 해서 말이죠. 자전거를 새로 장만하려면 웬만한 돈 가지고도 어림없거든요. 아무래도 원장님께서 자전거를 좀 타시는 분 같아서요."

간호사가 이내 미소를 띠며 답했다.

"그런 거라면 원장님과 상의해보세요. 그렇잖아도 열흘 전쯤에 자전거를 타시다 무릎을 다치셔서 이제는 당분간 자전거는 타지 않겠다고 하셨습니다. 하지만 우리가 선생님들과 이러저러한 말을 나누는 걸 싫어하셔서요."

간호사는 말을 마치고 진료 차트를 들고 계단으로 향했다.

"수술 일지는 조사해보지 않는 것인가?"

"그런 것은 어떻게든 확실히 해놓았겠지."

"그나저나 덕용 누님이 자전거를 탄다는 것은 어떻게 알았나?"

"무릎에 상처가 나 있기에 짚어본 것일세."

상은 병원을 나와서 전차를 타는 정류장으로 향했다.

"자네, 누님을 의심하는 것인가?"

"분명 택시나 인력거 따위를 부르지는 않았을 것이야. 사람들 눈에 띌 테니."

"덕용 누님 같은 미인이 자전거를 타고 경성을 누비어도 사람들 눈에 띄는 것은 마찬가지야."

"남장을 하거나 하면 시선을 그다지 끌지도 않겠지만, 아무래도 실험을 해봐야겠군."

"실험이라니?"

"따라와봐."

상은 앞장서서 전차 정류장으로 성큼성큼 걸어갔다. 둘은 동대문역에서 전차에 올라탔다.

"동대문에서 종로까지 가는 데 시간을 재보세. 내 시계를 들고 시간을 봐주게나."

구보는 상의 회중시계를 받아들었다. 막 4시 20분을 지나고 있었다. 전차는 청계천변을 따라 달렸다. 땡땡거리는 소리가 요란하였다. 길가에 행인이나 우마차가 길을 막고 있으면 차장은 여지없이 벨을 울렸다. 종로를 지나 종묘에 도착할 즈음에는 5시가 되어 있었다. 파고다공원을 지나 화신백화점 앞에 도착하여 전차는 섰고 구보와 상은 내렸다. 5시 10분이었다.

"동대문에서 종로까지 30분이 넘게 걸리니 1시간 내에 살인을 한다는 것은 무리야. 전차는 배제하도록 함세."

"자네, 덕용 누님을 완전하게 의심하는군."

상은 고개를 저었다.

"어느 하나라도 가능한 수를 계산해보고 추리를 해보고 나서 완벽하게 결백하거나 알리바이가 입증되면 그 사람에 대한 의심을 거둘 걸세."

"이제는 어디로 가는 것인가?"

"따라오게나, 아마 이 시간쯤이면 그곳에 있을 것이네."

상은 화신 백화점 뒤쪽의 골목으로 걸어갔다. 경복궁 쪽으로 한참 올라가다보니 '낙랑'이라는 다방이 보였다. 허름한 간판의 다방 입구로 상이 들어가려는데 한 사내가 문이 열리자 쫓겨나듯이 내팽개쳐졌다.

땡땡이 무늬가 가득한 공단 한복을 입고 소매를 걷어붙인 진한 화장을 한 여인네가 뒤로 나자빠진 취객에게 소리를 고래고래 질렀다.

"이 영감탱이야! 우리 다방에 다시 오면 그때는 오빠들을 불러서 흠씬 두들겨줄 테야!"

여인네가 침을 탁 뱉고 다방으로 들어가자 상은 넘어진 취객을 얼른 붙들어 일으켰다.

"엄 선생, 오랜만입니다. 일어나십시오."

"어어, 이게 누구야. 소설가 양반이 아니신가."

노인은 걸걸한 목소리로 상에게 인사를 건네고 정신을 잃었다.

"이 대취한 사람은 누구인가?"

"자전거 영웅 엄복동 선생이네."

구보는 깜짝 놀랐다. 자전거 영웅 엄복동이라 하면 구보가 보통학교 다닐 시절의 대스타였다. 그는 자전거 판매상 점원이었다가 1913년 '전조선자전차경기대회'에서 기라성 같은 일본의 자전거 선수들을 제치고 우승하였다. 1922년에도 일본 선수를 물리치고 1등으로 들어와 국민의 사랑과 관심을 한 몸에 받았던 스포츠 스타였다.

엄복동을 업고 간신히 여인숙에 간 상과 구보는 잠시 숨을 고른 후 말을 나눴다.

"그런데 대스타가 지금은 이게 무슨 꼴인가?"

"선수 생활을 은퇴하고 후원이 줄고 종로 거리에서 줄기차게 술만 마시고 다니다 이렇게 되었다네. 나는 소설 소재를 구하려다 잠시 만난 적 있고. 나를 기억할 정도면 도움은 되어줄 수 있겠네."

다음 날, 엄복동은 '제비'로 자리를 옮기어 아침식사와 함께 모닝커피를 마셨다.

"나는 술 한 잔이면 자네에게 모든 소설 소재를 풀어줄 수 있지."

엄복동은 새빨간 딸기코에 주름을 지어 함박 웃으며 시커먼 얼굴을 물수건으로 박박 닦아내었다. 어제는 누가 보아도 노숙인 같은 행색이었으나 오늘은 세수를 하고 옷을 갈아입어 그럭저럭 괜찮아 보였다.
　"선생님, 자전거로 한 가지 실험을 해보려 하는데 도움을 주시겠습니까?"
　엄복동은 고개를 저었다.
　"자전거는 다시 타지 않아. 게다가 내 자전거는 모두 전당포에 넘겼다구."
　"자전거는 제가 임대를 해보겠습니다. 궁금한 것이 있습니다. 동대문에서 종로를 거쳐서 안국정까지 자전거를 타고 가서 시간을 15분에서 20여 분 지체한 다음 다시 동대문으로 돌아옵니다. 이 모든 것이 1시간 안에 가능합니까?"
　엄복동은 고개를 끄덕였다.
　"자전거 선수라면 가능해. 그리고 자전거는 최소한 영국제 라지 회사 제품이어야 돼. 시가로 500원 이상 되는 선수용 자전거. 하지만 이것도 이론이야. 종로에는 엄청난 우마차와 자동차 인파가 북적이지. 그걸 감안하면 안 될지도 몰라."
　"선생님, 부탁드립니다."
　상의 간절한 눈빛에 엄복동은 커피를 입에 대고 딴소리를 하였다.
　"비무리가 가득하네."
　구보가 무슨 말인가 싶어 창문을 내다보니 아닌 게 아니라 비구름이 잔뜩 끼어 어두컴컴하였다. 노인네가 창밖을 내다보지도 않고 기후를 잘 알아챈다 싶었다.

"내일이라도 좋습니다."

"비가 오는 날 자전거 한번 신나게 타고 싶었어. 자전거 준비 됐나? 비무리가 안 꼈으면 안 탔을 거야."

상은 다방 카운터로 가서 금홍에게 무언가를 말하고 어디론가 전화를 걸었다. 시금털털하게 바라보는 금홍의 뚱한 표정이 인상적이었다.

1시간 뒤 종로 거리에 비가 내리기 시작하였다. 북적이던 인파는 수선스럽게 비를 피하느라 가게의 처마 밑으로 들어갔고, 일부는 비를 맞으며 뛰어갔다. 우산을 펴든 이들도 꽤 되었다. 상이 나간 지 1시간이 지나 있었다.

창밖으로 상이 보였다. 비를 맞으며 라지 상표가 안장 아래 몸체에 새겨져 있는 경기용 자전거를 끌고 왔다. 구보가 얼른 다방 밖으로 나갔다. 금홍에게 급전으로 돈을 빌려 3시간만 대여한 것이라고 하였다. 그리고 그 옆에는 동아일보 신문사 취재 차량인 포드가 서 있었다. 자전거 대여 회사에서 취재를 붙이는 조건으로 싸게 빌려주었다 했다. 운전기사 옆에 앉은 취재기자가 창문을 열고 인사를 하였다.

"선생님, 저희 차를 뒤따라 와주십시오. 최고 속력을 내시되 사람이나 차를 조심하셔야 합니다."

엄복동은 자전거를 살펴보았다. 손잡이에 달린 브레이크를 한번 작동시켜 보고는 안장에 몸을 살짝 기대보았다. 술에 쩌든 노인이 언제 술을 마셨느냐는 식으로 가뿐하게 안장에 걸터앉았다. 발을 페달에 올려놓고 나무로 만들어진 프레임을 손으로 어루만졌다. 그리고 주머니에서 손수건을 빼내어 바퀴 살을 일일이 닦았다.

자전거의 출발점은 심신 부인병원이 있는 동대문으로 하였다. 엄복동은 자전거를 가뿐하게 타고 종로에서 동대문까지 단 25분 만에 주파하였다. 취재용 포드 승용차에 구보와 이상이 타고 뒤따라왔다. 동대문 심신 산부인과 앞에서 엄복동은 자전거에 올라타 대기를 하고 있었다. 취재기자가 차량 밖으로 손을 내밀어 신호하였다. 차량이 시동을 걸고 움직였다.

처음에 자전거를 앞서가던 차량은 사람과 우마차를 피하느라 번번이 멈춰 섰다. 자전거가 앞장서기 시작하였다. 차는 엄복동의 자전거 속도를 따라잡지 못했다. 흔들리는 차 안에서 손잡이를 잡고 조마조마해하던 구보가 입을 열었다.

"이걸로 하나는 확실해졌군. 자동차나 택시를 빌려서 살해하러 다녀올 수는 없네. 시간이 더 오래 걸려."

"전차가 시속 11킬로미터 정도로 움직이므로 동대문에서 종로까지 30여 분이 걸리지. 자전거는 시속 30킬로미터까지도 낼 수 있으니까, 15분 내로 주파할 수 있네. 길만 뻥 뚫려 있으면."

엄복동은 종각 근처에 자전거를 세워두고 기다리고 있었다. 자전거에 부착된 타임워치로 시간 체크가 가능하였다. 엄복동은 종각까지 15분에 주파하였다. 가랑비처럼 내리던 비는 어느덧 달구비가 되어서 죽죽 내리고 있었다.

"선생님, 지금이라도 실험을 내일로 옮겨도 됩니다. 비에 진흙길이 꽤 미끄럽습니다."

상의 정중한 제안에 엄복동은 화를 벌컥 냈다.

"비가 내려서 하는 거라니까! 자, 어서 시작하지."

엄복동은 자전거 안장에 오르기 전에 자전거 페달과 바퀴 휠, 브레이크 선 등에 기름칠을 하였다. 둥글게 휜 손잡이를 부여잡고 엄복동은 높다란 안장에 풀썩 앉았다.

"안국정 어디까지 간다고?"

상은 고 오송화의 집 주소와 약도를 엄복동에게 보여주었다. 엄복동은 한눈에 휙 훑고는 상에게 건넸다. 엄복동은 포드 자동차 클랙슨 소리에 자전거를 출발하였다. 자전거는 재빠르게 안국정으로 향하는 방향으로 접어들었다. 하지만 방향을 다 틀기 전에 마주오던 마차와 부딪칠 뻔하였다. 엄복동은 재빠르게 핸들을 오른쪽으로 틀어서 간신히 충돌을 막았다.

"자전거 타려면 잡도리나 잘해! 이 자식아!"

마차를 몰던 마부가 큰소리로 조심하라고 외쳤다. 엄복동은 아랑곳 않고 자전거를 재빠르게 달려 관훈정을 지나 삼청정을 지나서 안국정 오송화의 집 근처에 접어들었다. 저만치 오송화가 살았다는 작은 단층집을 상이 가리켰다. 자전거가 정확하게 그 앞에 섰다. 시간은 정확하게 7분이 걸렸다. 1~2분의 오차를 계산하여도 동대문에서 안국동까지 24분을 넘지 않았다.

상이 포드에서 내려 자전거 안장 위의 엄복동에게 말하였다.

"이젠 동대문까지 다시 돌아가는 시간을 측정할 겁니다. 자동차 경적이 울리면 출발하시는 겁니다."

경적이 요란하게 울렸고 구보는 시계 바늘을 주시하였다. 엄복동의 자전거가 비를 뚫고 매섭게 달려 나갔다. 안국정에서 금방 종로 거리로 나왔다. 종각을 지나쳤다.

"잘 따라오라고! 곧 파고다공원이야!"

엄복동이 크게 외치며 앞질러 나갔다. 포드는 여전히 엄복동의 자전거를 추월하지 못했다.

"내 운전사 경력 5년에 저런 자전거는 처음 봅니다. 역시 엄복동은 엄복동인가 보지요?"

"알아보셨습니까?"

구보가 운전사에게 물었다.

"저 양반 뭐하다가 이제 나타난 겁니까? 자전거 대회에서 우승을 두 번이나 했으면 독립운동이라도 하던가, 아니면 조선총독부 고위직에 올라가거나 그것도 아니면 세계자전거대회에서 우승이라도 해야 하는 것 아니오? 아, 하늘에는 비행사 안창남이 있다면 땅에는 엄복동이 있는 거요!"

운전사는 말을 마치고 액셀러레이터를 꽉 밟았다. 차체가 빠른 속도로 튀어 나갔다. 하지만 엄복동의 자전거는 언제나 방해물들을 요리조리 피해서 저 앞에 달려가고 있었다. 비도 달구비에서 다시 가랑비로 바뀌었고 점점 멈춰갔다. 자전거는 종로에서 동대문 방향으로 무섭게 질주하였다. 대로에 자동차가 가로막고 있으면 좁다란 골목으로 바로 튀어 들어갔다. 자동차는 좁아진 골목에서 속도를 줄여 간신히 따라붙었다.

하지만 자전거는 아랑곳 않고 빠르게 달렸다. 동대문으로 들어가 좁다란 골목길에 접어든 엄복동의 자전거가 질주하며 올랐다. 분명 높은 고갯길인데 자전거는 전혀 속도가 줄지 않고 날다람쥐처럼 고갯길로 접어들었다. 골목을 벗어나서 천변에 위치한 약간 널따란 터가 나오는가 싶더니 저만치 심신 산부인과 건물이 보였다. 엄복동은 엉덩이를 들었다.

이때 따라붙던 운전사가 클랙슨을 높였다. 빵빵 소리가 요란하였다. 운전사가 뒤이어 외쳤다.

"엄복동이 엉덩이를 들었다! 엉덩이를 들었다!"

엄복동은 전성기 시절 마지막 트랙에서 엉덩이를 높다랗게 들고 전력을 다해 스퍼트 라인으로 들어서곤 하였다. 운전사가 이를 연상한 것 같았다.

엄복동의 자전거 바퀴가 돌부리에라도 걸렸는지 자전거가 덜커덩 서면서 엄복동의 온몸이 둥글게 말아져 하늘로 솟구쳐 올랐다. 그리고 뒤이어 진흙탕 바닥으로 고꾸라졌다. 비가 갑자기 세차게 내리치면서 엄복동의 온몸에 달려 들어가는 것처럼 보였다. 심신 부인병원의 간판 바로 앞이었다.

"선생님!"

누구랄 것 없이 모두들 자동차에서 뛰어내렸다. 엄복동의 얼굴로 비가 거세게 들이치면서 그는 빙그레 미소를 지었다.

"그래, 바로 이 순간이야. 하하하!"

엄복동의 호탕한 웃음이 하늘을 갈랐다. 상과 구보는 빗속에서 눈물을 흘리는 운전사를 보고 숙연해졌다.

자전거와 취재 차량을 반납하고 '제비'로 돌아오니 시간은 오후 10시가 넘어 있었다. 실험은 대실패였다. 동대문에서 안국정까지 엄복동이 최신 자전거를 타고 달린다 하여도 20분이 조금 넘는 시간이 걸렸다. 돌아오는 시간을 더하고 살인을 하는 시간을 더하여도 최소 1시간 20분은 필요하였다. 1시간 안에 돌아올 수는 없었다.

목욕탕에 들러 말끔해진 얼굴의 엄복동은 미안한 기색으로 구보와 상의 손을 번갈아 잡았다.

"애초 이 계획은 무리였다네. 내 어림짐작에도 여자의 몸으로 자전거를 휘몰아치게 달려서 동대문에서 안국정까지 1시간 내로 다녀올 수는 없어. 게다가 그 의사 선생이 타는 자전거는 여성용이 아니겠는가? 아무래도 선수용보다는 느릴 수밖에 없다네. 자네들이 주장하는 그 알리바이가 깨져버린다네. 1시간은 선수라도 무리야. 물론 주파만 한다면 모르겠지만 살인까지 하는 시간을 계산한다면 어림도 없지."

"오늘 비가 와서 그런 것 아닐까요?"

구보가 반문하였다.

"비가 와서 길은 더욱 미끄러워 쏜살같이 달렸지. 물론 일반인들은 이렇게 달리다 죽을 수도 있네만. 나 같은 사람에게는 비가 방해물이 되지는 않아."

"잘 알겠습니다, 선생님."

상이 인사를 나누고 구보는 마지막 질문을 던졌다.

"선생님, 이제 어디로 가시려는 겁니까?"

"자네들이 내 일생일대의 흥분되고 짜릿했던 순간을 선사하였는데 이대로 다시 일상으로 돌아갈 수는 없겠지. 글쎄, 다시 한 번 트랙에 서는 것을 염원하네만. 그럼 이만."

엄복동은 상이 사례비로 내놓은 돈도 마다하고 '제비' 문을 열고 어둠 속의 종로 거리로 사라져갔다. 그의 뒷모습이 보이지 않을 때까지 상과 구보는 꼼짝 않고 종로 거리에 서 있었다. 상이 손으로 눈시울을 훔치는 구보를 다독였다.

"인생의 가장 빛나는 순간을 기억하는 이는 절대 외롭지 않네. 걱정 마."

다음 날 상과 구보는 종로 삼정목에 위치한 외과의원을 방문하였다. 구보 친척의 소개로 경성제대 의과대학을 졸업한 의사를 만나기 위해서였다. 하얀 벽돌로 지어진 번듯한 삼층 건물로 들어서니 간호사가 원장실로 안내했다. 마침 휴식시간이라고 하였다.

김중일은 가죽 의자에 등을 기대지 않고 꼿꼿하게 앉아 상과 구보를 맞이하였다. 금테 안경을 낀 얼굴은 날카롭게 보였고, 작은 체구와 단정한 옷매무새와 길고 가느다란 손가락은 하루에도 여러 차례 수술을 집도하는 외과의사다워 보였다.

"이덕용 원장에 관해서 무엇이 알고 싶습니까?"

"학창 시절의 교우관계나 성적 그 어떤 것도 좋습니다. 생각나는 게 있습니까?"

"글쎄요, 교우관계라…… 이덕용 원장은 사실 예뻐서 남학생들에게 인기가 많았죠. 생각해보세요. 의과대학에 여자라고는 이덕용과 그 누구더라, 우은실, 그 두 명밖에 없었는데요."

"우은실은 누구입니까?"

상이 물었다.

"여자 동창인데 아마 졸업은 못 했을 겁니다. 일본에 나가서 살고 있다 들었습니다. 평범하게 결혼하고 애 낳고 집에 들어앉은 거죠."

"이덕용에게 대시하는 남학생들이 많았을 텐데 그 중에 사귄 사람은 없었습니까?"

김중일의 얼굴이 약간 붉게 변했다.

"아니요. 한 명도 없었습니다. 이덕용은 수많은 러브레터를 받고도 꿈쩍도 하지 않았고 본인은 다른 곳에 남자가 있다고 줄기차게 주장하였죠."

김중일은 옛일을 회상하는지 회전의자를 돌려서 창가의 나뭇가지를 바라보며 잠시 생각에 잠겼다.

"원장님께서는요? 어떠하셨는지요?"

구보가 조심스레 물었다.

"네?"

"얼굴이 붉어져서 묻는 겁니다. 실례가 됐다면 죄송합니다."

"아뇨. 그 당시 덕용의 얼굴을 봤던 이라면 누구나 빠질 법했죠. 도톰한 입술과 높은 콧날 그리고 도발적인 고양이 같은 눈빛. 지금도 선연합니다. 토마스 하디의 소설 《테스》에 나오는 테스가 그런 얼굴이지 않을까 하는 상상이 들 정도로 아름다운 얼굴입니다. 부모님이 정혼해준 고향 처녀 금순이, 곱단이만 봐온 우리로서는 정말 문화적인 충격에 빠지게 할 정도였죠. 만약입니다만, 이덕용이 나를 유혹하고 짚신짝처럼 차버렸다면 나는 괴테의 소설에 나오는 베르테르처럼 자살했을지도 모릅니다. 그만큼 치명적이었죠. 그런 점에서 우리 조신한 와이프한테 감사해야 되는 것 아닌가 합니다."

"다른 곳에 있다던 이덕용 원장의 남자에 대해 아시는 점이 있습니까?"

김중일은 잠시 안경을 눌러쓰고는 말을 이었다.

"학생들 입에서 나오던 소문이긴 한데, 만주에서 이름만 대면 알 만한 독립투사라는 소문도 있었고, 혹은 일본에서 활동하던 미국 스파이라는 소문도 있었지만 정말 확실한 이야기는 아무것도 없었습니다. 다만 이덕용 원장은 그 당시 우리 같은 조무래기 남학생들은 상대도 안 하는 콧대 높은 신여성이었습니다."

"이덕용 원장은 우은실 양과 각별하게 친하지는 않았습니까?"

김중일의 표정이 묘하게 바뀌었다.

"잘은 모르겠지만 가장 친하다면 친하다 할 수 있겠습니다. 룸메이트였으니까요. 하지만 그 이상은 모르겠습니다."

잠시 침묵이 흘렀다. 그리고 간호사가 들어와 수술 시간이 되었다고 통보하였다.

"보다시피 매인 몸이어서 이만 일어나야 합니다."

김중일이 조심스레 고개를 숙여 보였다. 상이 김중일의 책상에 놓인 심장 모형을 유심히 보다가 질문을 던졌다.

"마지막으로 이덕용 원장에 대해서 특별하게 생각나는 점이 있으면 말씀해주십시오."

"잘 모르겠습니다. 이만 돌아가주십시오. 환자를 기다리게 할 수는 없습니다."

김중일은 일어나서 의사 가운을 벗고 수술복을 착용하고 수술모를 썼다. 상과 구보가 인사를 하고 돌아서는데 김중일이 말을 던졌다.

"선생들, 스크리크닌입니다."

"스크린? 영화 말입니까?"

구보가 되받았다. 김중일이 크게 웃었다.

"스크리크닌! 이덕용 별명이 그것이었죠."

"아, 스크리크닌! 알겠습니다."

상이 답하였다.

"그리고……"

김중일이 잠깐 뜸을 들였다.

"우은실과 이덕용에 관해서 더 듣고 싶다면 사감 선생님을 찾아가면 됩니다. 서대문 근처의 미션스쿨 여대생 기숙사 말입니다."

상이 지팡이를 들어 보이고 고개를 숙였다.

"감사합니다."

김중일 외과의원을 나서자 구보가 앞장서는 상에게 다가가 더듬거리며 말하였다.

"그 스크린, 아니 스크리크닌 그게 대체 무엇인가? 자세히 물어봐야 하지 않겠나?"

상은 지팡이로 바닥을 디디며 답하였다.

"스크리크닌, 마전이라는 식물의 나무껍질과 씨에서 채취해낸 독성물질로 극히 적은 양으로도 흥분이나 심장 발작을 일으킬 수 있네. 심장병 환자에게 자극 약물로 쓰이기도 하지. 그러나 그 한도를 넘으면 신경마비와 심한 경련이 일어나 질식사하기도 하는 위험한 물질이네."

"대체 그게 왜 이덕용 원장의 별명이 되었을까?"

"내 생각으로는 이덕용이 흥분을 잘하고 감정이입을 잘하는 히스테릭한 성격이 있기 때문에 붙여진 별명이 아닐까 싶네. 그 까칠한 성격이야말로 조선의 고전적 여성과 다른 확실한 성격일세. 그러니 얼굴도 수려하지만 대찬 성격이야말로 이제까지 그런 것을 주변 여인에게서 느껴보지 못한 공부벌레들을 자극할 최고의 요소가 아니고 무엇인가?"

구보가 고개를 끄덕였다.

"자네, 여대생 기숙사에 가본 적 있는가?"

어렸을 때에 친척 누나를 따라서 가본 적이 있다며 구보가 고개를 끄덕였다.

"그럼 잘됐네. 나와 함께 금남의 구역에 발을 들여놓지 않겠는가?"

상은 인력거를 잡아서 서대문 근처에 있는 여대생 기숙사 이름을 대었다. 이화여전처럼 여대생이 많은 학교는 학교 내에 기숙사를 크게 지어 학생들을 기숙케 하였으나, 이덕용과 우은실은 남녀공학을 다녔고, 이에 여대생 기숙사가 따로 주어지지 않았다. 그래서 기독교 단체들이 공동으로 지은 서대문 근처에 있는 미션스쿨 기숙사에 머물렀던 것이다. 1시간이 흘러 인력거가 기숙사 정문에 도착하였고, 상은 구보가 타고 온 인력거 요금도 지불하였다. 이번 사건에서 진행비를 따로 받았다 하더니 상은 부쩍 씀씀이가 커졌다. 아무래도 사건을 의뢰한 이는 대단한 재력가임에 틀림없는 것처럼 보였다.

"상이, 이제 누가 사건을 의뢰하였는지 말할 때도 되지 않았는가?"

상은 단호한 눈빛을 보였다.

"미안하네, 이름을 발설하지 않겠다는 약속을 굳게 하였네."

"참나, 사건을 공동으로 조사하는 나에게까지 숨기는 이유가 무엇인가?"

"그분은 그걸 원하셨고, 난 그렇게 약속을 하였으니 더 이상 캐묻지 말게. 자, 어서 금남의 구역에 발을 들여보게나!"

상은 쇠로 만들어진 커다란 창살 대문 앞에서 안을 들여다보았다. 상이 지팡이를 빼 들어서 굳게 닫힌 철문을 쾅쾅 두드렸다. 초로의 노인 하나가 얼른 문가로 나왔다.

"무슨 일이십니까?"

노인은 의아한 눈으로 쳐다보았다. 여학생이 머무는 공간에 사내가 둘씩이나 찾아오는 것은 흔한 일은 아닐 터였다.

"우리는 사감 선생님을 만나 뵈러 왔습니다. 이곳에 머무는 학생 중에 청주에서 올라온 김여엉…… 콜록콜록콜록…….”

상은 끝도 없는 기침을 해대다가 마침내 손수건을 빼들어 입을 틀어막았다. 경비원이 구보를 보았지만 구보는 상의 등을 쳐주며 걱정스레 살폈다.

"이보게, 괜찮은 것인가?"

"괘, 괜찮, 우리는 청주의 김여엉, 콜록콜록콜록콜록."

상은 반복적으로 기침을 해댔다. 경비원이 답답한듯 말을 내뱉었다.

"청주라면, 김예정 학생을 말하는 것입니까?"

상이 손가락을 흔들며 고개를 크게 끄덕여 보였다.

"그, 그렇습니다. 우리는 김예정 학생의 오빠인데 집안 문제로 상의를 하려 합니다. 사감 선생을 뵐 수 있습니까?"

구보는 살짝 돌아서 피식 웃음을 터뜨렸다. 상의 기침 연기가 제법 힘을 발휘한 듯 보였다.

경비원 뒤를 따라서 처녀 아이들이 웃음꽃을 피우고 가슴에는 책 보따리를 꼭 끌어안고 다니는 광경을 보며 한참이고 걸었다. 아리따운 학생들의 활기찬 모습을 보자니 구보의 입가에도 미소가 끊이지 않았다.

"상, 아름다운 처자들이 경성에 이다지도 많았는가? 천국에라도 온 듯하네."

"쉬잇. 우리는 지금 호랑이 같은 사감을 만나러 가야 한다네. 마음 단단히 먹게나."

기숙사 마당을 가로질러 사층짜리 건물 앞에 도착하였다. 양

옆으로 넓게 벌어진 건물은 여학생들로 초만원을 이뤘다. 강의를 들으러 가는 것인지 책이 가득 든 가방을 메고 나가는 여학생, 지각이라도 하였는지 머리에 미처 미용도구를 빼지 못하고 마구 뛰쳐나가는 학생, 레이스 달린 핑크빛 원피스를 입고 녹색 재킷을 걸치고 바이올린 케이스를 든 우아한 여학생, 뾰족한 구두에 단아한 개량 한복을 입고 안경을 낀 공부 잘하게 생긴 여학생 등 여러 학생들이 오가면서 낯선 두 사내에게 시선을 주었다.

구보는 처음으로 받아보는 뭇 여성들의 시선을 느끼자 수줍음에 두 볼이 붉게 물들었다.

일층 복도 끝 사감실 앞에 이르자, 경비원은 되돌아갔다. 상은 지팡이 손잡이로 문을 두드렸다. 잠시 후 엄격한 목소리가 문 밖으로 들렸다.

"네, 들어오십시오."

상과 구보는 문을 열고 사감실 안으로 발을 들였다. 책상에 앉아서 집무를 보던 여인이 고개를 들어 상과 구보를 보고는 얼른 몸을 일으켰다.

"무슨 일이십니까?"

구보가 보기에 사감 선생은 현진건이 지은 단편소설 〈B 사감과 러브레터〉에 나오는 남성기피증이 있는 까다로운 사감처럼 보이지는 않았다. 하지만 나비 모양의 뿔테 안경을 쓰고, 검은색 치마저고리를 걸친 품새가 호락호락해 보이지도 않았다. 제법 기품도 있어 보였고, 작은 체구나 날카로운 눈매로 보아 꼼꼼한 성격을 지닌 것처럼 여겨졌다.

나이는 40대 중반을 넘었을까 싶었는데 언뜻 보면 중류층 이상 가정의 중년 부인의 느낌을 주기도 하였다. 밤에도 기숙사에 머물러야 하는 사감을 할 정도면 당연히 가정이 없는 독신 여성임에 분명하겠지만.

"무슨 일로 찾아오셨습니까?"

사감은 의자에서 일어나 상과 구보 앞에 마주 서고는 경계하는 눈초리를 거두지 않았다. 상은 책상 위에 놓인 명패에 '사감 김용숙'이라고 새겨져 있는 것을 흘깃 보았다.

"저희는 오송화 양 사건……."

구보가 입을 열자 상이 가로막았다. 그리고 얼굴에 가득히 웃음을 담고 빠르게 말을 이었다.

"저희들은 〈시선일보〉 기자들입니다. 김용숙 선생님."

사감의 얼굴이 일순 긴장되었다. 구보의 얼굴에는 놀란 기색이 역력했으나, 곧 상을 믿는 마음에 얼굴에서 긴장을 풀었다.

"〈시선일보〉라고 들어보셨습니까? 2년 전에 창간한 신문인데 최근에 법조계 관련 기사가 꽤나 인정을 받았죠."

구보로서는 상의 거짓말해대는 솜씨가 무척 자연스러워 보였다.

"아, 알 것도 같습니다."

사람들은 세간에 널리 알려진 일이라면 웬만해서는 그냥 아는 척하고 넘어가기 마련이다.

"기자님들께서 우리 기숙사에는 어떠한 연유로 방문하셨습니까?"

"저희들은 기획 기사로 훌륭한 기숙사 사감 선생님을 인터뷰하고 있는데, 이곳 사감 선생님을 취재차 찾아왔습니다."

사감은 얼굴에 기쁨과 설렘 그리고 걱정 등 여러 기색을 띠었다.

"전화라도 주고 오셨다면 제가 준비를 많이 하였을 터인데, 이렇게 찾아오시니 당혹스럽습니다."

상은 너털웃음을 지었다.

"나중에 사진기자를 대동하고 정식 취재를 오고자 합니다. 오늘은 단순하게 사감 선생님을 뵙고 취재 허락을 받고자 함입니다."

그제야 사감은 긴장을 풀고 얼굴에 활짝 웃음을 띠었다.

"네, 좋습니다. 인터뷰 날짜를 언제로 계획하고 계신 겁니까?"

"저희로서는 다음 주가 좋을 것 같은데요."

구보도 이제 슬슬 상의 거짓말 놀음에 동참하였다. 이왕 이렇게 된 바에는 옆에서 바람잡이 노릇이라도 확실하게 해주어야 했다.

"좋습니다. 제가 가능한 날짜는 다음 주 수요일 정도가 적당한데, 기자님들은 어떠십니까?"

"네, 좋습니다. 그 전에 먼저 김용숙 사감 선생님께 몇 가지 질문을 드리고 싶습니다. 뭐, 아주 기본적인 질문입니다. 사감 선생님께서 저희 시선일보 기사에 실릴 만한 이야기가 있는 분인지 가능성을 보고 싶은 겁니다."

"네에? 아까는 바로 인터뷰 날짜를 잡자고 하시지 않았나요?"

구보는 상이 어떻게 대화를 하려는지 무척이나 궁금하였다.

"아, 그렇기는 하지만 아시다시피 저희 편집부장님께서 워낙 까다로워 기사 내용이 마음에 들지 않으면 인터뷰가 나가지 않을 수도 있기에 드리는 말씀입니다."

사감이 약간 허탈한 표정을 지었다.

"그래서 사감 선생님의 업적을 몇 가지 여쭙고자 합니다. 잘 대답해주셔야 합니다."

사감은 고개를 끄덕이고는 상과 구보와 함께 접견 테이블에 마주 앉았다.

"먼저, 선생님께서 길러낸 제자들에 관해 듣고 싶습니다. 기억에 남거나 하는 유명한 제자들이 있나요? 아무래도 유명세를 타는 제자들을 많이 돌봐주셨다 하면 독자에게 어필하는 점이 있어서요."

"지금은 숙명여전 교수로 유명한 최정숙 선생이 우리 기숙사에 머무르면서 학업에 열중하였습니다. 최정숙은 그때도 밤새워 공부하느라 룸메이트와 많이 싸웠죠. 불을 끄라, 아니다 공부를 더 하겠다. 하여튼 못 말리는 학구파였습니다. 그리고 기억나는 이는 심신 병원 원장 덕용이가 있죠. 여의사 1호로 유명한 아이죠. 여고 시절부터 우리 기숙사에 머물렀는데, 집안 분위기는 어두웠지만 공부는 정말 잘했습니다. 보통은 노는 것처럼 보여도 항상 뒤로는 열심히 노력하는 학구파였습니다. 그리고 그 서구적인 얼굴이라니…… 덕용이는 우리 기숙사의 우상이었습니다."

"집안 분위기가 어둡다니, 제 아내도 심신 부인병원을 다니는데 그런 이야기는 처음 듣습니다."

구보도 슬슬 상과 더불어 거짓 기자 놀음에 동참하였다.

"새어머니가 계셔서 방학 때도 집에 잘 돌아가지 않았습니다. 저는 친언니처럼 덕용이를 돌보아주었죠."

"마침 이덕용 원장에 관한 인터뷰 기사도 실을까 계획 중인데, 이덕용 원장의 교우관계라든지, 학창 시절 에피소드라든지 뭐 들을 만한 이야기가 있을까요?"

상이 천천히 덕용에게 화제를 돌려 집요하게 캐물었다. 사감은 거리낌 없이 답하였다.

"교우관계라면 룸메이트였던 우은실 학생과 무척이나 친하였죠. 의대를 같이 다녔고, 덕용이가 남자 같은 활달한 성격이었다면 은실이는 천상 여자 같은 조신한 성격이었습니다. 둘은 친하였고, 그 뭐랄까 소울 메이트처럼 보이기도 하였죠. 같이 영화를 보고, 일기를 주고받고, 대학교 내내 같이 방을 썼습니다. 아마 그 일만 없었어도 둘은 내내 친할 수 있었는데, 그 일이……."

사감은 잠깐 입을 다물었다. 나비 안경 뒤로 망설이는 기색이 엿보였다.

"말씀을 해주십시오. 저희는 오프 더 레코드는 절대 기사화하지 않습니다."

"근데, 저에 관해 물으러 오신 것 아닌가요?"

사감이 잠시 팔짱을 끼고 경계하는 태도를 보였다. 상이 잠깐 구보와 눈빛을 교환하더니 이내 친절한 표정을 지으며 고개를 끄덕이며 답하였다.

"물론 그렇습니다. 하지만 선생님의 제자들에 관해서도 면밀히 알아야 방대한 기사거리가 나옵니다."

사감은 고개를 끄덕였다. 그리고 어쩔 수 없다는 듯이 팔짱을 풀었다.

"덕용이는 은실이가 선을 보던 날 밤에 대판 싸웠던 적이 있죠. 표면적으로는 세탁물이 뒤섞여서 싸웠다고 하였지만 하여튼 개네들이 그렇게 크게 싸운 것은 처음 보았습니다. 덕용이는 은실이의 뺨을 거세게 갈기고 온갖 욕을 퍼부었죠. 이 부분은 오프 더 레코드입니다. 덕용이는 그렇게 대가 센 애이기도 한데, 그러다 제가 덕용이를 방에 가뒀고, 은실이와 면담을 잠깐 하였죠. 은실이 얘기가 덕용이가 자기가 결혼을 준비하는 것을 무척이나 싫어한다고 하였어요."

사감은 잠시 주변을 둘러보다 목소리를 한층 낮춰 말했다.

"아침 점호에 늦어 방을 열고 가보니 둘이 한 침대에 누워 있더라, 항상 가까이 붙어 앉아 공부하더라 시시껄렁한 소문들이 많았지만, 기자님들 정말 오해는 말아주세요. 기숙사 사감으로서 여자들끼리 이상한 감정으로 친밀한 것을 많이 봐왔지만, 모두 지나가는 일들입니다. 그냥 기댈 데 없는 공간에서 서로에게 친구 이상의 감정을 잠깐 느끼는 거죠. 하여간 그 후에 둘은 사이가 벌어졌는지, 은실이가 먼저 학교를 관두고 결혼하여 일본으로 갔습니다. 덕용이는 꿋꿋하게 남아서 의대를 졸업하였고 지금은 저렇게 한 병원의 원장이 되었습니다."

사감이 경계하는 표정으로 상과 구보를 훑었다.

"혹시 〈스캔들일보〉 한상민 기자를 아세요?"

구보와 상이 동시에 모른다는 표정을 지었다. 사감은 분노하는 표정으로 덧붙였다.

"덕용이와 은실이에 대한 아주 저질스런 기사를 내보내어 학교 측에서 강력한 제재로 간신히 그 기사가 유포되는 것을 막았죠. 정말 그런 기자는 용서 못 합니다."

사감은 다시 신 나는 표정으로 바뀌어 말을 이었다.

"다른 제자로 넘어갈까요? 가만 있자 한덕실이가 있는데, 걔는 법대를 다니면서 얼마나 공부를 열심히 하였는지 치질이 도져서 방석이 피바다가 되었지요. 이것도 오프 더 레코드가 되나요? 그 방석을 제가 다 빨았답니다."

그 후로 30분간이나 이어진 제자 자랑을 들어주다가 상이 손으로 제지를 하였다.

"다음 주에 약속을 잡아서 연락드리겠습니다. 목요일이 좋다고 하셨죠?"

"아뇨, 수요일인데요."

"사진기자가 시간이 되어야 하는데, 만약 안 되면 그 다음 주로 넘어갑니다. 그럼 나중에 전화를 드리겠습니다."

상과 구보는 더 할 말이 있는 것처럼 서운해하는 사감을 남기고 얼른 사무실을 빠져나왔다.

"저 사감 선생은 연락만 기다리고 있을 터인데 어찌 하려 하는가?"

"후후, 〈시선일보〉가 없다는 것을 알게 되면 포기가 빠르겠지. 하지만 어쩔 수 없네. 자네가 처음에 하려던 대로 자살사건 그것도 그 유명한 오송화 양, 게다가 그와 관련된 예전 기숙사 학생에 관해 물으려 한다면 저 선생은 조가비처럼 입을 다물고 아무것도 말하지 않을 걸세. 천한 기생 출신 예능인 사건에 자기 기숙사생이 연관되었다는 것은 상상하기조차 싫겠지."

구보는 상의 혜안에 감탄하면서 기숙사 건물을 빠져 나왔다. 마당을 나와 경비원이 열어주는 대문을 통해 밖으로 나오자 해질녘 거리가 그들을 맞이하였다.

"구보, 우리는 지금부터 우은실인가 하는 여인과 연락을 해보아야 하네. 분명 무언가 있어. 이덕용 원장의 과거 비밀을 움켜쥔 여인일 거라 보네만."

"하지만 그녀는 일본에 살고 있다고 하지 않은가? 현모양처로 말이야."

"그 부분이 걸리는 것이, 경성제대 의과대학을 다닐 정도의 재원이 현모양처로 얌전히 살 수 있을까 싶네. 유학을 하지 않는 이상 고된 시집살이라도 한다고 치세. 얼마나 갈 것 같은가?"

상은 다방에 도착하여 전화로 기무라 형사에게 연락하여 우은실에 관한 정보를 제공하고 현재 거취를 알아봐줄 것을 부탁하였다. 그리고 이번에는 안국정 방향으로 급하게 발걸음을 재촉하였다.

"어디로 가는 것인가? 상이."

"고 오송화의 죽음이 있었던 장소에 가보려 하네."

구보는 오싹한 기분이 들었다. 그동안 부검실을 쫓아다니며 시신을 접한 것이 몇 번 되지만, 얼마 전 젊은 여성이 스스로 목숨을 마감한 한 많은 장소에 간다 하니 부담이 되지 않을 수 없었다.

'상이, 이 어둠 속에 지금 꼭 가보아야 되는가?'

이 말이 구보의 입 언저리를 맴돌았지만, 차마 입 밖으로 낼 수 없었다.

종로 거리에서 안국정 쪽 골목을 빠져나가자 아담한 주택가가 나왔고, 주택가 끝자락에 자리한 빈터 중간에 단층짜리 허름한 집이 나왔다. 자전거 실험을 할 때에는 유심히 보지 않았지만 자세히 다가가 보니 그렇게 황량한 집만은 아니었다.

창으로 들여다보자, 하얀색의 예쁜 레이스 커튼도 달려 있었고, 화분도 놓여 있었다. 상이 자물쇠를 지팡이로 내려쳐서 문을 열고 집 안으로 들어갔다. 주머니에서 성냥갑을 빼들어 불을 붙여서 방을 둘러보니, 저만치 책상 위로 등잔이 보였다. 상이 성냥불을 등잔 심지에 가까이 대자 방 안이 환해졌다. 가만히 둘러보니 아기자기한 가구들과 침대가 보였다.

구보가 창으로 다가가 커튼을 열었다. 그윽한 달빛이 방 안으로 들어왔다.

"아마도 이 책상에 발을 디디고 올라가 목을 맨 것 같네. 자살로 가정한다면 말이지."

구보가 방 끝에 놓여 있는 책상을 가리켰고 동시에 상과 함께 천장을 쳐다보았다. 상이 등잔불을 들어 천장 가까이 갖다 대었다. 천장에 길게 놓인 대들보가 눈에 들어왔다.

"그런데 말이야. 상이. 대들보에 목을 매려면 책상이 벽에서 떨어져 있어야 각도가 맞는 것이 아닌가?"

"책상이야 사건이 일어난 후에 경찰 조사가 끝나고 유족들이 제자리로 돌려놓았을 거야. 그렇다면 이 책상에 발을 디디고 올라가 자살을 하기 직전 자신이 취입한 레코드판을 올려놓고 그랬다는 말이지."

상은 말을 마치고 골몰히 생각했다. 구보는 방 안을 둘러보다 책상 앞 의자에 앉았다. 책상에 두 손을 기대고 오송화의 목소리를 떠올려보았다. 그녀의 처연하고 깊은 음색은 이 방과 묘하게 잘 어울리는 것 같았다. 이때 구보의 눈에 들어온 무엇이 있었다.

"상이, 이게 무언가? 피 아닌가?"

상은 등잔불을 구보가 가리키는 책상 왼쪽 모서리에 갖다 대었다. 마른 피딱지 같은 검붉은 흔적이 있었다.

"50년 후에는 이 마른 피 가지고도 수백 가지 추리가 가능할 걸세. 하지만 지금 경성 경무국 형사들의 수준으로는 이 피를 가지고도 한 가지 제대로 된 수사도 불가능할 것이네. 혈액형을 파악하는 것도 힘든 수준이니."

상은 지팡이를 들어 뾰족한 부분을 마른 피에 대고 긁어보았다. 피딱지가 묻어나왔다.

"분명 올라가거나 할 때에 무릎을 모서리에 부딪쳐서 상처가 났고 피가 묻은 것 같네. 이 피가 고 송화 양의 피냐, 아니면 타인의 피냐가 중요한 단서가 되겠지만 말이야."

구보의 말에 상이 맞받았다.

"타살이라고 가정한다면 범인이 자살로 위장하다가 무언가에 크게 놀라서 발을 헛디뎌 스친 것일 수도 있네."

"그렇다면 상이, 정말 범인은 여자란 말인가?"

"그게 무슨 말인가?"

"무릎을 노출한 여자가 상처가 나기 쉽지 않은가? 물론 조선 한복이 아니라 서양식 스커트를 착용하여 다리가 드러났을 때를 이야기하는 것일세."

"남자가 바지를 걷었다거나 하는 가능성도 있지. 일단은 이덕용 원장의 알리바이가 중요해. 분명 점심시간 1시간 동안 나갔다 왔고, 그리고 1시에 도착하여 1시 반에 수술 시간에 정확하게 들어갔다는 것. 간호사가 거짓말을 한다면 거짓 알리바이가 되겠지만."

"상, 김선단의 알리바이는 확인하지 않았잖은가?"

상은 고개를 저었다.

"금홍이가 마침 김선단 극장 직원을 알고 있어 알아봤는데, 그가 점심도 거르고 인테리어 공사를 진두지휘하였다는 말을 들었네. 공사감독도 내가 아는 이여서 연락을 해보았는데 대답은 마찬가지였고."

구보는 내심 상의 부지런함에 감탄하였다. 그는 모든 가능성을 열어두고 추리를 하다가 지금은 한 사람에게 포커스를 맞춰 집중하고 있었다.

오송화의 집 자물쇠를 상이 얼기설기 맞춰서 걸어 넣고 나왔을 때가 밤 8시 20분경이었다.

상은 기무라에게 오송화의 유족이 이 근처에 산다는 정보를 알아내었다. 오송화의 집에서 20여 분을 걷자 자그마한 단층 초가가 나왔다. 상이 소리를 내어 사람을 부르자 50대 초반의 늙수그레한 여인이 나왔다.

"무슨 일이십니까?"

"고 오송화 양에 관하여 물어볼 것이 있어 경찰서에서 나왔소."

여인은 피로한 기색으로 문을 열어주었다. 수차례 조사를 당하여 누군가를 맞이할 힘도 없는 듯 보였다. 상은 오송화의 집에서 가져온 유품을 일일이 확인해보았다. 그리고 책상에 놓여 있었다던 레코드 재킷을 확인했다.

"구보, 이상하네. 이 재킷에는 레코드판이 없네."

〈여인을 찬미하라〉가 실린 재킷이었다.

"경찰서에서 가져간 것이 아닌가?"

상은 의미심장한 표정으로 아무 말이 없었다. 유족에게 조의를 표하고 나와 늦은 저녁을 먹고 '제비'로 들어오니 10시가 되어 있었다. 다방 안에는 손님이 거의 없었고 금홍은 붉은 립스틱을 바르고 하얀 레이스 드레스를 걸친 채 약간은 술기운이 들어간 얼굴로 유성기에 대고 무반주로 노래를 부르고 있었다. 기생 출신의 유명 가수 왕수복이 부른 〈고도의 정한〉은 금홍의 입에서 애달프게 흘러나왔다.

칠석날 떠나던 배 소식 없더니
바닷가 저쪽에서 돌아오는 배
뱃사공 노래 소리 가까워 오건만
한번 간 그 옛님은 소식 없구나

어린 맘 머리 풀어 맹세하더니
새악씨 가슴 속에 맺히었건만
잔잔한 파도소리 님의 노래인가
잠들은 바다의 밤 쓸쓸하도다

"금홍아, 커피 두 잔만 다오. 피곤하다."
상이 여느 때처럼 말을 하고 자리를 잡는데, 금홍이 샐쭉한 얼굴로 상을 노려보더니 소리를 버럭 내었다.
"나도 옆집 카페들처럼 녹음도 되는 유성기로 구입해줘!"
파이프 담배에 불을 붙이던 상이 놀라 금홍을 뒤돌아보았다.
"이 다방 꼴 안 보여? 손님도 끊기고 가게 분위기도 구리죽죽하고 실내 장식도 엉망이고. 나도 다방 홀 단장해서 돈 좀 벌어보고 싶다고. 범인이다 문학이다 소설이다 깝치지 말고 그냥 돈 벌어 와서 유성기라도 새 제품으로 단장해달라고!"

금홍은 버럭버럭 소리를 지르고 제풀에 지쳐 바닥에 주저앉았다. 상은 아무 말 없이 구보에게 돌아가라는 눈짓을 보내고 마저 남은 한 명의 손님도 내보내고 나서 금홍을 살포시 안고 내실로 들어갔다.

　다음 날 아침 구보가 다방을 방문하였을 때, 금홍은 언제 그랬느냐는 식으로 새침한 얼굴로 카운터에 서 있었고 구보가 들어서자 커피 한 잔을 내왔다. 상이 내실에서 나온 것은 1시간여가 지난 후였다. 가운을 걸친 그는 피곤한 기색이 역력하였다.
　"밤새 금홍이 시중드느라 죽는 줄 알았네. 술주정이 보통 아닌 것은 알고 있었지만. 후우."
　한숨을 내쉬는 상이 순간 귀엽게 느껴졌다.
　"오늘 우은실 양을 찾아가기로 하였네. 기무라 형사가 우은실이 경성에 들어와 있다는 것을 알아봐주었네. 어젯밤에 전화를 하여 허락을 받았지. 준비하고 가세나."
　상은 가운을 벗고 어수선한 셔츠와 재킷 차림에 따개비 모자를 올려 쓰고 앞장을 섰다.
　"그 모자는 무엇인가? 조가비처럼 둥글납작한 것이 자네와는 영 어울리지 않아."
　"금홍이가 내 중절모와 양복마저 내다 판다지 않나. 감춰두었네. 그 동시 녹음이 가능한 유성기인가 무엇을 사겠다고 저 난리네. 그게 있으면 손님들이 노래를 녹음해서 직접 그 자리에서 들어볼 수 있고 인기를 끌 수 있겠다던데? 금홍이도 가수 하고 싶은 생각이 있는지 밤마다 노래를 하는 통에 잠을 잘 수가 없네. 나도 밤마다 산책을 하러 나간다네."

상은 피로한 두 눈을 집게와 가운뎃손가락으로 눌러댔다. 그러면서도 걸음을 재게 놀려 저만치 앞서 갔다.

청계천을 경계로 종로 일대의 전통 상권을 북촌이라 하고, 명치정 일대의 상권을 남촌으로 나누어 칭하였는데 일본인이 남촌에 몰려 살기 시작하면서 남촌 거리가 훨씬 더 정비가 잘 되고 발전하였다. 하지만 전통적인 부촌인 북촌에서도 잘사는 동네인 삼청정, 사간정 일대의 한옥들은 높다란 담장으로 그 위용을 자랑하고 있었다. 삼청정 일대를 걷던 상이 구보를 돌아보고 말하였다.

"예전보다 더 높게 담장을 지어 올림으로써 퇴락해가는 양반의 꼬락서니를 보여주지 않겠다는 의도가 다 무언가?"

"상이, 이곳은 아직도 황실 인척이나 총독부 고위 관리들이 기거하는 곳일세."

"그들은 나라를 팔아서 이 집을 얻어서 사는 치들이니 일본 제국주의가 기르는 애완견에 불과한 것이네."

구보는 누가 듣는지 뒤를 한 번 돌아보았다.

"그나저나 상이 이런 정도의 집에 사는 여자가 우리를 만나주겠나?"

상은 고개를 끄덕였다.

"다행히 집 근처 다방에 나와주기로 하였네."

상은 삼청정 한옥 사이에 위치한 다방을 귀신같이 찾아내었다. 다방 양 옆에는 장신구와 옷, 그리고 채소를 파는 가게 등이 있었다. 상과 구보가 '꽃과 새'라는 다방에 들어앉아 우은실을 기다린 지 30여 분이 지났다.

유성기에서 고적한 클래식 음악이 흘러나오고 있었다. 하얀 블라우스에 롱스커트를 받쳐 입고 그 위에 옅은 녹색의 외투를 걸치고 머리를 다소곳하게 올린 여인이 다가왔다. 수심이 가득한 얼굴이었다.

"우은실이라고 합니다."

이덕용과 동기동창으로 보기에 여인은 훨씬 더 나이 들어 보였고, 활기가 없었다.

"두 분 선생님들 글은 잘 읽고 있습니다."

우은실은 구보와 상의 소설과 시를 잡지와 신문을 통해 접하였다고 하였다. 그러던 중에 기무라 형사의 연락을 받고서 선뜻 나와주기로 하였다.

"이덕용 원장의 학창 시절 가장 친했던 분이라 저희가 이렇게 찾아오게 되었습니다."

우은실의 얼굴에 기쁜 기색과 함께 걱정스런 표정이 동시에 비쳤다.

"덕용이가 무슨 잘못을 했나요? 종로서에서 저한테까지 연락이 다 오고 말입니다."

"그냥 지금은 용의자 선상에 있습니다. 확실한 증거는 없습니다. 참고인 진술을 듣고 싶습니다."

우은실은 얼굴에 망설이는 기색이 역력했다. 녹색의 외투 깃을 꼭 그러쥔 모습이 이 자리에 있는 것을 무척이나 곤혹스러워하는 것 같아 보였다.

"실례지만 덕용이에게 불리한 말 같은 것은 하고 싶지 않습니다. 집에 돌아가도 될까요?"

상이 난처한 기색을 잠깐 드러내 보였다. 구보가 다급해져서 주변을 둘러보고 머리를 긁적이다 입을 열었다.

"저의 작품 중에서 재미있게 읽어보신 것이라도 있으신지요?"

은실은 분명 자신의 소설을 읽어보았다고 하였다. 잠시 은실의 얼굴에 화색이 돌았다.

"저는 특별한 일이 없으면 종일 집에 있습니다. 사람을 만나는 일이 언제부터인가 조금은 힘들어졌죠."

은실은 작게 가냘픈 숨을 내쉰 후 말을 이었다.

"박태원 선생님께서 조선중앙일보에 연재한 《소설가 구보 씨의 일일》을 재미있게 읽었어요."

구보는 진정으로 기뻐하였다.

"그러십니까?"

"소설에서 '구보 씨'가 다니며 벌이는 행적도 흥미로웠지만, 주인공의 내면세계가 의식의 흐름에 따라 묘사되고, 혹은 각 장면들이 편집되어서 몽타주 기법으로 표현되는 것도 무척이나 좋았습니다."

구보는 눈이 번쩍 뜨였다. 이덕용의 친구라더니, 역시 우은실도 보통의 여성은 아니었다. 상당히 지적인 인텔리 여성이었다.

"정말 감사합니다."

은실의 얼굴에 은은한 미소와 함께 우울한 그림자가 싹 걷혔다. 그녀는 활기를 띠고 구보와 상을 존경어린 눈으로 보고 있었다.

"이상 선생님의 시어는 참으로 아름답다고 할 수는 없지만 뭐랄까, 그런 초현실적인 시어를 구사하는 선생님의 시 작법은 무척이나 독특하다고 할까요? 현실을 초월하여 상상의 나래를 펼칠 수 있게 도와줘서 감사했어요. 적적한 현실 속에서 두 분의 작품으로 그래도 새로운 세상을 접해볼 수 있었지요."

발그레한 은실의 얼굴은 소녀의 감상을 그대로 담고 있었다. 누가 이토록 아름다운 소녀를 수심에 가득하게 만들었을까. 구보는 은실에 관해서도 적잖이 궁금하였다.

"이덕용 선생에 관해 말씀을 잠깐 들을 수 있을까요?"

상이 은실의 분위기를 살피며 제안을 하였다. 은실은 잠시 머뭇거리다가 얼굴에 미소를 머금고 옛 일을 회상하는 듯 시선을 약간 위로 두고 말을 이었다.

"덕용이는 참 예쁜 아이였지요. 여고 시절에서부터 전교 일등을 도맡아 했고 반장과 학교 대표라는 중책도 맡았지요. 저는 책만 파던 여학생이던 반면 덕용이는 대외활동도 활발하게 하였습니다."

상이 은실의 말을 듣다가 잠시 끼어들었다.

"김중일 선생님과 김용숙 사감 선생님을 만났습니다."

구보는 상의 말에 고개를 끄덕였다.

"이덕용 씨는 우은실 씨와 무척이나 친한 사이였다는 게 맞습니까? 일반적인 의미의 친구 관계가 아닌 그 이상을 듣고 싶습니다. 사감 선생님께 들은 말로는 친구 이상의 깊은 관계가 있어 보였다더군요."

은실의 얼굴이 크게 어두워졌다. 그리고 눈빛이 아래로 향하였다. 애꿎은 커피 잔만 쥐고서 얼굴도 들지 못하였다. 상은 기다려주었고 구보도 침묵을 지켰다. 잠시 후, 유성기에서 윤심덕의 〈사의 찬미〉가 흘러나오자 우은실은 결심한 듯이 고개를 들었다.

"철없는 여고시절의 불장난 같은 것이죠. 여자가 여자를 좋아한다는 것은 이 사회에는 드물어도 여고생 사이에서는 꽤 많았습니다. 덕용이는 저를 줄기차게 좋아했습니다. 경성대 영문과를 가려다 제가 의대를 택하자 덕용이도 말없이 저를 따라왔습니다. 그리고 기숙사 룸메이트가 되어 항상 붙어 다녔습니다. 그래요, 저는 덕용과 학창 시절 서로 사랑하였습니다. 하지만 졸업이 가까워지자 도저히 이어나갈 수 없었지요. 저는 덕용을 버리고 집에서 정해준 남자와 결혼하여 일본으로 유학을 갔습니다. 저는 공부를 포기하였고 남편을 뒷바라지 하였습니다. 하지만 그 일도 5년을 하니 지겹더군요. 남편과 헤어지고 다시 경성으로 돌아와 덕용에게 연락을 하였지만 그녀의 마음은 차갑게 식었습니다. 저는 전문의도 따지 못하였고, 다시 의과대학으로 돌아갈 용기도 없었으며, 이제는 집 안에 칩거하여 생과부로 여생을 보낼 팔자입니다. 부디 덕용이가 무슨 사건에 연루되었어도 잘 봐주십시오. 그녀가 저지른 잘못이 아닐지도 모르고, 혹 저질렀더라도 그럴 만한 사정이 있어서일 겁니다."

은실은 말을 마치고 조용히 일어섰다. 그녀의 뒷모습은 쓸쓸했다.

종로 거리를 걷던 상은 한참이나 말이 없다가 뜬금없이 입을 열었다.

"구보, 그 유성기 금홍에게 사줄까나?"

구보는 의아한 얼굴로 상을 바라보았다. 유성기와 이 사건의 관련은 없지 않은가 하는 표정을 상도 읽었는지 피식 웃었다.

"상이, 그나저나 이덕용 선생의 알리바이를 완벽하게 깰 수 없다면 이만 참고인 조사나 주변 조사를 마치도록 하지. 1시간은 무리일세. 동대문에서 안국정까지 아무리 자전거를 탄다고 하지만 말일세."

"그런가? 후후. 이만 갈 길을 가게나. 나는 또 들를 데가 있으니."

상은 휘파람을 불며 땅거미가 내려오는 종로 거리를 걸어갔다.

다음 날 오후 3시, 종로서 조사실에는 김선단, 이덕용, 그리고 기무라 형사와 이상이 마주보고 앉아 있었다. 오전에 전보를 받은 구보가 가장 늦게 도착하여 벽에 붙은 자그마한 의자에 앉았다.

"진료 볼 환자가 세 분이나 병원에서 기다리고 있어요."

덕용은 신경질적인 어투로 말하였다. 상이 덕용의 얼굴을 물끄러미 보다 김선단에게 시선을 돌렸다.

"김선단 사장님은 어떠십니까, 바쁘십니까?"

"오송화 양의 죽음의 진실을 알 수 있다면 이런 조사 얼마든지 괜찮습니다."

김선단이 나직하게 답하였다.

"먼저 이덕용 원장에게 묻겠습니다. 무릎에 난 상처는 어쩌다 생긴 것입니까?"

"자전거를 타다가 생겼습니다."

"정확하게 언제쯤입니까?"

"4월 1일 월요일입니다."

"송화 양이 죽은 그날이군요."

덕용은 입을 다물었다. 대신 상이 입을 열었다.

"제 생각에는 다른 데에 부딪혀서 생긴 상처 같습니다. 저는 며칠 전 송화 양이 자살한 집에 가보았습니다. 안국정 주택가에 있는 자그마한 집이었습니다. 다행히 현장은 여전히 정리되지 않은 상태였습니다. 유서나 유품들은 경찰서나 유족이 가져갔대도 가구나 세간은 그대로 있었습니다. 목을 맨 대들보 아래로 작은 책상이 있었고, 그리고 창가에 예쁜 레이스 커튼도 달려 있어서 여가수가 살았던 집답게 아기자기했습니다.

그 얘긴 이쯤하고 그날에 대한 이야기를 해볼까요. 그날 원장님은 점심시간에 산책 나가는 척을 하고 병원을 나왔습니다. 얼굴을 가리는 모자를 쓰고 자전거를 타고 송화 양의 집에 20분 안으로 전속력으로 달려갔습니다. 왜냐하면 송화 양과 미리 해둔 약속이 있었기 때문입니다."

구보가 목소리를 낮추어 상의 귓가에 속삭였다.

"상이, 알리바이 시간이 정확하게 들어맞지 않네."

상이 목소리를 높였다.

"저는 자전거 선수였던 엄복동 선생과 실험을 해보았습니다. 4월 1일 점심시간, 즉 12시에 동대문 심신 부인병원에서 나온 이덕용 원장이 안국정 오송화 집에 가서 그녀를 자살로 위장하여 타살하고 병원에 1시에 돌아올 수 있는지를 말이지요. 실험은 실패하였습니다. 엄복동 선생은 도저히 불가능하다고 하였습니다. 하지만 이 알리바이는 어젯밤에 제가 야간 근무를 하던 심신 부인병원 간호사를 만나 물어본 결과 깨져버렸습니다. 간호사들은 4월 1일 수술 시간인 1시 30분 이전에 선생이 진료실에 있었다고 증언하였습니다. 하지만 정확하게 말하자면 식사를 마친 간호사들이 돌아온 시간은 1시. 1시 15분에 원장님이 돌아오셨는지 확인하려 진료실로 향했죠. 당시 그녀들은 진료실 문을 열어본 것이 아니라 진료실에서 들려오던 피아노 소리에 원장님이 돌아온 것이라 착각을 한 것입니다. 피아노 소리를 들으며 간호사들은 수술실로 향하여 수술 준비를 하였을 겁니다. 기무라 형사님."

기무라는 구석에 놓여 있던 유성기를 들고 탁자 위에 올려놓았다.

"이것은 제가 내자를 위해 준비한 최신식 유성기입니다."

상은 유성기에 레코드판을 걸었다. 아무런 소리도 흘러나오지 않았다. 다만 상이 목청을 돋우어 노래를 불렀다.

"광막한 광야를 달리는 인생아 너는 무엇을 찾으려 하느냐.
이래도 한세상 저래도 한평생 돈도 명예도 사랑도 다 싫다.
녹수청산은 변함이 없건만 우리 인생은 나날이 변한다.
이래도 한세상 저래도 한평생 돈도 명예도 사랑도 다 싫다."

구보는 이 우스꽝스런 광경에 어찌해야 할지 도무지 갈피를 잡을 수 없었다. 다만 진지한 표정의 기무라 형사, 김선단의 찡그린 심각한 얼굴, 이덕용의 광기어린 눈빛만을 번갈아 볼 뿐이었다. 상의 노래실력은 뛰어나다고 할 수는 없으나 그래도 분위기를 살리는 데는 제법 한 가닥 할 것처럼 보였다. 그 반대로 분위기를 죽이는 데도 일가견이 있을 것처럼 보였지만.

"죄송합니다. 제가 노래를 못합니다."

상은 말을 마치고 유성기의 오른쪽에 있는 손잡이를 잡고 앞쪽으로 돌렸다. 그리고 레코드판에 바늘을 다시 처음부터 걸었다. 그러자 이게 웬일인지 상의 목소리가 거기서 흘러나왔다.

"저는 처음에 선생께서 쇼팽의 레코드판을 사서 걸어놓고 자전거를 타고 나간 지 알았습니다. 하지만 최신식 유성기는 원장님의 피아노 소리를 담았다가 이렇게 원하는 시간에 재생을 하기도 하는군요."

덕용의 눈이 잠깐 깜박였다. 그리고 이내 다시 평온한 표정으로 돌아갔다.

"그걸로, 어떻게 제가 범죄를 저질렀다고 확신하시는 거죠? 그래서 어쨌다는 겁니까?"

"저는 녹음이 가능하고 재생이 가능한 유성기로 30분의 시간을 더 벌었다고 말씀드리는 겁니다. 1시 30분의 수술에는 들어가셨으니까요. 자전거로 동대문 심신 병원에서 종로를 거쳐 안국정으로 가는 것은 왕복만 해도 50분이 넘죠. 제아무리 엄복동이라도 말입니다. 하지만 저는 엄 선생님과 다시 한 번 만났습니다."

구보는 이 사실은 몰랐다.

"엄 선생님과 심신 부인병원 뒷마당에 세워진 원장님의 자전거를 확인하러 갔습니다. 엄 선생도 감탄을 하더군요. 자전거에는 최신 변속 기어가 설치돼 있더군요."

기무라가 호기심을 보였고, 덕용의 눈이 다시 한 번 깜박였다.

"프랑스의 뽈드 비비라는 여행가가 최초로 고안한 자전거 기어는 1905년 알프스 산을 탐험할 때 사용되었죠. 원장님 자전거에 설치된 기어는 정말이지 감탄할 만한 것이었습니다. 제가 알아본 바로는 프랑스의 최신 고안품으로 조만간 프랑스 전역을 질주하는 자전거 대회에 채택될 기어라고 하더군요. 원장님의 자전거로는 굳이 차와 사람으로 막히는 종로로 질주할 필요가 없습니다. 창신정, 연건정을 거쳐 삼청정까지 고갯길과 산길을 자유자재로 오르내릴 수 있겠더군요. 남장을 하실 필요도 없고요."

덕용은 입가에 미소를 짓고는 고개를 저었다.

"소설가 양반이 추리소설 구상하는 걸 언제까지 들어줘야 할까요?"

덕용은 어이가 없다는 눈으로 상을 쳐다보았다. 기무라가 상과 덕용을 번갈아 보았다.

"송화 양과 흉금 없이 지내는 사이라 송화 양도 제안을 부담 없이 받아들였죠. 유서를 쓰고, 자살 시도를 해서 김선단의 마음을 잡아두자는 계획은 처음에 누가 세운 겁니까?"

상의 말에 김선단이 화들짝 놀랐다. 덕용이 먼저 입을 열었다.

"좋아요. 그 부분에 관해서는 제 생각을 말하죠. 송화 양은 김선단 사장에게 청혼을 받고 싶어 했습니다. 이미 두 사람은 뜨겁게 사랑하는 사이였습니다. 하지만 김선단 사장은 아내가 죽은 지 2년 밖에 안 된 시점에, 게다가 자신보다 스물다섯 살이나 어린 신부에게 청혼한다는 것이 쉽지는 않은 일이었겠죠. 사업적 이익을 위해 송화 양이 인기가 떨어질까 두려워 청혼을 하지 않았다고 생각하고 싶지는 않습니다. 김 사장님이 그만한 그릇으로 보이지는 않고요."

덕용이 약간 비꼬듯 말을 마쳤다.

"난 그저 송화에게 시간을 달라고만 하였소!"

김선단이 크게 소리를 내면서 일어섰다.

"진정하십시오."

기무라가 일어난 선단을 제지하고 다시 자리에 앉혔다. 상이 차분하게 말을 이었다.

"송화 양에게 칼모틴을 먹인 사람은 분명 이덕용 당신입니다.

송화 양은 당신과 모의를 했습니다. 김선단을 잡기 위해서. 자살 시도를 하면 동정을 얻어 분명 청혼을 받을 것이라고 당신이 꾀었겠죠. 목을 매어 자살을 시도하려다 우연히 방문한 당신이 구해주는 설정이겠죠. 당신은 계획을 좀 더 쉽게 하기 위해 점심으로 먹을 떡을 가져왔다며 하얀 모치를 송화에게 내밀었을 것입니다. 몰래 칼모틴 가루를 묻힌 떡 말이죠. 모치의 달콤한 맛 때문에 겉에 묻은 가루의 쓴맛을 쉽게 알아채지 못했을 겁니다. 송화 양은 당신이 권한 떡을 먹고 잠에 빠져듭니다. 당신은 송화 양이 미리 써둔 유서를 책상 위에 놓고 그 옆에 김선단이 만든 최근 음반을 석 장 놓습니다."

"난 환자를 진료하는 의사입니다. 히포크라테스 선서를 마친 의사입니다. 제가 그런 짓을 할 이유가 없어요."

"송화 양은 죽기 직전에 레코드판을 걸어놓았습니다."

상이 단정을 짓자 덕용의 눈이 순간 흔들렸다. 상은 마치 보고 있는 듯 상황을 묘사하였다.

"자살을 하기에 음악보다 더 어울리는 것은 없었겠죠. 김선단 사장에게 시위하듯이 자살 쇼를 연출하려면 분명 그가 제작한 음반이 축음기에 걸려 있어야 합니다. 음반 재킷만 올려놓아서야 의미가 없죠. 그렇다면 한번 봅시다. 송화 양이 부른 〈여인을 찬미하라〉가 잔잔하게 흘러나오고 송화 양은 누군가의 도움을 받아 자살 쇼를 연출하려 합니다. 하지만 그 누군가가 건넨 수면제에 의해 그대로 그곳은 살인 현장이 되어버립니다. 그 누군가는 송화 양의 몸을 온힘을 다해 어깨에 둘러메고 책상 위로 올라갑니다. 그 순간 덜커덕 소리가 납니다. 레코드판이 다 돌아가면서 바늘 끝에 레코드 가장 안쪽 테두리가 걸린 것이지요. 지익 거리는 소리에 그 누군가는 깜짝 놀라며 순간 멈칫하다 모서리에 무릎을 찧게 됩니다. 그리고 화가 나서 송화 양을 잠시 책상에 걸쳐 두고 레코드판을 들어 그대로 던져버립니다."

상은 바닥에 놓아둔 서류 가방에서 종이봉투에 든 레코드판을 꺼내 기무라에게 건넸다.

"지문을 채취하시면 제 말이 맞는지 아시게 될 겁니다."

덕용의 얼굴이 점점 파랗게 질렸다. 두 눈은 공포에 휩싸여 있었다. 덕용의 두 손은 바르르 떨렸고 온몸은 앞뒤로 흔들렸다. 눈동자는 불안하였고 어깨가 들썩거렸다. 곧이어 폭발할 듯 히스테릭한 모습을 보였다. 상이 덕용과 시선을 맞추어 단정 지었다.

"사랑에 눈이 멀면 못 할 짓이 없습니다."

"그렇다면 이덕용 원장이 김선단 사장을 사모했다는 것입니까?"

기무라가 외쳤다. 상은 고개를 저었다.

"저는 며칠 전에 이덕용 원장과 우은실 양이 머물렀던 기숙사 사감 김용숙 선생을 만났죠. 그분에게서 두 분 사이의 묘한 기류에 관해서 들을 수 있었습니다. 은실 양이 선을 보면 이덕용 원장은 심하게 질투를 하였습니다. 왜 그랬을까요? 단순히 친구 사이의 질투였을까요? 아니면 정말로 은실 양을 다른 남자에게 빼앗기는 것이 싫었을까요? 둘은 은실 양의 결혼을 계기로 절교하게 됩니다."

덕용의 얼굴이 붉어졌다. 구보는 안경을 곧추 세우고 상의 말에 귀를 기울였다.

"당신은 송화 양을 환자와 의사 사이가 아닌 연인 사이로 여겼습니다. 하지만 송화 양이 김선단에게 푹 빠지자 배신감을 느꼈겠죠."

"그런 이유로 사람을 죽일 수는 없어요."

덕용이 잘라 말했다.

"질투라는 걸로 살인을 할 수는 없다. 그 말씀은 바로 송화 양을 사랑한 원장님의 마음을 일부나마 인정한 것으로 여기겠습니다. 원장님은 송화 양과 김선단 사이를 질투하셨겠죠? 과거에 우은실 양과 선 본 남자 사이를 질투하셨던 것처럼."

덕용의 얼굴이 새빨개졌다. 부인도 긍정도 못하였다.

"하지만 이건 어떻습니까? 질투를 넘어선 광기 그리고 살인에 이르기까지 좀 더 강한 스파크가 있었다고 생각되는데요."

구보는 상이 대체 무엇을 말하고자 하는지 짐작이 가지 않았다.

"자신이 사랑했던 순수해 마지않은 눈의 결정 같은 아름다운 존재가 오염됐다는 생각이 들면 어떻게 될까요? 당신은 부인과 의사입니다. 송화 양이 임신했다는 것을 몰랐을 리가 없어요!"

상을 바라보던 덕용의 시선이 파르르 떨렸다. 상은 이때를 놓치지 않고 몰아붙였다.

"송화 양의 임신 사실을 안 당신은 화가 많이 났겠죠. 분명 당신이 소중하게 간직한 순정이 처절하게 짓밟혔다고 생각을 했을 겁니다. 그 순정을 짓밟은 송화 양을 용서할 수 없었겠죠. 세파에 찌든 김선단 사장은 그렇다 쳐도 송화 양이 당신을 배신하였다는 사실에 화가 많이 났을 겁니다. 그래서 계획적인 살인을 구상하였죠. 당신이 사랑한 순수 결정체 여인이 임신하여 구질구질하게 남자에게 매달리는 자살 연출 상황을 용납할 수 없었을 테니까!"

덕용이 벌떡 일어나 외쳤다.

"내가 얼마나 놀랐는지 알아? 당신 남자들은 모를 거야. 청결하고 순수하다고 여긴 그녀의 몸에서 임신의 기미를 발견하고 얼마나 대경실색했는지 모를 거야. 그 아이는 달거리도 하지 않은 순수 그 자체의 아이야. 그런 아이가 감정아이를 가졌다구! 질이 자색으로 변한 임신 징후를 발견하고서 내가 얼마나 처절하게 무너졌는지 당신들은 모를 거야! 그래서, 그래서 죽였던 거야!"

이덕용이 마지막 말을 마치고 어리둥절하여 자신의 입을 손으로 틀어막았다.

기무라 형사는 즉시 포승줄로 이덕용의 두 손목을 묶었다. 이덕용은 기무라에 의해 조사실에서 끌려가면서도 바락바락 소리를 질렀다.

"김선단! 이 천하의 호래자식, 너는 착한 송화를 오염시켰어! 더럽혔다구!"

덕용의 카랑카랑한 목소리가 귓가에 울려 퍼졌다. 상은 엎어진 의자를 정리하고 훌쩍이는 김선단 옆에 앉았다. 구보는 꼼짝 못하고 벌어지는 광경을 지켜보았다. 이덕용이 조사실을 완전히 벗어나자 구보가 물었다.

"감정아이라니?"

상은 고개를 끄덕였다.

"감정아이, 월경을 하지 않고 밴 아이를 말하네."

"그렇다면……. 송화가 제 아이를 임신한 줄은 꿈에도 몰랐습니다. 송화가 정녕 제 아이를 가졌다는 말입니까?"

김선단이 절규하였다. 구보가 고개를 갸웃하였다.

"어떻게 달거리를 하지 않은 여인이 아이를 밸 수 있는 것인가?"

"그게 바로 이덕용을 가장 분노케 한 점이네. 조선에는 조혼 풍습이 있어서 어린 소녀가 결혼을 하기도 하였네만 초경 직전에 성관계를 가진다면 달거리를 하지 않고도 임신을 못 할 것도 없네."

"상이, 그렇다면 이덕용 원장은 의사로서 분노한 것인가? 아니면 오송화를 짝사랑하여서 분노한 것인가?"

"둘 다겠지."

김선단이 정신을 가다듬고 말하였다.

"대체 언제 이 사실을 알게 되신 겁니까?"

"만약에 부검을 했더라면 진즉에 경찰에 알려졌겠지요. 최근에 송화 양이 부인과를 찾아간 일이 많기에 넘겨짚은 것입니다. 거기에 이 원장이 넘어간 것입니다. 아무리 이 원장이 피아노를 가르쳐주고, 송화 양과 친한 사이라 하여도 최근에 부인과를 너무 자주 드나들었다 하면 임신이 의심됩니다. 피아노를 열심히 배운다 하면서 핑계를 대고 드나들었겠죠. 송화 양으로서는 어디다 이야기할 데도 없고 유일한 비밀을 알고 있는 이덕용에게 전적으로 의지를 했을 겁니다.

이덕용은 송화 양의 임신징후를 확인하고 배신감을 느꼈을 겁니다. 게다가 초경도 맞지 않은 소녀의 몸으로 임신을 하였으니 같은 여인으로서 분노를 하였겠지요. 그뿐 아니라 이덕용은 여인을 사랑한 전력이 있었습니다. 학창 시절에도 한 여인과 깊은 사랑을 하여 시골로 도피한 적도 있었고, 그 여인이 결혼을 하자 일본에까지 건너가 여인을 죽이려 시도했다고도 하였습니다. 이미 경성 의과대에서는 유명한 일이었지만 동료 의사들끼리 덮어주었고, 상대방 우은실 양도 이 부분은 입 다물고 살았습니다. 저는 이 건에 관하여 기자에게서 정보를 입수하였죠. 유명인의 뒤를 캐는 기자였는데, 이덕용의 치부라면서 들려주었습니다. 물론 술값은 꽤나 들었지만요.

은실 양은 나중에 이덕용을 용서하였다 합니다. 심지어 이덕용을 다시 만나기 원하였지만 이덕용은 우은실에게 사랑이 식었죠. 이덕용은 병원을 개업하고 일에 몰두하였습니다. 그러다 송화 양을 만나 다시금 사랑에 빠진 것이지요. 송화 양이 임신을 하자 살의를 느끼고 계획적으로 준비합니다. 당신을 사랑하는 송화 양과 공모하여 자살 시도를 하여 청혼을 받아내자며 계획을 꾸미죠. 저는 구보와 함께 송화 양의 방에 가보았습니다.

목을 매기 전에 발을 디디고 올라간 책상 모서리에 피가 묻어 있었습니다. 당연히 송화 양 것은 아니겠죠. 고인의 몸에 상처가 있었다면 살인을 의심하여 분명 부검했을 테니까요. 그 피는 아마도 이덕용의 피라고 생각됩니다. 수면제를 먹인 송화 양의 몸이 축 처져서 대들보에 매기도 힘든 상태에다 처음으로 살인을 하는 긴박한 순간, 레코드판마저 지지직거리는 괴음을 내니 당황하여 그만 모서리에 무릎이 찢겼겠지요."

구보가 외쳤다.

"상, 그렇다면 유성기 바늘에 걸려서 지직거리는 레코드판을 이덕용 원장이 던져버렸다고 한 것은 순전히 자네의 추측이었나? 어찌 살인사건 현장을 본 듯이 자세하게 말할 수 있었나?"

상은 짧은 숨을 내뱉고 입을 열었다.

"우리가 유족을 찾아가 유품을 조사했을 때 〈여인을 찬미하라〉 노래가 실린 레코드 재킷에는 레코드판이 들어 있지 않았던 것을 기억하겠지. 새벽에 금홍이 치다꺼리하다 퍼뜩 생각이 들어 송화 양이 살던 집으로 돌아가서 꼼꼼하게 찾아보았네. 그 레코드판이 책장과 벽 사이에 들어가 있었던 것을 간신히 찾아냈지. 순전히 추리에 의해 이덕용 원장의 범행을 밝혔으나 내심 아니면 어쩌나 하는 걱정도 있었네. 다행스레 내 유도심문에 넘어갔네."

"왜 송화는 칼모틴을 먹었을까요? 임산부가 먹으면 안 된다는 것을 몰랐을까요?"

김선단이 훌쩍이다 물었다.

"송화 양이 눈치 못 채도록 이덕용이 달짝지근한 모치에 묻혀서 먹였을 겁니다."

기무라가 이덕용을 구속시킬 영장을 준비하는 사이, 상과 구보는 경찰서를 나왔다.

'제비'에서 커피 한 잔을 마주하고 소설 집필과 삽화를 각각 나눠 작업하던 중 구보가 물었다.

"이상한 점이 있네. 아무리 책상 모서리에 피가 발견되었기로 자네가 이덕용이 범인이라는 것을 확신할 수 있는가?"

"아마 멀지 않은 미래에는 그 피를 증거로 채택하여 이덕용의 피가 확실하다고 밝힐 방법이 나올 것이네."

"피에도 종류가 있는 것인가?"

"조선 시대 문헌에도 시신의 피를 거두어서 가족의 피와 한데 섞어보고는 시신의 신원을 밝혔다는 것이 있네. 지금은 ABO식 혈액형 방법으로 혈액 타입만 간신히 구분이 가능한데 이조차 실험을 통해 정확하게 판별하기란 경성 경무국조차 힘겨운 일이네. 이 사건에서 안타까운 것은 오송화의 시신을 부검해서 칼모틴이 묻은 모치를 발견하였다면 이덕용을 좀 더 쉽게 잡을 수 있지 않았나 하는 것이고, 두 번째 방 안을 천천히 둘러보아서 책상 모서리의 피의 흔적을 추적하다보면 자살이 아닌 타살이라는 것을 좀 더 쉽게 알아낼 수 있지 않았나 하는 것일세. 그리고 책장과 벽 사이에 들어간 레코드판을 찾아보면 오송화가 죽을 당시 누군가와 다툼이 있거나 했을 상황도 예측해볼 수 있었겠지."

"이덕용 원장이 히스테릭해져 자백할 거란 것을 미리 알고 이토록 집요하게 몬 것인가?"

"후후, 스크리크닌! 흥분제, 이덕용 원장의 별명대로 그 약을 치면 자백할 줄을 알았지."

"뭐라고? 그렇다면 그 약을 물에라도 타서 먹인 것인가?"

상은 고개를 저었다.

"아닐세. 여기서 스크리크닌은 오송화의 레코드판이네. 난 말이야, 이덕용이 수술용 장갑을 끼고서 범행을 해서 지문은 안 남겼을 것이라 확신해. 하지만 이덕용 원장은 악질적인 범죄자는 아니기에, 즉 거의 초범이기에 지문도 안 남긴 레코드판이지만 뜨끔하여 자백을 해버린 게지."

구보가 머리를 긁적이며 가장 궁금하였던 질문을 하였다.

"그렇다면 이 사건을 의뢰한 사람은 누구인가? 왜 범인을 찾기를 그토록 원했는가? 그 사람도 이 사랑의 삼각관계에 연루된 사람인 것인가?"

상은 희미한 미소를 지었다.

"송화 양의 팬이기는 하지만 전혀 다른 각도에서 이 사건의 향방에 관심을 기울이는 분이네. 그분의 결정적 단서에 이 사건을 해결하기도 하였네. 최근에 종로서에 테러를 일으키겠다는 전화가 왔었네. 남자의 목소리였지만, 언뜻 들어보면 여자가 내는 남자 목소리 같기도 한 묘한 전화라고 하였네. 그분은 이 목소리를 추적해서 전화를 건 이가 이덕용 원장이라는 것을 알아내었지."

"목소리만으로 사람을 알아낼 수 있는가?"

"남성적인 목소리를 잘 낼 수 있는 사람이라는 가정 하에 여성일 거라는 추측과 더불어 전화가 걸린 지역을 유심히 살펴보았네. 그분에게는 그럴 만한 통찰력이 있으니까. 동대문 부근에서 걸려온 전화, 분명 이덕용의 병원에서 멀지 않은 한 카페에서 걸려온 전화이지. 그분의 심복이 카페에 잠복해 있다 이덕용이 협박 전화를 하는 것을 엿들었네. 그리고 구인회를 통하여 나에게 사건을 부탁하셨네."

"그렇다면 자네는 처음부터 이덕용이 용의자라는 것을 알고 시작을 하였는가? 대체 그분은 누구인가?"

"하나만 이야기 해주지. 오래 전부터 경성에서 산발적으로 일어나는 독립운동가들의 거사에 실질적인 자금을 대주시는 분이며, 임시정부에 밑받침이 되는 거액을 쾌척하신 분이네."

"그 정도의 대단한 재력가라면 나도 알 수 있는 인물이 아닌가?"

"그렇지. 지금은 표면적으로 일본과 협력하여 대단한 사업을 벌이고, 학교를 세우셨지만 뒤로는 독립운동과 떼려야 뗄 수 없는 관계를 가진 분이네. 그래서 절대 내 입으로 그분을 발설할 수는 없었네. 조만간 사업을 정리하시고 임시정부에 투신하실 결심을 밝히기도 하셨네. 그렇게 되면 다 알게 될 것이야."

구보는 고개를 끄덕였다. 호기심 차원에서 더 물어보고 싶었지만 알아봐야 좋을 것이 없었다. 한 사람이 알면 두 사람이 알게 되고, 세 사람이 알게 되는 것은 시간 문제였다.

"알았네, 더 묻지 않겠네. 하지만 왜 그분이 이 사건에 돈을 대주기까지 하면서 진상을 밝히기를 원하시는 것인가?"

"구보, 그분은 쓸데없는 협박전화로 종로서가 들썩이며 형사들이 독립운동가들을 찾으러 돌아다니는 것이 마음에 들지 않았네. 그분은 오송화 사건에서 형사들의 주의를 돌리려는 이덕용이 마음에 들지 않아서 내게 은밀하게 부탁한 것일세. 그러니 더 이상 묻지 말게나."

구보는 김선단의 얼굴에 있는 칼자국에 대해 들은 적이 있었다. 만주에서 큰 사업을 벌일 때에 마적단에게 당하였다는 설도 있었지만 가장 유력한 설은 이랬다. 금광왕으로 군림할 시절, 강도단이 김선단의 저택에 들이닥쳤다. 강도들은 김선단에게서 막대한 액수의 돈을 갈취하였고 김선단은 얼굴에 칼을 맞아 피투성이가 되어 경찰에 신고하였다. 이는 신문에 난 사건의 요지였으나, 떠도는 소문은 이와 달랐다. 강도단은 사실은 독립군이었으며, 김선단은 이들에게 막대한 액수의 자금을 내주고는 경찰에 의심을 받을까 두려워 얼굴에 스스로 칼을 대어 피해를 입은 것처럼 신고하였다는 것이었다.

구보는 혹 김선단이 상에게 사건을 의뢰하고 둘이서 자신을 속인 것이 아닐까 하는 생각이 들었다. 고 오송화의 임신 사실에 저렇게 괴로워하는 것으로 보아 그것만은 몰랐던 것 같지만 이덕용이 범인인 것에 크게 놀라지 않는다는 점이 적잖이 의심스러웠다.

하지만 김선단을 넘어서는 미스터리한 인물이 그 뒤에 있는 게 아닐까 하는 의구심도 들었다. 하여튼 경성 시내에 죽은 오송화의 노래는 여전히 울려 퍼지고 있었고, 그녀를 그리워하는 팬들은 셀 수 없이 많았다. 구보는 상과 헤어지고 나서 휘파람으로 〈여인을 찬미하라〉를 부르며 천천히 경성의 밤거리를 걸었다.

---

* 본편에 소개된 경성 시대의 레코드 업계에 관한 내용과 노래 가사는 《오빠는 풍각쟁이야》(장유정 지음, 2006년, 민음인)에서 참조하였습니다.

오화 그녀는 살아 있다

京城 探偵
LEESANG

여느 때처럼 구보와 상이 다방에 마주 앉아 음악을 감상하던 중에 상이 뜬금없이 질문을 던졌다.
"자네 사진 신부라는 것을 들어봤는가?"
"사진 신부?"
상이 고개를 끄덕였다.
"하와이에 일하러 간 조선동포들이 꽤 된다네. 현지에서 조선 여인과 결혼할 수가 없으니, 조선에 사진을 보내 구혼을 한 지 꽤 오래 되었지. 사진 결혼을 주선하는 중매업체도 여럿 된다는 모양이야."
"처음으로 듣는 이야기이네. 참으로 신기하군. 그렇다면 사진 결혼을 하여 잘 사는 남녀들이 꽤 되는가?"
상은 마코 담배 하나를 빼들어 흠향하다가 도로 담뱃갑에 넣었다.
"그렇다는 사람도 있지만 중개비만 날리는 신랑이 있는가 하면, 흐릿한 사진 하나만 보고 하와이에 건너갔다가 실제 신랑 나이가 예순에 가깝다는 것을 알고 기암절벽 같은 현실에 부닥친 여인들도 있지. 오늘 올 이가 바로 그런 피해를 해결해달라고 온다더군. 기다려보세나."

오후 3시 '제비'에 허름한 차림의 50대 사내가 찾아왔다. 낡은 양복을 걸쳐 입었지만 구두와 중절모는 제법 새것처럼 보였다. 남자의 눈빛은 절박해 보였다.

"안녕하십니까? 이상 선생님, 박태원 선생님."

남자는 자리에 앉자마자 물 한 잔을 찾았다. 금홍은 쥐 잡아먹은 것 같은 새빨간 입술을 하고는 물 한 잔만 탁자에 올려놓고 뒤도 안 돌아보고 카운터로 자리를 옮겼다.

"제가 여기까지 찾아온 것은 제 여식 금례가 사기를 당한 것 같아서입니다. 처음에는 과부가 되어서 홀로 청승맞게 사는 스물세 살밖에 안 된 딸이 안타까워서 이리저리 혼처를 알아보던 중에 동네에 품앗이 일을 봐주며 살아가는 노파가 찾아왔죠. 평소에도 가끔은 보던 사이기는 하였습니다만, 그 노파가 혼처를 알아봐주겠다며 우리 딸아이를 사진관에 데려갔습니다. 사진을 찍는 비용도 상대편 남자 쪽에서 대준다기에 우리는 그런가 보다 했습니다. 말하자면 사진 신부가 되어서 하와이에 사진을 보내어 좋은 신랑감을 알아봐준다는 것이었습니다. 잘만 하면 돈 한 푼 안 들이고 하와이에 갈 수도 있고, 거기에서 대궐 같은 집에서 하인을 부리며 살 수 있다는 말에 얼씨구나 좋다고 사진을 찍어 보냈습니다. 그리고 한 달이 넘게 흘렀습니다. 다행히 딸의 인물에 반한 사내가 있었던지 딸아이는 한 남자의 편지를 받았습니다. 이름은 방성민이라고 하였습니다. 그리고 앞으로 답장 비용을 하라며 200원이라는 거금도 같이 부쳐왔습니다. 저희로서는 입 하나 더는 것도 힘든데, 정말 부자 남편을 만났는가 보다 하고 희망을 가졌습니다. 하지만 이상한 게 있었습니다."

"그게 무엇입니까?"

구보는 질문을 던지고 커피를 마셨다.

"남자는 사진을 보내지 않았습니다. 처음에는 혹여 나이가 많아서 그런가 보다 하였지만 나이도 서른이라 하였고, 그렇다면 못나서 그런가 보다 하였는데 사내 인물이 거기서 거기지 얼마나 못났겠습니까. 게다가 편지 글씨도 남자답고 그럴 듯해 보여서 사진을 못 보내는 사정이 있는가 보다 하고 생각하였죠. 딸아이는 정성스레 편지도 써서 노파를 통해 부쳤습니다. 금례는 두 달에 한 번 편지를 쥐는 시간이 가장 행복해 보였습니다."

남자는 물 한 모금을 들이켜고 나서 말을 이었다.

"제 딸 금례는 혼례 준비를 하면서 이번만은 결혼하여 잘 살겠다는 희망을 가졌습니다. 먼젓번 남편은 폐병으로 결혼한 지 여섯 달 만에 죽었습죠. 그러니 아이도 없이 얼마나 적적하게 살았겠습니까? 다행히 방성민이 초청장인가를 보내주어서 금례가 이리저리 하와이에 갈 수속을 밟는데 그만 편지가 왔습니다. 그게 바로 이 편지입니다."

남자는 낡고 허름한 종이를 꺼내어 조심스레 상의 앞에 펼쳐

보였다.

"딸아이가 눈물바람으로 읽은 터에 이렇게 걸레 조각이 되었습니다."

편지에는 이렇게 쓰여 있었다.

　　나 방성민은 홍금례 씨에게 파혼을 선언한다. 그동안 생활비와 하와이 오는 여행 경비 조로 보냈던 돈 1100원을 돌려줄 것을 요청하나, 부득이하게 돌려주지 못할 형편이면 이 돈을 홍금례 씨에게 주는 파혼에 대한 위자료로 할 것이다.

상은 편지를 두세 번 읽다 물었다.
"파혼 사유는 밝히지 않았습니까?"
"그게 우리 딸이 미쳐가는 이유가 됩니다. 정확한 이유도 없이 달랑 이 편지 한 장만 보냈습니다."
상과 구보는 남자가 남겨놓고 간 편지를 사이에 두고 커피 한 잔씩을 더 마셨다.
"이건 참으로 재미있는 사건일세."
"재미있다니? 여자가 파혼당하여 미쳐간다는데."
"이 편지를 자세히 보게나. 이 편지지는 한지일세. 예전에 미국 등지에서 부친 편지를 보았네. 거기 사람들은 두꺼운 종이를 편지지로 쓰더군. 닥으로 만드는 전통 한지는 그곳에서는 구할 수 없다네. 그리고 봉투에 쓰인 주소, 이런 주소는 하와이에 존재하지 않아. 거리 이름이나 번지수, 농장 이름도 엉망이고 마지막으로 하와이 주를 나타내는 고유 번호 하나만 맞았다네."

구보가 자세히 들여다보니 그것도 그럴 것이 영어인지 희랍어인지 모를 게 꼬부랑글씨로 대충 갈겨져 있었다.

"남자의 말을 자세히 듣다보니 짐작되는 게 있어. 노파가 전신국에서 편지를 가져오고 부쳐주고 하는 모양새가 실은 뒤에서 한 사람이 시켜서 그런 연극을 연출하고 있는 것 같군."

"그렇다면 노파를 잡아서 대체 어느 남자가 이런 사기극을 벌이는지 알아내야 하지 않는가?"

"노파는 돈 몇 푼에 다니는 심부름꾼일 뿐, 남자는 이미 자취를 감추었겠지."

"상이, 이해가 안 되는 게 있네. 이 여인이 피해를 당한 것은 틀림없으나, 1100원은 은행원의 1년치 봉급을 다 합쳐도 넘는 커다란 돈일세. 그 돈을 주고서라도 방성민이라는 남자는 이런 사기를 벌여야 했다니, 대체 이게 무슨 조화인가?"

"그게 바로 이 사건에서 가장 재미나는 부분일세."

상은 의미심장한 미소를 보였다.

다음 날, 구보는 상과 미리 약속해두었던 장소에 나왔다.

경성에서 꽤 알아주는 사진관 축에 끼는 '천연사진관'은 종로 이정목 대로변에 있었다. 상은 문을 열고 앞장서 들어갔다. 마침 여학생 무리가 한참 사진을 찍고 있었다. 단정한 교복을 갖춰 입고, 단발머리로 사진을 찍는 신식 여성들은 교복으로 보아 여전 학생이 분명하였다.

"얼굴에 웃음을 담고 이쪽 카메라 렌즈를 뚫어지게 바라보십시오. 눈을 감으시면 안 됩니다. 20초 정도는 렌즈를 보셔야 합니다."

카메라 역사 초기에는 렌즈를 2시간 동안 바라보고 있어야 될 정도로 사진을 찍는 시간이 오래 걸렸지만 이제는 몇십 초 정도만 가만히 있으면 사진 한 컷이 완성되었다.

"여학생들이 졸업을 앞두고 찍는 것이오?"

"아닙니다. 사진 신부가 되려고 미리 찍어두는 거랍니다."

사진사가 카메라 렌즈를 들여다보다가 고개를 돌려 상을 보았다. 동그란 안경을 쓴 사진사가 의아하다는 듯 물었다.

"사진을 찍으러 오셨나요?"

"아닙니다. 몇 가지 여쭈러 왔습니다."

사진사는 경계하는 표정이었으나 상이 사진 신부에 관하여 물어볼 것이 있다고 하자 잠깐 기다려달라고 하였다. 상과 구보는 여학생들 촬영이 끝나기를 기다렸다가 주인과 마주앉아 이야기를 나눴다.

"이곳에 주로 여자들이 드나드는 이유가 있습니까?"

구보가 다짜고짜 물었다.

"그야 요즘은 하와이에 이민 간 남자를 남편으로 두려는 여성분이 많아져서이지요. 혹여 친지분 중에 사진 신부로 시집가기를 바라는 분이 있어서 오셨습니까?"

"이 여인을 아십니까?"

상은 홍금례의 부친이 남기고 간 사진을 꺼내 보였다. 무표정한 신부의 얼굴이 사진 속에 있었다.

"아, 저희 사진관에서 찍으신 분입니다. 이분도 사진 신부로 시집간다고 하여 사진을 찍어드렸습니다."

"그렇다면 홍금례 양의 사진 값을 대신 주신 분이 있겠지요?"

사진사는 약간 경계심을 가지고 물었다.

"그렇긴 합니다만, 대체 왜 그러시는지 이유를 알 수 있겠습니까?"

"신부의 아버님은 한 노파를 통해 이 사진관을 이용해 신부의 사진을 찍어 하와이로 보냈습니다. 하지만 적지 않은 돈을 결혼 준비로 받았음에도 일방적인 파혼을 당하여 신부는 속상해하고 있습니다."

"파혼 보상금을 따로 보내주지 않나요?"

구보가 대신 답하였다.

"물론 여자 측에서 받았지만, 사진 신부로 시집가려다 파혼당하여 여러 혼처도 막히는가 봅니다."

사진사가 걱정스러운 눈빛으로 물었다.

"남자를 찾아 무엇을 하시게요?"

"그건 우리가 알아서 할 문제입니다."

상은 지팡이 손잡이를 다부지게 쥐고 말했다.

"그 국제결혼사무소에서 다른 데보다 돈을 더 주는 것은 사실입니다."

상이 날카로운 눈빛으로 물었다.

"국제결혼을 추진하는 사무소입니까?"

"네. 여섯 달 전쯤, 한 남자가 찾아왔습니다. 그 남자는 하와이에 선을 보러 갈 사진 신부들의 사진을 찍어달라며 적지 않은 돈을 계약금으로 내고 갔습니다. 저는 단지 그 남자가 결혼사무소 소장인가 싶었습니다. 하지만 본인은 심부름꾼이고 하와이에 있는 회사의 업무를 돕고 있다고 하더군요. 그리고 석 달 전에는 심부름꾼 대신에 또 다른 남자가 대신 돈을 주러 왔습니다. 자신이 국제결혼사무소 직원이라고 하더군요."

"남자 분의 이름이나 나이나 외모나 직업적 특징을 알 수 있을까요?"

"이름은 방성민이라고 하였습니다. 나이는 30대로 보였구요. 옷차림은 단정한 양장을 갖춰 입은 것으로 보아 변호사가 아닐까 싶은 풍모를 풍겼지만, 어쨌든 결혼사무소 소장이나 직원이겠지요. 그리고 양가집 자제처럼 단정한 얼굴이었습니다."

"방성민이라."

상은 고뇌하는 표정을 지었다.

"방성민이라면 홍금례가 선을 보았던 하와이 남자 이름이 아닌가?"

상은 고개를 끄덕이고 입을 열었다.

"혹 그 남자의 거처나 사무실에 가보신 적은 없습니까?"

"딱 한 번, 저희 사무실에 오시지 못했을 때, 제가 그분께 연락을 받고 호텔로 간 적이 있습니다."

"호텔이라면?"

"조선호텔입니다."

"소공동에 있는 호텔을 말씀하시는 겁니까? 원구단과 남별궁이 있는 자리에 지은 호텔 말입니다."

"네. 신식 건물이라 고급 양장을 갖춰 입은 신사 숙녀, 외국인들이 드나드는 고급 호텔입니다. 거기 묵으시는 분이면 대단한 분이라 생각하였죠."

"그곳에서 어떤 경로로 사진을 전했는지요?"

"카운터에 찾아가 방성민 씨 객실을 물었으나, 그냥 사진을 맡기고 가라 하기에 그렇게 하고 왔습니다."

상은 구보와 함께 사진관을 나와서 소공동 쪽으로 걸음을 옮겼다. 전차를 타고 근처 가서 내리면 될 터이나 시간을 두고 걸어가기로 하였다. 오랜만에 나온 황금정 네거리는 식산은행과 동양척식회사 등을 비롯한 금융, 증권, 보험회사들의 높다란 빌딩 사이로 수많은 사람들이 업무를 보러 다니고 있었다.

식산은행 건너편 소공동 쪽에는 붉은 벽돌로 지어진 화려한 삼층 건물이 서 있었다. 지하 일층, 지상 삼층의 독일풍의 건물로 건물 옆면 이층 지붕에는 기와를 얹어서 서양식과 조선식의 신구 조화를 잘 보여주는 호텔이었다. 현재 남별궁은 헐렸고 고종황제가 즉위식을 거행하였던 원구단이 지금은 호텔의 정원 용도로 쓰이고 있었다.

호텔 로비에 위치한 선 라운지는 전면이 유리창으로 된 특이한 구조로, 라운지에서 나무가 가득한 정원을 바라보면서 커피를 마실 수 있게 하였다. 무용가 최승희도 이곳에 와서 커피를 마신다 할 정도로 내외국인에게 유명한 곳이었다.

다수의 외국인이 마차나 인력거 혹은 승용차에서 내려 벨보이들의 안내를 받아 호텔로 들어갔다. 마침 저녁 시간이라 무도회라도 있는지 외국 여성들은 살랑거리는 화려한 실크 드레스 차림이었고, 남자들은 단정한 턱시도 차림이었다.

"자네 서양식 무도회에 가본 적이 있는가?"

구보가 난처한 표정으로 고개를 저었다.

"오늘 처음으로 가는 것이겠구먼."

상이 성큼 걸어서 호텔 정문으로 다가갔다. 마차 문을 열어주던 벨보이가 상에게 다가왔다.

"어떻게 오셨습니까?"

상은 태연자약한 표정으로 헌팅캡에 살짝 손을 얹고 벗어서 인사를 했다.

"오늘 있을 무도회에 접객하러 온 종업원입니다."

벨보이는 이전까지는 보이진 않던 거만한 표정을 지으며 고갯짓으로 뒤쪽을 가리켰다.

"어서 뒷문으로 들어가. 어디서 건방지게 손님이 다니는 문으로 들어가려고 하나!"

상은 구보와 함께 굽실거리며 호텔 뒤쪽으로 돌아갔다. 자그마한 뒷문으로 음식 재료들이 들어가고 있었다. 뒷문으로 들어서자 주방으로 향하는 출입구가 보였다. 상과 구보는 분주한 주방을 빠져나와 또다른 출입구를 지나쳐서 연회장으로 들어섰다.

아직 주빈이 오지 않았는지 연회장은 어수선했다. 상은 주머니에서 자그마한 앞치마를 꺼내 구보에게 건넸다.

"이게 무엇인가?"

"자네는 이곳에 접객하러 온 것이 아닌가?"

상은 또 다른 주머니에서 앞치마를 하나 꺼내 허리에 둘렀다. 구보는 혀를 끌끌 차며 똑같이 따라하였다. 언제 주방에서 앞치마를 슬쩍하였는지 모를 지경이었다. 상의 손은 싸울 때뿐만 아니라 훔칠 때에도 재빠르다는 것을 깨달았다.

상은 울긋불긋한 케이크와 쿠키가 놓인 애피타이저 접시를 들었고, 구보는 그 뒤에서 샴페인 접시를 들고 뒤따랐다.

"어떻게 할 참인가?"

구보가 손님에게 샴페인을 건네고 슬쩍 상의 귓가에 속삭였다.

"방성민이라는 남자를 찾아야지. 이 일은 고위층과 얽혀 있다는 생각이 드는군. 하와이 이민과 사진 신부의 일만이 아니라 미스터리한 일들이 같이 한데 뒤섞여 있어. 재밌는 사건이야."

"자네도 참."

구보는 이렇게 아슬아슬한 순간에 재미있다고 생각하는 상이 철없게 느껴졌다.

구보는 난생 처음 조선의 최상류층 인사들의 무도회장에 왔다. 흘러나오는 왈츠에 맞춰 드레스를 입은 조선 여성, 서양 여성들과 실크해트에 프록코트를 갖춰 입은 서양 남성들이 한데 어울려 춤을 추었다.

1910년 강제로 한일병합이 이루어진 당시에 일본 고위관리의 부인들은 조선 고위관리의 부인들에게 화려한 서양식 드레스와 보석을 선물하며 접근하였다는 이야기를 들은 적이 있었다. 남편들이 나라를 팔 때에 그 부인들은 서양의 문화와 사치와 향락에 빠져 나랏일이 어떻게 돌아가는지 생각도 못하게 된 것이었다. 일사천리로 조선은 일본에 지배되었고, 나라를 판 대가로 얻은 자금으로 그들은 더욱더 화려한 문화에 빠져들었다. 구보는 한숨이 절로 나왔다.

이 호텔을 빠져나가 경성 거리를 걷다보면 골목마다 굶어 죽어가는 어린아이들이 손을 내밀어 구걸을 하고 있었다. 여인네들이 걸친 실크드레스 한 벌만 팔아도 그들이 한 달 동안 먹고 살 양식이 해결될 것이었다. 일본 지배하의 경성은 빈부의 극심한 격차가 존재하는 천국과 지옥이 공존하는 도시였다.

이때 무도회장이 조용해지면서 음악을 연주하던 악단이 연주를 멈췄다. 은색 가발을 쓴 조선 남자가 나왔다. 유럽의 백작과도 비슷한 화려한 옷차림을 하였다. 머리에 쓴 은빛 가발도 독특함을 더해주었다. 남자는 크게 목청을 돋았다.

"오늘 무도회를 여신 레이디 황을 소개해드립니다."

남자가 각국 언어로 소개말을 한 후 한 여성이 장막 뒤에서 앞으로 나왔다. 여성은 검은 드레스를 입었고, 검은 장갑을 낀 손으로 우아하게 인사를 해 보였다. 여인의 얼굴에는 검은색 실크 모자에서 내려오는 망사 레이스가 드리워져 있었다.

여인의 나이는 60대 중반 정도 되었을까. 날씬한 체구로 보아 쉰이 넘지 않았다 하더라도 믿을 수 있겠지만 온몸에 배인 우아

함과 기품은 그녀의 나이를 보다 더 높게 짐작케 하였다.

"분명히 조선의 여인이네."

구보가 단정하였다.

"어떻게 단정하는가? 황이라는 성은 중국인 중에도 있네."

"중국 여인 같은 활동적이며 억센 기운이나, 일본 여인의 나긋나긋한 부드러움이 아닌 조선의 여인 같은 고고한 기품이 느껴지거든."

구보의 답을 들은 상의 눈이 무언가 생각하는 듯 보였다. 무도회가 무르익고 여인들과 남성들이 열을 지어 춤을 출 때에 레이디 황은 조심스레 사회를 본 남자의 안내를 받으며 무도회장 뒷문으로 퇴장하였다. 상은 구보에게 쟁반을 내려놓으라 하고 얼른 그녀의 뒤를 밟았다.

여인은 남자와 함께 수압식 승강기가 위치한 일층 뒤쪽으로 이동하였다. 주방으로 향하는 간이문 옆의 공간이었다. 상이 뒤따라갔지만 이미 여인과 남자는 엘리베이터를 타고 삼층으로 향하였다.

"상, 어떻게 할 참인가? 방성민이라는 남자는 어찌하고 그 레이디 황인가 하는 여인을 뒤쫓는 것인가?"

"왠지 직감적으로 그래야만 할 것 같네. 어차피 거기 계속 있다가는 누군가의 시중만 들다 하루가 끝날 터이니 나오는 게 낫지 않은가?"

삼층을 향하여 있던 바늘이 일층으로 서서히 내려왔다. 문이 천천히 열리자 상이 먼저 올랐다. 엘리베이터는 삼층에만 가서 서고 다른 층에는 서지 않았다. 따라서 삼층 이외의 층은 계단으로 직접 올라가야만 하였다. 엘리베이터 문을 상이 닫았다. 열릴 때는 저절로 열리지만 닫는 것은 손으로 직접 해야 했다. 구보는 덜컹거리는 기계 안에서 긴장된 표정을 짓고 뒤쪽 구석에 가서 딱 붙어 섰다.

"엘리베이터는 처음 타보는가?"

구보가 고개를 끄덕였다.

"상이, 왜 이런 불편한 기계를 만드는지 모르겠네. 계단이라는 것도 있는데 굳이 이 폐쇄된 공간 안에서 남녀가 마주볼 필요가 있는가?"

상이 웃으며 답하였다.

"앞으로 건물이 좀 더 높아지면 계단으로 무한정 올라갈 수만도 없을 터이니 아무래도 이런 기계의 도움이 꼭 필요해지겠지. 게다가 노약자들은 편하지 않겠는가?"

이때 덜커덩거리는 소음과 함께 엘리베이터가 잠시 멈춰 섰다.

"사, 상이. 이게 대체 어떻게 된 일인가?"

상이 침묵하며 위를 올려다보았다. 바늘이 2와 3 사이 중간에 걸쳐서 움직이지 않았다.

"수압식 승강기가 자주 고장 난다 하더니만 아주 날을 만났군그래."

"상, 가만히만 있지 말고 어떻게 해보게나."

상이 이곳저곳을 살펴보는데, 보다 못한 구보가 상을 밀치고

문에 달려들었다.

"이 문을 억지로라도 열어야 할 것이야."

구보가 두 손에 힘을 가득 주고 문을 열려고 애를 썼다. 잠시 후 덜컹거리는 소리와 함께 계기 바늘이 움직이기 시작하였다.

"돼, 됐네."

구보는 덜덜 떨면서 또다시 뒤쪽으로 가서 벽을 붙들었다.

드디어 엘리베이터가 삼층에 섰다. 문이 열리자 구보는 간신히 상의 뒤를 따라 나왔다.

"십년은 감수한 것 같네."

이때 엘리베이터 문 앞에 한 남자가 서 있다가 구보와 이상이 엘리베이터에서 내리자 올라탔다. 남자는 짙은 회색의 중절모로 얼굴을 절반 넘게 가리고 있었다. 검은색 스트라이프가 들어간 회색 모직 양복을 걸쳐 입었고, 키는 중간 정도에 제법 어깨가 서 있어서 힘깨나 쓸 만한 인상이었다. 중절모 밑으로 드러난 코는 높았고 두터운 입매가 두드러져 보였다.

상과 구보가 남자에게 살짝 고개를 숙이고 복도로 들어섰다. 상이 지팡이로 복도를 딱딱 찍으며 다섯 발자국 걸었을 때, 저쪽 객실 문 앞에 서 있는 여인이 보였다.

검은 실크 드레스와 모자 그리고 망사를 드리운 여인, 오늘 조선호텔에서 무도회를 주최한 레이디 황이었다. 상이 모자를 가볍게 벗고 목례를 하였다. 여인이 잠시 고개를 들어 살폈다.

"레이디, 곤란한 일을 겪고 계신 겁니까?"

상은 정중하게 질문하고 여인에게 다가가려 하였다. 그 순간 그녀는 우아한 몸짓으로 레이스 장갑을 낀 손을 들어 상을 제지하였다. 그녀의 가벼운 손짓에 구보의 몸이 얼어붙었다. 그녀가 보여준 몸짓은 분명 지극히 존귀한 위치에 있는 사람의 것이었다.

"아닙니다. 룸을 잠깐 나왔는데, 그만 문이 닫혀버렸군요. 룸서비스 데스크에 알려주시면 감사하겠습니다."

여인의 날씬한 체구에서 짐작했을 때보다 훨씬 더 나이 들어 보이는 목소리였다. 60대를 넘어선 나이인 것 같기도 하였고, 단순히 엄격한 말투에 지레 여인의 나이를 올려 잡은 것일 수도 있었다.

여인은 창가를 배경으로 잠시 옆으로 돌아섰다. 상과 구보는 더 이상 다가갈 수 없었다. 구보가 뒤돌아서서 엘리베이터를 보고는 한숨을 쉬었다.

"난 저것은 더 이상 타지 못하겠네. 내가 계단으로 내려가서라도 사람을 불러올 테니 자네는 레이디를 모시고 질문을 던져보게나."

구보가 속삭이듯이 상에게 말하였다. 상은 미소를 지으며 답하였다.

"하지만 레이디께서 내가 다가가는 것을 원하시지 않으니 오늘은 날이 아닌 듯하네."

이때 무도회에서 은색 가발을 쓰고 레이디 황을 소개하였던 남자가 계단으로 올라왔다.

"마마. 미욱한 신이 심려를 끼쳐드려 송구하옵나이다."

"되었네."

남자는 준비해온 열쇠로 방문을 열어 레이디를 모셨다. 레이디가 들어가고 나서 상과 구보는 남자에게 다가갔다.

"저, 실례합니다. 방금 전 레이디께 '마마'라고 하셨습니까?"

이때 남자가 눈을 크게 뜨고는 엄격한 어투로 말하였다.

"무슨 말이오? 허튼 소리하지 말고 어서 이곳을 떠나시오. 삼층은 허락된 분들만 올라오실 수 있는 전용실로 구성되어 있소. 뜨내기들은 발을 들일 수도 없는 곳이오."

가까이서 보니 30대 정도로 보이는 남자는 제법 잘생긴 얼굴이었다. 오뚝한 코와 강한 눈빛의 눈동자는 그가 범상한 인물이 아니라는 것을 잘 나타내 보였다.

"우리를 무시하는 것이오?"

구보가 괜히 호통을 치며 강하게 나갔으나, 상이 뒤에서 조심스레 제지하였다.

"오늘은 우리가 무례를 범한 것 같으니 되돌아가세나."

"나는 신문에 소설을 연재하고 있는 구보 박태원이라 하오. 이쪽은 같은 소설가이자 문인인 이상이오. 우리를 무뢰배 취급하니 이름을 밝히오. 하나 물읍시다. 댁의 함자는 어떻게 되는지 알 수 있소?"

구보가 못내 억울하다는 듯이 남자의 이름을 물었다.

"나는 방성민이라고 하오. 이제 되었소? 어서 썩 돌아가시오!"

구보의 눈이 화들짝 놀랐다. 상은 입가에 미소를 띠고는 재미있다는 듯 방성민을 쳐다보았다.

호텔을 나와서 구보가 상을 다그쳤다.

"그렇게 찾던 방성민을 그렇게 보내면 어떡하는가?"

"오늘만 날은 아니지 않은가?"

상이 빙그레 웃었다.

"자네, 뭔가 짐작 가는 일이 있는가? 왜 그렇게 실실거리는가?"

"일이 점점 전개되어간다는 생각이 들어 그러네."

"전개된다니? 아무것도 나아간 것이 없지 않은가?"

"이 일은 사진 신부가 억울한 일을 당한 단순한 사건으로 끝나지 않을 거네. 방성민이란 자는 1000원이 넘는 큰돈을 써가면서 어떤 사실을 은폐하고 있네. 사진 신부는 거대한 사건을 감추기 위한 하나의 해프닝에 불과하지. 보통의 신부들은 결혼 준비자금을 위로금조로 받고 되돌아섰겠지만 홍금례라는 여성은 얼굴도 모르는 남자에게 편지로 진심을 알렸고 순정을 주었네. 그래서 그 아버지 되는 사람이 우리에게 찾아와 더 큰 사건이 드러나게 되었군. 기다리게나. 저 남자가 분명 우리를 찾아올 테니까."

상의 짐작은 틀리지 않았다. 방성민은 이틀 후에 깔끔한 양장을 갖춰 입고 '제비'를 찾아왔다.

"기다리고 있었습니다."

상이 파이프 담배에 불을 붙이고 가볍게 고개를 숙였다. 구보는 일어나서 예를 취했지만 상은 끝까지 앉아 있었다.

"조금 무례하게 느껴지는군요. 앉아서 손님을 맞이하다니."

상은 싱긋 웃으며 답했다.

"그래도 상대방 마음에 상처를 주고 돈으로 무마하는 행동 따위는 하지 않는 게 저랍니다."

마침 다가온 금홍이 상의 말에 코웃음 치며 대꾸하였다.

"그럴 돈도 없고 말이죠."

금홍은 커피 석 잔을 내려놓고 쌩하니 돌아섰다.

구보는 의아해하였다. 금홍이 상을 찾아온 미남 손님을 두고도 저렇게 싸늘하게 돌아서는 건 단 한 가지 경우였다. 다방 운영은 잘 안 되는데 상이 돈을 한 푼도 내놓지 않을 때였다. 구보는 금홍의 눈치가 보여 어깨가 움츠러 들었다.

"이걸 받아주시오."

방성민은 두툼한 봉투를 내밀었다. 세상물정에 밝지 않은 구보도 저게 돈뭉치임을 짐작하는 것은 어렵지 않았다.

"사람의 마음을 상하게 하고 돈으로 해결하는 것은 신사의 태도가 아닙니다. 홍금례 양께 정식으로 사과를 하십시오."

방성민의 단정한 얼굴이 잠깐 이지러졌다.

"의도한 것은 아닙니다만 어쩔 수 없이 그렇게 되었습니다."

"레이디 황의 신분을 감추기 위해 그녀에게 피해를 준 것입니까?"

방성민의 얼굴이 하얗게 변하였다.

"이 돈은 받지 않겠습니다. 제 생각에 당신은 레이디 황의 심부름이 아니라 자의적으로 행동을 하는 것 같군요. 사진 신부를 상처주는 것도, 이렇게 돈을 들고 와 레이디를 알아본 이의 입을 막으려는 것도 그녀가 원하는 것은 결코 아닙니다."

방성민은 돈 봉투를 테이블에서 밀쳐내는 상을 보고 부들부들 떨었다.

"대체 무엇을 얼마나 안다고 감히 지존에 대해 함부로 내뱉는 것인가?"

"지존이라면 황실에 계셨던 분을 말함인가?"

방성민은 입을 다물었다.

"얼굴을 망사로 감추고 계셔서 나이 추정이 힘이 드네. 하지만 그 단아한 기품과 우아한 자세를 보니 어릴 때부터 궁중예법을 갖춘 분이네. 상궁이나 나인은 받들어 모시는 예가 발달하나 그분은 지존으로 대우를 받는 데 익숙하신 분이네."

방성민은 겁에 질린 눈으로 상의 눈치를 살폈다.

"추측해보건대 우리의 신원을 여쭙자 보자고 하셨겠지. 하지만 자네는 자의적으로 우리와 연락이 안 된다 하고 이 봉투를 들고 왔네. 자네 부친께서 하시던 그대로 보고 배웠겠지. 부친은 궁에 계시던 태감 어른이 아니시던가? 아마도 마마를 지밀에서 모시던 어른이셨다면 당연히 궁궐 창고를 감독하는 태감 벼슬 즈음 되지 않았겠는가? 자네는 양자가 분명하고."

방성민은 상의 이야기 중간에 화가 났는지 벌떡 일어났다.

"태감의 양자라니, 거 당치도 않은 소리요! 내 아버님은 황실 재산을 관리하는 내장원경(왕실의 재산을 관리하는 총책임자의 벼슬) 밑에서 일을 하셨소."

"이제까지 자네가 보여준 말실수와 서툰 태도로 인하여 레이디의 신분은 점차 베일에서 걷히고 있다네."

방성민은 잠시 침묵한 후 입을 열었다.

"생각할 시간을 주겠소?"

방성민이 물었다. 상은 구보에게 눈을 찡긋하고는 다방 구석으로 자리를 옮겼다.

"어떻게 된 건가? 자네 뒤에서 알아본 것이 있는 것인가?"

"방성민이라는 남자가 레이디 황에게 지엄한 궁중 언어를 쓰는 것과 그녀를 모시는 태도를 보고 양아버지가 내시 정도는 되지 않을까 추측하여 던져보았네. 그리고 일부러 거만하고 오만한 태도로 이야기를 이끌어나갔지. 저런 자는 사람을 무시하는 일에는 능숙하지만 자신보다 강하다고 판단되는 이의 말에는 꼼짝 못하는 이중적인 태도를 보이네. 지엄한 분을 모시는 자들이 능히 보이는 행태이지."

방성민은 카운터의 금홍에게 1원짜리 지폐를 건네고는 어디론가 전화를 걸었다. 그러고 나서 상에게 다가왔다.

"그분께서 만나보고자 하십니다. 자리를 옮기실까요?"

늦여름이었지만 날이 꽤 선선하였다. 상과 구보, 방성민은 다방 앞에 도착한 클래식 포드 승용차를 타고서 어디론가 향했다. 잠시 후 운전사가 문을 열어주었다. 조선호텔이었다.

"선 라운지에 계십니다."

방성민이 호텔 선 라운지로 안내하였다. 구보는 엘리베이터를 타지 않아도 된다는 사실에 안도의 숨을 내쉬었다. 앞쪽에는 테라스 정원이 있었고, 여러 테이블 가운데 한 여인이 앉아 있었다. 검은색 드레스는 여전하였고 얼굴에 드리운 망사도 더욱 짙은 검은색이라 얼굴을 완벽하게 감싸고 있었다.

"죄송합니다. 제가 모르는 곳에서 대한제국 국민에게 폐를 끼치고 있었습니다. 홍금례 양을 비롯한 파혼자들에게는 제대로 사과드리도록 하겠습니다."

방성민이 앞으로 나서며 말했다.

"마마, 황공하옵나이다. 허나 모두 다 마마의 안위를 위한 것이며……."

여인은 손을 우아하게 들어 방성민의 행동을 제지하였다. 방성민은 조용히 고개를 숙였다.

"저희로서는 대한제국이라는 말씀을 들은 것만으로도 무한 영광입니다."

테이블에 마주 앉은 상이 정중하게 고개를 숙이며 말하였다.

"제 신분을 밝히기에는 곤란한 일이 있습니다."

레이디 황의 두 눈빛이 망사 레이스 속에서 반짝거렸다.

"레이디께서는 최근에 위협을 느끼고 계십니다. 제가 두 분을 찾아간 이유는 레이디 황의 신분이 노출될 것도 두려웠지만 사건 의뢰도 염두에 두고 있었기 때문입니다. 신문사의 친구를 통하여 두 분의 활동상을 알아보았습니다. 죄송합니다."

"사건이라뇨? 저희가 의뢰받은 결혼 사기 사건 말고 또 다른 사건이 있는 겁니까?"

이때 레이디 황의 검은색 레이스 장갑 속에 감춰진 손가락이 가냘프게 떨리는 것이 보였다. 그녀는 꽤나 곤혹스러워하고 있었다.

"제 잘못입니다. 처음에는 러시아로 도피해 있다가 미국으로 갔고 신분 노출을 우려해 하와이로 이동하여 레이디 황이라는 이름 속에 숨어 살았습니다."

방성민이 레이디 황을 보고는 고개를 숙이고 대신 말을 이었다.

"저의 불찰입니다. 레이디께서 신분을 감추는 데는 차라리 합법적으로 사업을 벌이는 게 낫다 싶어서 하와이 노동자들과 조선의 여인들이 사진으로 선을 보아 결혼을 주선하는 사업을 시작하였습니다. 하지만 레이디께서는 진실로 조선 사람의 행복을 위하여 하신 일이지 재정적인 이익이나 사사로운 관심으로 시작하셨던 게 아닙니다. 사업은 잘 되어 결혼에 성공하여 행복하게 사는 부부도 생겼지만 사진 신부들이 파혼당하여 외로이 하와이에 남겨져 곤란한 일을 겪는 것도 보았습니다. 레이디께서는 그런 조선 여인들에게도 위로금을 보내고 그들이 원하는 대로 고국에 돌아갈 수 있게 하거나, 아니면 하와이에 남아서 이민 생활에 적응할 수 있도록 직장도 알아봐주셨습니다. 그런데 한 남자가 집요하게 레이디의 신원을 캐려고 쫓아다니며 괴롭히는 일이 발생하였습니다."

방성민은 기억을 더듬으며 말을 계속 이어나갔다.

처음에는 하와이 사탕수수 농장에서 일하던 노동자의 결혼 상담에서 시작하였다고 하였다. 하와이에서 자리를 잡은 그 조선인 노동자는 관리자로 일하고 있었다고 한다.

"그 사람의 이름은 김원창입니다. 나이는 40대 후반으로 농장 관리자입니다. 하와이에 이민 온 지 15년이 다 되어가는 처지였고, 이혼하여 두 번째 신부를 찾고 있었습니다. 처음에 김원창 씨는 전화로 상담을 하였습니다. 레이디 황께서도 제가 사무실에 자리를 비울 때면 전화를 몇 번 받아주셨습니다. 밑에서 일할 사람을 구하고자 해도 레이디의 신분을 감추려면 함부로 사무실에 사람을 들일 수도 없었습니다. 하지만 그 일이 빌미가 되어서 그자의 지긋지긋한 관심을 받게 될 줄은 꿈에도 몰랐습니다.

그자는 처음에 사진 신부를 원하여서 많은 사진을 받아갔습니다. 물론 저와 대면하였죠. 하지만 전화를 받은 레이디에 관해 깊은 관심을 표현하였습니다. 이후에는 신부가 아니라 저희 사무실에 관심을 보이더군요. 레이디가 저의 상관이라는 점을 눈치 채고는 집요하게 일자리를 만들어달라고 하였습니다. 동료나 밑에 있는 조선인 노동자들을 대거 가입하게 하여 중매사무실의 재정을 불려준다거나 하와이 본토 서양 사람들과 조선 여인들의 국제결혼을 추진해본다거나 다양한 사업안을 제시하였습니다.

하지만 그것은 저희가 원하는 바가 아니었습니다. 아시다시피 레이디의 신분이 노출되는 것도 우려되었고 애당초 이 사업은 레이디의 새로운 위장신분을 위해 시작하였으니 일을 크게 벌일 수도 없는 일이었죠."

방성민은 잠시 숨을 고르고 웨이터가 가져온 커피를 한 모금 마셨다. 구보도 말할 수 없이 감미로운 향이 나는 커피를 마시며 방성민이 다음 이야기를 하길 기다렸다.

"김원창은 하와이 농장 일을 관두고 저희 사무실에 붙어 살았습니다. 하는 수 없이 레이디의 거처를 옮기고 잠시 사무실 일을 접었습니다. 진행 중이던 중매업을 중단할 수밖에 없었지요. 그 와중에 홍금례 씨가 피해를 본 것입니다."

구보가 무언가 생각난 듯이 물었다.

"이해할 수가 없소. 홍금례 씨 사례는 완연한 사기였소. 답장에 적힌 하와이 현지 주소도 엉터리였고, 게다가 선본 상대방 이름은 방성민이었소."

상이 짐작이 간다는 듯이 대신 답하였다.

"아마도 노파가 돈을 중간에서 가로채느라 편지를 뜯어보던 게 문제였겠지. 방성민 군이 우편국 사서함에 보낸 편지는 하와이 주소였겠으나, 노파는 편지 봉투에서 돈을 꺼내 일부를 훔쳐 내고는 다시 편지를 새 봉투에 넣고 영어 주소를 괴발개발 적어 넣었겠지. 평생 처음 써보는 꼬부랑글씨라 오죽했겠는가. 그리고 본명을 써서 편지를 주고받았다는 것을 보니 아마도 방성민 씨 본인이 홍금례 씨 사진에 관심을 보이고 진심을 담아 편지를 써서 보낸 것이 아닌가 하는 생각이 있네."

상은 방성민의 얼굴을 보았다. 두 볼이 붉어진 성민이 고개를 떨어뜨렸다. 레이디 황의 망사 아래 입술에 살짝 주름이 갔다. 아마도 웃고 있는 것이리라 구보는 추측하였다.

"무슨 당치도 않은 말씀이오."

성민이 큰 목소리를 내었다.

"성민 군에게 좋은 짝이 나타났다면 기꺼이 혼례를 허하겠소."

"마마, 당치도 않사옵니다. 통촉하여 주시옵소서."

방성민은 잠시 후에 다시 입을 열었다.

"그렇습니다. 하와이 사무실에서 처음 홍금례 사진을 받아들고는 제 이름으로 답장을 하였습니다. 그런 와중에 김원창이라는 작자가 사무실에 시도 때도 없이 방문하고 전화를 하는 바람에 다른 곳으로 사무실을 옮겼다가 더 이상 갈 데도 없어 레이디를 모시고 조선 경성에 온 것입니다. 그리고 경성에 들어와서는 홍금례 씨에게 미안하여 파혼 편지를 보내고 모든 마음을 접은 것입니다. 그녀에게는 죄송한 마음뿐입니다."

레이디 황이 천천히 말하였다.

"그녀에게는 제가 친히 편지를 써서 사과하겠습니다. 죄송합니다."

상은 도리어 송구스럽다는 듯 잠시 고개를 숙여 보이고는 물었다.

"그래, 김원창이라는 자가 이곳에는 따라오지 않은 것이오?"

방성민은 심각한 표정을 지었다.

"그게 저, 두 분이 저와 마주친 날은 정말 기념할 만한 날이었습니다. 지금은 붕어하신 선대 황제의 대관식 날을 기념하고자 레이디께서는 각국의 공사들을 비롯한 주요 인사들을 불러 연회를 여신 것입니다. 공사들은 레이디께서 해외 주재 조선인 대표로 알고 있습니다. 그런데 그날 레이디께서 룸에서 김원창이 보낸 편지를 발견하셨습니다."

상이 심각한 얼굴로 날카롭게 지적하였다.

"레이디께서는 사교계 인사들을 상대로 무도회를 열 정도로 신분을 공개하실 각오도 되신 겁니까?"

방성민이 작게 고개를 끄덕였다. 그리고 무겁게 입을 열었다.

"그러셨습니다만 레이디께서는 연회 이후로 마음을 바꾸셨습니다. 그 김원창이라는 작자가 룸에 들어왔었다는 걸 아시고 당황하셔서 급하게 룸을 나오셨다고 합니다. 그러다 열쇠를 놓고 나온 것을 인지하시고 룸에 들어갈 수가 없어 낭패를 보시던 중에 두 분 선생님들과 마주친 것입니다."

"편지에는 어떤 내용이 있었습니까?"

"별 내용은 없습니다. 다만 하와이에서 이곳까지 오게 되었으니, 다시 만나 뵙겠다는 안부 인사가 들어 있었죠."

"그런 정도의 수준이라면 딱 잘라 말하거나 더 이상 사무실에 찾아오지 말라고 엄포를 놓으면 되지 않소?"

구보가 답답하다는 투로 말하였다.

"그게, 사무실에 전화를 걸지 말라, 당신과의 대화나 교제를 원하지 않는다고 수차례 말하고 레이디의 신분에 관해 궁금해하지 말라 당부하여도 소용이 없었습니다."

상이 말을 이었다.

"아마도 방성민 군이 거부의 의사 표명을 심하게 할수록 더욱 더 집요하게 굴었을 것이오."

"그걸 어떻게 아십니까?"

"집요하고 끈질기게 구는 자들은 특이한 심리를 지니고 있지. 상대방이 차갑고 냉정하게 굴수록 흥미를 느끼고 심지어 앙탈을 부린다며 쾌감을 느끼지. 가장 좋은 해결방법은 아마 무대응이었을 테지만, 이미 그 김원창이라는 자는 레이디와 자네를 괴롭히는 데 목숨을 걸고 이곳 경성에까지 흘러들어왔을 테니 분명 그 정도 선에서 그치지 않을 것이오."

성민의 얼굴이 하얗게 질렸다.

"내가 이상하게 생각하는 것은 정말 김원창이라는 자를 레이디께서 모르시는 것일까 하는 점입니다."

구보가 의문을 제기하였다.

"보통은 원한관계에 있다거나 하는 사람들이 집요하게 추적을 하고 접근하지 않습니까?"

방성민은 잠시 생각에 빠졌다.

"그것은 생각을 해봐야겠지만 저는 레이디께서 누군가에게 원한을 샀다거나 하는 마음은 추호도 들지 않습니다."

상이 단호하게 답했다.

"황실에 원한을 품은 자들은 여러 갈래로, 생각보다 많을 수 있소. 궁궐에서 물건을 훔치다 경치고 나온 자일 수도 있고, 다른 나인과 비교하여 자신만 불이익을 받는다 생각하여 궁궐을 자의로 빠져 나온 자일 수도 있소."

"하지만 이미 레이디께서는 그곳과는 수십 년 동안 멀리 떨어져 계셨습니다."

구보가 말을 이어받았다.

"상의 가설대로 궁궐에 앙심을 품고 나와 집안이 풍비박산하여 해외로 도피할 수밖에 없었다면 원한을 품을 수도 있었을 텐데요."

레이디 황의 눈빛이 순간 구보와 마주쳤다. 방성민은 낙담에 가까운 얼굴로 상을 보았다.

"그 남자의 사진이 있소?"

방성민은 고개를 저었다.

"부득불 사진 찍기를 거부하였습니다. 사진을 보내지 않고 일방적으로 상대방 여자들의 사진만을 원하였습니다. 키는 중간 정도 되고, 제법 등치도 있어 호남자라 보이기도 합니다. 눈도 크고 코도 높으며 입매가 두터워 여성들이 일반적으로 잘생겼다고 여기는 남성에 가깝습니다."

사진 없이 방성민의 설명만으로 인상착의에 대해 충분한 설명이 될 수는 없었다. 이야기 도중 레이디가 피곤해하기에 방성민은 레이디를 객실로 모셔다드리고 다시 상과 구보에게 돌아왔다.

"레이디께서 계시기에 못 다 드린 말씀이 있습니다. 하와이에서 위험에 빠지셨던 일이 있었습니다."

상은 방성민에게 집중하였다.

"레이디를 모시고 단골 레스토랑에서 식사를 마치고 나오는 길에 저격 사건이 일어났습니다. 레이디가 오르려던 마차에 한 남자가 새치기를 하였고 마차에 오르려 하였습니다. 그런데 그 남자가 갑자기 뒤로 넘어져 숨졌습니다. 저는 황급하게 레이디를 모시고 자리를 피하였고 차후에 알아본 바에 의하면 멀리서 저격수가 남자를 쏘았다는 것입니다. 숨진 남자는 사탕수수 농장 일꾼들의 품삯을 떼먹은 악질 농장주였다고 하기에 그런가 보다 넘어갔습니다만 뭔가 수상쩍다는 생각을 떨칠 수가 없었습니다. 이후로 조선에 들어오는 길을 알아보아 일사천리로 귀국을 진행하였습니다."

구보가 눈을 동그랗게 뜨고 물었다.

"혹시 김원창이 의심되지는 않았소?"

방성민은 묘한 표정을 지었다.

"설마 그가 그랬을까 하는 생각이 들다가도 너무 과민한 것이 아닌지 생각하였습니다. 하지만 레이디께서는 조선과 러시아에서 숱한 암살 위협을 받으셨습니다. 미국은 안전한가 싶었지만, 그곳에도 일본에서 보낸 첩자들이 곳곳에 있었기 때문에 하와이까지 내려오셔서 철저하게 신분을 위장하여 모셨던 겁니다. 하지만 만약 누군가 집요하게 캐고자 한다면……."

방성민은 두려운 표정으로 입을 다물었다. 상이 심각한 표정으로 말을 받았다.

"레이디에게 원한을 가진 누군가에게 돈을 주어 저격을 시킨다면 그것만큼 안성맞춤으로 돌아가는 일도 없을 것이오. 사주한 배후나, 실행하는 자이나 둘 다 득을 얻는 일이지."

구보가 물었다.

"김원창이라는 자는 총기를 다루는 데는 능숙합니까?"

방성민이 고개를 끄덕였다.

"보통 관리자까지 승진하려면 노동자들을 잘 다루어야 하기에 총기를 다루는 데도 능숙하여야 합니다. 가슴 아픈 일입니다만, 하와이 이민 노동자들은 때로는 협박을 당하면서까지 노동에 매진하여야 합니다. 그리고 말씀드릴 일이 하나 더 있습니다."

방성민은 잠시 입을 다물었다. 무척이나 곤혹스런 표정이었다.

"조선으로 들어오기 직전에 전화번호도 해지하고 사무실도 폐쇄하여 김원창이라는 사람이 레이디께 접근할 모든 방법을 없애버렸습니다. 그 무렵 레이디께서는 기르던 푸들을 하와이에 정착한 이민 부부에게 선물로 주셨습니다. 경성에 데리고 들어올 수가 없어서입니다. 그런데 하와이를 떠나기 며칠 전 그 부부에게서 슬픈 연락을 받으셨습니다. 개 이름이 '린지'였는데 린지가 누군가에게 잔인하게 죽음을 당했다는 비보였습니다."

상의 눈빛이 빛났다. 방성민은 슬퍼하는 표정으로 말을 이었다.

"레이디께서는 무척이나 슬퍼하셨고 그날부터 며칠간 식음을 전폐하시고 간신히 조선으로 향하는 배에 오르셨습니다. 아무래도 하와이에는 레이디를 노리는 누군가가 있는 것 같았습니다. 그 사람이 김원창이라는 직감이 들었고, 이곳에서 그가 남긴 편지를 보자 온몸에 소름이 돋았습니다. 하지만 확실한 것은 아무 것도 없습니다."

상은 진지한 어투로 말하였다.

"이 문제는 이제 심각한 양상으로 발전될지도 모르겠소. 누군가가 쫓아다니고, 엉뚱한 희망을 기대하면서 그 사람에게 접근하여 이득을 보고자 하는 것으로 보았지만, 이제는 레이디께서 상당한 위험에 빠질 수도 있다는 가정을 하지 않을 수 없군."

방성민은 상의 말에 집중하였다.

"그렇다면 김원창이 저격도 하였고 개도 죽였다는 것입니까?"

상은 확신에 가득 찬 눈빛으로 답하였다.

"그럴 가능성이 농후하오. 만약 저격을 할 정도로 일을 진행하였다면 막대한 돈으로 사주를 받은 것일 테고, 개를 죽인 것이라면 엄청난 복수심과 분노에 휩싸여 있을 것이오. 만일 이 둘이 결합된다면 최악의 결과가 벌어질지도 모르지."

"조만간 다시 찾아뵙고 정식으로 도움을 요청하고 싶습니다."

"경무국에 신변 경호를 요청하는 것은 어떻소?"

구보가 제안하였다.

"레이디의 신원을 숨기려는 입장에서 함부로 도움을 청할 수는 없습니다. 부디 선생님들께서 도와주시길 바랍니다."

방성민은 이야기를 마치고 구보와 상에게 정중하게 인사를 하고 차를 불렀으나 상이 거절하였다.

밤이 되었다. 별들 가운데 북극성이 유난히도 반짝거려 보였다. 경성의 밤거리는 쓸쓸하면서도 고즈넉하였다.

"상이, 대체 그자가 무엇을 원하는 것일까?"

"김원창의 의도가 무엇인지는 모르겠으나 분명 레이디의 신원을 알아냈을 테고 이제는 행동을 취할 것이네."

"그렇다면 종로서의 도움을 받아 레이디의 경호팀을 만들도록 해야잖은가?"

"레이디가 신분을 노출하기도 어려운 일일뿐더러, 내 짐작으로는 우리가 상상도 할 수 없는 위치에 계신 분인 것 같네. 김원창도 경찰에 잡혀 감옥에 잠깐 들어갔다 나온다 해도 오히려 그의 끝없는 집착과 근성에 불을 붙이는 계기가 될 것이네."

"그는 대체 어떤 인물인 것 같나?"

"물론 일반적 추측대로 대대로 궁궐에 원한이 있는 자일 수도 있지. 하지만 김원창이 레이디의 신분에 집착하고 서서히 집요한 관심을 드러내며 접근하는 걸로 봐서는 무언가 먹잇감을 노리고 배회하는 하이에나가 떠오른다네."

"참, 상이 우리가 지난번 레이디 황과 조선호텔 객실 앞에서 마주치던 날 엘리베이터 앞에서 만났던 남자를 기억하는가?"

구보가 날카로운 눈빛으로 상을 보았다.

"방성민 군이 말하던 인상착의와 비슷하네. 만약 그 자가 김원창이 맞는다면 레이디와 사적으로 만날 절호의 찬스를 놓치고 간 것인데……. 참으로 이상하네. 그토록 원하던 분이 잠긴 문 때문에 복도에서 낭패를 보고 있다면 접근하는 게 당연하지 않은가? 왜 그분을 그냥 모른 척하고 다시 엘리베이터로 갔단 말이지?"

상의 얼굴이 하얗게 질렸다.

"그는 생각보다 위태로운 타입이네. 기다릴 줄 아는 자이지. 자신을 자제할 줄 아는 이들은 목표물의 반응을 지켜보기만 할 뿐이네. 더욱 적절한 타이밍을 기다리며 아껴두는 것이지."

다음 날 방성민은 '제비'에 나타났다. 옅은 베이지색의 트렌치코트를 입고 중절모를 살짝 눌러쓰고 나타난 그에게 금홍이 착 달라붙어서 서비스 음료와 과자를 이것저것 내왔다. 금홍에게는 확실히 돈 냄새를 맡는 재주와 미남을 우대하는 습관이 있었다.

"상의할 게 있습니다. 레이디에 관한 것입니다."

상과 구보는 나란히 앉아서 방성민과 마주하였다.

"레이디께서 이제 더 이상 뒤에 계시지 않기로 하셨습니다. 앞으로 나서기로 하셨습니다."

"앞으로 나선다면?"

"살아 계시는 황실 최고의 어른으로서 큰 행사의 단상에 서시기로 하셨습니다."

구보는 깜짝 놀라 되물었다.

"신분을 밝히시고 정치권 전면에 나서시는 겁니까?"

"그렇게 예정되어 있습니다. 하지만 행사에서는 일단 레이디 황의 신분으로 서시게 됩니다. 그리고 테이프 커팅 후 축하 연설을 하신 후 총독부 인사와 각국의 공사와 환담을 나누실 예정입니다."

상은 고개를 저었다.

"안 됩니다. 위험합니다."

"그래서 더욱 나서시려는 겁니다."

상의 만류를 방성민이 확 꺾어버렸다.

"이렇게 뒤에 계시면서 수상쩍은 사나이의 접근조차 두려워하시면, 앞에 나설 기회를 영영 잡지 못하실까 걱정하십니다. 더불어 조선의 앞날과 황실 복구에 도움이 못 되는 것을 저어하십니다."

"김원창 같은 자가 노리는 최대 목표는 대중 앞에 드러난 인물을 어떻게 해보는 것이오. 레이디가 자신을 무시할수록 공개적인 데에서 사과를 받고 싶다거나 혹은 해할 생각을 할 수도 있소."

방성민은 잠시 생각을 가다듬었다.

"저는 두 선생님들께 양해를 구하려는 것은 아닙니다. 레이디의 뜻을 전하려 온 것뿐입니다. 이 초대장과 특별 방문증을 지니고 기념행사에 와주십시오. 물론 총독부와 경무국의 공무원들과 형사들이 행사장 당일 경호를 맡을 것입니다. 하지만 두 분께는 레이디의 경호를 특별히 의뢰합니다. 그리고……."

방성민은 잠시 사이를 두었다.

"이번 의뢰가 끝나고 나서 레이디께서 두 분 선생님들께 신분을 밝히겠다고 하십니다."

방성민은 초대장 뒤로 두툼한 돈 봉투를 끼워 넣고서 천천히 중절모를 쓰고 자리에서 일어났다. 구보가 받아든 초대장에는 '조선산업박람회 개회 기념행사'라고 적혀 있었다. 사흘 뒤 오후 2시에 행사가 시작될 예정이었다.

"이것 참 아이러니하군."

상이 방성민이 돌아간 후에 파이프 담배를 물고 초대장을 유심히 보며 말하였다.

"일제가 경복궁을 헐고 황실의 권위와 체통을 무너뜨렸던 그곳에서 당대 최고의 황실 어른이 개회 기념 테이프를 자른다니 있을 수 없는 일이네."

구보 또한 침울한 표정이었다.

"조선물산공진회, 조선박람회를 연다는 명목으로 경복궁을 궁궐이 아닌 일개 행사장으로 만들어버렸네. 이제는 그곳에서 황녀 한 분이 또 위험에 처하게 될 상황이네. 우리가 어떻게든 그것만은 막아야 하네. 상이, 우리 레이디 황을 도와드리세."

상은 묵묵부답으로 신문에 난 조선산업박람회 기사를 읽었다. 구보는 상의 의중을 짐작할 수 없었다.

다음 날, 상과 구보는 경복궁 아니 조선산업박람회장으로 변한 옛 궁터를 찾았다. 광화문으로 들어서자 화려하게 세운 조선산업박람회장 정문이 나왔다. 아직 개장 전이라 아무나 들어갈 수 없었지만 상과 구보는 방성민이 남기고 간 초대장과 특별 방문증을 지닌 덕분에 정문을 통과하여 박람회장으로 들어갈 수 있었다. 방문 사유에는 건설 관련이라고 적혀 있었다.

"모레 이곳 근정전에서 기념행사가 열릴 것이네."

문무백관이 머리를 조아리고 임금의 대관식을 지켜봤을 거대한 근정전 앞마당이 이제는 일본이 자국의 제품을 홍보하겠다는 의지를 표명하는 곳으로 전락하였다. 조선박람회산업관과 경회루 건너편의 조선박람회손님접대소, 조선박람회활동사진관과 어린이나라 등 온통 신식 문물관이 들어선 경복궁은 옛 궁궐과 신축 건물이 조화를 이루지 않고 어지럽게 뒤섞여 있었다. 조선박람회축산관과 수족관을 둘러본 상과 구보는 잠시 근정전 앞 쌍사자상 앞에서 너른 앞마당을 보며 쉬었다.

"경복궁은 궁으로서 완벽한 구조를 보여주고 있네. 뒤로는 북악산을 두고 인왕산을 백호로 낙산을 청룡으로 둔 완벽한 명당에, 근정전 앞을 지나는 북악산에서 흘러들어온 물과 서쪽에서 흘러든 물이 합쳐져서 금천을 이루고, 그 위에 영제교가 놓여 있지. 대례를 올리는 근정전, 왕이 업무를 보는 사정전, 왕의 침전인 강녕전, 그리고 왕비가 묵는 교태전에 이르기까지 어느 하나 이치와 도리에 맞지 않게 지어진 것이 없어. 경회루만 하더라도 완벽한 대칭구조로 난간과 돌기둥에 새겨진 여러 형상의 짐승들과 용이 승천하는 형상마저 각기 의미를 지니고 있네. 내 실력으로는 황후의 침전 굴뚝 하나조차 만들지 못할 것이야. 그 아름다운 건축 구조물을 일제가 이토록 망가뜨려 놓았다네."

상의 씁쓸한 표정을 보며 구보는 고개를 끄덕였다.

"구보, 더 늦기 전에 들러야 할 데가 있네."

상은 경복궁 정문을 빠져나와 바쁜 걸음으로 걷다가 종로 거리로 접어들어서 파고다공원에 도착하였다. 상은 파고다공원을 가로질러 탑 주변의 공터에 서서 주위를 살폈다. 비둘기에게 먹이를 주는 노인들 서너 명과 큰 나무 아래에서 장기를 두는 노인들이 보였다. 상이 장기를 훈수 두던 노인에게 접근하여 나직한 목소리로 물었다.

"황실 재건을 위해 일하시는 어르신들은 어디 계십니까?"

털실로 뜬 제법 따뜻해 보이는 모자를 덮어쓰고 있던 노인이 발끈하여 호통을 쳤다.

"어느 안전이라고 지금 헛소리를 지껄이는 게야?"

노인은 주변을 둘러보며 상의 얼굴을 의심스런 표정으로 유심히 살폈다.

"도움을 드리고 싶어서 그렇습니다."

"자네들, 혹시 특고형사(일제가 정치운동이나 사상운동을 단속하기 위해 둔 형사)는 아니지?"

상은 강한 어조로 대꾸하였다.

"그럴 리가 있습니까? 예전에 김영한 어른을 만나 뵙고 인사드린 적이 있습니다."

노인은 잠깐 망설이다 입을 열었다.

"그럼, 여기 파고다공원을 나가서 관훈정 사거리에 회색 벽돌로 지어진 이층짜리 건물이 있는데 그 건물 이름이 백화야. 거기 이층 사무실로 가봐. 그 사람들 여기 특고형사 몇 번 뜨고는 이리로 안 모여."

상은 파고다공원을 나와서 관훈정 쪽으로 바삐 걸음을 옮겼다. 잠자코 따라오던 구보가 물었다.

"상, 대체 무엇을 알아보려 함인가?"

"김원창에 대해서 알아보고 싶네. 예전에 조선의 역사에 관심도 있고, 소설 소재도 구할 겸 여러 사람을 만나보고 다녔네. 대한제국이 순종황제 이후로 없어지고, 황실이 유명무실하게 되자, 이러저러한 이유로 황실을 나오게 된 사람들이 여럿 있었지. 김원창이 레이디에 관하여 시선을 돌린다, 그녀의 신분에 대한 무언가 감을 잡다, 그리고 접근을 하며 집요하게 매달린다. 이쯤 되면 그는 두 가지 타입 중 하나네."

구보가 환한 얼굴로 맞받아쳤다.

"황실에 얹혀서 도움을 받으려는 사람과 아니면 황실에 원한을 지고 나와 협박과 갈취를 하려는 사람. 더 나아가 위험한 일을 벌이려는 사람."

"셋 다 해당될 수도 있겠지. 자, 어서 가볼까."

상과 구보는 관훈정 사거리에 도착하자 사거리에 위치한 건물 중에 이층 회색 벽돌 건물을 찾아보았다. 안국정 쪽으로 빠지는 골목에 이층짜리 건물이 있었다. 그림 재료와 불상 등을 파는 가게 뒤쪽으로 계단이 있었다. 상이 앞장서서 계단을 올라갔다. 이층에는 사무실이 네 개 있었는데, 계단에서 가장 가까운 사무실에는 '화순상회'라는 명패가 붙어 있고 그 옆으로 은화미술상 사무실이 있었다. 맞은편에는 명패가 없는 사무실이 두 개 있었는데, 하나는 굳게 자물쇠로 잠겨 있었다. 상은 가장 구석에 위치한 명패 없는 사무실로 성큼성큼 다가갔다.

상이 진중한 얼굴로 노크를 하였다.

"누구십니까?"

잠시 뜸을 들인 후 안에서 누군가 답을 하였다.

"예전에 황실에서 근무하셨던 김영한 어른을 뵈러 왔습니다."

상의 대답에, 문이 스르르 열리며 나이가 지긋한 남자가 조심스런 표정을 짓고 상과 구보를 훑어보았다.

"제가 김영한입니다만, 어인 일로 오신 겁니까?"

노인은 단정한 조선 한복에 마고자를 걸치고, 고급스런 수제 가죽신을 신고 있었다. 김영한이 의아한 얼굴로 상을 보다가 입가에 희미한 미소를 지으며 무릎을 쳤다.

"자네는 일전의 그 소설가 양반이 아니던가?"

상이 고개를 꾸벅 숙여 인사하였다.

"기억하여주셔서 감사합니다, 어르신."

나중에 상에게 들으니, 김영한은 조선의 마지막 황제를 지밀에서 모시던 내시로 순종황제의 의식주를 전반적으로 관리하고 물자를 들여오던 매우 중요한 직책에 있었던 자였다. 일흔은 되었을까. 소년 시절에 내시로 들어가 황제를 모시기 시작하던 즈음에는 쉰의 나이였고, 궁중에서 40년 넘게 일한 사람이라고 하였다. 현재는 궁에서 나온 뒤 그동안 모은 재산으로 비밀리에 황실 재건을 위해 일하는 사람들을 규합하고 있다. 그는 가진 재산을 금광과 주식에 투자하여 제법 큰돈을 모았다고 하였다.

"그러니까, 내가 선황제를 모시던 시절의 이야기이지."

김영한은 상이 소설 소재를 구하러 왔다고 하자, 순순히 순종황제와 영친왕의 어머니 순헌황귀비 엄씨에 관한 오래 전 이야기까지 들려주었다.

"순헌황귀비께서는 순종황제가 즉위하시자 무척이나 속상하셨지. 그 속내를 어디 감히 우리 같은 미천한 것들에게 비치셨겠냐마는 그래도 마음 한편으로는 자신의 아들이 황태자가 되어 황제의 자리에 오르는 것을 꿈이라도 꾸어보시지 않았겠느냐 하는 그런 마음……. 그나저나 자네, 이런 것까지 함부로 소설에 넣으면 안 되네."

상은 미소를 지었다.

"알고 있습니다, 선생님. 그리고 다른 쪽 이야기인데 여쭙고 싶은 것이 있습니다. 혹시 황실에 반감을 가지고 나간 이들이 있습니까?"

김영한은 잠시 침묵을 지켰다가 무겁게 입을 떼었다.

"지금에서야 말한다지만, 정말 조선 시대라면 반감을 가진다는 것 자체가 참수형 감이지. 하지만 기울어가는 황실에서 물건을 훔쳐내다 적발되어서 쫓겨난 이들도 적지 않아. 그런 사람들은 자기 죄는 생각 안 하고 무조건 서운하다며 저주를 퍼부으며 나가기도 했지."

"저희가 알고 싶은 사람이 있습니다. 개인적으로 부탁을 받은 일인데, 중요한 일입니다. 김원창이라고 하와이에 건너가 농장 일을 하였던 자입니다. 40대 후반 정도 되고, 이민 간 지는 15년 정도 되었습니다. 혹시 그자를 아시는지 묻고 싶습니다."

김영한은 고개를 저었다.

"그렇게 젊은 자가 황실에 반감을 가졌을 리 만무하네. 그리고 하와이에 이민 간 지도 꽤 오래 되었구먼. 아무래도 잘 모르겠는데. 가만 있자, 하와이라, 하와이라……. 혹시 김수웅을 말하는 것이 아닌가? 여기 어디 사진이 있을 터인데."

김영한은 의자 뒤 서가에서 오래된 사진첩을 빼들었다. 가죽으로 장정된 사진첩은 매우 두꺼웠는데, 수십 장의 사진들이 정갈하게 보관되어 있었다. 김영한이 사진첩을 훑다가 커다란 흑백 사진 하나를 가리키며 말을 시작하였다.

대한제국 시절에 찍은 사진으로 수십 인의 남자 여자들 뒤로는 십장생 병풍이 있었고 맨 첫 번째 줄에는 사모관대를 차려입은 관리들이 줄지어 있었다. 그 뒤로는 족두리를 쓰고 원삼을 입은 여자들이 서고, 중산모(꼭대기가 둥글고 높은 서양모)를 쓰고 양장을 입은 남자들과 아이들이 단상 위에 올라가 병풍에 등을 대고 서 있었다.

"내시 중에 가장 높은 상선 어른이 황실에서 나가시는 날에 기념을 하여 사진을 찍었네. 황후마마께서 십장생 병풍도 빌려주셔서 이렇게 현직 태감들은 사모관대 관복을 입고 아내들은 원삼과 족두리를 차려입고 손님도 불러 모아 상선 어른의 집 마당에서 기념사진을 찍었지. 여기 첫 줄 가운데가 상선 어른이시고 그 오른쪽 옆이 술을 담당하던 정3품 상온 영감이고, 그 옆으로 왕명을 전달하던 정4품 상전 우민한, 그리고 그 옆으로 차를 담당하던 상다 기영순 어른, 그 옆으로 이게 누구더라…… 그래, 약을 관리하시던 종3품 상약어른이시고. 그리고 왼쪽 끝으로 가보세. 왼쪽에서 두 번째가 나일세. 나는 그 당시에는 촛불 담당에 불과하였지. 그리고 내 옆에 김수웅이라는 자는 금고관리를 담당하던, 어르신 밑에서 일하던 자였지."

구보는 깜짝 놀랐다. 김수웅이라는 자는 분명 조선호텔 엘리베이터 앞에서 마주쳤던 그 남자와 흡사하게 생겼다. 키는 중간 정도에 어깨가 제법 서 있고, 높게 올라간 두터운 코와 두툼한 입매가 인상적이었다. 온화하고 단정하게 생긴 다른 내시들과 비교하여 확연하게 남자태가 나는 인상이었다.

"김수웅은 나보다 세 살이 많았는데, 보다시피 우리보다 훨씬 덩치도 크고 힘도 셌지. 호위 무사에 어울리는 외모였지만 그럭저럭 일을 잘 처리해나갔는데, 어느 날 왕실 금고에서 황금 장신구 몇 개가 없어지는 바람에 모든 책임을 덮어쓰고 궁을 나갔네. 범인은 사실 비빈을 모시던 상궁이다, 아니면 금고관리를 책임지던 상탕 내시이다 말이 많았지만, 어쨌든 손해를 본 것은 김수웅이었지. 녹봉도 모조리 박탈되고 빈털터리로 수십 대의 장형을 맞고서 쫓겨나듯이 궁을 나갔다네. 그 후로 경성에서 이것저것 사업을 벌였지만 벌이는 족족 망하고 정말 어렵게 살았다는 이야기를 전해 들었지. 나중에는 도저히 이곳에서 살 형편이 못되어서 늘그막에 자신과 닮은 조카 아이를 아들로 입적하고 가정을 꾸려 하와이로 갔다는 이야기는 들었네만."

상과 구보는 김영한에게 김수웅에 관한 정보를 물어보고는 사무실을 나왔다. 저녁 가까운 시간이 되어 있었다.

"이로써 한 가지 정보는 얻어냈네. 김원창이 김수웅의 아들일지 모른다는 사실. 그게 맞는다면 그는 황실에 반감을 가진 확실한 인물이라는 것. 분명 수십 년을 일한 직장에서 빈털터리로 쫓겨났다면 아버지 대에 시작된 원한이 무척이나 크겠지. 수십 년치의 녹봉을 원할 수도 있다는 것과 이를 빌미로 협박을 하거나 아니면 반대로 황실의 유력 인사인 레이디 황과 결탁하여 경성에서 세력을 행사할 기회를 엿볼 수 있다는 것 정도?"

"상, 만약 최악의 사태인 암살을 염두에 두고 있다면 이것은 단지 원한 관계가 아닌, 누군가 배후가 있다는 생각을 안 해볼 수도 없네."

상은 지팡이를 굳게 쥐었다.

"그렇다네. 그게 바로 이 사건의 핵심일 수 있지. 우리 인력송출회사로 가보세나."

"하와이에 조선인을 보내주는 회사 말인가?"

"그렇다네."

"선박에 관련된 회사라 인천이나 부산 같은 항구에 위치해 있을 터인데?"

"구보, 난 말이지 가끔 이민을 꿈꾸기도 하는 자라서, 늘 그런데 관심을 기울여왔는데 말이야. 바로 종로 한복판에 이민송출회사가 있다네. 물론 사람을 모으고 서류를 취합하는 사무실에 불과하겠지만 그곳에 선박 관련 출입국 관련 자료는 분명 있지."

상이 앞장선 대로 종로 삼정목 방향으로 향하였다. 종로 거리에 나와 삼정목에서 오른쪽 대각선 쪽으로 골목에 접어들자 허름한 단층 건물들이 즐비했다. 상은 고개를 두리번두리번 하더니, '동양인력송출회사' 간판을 단 허름한 사무실 앞에서 지팡이를 들어 거칠게 문을 두드렸다. 안에서는 아무런 기척도 없었다.

"퇴근들을 하였는가? 아니면 사람들을 모집하러 나갔는가. 아무래도 내일 다시 와야 하겠네."

다음 날, 오전 일찍 다방에서 만난 상과 구보는 동양인력송출 회사 사무실을 찾아갔다. 사무실 문은 여전히 잠겨 있었고, 인기척이 없었다. 구보가 고개를 갸웃하는데 머리에 수건을 두른 물장수 하나가 리어카를 끌고 가다가 상과 구보를 보고 잠시 멈춰 섰다.

"선생님들, 거기 사무실 사람들은 늘 보신각 종 앞에서 호객을 한다오."

상과 구보는 종로 거리를 바삐 걸어서 종각으로 향하였다. 종각 앞의 인파 속에 사람들을 모으는 덩치 큰 남자가 보였다. 두 팔을 걷어 부친 남자는 거칠게 생긴 얼굴로 긴 턱수염을 손으로 쓰다듬는 시늉을 해 보이며 사람들을 불러 모았다.

"하와이에 가게 되면 정말 고생을 하느냐 이런 걱정을 하시는 분들이 많으신데, 아니 그렇다면 이곳 경성에는 고생 없이 떵떵거리고 살 수 있느냐 말이오? 금광에서 일확천금을 얻으려고 하여도 3년은 금광을 찾아내러 팔도를 다녀야 하고, 3년은 금광에서 흙만 파내야 한단 말이오. 그렇게 6년이 흘러도 돈을 쥘까말까 금이 나올까말까 한 것인데, 하와이에 도착하면 일단 바다와 같이 너른 사탕수수 밭이 가득하고 거기에서 착실하게 일만 꾸준히 하면 1년치 삯을 받을 수 있소. 게다가 조금만 더 일하다 보면 관리자로 승진하게 되고, 사탕수수를 거둔 양에 비례하여 할당되는 돈을 더 만질 수 있소. 그리고 여기서는 보통 인텔리가 아니면 여전학생들이 거들떠보기나 하오? 하지만 하와이에 시집가려는 여전 여고 학생들이 얼마나 많은 줄 아오? 하와이는 선진국이라 이곳보다 훨씬 더 살기가 편하단 말이오."

설탕처럼 달콤한 말로 노동자를 모집하던 덩치는 잠시 휴식을 하며 몰려든 인파에게 안내문을 나눠주었다. 그리고 냉수 한 사발을 시원하게 들이켰다. 사내의 휴식시간을 상이 놓치지 않았다.

"여보슈, 선생. 그 하와이 이민이 그렇게나 좋은 것이란 말이오? 그렇다면 나도 안내문 한 장 주소."

턱수염 사내는 상의 행색이나 호리호리한 체격을 보고는 코웃음을 쳤다.

"참나, 선생은 농장에서 힘쓰는 일에는 어울리지 않는 것 같은데……, 그래도 예 있소."

상은 남자가 건네는 안내문을 훑다가 정말로 궁금하다는 얼굴로 질문을 던졌다.

"내가 아는 먼 친척 어른이 하와이에 농장 노동자로 정착한 지 15년이 다 되어가는데, 최근에 그분이 귀국하였다는 소식을 뒤늦게 들었소. 아마도 지금으로부터 삼사 개월 전일 것 같은데 혹시 하와이에서 출발한 배편에 탑승하였는지 알 수 있소? 함자는 김원창이오만."

덩치 사내는 어깨를 으쓱해 보이고는 고개를 저었다.

"낸들 아오? 다른 데 가서 알아보슈. 선박 회사 같은데 말이오. 힌트는 하나 주지. 삼사 개월 전이라면 미국 선박 로즈 호가 들어왔을 거요."

"아, 제발 부탁하오. 그분이 하와이에서 성공하셔서 그분을 모시고 향우회에서 모임을 갖고자 하오. 하와이 경험담을 들어보고 나를 포함하여 향우회 친구들도 하와이 이민을 계획하려 하니, 제발 그분이 들어왔는지 알아봐주오."

덩치 사내의 눈빛이 번쩍거렸다.

"그렇다면 우리 회사에 사람을 수십 인 정도 모아올 수 있겠소? 그 향우회 친구들뿐 아니라 동네 친구, 이웃, 친척 모조리 모아오슈. 많이 모아올수록 선생에게 특별 대우를 해주겠소."

"특별 대우라니?"

"다른 노동자들은 삼등칸에 타는데 선생은 이등칸을 주고, 정착지원금도 지원해주겠소."

상의 얼굴은 환해졌다. 구보가 보기에 정말 기뻐하는 얼굴이 꼭 하와이 이민 지원자 같았다.

"고맙소."

덩치 사내는 안내문을 나눠주고 있던 사환 아이를 불렀다. 사환 아이는 뒤편에서 커다란 가죽 가방을 들고 와서 남자에게 건넸다. 덩치 사내는 가방에서 묵직한 서류 뭉치를 꺼내들고는 손가락에 침을 발라서 하나하나 넘겨 보았다.

"가만 있자, 여기 선박 관련 자료가 있는데……."

사내는 선박 탑승자 명단을 찾아내서는 이름을 훑었다.

"김원창이라고 하였소?"

"그렇소."

"아, 여기 있네. 3개월 전에 미국 배편을 타고 들어온 사람이오."

"지금 그 어른이 어디 머무시는지 주소를 알 수 있소?"

"여기 있군. 경성부 안국정 132번지 평화 여인숙."

"고맙소. 그 어른을 찾아서 하와이 이민 지원자를 모아 반드시 동양인력송출회사로 다시 오겠소. 감사하오."

상과 구보는 남자와 헤어지자마자 인력거를 잡아타고 급하게 안국정으로 향하였다. 인력거가 들어가지 못하는 골목에서는 다급하게 뛰듯이 걸어서 여관들이 밀집한 골목으로 접어들었다.

"132번지, 바로 여기네."

구보가 번지수가 적힌 벽을 가리켰다. 상과 구보는 여인숙에 들어가 주인을 찾아 숙박한 자 중에 김원창이 있는지 확인하였다. 키가 작고 허리가 약간 굽은 60대로 보이는 주인이 잠시 머뭇거렸다. 구보가 얼른 주머니에서 1원짜리 지폐 한 장을 뽑아서 주인에게 찔러주었다. 주인이 가까스로 입을 열었다.

"그야, 그런 분이 묵는다고는 왔습니다만…… 그런데 두 달 넘게 묵으시다가, 다른 곳으로 갔습니다. 여기 숙박부를 보십시오. 7월 25일에 저희 여관을 떠났습니다."

주인이 손가락으로 가리킨 곳에는 김원창이 묵었던 날짜들이 기록돼 있었고, 지급된 식사 수와 수건의 수가 적혀 있었다.

"어디로 옮긴다고는 말하지 않았소?"

"잘 모르겠습니다."

"묵었던 방이라도 확인해볼 수 있겠소?"

"마침 비어 있습니다."

주인이 안내한 방은 이층 끝에 위치해 있었다. 낡고 삐걱거리는 나무판자가 깔린 복도를 걸어들어가 주인이 열쇠를 따주는 방 안에 들어섰다. 방안에는 얼기설기 엮어 만든 나무판 위에 침대 매트리스가 깔려 있었고 옆에는 작은 탁자와 의자들이 놓여 있었다. 구보가 보기에도 오래도록 사람이 들지 않은 방 같았다.

"이 방은 장기 투숙객을 위한 방이라 항상 비워둡니다."

"이전에 묵었던 김원창이 남겨 놓은 짐은 없었소?"

"대체 무슨 일 때문에 그러시는지요? 혹시 형사님들이십니까?"

상이 희미하게 웃으며 답했다.

"아니요, 김원창에게 돈을 받아야 하는 일이 있소."

주인은 그제야 안도하며 고개를 저었다.

"쓰레기를 두고 가셨다 하여도 제가 잘 보관하였을 겁니다. 보시다시피 방은 비어 있습니다."

구보는 바닥에 떨어져 뒹구는 종이 한 장을 주워들었다. 미국 선박 로즈 호에 탑승한 사람들에게 알리는 주의사항을 영어로 써놓은 종이였다. 구보가 종이를 뒤집어 보았다. 연필로 낙서한 흔적이 있었다. 자그마한 사각형을 그리고 그 밑으로 또 다른 작은 직사각형을 그려놓았다. 그리고 화살표를 사선으로 내려 그어서 두 사각형이 이어지게 하였다. 아래에서 누군가 찾는 소리가 들리자 주인은 잠시 둘러보라 이르고는 계단을 내려갔다.

"상이, 이건 무엇을 의미하는 것일까? 로즈 호라면 김원창이 타고 온 배인데. 그가 흘린 쓰레기가 아닐까?"

"글쎄, 만약 그렇다면 김원창이 흘린 유일한 증거이네. 하지만 우리는 헛다리를 짚은 셈이네. 내일 그자와 박람회장에서 마주쳐야만 되네만."

"내일 김원창이 모습을 드러낼까?"

상은 굳은 표정으로 고개를 끄덕였다.

"그자의 의도가 원한이든, 사주를 받은 것이든 내일은 절호의 기회이네. 반드시 모습을 드러낼 거야."

그날 밤 구보는 잠을 이루지 못하였다. 아내가 뒤척이는 구보를 보다 못하여 구수한 숭늉을 떠왔다. 구보는 자신 때문에 잠을 이루지 못하는 아내가 안쓰러워 억지로 자는 시늉을 하며 눈을 감았다. 하지만 내일 일어날지 모를 긴박한 상황이 걱정되어 헛된 망상과 엉뚱한 개꿈을 번갈아 꾸었다.

아침이 밝았다. 박람회 개회 날이었다. 아침부터 날씨는 쾌청하였고, 선선한 바람이 불어 제법 시원하였다. 구보는 세수를 하고 머리를 단정하게 매만지고는 레이디 황이 전날 보낸 턱시도를 입었다. 함께 보낸 실크해트도 앞쪽으로 살짝 눌러 써보았다.

상처럼 지팡이가 있다면 금상첨화이리라.

구보는 발걸음도 가볍게 집을 나와 종로 거리를 걸어서 '제비'로 향하였다. 상 역시 레이디 황이 몸에 맞게 보낸 턱시도를 갖춰 입고 실크해트를 쓰고 지팡이 하나만을 가볍게 들고 나왔다.

"권총이라도 하나 준비해 가는 것이 낫지 않을까?"

"분명 소지품 검사 때에 걸릴 것이고, 그러면 우리는 입장하지 못할 것이네."

상의 말대로 구보와 상은 박람회장 입구에서 초청장을 제시했음에도 삼엄한 경비 속에서 몸수색을 당하였다. 도시락을 지닌 이들은 뚜껑까지 열어보는 철통 같은 보안 수색을 거치고 나서 입장할 수 있었다. 기념행사는 오후 2시였고, 커팅 식까지는 3시간의 여유가 있었다.

"구보, 각 건물의 위치와 경비원 숫자를 파악하여야 되네. 그리고 수상한 자는 주저치 말고 내게 이야기해주게나."

상과 구보는 행사가 열릴 근정전 앞마당을 지나서 조선산업남관과 미술공예관, 화태관, 북해도관과, 동경관 등을 둘러보았고 심지어 어린이나라와 활동사진관 안에도 들어가서 샅샅이 살펴보았다. 행사 시각이 가까워오자, 박람회장을 찾은 수많은 인파 속에서 김원창을 찾는 일은 불가능해 보였다.

"상이, 어떻게 생각하는가? 혹여 활동사진관 화장실 같은 곳에 숨어서 식이 시작되기만을 기다리고 있다 튀어나와서 레이디를 저격하지는 않을까 싶네. 그런 계획이라면 우리 둘이 지금 이곳을 샅샅이 훑어도 그를 찾기란 불가능하네."

"들어올 때 소지품 검사를 철저히 하였네. 하지만 이곳 관계자들은 정문이 아닌 뒷문으로 들어올 수도 있고, 당연히 소지품 검사도 생략 가능할 수 있지. 혹 김원창이 박람회에 정식으로 관여한 직원일 수도 있다는 생각이 드네. 출신 지역도 미국이고 말일세."

"그렇다면 상이, 우리가 할 일은 레이디가 공식 행사에 나서는 순간 지척에서 경호를 서는 수밖에 없네. 총알이 날아온다면 총알받이가 되어서라도 그분을 지켜드리는 수밖에."

"구보, 분명 인파에 가려서 높은 행사 관계자가 아니면 레이디에게 접근을 못 할 걸세. 그러니 행사 관계자를 주목해보면 어떨까 싶네."

"상, 우리가 너무나 앞서나가는 것은 아닐지 하는 의심이 드네. 김원창이란 자가 이런 큰 장소에서 암살까지 하려고 마음먹을 수 있을까?"

"처음에는 자신의 취미에 따라 마음 가는 대로 미스터리한 여인을 집요하게 따라다니면서 괴롭혔을 거야. 그러다 그분이 누구인지 눈치를 채고 원한 관계가 얽힌 것을 보상받고자 하는 마음이 생겼겠지. 그러던 중, 누군가의 사주를 받고 하와이에서 저격을 시도하였네. 그의 행동은 점차 위험해지고 있네. 구보, 더 늦지 않게 행사장으로 가서 레이디와 방성민을 찾아야 하네."

박람회 개회 행사장은 세계 각국에서 온 사람들로 북적였다. 근정전 바로 앞에 마련된 단상에는 조선총독부의 고위 인사들을 비롯하여 각국의 공사들과 대사들, 그리고 세계적 기업의 회장과 사장단이 앉아 있었으며, 중앙 뒤쪽 자리에 레이디 황이 베이지색의 단아한 드레스에 베이지색 망사가 드리운 챙 넓은 모자를 쓰고 앉아 있었다.

조선총독부를 대표하는 고위관리의 축하 메시지로 개회가 선언되었다. 이어 각국 대사들과 공사들의 축하 메시지가 이어졌다. 모든 인사들이 장갑을 끼고 가위를 들고서 단상 앞에 마련된 리본에 다가섰다. 리본을 커팅하게 되면 축포가 터지고, 행사가 공식적으로 시작되며 각국 박람회장이 입장객을 맞이할 예정이었다.

레이디는 가위를 들고서 첫 줄의 맨 왼쪽에 서서 사회자의 지시에 따라 리본을 잡아들었다. 레이디를 비롯한 인사들이 리본 테이프를 가위로 끊는 순간, 콰쾅, 쾅! 축포 소리가 경복궁을 뒤흔들었다. 비둘기 수십 마리가 하늘로 날아오르면서, 만국기 띠가 어지러이 드리워진 하늘에서 색색의 반짝이는 종이가 수없이 흩날려 내려왔다.

상은 축포 소리에 깜짝 놀란 구보를 다독이며 눈짓을 했다. 사방을 경계하면서 레이디에게 접근하자는 의미였다. 구보는 상을 뒤따라가며 단상 근처에서 각국 공사들과 환담을 나누는 레이디를 주시하였다. 상이 단상에 접근하려 하자, 경호요원들이 막아섰다.

"선생, 신분증과 초청장이 있어도 이쪽으로는 가실 수 없습니다."

상이 내놓은 신분증과 초청장으로는 주요인사가 샴페인을 나뉘 마시는 단상 근처로 접근이 불가능하였다.

"레이디 황을 모시는 방성민 군에게 안내해주시오."

경호요원은 잠시 저희들끼리 이야기를 나누더니 상에게 정중히 답하였다.

"현재 식후 행사를 준비하기 위해 조선산업남관에 가 있다 합니다. 제발 박람회장을 둘러봐주시고 이쪽으로는 접근이 불가능하니 그렇게 아십시오."

상과 구보가 레이디에게 다가갈 방법이 막혀 있는 가운데, 레이디 황이 망사를 살짝 들추고 천천히 사회자에게 접근하여 뭔가를 속삭였다. 사회자는 고개를 끄덕하더니, 단상 중앙에 나서서 목소리를 돋우어 크게 말하였다.

"오늘 조선산업박람회 행사의 주빈이신 레이디 황께서 개회기념행사를 맞이하여 세계 각국에서 오신 하객 여러분께 특별히 축하의 말씀을 전하고자 하십니다. 신사숙녀 여러분, 여러분께 레이디 황을 소개해드립니다. 레이디 황은 가녀린 조선 여인의 몸으로 우리 총독부가 이민정책일환으로 벌이던 대동아개발공사의 협력업체 대표로서 하와이에 파견된 조선인들의 결혼을 돕는 등 해외조선인 대표로 참석하였습니다. 레이디 황의 축사를 들어보도록 하겠습니다."

상과 구보는 순간적으로 긴장하였다. 결국에 레이디 황은 정치적 의도를 가지고 이 박람회장 행사에 참석한 것이다. 그리고 암살범이 있다면 레이디에게 온 하객의 시선이 집중되는 이 순간이 가장 좋은 저격의 시간이 될 터였다.

레이디 황이 천천히 단상 위로 올라갔다. 그녀는 마이크 앞에 서서 장갑을 낀 손으로 모자에 드리운 망사를 걷어서 챙 위로 올렸다. 노부인이 아무런 의미도 담지 않은 작은 동작을 했을 뿐인데도, 여인의 단아하고 우아한 동작에 시선이 끌려서인지 모두가 그녀의 입에서 나올 말을 기다렸다. 망사 아래에서 드러난 여인의 얼굴은 70세는 넘어 보였으나, 한편으로는 무척이나 젊어 보이기도 하였다. 굵은 주름 하나 없는 단정한 얼굴에 그녀의 두 눈빛은 젊은 사람들의 그것처럼 활기차고 밝았으며, 미래에 대한 낙관과 긍정이 있었다. 그리고 오뚝한 코와 단정한 입매는 보는 사람으로 하여금 안정감이 들 정도로 차분한 인상을 주었다.

"조선산업박람회 행사가 열리게 된 것을 진심으로 축하드립니다. 저는 한때 이곳 경복궁에서 중궁에 있었고, 궁궐의 안주인이었습니다."

레이디의 청천벽력 같은 선언에 청중이 술렁이기 시작하였다. 각국의 공사들은 통역관의 통역설명을 전해 듣고 깜짝 놀란 얼굴이 되었다. 레이디 황의 말이 이어졌다.

"세간에 이 몸이 시해당하였다고 알려진 바와 달리 여러 사람들의 도움으로 목숨을 부지할 수 있었고, 살면서 성상께서 붕어하시는 통한을 겪었으며 왕세자가 용상에 올라 대관식을 거행하는 기쁨을 맛보기도 하였습니다. 또한 용상에 오르신 순종 폐하께서 저보다 먼저 승하하시는, 말로 형언할 수 없는 또 다른 크나큰 원통함을 겪었습니다."

조선총독부 인사들이 술렁이면서 경호원을 불러 무언가 지시를 하였다. 경호원들이 레이디를 제지하러 다가갔다.

"구보! 우리가 헛짚었네! 저격 장소는 바로 저 위 조선총독부 건물 옥상이 될 테야!"

상은 주머니에서 김원창이 버리고 갔을 거라고 추정되는 로즈 선박 관련 전단지를 꺼내 들었다. 그러고는 뒤편에 적혀 있는 낙서를 집게손가락으로 가리켰다.

"이 작은 직사각형은 박람회장 기념행사가 벌어지는 단상을 가리키는 것일 터이고, 이 위쪽의 큰 사각형은 높은 건물이 분명해. 그렇다면 경복궁 전각이나 박람회장 건물보다 높은 곳에서 이렇게 사선으로 내려 그은 것으로 유추해보아 저격을 의미하는 것일지 모르네. 어서 총독부 옥상에 가보세."

근정전 앞을 가로막고 있는 조선총독부 건물의 돔형 지붕을 상이 가리켰다.

상과 구보는 근정전 마당을 나와 조선총독부 건물을 향해 내달렸다. 총독부는 평소에는 삼엄한 경비 속에 있지만, 조선산업박람회에 워낙 많은 경찰들과 공무원들이 차출되는 바람에 정문을 지키는 이는 두세 명에 불과하였고 이들마저 근정전 앞마당을 넘겨다보느라 주의가 흐려져 있었다.

"상이, 이런 경비 태세라면 원체스터 총을 재킷 안에 감추고 들어와도 모를걸세."

"어서 총독부 안으로 들어가세."

구보는 난생 처음, 총독부 건물에 들어섰다. 건물 안은 조용하였다. 대현관의 계단을 오르면 홀이 있고 중앙 돔형 탑의 정상부에서 비춰지는 빛이 홀 안에 가득 들어오고 있었다.

중간에 상을 제지하는 경비가 있었으나, 방성민이 만들어준 신원확인 서류를 보여주고 또한 상과 같이 일하던 건축기사를 우연히 만나게 되어 무사히 총독부 위층으로 올라갈 수 있었다. 사층에 이르자, 오층으로 통하는 계단 문이 잠겨 있었다. 상은 사층으로 난 회랑을 따라 뛰었다.

소회의실, 학무국장실, 총무과, 도서과 등의 사무실을 거쳐서 오른쪽에 위치한 계단에 이르자, 오른쪽 홀 우측에 엘리베이터가 보였다. 엘리베이터는 일층에 머물러 있었다.

"아무래도 늦겠어. 다른 계단으로 가세나."

상이 이끄는 대로 구보는 오른쪽 모서리에 있는 계단으로 향하였다. 오층으로 올라가자, 토지개량과, 임야조사위원회 등의 팻말이 적힌 사무실이 나왔다.

"내가 여기 이층 건축과에서 근무한 것은 알겠지? 오층 토지개량과나 임야조사위원회에 얼마나 자주 올라 다녔는지 알겠나? 그때 지금 체력이 길러졌네."

상은 활동사진영상실, 급사실, 암실, 창고 등의 구석진 사무실이 있는 회랑을 전속력으로 달려 옥상으로 향하는 문에 도달하였다. 상이 조심스럽게 문을 열었다. 파란 하늘이 드넓게 펼쳐져 있었고, 너른 옥상의 돔형 지붕 왼쪽으로 헐렁한 양복을 걸쳐 입은 한 중년 남자가 브라우닝 사에서 만든 M1917 수냉식 기관총을 근정전 앞마당을 향해 조준하여 약실에 탄창을 끼우고 장전을 하고 있었다.

"꼼짝 마!"

상은 지팡이를 왼쪽 안주머니 속에 넣어 총구 모양을 만든 후 외쳤다. 상대는 기관총을 조준하고 있던 자였다. 구보는 이 상황이 들통 나면 어쩌나 걱정했다. 남자의 얼굴을 보자니, 분명 조선호텔에서 마주친 자가 분명하였다.

"김원창, 마마에 대한 저격을 중단하라!"

상이 당당하게 외치며 외투 속에서 지팡이를 빼들고 김원창에게 달려갔다. 김원창은 품속에서 브라우닝 권총을 꺼내 상을 겨눴다.

"그깟 나무막대기 하나로 어림도 없다!"

구보는 상에게 김원창의 신경이 집중되는 새에, 김원창의 옆으로 달려가 몸을 날려 덤벼들었다. 하지만 김원창이 슬쩍 옆으로 피해 구보가 바닥에 나동그라졌고, 그 사이에 상이 지팡이를 들고 달려들어 김원창의 손에 든 권총을 떨어뜨렸다.

탕, 하늘로 총탄이 발사되었다. 상은 김원창에게 무자비한 지팡이 세례를 안겨주었다. 팔, 종아리, 허벅지 할 것 없이 지팡이는 모든 관절을 치고 들어갔다. 휘리릭 지팡이가 크게 회전하고 나서 상의 손아귀에서 멈췄고, 김원창은 넘어졌다. 구보는 그의 팔을 바닥에 붙여 제압하였다.

나중에 구보가 혼자 생각해보아도 그 다음 장면은 분명 이상한 점이 많았다. 하늘은 맑고 날씨는 화창하고 더웠는데, 어디서인가 차갑고 음습한 기운이 구보의 등덜미를 서늘하게 하였다. 구보가 살며시 고개를 들어 하늘을 보았는데, 검은 그림자가 하늘을 뒤덮더니 1초 후 그림자가 구보와 상 앞에 서는 게 아닌가? 실크해트를 깊게 눌러쓴 남자는 입가에 씩 미소를 띠었다. 남자는 실크해트를 구보 쪽으로 날렸다. 구보가 모자를 피하는 순간 남자의 얼굴에 흑가면이 드리워졌다.

구보는 순간 변검이 연상되었다. 수십 장의 가면을 바꿔 쓰는 중국전통극 변검처럼 사내는 모자 아래의 얼굴을 순식간에 검은 가면으로 가렸다. 다만 가면 아래로 살짝 나온 입술은 여유 있게 웃음을 띠고 있었다. 사내의 몸은 매우 날렵하였고, 태도에는 자신감이 있었다.

턱시도 차림에 권총을 겨누는 모습은 할리우드 영화에 나오는 암살자처럼 비현실처럼 보이기도 하였다. 상은 지팡이를 들고 남자와 마주섰다. 흑가면 남자가 든 총은 9밀리 마우저 권총이었다. 1차 세계대전 동안 독일군에 의해 많이 사용되었던 총으로 높은 명중률과 견고한 구조가 특징인 고급 권총이었다. 마우저 총을 겨눈 흑가면 남자 앞에 지팡이로 마주선 상은 초라하다 못해 위태로울 지경이었다. 뒤쪽에 선 구보는 이대로라면 상의 가슴이 표적이 되겠다 싶어 입에 침이 바싹 말랐다.

김원창은 상의 바짓가랑이를 붙잡고 늘어졌다.

"부디 선생님, 살려만 주신다면 모든 것을 다 불겠습니다. 처음에는 황실에서 쫓겨난 아버지를 생각하면서 원한을 품었습니다. 하지만 저한테 암살을 사주한 남자가 있습니다. 그렇지 않다면 제가 어떻게 저런 최신 기관총을 총독부 옥상까지 들여올 수 있겠습니까? 그에게서 총 사용법도 철저하게 배웠습니다."

구보는 김원창이 상의 지팡이 공격으로 놓쳤던 브라우닝 권총을 내려다보았다. 지척이었다. 길어봐야 2미터, 하지만 그 2미터를 달려갔다 오면, 상의 가슴팍은 마우저 권총의 불꽃에 뚫릴 참이었다. 그 어떤 동작도 자제하여야 했다.

"협상을 하지."

상은 차분한 어조로 흑가면에게 제의를 하였다. 하지만 흑가면은 천천히 고개를 갸우뚱하더니 어깨를 으쓱하며 상관없다는 태도를 보였다. 상이 재빠르게 몸을 놀렸다. 상이 달려가면서 그의 지팡이가 전광석화처럼 남자의 마우저 권총을 쥔 손목을 후려쳤다. 흑가면이 순식간에 권총을 놓쳤고 탕 하고 총알이 하늘을 향해 발사되었다. 상의 지팡이가 화려하게 회전하면서 이번에는 흑가면의 어깨를 쳤다. 흑가면 남자가 몸을 숙여 텀블링을 하면서 몸을 날려 김원창이 놓친 브라우닝 권총을 집어 들었다. 그 다음은 구보의 눈으로도 믿지 못할 광경이었다.

흑가면 남자는 브라우닝으로 상의 팔과 옆구리 사이를 겨눠, 아주 좁은 틈새로 핀 사격을 하였다.

탕!

도망가려던 김원창의 목 부분에서 핏줄기가 공중으로 솟구쳤다. 김원창이 바닥으로 쓰러졌고, 상의 발치로 피가 흘렀다. 잠시 침묵 후에 흑가면은 기합소리를 내며 상을 향해 달려들었다. 상의 지팡이가 남자의 브라우닝 권총을 치려는 순간, 권총이 저절로 바닥에 떨어졌다. 구보의 눈에는 상의 어깨를 밟는 것처럼 보였지만 흑가면 남자는 공중으로 솟아오르더니 크게 공중제비를 돌면서 지붕에서 뛰어내렸다. 그리고 까마득하게 보이는 총독부 건물 마당에 사뿐히 착지하여 저만치 우왕좌왕 하는 군중 속으로 모습을 감추었다. 장장 오층 건물에서 뛰어내린 것이었다.

"어, 어떻게 된 것인가?"

"놓쳤네. 그리고 배후를 밝힐 김원창을 이렇게 가버리게 하였네."

상은 쓰러져 있는 김원창의 뜬 눈을 감겨주었다.

후에 알게 된 것이지만 조선총독부 마당에는 서양에서 들어온 서커스단이 있었는데, 그들이 쓰는 트램펄린이라는 도구가 있어서 흑가면 남자가 지붕에서 뛰어내린 후 그 도구에 착지만 한다면 부상을 최소화할 수 있었다. 하지만 발로 힘차게 디디고 공중으로 솟구칠 수 있었던 것이며 아무리 트램펄린이 있다고는 하나 까마득한 오층 높이에서 뛰어내렸던 것이며 그 모든 행동은 입을 다물지 못할 만큼 놀랍기만 했다.

나중에 방성민에게 들은 말에 따르면 근정전 앞마당에서 레이디 황의 연설은 몇 마디 더 진행하기도 전에 경호원에 의하여 중단되었다. 그 또한 다행으로 레이디 황은 총독부 직원들과 경호원에 의하여 강제적으로 단상에서 내려가게 되어 저격의 위험에서 벗어날 수 있었던 것이었다. 김원창은 레이디가 단상에 다시 오를 것을 기다리며, 저격 자세를 취하고 있던 차에 상과 구보의 습격을 받게 된 것이었다.

　레이디는 총독부 산하 취조국의 엄중한 취조를 받은 후에 훈방 조치되었다고 하였다. 총독부의 권고로 레이디는 조만간 경성을 떠나 망명객의 신분이 되어야 한다는 말도 덧붙였다.

　"마마님께서 어떠한 증거를 대어도 그들은 믿지 않습니다. 그저 팔순 넘은 노인의 헛소리로 생각하고 있습니다."

　순간 구보는 러시아 마지막 황제 니콜라이 2세의 넷째 딸 아나스타샤 공주를 떠올리지 않을 수 없었다. 1918년 볼셰비키 당원에게 황제를 비롯한 전 가족이 처형당하였고, 그렇게 러시아 황제 일가는 몰살당한 줄 알았는데 1차 세계대전이 끝난 후, 홀연히 안나 앤더슨이라는 여자가 나타나서 자신이 아나스타샤 공주라고 주장한 일화가 있다. 그녀는 줄기차게 러시아 황실 재산의 상속을 요구하였고, 한편으로 러시아 황실에 관한 많은 일들을 알고 있어서 신빙성이 있어 보였으나, 러시아어를 못하였고 결정적인 증거도 없었다. 최근 미국 잡지에서 지금까지 그녀의 주장은 받아들여지지 않은 것으로 읽은 기억이 있었다.

　구보의 눈앞이 캄캄하였다. 그런 구보의 속마음을 읽었는지 방성민이 시무룩한 표정으로 입을 열었다.

　"혹, 저희가 여태까지 거짓말을 하였다고 생각하십니까?"

　상은 답하였다.

　"레이디를 뵙고서 결정짓도록 하지요. 약속대로 저희가 경호를 서드렸으니, 이번에는 저희에게 신원을 밝혀주시기 바랍니다."

다음 날, 구보와 상은 밝은색 양복을 입고서 조선호텔을 방문하였다. 맥고모자를 쓴 상의 날렵한 턱 선은 흰 양복에 받쳐 입은 스트라이프 와이셔츠와 곧잘 어울렸다. 구보는 베이지 색 삼베로 만들어진 상의 안에 하얀 와이셔츠, 그리고 짙은색 넥타이를 매었다. 파나마 나라의 토인 처녀들이 짰다는 파나마모자를 매치하여 썼다.

호텔의 선 라운지에는 레이디가 나와 있었다. 방성민이 일어나서 정중히 인사를 하였고, 상과 구보는 가벼운 목례로 답하였다. 레이디는 검은색 드레스와 망사가 드리워진 모자를, 방성민은 검은색 양복에 넥타이를 매고 있었다.

커피와 홍차, 그리고 간단한 다과가 차려졌다. 구보는 프랑스에서 건너온 쇼콜라티에가 만들었다는 수제 초콜릿에 연신 손이 갔다. 심각한 이야기가 나오는 중이라 식탐을 참아야 했지만, 처음 먹어본 프랑스 초콜릿은 묘하게 당기는 구석이 있었다.

"을미년에 참혹한 일이 있었지요. 저는 그때 이미 죽은 사람입니다. 하지만 우연찮게 죽지도 못하여 이리저리 피하고 살았습니다. 러시아 공사관에 피신하기도 하였고, 내장원경 이용익 대감을 따라 러시아로 대피하기도 하였습니다. 이용익 대감이 그렇게 황망하게 일본이 보낸 자객에게 암살당할 때 저는 미국으로 향하는 배에 올라 있었습니다. 나중에는 하와이로 갔습니다. 하지만 그 세월 동안 황제는 폐위되셨고, 독살 당했으며 지금 대한제국은 일본의 손아귀에 통째로 들어가 있습니다."

여인은 입술을 지그시 깨물었다. 그렇게 울분을 다스리는 듯 잠시 숨을 고르고 다시 말을 시작했다.

"하와이에서 레이디 황이라는 신분을 얻었습니다. 신분을 위장하고자 시작한 결혼중매업은 저에게 조선 부부의 탄생을 보여주며 희망을 갖게 해, 저도 국민들에게 희망을 줄 수 있다는 일념으로 사업을 진행하였습니다. 하지만 결과가 안 좋기도 했습니다."

레이디는 말을 멈추었다. 조용한 침묵 후 속 깊은 데서 울려 나오는 말들을 내놓았다.

"오래도록 생각해보았습니다. 그림자에 가려 살면서 혼자만의 안위를 추구하고자 마음먹기도 하였습니다. 그러나 일제하에서 핍박받는 우리 대한제국 국민이 생각났습니다. 저 혼자 편한 생활 속에 살 수는 없었습니다. 저는 대한제국으로 다시 돌아갈 결심을 하였습니다. 대한제국 국민들을 적극적으로 돕고자 전면에 나서는 것이 제 목표였습니다."

레이디가 잠시 숨을 고르고 상과 구보를 번갈아 본 후, 말하였다.

"언젠가는 나서야 되다고 생각하였고 두 분에게 신원이 드러난 이상, 조선산업박람회 자리에서 단상에 오르고자 하였습니다. 그런데 이제 깨달은 것이 있습니다. 나서기에는 제 나이가 너무도 많다는 것입니다. 그리고 결정적인 증거가 하나도 없습니다. 저는 도피 생활을 하면서 목숨을 건져야겠다는 허망한 생각에 사로잡혀서 서류와 저를 증명할 수 있는 모든 것들을 버렸습니다. 그리고 제 시중을 들던 나인들은 모두 죽었더군요. 증거가 없는 이상 저는 이제 평범한 노파에 불과합니다."

레이디는 잠시 침묵을 지킨 후에, 다시 말을 계속하였다.

"두 분을 처음 뵌 날을 기억합니다. 적적한 경성 생활 속에 지금은 붕어하신 선황을 기리며 연회를 열었습니다. 즉위하신 날이었습니다. 아들을 앞세운 어미가 무어 할 말이 더 있겠습니까? 가장 기뻤어야 할 대관식 날에 어미는 아들 곁에 없었고 타국을 떠돌다 지금에서야 돌아왔습니다. 뒤늦게 아들의 즉위를 축하해줄 수 있었습니다. 그날이 가장 행복한 날이었습니다."

순간 레이디 황의 얼굴에 쓸쓸한 기색이 비쳤다. 비록 망사에 드리운 얼굴이라 표정이 다 드러나지는 않았으나 어조로 보아 그 느낌이 전달되었다.

"마마님은 그동안 미국과 러시아, 그리고 하와이에서 대한제국 재건을 위한 자금을 모금하셨고, 아울러 암암리에 독립운동가들에게 힘이 되어주셨습니다. 연회 직전에도 각국의 공사들을 비밀리에 만나 대한제국의 재건을 위한 노력을 부탁하시었습니다. 마마님의 신분을 위장하기 위해 여인에게 실례를 끼쳤으나 돈으로 충분히 보상하셨습니다."

상은 굳은 얼굴로 방성민을 노려보았다.

"돈보다도 그들의 희망을 짓밟은 것이 더 큰 실책이오."

레이디 황이 일어나 조심스레 고개를 숙였다. 방성민의 입에서 탄성이 흘러나왔다. 이토록 지극히 존귀한 여인이 용서를 구하는 모습은 좀처럼 보기 힘들 것이리라.

"용서를 반드시 구할 것이니 걱정 마십시오. 그리고 다시는 이런 일이 없도록 하겠습니다. 저는 네 번의 장례식을 맞이한, 이 세상에 둘도 없을 사람입니다. 첫 장례식은 임오군란이 일어나자 시아버님께서 제 옷으로 의대장례식을 치르셨습니다. 성이 난 군대에게 보이기 위한 의식이었죠. 두 번째 장례는 역시 시아버님께서 을미년 시해 사건 뒤에 저를 폐위시키시고, 발상發喪을 하셨습니다. 그리고 세 번째 장례식은 고종황제께서 궁으로 돌아오신 후에 정식으로 장례식을 치렀습니다. 그리고 제 네 번째 장례식은 바로 조선산업박람회장에서 열렸습니다. 제가 조선에서 나선 것은 치매에 걸린 노파의 헛소리로밖에 받아들여지지 않았습니다. 저는 이미 그 자리에서 죽었습니다."

구보는 뜨끔하였고 상은 담담하였다. 레이디는 천천히 망사를 거두고 얼굴을 보여주었다. 갸름한 눈에서는 총명한 빛이 흘러나왔지만, 어딘지 모르게 적잖이 쓸쓸해 보였다. 그리고 살짝 미소 짓는 입술에는 지성미가 깃들어 있었다. 애잔한 미소였다. 구보는 명성황후의 사진을 떠올렸다. 어느 전시회에선가 고종황제, 순종황제의 사진을 보았고 황후의 사진도 보았다. 젊은 날 30대 여성의 눈빛에는 부드러움 속에 내재된 당찬 각오와 강인함이 엿보였다. 그리고 그녀의 풍부한 표정과 지성과 정열이 고루 깃든 얼굴은 도저히 잊을 수 없는 강렬한 인상을 남겼다.

내 앞에 있는 이 여인이 정말 그녀가 맞는 것일까?

구보로서는 수십 년의 시차를 건너뛰어 두 여인의 얼굴을 하나로 합쳐 보는 것은 어려운 일이었다. 동일인 같으면서도 확신이 서지 않았다.

호텔을 나오니 밤이 되어 있었다. 그곳에서 대접받은 요리는 구보로서는 난생처음 먹어보는 진기한 것들이었다.
"상이, 자네 이 모든 이야기를 믿을 수 있는가? 과연 그분이 낭인들의 손에 희생당하지 않고 살아계셨단 말인가? 자네, 할리우드에서 아나스타샤 공주라 밝히고 나타난 여인에 관한 기사를 읽어본 적이 있지 않은가?"
상은 천천히 걸음을 옮기며 답하였다.
"지존의 존재가 진짜인지 가짜인지 하는 것보다 중요한 것은 그분의 행적 속에 있네. 만약 그분이 진실로 황후라시면, 목숨의 안위를 위하여 충분히 숨어 지낼 수 있었지만 방성민 군의 말을 들어보니 물밑으로 독립자금을 대시었고, 각국에 머무는 동안 대한제국의 재건을 위하여 노력하신 흔적들이 보였네."
"상이, 만약 그 말조차 거짓이고 그저 사기를 치고 다니는 손자와 할머니라고 생각하면 어떤가?"
구보가 고개를 쳐들고 도발하였다.
"진실은 아무도 모르네. 추리보다 사건수사보다 더 밝히기 어려운 것이 바로 진실이지. 하지만 종종 막연히 생각해보곤 하였지. 그분이 살아계셔서 정치권에 영향력을 행사하고 계셨다면, 과연 한일병합이라는 최악의 상황은 피할 수 있지 않았을까 하는."

구보는 이쯤에서 레이디의 신원이 황후가 맞는지 따지는 것은 무의미하다는 생각이 들어서 다른 화두를 제시하였다.

"난 펜으로 민중을 돕겠다고 하는 이념지향적인 카프문학을 하는 것도 아니고, 그렇다고 독립운동을 직접적으로 하지도 않네. 순수문학을 지원하여 자네와 같이 글을 쓰고 있네만 가끔은 말할 수 없는 죄책감에 잠을 못 이루겠어."

상은 지팡이를 의지해 조용히 걷다가 입을 열었다.

"자네가 쓰는 경성 소시민의 이야기가 그들에게 힘이 될 수 있네. 아무런 도움도 되지 않는다고 생각지는 말게. 힘들고 고된 독립운동가에게도 가끔은 생각 없이 기댈 수 있는 그런 소설도 필요하지 않겠는가?"

"그렇다면 자네와 내가 이렇게 범죄를 해결해나가는 것은 무엇인가? 막상 종로서에 가면 지하에 감금되어 있을 독립투사들을 구할 생각은 안 하고 살인자를 잡고 도난범죄를 해결하는 데만 동분서주하고 있지 않은가."

상은 굳은 얼굴로 구보를 바라보았다.

"구보, 어느 게 옳은 것인지는 나도 모르겠네. 하지만 이것 하나는 확실하지. 자신이 맡은 바 일을 신념을 가지고 끝까지 개척해나가는 것이 지금 우리에게 주어진 최선일세. 자네와 나는 들어오는 사건을 풀어서 사람들을 돕는 일이 최선이고, 독립투사들에게는 독립운동이 최우선의 가치이네. 물론 우리 가슴 속에 독립에 대한 열망을 심고 언젠가는 그 목표를 위하여 모두 다 힘을 합하여야 하겠지만 말이야."

상은 그 말을 마지막으로 입을 다물었다.

구보는 저도 모르게 눈시울이 따끈해졌다. 상의 구겨진 양복 등판이 보였다. 허름한 뒷모습에서 그가 빠졌을 이율배반의 상황이 엿보였다. 그 또한 이 시대를 살아가는 경성의 지식인들과 다르지 않았다. 다만 그는 혼돈의 심리상태를 직접적인 단어가 아닌 난해한 시어들로 표현하고 있을 따름이었다. 조선이 처한 현실의 무게가 느껴져서 구보의 발걸음은 더욱 무거워져만 갔다.

경성의 여름밤은 그렇게 끝나갔다.

홍금례 여인이 정중한 사과 편지를 받은 지 한 달이 지난 후, 경성역에 친척을 배웅하러 나간 구보는 우연히 한 여인이 기차에 오르는 모습을 보았다. 검은 드레스를 살포시 들어 올리는 검은 레이스 장갑을 낀 손, 그리고 얼굴 전체에 드리운 검은 망사 레이스.

그녀는 한 남자의 시중을 받으며 우아하게 기차에 올랐다.

어디로 가는 것일까? 시중드는 남자가 가볍게 손등에 키스를 하자 그녀는 손을 거두고 일등석 칸으로 이동하였다. 창밖으로 그녀의 모습을 지켜보던 구보는 직감하였다. 그녀의 검은 드레스는 조선이 일본에게서 독립하여 대한제국이 세워지지 않는 한 절대 그녀 곁을 떠나지 않으리라는 것을. 그만큼 그녀는 이 나라 이 땅을 뜨겁게 사랑한다는 것을 구보는 알았다.

그녀의 모습이 더 이상 보이지 않을 때까지 구보는 경성역 플랫폼에서 꿈쩍도 하지 않고 망연히 서 있었다.

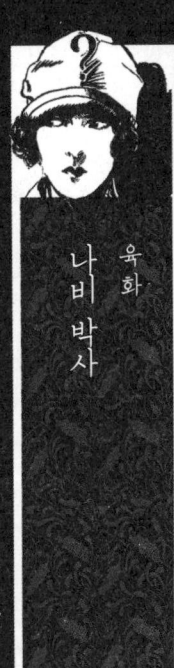

상과 구보는 오늘도 다방 구석에 들어앉아서 음악을 감상하며 한가한 시간을 보내고 있었다. 상은 여러 종류의 나비를 그리고 있었는데 제법 세밀하게 그려서 구보도 책을 멀리 치우고 그의 그림을 지켜보았다. 유성기에서는 이애리수가 부른 〈황성의 적〉이 은은하게 흘러나왔다.

"자네, 나비 박사라고 들어보았는가?"

상은 나비를 색연필로 채색하며 말을 이었다.

"나비분류학이라는 것이 있네. 한국에서 사는 나비를 종류별로 분류하는 것인데, 수백 가지나 되는 한국 나비의 이름을 지으면서 사는 나비 박사가 있다네."

"혹시 석주명 선생 이야기가 아닌가?"

상은 고개를 끄덕이고는 나비 날개에 미세한 잔털을 그려넣었다.

"고등보통학교의 선생님이셨는데, 나비에 관한 책을 발간하셨고, 농림시험장의 곤충부장도 지내고 계시지. 아마 미래 조선에 과학인 명예의 전당이 있다면 그분의 이름이 오를 것이라고 생각하네."

구보는 입맛을 다시며 물었다.

"그렇다면 우리 같은 문인들도 인정받는 그런 날이 오려는 가? 나와 자네가 조선의 문인으로 이름을 남길 날이 오겠는가 말일세."

"그럴 날이 올지는 모르겠으나, 하여튼 석주명 박사는 대단한 사람이란 말이야. 바로 그 사람이 1시간 후에 이곳에 오기로 했네."

"그래? 덕분에 굉장한 분을 또 만나보겠구먼그려. 내 생각에는 그분이 곤충을 다룬다는 것만으로도 이미 대단한 사람일세. 난 어릴 적에 귀에 벌레가 들어간 적이 있었는데 기절해버렸지 뭔가. 어떻게 벌레가 기어 나왔는지는 잘 기억도 안 나."

상은 구보의 말에 껄껄 웃었다. 구보는 이제는 또 나비와 관련된 사건이 있는가 싶어 원고지에 만년필로 소설을 갈겨쓰면서도 이제나저제나 나비 박사가 오기만을 기다렸다.

1시간 후, 금홍이 붉은 입술을 들썩이며 한 남자를 뒤에 세우고 들어왔다. 금홍이 남자를 보고 흥분하는 일은 드문 일이었다. 금홍의 남자를 보는 눈은 대단히 높았는데, 보는 기준으로 삼는 것은 하나였다. 미남인가 추남인가.

금홍은 기무라 형사가 방문했을 때도 꽤나 관심 있게 다방 안을 휘젓고 다녔다. 이번에는 금홍의 제스처가 무척 역동적으로 보였는데 아니나 다를까 뒤에서 모습을 내보인 석주명 박사는 둥그런 안경을 코에 걸쳐 쓰고, 하얀 얼굴에 매력적인 눈빛을 한 미남이었다.

"안녕하십니까? 석주명이라고 합니다."

미남의 목소리치고는 조용하고 단정하였다. 하지만 이것이 또 금홍의 무언가를 자극했는지 커피를 내오면서 이제껏 구보에게는 보여주지도 않았던 영국산 양과자를 잔뜩 내왔다.

구보는 심사가 뒤틀렸지만 안주인에게 잘못 보였다가는 담뱃진 가득한 괴상한 커피를 맛보기 일쑤인지라 꾸욱 참았다. 금홍은 담배 찌꺼기를 모아 진액을 내서 맘에 안 드는 손님 커피에 몰래 타는 괴벽을 지녔다. 석주명은 커피 한 모금을 마시고 입을 열었다.

"여기에 사건이나 문제를 해결해주시는 소설가 선생님들이 계시다기에 왔습니다."

주명은 학계 선배가 아는 한 중견 소설가의 소개로 이곳을 찾아왔다고 하였다. 이제 이상과 구보의 탐정으로서의 명성은 구인회를 넘어서 문인 전체에 알려져 있을 정도였다. 상이 파이프에 담배를 채우고 다지는 기구로 구멍을 뚫었다. 파이프 담배를 태우다보면 불이 꺼지는 경우가 잦아, 불길을 잘 내기 위해서 상은 같은 동작을 반복하였다.

"웬만하면 경무국을 찾아가는 게 순서가 아닐까요? 꽤나 중요한 나비 표본을 도난당했다고 들었습니다."

석주명이 고개를 가로저었다.

"이건 단순한 표본 도난사건이 아닙니다. 물론 귀한 표본은 수집가에게 되팔 수 있으니, 도둑도 탐낼 만한 물건이지요. 하지만 도난당한 나비는 귀한 것이 아니었습니다. 콜렉터에게 인기가 없는 품종이죠. 아무래도 이야기가 조금 길어질 것 같은데, 제 어릴 적 친구 얘기도 빼놓을 수 없는 이야기가 되어서요. 이런 정도의 사건을 가지고 순사를 찾아가면 픽 웃고 말 터입니다."

"우리는 시간이 많습니다. 어서 이야기를 해주시지요."

구보가 궁금함에 주명을 재촉하였다.

"저는 어릴 때에 '작은은점선표범나비'에 매료된 적이 있었습니다."

"작은은점선표범나비?"

주명이 환하게 웃었다.

"제가 붙인 이름입니다. 아직 학명으로 정해진 게 아니지요. 일반 표범나비에 비하자면 작은 은색의 점선이 표범 무늬 사이에 촘촘히 나 있는 나비입니다. 무척이나 아름답고 귀여운 모양새죠. 전 어릴 때부터 산과 들을 다니면서 나비만 쫓아다니며 저만의 이름을 붙여주고, 잡아서 표본으로 만들었습니다. 나비를 채집하여 자그마한 나무판에 핀을 꽂아 붙여놓으면 세상을 다 얻은 듯이 기뻤습니다. 약품 처리할 능력은 안 되어 그렇게 수집한 나비가 부서져버리기도 하였죠. 그런 날에는 말할 수 없는 서글픔이 밀려들었습니다."

구보는 주명이 꽤나 감상적인 남자라고 생각하였다.

"어릴 때 제 이웃집에 일본인 부부가 살았습니다. 총독부에서 건축기사로 일하는 아저씨와 주부인 아주머니, 그리고 아들이 하나 있었죠. 저보다는 형이었는데 이름은 다카하시 기타로였습니다. 하루는 그 이웃집에 놀러갔는데, 수십 마리의 나비가 표본 상태로 보관돼 있어서 깜짝 놀랐습니다. 기타로는 아버지가 나비 수집을 취미로 한다고 하였습니다. 주말마다 조선의 산에 사는 나비를 채집하러 다닌다는데 자기도 따라다닌다고 자랑하였지요. 저는 그런 기타로를 동경했습니다. 저보다 한 살인가 많았는데도 그는 덩치가 커서 큰형님쯤으로 보였습니다. 나비에 관한 지식이나 표본으로 만드는 작업에도 저보다 한 수 위였고, 무엇보다 책을 많이 읽어서 그런지 해박한 지식을 자랑했습니다.

여름방학이 되자, 저는 부모님께 말씀드려 기타로와 함께 나비 채집 여행을 떠났습니다. 물론 기타로의 아버님을 따라 가는 여행이었지요. 우리는 수십 마리의 나비를 각자 채집해왔습니다. 방학 내내 그 나비들을 표본으로 만드느라 진땀을 흘렸지요. 그런데 신기한 것은 그렇게 나비 수집에 열을 내시던 기타로 아버님께서는 단 한 마리의 나비도 잡지 않으셨습니다. 흔한 나비들은 모두 표본으로 지니고 계셨고 정말 희귀종 조선 나비인 산지옥나비를 찾으려 한다고 기타로가 귀띔해주더군요."

"산지옥나비란 무엇입니까?"

상이 잠시 파이프 담배를 입에서 빼내고 물었다.

"조선의 고산지대나 일본 일부 지역, 사할린에 분포하는 희귀종 나비입니다. 날개 길이가 16밀리미터가 넘는 중형 나비로 흑

갈색 양 날개 바깥쪽에 등황색의 넓은 띠가 있습니다. 그리고 그 속에 세 개의 눈알 모양 무늬가 있죠. 주로 꽃에 모이는데 나는 속도는 느린 편입니다. 저도 한 세 번은 마주친 적이 있었는데 한 번은 놓쳤습니다. 하지만 희귀종이라 해도 날개가 화려하지 않아 인기가 없습니다. 기타로 아버님은 그 나비를 채집하는 게 소원이라고 늘 말씀하셨죠. 이유는 모르겠습니다."

주명이 잠시 커피로 목을 축이고 말을 이었다.

"이듬해 여름, 기타로 아버님은 총독부에서 공사를 진행하시느라 한 달 동안이나 들어오지 않으셨다가 어느 날 집에 오시더니 나비 채집 여행을 간다고 저를 부르셨습니다. 마침 방학이어서 이전 해와 같이 두 번째 나비 채집 여행을 떠났습니다. 하남에 있는 검단산에 갔는데, 산중에 비어 있는 인가에 머물면서 나비를 수집하였습니다. 검단산 밑에 있는 배아미 마을 근처 인적 드문 곳에 위치한 집이었습니다. 그리고 그날이 어쩌면 저의 운명을 결정지었는지도 모르겠습니다……."

주명은 길게 한숨을 내쉬었다.

"비가 오는 날이었습니다. 평상시 비가 오면 저희는 나비 수집을 하러 나가지 않습니다. 하지만 그날따라 간밤의 꿈이 좋았다며 아버님은 저희를 데리고 산으로 올라가셨습니다. 비가 잔잔하게 오니 나비들이 잘 날아다니지는 않았습니다. 그러다 보니 절벽 위까지 올라갔는데 바로 그 절벽에서 나무 밑에 숨어 있는 나비를 보았습니다. 잎사귀 밑에서 쉬고 있는 나비 중 한 마리가 바로 산지옥나비였습니다. 양 날개에 등황색의 너른 띠가 있고 그 속에 보이는 세 개의 눈알 모양이 또렷하였습니다. 산지옥나비는 비를 피하면서 조용히 쉬고 있던 것입니다. 아버님은 저희가 손짓을 하자 신속하게 다가와 조심스럽게 양 날개를 손으로 잡고 포획에 성공하셨습니다. 제가 삼각형 채집통에 나비를 넣었죠. 산지옥나비를 약품 처리하여 보관하고 다음 날 비가 그치면 떠날 것이라고 말씀하셨습니다. 그런데 그날 밤, 우리만 묵고 있던 인가에 복면을 한 괴한이 침입하였습니다. 괴한은 기타로의 아버님을 다그치면서 무엇인가를 끊임없이 캐물었습니다. 물론 저희는 다른 방에 있었기에 어떤 대화가 오갔는지는 모릅니다.

아버님은 괴한에게 원하는 것을 내주겠으니 따라오라고 하셨습니다. 괴한은 그렇다면 네 아들을 데려가자고 하였습니다. 저와 기타로를 번갈아 보며 망설이는 눈빛을 보이던 아버님은 기타로에게 따라오라고 하셨습니다. 혼자 남은 저는 비가 오는 인가 속에서 두려움에 떨다가 다음 날 저녁에 찾아온 순사와 함께 산을 내려왔습니다. 그리고 그 다음 날 집으로 가는 관용차 안에서 비극적인 소식을 전해 들었습니다. 기타로가 괴한을 따라가다 발을 헛디뎌 죽었다는 것이었습니다. 바로 산지옥나비를 채집한 그 절벽에서 말입니다.

기타로가 사고를 당하자 괴한은 사라졌으며 아버님은 시신을 수습하여 장례를 치르느라 저를 데리러 오지 못하신 겁니다. 그 이후로 저의 유년 시절은 잘 기억나지 않습니다. 하지만 경성으로 돌아오신 기타로 아버님은 저에게 산지옥나비 표본을 만들어 선물로 주시고는 이사를 가셨습니다."

주명은 긴 이야기를 마치고 고개를 숙이고 잠시 숨을 골랐다. 꽤나 추억하기 싫은 일임에 분명하였다. 기억의 창고 속에 꾹꾹 눌러 가두었던 이야기를 풀어내는 시간은 고통일 것이었다.

"그런데 1주일 전에 기타로 아버님께서 주신 산지옥나비 표본을 도난당했습니다. 제 연구실 벽에 액자로 걸어놓았던 것인데 누군가 떼어 가버렸습니다."

상은 관심 깊게 듣다가 물었다.

"연구실을 드나들던 조교나 연구원이 떼어갔을 수도 있지 않습니까?"

"아뇨, 믿을 만한 친구들인 데다가 비싸게 거래되는 표본도 아니고, 더군다나 제게 아픈 기억이 있는 표본임을 잘 알기에 그러지는 않았을 겁니다. 어릴 때 사고를 당한 친구 아버님께 만들어주신 표본이라고 말한 적이 있거든요."

"돈이 되지도 않는다, 수집가 사이에도 인기품목이 아니다……. 그렇다면 가져갔으리라 짐작되는 분도 없습니까?"

구보가 물었다.

"글쎄요. 표본만 가져갔으면 아무 일도 없었겠는데, 표본을 가져갔던 날 연구실을 누군가 뒤진 흔적이 역력했습니다. 서류철들이 뒤바뀌어 있었고, 서랍들이 들쑥날쑥하게 열려 있었죠."

"귀중한 자료를 빼가려던 도둑이 있었을지도 모르죠."

상이 약간은 심드렁하게 답하였다. 주명은 고개를 저었다.

"저는 그것보다 15년 전에 일어났던 그날 밤의 사건, 기타로가 죽었던 날 그 사건이 걸립니다. 왜인지는 모르겠지만 영원히 풀리지 않는 미스터리인 그날 밤의 일이 이번 표본 도난사건과 강한 연관이 있다고 의구심이 드는 것은 어쩔 수가 없습니다."

"잘 알겠습니다. 저희가 나름대로 조사를 한 후에 연락을 드리겠습니다."

상은 주명이 남기고 간 산지옥나비 사진을 들여다보면서 구보에게 물었다.

"이번 사건을 어떻게 보는가?"

"연구원이 호기심 차원에서 훔쳐 내간 것은 아닐까? 어차피 생물 연구원이라면 누구나 나비에 관심이 있을 게 아닌가. 인기는 없어도 희귀종이라잖은가?"

"그래서 더욱 연구원들은 아닐 것이네. 무엇보다 그 나비를 채집하기 위해 들인 공력을 누구보다 더 잘 알 터이니 함부로 손을 대지 못하지. 나는 석 선생의 예감이 어느 정도 일리가 있다고 보네. 꽤나 감각이 예민하고 섬세한 성격인데 그런 사람들은 미래에 일어날 일들을 예측을 잘하지. 둔하고 무디게 사는 사람보다는 미래에 대한 두려움과 걱정이 훨씬 앞서는 사람들이라네. 그건 그들이 앞으로 일어날 일들을 직감적으로 잘 느끼기 때문일세."

"상이, 자네는 어느 때 보면 참으로 이성적으로 보이지만 어느 때 보면 미신을 잘 믿고, 직감과 본능에 충실한 것처럼 보인단 말이야."

상은 파이프 담배를 내려놓고 미소를 지었다.

"사실은 말일세. 추리라는 것도 모두 이성에서 비롯된 사고력으로 증거를 모아 추론하여 맞추는 것만은 아닐세. 그냥 내 직감적으로 떠오른 생각을 말하다보면 그대로 들어맞는 경우도 많았단 말일세."

구보는 피식 웃었다. 하기야 기무라 형사도 그와 비슷한 말을 한 적이 있었다. 분명 현장에는 범인이 아니라는 증거가 널려 있는데도 이 사람이 범인 같다는 직감이 강하게 온다면 그 사람은 뒤늦게라도 범인임이 밝혀지더라는 것이었다. 그런 사건이 한두 건이 아니었기에 기무라 형사야말로 형사가 갖출 능력은 사고력이나 행동력이 아니라 직감이라고 누누이 이야기해왔다.

이틀이 지나 상에게서 연락이 왔다. 다음 날 아침 일찍 석 박사의 연구실에 방문하자는 내용이었다.

종로구 연건동, 경성제대 뒤쪽에 위치한 농림시험장은 자그마한 삼층 건물이었다. 하얀색 벽돌 건물 안쪽으로 들어가자 여러 식물의 씨앗이 든 유리병들이 진열된 단상이 눈에 들어왔다. 중앙에 나 있는 계단으로 따라 올라가는데 나비 한 마리가 홀연히 상 앞으로 날아들어 왔다.

"나비일세!"

구보가 말했다. 나비가 움직이는 방향을 따라 가자 석주명이라는 문패가 걸린 연구실 문이 나왔다.

"나비가 우리에게 길을 알려주는구먼."

상이 노크를 하였다.

"들어오십시오."

문을 열고 들어가자 수많은 나비 표본 액자가 걸린 벽이 눈에 들어왔다. 표본 액자마다 밑에 '왕나비', '암붉은오색나비', '봄어리표범나비', '홍점알락나비' 등의 이름이 붙어 있었다.

"안녕하십니까?"

나비 표본을 약품처리하고 있던 주명이 고개를 들고 인사했다.

"조심스러워서 함부로 일어날 수 없습니다. 앉아서 맞이하는 것을 용서해주십시오."

토시를 낀 손으로 붓으로 약품을 덜어서 나비 날개에 입히던 주명은 천천히 붓을 내려놓고 조심히 불어 여분의 가루를 털어내었다. 표범나비 날개의 선명한 얼룩무늬가 돋보였다.

"산지옥나비도 있습니까?"

"예. 제가 3년 전에 지리산으로 채집 여행을 떠났을 때 힘들게 발견해 만들어두었죠."

주명은 책상에서 나와 방구석에 있는 서가 안쪽으로 들어갔다. 그러고는 안쪽에서 작은 액자 하나를 들고 나와 상과 구보에게 내보였다. 아기 손가락 길이만 한 산지옥나비는 흑갈색 날개에 넓은 주황색 띠가 둘러져 있고, 그 안에 검은색 눈알 무늬가 돋보였다. 날개마다 눈알처럼 보이는 검은 반점은 세 개씩 있었다.

"예쁘네요."

구보가 산지옥나비 표본에 무심코 손을 갖다 대며 말했다.

"그렇죠. 이상하게 이 세상 나비 같지가 않아요. 그래서 산지옥나비인가? 도리어 이 세상이 산지옥처럼 느껴지게 만들기도 하죠. 그 예쁜 나비의 날개가 흑색이라는 것도, 그 안에 악마의 눈처럼 보이는 부리부리한 눈이 세 개나 있다는 것도 비현실적인 것처럼 보이죠. 특이해서 그만큼 사랑받는 나비입니다. 기타로 아버님은 항상 말씀하셨죠. 이 나비를 들여다보고 있으면 마음이 편안해진다고요."

"다카하시 가스야 씨가 기타로 군의 아버님이 맞습니까?"

주명이 고개를 들어 상을 보았다.

"어떻게 아십니까?"

"저도 총독부 건축기사로 일한 경력이 있습니다. 지금은 글 쓰는 일에 전념하고 있지만요. 조사를 좀 해보았지요."

"그러셨습니까? 다카하시 씨는 나비를 표본으로 만들면서 저에게 이런저런 일들을 많이 이야기해주셨습니다. 나비의 날개에 있는 다양한 무늬들을 건축에 응용해보고 싶다는 말씀도 하셨고, 일본의 나비와 조선의 나비를 비교하거나 이를 일본과 조선의 전통건축물의 차이점과 비교하여 말씀해주시기도 하셨죠. 예를 들어 일본의 나비는 화려하지만 조선의 나비는 화려하기보다는 은근한 멋스러움이 있다고 하셨죠. 건축물도 그런 차이가 있다고 하셨어요."

주명이 잠시 옛일을 더듬는 표정으로 있다 문득 생각났다는 듯 물었다.

"건축 일을 하셨다니까 그런데 혹시 총독부 건물에 지하 통로가 있나요? 방공호 같은 통로 말씀입니다."

상은 고개를 끄덕였다.

"그 통로에 시설물을 지어야 된다고 하여 여러 달 공사를 하셨다고 하셨죠. 하지만 이상하게 그 통로에 들어가면 숨이 막히고 머리가 아프고 몸이 힘들어 얼른 나오고 싶다고 하셨어요. 통로 안이 산지옥처럼 느껴지고 나오면 천국에 들어선 것처럼 몸이 가뿐해진다고 하시더군요."

구보가 뭔가 생각난다는 듯 입을 열었다.

"그거 폐쇄공포증인가 그런 증세 아닙니까?"

석주명이 고개를 갸웃했다.

"폐쇄된 공간 안에 있으면 숨이 막히고 답답하고 나가고 싶은 마음이 드는 건 누구나 마찬가지지만 건축기사가 그랬다면 문제가 있을 수도 있네. 지하 공사를 맡아야 하는 날이 오니까."

상이 주명 대신 대답하였다.

"액자가 걸려 있던 벽은 어디입니까?"

"이 벽입니다."

주명은 나비표본이 빼곡하게 걸린 벽 중앙 공간을 손가락으로 가리켰다.

"나비가 돌아오면 다시 걸어두려고 비워 놓았습니다."

"이것들은 무엇입니까?"

상은 서가 옆에 차곡하게 쌓인 도구들을 가리켰다.

"나비를 채집하는 포충망, 그리고 나비를 잡았을 때 넣어두는 나비채집용 삼각통입니다. 나비를 채집하면 채집용 삼각 종이에 잘 넣어서 날개가 손상되지 않도록 한 후에 이 삼각통에 넣습니다. 날개가 손상되면 그 나비는 표본으로 제작하기가 어려워지니까요. 그리고 만약에 정말로 귀한 나비라면 이 유리병 안에 한 마리만 따로 두기도 하죠."

주명은 자그마한 유리병을 들어 보여주었다.

"딱정벌레와 나비 날개가 엉켜들면 풀기 힘듭니다. 날개가 다 찢기죠. 그래서 귀한 나비는 유리병 안에 따로 둡니다."

"석 박사님과 하남 검단산에 가봐야 할 것 같습니다. 15년 전 기타로가 사고를 당하던 그 장소 말입니다."

주명은 긴 숨을 토해내었다.

"약간 두려워지는군요. 유년 시절의 괴로운 기억을 되살리기는 싫습니다. 나비 표본을 되찾고 싶지만, 만약에 찾을 수 없다면 포기하고 싶습니다."

"아뇨, 이건 표본 문제가 아닙니다. 석 박사님은 지금 위험에 처해 계십니다. 목숨이 위태로울 정도이지요. 내일 하남으로 가는 차편을 알아봐주실 수 있습니까? 만약 안 된다면 저희가 종로서에 지원요청을 해서라도 알아보겠습니다. 제 판단으로는 이건 공권력이 개입되어야 할 사안입니다만 확실해진 다음에 경무국 도움을 청하는 것이 옳기에 혹여 차량을 수배하실 수 있나 문의드리는 겁니다."

주명은 잠깐 두려운 표정을 지었다. 그러다 결심한 듯이 차분히 이야기를 하였다.

"나비를 채집하다가 절벽에서 발을 헛디뎌 떨어질 뻔했던 일도 여러 차례 있었습니다. 하지만 급박한 순간에도 나비처럼 부드럽고 차근차근하게 대처하다보면 분명 살아날 길은 있었습니다. 괜찮습니다. 농림시험장에서 대여해 쓰는 포드 차량이 있는데 운전을 할 정도는 되니 저와 같이 가셔도 됩니다."

"좋습니다."

다음 날 아침 일찍 구보는 두툼한 면바지와 와이셔츠, 점퍼를 걸치고 집을 나섰다. 아내와 어머니에게는 집필을 하기 위해 여행을 떠난다고 일러두었다.

농림시험장 건물 앞에는 타탄 체크무늬 헌팅캡을 쓰고 줄무늬 셔츠에 스웨터를 입은 상이 지팡이를 땅에 짚고 서 있었다. 그리고 그 뒤로 석주명이 포드 운전석에서 손을 내밀고 인사를 했다.

연건동에서 하남으로 가는 길은 5시간이 넘게 걸렸다. 울퉁불퉁한 노면에 온몸이 위로 솟구쳐 올랐다 내려앉는 것을 반복하자니 구보로서도 멀미가 나는 것은 어쩔 수 없었다. 경성의 잘 닦인 길하고는 너무도 달랐다. 길이 끊긴 곳이 대부분이었고, 산이 가로막는 곳은 논길밭길로 우회해서 가기도 하였다.

"차를 이렇게 장시간 타보기는 처음이군."

구보가 참다못해 창문을 열어달라고 부탁하고 상에게 말하였다. 상의 옆모습은 미동도 없이 진지하였다. 지팡이 손잡이를 꽉 쥔 손은 긴장하였는지 일말의 움직임도 없었다. 이렇게 말없는 상의 옆모습을 보자니 마치 낯선 사람처럼 여겨졌다. 검단산 배아미 마을 근처에 도착하였을 때에는 저녁이 다 되어 있었다.

중간에 점심을 해결하고 오느라 시간을 지체한 까닭이었다.

지도를 살펴보던 주명이 손가락으로 가리키며 입을 열었다.

"이곳 부근일 겁니다. 오래전 일이라 확신할 수는 없습니다."

석주명이 차를 세운 마을은 인가가 몇 없었다. 산비탈에 농사를 짓는 십여 호가 있었고 그 뒤로 검단산 산자락이 있었다. 차를 주차하고 마을 어귀로 걸어 들어갔다. 주명이 앞장을 섰고, 상과 구보가 나란히 걸었다. 농사를 짓는 농부도 보이지 않는 한가한 마을이었다. 주명이 안내하는 대로 마을 뒤쪽의 검단산 등산로로 올랐다. 해가 떨어지기 전에 어서 산 중턱의 나비를 채취하던 사고 장소에 올라갔다 와야 하였다. 한참이나 산속으로 들어가다가 주명이 깜짝 놀라 외쳤다.

"아, 그 집이 아직도 있군요."

주명이 허름한 초가집 앞으로 뛰어갔다. 다 쓰러져가는 초가가 겨우 기둥 몇 개에 의지하여 서 있었다.

"이 집 같습니다. 산비탈을 타고 내려오면 바로 보이는 첫 번째 집에 저희가 머물었습니다."

주명이 초가 싸리문으로 들어가 좁은 마당에 들어서서 살펴보았다. 사람의 손길이 닿지 못한 채 방치된 지 몇 년은 흐른 것 같았다. 본채 마루에 올라 방문을 열어본 구보가 소리쳤다.

"사람이 드나들지 않은 지 오래된 것 같군."

상이 주변을 살피다 천천히 마루에 올라 왼쪽 방을 들여다보았다.

"먼지 위로 족적이 보이네. 최근에 이곳에 왔다간 이가 있어."

상은 방 안에 들어가 성인 남자의 것으로 보이는 족적을 유심히 살폈다. 그러고는 바닥에 널린 소쿠리와 망태 등을 바라보다 밖으로 나왔다. 방 안에 세간이라고는 하나도 없었다.

"나비를 채집하러 갔던 길을 찾으실 수 있겠습니까?"

주명이 앞장을 섰다. 그가 산자락을 들어서자 상과 구보는 바짝 뒤쫓았다. 주명은 나무로 둘러싸인 길을 애써 찾아내 무언가에 홀린 사람처럼 휘적거리며 올라갔다. 구보의 생각으로 주명이 오래전 걸었던 길을 제대로 찾아낸 것 같았다. 산속은 어둡고 점차 해는 떨어지고 있었다.

한 시간쯤 흘렀을까, 구보가 흘러내리는 땀을 손바닥으로 닦아내는데 주명이 외쳤다.

"이제부터 기타로가 떨어진 절벽길이 나옵니다."

주명의 다리가 휘청거렸다. 어두컴컴한 숲속 길에 저녁놀이 비쳐들면서 곧이어 나무 뒤로 바위로 이루어진 절벽길이 보였다. 비척대며 걸어가는 주명을 상이 재빠르게 뒤따랐다. 주명이 걸음을 빨리 하였다. 구보도 걱정되어 상을 바삐 쫓는데 주명이 외쳤다.

"여기입니다."

주명은 절벽 앞에서 천 길 낭떠러지를 내려다보면서 바짝 긴장한 얼굴로 뒤돌아보았다. 상과 눈길이 마주친 주명은 무언가 애타는 시선으로 불안한 표정을 지었다.

"여기가 맞아요. 여기서 산지옥나비를 채집하였고 기타로가 죽었다고 들었습니다."

상은 절벽 끝까지 가서 섰다. 높은 곳에 서면 아득해지는 구보로서는 상이 아슬아슬하고 위태로워 보였다.

"여보게, 상이. 조심하게나."

상은 지팡이로 절벽 끝을 짚고 서 있었다.

이때 주명이 절벽 아래를 보며 서서히 발을 내딛다가 외쳤다.

"앗, 저것은 제 삼각통입니다!"

주명은 절벽 중간에 위태위태하게 매달려 있는 밤색 통가죽으로 된 삼각형 모양의 채집용 통을 가리켰다. 상이 고개를 왼쪽으로 돌려 절벽 중간에 걸쳐 있는 삼각통을 보았다. 상은 무슨 생각에서인지 지팡이를 내려놓고 절벽 끝으로 발을 옮겼다. 상은 허리를 굽히고 천천히 몸을 돌려 절벽에 있는 자그마한 틈을 찾아 발을 내디뎠다.

구보와 주명은 아무 말도 할 수 없었다. 작은 소리라도 냈다가는 상이 그대로 떨어져버릴 것만 같았다. 상은 날렵하게 몸을 놀려 절벽 왼쪽으로 이동했다. 중간에 발을 헛디뎌 돌 부스러기가 천길 아랫길로 떨어져내렸다. 상은 개의치 않고 천천히 손으로 바위틈을 붙잡고 이동해 간신히 삼각통을 집었다. 그리고 위로 던졌다. 주명이 가볍게 잡아채서 땅에 내려놓고 상에게 손을 내밀었다. 구보도 얼른 뒤로 다가와 상에게 손을 내밀었다.

둘의 도움으로 상은 가볍게 위로 올라설 수 있었다.

"어휴, 십년감수했네."

"이 삼각통에 대해 말씀해주시죠. 제가 들은 이야기에는 없었던 것 같습니다."

주명은 삼각통을 유심히 훑어보고는 미안한 얼굴로 고개를 깊숙이 숙였다.

"죄송합니다. 제가 착각을 하였습니다. 하긴 15년 전에 잃어버린 제 물건이 남아 있을 리가 없지요."

구보는 허탈한 표정을 지었지만 상은 호기심 가득한 얼굴로 뭔가를 깊게 생각하다 입을 열었다.

"제가 듣지 못한 이야기가 있는 것 같습니다. 잃어버린 삼각통에 관하여 들을 수 있을까요?"

주명은 결심한 듯 입을 열었다.

"산지옥나비를 얻은 날, 인가로 돌아오던 길에 저는 삼각통에 든 나비를 확인하려다가 그만 통을 떨어뜨렸죠. 통은 절벽 아래로 떨어져 다시는 찾을 수 없었습니다. 아저씨는 유리병으로 산지옥나비를 조심스레 옮겨 넣으셨어요. 다행히 나비는 삼각종이에 잡혀 있어 날아가버릴 수는 없었거든요. 그리고 기타로가 그렇게 가고 나서 이사 가기 전에 저에게 산지옥나비 표본과 새 삼각통을 선물로 주셨죠. 그 이야기를 빼놓은 것 같습니다."

상의 표정이 진지해졌다.

"그렇다면 선물 받은 삼각통은 지금 어디에 있습니까?"

"아, 제 연구실에서 보여드렸습니다만."

"어서 연구실로 가야 합니다."

주명과 상, 구보는 어둠 속에 산을 내려왔다. 밤이 되었지만 주명은 차를 몰아 상과 구보를 태우고 부지런히 경성으로 향했다. 연건동 연구실 건물에 도착하자 새벽이 되었다. 상은 지팡이를 움켜쥐고 주명을 뒤로한 채 앞장서서 성큼성큼 걸었다. 어두컴컴한 밤 농림시험장 건물 안은 불빛 한 점 없이 캄캄했다. 주명이 복도의 커튼을 걷어서 달빛이 들어오게끔 하였다.

"전기를 아끼기 위해 밤이면 항상 불을 꺼둡니다."

주명이 상에게 말했다. 이층으로 올라가 연구실 문 앞에 선 주명이 열쇠구멍에 열쇠를 집어넣다 이상하다는 듯 말했다.

"분명히 잠가뒀는데……."

상이 주명의 어깨에 조심스레 손을 올리고 앞으로 나섰다. 상은 천천히 손잡이를 오른쪽으로 돌렸다.

철컥, 손잡이를 돌려 문을 엶과 동시에 권총 장전하는 소리가 상의 머리 부분에서 났다.

"우고쿠나."

'꼼짝 마'라는 뜻의 일본어가 들렸다. 상은 몸을 굽히면서 손에 든 지팡이로 괴한의 허벅지를 강하게 가격하였다.

탕!

총성이 울렸다. 총알이 복도 바닥으로 발사되었다. 상은 지팡이로 괴한의 손목을 가격하여 총을 떨어뜨렸다. 남자가 두 번째 비명을 질렀다. 상은 지팡이로 남자의 허리를 쳐서 남자가 무릎을 굽히게 만들었다. 불과 수초 안에 전광석화처럼 이루어진 일이었다.

어둠 속에 한 남자가 바닥에 무릎 꿇고 있었고, 그 남자를 상과 구보, 주명이 둘러쌌다.

"종로서의 기무라 형사에게 전화를 주십시오."

20여 분 뒤, 기마경찰과 함께 출동한 기무라 형사가 포박해두었던 괴한의 손에 철커덕 수갑을 채웠다.

"다카하시 가스야 씨의 살인용의자로 체포합니다."

기무라의 말에 주명의 표정이 굳었다. 주명은 상을 보고 물었다.

"기타로의 아버님이 돌아가신 게 분명합니까?"

상이 고개를 끄덕였다. 불법 침입한 남자는 예순에 가까운 나이로 보였고 사각의 턱과 짙은 눈썹, 굽은 코가 강한 성격임을 대변해주었다. 남자는 무슨 질문을 해도 입을 꾹 다물고 있었다. 그가 지니고 있던 가방에서 주명이 도난당했던 산지옥나비의 표본이 나왔다.

기무라 형사가 묵묵부답의 괴한과 함께 종로서로 돌아가자 상은 연구실 탁자에 구보와 나란히 앉았다. 주명은 이야기를 들을 준비를 하고 주먹을 꾹 쥔 채로 상의 얼굴을 뚫어져라 보았다.

전기가 통제되어 남포등 하나를 두고 세 사내가 그렇게 마주보고 있었다.

"대체 어떻게 된 일입니까?"

"제 이야기를 하지 않으면 안 되겠군요. 제가 조선 총독부 건축기사로 일했다는 것은 이미 말씀드렸습니다. 조선총독부 건물은 1912년 경복궁 내에 청사를 짓기로 결정된 후, 독일인 게오르그 데 라란테에 의해 설계가 시작되었죠. 경복궁 경내에 1916년에 공사를 시작하여 1925년경에 시공이 마무리되고 그때부터 사용할 수 있게 되었죠. 저는 1929년에 경성고등공업학교 건축과를 졸업하고 바로 총독부 내무국 건축과 기사가 되어 일했습니다. 그때부터 총독부 곳곳을 돌아다니며 여러 건축 설계 일을 보았고 내부의 건설 시공도 관여했습니다. 그때 제 성을 이씨로 착각한 일본인들이 '이상'으로 부르던 탓에 '이상'이라는 필명으로 지금까지 살고 있습니다.

  내무국 소속 건축기사들은 총독부 건물이 들어서기 전, 오래전부터 하고 있었던 공사를 마무리하는 데 힘썼습니다. 주로 지하에 방공호 같은 거대한 공간을 마련하고, 그 앞에 또 다른 미로 같은 공간을 만드는 일이었습니다. 방공호라는 것은 혹여 전쟁이 나면 일본인들이 대피하려는 것인가 싶었지만, 그렇다고 그 앞에 철저하게 이중 삼중의 위장공간을 설치한다는 것은 이상하다 싶었죠. 또한 공공연하게 떠돌던 소문이 있었습니다. 총독부 건물 지하에 숨겨둔 금괴가 있다는 것이었습니다. 바로 조선 전역에서 거둬들인 금을 일본으로 반출하지 않고 금괴로 만들어 보관한다고요. 확실치는 않았지만 그런 소문은 끊이지 않았습니다.

  이러저러한 이유로 기사 일을 관두고 문인이 되고 나서 박사님을 만나는 순간 그때 일이 떠올랐죠. 저는 박사님께서 사건을 의뢰하신 다음 날, 총독부 건물 설계에 참여했던 다카하시 건축기사에 대해서 옛 동료에게 묻고 그의 아들이 죽었다는 것과 그조차도 아들이 간 후 이듬해 타살되었다는 이야기를 접했습니다. 아들과 아버지가 연이어 죽다니 우연치고는 너무도 이상하였습니다. 그래서 이 사건에는 황금을 찾기 위한 누군가가 있다고 추정하고 사건을 다시 들여다보았습니다."

주명의 얼굴이 파랗게 질렸다. 남포등의 희미한 불빛에 자세히 보이지는 않았으나 그는 덜덜 떨었고 입술은 바싹바싹 타들어갔다.

"아까 잡혀간 사람은 하카야마 다토라는 사람으로 다카하시 씨와 같이 건축기사로 일했던 사람입니다. 다카하시 씨가 죽고 나서 총독부도 관두고 자취를 감춰 오래 전부터 용의자 선상에 올랐던 인물입니다. 하카야마는 다카하시 씨가 비밀스런 공사의 책임자였다는 것을 알았겠죠. 폐쇄공포증 증세를 보였던 다카하시 씨가 방공호 공사를 맡은 것은 죽기보다 싫었을 겁니다. 그러니까 산지옥을 경험하여 산지옥나비를 찾았는지는 모르겠으나, 그는 비밀스런 공사를 마치고 떠난 나비 채집 여행에서 괴한을 만나 절벽으로 갔습니다. 그리고 괴한과 몸싸움을 벌이다 아들이 추락사로 죽고 괴한은 도망갔죠. 다카하시 씨는 아마도 괴한이 동료였다는 것을 알았을 겁니다. 어둠 속에서라도 목소리는 알아듣는 법이니까요.

다카하시 씨는 무언가 중요한 자료를 손에 쥐고 있었을 겁니다. 그것을 넘기기에는 그의 직업적 양심이 허락하지 않았습니다. 그러나 그것을 계속 가지고 있으면 이번에는 아내조차 위험에 빠질지도 모른다는 두려움에 젖었습니다."

구보는 주명의 떨리는 시선을 보며 상의 말을 경청하였다.

"그는 그것을 사건이 일어난 직후 누군가에게 건네줍니다. 괴한은 그런 것도 모르고 다카하시 씨를 다시 찾아가 결국은 그마저 죽입니다. 하지만 중요한 자료를 얻지 못한 데다 살인 용의자로 쫓기자 일단은 잠적하게 됩니다. 일본으로 몰래 돌아갔을 거라고 봅니다. 일본에서도 이 일을 잊지 못하였는지 거의 14년 만에 다시 조선 땅으로 건너왔죠. 저는 하카야마의 조선 입국 기록을 기무라 형사를 통해 알아보았습니다. 1개월 전에 들어와 있더군요.

그는 다카하시의 당시 행적을 쫓아다닙니다. 그리고 주명이라는 학생에게 산지옥나비 표본이 건네졌다는 것을 알아내었을 겁니다. 당신을 추적하다 여기 있다는 것을 알게 되었겠죠. 아마도 연구소 조교 하나를 매수하여 다카하시 씨가 준 산지옥나비 표본도 손쉽게 찾아낼 수 있었을 겁니다. 그는 연구소 불이 꺼지면 침입하여 연구실을 뒤졌습니다. 그래도 찾는 게 없자 아마도 검단산 인가 근처 절벽에까지 다녀왔을 겁니다. 하지만 당신이 놓친 삼각통은 발견하지 못했죠."

주명은 비바람을 맞아 색이 변하고 너덜너덜해진 상이 절벽에서 건져온 삼각통을 붙들고 부들부들 떨었다.

"이 통 안에 무엇인가 있다는 겁니까? 게다가 이것은 제 삼각통도 아닙니다."

상은 고개를 젓더니 벌떡 일어나서 뒤쪽으로 걸어갔다. 서가 구석에 놓인 나비 채집 도구들 중에 삼각통을 집어 들고 말했다.

"바로 다카하시 씨한테 선물 받은 이 통 안에 무언가가 있을 겁니다."

상은 천천히 삼각통을 열었다. 안에는 삼각종이만 여럿 들어 있을 뿐 텅 비어 있었다. 남포등을 삼각통에 기울이고 있던 구보가 의미심장한 눈빛으로 안을 들여다보았다.

"마술사들은 자신이 숨는 상자 안쪽에 장치를 해서 관객의 눈을 속인다고 들었네."

구보는 삼각통 안에 손을 집어넣었다. 그리고 가장 안쪽에 덧대어진 가죽을 가운뎃손가락으로 밀어보았다. 가죽은 움직이지 않았다. 이번에는 집게손가락으로 가죽 끝부분을 계속 문대었다. 조금씩 가죽 끄트머리가 허물어지면서 약간의 틈이 보였다. 구보는 손가락에 힘을 주어서 가죽을 잡아 떼어냈다. 이중으로 붙여놓은 가죽이 벌어지면서 그 안에서 누렇게 변색된 종이가 접혀 있는 것이 보였다. 구보는 틈에서 종이를 잡아 밖으로 빼냈다. 상이 남포등을 들어 종이를 올려다보았다. 여러 차례 접혀 있던 종이를 열자 날 일日 형의 총독부 건물 설계 평면도가 보였다. 평면도는 사절지 스케치북만 한 크기였다.

"이, 이것은……."

주명이 떨리는 목소리로 말했다.

"맞습니다. 총독부 건물이죠. 석 박사님, 산지옥나비 표본을 액자에서 꺼내주십시오."

주명은 하카야마에게서 되찾은 표본의 유리를 열었다. 그리고 조심스레 산지옥나비를 핀을 빼어 집어 들었다.

상은 조선총독부 평면도를 이리저리 돌려가면서 유심히 살폈다.

"보통 우리 같은 건축기사들은 비율과 척도를 목숨만큼이나 중요하게 여기지. 척도가 없다면 설계도를 그릴 수도 없고, 설계도를 바탕으로 건물을 시공할 수도 없으니까. 자아, 여기 이 평면도를 거꾸로 하면 1:11라는 척도가 나오는데 이것은 무엇을 의미하는 척도일까?"

"평면도와 실제 총독부의 비례척도 아닌가?"

상은 고개를 저었다.

"실제 조선총독부는 이 평면도의 100배도 넘는 크기이지. 이건 어쩌면 열쇠가 될지 모르네."

"열쇠?"

"응. 나비가 해방되었으니, 이 설계도에 가져가볼까요?"

상은 주명에게 나비를 확대해서 보는 환등기를 켜볼 수 있냐고 부탁하였다.

"전력이 없어서 안 됩니다."

"할 수 없군요."

상은 주명에게 종이와 가위를 빌렸다. 주명이 건넨 긴 갱지의 가운데 부분을 동그랗게 오려내었다. 가운데 구멍이 뚫린 종이로 남포등을 감싸고 끝부분을 풀로 붙였다. 뚫린 가운데 구멍에서 빛이 새어나오고 있었다.

"간이 환등기를 만들었네."

상이 미소를 지으며 종이로 감싼 남포등을 들어올렸다.

"이제 줄자를 빌려주십시오. 정확한 비례척도에 맞춰 새롭게 배치를 하겠습니다."

주명이 서랍을 열어서 줄자를 건넸고, 구보는 의아해하면서도 상을 도왔다.

"제 앞에서 정확하게 1미터 앞에 박사님께서 나비 표본을 들고 서 계십시오."

주명은 남포등을 든 상 앞에서 1미터 앞에 서서 나비 표본을 핀셋으로 들고 서 있었다.

"구보, 이번에는 사무실 문을 열고 복도로 나가게. 석 박사님 계신 지점에서 시작하여 줄자로 정확하게 11미터를 재어서 그 지점에 서 있게나."

구보는 상이 시키는 대로 어두컴컴한 복도로 나가서 11미터를 재어서 해당되는 지점에 섰다. 상은 남포등을 잠시 책상 위에 두고서 구보에게 다가가 평면도를 넓게 펼쳐서 들고 있으라 지시하였다. 이렇게 하여 상이 사무실 벽에서 남포등을 들고 서고 그 1미터 앞으로 주명이 나비 표본을, 그로부터 11미터를 더 나가서 구보가 평면도를 들고 서 있었다.

"이제 빛을 제대로 비추겠습니다."

상은 남포등을 들어서 주명이 든 나비 표본에 비추었다. 표본을 지난 빛은 커다란 나비 그림자를 만들었다. 나비 그림자는 구보가 든 평면도상에 맺히었다. 나비의 너울대는 그림자가 평면도 위에 비춰졌을 때 구보는 문득 무언가를 깨달았다.

1:11이란 바로 나비의 그림자 상이 평면도에 맺히게 만드는 열쇠였다.

"이제 산지옥은 어디가 되시는지 아시겠습니까?"

상이 저 멀리 손가락으로 가리키는 설계도에는 나비의 주황

띠 부분의 그림자가 드리워진 곳에 정확하게 빨간색 볼펜 줄이 그어져 있었다.

"그리고 악마의 눈알이 있는 곳에는 무엇이 있을지 짐작이 되십니까?"

날개마다 있던 세 개의 눈알이 희미하게 드리워지는 곳에는 빨간색 볼펜으로 엑스 표시가 되어 있었다. 정확하게 눈 하나마다 하나의 표시가 있었다.

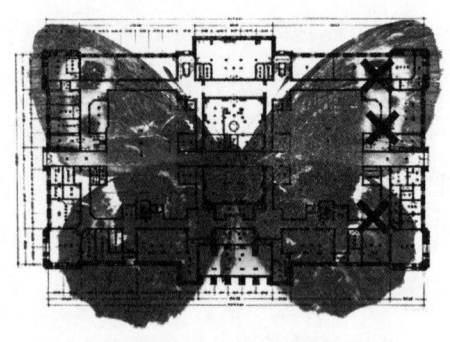

"숨겨진 것들의 위치를 아시겠지요?"

주명의 얼굴은 복잡해 보였다. 한편으로는 허탈해 보이기도 했다. 주명은 고개를 저으며 한숨을 작게 쉬었다.

"이런 이유로 사람을 죽일 수는 없는 법입니다."

주명의 말에 상이 답하였다.

"그런 사람들은 어디에나 있습니다. 그래서 사람에 비하여 나비가 더욱 흥미롭고 아름다운 개체가 아닌가 하는 생각이 듭니다."

주명은 미소를 지으며 살며시 고개를 들었다.

새벽, 주명의 연구실을 나온 상과 구보는 경쾌한 걸음걸이로 경성 거리를 거닐었다.
"이제 총독부에 숨겨진 금괴의 위치를 알게 되었으니, 우리의 목숨도 위험한 것인가?"
구보가 웃으며 물었다. 비록 손에는 금 한 줌 못 집어보았으나 모든 의문이 풀려 속이 시원했다. 상이 고개를 저었다.
"그 금을 찾아내려면 방공호와 연결된 미로를 통과하여야 된다는 것을 모르겠나? 구보, 돈이 부족하면 내게 이야기하게나. 다행히도 그 미로를 설계하고 시공한 사람은 나라네. 후후."
구보가 의문을 제기하였다.
"상, 정말 이상한 것이 있네. 왜 다카하시는 이런 방법으로 금괴가 숨겨져 있는 곳을 누군가에게 알렸는가? 본인의 머릿속에 묻어두고서 무덤 속으로 가져가면 되는 것이 아닌가?"
"내가 추측하기로는 남은 가족의 안위를 위해서 중요한 정보를 다른 곳으로 빼돌렸다는 증거도 필요하였다고 보네. 실제로 하카야마가 뒤늦게라도 다카하시의 아내가 아닌 석주명 박사를 뒤쫓아오지 않았는가."
"상, 그렇다면 다카하시는 주명을 위기에 빠뜨리도록 의도한 것인가?"
상은 생각에 빠진 얼굴로 침묵을 지키다 답을 하였다.
"15년 전 다카하시는 아들이 누구냐고 묻는 하카야마에게 마지못해 기타로를 지목하였네. 하지만 그 마음속에는 주명을 아들로 지목하고 싶은 욕망도 있었을 거야. 겁에 질린 아이들은 입을 꾹 다물고 두 어른이 시키는 대로 누구는 남고 누구는 따라갔을 테니까."

"그렇다면?"

"결과적으로 그 양심 때문에 아들은 죽게 되고, 주명은 목숨을 건졌지. 다카하시는 무의식적으로 주명이 밉기는 했을 거야. 그렇다고 위험스런 평면도와 나비를 어린 아이에게 건넬 정도의 인물은 아니라고 보네. 어쩌면 이 사건은 영원히 묻힐지도 모른다고 생각하고 홀가분하게 넘기고 이사 갔을지도 모르지."

"그렇다면 정말 비밀을 밝힌 이런 행동은 무의미한 것인가?"

"비밀을 밝힌 두 번째 이유는 나도 해당되네만."

상은 여기까지 말하고 잠시 숨을 내쉬었다.

"자네 '임금님 귀는 당나귀 귀라고 외치던 이발사' 이야기를 알고 있지 않는가?"

구보는 고개를 끄덕였다.

"거 왜, 임금님의 귀가 당나귀 귀와 비슷해서 이발사들이 임금님 머리 한 번 자르고 죽음을 당하던 터에 새롭게 고용된 이발사를 말하는가?"

"그렇지. 그는 임금님의 귀에 관련된 비밀을 누설하지 않아서 목숨을 부지할 수 있었지. 하지만 끝내 병이 나 죽기 직전에 대나무 숲에다 '임금님 귀는 당나귀 귀'라고 발설을 하지. 그래서 그 이발사는 간신히 숨통이 트여서 비밀이 주는 강박관념에서 벗어나 편한 죽음을 맞이하였지. 나도 왜 수많은 시들을 써내는지 아는가? 조선총독부 기사로서 일하면서 알게 된 비밀을 암호로나마 발표하고 싶어서라네."

"무엇이?"

구보가 안경 너머로 눈을 크게 뜨고 상을 보았다. 상은 구보가 놀라거나 말거나 너털웃음을 지으며 답하였다.

"후후, 이제는 죽어도 여한이 없다네. 비밀들을 조금씩 시로 발표하고 있으니 말이야."

"상이, 하지만 다카하시가 밝힌 자료대로 조선총독부 평면도와 나비의 점이 겹쳐지는 부분은 조금 방대하지 않은가? 하물며 자네는 대체 그 정확한 장소를 어떻게 시로 표현한단 말인가?"

"구보, 그래서 내 시에는 숫자와 요상한 말들이 등장한다네. 풀이는 자네가 알아서 하라구."

구보로서는 상의 너스레가 의아하였다. 그러나 한편으로는 미국의 정보부 요원이 발설할 수 없는 비밀에 대한 압박과 그것을 지켜내야 한다는 강박관념에 실성하여 강제적으로 은퇴당하였다는 기사가 생각이 났다.

조선총독부에 비밀 밀실을 설계한 총독부 기사는 과연 비밀을 평면도에서 나타내 보임으로써 비로소 산지옥에서 해방이 되었던가?

아니면 애초에 산지옥나비의 반점을 보고 방공호를 설계할 아이디어를 떠올렸단 말인가? 닭이 먼저냐, 달걀이 먼저냐 하는 원초적인 의문에 휩싸였지만 모든 비밀은 망자가 가지고 갔음을 인정하고, 구보는 이제 느긋하게 '제비'에 앉아서 상과 커피 한 잔을 나누고픈 마음만 간절하였다.

칠화
이상의 데스마스크

京城 探偵
LEESANG

구보에게

구보, 잘 있는가? 어떤가? 거기도 더운가? 소설 집필은 잘 되는가? 경성이 미칠 듯이 보고 싶군. '제비' 구석에 앉아 뜨뜻미지근한 커피 잔을 앞에 두고 금홍을 지분거리며 자네와 사건 의뢰를 받던 그런 날들이 미치도록 그립다네. 어떤가? 자네는 내가 보고 싶지 아니한가?

나는 오늘부터 자네에게 모든 기록을 남기도록 노력할 것이네. 일본에 있으면서 겪은 일들을 자네에게 이야기한다면 분명 믿지 못할 것이네. 하지만 그동안의 일들을 기록한다면 분명 검문하는 누군가에 의해 이 편지는 자네에게 도착하지 못할 걸세. 그러하더라도 자네는 반드시 내가 남긴 기록을 찾아낼 수 있을 걸세. 내가 지난해 자네에게 보낸 글귀를 기억하고 있는가? 자네와 나만이 아는 그곳에 반드시 내가 기록을 적어 보낼 터이니 나중에 찾아보게나. 내가 언제까지 살 수 있을지는 모르겠으나, 그 기록을 본다면 이 치열한 상황을 내가 어찌 이겨나갔는지 알 수 있을 걸세.

1937년 4월 10일

구보는 편지를 읽고는 다시 접어 봉투에 넣었다. 상이 도쿄로 건너간 지 벌써 7개월이 되었다. 1936년 10월에 건너가서 4월 말이 가까운 지금까지, 상은 그동안 편지로 드물게 소식을 전해왔다. 상이 도쿄에 건너간 이유는 모르겠으나, 구보로서는 짐작이 가는 사건이 있었다. 상이 일본에 건너가기 보름 전인 작년 9월, 상은 편지 한 통을 받았다.

이미 도쿄에 건너가 있던 문인 김기림에게서 온 편지는 상의 모든 것을 휘저어 놓았다.

이상에게 말하오.

상이, 일본은 전쟁을 코앞에 두고 있소. 아마도 내년에는 중국을 점령하는 것을 기점으로 동남아에 식민지를 두고 대영제국이나 미국과도 한판 승부를 벌이려 들 것으로 보이오. 전 세계는 바야흐로 세계전쟁에 휘말려 조선은 식민지국으로서 비극적인 전쟁의 틈바구니에서 희생양으로 전락할 것이오. 이 전쟁을 막을 방도가 없지 않소. 자네, 경성에서 대단한 재력을 보유한 류 다마치 자작을 아오? 그자가 현재 일본에 와 있소. 그자와 긴밀하게 일을 결탁하면 불가능한 것도 아니요. 속히 일본으로 건너와주기 바라오. 건너온 연후에 이 비밀을 자네와 공유하리다.

1936년 9월 15일

상은 이 편지를 구보에게 보여주었다.
"상, 이것은 함정이 아닐까?"
구보는 불안감이 밀려왔다.
"김기림 선배가 일본과 조선의 미래를 좌우할 만한 중요한 위치에 있는 것도 아니요, 일개 문인이자 유학생 신분으로 이런 일을 논한다는 것 자체가 의심스러우이."
상은 한참을 파이프 담배를 피우다 무겁게 입을 떼었다.
"하지만 류 자작을 입에 올렸다는 게 참으로 신경이 쓰이는군. 내가 알아본 바에 따르면 류 자작은 현재 일본으로 건너간 지 3개월이 되었고 모종의 정치 공작과 관련된 일을 하고 있다 들었네."
"자네만 보낼 수는 없네."
상은 구보의 말을 듣고 침묵 속으로 가라앉았다. 그리고 보름이 지난 후, 집필하느라 칩거하고 있던 구보가 신문사를 방문하였을 때, 상이 여행 가방을 들고 일본으로 가는 배편에 올랐다는 소식을 선배 문인에게서 전해 들었다. 구보는 천 길 낭떠러지로 추락하는 기분이었다. 이후로 상을 다시는 보지 못할 것 같은 불길한 예감이 들었기 때문이다. 구보는 상이 일본으로 건너간 지 1개월여가 지나서 편지 한 통을 받았다.

구보에게 전하오.

나와 자네만이 아는 공간, 모든 사건의 시작과 끝이 있는 곳, 그곳에 내가 자네에게 던질 말이 있네. 하나가 시작되었지만 시작된 하나가 없듯이 삼극으로 나뉘었지만 그 근본은 다함이 없네, 천 하나가 하나요 지 하나가 둘이요 사람 하나가 셋이로다. 이 말씀에 나오는 모든 수를 더하면 과연 무엇이 되겠는가?

1936년 11월 15일

구보는 어안이 벙벙하였다. 암호라면 상에게는 쉬운 것일 터였다. 〈오감도〉나 〈건축무한육면각체〉에 나오는 상이 제조한 특이한 말들과 단어들은 그만이 아는 암호이거나 상징일 것이라는 추측이 난무했다. 구보는 상이 암호를 넣은 시로서 자신이 지닌 비밀을 표현한다고 말한 것을 기억했다.

구보는 고개를 갸우뚱하였다. 당장 이 암호를 풀기에는 너무도 막막하였다. 다만 다행인 것은 '하나가 시작되었지만 시작된 하나가 없듯이 삼극으로 나뉘었지만 그 근본은 다함이 없네, 천 하나가 하나요 지 하나가 둘이요 사람 하나가 셋이로다' 하는 글을 어디선가 본 적이 있었다. 구보는 오래된 책에서 나오는 글귀가 분명하다고 여겼다.

경전이나 선인들의 명언에서 전해오는 것이 분명할 터, 구보는 이를 조사하러 종로 미술상가들 사이에 위치한 헌책방에 들렸다. 간송 전형필도 고서를 수집할 때 이 책방의 노인을 통해서 산다고 하였다. 겉으로는 허름한 책방들과 다름없었으나, 웬만한 고서들은 이곳에서 찾을 수 있었다.

"안녕하십니까, 어르신."

구보는 예의바르게 인사를 하고는 상에게서 온 편지를 건네었다. 노인은 돋보기안경을 세우고 상이 쓴 편지를 읽어보고는 고개를 끄덕였다.

"다른 건 모르겠으나, 이 구절들은 알겠네."

노인은 돋보기안경을 목에 걸고 뒤돌아서 층층이 쌓인 책 더미를 피해 뒤쪽 서가로 갔다. 그리고 구석에 놓여 있던 사다리를 앞에서 세 번째 서가로 옮겨와서는 천천히 올라섰다.

"여기에 있구먼."

노인은 누렇게 변색된 허름한 책자를 꺼내들었다. 분명 신식으로 양장된 책이었으나 구보의 눈에 한참 오래전에 인쇄된 책처럼 보였다.

"자네, 조선 시대에는 이 책이 금서였다는 것을 알고 있나? 세조나 정조도 한때 이런 유의 책들을 모조리 압수하고 선비들에게 절대로 읽지 말라고 교지를 내린 적이 있네."

구보는 노인이 다가와 건네는 책을 받아들었다. 표지에 '천부경'이라고 적혀 있었다.

"천부경이라. 단군을 시조로 모시는 사람들에게 전해 내려오는 책 아닙니까?"

"맞네. 《다물흥망가》, 《환단고기》, 《태백일사》 등의 책들이

《천부경》과 비슷한 내용을 담고 있지. 대략 5000년 전 즈음에 단군이 조선을 세웠고, 단군 이래로《천부경》경전에 의하여 나라가 다스려졌으며, 인간을 최우선으로 하는 인간천부사상이 비롯되었다고 적혀 있다네.《천부경》에 나오는 모든 숫자를 더하려면《천부경》의 81글자를 모두 알아야 하겠네. 그 책에 천부경 모든 글자가 나오니 훑어보고 연구해보게나. 자네 친구는 참으로 위트가 있는 친구일세그려."

구보는 노인이 건넨 책을 구입하였다. 그리고 밤낮으로 집에 틀어박혀서 낮에는 소설을 쓰고, 밤에는《천부경》경전을 들여다보고 숫자를 연구하였다. 구보는 먼저 각 구절마다 나오는 숫자들을 더해 보았다. 무한을 뜻하는 '極(극)'은 더할 수 없기에 그대로 놔두었다.

一 始 無 始 一 析 三 極 無 盡 本, 5
일 시 무 시 일 석 삼 극 무 진 본

天 一 一 地 一 二 人 一 三, 9
천 일 일 지 일 이 인 일 삼

一 積 十 鉅 無 匱 化 三, 14
일 적 십 거 무 궤 화 삼

天 二 三 地 二 三 人 二 三, 15
천 이 삼 지 이 삼 인 이 삼

大 三 合 六 生 七 八 九 運, 33
대 삼 합 육 생 칠 팔 구 운

三四成環五七一, 20

삼사성환오칠일

妙衍萬往萬來用變不動本, 0

묘연만왕만래용변부동본

本心本太陽昂明人中天地一, 1

본심본태양앙명인중천지일

一終無終一, 2

일종무종일

5+9+14+15+33+20+0+1+2를 해보았다. 총합 99가 나왔다.

구보는 99를 중얼거렸다. 대체 99가 뜻하는 것이 무엇인지 궁금하였다. 한편으로 걸리는 구절이 있었다. '묘연만왕만래용변부동본' 구절에는 '萬(만)'이 두 번이나 나온다. 물론 수많은 숫자라는 것을 뜻하여 더하기에서 제외하였으나, 만을 있는 그대로 1만으로 파악한다면 총합은 달라진다. 즉 '2만 99'라는 숫자가 된다.

"99인가? 20,099인가? 그리고 이 숫자는 무엇을 의미하는 것인가?"

구보는 의아했다. 구보는 처음부터 상이 남긴 메모를 다시 곱씹어보았다.

'하나가 시작되었지만 시작된 하나가 없듯이 삼극으로 나뉘었지만 그 근본은 다함이 없네, 천 하나가 하나요 지 하나가 둘이요 사람 하나가 셋이로다.'

만약 상이 남긴 《천부경》의 첫 구절과 둘째 구절에 나오는 숫자만을 더한다면 숫자는 5+9=14가 된다. 구보는 99, 20099, 14라는 숫자의 의미를 생각해보았고 아울러 숫자가 주는 상징성과 이 숫자가 가리키는 곳은 어디일지 유추하여 보았다. 구보는 머릿속으로 경성은행에 예치해놓은 무언가가 있지는 않을까 궁금하였다. 하지만 본인이 아닌 바에야 대여금고에 접근할 수 없었다.

구보는 일단 이 암호를 그대로 남겨두기로 하였다. 상에게서 또 다른 연락이 오면 그때 다시 이 암호를 풀어보기로 마음을 정하였다.

어느덧 수개월이 지났다. 구보는 상에게서 기다리던 편지를 한 통 받았는데, 그 다음 날에는 그의 부고를 들었다. 1937년 4월 17일, 도쿄대학교부속병원 영안실에서 싸늘한 시신이 되었다는 상의 유해는 5월이 지나서야 고국으로 돌아올 수 있다고 하였다.

4월 22일에 받은 그 편지는 그가 죽기 7일 전 4월 10일 작성하여 부친 것이었다.

구보는 가만히 생각해보았다. 편지의 내용에 따르면 분명 상이 사망한 17일까지 7일이라는 시간이 있었다. 그 1주일 동안 상은 어떤 비밀스러운 사건을 겪었으며 어떤 연유에 의하여 죽음에 이른 것인가?

구보는 상의 죽음에 슬퍼할 겨를도 없이 이 미스터리를 풀기 위해 숫자의 비밀을 캐러 전심전력을 다하였다. 그는 이 구절에 집중을 하였다.

나와 자네만이 아는 공간, 모든 사건의 시작과 끝이 있는 곳, 그곳에 내가 자네에게 던질 말이 있네.

  모든 사건의 시작과 끝이 있는 곳은 어디인가? 혹 상과 처음으로 조우한 신문사 사무실을 말하는 것인가? 아니면 거의 모든 사건을 의뢰받은 장소인 '제비'를 말하는 것인가?
  구보는 종로에 위치한 '제비'를 방문하였다. 그런데 1년 넘게 방문을 안 하던 사이 다방은 온데간데없이 사라졌고, 그 자리에는 주점이 들어서 있었다. 구보는 깜짝 놀랐다. 주변 상인을 붙잡고 물어본 바에 의하면 금홍은 상과 헤어진 후 얼마 안 있다 다방 문을 닫았다고 한다.
  상은 일본으로 가기 2개월 전에 변동림이라는 여성과 결혼을 하였다. 구인회 문인들만 참석한 자리에서 조촐한 결혼식을 올렸는데, 이미 그 이전에 금홍과 관계는 완전히 끝이 났다. 구보도 신흥사 절에서 올린 상의 결혼식에 참석하였는데, 이상한 것은 상은 무언가에 쫓기듯이 결혼식을 올렸고 얼마 되지 않아 기림의 편지를 받고 일본으로 건너갔던 것이었다.
  구보는 금홍을 수소문하였다. 그녀와 동향인 사람을 잡고 물어보았으나 소식은 들을 수 없었다. 그러던 와중에 금홍에게서 연락이 왔다. 금홍은 종로에 위치한 한 카페에서 약속을 잡았다.
  그날 구보는 아침부터 불운하였다. 맡으려던 단편소설 집필 일은 불발되었고, 아침 먹던 밥그릇을 손에서 놓쳐 이가 나갔으며, 청계천에 놓인 징검다리를 건너려다 발목을 살짝 접질렸다.

아담한 카페 안에 드보르작의 신세계 교향곡이 잔잔하게 흘러나오고 있었다. 구석에 앉아 있던 금홍은 화장을 거의 하지 않고 한복을 곱게 차려입은 수수한 차림새였다. 구보가 들어서자 조용히 일어나면서 낡은 갈색 가죽 가방을 건넸다. 흡사 의사가 왕진을 갈 때 들고 가는, 부피감이 있는 두툼한 가방이었다. 가방 겉에는 숫자로 비밀번호를 돌려 맞추면 열리게끔 자물쇠가 달려 있었다.

"번호는 박태원 선생이 아실 것이래요. 이렇게 이 가방과 메모, 이 열쇠만 달랑 남겨놓고 갔습니다."

금홍은 작은 황금 열쇠를 구보의 테이블 앞쪽에 놓았다.

"누구에게서 받은 겁니까? 혹 배편으로 받으신 겁니까? 언제 받으셨습니까?"

"인편으로 받았어요, 바로 어제. 그리고 그 사람이 반드시 당신에게 이 가방을 전해줘야 한다고 하더군요. 이상의 마지막 유언이라 하면서요. '제비'가 없어져서 제가 이사를 간 집까지 찾아왔다 하더군요."

금홍은 한숨을 푹푹 내쉬다가 천천히 일어서더니 웅장한 신세계 교향곡 클라이맥스 부분에서 다방을 나갔다.

구보는 가방을 옭아맨 숫자 자물쇠를 뚫어져라 쳐다보았다. 구보는 이미 상이 낸 수수께끼를 풀어냈다. 《천부경》에 나오는 모든 숫자를 더해도 '0'이었다. 《천부경》은 시작되었으나 시작된 하나가 없다고 주장하듯이 하나를 무극 즉 끝없는 숫자로 보았고, 또한 이를 아무것도 없는 끝으로 즉 소멸로 보았다. 끝나도 끝나지 않은 것, 시작과 끝이 없이 무한 반복되는 그것, 무극의 다함이 없는 그것은 바로 숫자 영을 의미하였다.

구보는 숫자를 '000'에 맞추고 자물쇠 버튼을 눌렀다. 딸각 소리가 나면서 가죽 가방이 열렸다. 가방은 두 공간으로 나뉘어 있었고 열린 공간 한쪽에는 노트가 들어 있었다.

이것이 바로 상이 남긴 노트일 게 분명하였다. 구보는 떨리는 손으로 상의 노트를 부여잡았다. 구보는 누르스름한 노트의 겉면을 왼손바닥으로 한 번 쓰다듬고는 첫 장을 펴들었다.

1937년 4월 11일

구보, 자네는 불가에서 말하는 마왕을 믿는가? 마왕은 '마라'라고도 하는데 마라는 죽음, 파괴, 살해를 뜻한다네. 지금 내 정신 속에 혼돈스런 마왕이 들어와 있네. 나의 상태는 굶주림, 졸림, 미래에 대한 불안, 근심 걱정이 뒤섞여 있는 형태라네. 내가 그동안 무엇을 보고 겪었는지 이야기를 한다면 자네는 믿지 않을지도 모르네.

난 작년 10월에 도쿄에 건너와 기림 선배와 만났네. 일단 선배가 묵는 아사쿠사 근처의 여관에 방을 잡아서 일을 도모하기로 하였네. 나는 지금 첫 장에 모든 기록을 적지 않겠네. 아마도 나의 절친한 지우인 자네조차도 내가 하는 말을 모두 믿지는 못할 걸세. 기림 선배는 나름대로의 소식통을 통하여 일본과 조선이 세계전쟁에 휘말리지 않고 평화롭게 헤쳐 나갈 길을 모색하고 있었네. 자네는 알겠는가? 원래 조선과 일본은 한 뿌리의 사람들이었네. 지금으로부터 1400년 전에 백제인은 일본에 건너가 지배층이 되었다네. 천황이 되었다는 설도 있으나, 그들은 백제 멸망 후 아니 그 이전부터 일본에 건너가 귀족층을 형성하면서 천황 지배에 막대한 영향력을 행사하고 있었어.

기림 선배는 바로 이 점에 주목하였네. 지금의 일본이 침략 정책을 펴면서 조선민을 황국민에 포함시키려는 것과는 정반대의 발상이라네. 그렇다면 왜 내가 혼란에 빠졌는가? 그것은 아사다 양이 들고 온 류 자작과 연결시켜줄 그 무엇 때문일세. 자네는 또 한 번 실망에 빠졌겠지? 왜, 사회의 혼돈을 즐기는 자와 결탁을 하려는지 영 의문이 생기지 않는가? 류 자작은 바로 이 논란, 즉 조선과 일본이 통일을 이룬다는 논란의 중심에 선 자일세. 그 배후에 관해서는 나중에 이야기를 해주겠네.

구보, 이것과는 별개로 난 요즘 머리가 깨질듯이 아프네. 두려움, 공포, 근심 걱정과 죽음에 대한 불안 등이 나타나 나를 괴롭히는 것일세. 그래 마왕이네, 마라야. 그것들은 가끔은 단순한 허상이 아니라 실체로 다가온다네. 코끼리 머리에 원숭이 꼬리를 지니고 양의 뿔을 머리에 갖고 있다네. 그 무서운 존재는 나를 잡아먹을 듯이 노려본다네. 그 빨간 두 눈으로.

구보는 잠깐 의아하였다. 상이 비록 시나 소설에서 공상적이고 특이하면서 초현실적인 문장과 표현을 구사하였으나 한 번도 편지에서 그런 적이 없었다. 그만큼 구보와 수사에 전념할 때에는 퍽 이성적인 모습을 보여주었다. 하지만 상의 글은 이상하게 과장되었고 공상으로 여겨졌으며 흥분되어 보였다. 그의 글은 이어졌다.

구보, 자네는 혹시 아사다 양에게 관심을 가지고 있지 않았는가? 그녀의 아름다움은 과히 한 남자를 파괴하고도 남을 비극적인 부분이 있네. 난 그녀가 그동안 무수한 사람을 독살하거나 남몰래 죽게끔 하지 않았는가 하는 의심을 해왔네. 청초한 모습과 맑은 눈빛, 그리고 단아한 얼굴에 어떻게 그런 소름끼치는 면모가 있을까 의아하지만 이상하게 그녀는 류 자작과 연관된 살인사건에 지대한 부분을 차지하고 있을 것이라는 생각이 드네.

그녀의 붉은 입술은 바로 피를 의미하지. 그녀는 피를 부르는 여신이었던 것이야. 그녀가 가는 곳마다 사람이 죽었으니 나조차 그녀를 두려워하지 않을 수 없었네. 그녀는 나에게 마스크를 주었네. 데스마스크라고 들어보았는가? 하얀 석고로 뜬 마스크지. 그 마스크는 한 남자의 죽기 전 얼굴을 떠놓은 것이라고 하였네. 섬뜩하고 놀라웠지. 하지만 그녀가 건네는 자작의 선물을 거절할 수 없었네. 자작은 내게 만나자는 제안을 했네.

우리는 내일 약속을 잡았네. 이렇게 되기까지 정리하는 것이 오늘의 일이네. 내일 약속이 잡혔으니 자작을 만나고 나서 다시 기록을 하겠네.

첫날의 기록은 거기서 끝나 있었다. 구보는 뒤로 돌아서 가죽 가방의 앞주머니를 열었다. 안쪽에 따로 자물쇠가 채워진 주머니는 열쇠를 넣자 쉽게 열렸다. 갈색 가죽 주머니가 나왔다. 그리고 그 안에서 하얀 석고 마스크가 나왔다.

"이것이 데스마스크인가."

구보는 마스크를 쓰다듬어보았다. 누구의 얼굴을 떠놓은 것인지 짐작되지 않았다. 감은 두 눈에는 주름 한 점 없는 평온함이 엿보였다. 좁고 높은 코 밑에 꾹 다문 입매는 부드러워 보였다. 예전에 서양에서 들여온 데스마스크를 본 적이 있었다. 경성의 풍물 전시회에서 진기한 물건이라며 전시되었던 것이었다. 죽기 직전의 노인 얼굴을 뜬 것인데, 마스크에는 온통 일그러진 주름이 생생하게 나타나 있었다.

다방의 음악이 시끄러웠다. 정신이 사나웠다. 구보는 더 있을 기분이 들지 않았고 묘하게도 뒷덜미가 당기면서 엄습하는 공포에 어서 이 자리를 뜨고만 싶었다. 가방 안에 데스마스크와 상의 노트를 집어넣고 발 빠르게 종로통을 빠져나갔다.

이 불길한 가방과 노트, 그리고 마스크를 들고 집에 갈 수는 없었다. 구보는 아는 사람 편으로 집에 집필 여행을 떠난다는 전보를 부친 후 주섬주섬 가방을 들고 어디론가 향했다. 조용한 곳, 혼자서 오롯이 기록을 읽어볼 만한 장소가 필요하였다.

그날 밤, 구보는 미친 듯이 가방을 끌어안고 헤매다가 경성역 근처의 허름한 여인숙에 들었다. 그리고 다시 숫자를 '000'에 맞추어 가방을 열어 노트를 빼들고는 다음 장을 읽었다.

1937년 4월 12일

난 혼돈에 빠졌네. 기림 선배는 이미 보름 전에 사라져버렸네. 우리는 지금까지 일본 아사쿠사 인근 여인숙에 머물면서 조선과 일본의 과거 역사를 탐구하면서 나아갈 길을 모색하였네. 일본의 한 유력인사를 만났는데, 평화주의를 바라는 그들은 하나같이 우리의 이야기에 동조를 하였으며 류 자작과의 만남을 주선해준다 하였네. 그동안 우리가 자작을 만나고자 하여도 그가 거절하여 만날 수 없었네. 하지만 1개월 전 즈음에 자작에게서 연락이 와서 하수인을 곧 보낼 예정이며 만날 의향이 있음을 알렸네. 하지만 어떻게 된 일인지 기림 선배는 사라져버렸고 아사다가 내게 수상쩍은 마스크를 가지고 왔네.

바로 오늘 자작과 만나면 나는 기림 선배의 안부를 먼저 묻고자 하네. 이상하게 조선에서는 자작이 무섭다고 느낀 적이 없었네. 심령사진사건 때 그가 살인교사자라 확증했을 때도, 혹은 전형필의 의뢰로 그가 고미술상 야마다 고로를 죽였다는 심증이 굳건했을 때도 그가 두렵지 않았는데, 여기가 일본이라서 그런가? 간혹 그가 몸서리치게 두렵네. 여기서도 그가 저지른 사건을 알 수 있었네. 일본 내에서 일어난 미스터리한 사건, 특히나 요인 암살. 즉 그는 자신과 의견을 달리하는 대척 지점에 있는 인사들의 암살사건 배후에 있었네. 난 말이지, 요즘 마왕이 내 곁에 있는 것만 같네. 두렵네. 자작이 마왕 혹은 악마가 아닐까? 사악한 유혹자여서 내게 수상한 비밀스런 가면을 던지고 유혹하는 것은 아닐까?

구보는 여기까지 읽다가 못내 힘들어 하였다. 여인숙의 촛불에 의지하여 읽느라 눈이 침침해 불편하기도 했지만 그보다는 마음이 아프고 저려왔기 때문이다. 그토록 똑똑하고 이성적인 상이 기록에서는 정신이 흔들리고 이리저리 갈팡질팡하는 보통의 한 남자처럼 보였다. 한편으로 그의 속내를 처음으로 접했다는 기쁨에 홀로 미소 짓기도 하였지만, 상의 불안정한 심리가 기록에 고스란히 드러나 더욱 불길하게 느껴졌다.

다음 기록을 펼칠 엄두가 나지 않았다. 두려웠다. 상은 과연 살해당한 것인가? 기록은 이어졌다.

> 구보, 난 어제부터 환각을 보았네. 기림 선배가 내 앞에 있었고, 아사다가 돌아가고 난 뒤에도 여전히 내 곁에 있었네. 그리고 오늘 아침에도 방바닥이 솟아오르는 듯한 현기증에 한참이나 시달리다가 겨우겨우 아사쿠사의 명물인 센소지 절로 갔네. 대웅전 앞에는 대형 향로가 있는데 그 향로의 연기를 맡으면 병이 낫는다는 속설이 있네.
>
> 오늘 오후 3시 넘어 류 자작이 센소지 절로 온다 하였으니 그 전에 연기를 맡을 참이네. 그가 나의 병세를 눈치 채고 업신여기지 않도록 그 전에 회복할 계획이네.
>
> 구보, 갔다 와서 마저 쓰겠네.

12일의 기록은 그렇게 끝나 있었다. 구보는 가슴이 아팠다. 상의 기록에는 자작과 아사다를 두려워하고 겁에 질린 눈으로 마스크를 바라보는 상의 심정이 드러나 있었다.

무엇보다 글을 써나가는 그의 상태가 정상적인 사람의 것은 아니었다. 환각이 보이는가 하면 연기에 의지해 병을 고치겠다는 등 심신이 약해진 상태였다.

구보는 그 곁에 자신이 없었다는 게 적잖이 마음이 아팠다. 구보는 얼른 다음 기록을 펴보았다.

1937년 4월 13일

    구보, 나는 포류지질인가 보오. 잎이 일찍 떨어지는 연약한 나무를 가리키며 포류지질이라고 하지 않는가. 나는 갯버들처럼 연약하고 우스운 인간이구려. 나는 어제 자작을 만났네. 맑은 정신으로 자작을 만나고자 아픈 몸을 이끌고 센소지 절의 화로 연기를 반나절이나 맡다 나갔으나 나는 그만 그 앞에서 기절하였네. 잠시 후 눈을 떴을 때는 자작의 자동차 안이었네. 그는 말하였지. 내 상태가 좋지 않으니 도쿄대학교 부속병원에 입원 자리를 알아봐주겠다고. 나는 조선의 독립과 아울러 일본과 조선의 대등적인 통합을 원한다는 거창한 포부는 말하지도 못하였고 병자 취급을 받았네. 그도 그럴 것이 자작이 건네는 거울 속 나를 들여다보니 창백하고 거친 수염이 완연한 병자였네.

    나는 처참하였네. 하지만 언제 내가 이토록 나의 건강을 걱정해본 적이 있던가? 나는 평생 처음으로 건강을 걱정하였네. 이 메모를 적으면서도 숱하게 손을 놓고 여기가 어디인가 자문하네. 아사쿠사 근처의 여인숙인가? 센소지 절인가? 자작의 자택인가? 아니면 도쿄대 병원 입원실인가? 머릿속은 뒤죽박죽되었네.

    나는 간호사가 주는 약을 먹으며 기운을 되찾네. 아, 자작은 오늘 나에게 질문 하나를 던졌네. 조선과 일본의 미래를 논하기 전에 자신이 선물로 보낸 데스마스크가 누구의 것인지 알아맞혀보라는 것일세.

    난 모르겠네. 대체 이 석고마스크는 누구의 죽은 얼굴을 떠놓은 것인가?

    구보, 그런데 참으로 신기한 것은 이 마스크가 나의 얼굴에 쏙 들어

맞는다는 것일세.

    나는 죽었는가? 살아 있는가? 여기는 어디인가? 자네가 와줄 수 있는가?

13일의 기록은 여기서 끝나 있었다.

  기록을 읽던 구보의 눈에서 눈물이 흘러넘쳤다. 흘러내리는 눈물에 촛불이 잠시 흔들려 보였다. 구보는 두 주먹을 쥐고 벌떡 일어났다. 기록을 내동댕이치고 일어났지만 이내 아무 것도 할 수 없다는 것을 알고는 얼른 메모장을 조심스레 집어 들었다.

  상은 이미 죽었다. 유해가 언제 조선에 돌아올지도 모른다. 구보로서는 그의 죽음을 막을 방도가 없었다. 구보는 데스마스크를 조심스레 꺼내들었다. 겁이 덜컥 났.

  상은 이 마스크를 써본 뒤에 환각과 환청을 경험하고 몸이 쇠약해진 것 같았다. 정상적이었던 그가 처참하게 피폐해진 것 같았다. 구보는 얼굴에 마스크를 갖다 대었다. 코에, 눈에, 입에 거친 석고 마스크를 대려는 순간 이상하게 마스크가 얼굴에 자석처럼 척 달라붙을 것 같은 불길함이 느껴졌다. 얼른 마스크를 내려놓았다. 마스크를 방바닥에 내려놓고 자세히 들여다보니 상의 얼굴과 흡사한 구석이 많았다.

  마스크의 눈에 빛이 번득이는 눈동자가 보였고, 얇고 높은 코 밑으로 선명한 인중과 자못 두툼하면서 부드러운 입술이 엿보였다.

  구보는 계속 기록을 읽어나갔다.

1937년 4월 14일

　구보, 나는 아무래도 독에 중독된 듯허이. 자네, 모차르트가 아쿠아 토파나라는 독약에 중독되어 사망하였다는 것을 아는가? 17세기에 시칠리아에 사는 여자들이 남편을 독살하려고 만들어낸 약은 결국에는 모차르트의 음식에까지 침투하게 되지. 그는 6개월간 고생하다가 온몸에 종양이 가득하고 열이 펄펄 나던 어느 날 밤에 사망하게 되었네. 나는 그 독에 중독된 듯허이.

　일본에 온 다음부터 온몸의 기운이 떨어지는 일들이 자주 있었네. 아는 나뿐 아니라 기림 선배도 마찬가지였네. 온몸에서 기가 빠져나가고 누구라 할 것도 없이 기림 선배와 나는 알 수 없는 공포에 휩싸였네.

　수상쩍은 남자가 나를 뒤쫓는 것은 물론이고, 길을 가던 게이샤가 내게 욕을 하였네. 다짜고짜 그들을 잡고 시비를 걸면 딱 잡아떼었네. 그들은 조선총독부나 일본의 내무성에서 보낸 첩자 내지는 암살자가 분명하네. 우리의 행동이 불순하다고 여겨 미행하거나 우리의 일거수일투족을 보고하려는 자들일세.

　류 자작도 처음에는 우리를 피하여 다녔지. 아무래도 우리와 얽혀서는 안 될 것이라 파악하였던 것 같네.

　나는 류 자작과 아사다 사이의 비밀을 알아내었네. 이 기록에 그걸 적네. 그들은 친척 남매이면서 맺어지지 못한 비밀이 있다고 들었네. 자세한 것은 더 알아내어 알려주겠네.

　나는 하루 세 번씩 간호사가 주는 약을 받아먹네. 어젯밤에는 입원실 열린 문틈으로 의사들이 내 머리를 열어 수술을 할 것인지 말 것인지 의논하는 소리를 엿들었다네. 나는 어떻게 되는 것인가? 여기서는 누구도 내 이야기에 관심을 기울이지 않아. 나는 하루 종일 간호사가 건넨 약을 먹고 잠에 빠져들었다가 일어나서는 땀을 뻘뻘 흘리다가 결국 저녁밥 먹고 나서 약을 들기 전에 잠깐이나마 정신을 되찾는다네. 나는 그 짧은 30분에 이르는 시간 동안 자네에게 글을 쓰네.

구보, 레드글로브가 먹고 싶네. 단 한 번도 먹어보지 못한 그 서양 과일이 먹고 싶네. 그 과일 맛은 어떤 맛일까? 청포도 맛일까? 머루 맛일까? 구보, 나에게 레드글로브를 사다주오.

구보는 얼른 기록이 끝난 장을 넘겼다. 아뿔싸, 그 뒤의 15, 16일에 해당되는 부분, 즉 상이 죽기 직전에 작성을 하였던 기록들이 예리한 칼날에 잘려나가 있었다. 누군가 이 노트에 손을 댄 것이 분명하였다. 구보로서는 상이 죽은 원인이나 마스크에 대한 비밀에 더 접근할 수가 없었다.

다만 상의 환각이나 환청 그리고 기이한 급사의 원인에 마스크가 관여한다는 것과 병원에서 준 요상한 약들, 그리고 그 뒤에 류 자작의 음모가 있을 것이라는 의심을 떨쳐버릴 수 없었다.

구보는 노트를 후루룩 훑었다. 제일 끝 장에 적힌 문장들이 보였다. 상의 필체로 적혀 있었다.

구보, 하나가 시작되었지만 시작된 하나가 없듯이 하나가 끝났으나 그 하나가 끝난 것이 아니네. 자네와 나는 분명 시작과 끝이 모호한 일직선상에 위치하고 있네. 반드시 다시 만날 날이 있을 걸세.

"상이!"

구보는 눈물을 터뜨렸다. 미칠 듯이 상이 보고 싶었다. 그의 몸이 가까이 있으면 그의 뺨에 두 손을 대어 존재를 직접 확인해보고 싶었다. 그의 머리카락을 헝클어뜨리고 마주보고서 한바탕 웃음을 터뜨리고 싶었다.

구보는 방바닥을 기어 다니며 눈물 바람을 이루었다. 1시간여를 울고 나서 정신을 가다듬고서 상이 남기고 간 데스마스크를 손에 집어 들었다. 마스크를 얼굴에 가까이 대었다. 마스크의 안쪽 면이 얼굴에 밀착되었다. 이상하게 높다 싶은 코 부분도 크다 싶은 눈 부분도 구보의 얼굴에 착 달라붙었다. 마스크가 꽉 달라붙어 떨어지지 않는 듯싶었다.

구보는 깜짝 놀라서 마스크를 두 손으로 잡아떼어 바닥에 내동댕이쳤다. 마스크는 큰 소리를 내고 깨져버렸다. 얼른 방에 딸린 화장실로 가 거울을 본 구보는 깜짝 놀랐다. 두 손과 얼굴에 찰과상처럼 시뻘건 열상이 확연하게 나 있었다.

구보가 방으로 다시 들어가 깨진 마스크를 집으려 하니 화르륵 소리를 내며 자체 발화하여 마스크가 타버렸다.

겁이 났다. 가죽 가방에 상의 노트를 집어넣고 방을 빠져나왔다. 촛불을 채 끄지 못하였으나, 주인이 가보리라 짐작하면서 여인숙을 나왔다.

구보는 어디로 갈지 몰라 경성의 밤거리를 비치적거리며 걸어갔다. 그의 걸음은 풀렸으며 눈동자에서는 쉴 사이 없이 눈물이 흘러내렸다.

"상이……, 상이……."

구보는 가방을 발치에 내려놓고 경성의 밤하늘을 올려다보았다. 별들이 반짝거리며 그의 눈을 비추고 있었다. 가방 속에서 상의 노트를 꺼냈다. 그의 마지막 기록이 들어 있는 노트를 마치 상의 유해인 것처럼 끌어안고 오열하였다.

경성의 봄밤은 차갑게 느껴졌다. 흙바닥에서 올라오는 한기를 참으며 오도득오도득 이를 갈면서 노트를 끌어안고 하염없이 눈물을 흘렸다.

다음 날, 구보는 일본으로 가는 배편을 알아보았다. 밤 9시, 부산에서 출발해 바닷길로 일본 시모노세키 항구로 들어가는 관부연락선이 가장 빠른 편이었다. 항해 시간은 7시간이 넘게 걸렸고 그 다음 날 새벽에 일본에 도착할 수 있었다.

일본에 가려면 여행 허가증이 필요했다. 구보는 염상섭을 찾아가 허가증을 얻을 수 있는지 물었다.

"일본 취재 기사를 쓸 요량이면 도와줄 수 있네."

상섭은 구보의 신열에 들뜬 불안정한 표정을 자세히 살폈다.

"상의 죽음을 알아보러 가는 것인가?"

구보는 말이 없었다.

상섭은 구보의 두 손을 꼭 붙잡고 부탁하였다.

"더 이상 묻지 않겠네. 배편과 취재비, 그리고 여행 허가증 모두 최선을 다하여 알아보겠네. 심려 말게. 그리고 무사히 다녀오게나."

구보는 그 길로 신문사를 나와서 집으로 가 칩거하였다.

1주일 후에 여행 허가증이 나왔고 구보는 집에는 일 때문에 일본에 가게 되었다고 밝히었다. 얼굴과 손바닥에 데스마스크 발화로 인해 생겼던 열상은 다행히 가라앉았다.

아내는 아무 말도 하지 않았고, 어머니는 걱정스런 눈빛만 주었다. 구보의 손에는 아내가 꾸린 짐이 들려 있었다. 여행 기간은 열흘 남짓. 그 안에 상이 살았던 집과 입원하였던 병원, 그리고 류 자작과 아사다를 만나야 했다.

관부연락선은 심하게 흔들렸다. 삼등객실에 묵은 구보는 꽉 들어찬 사람들 속에서 배멀미를 가까스로 참으며 견뎌내고 있었다. 머릿속에는 상에 대한 생각만 있었다.

다음 날 새벽 도착한 시모노세키 항구는 활발하게 돌아가고 있었다. 막 도착한 승객들, 마중 나온 일본인들, 생선을 가득 싣고 돌아오는 배들이 가득하였다. 그들 위로는 희붐한 안개 속에 새벽별들이 초롱거렸다. 구보는 요코하마로 가는 기차 속에서 상의 노트를 꼼꼼하게 다시 읽어보았다. 시모노세키에서 도쿄로 올라가는 데만도 24시간 이상 걸리는 긴 여행이었다. 도쿄에 도착하면 상이 살았던 집부터 찾아갈 예정이었다.

노트에 의하면 상은 아사쿠사 근처 여인숙에서 내내 지냈던 모양이었다. 일본에서 상과 같이 기거하였던 김기림은 경성에 머물고 있었다. 구보가 일본으로 떠나기 전날 저녁 어렵게 연락이 되어서 간신히 상이 머물던 곳 주소 하나를 손에 넣을 수 있었다.

김기림은 일본에서 돌아온 후에 충격으로 인한 기억상실과 실어증에 걸려 구보에게 간신히 필담으로 상의 주소를 알려주었을 뿐, 상에 대한 정보를 얻는 게 불가능한 상태였다.

구보의 손에는 예전에 상과 찍었던 사진이 있었다. 출판사에서 김소운 시인과 구보, 이상이 함께 찍은 사진으로 스트라이프 무늬가 들어간 넥타이를 매고 멜빵을 한 이상이 팔짱을 끼고 앉아 있고, 구보가 그 뒤에 서 있었다. 사진 속 이상의 얼굴은 이상하게 구보에게 낯설었다.

도쿄 역에 도착하니 어느덧 밤 9시가 넘어 있었다. 경성을 떠난 지 이틀이 지났다. 구보는 역 인근 여인숙에 하룻밤 머물고, 다음 날 날이 밝자 전차를 타고 우에노 역까지 이동하여 아사쿠사 근처까지 걸어서 갔다. 일본 최초의 극장이 생겼다는 흥행의 거리답게 화려한 극장 간판과 음식점들이 줄지어 늘어서 있었다.

구보는 여인숙 주소를 손에 들고 한참이나 헤맸다. 돌고 돌아도 아사쿠사의 상징으로 유명한 카미나리몬이라는 이른바 '뇌문雷門'으로 되돌아왔다. 100킬로는 거뜬히 넘어 보이는 거대한 붉은 등이 지키고 있는 문에서 구보는 한참이나 쭈그리고 앉아 저녁놀을 보았다. 해거름이 다되어 있었다.

구보의 입에서 실낱같은 한숨이 흘러나왔다.

"상이."

그때 구보의 눈에 여러 가지 먹을 것과 기념품, 불교 용품들을 파는 시전 거리 옆으로 하나의 골목이 보였다. 헌책방들이 여럿 줄지어 있는 골목, 상이라면 바로 저런 골목 옆에 묵을 곳을 구해 지냈을 것이다.

구보는 얼른 바지를 털고 일어나 골목으로 뛰어갔다. 그리고 손에 든 주소와 비교하여 보았다. 아사쿠사 233번지 주소와 정확하게 일치하였다. 이제 골목 안에 위치한 집들 중에 여인숙을 찾아 상의 사진을 보여주면 되었다.

서점들을 지나쳐 가자 자그마한 여인숙이 있었다. 일본 전통 가옥으로 단층집이었으며 문을 열고 들어서자 자그마한 정원이 보였다. 정원에는 잉어를 키우는 연못도 있었다.

"계십니까?"

구보가 크게 사람을 부르자 한 노파가 나타났다. 소박한 기모노를 걸쳐 입은 여인은 구보를 보자 허리를 깊이 굽히며 인사를 하였다. 구보는 질문을 던졌다.

"이 사진 속의 남자 이상이 묵었던 방을 보고 싶소."

노파는 구보에게 어디서 왔는지, 혹여 유품을 가지러 왔는지 조목조목 물었다. 노파는 상이 죽은 걸 알고 있었다.

"선생이 4월 12일경 나가신 후에 안 돌아오셔서 저희도 궁금하기는 하였습니다만 5월 중순까지 묵기로 계약하셔서 방을 그대로 두었습니다. 하지만 1주일이 지나도 안 돌아오셨고, 사흘이 더 지나자 한 남자가 유품을 정리하려고 왔다면서 이상 선생의 사망 서류를 보여주고는 방 안에 있던 소지품을 일부만 가지고 갔습니다."

노파에게 유품을 찾으러 온 남자에 관하여 더 물어보았으나,

가족 같다는 대답 외에는 들을 수 없었다.

　노파는 상이 묵었던 방을 안내하여주었다. 구보는 삐거덕거리는 좁은 복도를 따라갔다. 복도의 끝에 이르자 노파는 미닫이문을 열어 구보를 안내하였다.

"이 방입니다. 유품은 거의 없습니다. 계약 기간이 아직 남아서 손님을 들이지 않고 비워 두었습니다. 둘러보십시오."

"잠깐만 묻고 싶은 게 있소."

나가려던 노파를 구보가 불러 세웠다.

"이상 선생이 이 여인숙에 묵는 동안 내내 아팠소?"

노파는 잠깐 생각해보다 대답하였다.

"마주치는 시간이 잠깐, 식사를 들이는 시간뿐이라 자세히는 모르겠지만 꼭 그렇지만은 않았던 것 같습니다. 자세한 이야기가 궁금하시다면 시중을 들던 하녀를 불러드릴까요?"

　구보는 고개를 끄덕였다. 구보는 방 안을 둘러보았다. 작은 책상, 책꽂이 그리고 벽에 붙은 옷장이 다였다. 책꽂이에는 상이 즐겨보던 서양 철학책들과 사상전집, 그리고 조선 문인들의 시집과 소설집 등이 꽂혀 있었다. 구보는 그 중에 한 책을 펴들었다. 상의 시가 실린 문집이었다. 책 중간을 펼쳐보니 시가 나왔다.

　　〈거울〉

　　거울속에는소리가없소.
　　저렇게까지조용한세상은참없을것이오.

거울속에도내게귀가있소.
내말을못알아듣는딱한귀가두개나있소.

거울속의나는왼손잡이오.
내악수를받을줄모르는-악수를모르는왼손잡이오.

거울때문에거울속의나를만져보지를못하는구려만
거울아니었던들내가어찌거울속의나를만나보기만이라도했겠소.

나는지금거울을안가졌소만거울속에는늘거울속의내가있소.
잘은모르지만외로된사업에골몰할게요.

거울속의나는참나와는반대요만
또꽤닮았소.
나는거울속의나를근심하고진찰할수없으니퍽섭섭하오.

《카톨릭청년》지에 실린 〈거울〉이란 시였다. 구보는 방 한가운데 벽에 붙어 있는 거울을 쳐다보았다. 상이 여기 머무는 수개월 동안 아침마다 들여다보던 거울일 터였다. 구보가 거울의 반드르르한 표면을 만져보았다.

이때 문이 열렸다. 발그레한 볼과 연지를 엷게 바른 입술이 거울에 비쳤다. 열일곱 살 정도 되었을까, 조신해 보이는 처녀가 들어섰다. 구보가 뒤를 돌아보았다.

"찾으셨습니까?"

구보는 여기 묵었던 손님에 관해 물었다. 이름이 미요코라는 처녀는 상에 관해 생각나는 대로 알려주었다.

"무척이나 진중해 보이는 분으로 항상 책을 붙잡고 계시다가 오후가 되시면 양복을 차려입으시고 어디론가 나가셨습니다. 김기림 선배라는 분도 같이 묵으셨지만 4월이 시작되기 전에 저희 여관을 나가셨습니다. 식사는 그다지 많이 하시지 않았는데, 가끔 저에게 용돈이라며 돈을 주시고는 하였습니다. 큰돈은 아니었지만 성의라 생각하였습니다. 그리고 소지품은 그리 많지 않으시고, 들으셨겠지만 어떤 남자분이 가져가셔서 남아 있는 거라고는 이 정도 밖에 없습니다."

"이상 선생이 이 여인숙을 나가기 직전에 무척 아파 보였다고 하오만."

"네, 큰소리로 연설도 하시고, 방에 드러누워 안절부절못하시기도 하였고 얼굴에는 열과 땀이 가득했고, 기침을 심하게 하셨고, 가래도 그렁그렁 끓는 것 같은 목소리로 저를 붙잡고 일본과 조선 통합에 관하여 그리고 황실의 비밀과 가계도에 관하여 여러 말씀을 하셨는데 저는 잘 못 알아듣는 말이었습니다. 그 이상은 잘 모르겠습니다."

하녀가 이야기해준 바는 구보도 노트를 보고 대강 짐작한 내용들로 상이 어떻게 죽음을 맞이하게 되었는지에 관한 명확한 증거는 못 되었다.

"고맙소."

미요코는 나가려다가 갑자기 뒤를 돌아서 주머니에서 종이봉투를 꺼냈다.

"선생님, 제가 부탁받은 것이 있습니다. 이상 선생님이 여인숙을 나가기 전에 이 봉투를 저에게 건네시며 조선분이 이 방을 찾아오면 전해달라고 하셨습니다."

구보는 봉투를 건네받아서 열어 보았다. 봉투 안에는 사각으로 접힌 종이쪽지가 들어 있었다. 쪽지를 펴보니 이렇게 적혀 있었다.

ㄴㅈㅅㅅㅓㄱㅓㅅㅣㅇ
　　ㅎ ㅣ

구보는 고개를 갸우뚱하였다. 상이 남긴 암호일 터였다. 상의 미스터리를 캐낼 수 있는 암호, 구보도 알아볼 만한 쉽고 간편한 것. 아, 〈거울〉이라는 시가 다시 떠올랐다.

　　거울속의나는참나와는반대요만

　　또꽤닮았소.

　　나는거울속의나를근심하고진찰할수없으니퍽섭섭하오.

그제야 구보는 문집을 다시 펴들어 중간을 펼쳐보았다. 다시

〈거울〉이란 시가 나왔다. 〈거울〉이 실린 페이지는 여러 번 펴놔서 누가 문집을 펼쳐보아도 단번에 〈거울〉 페이지가 나왔다. 다른 책들을 펴서 보았다. 역시 마찬가지였다. 상은 〈거울〉이란 시를 이 방을 찾는 누군가가 봐주길 바랐다. 그렇다면 거울 속의 또 다른 나는 상을 찾는 구보 박태원일 것이니 상을 찾아서 근심하고 진찰하기를 바라는 것이었다. 구보는 쪽지를 들어서 거울에 비쳐보았다.

のト ヘ ト ㄷト ヘ リ ヘ ス ノ
　　　　　 し ょ

이러한 글귀가 나타났다. 일본어의 일반적 표기문자인 '히라가나'와 외래어나 고유명사 표기문자인 '가타가나'가 겹쳐져 나타나 있었다. 'の'는 히라가나로 '노'라고 읽고, 'ト'는 가타가나로 '토'라고 읽는다. 'ヘ'은 히라가나에 속하고 '헤'라고 읽는다. 'ㄷ' 부분은 명확하지 않았다. 가타가나에 'コ'가 있고 '코'라고 읽기는 하지만 일본문자에 그와 반대 방향의 'ㄷ' 표기는 없다. 오히려 한글의 'ㄷ'과 흡사하였다.

'リ'는 '리'라고 읽고 가타가나에 속한다. 'ス'는 가타가나에 속하고 '스'라고 읽는다. 'ノ'는 가타가나에 속하는데 '노'라고 읽는다. 그리고 두 번째 줄의 'し', 'ょ'는 각각 히라가나에 속하고 '시'와 '요'라고 읽는다. 구보는 일단 일본어 표기법대로 읽어보았다.

노토헤토 ㄷ(?)토 헤리헤스노
시요

정체불명의 단어가 나왔다. 일본어 어느 단어를 뒤져도 이런 단어는 없었다. 다만 두 번째 줄의 'しょ'는 뒤에 'う'를 더 붙여서 시요, 즉 '사용'이라는 단어가 되기는 하였다. 과연 상은 이 정체불명의 일본어로 무엇을 말하려는 것일까? 혹시 가타가나가 많이 섞여 있는 것으로 보아서 외래어를 나타내는 것이 아닌가 하여 영어, 독일어 단어도 비슷한 것이 있는지 떠올려 보았다.

구보는 단어가 두 줄에 걸쳐서 이루어져 있고, 무엇보다 'ㄷ'에 주목하였다. 다른 문자는 모두 일본어 표기 문자인데 이것 하나만 한글의 'ㄷ'과 유사하였다.

그렇다면?

아, 구보는 무릎을 탁 쳤다. 상은 거울을 통해 다른 이의 눈으로 이것을 제시하였다. 구보는 종이를 들고 거울에 비추어 좀 더 멀리 떨어져서 보았다.

のトヘト ㄷトヘりヘスノ
しょ

이것은 일본어가 아니었다. 두 줄, 그러니까 자음과 모음이 뒤섞여 만드는 문자였다. 즉 받침이 있는 유일한 문자, 한글이었다.

'아 사 다 센 소 지'라는 한글과 무척 흡사하였다.

'아사다 센소지' 분명, 아사다를 센소지 절에 가면 만날 수 있다는 글귀가 분명하였다. 구보는 여인숙에 방을 구하였다. 상이 묵었던 옆방에서 묵고자 하였으나, 노파는 상의 손님이라면 상의 방에 계약기간 안에 묵을 수 있다 하여 그대로 방을 내주었다.

구보는 다음 날 오전에 센소지 절에 나가 둘러보았다. 오후에 도쿄제대 부속병원 원무과에도 다녀왔다. 이상이라는 이름과 이상의 본명 김해경으로 입원한 기록을 찾아달라고 하였지만 기록은 없었다. 당연히 유해도 안치되어 있지 않았다. 구보는 혼란스러웠다. 대체 상이 입원한 병원이 도쿄제대 부속병원이 아니라면 어디란 말인가?

구보는 아무런 소득 없이 여인숙으로 돌아와 소박한 일식 밥상을 받아 들고는 잠을 청하였다. 그리고 상의 노트를 한 번 더 읽고 잠자리에 들었다.

다음 날, 구보는 센소지라는 힌트를 거듭 생각하며 나섰다. 도쿄의 5월, 비록 상 없이 구보 혼자서 맞는 햇살이었지만 눈부시게 아리따웠다. 햇빛이 대기 속 수증기에 비치어 둥글게 나타나는 햇무리가 보였다. 구보는 살짝 눈을 감았다. 그리고 서서히 눈을 뜨면서 안경 렌즈 너머로 그녀를 보았다.

그녀는 베이지색 모자를 쓰고 하얀 블라우스에 검은색 스커트를 입고 있었다, 블라우스의 레이스 목깃 위로 하얀 목덜미가 보였고, 무릎까지 내려오는 단정한 검은색 스커트 밑으로는 스타킹과 검은색 양장구두를 신은 가지런한 발이 보였다.

돋을새김이라고 하면 좋을까. 아사다는 센소지 절 내의 인파와는 달랐다. 사람들 무리 속에서 한 겹 더 도드라지게 나와 새겨져 있는 듯한 여인이었다.

아사다의 붉은 입술이 처음에는 굳어 있었지만 살짝 풀어져 어느덧 미소를 짓고 있었다. 센소지 절 본당 정면에 놓인 커다란 화로에는 수백 개의 향이 타고 있으면서 오묘한 향냄새를 풍겼다.

오로지 마주보고 있는 구보와 아사다만이 연기에 신경 쓰지 않았다.

"반갑습니다. 오시느라 고생 많으셨어요."

"상이 묵었던 방에서 이곳을 암시하는 글을 보고 당신이 나와 있지 않을까 해서 나왔습니다."

아사다를 만나게 되면 물어보고 싶은 게 많은 구보였는데 갑자기 만나게 되니 쉽사리 말을 꺼내지 못하였다.

"이곳은 제가 좋아하는 산책길입니다. 류 자작님의 자택에서도 그리 멀지 않습니다."

구보의 얼굴이 굳었다.

"자작의 일을 아직도 봐주시고 계시는군요."

아사다가 살짝 고개를 저었다.

"아니요. 자작님은 자택을 잠시 비우셨습니다. 저도 그 자택을 나왔습니다. 이 근처에 거처를 따로 정했어요."

구보로서는 자작과 아사다의 관계가 달라진 사연이 궁금하였지만 섣불리 입을 열기로 하지 않았다.

구보와 아사다는 근처의 아담한 일본식 전통 찻집으로 자리를 잡았다. 녹차와 함께 전통 과자가 나왔다. 구보는 질문을 던졌다.

"상의 유해가 아직 조선으로 돌아오지 못하였습니다. 그에 관해 알고 있는 게 있습니까?"

"안타깝게 생각하고 있습니다. 화장을 하여 유골 상태로 병원에 보관 중인 것으로 압니다. 제가 알고 있는 것은 거기까지입니다. 혹시 그 일 때문에 오신 겁니까?"

"아닙니다. 유해가 돌아오는 문제는 친족이 아니면 상관할 수 없기에 저는 관여할 권한이 없습니다. 도쿄제대 부속병원에는 이미 들러보았지만 그가 입원한 흔적은 없었습니다. 유골은 어디에 있는 겁니까?"

"도쿄시립병원에 있는 것으로 알고 있습니다."

"상이 남긴 기록에 의하면 도쿄대 부속병원이라고 하였습니다. 무언가 이상하군요."

아사다는 입을 다물었다.

구보는 잠시 침묵 후 입을 열었다.

"그의 죽음에 관한 궁금증과 데스마스크를 선물로 준 자작의 의도와 그 마스크를 건네준 당신의 생각을 듣고 싶습니다."

"그 마스크는 지금 어디에 있습니까?"

아사다가 걱정 어린 눈빛으로 물었다.

"불에 타버렸습니다."

"그렇군요."

아사다는 짐작이 간다는 투로 답하였다.

"저는 자작님의 심부름만 하였을 뿐입니다. 그 마스크는 자작님께서 지니고 계셨던 것으로 죽은 자의 얼굴을 뜬 석고마스크라는 정도만 알고 있습니다."

"상의 죽음에 자작이 관련되어 있습니까?"

구보는 이 질문을 바로 던졌다. 그 이전에 야마다 고로의 죽음에, 최우현 선생의 죽음에 이름을 알 수 없는 최북의 미인도를 빼돌린 노인의 죽음에 아사다가 관련되어 있느냐는 질문은 생략하였다. 그리고 상의 죽음에 그녀가 관련되었느냐는 질문도 생략하였다.

아사다는 붉은 입술을 하얀 치아로 살짝 깨물고는 억지로 미소를 지었다.

"이상 선생님의 죽음은 안타깝게 생각합니다. 하지만 저는 잘 모릅니다."

"그 마스크는 불길한 물건이었습니다. 그 물건이 상의 죽음과 관련 있습니까?"

아사다는 답 없이 고개를 숙였다. 구보는 재차 물었다.

"자작은 대체 어떤 사람입니까? 상이 남긴 메모에 의하면 황실과 깊은 관련이 있으며, 또한 조선총독부와는 조선식민지 통치에 관해 다른 의견을 가진 사람입니다. 그는 상과 무엇을 도모하였으며 어떻게 상이 그 와중에 요절하게 된 것입니까?"

아사다는 잠시 하늘을 올려다보았다. 불어오는 훈풍에 귀밑

머리카락이 살짝 날렸다. 구보의 가슴이 뜨끔하였다. 상의 죽음을 캐물으려 그토록 기다려온 만남이었건만, 그녀의 아련한 옆모습에 가슴이 저렸다.

"자작님은 원래 무척이나 다정한 분이셨습니다. 제게는 친오빠처럼 친근한 분이셨죠. 하지만 혈족의 비밀을 알게 되고, 그토록 다정하고 동정심이 많았던 분이 감정이 흔들리지 않는 눈물도 없는 분이 되었습니다."

아사다는 숨 가쁘게 말하고는 한숨을 내쉬었다.

"당신과 자작은 대체 어떤 관계입니까?"

아사다는 순간 숨을 멈추고 침묵을 지켰다. 구보는 아사다를 지켜보다 강건하게 말하였다.

"당신들은 분명 이상의 죽음에 책임이 있습니다. 난 진실을 듣기 전에는 한 발자국도 물러서지 않겠습니다."

아사다는 천천히 입을 열었다. 두 눈에는 잠시 서릿발 같은 서늘한 기운이 감돌다 사라졌다.

"저는 제 마음 가는 대로 자작님을 돌보기 위해 곁에 머물렀습니다."

구보는 잠시 뜸을 들인 후 차갑게 말하였다.

"상이 남긴 기록에 당신들이 같은 피를 물려받은 친척이라고 단정하였습니다."

아사다의 눈이 잠시 감겼다. 그리고 이내 아래로 시선을 돌리며 살짝 떴다.

"자작께서는 저의 신분과 비길 데 없는 높은 신분을 지니셨습니다. 그럼에도 미천한 저를 결혼 상대자로 정하셨지만 집안에서 반대를 하셨죠. 결국에는 결혼할 수 없는 결정적인 이유를 집안 어른께서 말씀해주셨습니다. 자작님의 아버님께서 불륜을 저질러 낳은 아이가 바로 저입니다."

아사다는 입을 꾹 다물었다. 그녀의 두 손이 파르르 떨리면서 치마 단을 붙잡았다.

"제가 말씀드릴 수 있는 것은 여기까지입니다."

아사다는 말을 마치고 일어났다. 그리고 잠깐 휘청거렸다. 구보가 얼른 옆으로 가 부축하였다. 아사다는 이마에서 흘러내리는 땀방울을 레이스 손수건을 꺼내어 닦으며 말하였다.

"더 이상 자작님의 뒤를 캐지 마십시오. 선생님마저 위험해지십니다."

아사다는 화급하게 찻집을 나갔다. 그리고 다가오던 인력거 하나를 잡아타고 급히 가버렸다. 구보가 미처 잡을 새도 없었다.

그렇게 아사다를 황망하게 보낸 구보는 계획을 하나 세웠다.

먼저 아사쿠사 근처에 있다는 자작의 집을 수소문하였다. 다행히 자작의 저택은 멀지 않은 곳에 위치해 있었다. 우에노의 도쿄제실박물관(현 도쿄국립박물관)에서 그리 멀지 않은 곳에 있었다. 동물원, 공원, 도쿄예술대학 등이 위치한 우에노는 왠지 모르게 류 자작과 잘 어울렸다.

악인이기에 앞서 문화 예술 철학에 대한 지대한 관심과 예술품 콜렉터로서의 안목은 구보, 상도 인정하는 자작의 호사스런 기질이었다.

우에노 역에서 도쿄제실박물관 쪽으로 가다 보면 도쿄예술대학과 박물관 사이 길에 주택가가 나오는데 자작의 집은 주택가 가장 끝에 자리하고 있었다. 아사쿠사에서 도보로 1시간도 채 걸리지 않는 거리였다. 구보가 오래전에 방문한 경성의 집에 비하면 무척이나 아담하고 낡은 일본식 가옥이었다.

일본식 담장을 두르고 하얀 모래알이 깔린 전통 정원을 갖춘 고적한 일층 집이었다. 경성에서 보여준 자작의 화려한 취미와는 도통 어울리지 않았지만 고풍스런 분위기와 서늘한 느낌은 자작과 많이 닮은 듯도 싶었다.

구보는 자작의 집 앞에서 사람이 드나드는 것을 확인하기 위하여 하루하고도 반나절을 집 앞을 오가며 서성였다. 하지만 아무도 그 집으로 들어가는 사람은 없었다.

땅거미가 드리워지자 구보는 용기를 내어 나지막한 담장을 넘어서 정원에 들어갔다. 날은 따뜻하였고, 달은 빛을 환하게 내어서 하얀 모래알을 반짝거리게 해주었다. 구보는 구두를 신고 하얀 모래바다 위를 횡단하였다. 저벅거리는 소리가 모래알에 묻혀서 사락사락 은밀한 소리를 내었다. 구보는 정원에서 장지문 앞으로 나 있는 안쪽 공간을 염탐하였다.

아무런 인기척이 없었다.

구보가 한참을 기다리고 나서 몸을 일으키는데 삐거덕하는 나무문 소리가 들렸다. 구보는 두려움에 몸을 숙였다. 1초 후 다시 고개를 들어 장지문이 열려 있는 것이 보였다. 분명 그 속에서 문 소리가 들렸다. 누군가 집 안에 있는 게 분명하였다.

구보는 고민하였다. 목소리를 내어 기척을 내는 게 옳은 일인지 고심하였다. 구보는 조용히 모래알을 디디고 걸어가서 장지문 틈으로 조심히 들어갔다. 그러고는 신발을 신은 채 마루에 올라섰다.

삐걱삐걱 소리가 더욱 요란하게 들렸다. 달빛이 장지문을 건너 비추고 있었지만 실내는 어두웠다. 구보는 마루를 조심스레 디디며 방문이 있는 복도로 접어들었다.

다행히 방문은 열려 있었다. 그리고 제법 큰 창이라도 있는지 방 안쪽이 마루와 복도보다는 환하게 보였다. 달빛이 가득하였고, 사람의 실루엣이 보였다.

제법 튼튼하게 만들어진 마호가니 흔들의자에 한 남자가 앉아서 몸을 흔들고 있었다.

"누구십니까?"

남자는 바스라질 것처럼 가느다란 목소리로 물었다. 구보는 남자가 늙고 힘없어 보인다는 데 용기를 내어 답하였다.

"저는 이곳에 사는 자작님을 뵈러 경성에서 왔습니다."

남자는 천천히 고개를 돌려 구보를 보았다.

"자작님은 이제 이곳에 오시지 않습니다."

구보는 깜짝 놀랐다. 남자의 두 눈동자는 온통 흰자위로 가득하였다. 검은 눈동자는 보이지 않았다.

"앞이 안 보이십니까?"

노인은 고개를 끄덕였다.

"눈병이 깊어져서 이제는 앞을 보지 못합니다. 이 나이에 귀까지 안 먹은 게 다행이죠. 이리 와주십시오."

구보는 천천히 노인의 바로 옆에까지 다가갔다. 지척에서 바라본 노인은 두 손이 미세하게 떨리고 있었고, 머리카락은 하얗게 세어서 거의 다 빠져 있었다. 흰 눈썹이 길게 옆얼굴까지 드리우고, 얼굴 곳곳에 검버섯이 피어 있었다. 코는 우뚝 올라와 있어서 과거에 미남이었으리라 생각되었지만 그 밑으로 푹 꺼져 들어간 두터운 입술 위로 주름살이 자글거려 볼품사나웠다.

"자작님과는 어떻게 되는 사이인데 이곳에 머무시는 것입니까?"

"저는 관리인입니다. 자작님은 유럽으로 가셔서 당분간은 돌아오시지 않습니다."

구보는 노인이 이 몸으로 무슨 건물 관리를 할 수 있을까 적잖이 의문스러웠다.

"노인장, 대체 몸도 성치 않으신데 어떻게 건물을 관리하시며 홀로 사신단 말입니까?"

"제 몸 하나는 건사할 수 있습니다. 식품도 1주일에 한 번은 배달해 먹고 있습니다. 보다시피 눈은 안 보여도 화로도 지피고, 요리도 직접 하여 자작님을 모셨던 사람입니다."

"저는 경성에서부터 이곳까지 자작을 뵈러 온 사람입니다. 자작님의 연락처라도 알 수 있을까요?"

노인은 천천히 고개를 저었다.

"자작님께서는 경성에서 오신 중요한 친구 분과 뜻을 도모하시다가 그만 그분이 병원에 입원하신 날부터 같이 아파하셨습니다. 기어이 그분만이 아는 비밀을 알아내지 못하였죠. 경성 친구 분이 비밀을 간직하고 숨기자 자작께서는 이 집을 비우시고 멀리 유럽으로 떠나셨습니다."

구보는 믿을 수가 없었다. 경성에서 온 친구라면 상이 분명할 터였다. 그런데 상이 죽자마자 그 아픔을 이기지 못하여 다른 나라로 가다니, 대체 상의 죽음 이면에는 자작의 마수가 드리워 있던 게 아니었던가?

구보는 노인과 몇 마디 대화를 더 나누었지만 일전에 아사다와 나눈 대화보다도 더 얻을 게 없었다.

"노인장, 다음번에 다시 찾아뵙고 싶습니다."

노인은 꾸벅꾸벅 졸고 있었다. 언제부터 잤던 것일까? 말이 끊긴 그 순간인가.

구보는 하는 수 없이 발길을 돌려 하얀 정원으로 나왔다. 모래알이 반짝거렸다. 구보의 눈이 부실 정도였다. 정원을 지나쳐 문을 열고 나왔다. 이때 구보의 등덜미로 소름이 좌르르 끼쳤다. 혹여나 그 흔들의자에 앉아 있던 노인이 변장을 한 자작이 아닐까 하는 생각 때문이었다.

심령사진연구회를 이끌던 한 남자가 떠올랐다. 바로 존 디 박사. 뚱뚱한 서양인 박사로 변장한 류 자작이 떠올랐다.

하지만 한 가지 이상한 점이 있었다. 존 디 박사는 과장된 이미지로, 피부가 굉장히 두꺼워 보였고 갈색 덥수룩한 수염이 뒤덮어 얼굴 분간이 좀 힘들었다. 얼핏 보아서 서양인이었고, 나이가 있는 남자로 보였다. 그리고 불룩 튀어나온 배로 시선이 집중되었다. 자세히 외모를 들여다보기 전에 과장된 것들로 시선이 분산되었다.

하지만 지금 만난 노인은 비록 달빛으로 보기는 하였으나 그런 과장이 전혀 없었다. 수염도 없었고, 머리카락도 가발로 보이지는 않았다. 검버섯은 화장술로 그렸다고 보기에는 너무나 생생하고 자연스러웠다. 게다가 목소리는 노인의 것이 분명하였다.

구보는 무릎을 굽히고 몸을 휘청거렸다.

목소리가 류 자작의 그것과 무척 비슷하였다. 단, 자작이 아주 많이 나이를 먹는다면 나올 만한 목소리였다.

구보는 온몸에 스며드는 한기에도 불구하고 얼른 하얀 모래를 성큼성큼 걸어서 다시 장지문 사이로 들어갔다. 이번에는 방문이 닫혀 있었다. 구보는 오른손으로 방문을 거칠게 열었다.

"노인장, 안에 계십니까?"

삐걱대는 소리가 들렸다. 구보는 무기가 될 만한 것이 있는지 둘러보았다. 화로를 뒤집는 부지깽이가 벽에 기대어 있었다. 부지깽이를 집어 들고 천천히 흔들의자로 다가갔다. 창문이 닫혀서 완전한 어둠이었다. 구보는 삐걱대는 의자를 붙잡았다. 그리고 한손으로 부지깽이를 위로 쳐들었다.

"노인장!"

어디선가 훅 하는 소리가 들렸다. 사람이 숨을 내뱉는 소리인가? 구보의 부지깽이를 올려 잡은 손에 힘이 들어갔다. 정적 속에 구보는 깨달았다. 방 안에는 구보뿐이었다. 흔들의자는 주인 없이 혼자 흔들리고 있었다.

구보는 고개를 돌려 정신을 차렸다. 그제야 알아차렸다. 부지깽이라고 무심코 들었던 것은 바로 상이 목숨처럼 지니고 다녔던 지팡이였다.

"상이."

구보의 입에서 말할 수 없는 그리움이 밀려왔다. 뒤이어 말할 수 없는 두려움도 밀려들었다. 상의 지팡이를 손에 꼭 쥐고 구보는 그곳을 허겁지겁 빠져나왔다.

새벽까지 구보는 여인숙에 들지도 못하고 온통 센소지 경내를 오가며 두리번거렸다. 귀에는 바람이 불어들고 웅 하는 소리가 들리며 신경증이 도져 통증을 이겨내지 못하고 밤새 서성였다. 그리고 얼굴은 노이로제에 걸린 사람처럼 피폐하기만 하였다. 사천왕의 발밑에 깔린 죄인의 얼굴도 구보의 얼굴보다는 나을 지경이었다.

다음 날까지 구보는 끙끙 앓았다. 하루가 지난 후 간신히 기운을 차리고 다시 우에노에 있는 자작의 집으로 찾아갔다.

이틀 만에 자작의 집은 귀신이라도 튀어나올 것 같은 을씨년스런 풍모로 변해 있었다. 문고리가 떨어져 나가 누구나 쉽게 정원에 들 수 있었다. 하얀 모래알은 이리저리 어지러이 헤쳐져 있었고, 온통 발자국이 나 있었다. 방안은 흔들의자만 썰렁하게 놓여 있었다.

구보는 미친 듯이 정원을 뛰쳐나왔다. 하염없이 우에노 거리를 거닐다 한 가게 앞에서 걸음을 잠시 멈췄다.

데스마스크가 걸린 가게.

구보의 눈이 휘둥그레졌다. 낡은 단층집을 개조하여 만든 가게에는 하얀 데스마스크가 진열장에 여럿 걸려 있었다. 석고마스크에 두 눈이 감기고, 코는 우뚝 솟아 있고 입 부분은 굳게 다문 데스마스크가 예닐곱 개나 걸려 있었다. 가게의 문을 열고 들어섰다. 문에 달린 풍경에서 맑은 소리가 흘러나왔다.

"계십니까?"

구보는 천천히 가게 안으로 발을 들여 놓았다. 하얀색 마스크들이 여기저기에 걸려 있었다. 벽 빼곡히 걸려 있는 마스크 밑으로 이름과 생몰연도로 보이는 숫자가 적혀 있었다. '카미키 모모코, 1900~1912'라는 명판 위에는 소녀의 얼굴을 뜬 데스마스크가 걸려 있었다. 소녀 특유의 앙다문 입, 살짝 들린 코, 그리고 감은 눈까지 살아생전의 모습을 잘 보여주고 있었다.

"무엇을 도와드릴까요?"

구보가 뒤돌아보자 중간 정도의 키에 머리를 단정하게 올린 중년 부인이 나와 있었다. 두 손에는 석고를 갠 반죽이 묻어 있었고, 하얀색의 커다란 앞치마를 몸에 두르고 있었다.

"가게에 진열된 마스크에 관하여 궁금한 게 있습니다."

중년 부인은 구보를 잠시 살펴보더니 내실을 향해 누군가를 불렀다. 잠시 후 하얀 은발의 구부정한 노인이 나와 구보를 맞았다.

"무슨 일이십니까?"

"이 가게에 걸려 있는 데스마스크에 관하여 여쭤보아도 되겠습니까?"

노인은 두 손에 묻은 반죽을 벽에 걸린 수건에 닦아내고는 중년 부인에게 눈짓을 했다. 부인은 안으로 들어가고 노인과 구보만이 마주하게 되었다.

"이 소녀의 마스크는 죽은 후에 뜬 것입니까?"

"아, 모모코의 마스크 말입니까?"

노인은 소녀의 마스크를 벽에서 떼어 내 구보에게 건넸다. 하얀 마스크를 든 구보의 손이 파르르 떨렸다.

"네, 그렇습니다. 제가 40대에 뜬 작품입니다. 모모코는 폐렴으로 열두 살의 어린 나이에 세상을 떴습니다. 제 조카 아이였죠. 여동생 부부를 설득하여 마스크를 작품으로 남겼습니다."

"일반적으로 데스마스크는 죽은 사람의 얼굴만 뜬다고 알고 있는데, 산 사람의 얼굴을 뜬 적도 있습니까?"

노인은 고개를 끄덕이며 구석에 치워져 있던 사다리를 가져와 뒷벽에 가져가 대었다. 사다리에 올라가 천정 가까이 매달린 마스크를 빼들었다.

"이걸 보십시오. 이건 바로 저의 20대 때의 얼굴입니다."

하얀 석고 마스크는 반듯한 이마, 높은 코, 깊은 눈, 그리고 굳게 다문 입술의 잘생긴 청년의 얼굴이었다. 구보는 마스크와 노인을 번갈아 쳐다보았다. 전혀 같은 사람으로 보이지 않았다.

"같이 일하던 동료가 제 얼굴에 석고를 개어 바른 후 마스크를 떠주었습니다."

"궁금한 게 있습니다. 데스마스크를 뜨는 것은 어떤 이유에서

입니까?"

노인은 한참이고 생각하다가 구석에 치워진 등받이 없는 작은 의자 두 개를 내와서 구보에게 권하였다.

"앉으십시오."

구보는 노인이 권한 의자에 앉았다. 노인도 마주 보고 앉았다.

"아까 본 아이는 제 딸이죠. 저의 부친도 석고로 마스크를 뜨는 일에 종사하였습니다."

구보는 고개를 끄덕였다.

"한때는 물려받은 이 일이 너무도 하기 싫어서 말입니다. 그러니까 죽은 사람의 얼굴을 만지기가 싫었던 적도 있었습니다. 한 30대 즈음 이야기니까 퍽이나 오래전 일이었죠. 배울 때는 재미있다가 10년 이상 만지니까 슬슬 지겹고 다른 일도 하고 싶고 그랬습니다. 그냥 놀 수 없어서 동네에 책방이나 하나 내고서 이냥저냥 세월 보내는데 하루는 데스마스크에 관한 책이 들어오지 않았겠어요? 데스마스크는 기원전 1500년 전 이집트에서 죽은 임금의 얼굴을 뜨기 위해 행하여졌는데, 비단 석고뿐 아니라 황금마스크로 제작하기도 하였다고 합니다. 왜 마스크를 뜨느냐 물어보셨지요?"

구보는 노인을 지긋이 바라보았다.

"그 책에 나오기를, 고대인은 마스크에 죽은 자의 혼이 깃든다고 보아서 그 혼을 가두기 위해 마스크를 뜬다고 하였습니다. 전 그때 머리를 망치로 얻어맞은 것처럼 충격을 받았습니다. 그동안은 장례 치르기 전에 행하는 단순작업처럼 생각되었는데,

죽은 자의 혼령을 다루는 경건한 일이라니, 깜짝 놀라지 않았겠습니까?"

"혼을 가둔다 하시면, 살아 있는 자의 얼굴에 마스크를 뜬다면 그 사람의 혼도 마스크에 갇히는 것입니까?"

노인은 미소를 입가에 띠고 답하였다.

"그렇다면 제 혼은 젊을 적 떠놓은 이 마스크에 갇혀 있게요?"

"혹시, 다른 사람의 마스크를 쓴 다음에 몸이 아프다거나 쓰러질 수 있다거나 할 수는 없습니까?"

노인은 고개를 저었다.

"그런 일은 들어본 적 없습니다."

구보는 고심한 후에 질문을 던졌다.

"한 가지 더 묻겠습니다. 혹시 류 다마치 자작이 소유한 마스크를 이곳에서 뜬 적이 있습니까?"

"류 자작이라, 글쎄 제가 주문 받은 적은 없는 것 같고, 장부를 확인해볼까요?"

노인은 내실에서 두툼하고 허름한 책을 꺼내가지고 나왔다. 가죽 덮개가 다 헤어진 장부는 사전만큼이나 두꺼웠다.

"류 자작이라, 제가 귀족 집안에도 일은 많이 해주었지만 기억에 없는데……."

노인은 장부를 훑다가 한참이고 앞으로 올라갔다.

"아, 여기 있네. 류 다마치……. 제가 아니라 저희 아버지가 주문 받은 일입니다. 자그마치 지금으로부터 대략 50년 전 일이군요. 메이지 23년이니, 1890년이지요."

지금은 1937년, 정확하게 47년 전에 류 다마치 자작의 데스 마스크가 제작되었다. 분명 마스크는 성인남자의 것이었다. 그렇다면 자작은 지금 70에 가까운 나이인 것인가?

구보는 경성에서 보았던 자작의 얼굴을 떠올려 보았다. 아무리 많이 보아도 마흔은 넘지 않았을 법한 얼굴이었다. 일흔에 가깝다는 나이는 전혀 현실처럼 여겨지지 않았다.

구보는 노인과의 대화를 마무리 짓고 가게를 나왔다. 자작의 가계도와 가문에 대해서 더 알아볼 필요가 있었다. 구보는 자연스레 우에노 공원 근처에 위치한 도쿄대학 도서관으로 방향을 정하였다. 공원에 위치한 연못에서 우에노 전차역과 반대 방향으로 향하여 고풍스런 서양 호텔 건물까지 걸었다. 호텔 옆 골목으로 들어서 한참 걷자 도쿄대 후문이 나왔다.

구보는 도쿄대 중앙도서관을 찾았다. 외부인에게도 자료실이 개방되어 있었다. 오후 늦게까지 자료실이 열려 있어 들어갈 수 있었다. 색인이 있는 서랍장 중에 역사학 관련 서랍을 열고 바인더 철을 손으로 넘겨보면서 일본 귀족 명부를 찾아보았다.

《일본 귀족의 역사》, 《무사 가문의 형성과 쇠락》, 《에도 시대의 귀족들》 등의 책들을 검토하다가 《귀족 명부 일람》이란 책을 발견하였다. 청구 기호를 살펴보니, 이 책은 특별 관리되는 책이어서 사서에게 요청하여야 된다고 별도 표시가 되어 있었다. 구보는 청구 기호를 적은 다음에 자료실 중앙 데스크에 앉아 있는 사서에게 다가갔다. 둥그런 테의 안경을 끼고 뺨에 여드름이 난 왜소한 체격의 청년이 먼저 말을 붙였다.

"무엇을 도와드릴까요?"

"이 책을 빌리고 싶은데요."

"《귀족 명부 일람》이라, 이거 제 전공하고 맞아떨어지네요? 제가 근세 일본 귀족 가문에 대한 연구를 하였거든요."

구보의 눈이 크게 떠졌다.

"물어보고 싶은 것도 있고 한데 도움을 청해도 될까요?"

청년은 고문서 자료실로 들어가서 《귀족 명부 일람》을 가지고 나왔다. 50여 년은 되었음직해 보이는 책은 누렇게 변색된 페이지마다 작은 종이로 된 마커가 달려 있었다.

"원래는 장갑을 끼고 봐야 할 정도로 손상도가 심한 책입니다. 닥종이로 만들어진 동양 종이는 천 년을 가도 서양 종이는 몇십 년만 흘러도 부스러질 정도로 보관도가 떨어지죠. 이 마커만 잡고 천천히 넘겨보시면 됩니다."

구보는 책을 받아들고, 잠깐 도서관 테이블에서 사서와 마주하고 앉았다.

"질문하고 싶으신 게 무엇이죠?"

"일본 귀족 가문 중에 류 다마치 자작이라고 하는 분에 대해서 알고 싶습니다."

"류 다마치라, 그렇다면 류 가문인데. 혹시 도호쿠 지방에 위치한 가문을 말하는 것 아닙니까?"

구보는 의아했다.

"저는 도쿄로 알고 있는데요?"

"아, 에도 시대에 도쿄로 올라왔지만 원래는 도호쿠 지방에서 일본의 무가 정권인 막부 정치를 탄생시킨 미나모토 요리토모와 가까운 집안이었습니다. 요리토모가 막부를 설립할 때 정치적 이권을 획득하기 위해 사촌과 동생들을 몰살시킨 데 역할이 크다고 알려져 있죠. 그래서 천황가나 궁중 귀족 사이에서 잔인한 가문으로 낙인 찍혀서 1199년에 요리토모가 죽자 도호쿠 지방에서 떠나 일본 전역을 떠돌며 조용히 살다가 에도 시대 초기인 1605년경 도쿄로 올라와 정착하였습니다."

"류 다마치 자작이라고, 후손에 대해서는 모르십니까?"

"귀족 명부를 한번 찾아볼까요?"

사서는 구보에게서 《귀족 명부 일람》을 받아서 목차를 살폈다.

"가마쿠라 막부 시대의 도호쿠 지방 귀족과 에도 귀족 위주로 연대표를 추정하여 찾아봅시다."

사서는 목차에서 가마쿠라 막부가 시작되는 1192년 이후 시대의 도호쿠 지방 귀족 부분을 찾아냈다. 마커를 조심스럽게 집어서 도호쿠 지방 귀족 가문 챕터를 폈다.

"아, 여기 있네요. 류 가문."

사서가 펴든 페이지에는 류 가문의 족보가 나와 있었다.

류 사네토(1554~1607) 에도 시대 초기 도쿄로 정착, 일가가 모두 올라와서 도쿠가와 막부로부터 새 농토를 지급받음. 막부에서 실질적 역할을 맡지는 못하였으나, 문서와 관련하여 업무를 수행함.

| 아들 | 류 이사다오(1570~1613) 막부에서 호위 무사 임무를 수행
류 요시카(1572~1618) 막부에서 문서 관련 책사 임명

| 딸 | 류 다네코(1573~1656) 1590년 후지와라 가문으로 출가
류 기쿠요(1575~1657) 1592년 호다 가문으로 출가

이런 식으로 생몰연월일과 간단한 이력이 나와 있었다. 구보는 후대로 죽 훑고 내려가다가 류 다마치란 이름을 발견하였다.

류 나카스네(1851~1900) 메이지 유신 이후 자작 칭호를 내려 받음. 황실의 재정문서 관련 책임관으로 임명.

| 아들 | 류 다마치(1870~) 도쿄대학 재학 중
류 미타요(1872~1890)

| 딸 | 1인

구보는 류 다마치 밑의 '딸 1인'을 짚으며 물었다.
"왜 이 딸은 이름이 나오지 않은 겁니까?"
사서는 안경을 곤추세워 들여다보았다.
"밖에서 낳아온 자식은 이름을 밝히지 않기도 하였습니다."
"류 다마치의 조상 중에 류 사네토나 류 이사다오는 둘 다 53세, 43세로 죽었군요? 류 요시카도 그렇고요. 최근에 이르러 미타요

는 18세에 죽었습니다. 그에 반해 딸들은 장수를 했군요."

"아, 이 집안이 그 집안이 아닌가 모르겠네?"

구보의 눈이 번득였다.

"제가 귀족 가문 연구에 몰두했을 때 이 근처에 거주하시는 지역 역사학자를 소개받아서 찾아가 인터뷰를 한 적이 있는데, 대대로 후계자가 요절하는 기묘한 가문이라고 하였습니다."

구보는 다급해졌다.

"제가 내일이나 모레 중으로 경성으로 돌아갈 수밖에 없습니다. 오늘 밤에 그분을 소개해주실 수는 없을까요? 좀 더 자세한 이야기를 듣고 싶습니다."

사서는 잠깐 망설이더니 곧 퇴근 시간이 된다며 기다리라고 하였다.

밤 9시경이 되었다. 구보는 사서를 따라서 길을 걸었다. 사서는 자신의 이름이 '이에나가 사부로'라고 밝히고 현재 도쿄제대 역사학과 대학원에 재학 중이라고 하였다.

"다행히 이 근처에 사시는 분입니다. 그리고 아마도 별다른 일이 없으면 이 시간에는 홀로 책을 읽으시지요. 전화가 없으셔서 연락을 못 드렸지만 가끔 불시에 찾아가 뵈어도 좋은 자료들을 보여주셨습니다."

구보는 사부로를 따라서 대학교 캠퍼스에 난 구불구불한 길들을 지나 후문으로 빠져나갔다. 사부로는 우에노 역 쪽으로 빠지는 골목길로 접어들었고 구보가 바쁘게 뒤따랐다. 역 뒤에 자리한 유흥가를 지나쳐서 좁디좁은 골목길로 접어들자 허름한 폐가가 여러 채 나왔다. 몇 채는 사람이 살고 있지 않는 것처럼 보였는데, 길 끝에 허물어져가는 담벼락 뒤에 위치한 단층집에 다다르자 사부로가 큰 소리로 외쳤다.

"가라이 선생님, 사부로가 왔습니다."

문풍지에 구멍이 여럿 난 허름한 미닫이문이 삐거덕 소리를 내면서 열렸다. 아흔 살은 되었음직해 보이는 노인이 고개를 들고 구보와 사부로를 살폈다. 마치 해골을 연상케 하는 깡마른 체구에 허리가 굽은 노인은 색이 바랜 유카타 위에 길게 내려오는 털조끼를 걸치고 있었다. 듬성한 머리카락은 마른 빗자루 같았고 탁한 눈빛은 그의 건강이 시원치 않음을 보여주는 듯하였다. 노인은 손으로 들어오라는 시늉을 해 보였다. 구보는 사부로를 따라서 방 안으로 들어섰다.

다다미가 깔린 자그마한 방 가운데에 교자상 하나가 놓여 있고 그 위에 두꺼운 책이 펼쳐져 있었다. 방 안은 호롱불 하나가 외로이 비추고 있었다.

"사부로, 연구는 잘 되어가고 있는가?"

"네, 선생님."

사부로는 사람 좋은 미소를 지으며 가라이에게 구보를 소개하였다.

"이분은 조선에서 류 다마치 자작에 관하여 알아보러 오신 분인데, 소설을 쓰시는 문필가 선생입니다."

구보는 잠깐 자신의 이름을 밝히고 인사를 하였다.

"류 가문이라면 저주 받은 가문인데, 대체 어떤 이야기를 들고 싶으신 게요?"

"선생님께서 알고 계시는 정보는 무엇이든 듣고 싶습니다. 제 친구 하나가 의문의 죽음을 맞이하였는데, 류 자작이란 자가 관여한 것 같습니다."

"류 다마치 자작은 그 가문의 유일한 후계자로 현재는 모습을 드러내지 않는다 들었소. 그 작자와 얽혔다면 구보 선생이 목숨을 부지하고 있는 것을 다행으로 여기고 어서 조선으로 돌아가시오."

"가라이 선생님, 부탁드립니다. 제 친구의 죽음에 관한 진실을 알고 싶습니다. 그러자면 왜 류 가문이 불길한 가문으로 여겨지는지 그것부터 알아야 합니다."

"후우, 그렇다면 내 말하리다. 선생의 기개가 어느 정도 되는지 모르겠다만, 내 이야기를 듣는다면 당장 조선으로 돌아가고 싶을 거요. 사부로 군에게 들었다면 류 가문이 가마쿠라 막부 시대에 여러 인물 암살에 관여하였다는 것을 알고 있겠지. 그게 화근이 되었어. 류 가문은 저주를 받고 고향에서 쫓겨난 거야. 이리저리 떠돌았지만 후계자 아들들은 요절하고 말았지. 50세 정도 살면 잘 산 거야. 그게 바로 저주의 시작이야. 하지만 에도 시대 1605년에 올라와서는 그 저주를 깰 수 있었지. 류 다마치는 누군가의 여생을 뺏은 거야."

구보가 놀라 되물었다.

"여생을 빼앗다뇨?"

"콜록콜록콜록콜록."

노인은 기침을 시작하였다. 끝도 없이 이어지는 잔기침에 사부로는 얼른 일어나 물을 떠왔다. 노인의 입 속으로 검게 변한 치아가 엿보였다.

"산 자의 정령을 빼앗는다면 빼앗은 자는 자신의 목숨보다 길게 살 수 있지. 불로불사하면서 살 수 있다는 거야."

구보는 머릿속이 혼란스러웠다. 구보는 무언가에 사로잡혀서 격정적으로 물었다.

"그렇다면 자작의 젊은 시절에 만들어진 마스크는 누군가의 정령이 담긴 것입니까?"

가라이는 고개를 서서히 저었다.

"마스크에 관련된 것은 자세히 모르겠지만 잘 듣게. 지방 향토사가들은 많은 비밀을 알고 있는데, 류 자작이 입양되었다는 이야기도 들은 적 있네."

"입양이라면?"

"진짜 류 가문의 아들이라면 이렇게 오래 살 수가 없지. 입양된 게 맞을 테지. 하지만 그 입양된 아이의 피는 정말 너무도 거창하고 고귀하여 불길함을 몰고 다니지."

"대체 무슨 말씀인지 알아들을 수 있게 일러주십시오."

"류 가문은 임진왜란 때 건너온 조선 여인의 피가 흘러들었다, 외가 쪽으로는 정말 조선인 피가 확실히 있다, 이런 말들이 있지. 전에 조선 황실 여인과 일본의 황실 인물 사이에 한 아이가 태어났는데……."

구보는 너무도 깜짝 놀라 입을 다물었다. 그동안 조선 황족과 일본인 귀족과의 결혼은 있었으나, 조선과 일본 양 황실 사이에 태어난 아이가 있다는 이야기는 금시초문이었다.

"조선 황실과 일본 황실의 혈통이라는 불가해한 출생 때문에 그것을 인정하지 못한 황실에 의해 사족 가문에 입양되었다는 이야기가 있지."

"그렇다면 그 아이가 류 다마치의 직계조상입니까?"

가라이는 고개를 끄덕거리면서 구보를 뚫어져라 보았다. 순간의 침묵을 사부로가 깼다.

"선생님, 이 의견은 너무도 요상하여 제가 연구 논문에 집어넣지 않았습니다. 사실이라는 근거 자료라도 있는 것입니까?"

가라이는 고개를 저었다.

"이야기만 떠돌 뿐 근거는 없네."

"선생님, 마지막으로 묻겠습니다. 제가 몇 년 전 자작을 보았을 때는 그가 70세에 가까운 노인으로는 보이지 않았습니다. 중년 남자라 하기에도 젊어 보였습니다. 하지만 며칠 전에 이 근처 자작의 자택에서 보았을 때, 확실하게 자작이라고 단정할 수는 없는 일입니다만, 그는 일흔이 넘어 보였습니다. 어떻게 몇 년 새에 그렇게 늙어버릴 수가 있는 겁니까?"

가라이는 활짝 웃으며 총기 가득한 눈빛을 보냈다.

"삶을 포기하고 싶을 정도로 절망스러운 일을 겪었다면 충분히 가능한 일이지."

노인의 그 말을 끝으로 구보는 대화 내용이 별로 기억나지 않았다. 어떻게 정리를 하고 나왔는지는 몰라도 가라이의 집을 나와 한참 걷고 나서야 정신을 차리고 사부로가 옆에 있다는 것을 깨달았다.

"구보 선생님, 가라이 선생님의 말을 너무 깊이 새겨듣지 마세요. 저희 같은 연구하는 사람들은 근거 없는 정보는 그냥 흘려버립니다. 조선에 잘 돌아가길 바라겠습니다."

이렇게 사부로와도 헤어졌다. 다급하게 정신을 수습한 구보는 어두운 밤길을 무작정 걸었다.

자작은 상의 죽음에서 큰 충격을 받았다 들었다. 그렇다면 상의 죽음은 자작에게 무엇을 잃게 한 것인가? 상이 큰 비밀을 쥐고 죽었다면 그것으로 자작은 목적을 상실하게 되었던 것인가?

모든 상념과 생각들이 머릿속에서 뒤범벅이 되었다. 머리가 터질듯이 아파왔지만 구보는 결국 한 가지 가설에 도달하였다.

상은 큰 비밀을 쥐고 있었다. 이를 자작은 강압으로 빼앗으려 하였지만 상의 죽음으로 무산되었다. 그 충격으로 자작은 순식간에 제 나이를 찾았다.

여인숙으로 돌아온 구보는 깜짝 놀랐다. 방 안에 고이 두었던 상의 유품 지팡이가 온데간데없이 사라졌다. 구보는 낙담하였다. 주인과 하녀에게 물어봐도 모른다 하였다.

다음 날 구보는 가라이를 찾아갔다. 이제는 경성으로 되돌아가야 했다. 상의 자취는 더 이상 찾을 수 없고, 마지막으로 가라이에게 물어볼 말이 있었다. 가라이의 집을 어렵사리 찾아 도착하였다. 가라이는 마침 복장을 단정히 하고 마당에 나와 하늘을 올려다보고 있었다. 굽은 허리에 한손을 대고 다른 한손으로 지팡이를 짚고 서 있었다.

"선생님, 안녕하십니까?"

"구보 선생 아닌가?"

"인사를 드리러 왔습니다."

"인사라 하면 경성으로 되돌아가는 겐가?"

"네. 가기 전에 여쭙고 싶은 게 있습니다."

가라이는 무연한 얼굴로 구보를 보았다.

"자작은 이대로 사라지는 겁니까? 아니면 아직도 위협적인 존재로 남는 겁니까?"

가라이는 그렁거리는 소리를 내며 하늘을 한 번 올려다보고는 구보를 물끄러미 바라보았다.

"이미 자네 속으로 답을 내지 않았는가?"

구보는 조용히 고개를 끄덕이고 허리 숙여 인사를 하였다. 돌아서려는 구보를 가라이가 잡았다.

"콜록콜록콜록, 구보 선생, 부탁이 있네. 난 조선을 여행할 수 있는 여행 허가증을 딴 지 오래 되었네만 기회가 없었지. 경성에 친척이 있어 죽기 전에 보려 한다네. 부탁이네만 나와 함께 경성에 가지 않겠나. 자네의 여비도 내가 대주겠네. 길안내를 하여주게."

구보는 여비는 거절하였고, 동행은 기꺼이 허락하였다.

가라이 선생과 함께 도쿄 역에서 기차를 타고 요코하마로 향하였다. 도쿄에서 요코하마, 아타미, 시즈오카, 오사카, 히로시마, 시모노세키까지 24시간이 넘게 걸리는 기차 안에서 가라이 선생은 끊이지 않는 기침을 하여 구보를 걱정케 하였으나 다행히 큰일은 없었다.

시모노세키 항구에서 부산으로 향하는 배표를 구매한 구보가 가라이가 기다리는 선착장으로 다급하게 걸어갔다. 가라이가 저만치 관부연락선이 정박해 있는 선착장 입구에서 손을 흔들었다. 구보가 선착장으로 올라가는 길로 접어들었는데 한 신사와 몸이 부딪혔다.

어깨를 부딪친 실크해트의 사나이는 모자를 더욱 깊숙하게 눌러쓰고 구보에게는 가벼운 목례만 하였다. 고급 모직으로 만들어진 프록코트를 갖춰 입은 사내의 뒷모습은 날렵해 보였다. 가라이가 부르는 소리가 들렸다.

"구보 선생, 어서 오게나."

구보는 가라이에게 다가가 배표를 내밀었다. 가라이가 손을 뻗어 표를 받으려는데 구보의 눈에 가라이의 품속에서 달랑거리는 회중시계가 보였다. 은색으로 빛나는 시계는 분명 어디선가 본 물건이었다. 구보의 고개가 갸웃하였다. 가라이는 갑자기 기침을 끝도 없이 하면서 구보의 어깨에 기대었다.

"콜록콜록콜록, 구보 선생. 나 좀 부축해주게나."

구보는 가라이를 부축하고 선착장 끝으로 가서 길게 늘어선 주교에 올라 배에 탔다. 갑판을 돌아서 일층 삼등칸에 들어가 자리를 찾아 앉았다. 가라이는 간신히 기침을 멈추고 구보에게 물 한 잔을 청하였다. 구보는 갑판으로 나가 물을 얻으려 승무원을 잡고 물어보려다 멈칫 하였다. 분명 그 시계는 눈에 익은 것이었다. 구보는 화가 난 표정으로 얼른 삼등칸으로 달려 들어 가려 하는데 가라이가 턱하니 구보의 앞을 가로막았다. 가라이는 성난 눈빛으로 구보를 올려다보았다.

"기억나는가? 알아보았는가?"

구보는 화가 나 버럭 소리 질렀다.

"그렇소! 그 시계는 분명 내 친구 상의 것이 분명하오! 어떻게 된 연유인지 어서 설명하시오!"

가라이는 가래가 끓는 목소리로 그렁그렁대더니 하늘을 쳐다보고 쿠하하하 웃어젖혔다. 가라이의 굽은 허리가 천천히 펴지고, 그의 찌그러진 얼굴도 풀어지는가 싶더니 그의 게슴츠레한 눈빛도 맑아 보였다. 가라이는 덥수룩한 머리를 왼손으로 잡더니 훌러덩 머리카락을 벗어던졌다. 그 안에서 탐스럽게 구불거리는 머리카락이 물결치듯이 흘러나왔다. 그리고 구보의 눈앞에 몸을 훌쩍 세워 서더니 눈을 똑바로 마주쳤다. 그는 손으로 얼굴에 묻은 검버섯을 문대어 지웠고, 이에 붙인 검은색으로 변색된 치아를 벗어던졌다. 그리고 코를 짓누르던 살덩어리를 잡아뗐다.

상이 구보의 눈앞에 나타났다.

"이게 대체 어찌 된 일인가?"

구보의 다리가 휘청거리면서 거의 뒤로 나자빠질 뻔하였다. 호탕하게 웃는 상의 웃음소리가 바다 위 하늘로 퍼져 올라갔다.

"구보, 용서하게나."

"이 모든 일을 설명하지 않으면 나는 다시는 자네 얼굴을 보지 않겠네."

구보의 말은 진심이었다. 친구가 되살아났다는 기쁨과 함께 배신당하고 속았다는 절망이 가득하였다.

상은 차근차근히 설명하였다.

"어디서부터 이야기할까. 참, 사부로는 조선에서 내가 쓰던 심복 정민의 사촌형이네. 정민이 연락을 취하여 나를 도와주었지. 그리고 나는 가라이로 변장하여 자네를 기다리고 있었네. 커억, 그렁그렁. 어떤가. 제법 노인 같지 않던가?"

상은 갑판 위로 불어오는 시원한 바닷바람을 맞으며 시원스레 말을 이었다. 티 없이 맑은 하늘 위로 갈매기들이 무리지어 힘차게 날아다니고 있었다.

"대체 이게 다 무슨 상황이란 말인가? 그렇다면 나에게 남긴 메모는 모두 거짓이었나?"

상은 고개를 저었다.

"아니, 절반은 사실이네. 나는 자작에게 감금되었고, 그에게 중요한 물건을 빼앗겼고 협박을 당하였지. 죽을 뻔하였고, 데스마스크에 의하여 정신이 착란되었고, 약물에 중독도 되었네. 그러다 뒤늦게 마음을 돌린 아사다의 도움으로 간신히 죽음을 면하고 빠져나왔네. 아사다는 행려병자의 시신을 나로 위장하여 자작을 속였네. 그리고 난 자네에게 암호를 남겨 아사다를 찾게 하였고, 뒤이어 데스마스크 가게, 사부로 등의 힌트를 남겨 결국 가라이 즉 나에게 오도록 만들었지."

"상, 그렇다면 데스마스크를 만들던 가게 주인도 자네인가?"

상은 고개를 끄덕였다.

구보는 할 말을 잃었다.

상은 잠시 말을 멈추고 먼 하늘을 보다 구보의 눈을 똑바로 응시하였다.

"구보, 자작은 내가 발표한 시 〈운동〉에서 총독부가 숨겨놓은 황금의 위치에 대한 큰 힌트를 얻었네. 그 시는 이렇게 시작되지."

상은 시를 읊었다.

"일층우에있는 이층우에있는 삼층우에있는 옥상정원에올라서 남쪽을보아도 아무것도없고 북쪽을보아도 아무것도없고해서 옥상정원밑에있는 삼층밑에있는 이층밑에있는 일층으로내려간즉 동쪽으로솟아오른태양이 서쪽에떨어지고 동쪽으로솟아올라 서쪽에떨어지고 동쪽으로솟아올라 서쪽에떨어지고 동쪽으로솟아올라 하늘한복판에와있기 때문에 시계를꺼내본즉서기는했으나 시간은맞는것이지만 시계는나보담도젊지 않으냐하는것보담은 나는 시계보다는늙지아니하였다고 아무리해도믿어지는것은 필시그럴것임에 틀림없는고로 나는시계를내동댕이쳐버리고 말았다."

상이 시를 읊는 동안 구보는 놀라움을 진정하였다. 가라이 선생의 분장을 벗어버린 상은 예전의 그 모습 그대로였다. 자신감과 활력이 넘쳤다.

"이것은 정확하게 내가 설계에 참여한 조선총독부 방공호 내의 시설을 설명해주는 것이네. 조선총독부 건물은 겉으로 보면 사층이지만 영국식 설계법으로 보면 지하실을 일층으로 친다면 꼭대기 층은 오층이 되는 셈이지. 나는 〈운동〉에 나오는 옥상정원을 지하 이층으로 설정하였네. 그대로 설명한다면 안 되지 않겠나?"

상은 말을 이어가면서 구보가 건네준 손수건으로 분장을 마저 지워나갔다.

"일층인 지하에는 회계과, 토목과, 숙직실, 교환실, 소사실, 우편국, 전화교환실, 각종작업실 등이 있네. 그 중에 서쪽 현관 근처에 있는 문서수부실 옆으로 나 있는 통로는 각종 태워야 될 문서들을 운반하는 길이지. 보통은 작업부들이 드나드는 복도인데 그 끝으로 가면 벽에 가린 문 하나가 있다네. 그 문을 열면 지하 이층으로 향하는 통로가 나오게 된다네. 자아, 이곳이 옥상정원의 문일세. 이제 그곳부터는 시구대로 움직이면 되네. 남쪽으로 향하여 아무것도 없는 빈 통로로 향하고 모퉁이에서 갈림길이 나오면 북쪽으로 향하여 아무것도 없는 통로로 가네. 그리고 한 층을 더 내려가게 되지. 옥상정원 밑에 있는 삼층 밑에 있는 이층 밑에 있는 일층으로 내려가면 더 복잡한 미로가 나오네. 이곳에서 잘못 길을 잃으면, 다시는 햇빛을 볼 수 없어. 다만 동쪽으로 솟아오른 태양은 일장기의 붉은 원을 뜻하네. 그 원이 그려진 벽을 찾아내고 그 벽에서 서쪽으로 향하기를 세 번 반복한 후에야 하늘 한복판이 보이지. 이것은 사실일세. 그 지하 오층 방공호에서 손바닥만 한 하늘이 보이고 햇빛이 비쳐 들어온다네. 가끔은 그 하늘을 보면서 인부들이 마음을 다잡았네. 그것마저 없었으면 다들 폐쇄공포증으로 죽어버렸을지 몰라."

구보는 상의 놀라운 말을 긴장된 표정으로 들었다.

"그리고 하늘한복판이 보이는 장소에 도달하게 되면……."

구보는 순간 이상한 점을 물었다.

"상, 아무래도 이해가 안 되네. 이 시를 해독하게 되면 자작 혼자서 무슨 수를 써서라도 직접 총독부 지하에 침투하거나 사람을 부려서라도 그가 원하는 바를 찾아낼 수 있지 않은가?"

상은 고개를 저었다.

"그 담부터는 회중시계가 필요하다네. 그것도 내가 특별히 고안한 정확한 계산과 시차, 각도, 방향을 맞출 시계가 필요하다네."

상은 품속에서 회중시계를 꺼내 보여주었다. 구보가 늘 보던 상이 지니고 다니던 시계였다.

"구보, 자작은 나를 정신병동에 감금하고 이 시계를 손에 넣었지만 암호를 완벽하게 해독하지 못하였네. 이 시계는 방공호에서 길을 잃어버리지 않게 하는 도구지만, 나는 이미 내 머릿속에 길을 외우고 있네."

"그렇다면 그가 그토록 찾고자 하는 것은 황금이었나?"

상은 은근한 미소를 지었다. 구보는 상의 미소에서 안도감을 느꼈다.

"막대한 총독부의 황금뿐이라면 그렇게 목숨 걸고 찾지는 않을 터이지. 그는 자신의 혈통을 인정해줄 문서를 찾고 있네. 황실의 보물을 보관하는 일본 나라 지역의 정창원은 상징적 의미에 지나지 않네. 실질적으로 중요한 문서들은 일본의 어느 한

곳과 바로 조선총독부 지하 비밀창고에 있다네. 자작이 막대한 자금과 자신이 조선과 일본의 양대 황실의 혈통을 이어받았다는 충격적인 사실을 증명할 문서를 지닌다면 그는 천하무적이 되네. 일본의 황실 대가 끊긴다면 그가 일본의 천황이 되고, 또한 무서운 집념으로 정권을 손안에 넣을지도 모른다네. 구보 난 자네에게 류 다마치 자작을 내 손으로 붙잡고 싶다는 암시를 주었네. '구보, 레드글로브가 먹고 싶네. 단 한 번도 먹어보지 못한 그 서양과일을 먹고 싶네. 그 과일 맛은 어떤 맛일까? 청포도 맛일까? 머루 맛일까? 구보, 나에게 레드글로브를 사다주오.'"

"그 말뜻은 정신이 혼미할 때 이유 없이 끼적인 말이 아닌가?"

"그 말만은 정신이 또렷할 때 썼네. 류 자작의 이름 다마치는 '玉千(옥천)'이라고 쓴다네. 구슬이 천 개나 달린 과일이 포도 말고 무엇이 있겠는가?"

구보는 간만에 미소를 지으며 안도하였다. 이상의 유머 감각은 여전하였다. 눈앞에 있는 이 멋진 친구는 상이가 분명하였다.

"그렇다면 자작은 자네의 시계로 총독부 비밀창고에 들어갈 수 있었는가?"

상은 고개를 끄덕여 보였다.

"실패를 하였으니 나를 죽이려 하였지. 한동안 나도 정신을 차리지 못하였네. 아사다에게 받은 데스마스크로부터 정신이 사로잡히는 기이한 경험 후에 거의 탈진 상태가 되어 병원에 강제입원하게 되었지. 그는 병원에서 이상한 약을 투여케 하였고 나의 정신을 혼미케 하였네. 자네에게 그런 편지를 쓴 것도 무리는 아니지. 한동안 무의식 세계를 오가다 간신히 의식을 붙잡고 제정신을 차리기까지 그리고 나서도 자작의 의심을 피하기 위해 나는 좀비처럼 지냈네. 아사다는 뒤늦게 마음을 바꿔먹고 나의 탈출을 도왔네."

구보는 기이한 표정을 짓고 물었다.

"자작은 어떻게 된 것인가? 그는 정말 나이가 들어버린 것인가?"

상은 고개를 갸웃하였다.

"분명 그는 나이가 많네. 우리가 그의 외양에 속은 것이지. 하지만 자네의 그 말은 나조차 갸우뚱하게 해. 난 자작이 퇴락한 모습을 접한 적이 없다네."

구보는 의아한 표정을 지었다. 상의 말이 이어졌다.

"자작의 손을 벗어나서는 이렇게 변장을 하여 자취를 감춘 것이지. 시계는 말이지, 아사다가 돌려주었네."

상은 회중시계를 열고 구보에게 자세히 보여주었다. 테두리가 은으로 된 평범한 회중시계였다. 물론 구보도 알고 있으며 시간을 재본 적도 있는 시계였다. 상이 겉의 유리판을 살짝 손으로 들어 올리자 뒤에 또 다른 유리판이 나오며 그 안에 바늘 네 개가 보였다. 검은색 시침과 분침, 하얀색 시침과 분침이 따로 있었다.

"시계는 나보다도 젊게 맞추어야 한다네. 그것도 정확하게."

상은 검은색 시계바늘을 시침을 1시간 앞으로 놓았다.

"그리고 하얀 바늘은 나보다 1시간 늦게 만들어 둔다네."

상은 하얀 바늘의 시침을 1시간 뒤로 맞춰 놓았다. 검은색과 하얀색 시침 두 개가 갑자기 빠르게 움직였다. 초침처럼 빠르게 움직이는 두 바늘이 만나는 접점에서 상은 시계 위에 있는 버튼을 꾹 눌렀다.

"이제 방공호에서 이 시계의 검은 바늘은 내가 위치한 진짜 동서남북을, 그리고 하얀 바늘은 총독부가 의도적으로 만든 가짜 동서남북을 가리킬 걸세. 방공호에 침투하는 자를 교란시키고 길을 잃게 만들게 하기 위해 총독부가 만든 강력한 자기장은 나침반을 못 쓰게 만들어버리지. 그래서 아무도 길을 제대로 찾지 못하고 헤매게 되는 것이지."

구보는 상의 말에 절로 손뼉을 쳤다. 일리가 있었다. 방향이 제대로 설정되지 않는 미로에서는 설계자도 헤맬 것이 분명하였다. 게다가 사방팔방으로 미로가 나 있음에야 더 말해서 무엇 하겠는가.

"구보, 나는 자취를 감추고 역으로 자작에 관한 비밀을 조사하였네. 자네에게 편지로 밝혔듯이 김기림 선배는 류 자작의 가계가 특이하다는 것을 이미 알고 있었네. 그는 조선 황실의 여인과 일본 천황의 혈통을 물려받았네. 그는 조선과 일본의 사이에서 황족으로 인정받지 못하고 일개 사족으로 남았지. 당연히 양쪽에서 거부를 받아 분노를 품었겠지. 오래전부터 염상섭 선배에게서 들은 말이 있네. 조선 황실과 일본 황실 양대 피를 간직한 혈통의 비밀을 지닌 사내, 그 사내가 자작이 확실하다는 증거를 문서를 뒤지며 찾았다네. 자작이 조선 황실 인사의 암살에 가담한 것과 공작을 벌인 것은 바로 자신의 혈통을 부정하는 인사를 멸살하려는 음모였네. 중요 인사 몇 만 손봐주면 나머지는 알아서 비켜줄 것이고, 몇 안 되는 적통 중에 자신에게 차례가 돌아올 기회를 자연스레 만들면 되는 것으로 생각하였을 터이지. 그러던 중 나를 통하여 막대한 자금과 혈통 인정 문서를 취하려는 거사가 실패하여 칩거하고 있었지. 자작의 집을 감시하였지만, 밖으로 나오는 것을 한 번도 보지 못하였네. 다만 자네가 자작의 집을 감시하는 것과 들어가는 것을 목격하고 뒤따라 들어갈까 결심이 흔들렸으나, 다행히 자네가 무사히 집을 나와 내 정체를 밝히지 않았지."

"그렇다면 지팡이는?"

상은 웃음 지으며 갑판 뒤를 가리켰다. 갑판 한쪽 구석에 상의 지팡이가 놓여 있었다.

이때 구보의 귓가를 자극하는 소리가 들렸다. 철커덕. 노리쇠를 당기는 소리. 방아쇠를 당기면 총탄이 발사될 것임을 직감케 하는 무시무시한 소리였다.

구보의 왼쪽 귓가에 총구가 겨눠져 있었다. 실크해트를 쓰고 검은 가면을 쓴 사내. 아까 관부연락선 표를 끊고 들어갈 때 구보와 어깨가 부딪힌 사내였다. 남자는 서서히 검은 가면을 벗어 던졌다. 그의 손에서 가면이 날아가 저 멀리 바다로 떨어졌다. 실크해트 아래의 얼굴이 드러나면서 깊은 음영이 진 얼굴, 툭 튀어나온 이마, 높은 코 그리고 싸늘하고 냉정한 눈을 한 자작이 음울하게 웃고 있었다.

"반갑소. 구보 선생. 그리고 이상, 나의 친구."

자작은 권총을 쥐지 않은 왼손을 펴들고 상에게 내밀었다.

"그 시계를 건네게나. 그러고 싶지 않으면 자네 친구를 저승으로 보내든가."

얼어붙은 구보와 달리 상은 자신 있는 태도로 자작에게 시계를 내밀었다. 상의 손 밑에서 줄에 매달린 회중시계가 바닷바람에 덜렁거렸다.

"기꺼이."

자작이 시계를 건네받으려고 하면서 오른손으로 방아쇠를 강하게 쥐었다.

"피해!"

상은 구보의 허리춤을 붙잡아 뒤로 밀어뜨렸다. 구보와 상이 같이 넘어졌고, 하늘 높이 총탄이 울려 퍼졌다. 갑판에 나와 파도를 구경하던 승객들이 이들에게 시선을 집중하였다.

탕!

자작은 상의 시계를 거머쥔 채, 구보의 앞을 가로막은 상에게 총구를 향했다.

"굿바이, 이상."

탕!

두 번째 총알이 발사되는 것과 동시에 상은 자작에게 달려들었다. 날렵한 짐승이 포효하는 거친 기합과 함께 자작과 상이 같이 넘어졌고, 엎치락뒤치락 싸움이 벌어졌다. 상이 왼손으로 자작의 손목을 쳐서 권총을 떨어뜨리게 하였다. 자작이 권총을 놓치는 동시에 상을 매섭게 밀쳐내며 반동으로 일어나서 머리로 상의 복부를 가격하였다.

상이 신음을 하며 뒤로 물러선 사이 류 자작은 권총을 집어 들고 상을 겨눴다.

"안 돼!"

구보가 외쳤고, 자작이 방아쇠를 당기는 찰나 상은 무서운 속도로 자작에게 돌진하였다.

탕!

총탄 음과 함께 풍덩 하고 파도를 가르는 소리가 들렸다. 상이 자작을 껴안고 현해탄 검은 바다로 사라져버린 것이다.

"상! 이상! 상이!"

구보는 상과 자작이 일체가 되어 빠져버린 바다로 향해 두 손을 내밀었다. 이들의 격투를 지켜보던 승객들이 구보를 말렸다. 바다로 뛰어 들어가려던 구보는 정신을 차리고 한참이나 파도가 넘실대는 심해를 들여다보았다. 갑판장의 보고로 선장과 항해사까지 갑판으로 나와 샅샅이 바다 위를 수색하였고, 몇몇 선원들이 구명보트를 타고 깊은 물속을 수색하였으나 수 시간이 지나도 두 사람의 행방은 찾을 수가 없었다.

구보는 포기하지 않고 수색할 것을 요구하였으나, 선장은 도착 시간을 더 이상 늦출 수 없으며 아울러 내일 중으로 폭풍우가 예상되기에 부득이하게 항해를 지속해야 한다고 통보하였다. 구보는 망연자실한 채 연락선 갑판에서 바다만을 쳐다보며 부산으로 향하였다.

상은 희생으로 악의 세력에 종지부를 찍었다.

구보는 일본 전통극 가부키를 본 적이 있었다. 그때 구보의 느낌으로는 가부키 극에서 가장 인상적인 역할은 구로코黑子라고 생각하였다. 검은색 복장을 입은 자들을 의미하는 구로코는 가부키 무대에서 부채를 이용하여 바람을 일으키는 초자연적인 존재로 등장하거나 무대세트를 이동시키는 존재다.

자작은 가부키 극에서의 구로코였다. 항상 범죄를 구성하거나 그 주역으로 활동하면서도 범죄자로서 표면에 드러나지 않고 교묘하게 외부인이나 하수인을 움직여 살인을 이끌어내고 배후에 모습을 감추었다.

전체의 상황을 만들거나 사건의 내용을 조율하거나 하는 그 모든 것도 자작의 손아귀에서 연출되었다. 불가사의하면서도 미스터리한 존재. 나이조차 짐작도 안 되고, 범죄를 저질렀으되 철저하게 증거를 은폐하여 검은 가면 뒤로 사라지는 존재, 류 자작.

그 희대의 살인자이자 범죄자를 상이 처단한 것이었다.

3개월 후, 상의 시신을 찾지 못하자, 상의 유품만으로 장례를 치르기로 하였다. 구보가 가져간 상의 지팡이를 비롯하여 그가 지녔던 책 몇 권, 그의 시가 실린 시집과 문예지 몇 권과 낡은 프록코트와 실크해트 등이 유품 전부였다.

상의 여동생 김옥희가 끊임없이 눈물을 훔치는 것과 상의 아내가 눈물을 꾹 참고 상의 유품함을 내려다보는 것만으로도 가족이 겪을 슬픔이 그대로 전해져왔다. 상은 미아리 고개의 공동묘지에 묻혔다.

8월임에도 폭풍우가 몰아닥치려는지 찬바람이 매섭게 불었고, 흙먼지 바람에 눈조차 뜨기 어려웠다. 집안 형편이 어려워 상의 시구를 담은 시비는커녕 비석 하나 세워주지 못하였고, 상의 지인들과 친구 문인들이 모은 돈은 모두 장례에 사용되었다.

구보는 인부에게서 삽을 받아 들어 흙 한 삽을 퍼서 상의 유품함 위로 쏟아부었다. 입관이랄 것도 없는 무릎 높이까지 오는 나무 상자를 파묻자 식은 끝이 났다. 상의 여동생 옥희가 구보에게 다가왔다.

"구보 선생님께 드리고 싶습니다. 부디 받아주세요."

상과 구보가 출판사를 방문하여 찍은 사진이었다. 스트라이프 무늬 넥타이를 하고 도드라져 보이는 멜빵을 한 상이 팔짱을 끼고 앉아 있고 그 뒤로 구보가 상에게 기대어 다가선 사진이었다. 상과 구보가 한참 활동하던 황금기의 사진이었다.

구보의 눈자위가 벌겋게 달아올랐다. 장례식에 참석한 문인들은 거의 돌아갔다. 가족만이 남아서 봉분을 다지던 인부들 우두머리와 상의를 하고 있었다.

구보는 하늘을 올려다보았다. 푸릇한 하늘이 가깝게 느껴졌다. 그는 수많은 무덤에서 나무 사이로 시선을 돌렸다. 벚나무 가지에 앉아 부리로 나무를 쪼고 있는 자그마한 까막딱따구리가 보였다. 그리고 딱따구리 옆으로 시선을 돌리자 한 사내의 얼굴이 보였다.

사내는 실크해트를 내려 얼굴을 반쯤 가리고 구보에게 슬쩍 목례를 하였다. 사내가 입은 프록코트는 낡아 보였지만 전반적으로 단정한 옷차림이었다.

누구일까?

구보는 얼른 달려가 보았다. 까막딱따구리가 나무를 쪼는 숲속으로 내쳐 달렸다. 그가 사라지기 전에 잡아야 했다. 어쩌면 그는 이 모든 상황을 희극인 양 지켜보고 있을지도 모른다. 역시 그다웠다. 상 아니면 누가 자신의 장례식을 지켜보는 광경을 연출하고 싶을까?

상이! 상이!

구보는 내쳐 달려 숲속으로 들어갔지만 까막딱따구리만 파드득 날아가버렸을 뿐 상의 모습은 어디에도 없었다. 구보는 이리저리 고개를 돌려 그를 찾았다.

어디선가 상의 목소리가 들렸다.

  건드리면손끝에묻을듯이빨간봉선화
  너울너울벌써날아오를듯하얀봉선화
  그리고어느틈엔가남으로고개를돌리는듯한일편단심해바라기―
  이런꽃으로꾸며졌다는고흐의무덤은참얼마나아름다울까

경성탐정 이상 1

초판 1쇄 발행일 2012년 6월 25일
초판 7쇄 발행일 2023년 7월 24일

지은이 김재희

발행인 윤호권
사업총괄 정유한

편집 박윤희 **디자인** 이희영 **마케팅** 정재영, 윤아림
발행처 ㈜시공사 **주소** 서울시 성동구 상원1길 22, 6-8층(우편번호 04779)
대표전화 02-3486-6877 **팩스(주문)** 02-585-1755
홈페이지 www.sigongsa.com / www.sigongjunior.com

글 ⓒ 김재희, 2012

이 책의 출판권은 (주)시공사에 있습니다. 저작권법에 의해
한국 내에서 보호받는 저작물이므로 무단 전재와 무단 복제를 금합니다.

ISBN 978-89-527-6604-5 03810

*시공사는 시공간을 넘는 무한한 콘텐츠 세상을 만듭니다.
*시공사는 더 나은 내일을 함께 만들 여러분의 소중한 의견을 기다립니다.
*잘못 만들어진 책은 구입하신 곳에서 바꾸어 드립니다.